U0114283

現代文學 67

# 最後的執著

寒蟬著

博客思出版社

# 序——一種更痛的痛

孫中山曾回憶說：「特達之士多有以清廷兵敗而喜者。往年日清之戰，曾親見有海陬父老，聞旅順已失、奉天不保，雀躍歡呼。問以其故，則曰，我漢人遭虜朝荼毒二百餘年，無由一雪，今日得日本為我大張撻伐，犁其庭掃其穴，老夫死得瞑目矣。」

讀中國近代史人們經常聚焦那些可歌可泣的故事。的確，那些慷慨就義，為國捐軀的英雄們，是中華民族的精神支柱，是中華民族的脊樑、靈魂。而本書第二卷〈最後的吶喊〉也是主要寫清末回族愛國將領左寶貴，如何在腐敗無能的清政府的制肘下，面對強大的日軍壓境，還得與那些各自為政的派系，以及貪生怕死、工於心計的清軍將領們周旋，最後孤掌難鳴地在城牆上壯烈殉國。如此悲壯的歷史，既觸動了筆者的靈魂，也促成筆者為左寶貴寫下這麼一個故事。

但是，當再研究一些不顯眼的歷史細節，筆者赫然發現，原來當時清末民眾對戰爭的取態，是可以徹底顛覆我們一直以來所以為的，面對日本侵略者，所有中國軍民均同仇敵愾，共同抗日的認知。

實情是，那時候的清政府已經腐敗透頂，失盡人心。在戰火沒有燒及自己，而侵略者還打著替中國百姓趕走欺壓他們的滿洲人的旗號，對於部分千百年來只有天下，沒有國家和民族意識的中國百姓來說，說出本文開首孫文回憶的那段話，完全是合乎情理，理所當然。

就如蘇明亮故事裡說的：「只怕有朝一天，國家吃了敗仗他們也沒有感覺！甚或由誰來當家，他們也沒有所謂！」而為日軍簞食壺漿等「漢奸」的嘴臉、行為，也就更多的出現在日本和西方的記載上。

但，也消失於中國的歷史中。

由此，筆者也不得不想到，二戰抗日戰爭期間多如牛毛的漢奸故事，還有近年在中國盛行的「逆向民族主義」、「歷史虛無主義」等思潮，筆者彷彿看到他們的雛形。常言，世間上無無緣無故的愛，無無緣無故的恨。中國為何這麼多漢奸，這是一個宏大的課題，此書只是嘗試溯流追源，帶大家回去他們的源頭，自行判斷。

至此，大家也可以想像一下，那些在平壤拋頭顱灑熱血，奮勇抗擊日本侵略者的愛國清軍將士們，在面對身後完全不支持自己的百姓時，而自己作為百姓痛恨透頂的清政府的代表，會是一個什麼樣的心情。而這，也就是岳冬為什麼在平壤死裡逃生，最後回到旅順，面對種種恐怖的陌生，忍無可忍下揪著他眼前曾在日軍面前戇笑的周大貴，發出那絕望的吶喊：「……咱們在平壤死了這麼多人，到底是為了誰呀？為了誰呀？！……就是你這畜牲嗎？就是為你們這幫亡國奴嗎？！」

盛極為何衰敗？否極何以泰來？或許，其本身就是答案。然而，否極以後，卻可以是絕望、淡忘、遺忘……絕望可以讓如杏兒那樣的人，以最極端的方法與這個地方割裂，又或如心蘭那樣，選擇去遺忘，遺忘過去的一切，遺忘自身，來逃避那靈魂深處的痛苦。

然而，一個忘掉過去，沒有歷史的民族，甚或是選擇與歷史對立，選擇摒棄這片土地，選擇痛恨自己髮膚的民族，如張斯懿那樣，是一株無本之木，是一棟空中樓閣，哪怕更努力地掙扎求存，哪怕獲得了所謂的「自由」，但這輩子也逃不出內心深處的虛無。想美國崛起前哪怕更痛恨英國，哪怕鐵了心地獨立，也不可能選擇與歐洲的歷史割裂，不然，就沒有今天的美國。

相比鄧世昌、丁汝昌、左寶貴等英雄的犧牲讓人們所感受的悲痛，對於一個對中國歷史和文化仍執著的人來說，這，或許是一種，更加深入骨髓，難以言說的——痛吧！

寒蟬

二零一八年五月

# 目錄

## 最後的吶喊

## 最後的執著

# 最後的冀望——

「你不是畜牲，你能活下去嗎？」

# 第一章 亂世

「金樽美酒千人血，玉盤佳餚萬姓膏。燭淚落時民淚落，歌聲高處怨聲高。」寫的雖是朝鮮之境，道是中國又有何不可？

一個大餅子，什麼時候可以換走一個大姑娘？

如今在韓家屯，足矣。

遠方山上還有一點紅霞，但已成弩末，黑暗正如海嘯般吞噬著大地。一隻螞蟻大的身影正向韓家屯這大海中的孤島爬去。

血跡斑駁的臉上，是一雙茫然的眼睛。散髮隨著腥風飄揚，下顎長滿了頹唐的鬍渣。破爛不堪的號衣下，是無盡的傷口和疲憊的軀體。

他叫岳冬。一個十八九歲，相貌平凡的清兵。

前方，應該是上百支洋槍。槍眼，應該是對準自己。白天看見是這樣的，只是天黑看不見吧？

回頭，兄弟們的身影已經消失在死寂的黑夜裡。汗流浹背。聽見的，只有自己紊亂的呼吸聲。岳冬當然知道，之前兩個去勸降的，屍首早已被掛在村口上。

但他不能不去。

岳冬背著一個插著白旗的包，輕輕地仰著臉，咬緊牙關，高舉雙手，只有四根指頭的左手緊緊地捏著一封信函，拖著沉重而抖顫的腳步步向韓家屯——一個如今附近村民聞之色變的地方。

叱吒一時，曾經走遍大江南北，官府多次圍剿無果，連慈禧太后也過問的匪首趙西來，如今正虎落平陽，被困於奉天金州以東兩百里的這個小城寨裡。

數千清兵把韓家屯圍個水泄不通，但就是不攻進去。裡邊的人，包括上千個村民，也不許出來。

就是這樣——耗著。

當然，官府的說法是——村民都被趙西來挾持了。

屯外放著兩大堆屍體：一堆散落一地，是雙方廝殺過後剩下的胡匪屍體。另一堆在屯的旁邊堆積如山，是屯裡餓死的被人扔出來的屍體。

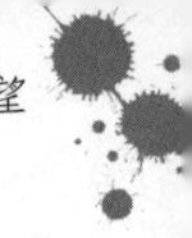

三個月過去了，一些已經腐爛見骨，血水一地。蒼蠅如雲，岳冬不停地用手和信函在耳邊亂撥。

「狗賊！我操你祖宗！……哇……」

看見地上的屍體，岳冬再次想起，那些旗兵是怎樣處死那些已經繳械投降的胡匪……

從山坡上往下看去，人都像螞蟻般小。岳冬只勉強看到有二十多個人跪著，全都被勇兵按住身體，辮子則被另一人往前拉，伸出脖子好讓劊子手幹活。

無論胡匪們如何掙扎，如何喊叫，他們的頭，始終一個一個地離開其身體。餘下的，開始連喊也放棄了，認命似的跪著，仿佛在盤算，早點投胎是否更划算。

沒人喊了，一切都歸於寂靜。時間久了，誰都沒有表情，如屠房裡宰殺畜牲一樣。鮮血，不過像捏破柚子肉所噴出來那丁點的汁液。一切，仿佛都是可有可無。

「他們……不是都投降了嗎？」作為新兵的岳冬聲音嘶嗄，雙目放空地看著遠方。

旁邊的奉軍副統領慕奇眼睛斜了斜，像是不屑他的婦人之仁：「投降就不是賊了嗎？幾百人哪！要是都把他們都關進大牢，誰給他們飯吃？」咬一口饅頭又說：「何況，他們是趙逆的人，壓根不可能有活路。」

岳冬心有不忍，扭頭對著慕奇說：「但殺了他們，以後還有誰會投降？」

慕奇不以為然，但略帶感慨道：「但不殺死那些想吃飽的……以後還有誰願意乖乖地挨餓啊？」接著把最後一口饅頭放進嘴裡，放眼遠方在看熱鬧但又呆若木雞的百姓。

岳冬心頭一震。

這三個月來，岳冬咬緊牙關，衝鋒陷陣，死裡求生，為的，就是回去見那日夜思念之人。

但，為什麼條件竟然是——把只求一條活路的人殺死？！

◐ ◐ ◐ ◑ ◑ ◑

「我求你了！我求你了！不要讓我們回去行不！」

「我跟你磕頭！我跟你磕頭！」

「裡邊都沒吃的了！」

「給我吃的，我把我兒子給你也行！」

那晚村民向著包圍他們的官兵跪地哀求一幕，再次在岳冬的腦海裡浮現。

「我們究竟做錯了什麼?！」見官兵們始終不說話，但又不讓自己離開，一個村民終於力竭聲嘶地喝問了一聲。

「誰讓你投胎到這兒?！」一個官兵終於回答，接著就是用槍托狠狠地砸下去。

岳冬雖然在遠處，那句話聽得不太清楚，但已經深深地紮在他內心深處。

誰，讓我們投胎到這兒了？

在養父口中，岳冬不知聽過多少遍，當兵，就是要「保家衛國」、「愛民如子」。的確，岳冬這幾年來都是跟隨養父驅趕胡匪、保衛百姓、賑災施粥、修橋補路……但，經歷了這三個月，如人間煉獄的三個月，岳冬開始明白，為什麼百姓看著自己的眼神總是那麼怪異，為什麼他們總是誠惶誠恐，為什麼他們會簞食壺漿以迎趙西來，為什麼趙西來每次把官兵殺掉，把屍首高懸示眾，有百姓要樂得放鞭炮……

其實，尋父十多年的他哪會忘記，當年自己的親生父親，不就是在他小時候被官兵捉走？

但他此刻絕不會想到，只要能把那些貪官污吏殺掉，只要能讓百姓不再受官府勞役和壓迫，只要能讓百姓吃上口飽飯，不管什麼人，千百年來只有天下，沒有國家的中國百姓，都會照樣簞食壺漿，以迎王師，包括，半年後踏上這片土地的——日本人！

# 第二章 當兵

……顧今日之中國，有治法而無治人……國勢陵夷至此，絕非偶然之數也。以今日之勢占卜中國之前途，早則十年，遲則三十年，必將支離破碎呈現一大變化。此四五年來，民心叛離最甚，似已厭惡朝政，草澤之豪傑皆舉足而望天下之變。

半年前。旅順口東大街。一耶穌教堂。

「你的神……一點也不靈……」聲音出自一個年已及笄的少女。其肌膚白皙，淡雅脫俗，雖沒打扮，但在人叢一眼就能辨出。顰蹙的柳眉下是一泓深潭般的美眸，既迷人又難以捉摸，仿佛藏著萬縷思緒，也害怕讓人探知。

「神不會有求必應的……有求必應，對人來說，未必是好事。」一個五十來歲，坐在少女身旁的洋人牧師以不純正的中國官話應道。

此人名叫杜格爾德，中國名字叫司督閣。由於他常以贈醫施藥來傳教，當地人都叫他做「司大夫」。當然，也有時候戲稱他做「士大夫」。

「他回不來……也是好事？」少女黛眉輕蹙，纖指緊捏著白色的手帕。

「神自有祂的安排……神會保佑他的。」司督閣看著遠處雄偉的耶穌受難像。

少女站了起來，深深地呼吸一下：「我還是去醫院幫忙。」

司督閣正想勸少女回家歇歇，門外突然有人大喊：「電報！」

是楊大媽的聲音。聲音在教堂裡迴盪著，四周正在做禮拜的耶教教徒紛紛靜下。

只見楊大媽穿過教徒跑了進來，停在少女跟前，把一張電報譯文遞給少女。少女沒有立刻接過，只是看著，盡是一副難以致信的樣子。

教堂裡只剩下楊大媽的喘氣聲。

楊大媽則把電報再往前送，喘著氣說：「是……是岳冬……那小子……平安！……一切平安！」

少女忙把電報搶過翻看，楊大媽繼續說：「他到了四川迷了路……後來又遇上山賊……人無事但錢財掉了……沿途得靠居民接濟……跌跌撞撞的走了一個月才到重慶府……找到張大人後就立刻給咱們捎信……」擦擦汗水又說：「他正趕去山東，說登州還有一個……」

少女如釋重負地坐下，什麼也聽不進去，不停地翻看著岳冬的電報，看了一遍又一遍，心中恨不得馬上飛去與岳冬相會。

在岳冬身邊如此關心岳冬的，除了其養父左寶貴外，就是如今已經亭亭玉立，蕙質蘭心的左心蘭了。

這年，是甲午年。

◐ ◐ ◐ ◐ ◑ ◑ ◑ ◑

登州一客棧。一個十八九歲的少年和一對夫婦對桌而坐。

「真的像嗎？」那少年左邊臉上有兩條長長的疤痕，一深一淺，頭戴回族白帽，身穿市井布衣，挽起了袖，正吃著一個肉包子。

那對夫婦看著少年，那個男的先說：「像！像極了！尤其是那對眼睛……那個眼神兒呀！說你不是你父親的兒子也沒人信！」

那青年冷笑一聲：「我當然是我父親的兒子了！」

「對……對……」夫婦二人尷尬地笑了笑。

那婦人又說：「不光那眼神，就看你的大耳朵、國字臉、大鼻子、大嘴巴……壓根和你爹是一個模兒！」

這時少年把口裡正嚼著的一口肉包子吐了出來，皺著眉頭問：「這是什麼肉？」

「豬肉吧！」夫婦二人同聲同氣。

少年扔下包子道：「我不吃豬的呀！」

「好好好……不吃豬吃別的！」那個婦人把小二叫來，問少年想吃什麼。

「羊肉串有嗎？」

「有！」小二應了一聲便去了廚房，不一會就拿了幾串羊肉來。

少年把手擱在膝蓋上，吃著羊肉串問：「我爹有沒有說，當年為什麼把我扔下了？」

夫婦相互一瞧，男的先說：「還不是窮嘛！」

婦人又道：「誰捨得把自己的孩子扔下？那時候不把你賣了，你和你爹都得餓死！」

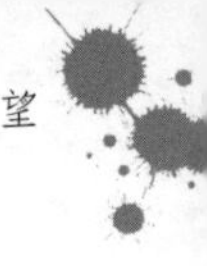

少年一直沒答話，待吃完最後一串羊肉後，仰頭歎了口氣，站起來擦擦嘴，問：「茅廁在哪兒了？」夫婦二人一指，少年便往那方向走去，左轉右拐走到街上，自言自語道：「又是蒙的……」接著舔了舔嘴唇：「幸虧那羊肉串還不錯！」

少年牽著馬走過兩條街，到了人較多的市集，從背包拿出一大堆紙來，然後東黏西貼。不少途人開始圍觀，只見上面寫著：

尋人

尋男子一名，年四、五十，名岳林，光緒初年與妻兒失散。

尋得此人或有此人消息者，請告奉天旅順口高州總鎮都督府岳冬，或函或電。

重酬。

此少年正是岳冬。

岳冬沒有理會途人的反應如何，貼完了上馬便走，就如例行公事一般。見遠處有群小孩正圍觀一布袋戲，岳冬悠然一笑，想起在上海買給情人的禮物，雙腳磕了磕馬肚子向碼頭奔去。

◐ ◐ ◐ ◑ ◑ ◑

「砰砰砰……」五十個勇兵身穿整齊的奉軍軍服，裹著頭，單膝跪在地上，抬著槍瞄著前面靶子放排子槍。哨官馬樂正在旁監督著。

旅順口。左軍門府前親軍教場。

這些年不時來左寶貴家中作客的葉志超在後面看著操練。雖然年近花甲，但養尊處優的他比十年前還要胖，雙頰胖得與鼻子形成兩條深深的溝，脖子也快沒有了，而且白髮也不多。畢竟官已至直隸提督，平平安安多過兩三年就可以安享晚年了。

看膩了沉悶的操練，葉志超步入身後的鼓樓，只見一人正托著額頭俯首沉思。

是左寶貴。和十年前相比，現在的左寶貴不單兩鬢已白，鬍子的根也白，深深的魚尾紋裡彷彿藏著千思萬緒。

「明日之戰……如何？」見左寶貴心情不太好，葉志超故意打斷他的思緒。

左寶貴愣了一下：「不就是胡匪嘛……」

「這回該拔他了吧？」

左寶貴出神地看著遠方，半晌聲音沙啞地說：

「不瞞你說，有時候……我真後悔向他們許諾。」

「你打算食言？你看蘭兒幫他補軍服那樣子，你要是不成全他倆，可是要了她的命！」

「那小子，就是為了娶我的蘭兒才當兵！」

「嘿！咱男人嘛！不是為了錢就是為了女人！這些崽子難道是為了保家衛國進來的？你我當初也不過為了糊口才當兵的吧？別太強求了！」

「但進來久了就得知道，當兵，不是單單為了分口糧……」

這時左府一下人領著一個人前來求見。

那人遞上一喜帖道：「我家主人的小女兒於下月十五成親，主人請左軍門您到時候能賞臉光臨！」

左寶貴和葉志超一看那帖子的署名，正是他倆的好友尹錫崧。

「一定一定！」左寶貴十分客氣，又命下人把那人送走。

葉志超故意歎了一大口氣：「老馬嫁完女兒才幾天，老尹的小女兒也成親了，不知道什麼時候才到咱們蘭兒了……」

左寶貴馬上激動起來：「我不急嗎？！那小子……你瞧！說好初八能到，今天都十四了，連影兒也見不著！這還要是他第一次當棚頭呢！」

「幾百里的路程，誰說得準呢？」

「他壓根兒就沒這個心！」

「岳冬那小子嘛……膽子是小了些，但總算是去過武備學堂啊！」

左寶貴立刻反問：「他畢業了嗎？」

葉志超當然知道岳冬去了武備學堂後，因為老是曠課跑去耍布袋而被洋人教習趕走的事，稍微尷尬地又道：「哎！他之前當探弁，雖是初歷戰陣，但總算有點表現啊！還有，他的槍法好啊，就這幾年他斃的胡匪，當個外委絕不為過吧！」

「用槍打沒事，用刀呢？」

這回葉志超回不了話了，欲言又止，最後歎息一聲，怪責似的道：「其實……他這性子……你幹嘛就讓他當兵了？」

「他不當兵能當什麼？讓他耍一輩子布袋不成？」

「當就當唄，又何必逼迫他每戰必先？當個幕友師爺也好吧！」

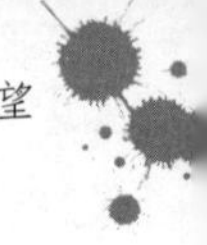

左寶貴立即苦笑道：「我不讓他每戰必先……」但隨即便慢了下來，變得一臉愴然，空洞的目光擱在地上：「以後還有誰替我賣命？」

葉志超凝視著左寶貴。雖然覺得他很是固執，也很想勸他，但深知其性格的葉志超知道壓根就勸不了。見其難以釋懷，也只好裝笑道：「唶！你也得替人家想想！人家不喜歡砍人，你硬是要人家每戰必先，到人家在前方立功了，你又說人家開槍打的不算，然後又理直氣壯的不讓人家成親……他心裡舒服嗎？」接著拍了拍左寶貴的臂膀，頭也不回地遠去。

左寶貴聽見再答不上話，只是默默地看著手上的喜帖……

◐ ◐ ◐ ◐ ◑ ◑ ◑ ◑

「今天來看病的人多嗎？」左寶貴像平時一樣和女兒吃飯聊天。

心蘭無精打采地說：「忙死了！今天金州又來了一幫流民，也是慕司大夫之名而來的，還未說那些來戒煙的越來越多，我也是剛回來不久……」

「流民？」左寶貴正想把手中的炸回頭放進嘴裡，聽見也打住了：「又是乞丐是吧？」

「是乞丐又有什麼問題呢？岳冬也不是乞丐嗎？也給你撿回來了！」

「爹不是這意思！……就是一個女孩子，好好的在家不行，非得要去當什麼助護……」左寶貴開始有些動氣，但話未說完就被更動氣的心蘭打斷：「爹！」

看著女兒皺著眉頭看著自己，左寶貴也知道，再說下去女兒只會提醒自己這是第幾次重複著同一遍話了，遂將話像手中的炸回頭一樣，一口吞進肚子裡。

心蘭沒有忘記明天有重要的事情，以試探的口吻問：「明天的胡匪……凶嗎？」

「就是牧羊城那邊有村民的牲口老被人偷去，又有人說看見十幾個胡匪什麼的，沒什麼大不了……」

「……就不能延宕一下嗎？」

左寶貴瞥了女兒一眼，邊嚼邊道：「不是先前下大雨，早就去了！還等明天？人家還盼著咱們去救他們的牲口呢！」但見女兒悶悶不樂，又安慰道：「胡匪有的是！尤其是近幾個月，金旅一帶老是有小股胡匪出沒，你怕得著他沒機會？何況……」此時遲疑片刻：「拔不拔他，還是我說了算！」話畢眼珠子往下端起碗咂了口肉粥。

心蘭聽後臉色更是灰黃難看，臉兒就如被捏皺了的紙，畢竟這幾年來兩人因拔岳冬的事情已鬧僵了好幾次了。

「不過……」這時左寶貴放下了碗，裝著若無其事，聲音放輕道：「我想也快了吧……」話畢還鬼祟地瞥了女兒一眼。

# 第三章　尋父

二月十七日。雪。午後二時抵劉家溝。氣溫僅零下幾度，龍河也快結冰了，沒多久，雪下了。見前方有縷縷炊煙，後悉為左寶貴開的粥場。昔左寶貴駐奉天，每年十二月至明年二月在全城數處施粥與貧苦大眾，如今在旅順亦復如是。一般人皆謂其活菩薩，然人們早已忘記其早年彈壓農民起義時之殘暴。伊贖罪乎？抑或真心乎？

心蘭整個人也凝住了，夾起來的羊肉也停在空中，圓乎乎的眼珠子仿佛也轉不動，費勁地把脖子一扭，才能把驚異的目光投向父親。

「只可惜那小子到如今還見不著影兒……我好人難做呀！」左寶貴說完端起了碗，把剩下的肉粥喝個底朝天，順便把心蘭的目光擋著。

父親最後一句話心蘭已經聽不清楚。此刻的她只感受到自己心房強烈的跳動，身體每一寸的肌膚也彷彿被苦盡甘來的喜悅所刺激而起慄。因為她知道，父親已經答應了，答應了她這些年來苦苦央求的事情，答應了她的——終身幸福。

「砰砰砰……」突然從大門方向傳來微弱的叩門聲。

兩人同時想到——是岳冬?!

沒想到說到曹操曹操就到，左寶貴差點把口裡那口肉粥也噴了出來，勉強吞下後馬上咳嗽連連。

心蘭則還未來得及反應，只覺身在夢中。

這時又彷彿聽見遠方有人喊：「兔崽子回來了……」

喊聲似乎是在回答兩人的疑問。

「來嘍!來嘍!」下人們紛紛興高采烈地奔去開門。

心蘭聽見是自己朝思暮想的岳冬回來，整個人一下子怔住了。

左寶貴見狀便說：「去吧!」

心蘭本來也想跟上，但一想到岳冬令自己擔心了幾個月就一肚子氣，現在還要自己出去「迎接」他，這叫自己的臉兒往哪兒擱呢?想到這裡，柳眉倒豎的心蘭站起了身，低著頭一聲不發地急步往後院走去。

下人們一開門只見岳冬帶著大圓墨晶眼鏡，加上門前燈火不足，一時間也沒把他認出來。

岳冬則看不清眼前是誰，低頭露出眼睛，見是自家的下人，笑道：「大夥好啊!」下人們看見真的是岳冬，登時起哄：「好嘍!」「回來了!」「等你哪!」

其中兩個少年穿著不整不齊的親軍號衣從人堆裡鑽了出來，大喊了一聲「岳大哥!」岳冬則咧著嘴對著他們喊：「黑子!三兒!」

兩人迎上去手搭岳冬肩膀，又把他上下打量一番。三兒幫岳冬拿著背包道：「還好吧?大夥都很擔心你呀!」黑子則把岳冬的墨鏡摘下，拿著墨鏡左看右瞧：「三個月了!咱們還以為你回不來呢!」

岳冬拍了一下黑子的頭，白眼道：「你小子才回不來呢!」然後奪過墨鏡邁步入門。

一些新兵也從營房中跑了出來。一大夥人嘻嘻哈哈地圍著岳冬說個不停，穿過親軍教場往大門走去。

還未到大堂，岳冬已看見左寶貴在裡邊正遠看著自己，便大聲喊：「左叔叔！」然後跑過去跪在左寶貴跟前磕頭。

左寶貴扶起岳冬，雙手搭在岳冬肩膀上，把他好好打量一番，除了衣服破了些和臉上多了條不太深的疤痕外，基本上都是完好無缺，又見岳冬咧著嘴看著自己，才放心地坐下。

岳冬還未吃晚飯，楊大媽便馬上熱了剛才剩下的飯菜。岳冬邊吃著，邊興高采烈地說自己如何碰上劫匪大難不死，又講如何白吃那些蒙他找到他父親的人的酒菜。

左寶貴都一一聽了，到岳冬再想不到要說什麼的時候，才問：「有線索嗎？」

「哪有呢……」岳冬淺笑一下，放下啃了半口的炸回頭，然後笑容漸漸消散：「我想……我以後也不找父親了……」

「為什麼？」左寶貴很是愕然。

岳冬呼了口氣，看著地上道：「我知道，這些年來為了這事，我已經給左叔叔您添了很多麻煩了。就像今次，本來說一個月的時候，已經有人說三道四了，如今我走了三個月，他們肯定又不知會說什麼話了……」

「沒事的，你甭管他們，你去不去他們也會說三道四的！」

岳冬搖了搖頭：「去了又怎麼樣？都十多年了……或許……他早就在天國了……何況呀……我也不可能找他一輩子。」

左寶貴則淡淡一笑：「看著吧！說不定某天你爹自己找上門來！」

岳冬也勉強地笑了笑，嘆氣又道：「算了！我想好了！找了他十多年，也算對得起我娘了……以後呀！我就好好的在這兒……和蘭兒……好好地侍候您！」接著眼睛骨碌地啃了一口炸回頭。

左寶貴馬上笑道：「你不用我侍候我已經要謝你嘍！」

兩人哈哈大笑。

這時傳來打更聲。左寶貴忙道：「對！時候不早了，你趕緊洗個大淨，然後聽聽馬樂明天的部署！早點休息，明天還得起早！」

岳冬應了一聲，立刻咬著個炸回頭動身，走了幾

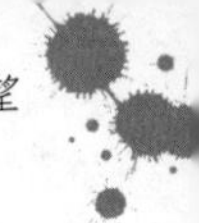

步才猛然想起一個人，忙道：「我得先找蘭兒呀！」

「快去快去！」左寶貴做手勢示意。

但岳冬走不了幾步就被左寶貴叫住。岳冬回過頭來，聽得左寶貴說：「還記得你明天是你第一次當棚頭吧？」

「當然記得！」

「記住，用心一點！也小心一點！」

「知道左叔叔！」岳冬響亮地應了聲。正欲再動身，又被左寶貴喝住，又再回頭。

只見左寶貴欲言又止，過了半晌方道：「如果……明天你有點表現，我或許……就拔你為外委……」

岳冬聽見也如心蘭一樣，睜著圓乎乎的雙眼，手腳也似乎僵硬了，凝視著左寶貴良久也說不出話來，直至左寶貴示意讓自己離去，才回過魂來向左寶貴跪下磕頭，差點喜極而泣地高聲喊：「謝左叔叔！謝左叔叔！」見左寶貴微笑頷首，便立刻飛奔進了二堂找心蘭去了。

看著岳冬鮮蹦活跳的背影，左寶貴呼了一口長長的氣。畢竟，他終於放下了壓在他心頭多年的大石。

◐ ◐ ◐ ◑ ◑ ◑

心蘭離席後步入宅門，聽見從教場傳來歡笑聲，還是忍不住停下腳步，繞到官廳，在微弱的月色下，從門縫中窺看岳冬。見他和眾人有說有笑的，完全看不出有半點牽掛自己，便氣衝衝地回到自己的房間。在房間待了一會，看見牆上滿是岳冬這些年來送自己的布袋木偶，又忍不住走了出來，坐在後園的鞦韆上。

明月灑下億萬縷銀絲，微風吹得四周的竹樹沙沙作響。

心蘭在鞦韆上輕輕地晃著，看著皎潔的月亮，不禁回想起這三個月來自己如何替岳冬擔心受怕，自己如何每天坐在這兒盼著他的音信。想著想著，想到眼下岳冬只顧著和別人談笑風生，便不免顧影自憐，淚水便悄悄地落下。

未幾身後傳來了微弱的腳步聲，心蘭忙把眼淚擦乾。聽見腳步聲就身後，心蘭轉過身，只見眼前是一個小孩造型的布袋，布袋套在一個人手上。心蘭抬頭一看，正是岳冬。

「蘭兒……」岳冬剛才的興奮還未平靜下來，一臉樂顛顛的。

然而心蘭卻一臉冷峻，站起身便走，岳冬本能地抓住心蘭的手，心蘭則使勁甩開，退後了幾步。

沒有說話，也沒有離開。

岳冬知道心蘭是抱怨自己太遲回來，但沒想到她會是這樣一個的反應，一時間不知如何是好，只好吱支吾吾地說：「……我也沒辦法……我也不想被劫的呀……」

「你心裡還有我嗎？」心蘭悽楚地說著，眼簾半垂地看著地上的落葉，淚水也把落葉變得朦朧。

雖然兩人早已到了談婚論嫁的時候，但岳冬從來沒有聽過心蘭把對自己的感情流露得如此直白，一下子也愕然了，呆了片刻才道：「有！當然有！」但立刻又說：「不！」

心蘭忙瞪著岳冬。

# 第四章　月下

又是一場初雪。雖然下雪勾起了思鄉之情，但不知是否伊之緣故，在此愁緒中仍藏有淡淡喜悅。然而，伊今天還是一臉愁容。當孩童皆跑上街耍雪時，伊卻從房間裡慢慢步出，漫天雪花下獨自在鞦韆上晃著晃著……

只見岳冬一臉認真地說：「我的心不僅有你，而是……只有你！」接著向心蘭靠前一步。

「你心裡只有你的兄弟！」心蘭知道岳冬又要耍他的嘴皮子，但心底裡還是願意看看他這次是怎樣的一個耍法。

「我的心哪盛得下那麼多人？你不是老說我小心眼嗎？你說得對，我的心確實小了點，小得只盛得下一個人……那就是你啊！」

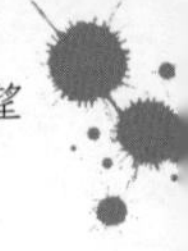

心蘭雖知岳冬的意圖，但最後一句「那就是你啊」還是讓她怦然心動。

岳冬再踏前一步：「這三個月來我每天都想著你呀！在我被劫的時候，他們把刀架在我的脖子上，當時我想到的人不是爹娘，也不是左叔叔……而是你呀！……當夜裡又冷又餓的時候……我也是……也是想著你……才能熬得過來呀……」

說到這兒岳冬自己竟然也有點兒難為情，低下頭不敢直視心蘭，雙手玩弄著打算送給心蘭的布袋。

心蘭也感覺到，這一刻的岳冬有點不像平時的岳冬，他不像在逗自己，而是在——真情流露。

這時兩人相距只有一尺。冷清的月光映在岳冬瘦削的臉上，心蘭看見其左邊臉上多了條血紅色的疤痕，雖然不深，但再看他一身破舊的衣服和散亂的頭髮，令人感受到他這三個月的確實是歷盡艱辛。

心蘭低下了頭，雙唇緊合，試圖忍著快將溢出的淚水。

岳冬這時才明白，心蘭是被自己的說話感動了！但更令岳冬感受深刻的是，心蘭是如此的擔心自己，而自己回到家後最後一個才見她是對她的一種莫大的傷害！因為她比任何人都惦記自己！

這時岳冬不禁說了聲：「對不起啊……」

心蘭的熱淚也緩緩地淌下。

岳冬看見心蘭一副惹人可憐的樣子，心底裡就有一股勁兒想把她一摟入懷。但他也深知，如果摟了被人發現了，自己就不知道要拿多少個時辰的大頂了。再說，根據他過往的經驗，當他有類似的企圖的時候，不論四周本來是多麼的杳無人煙，往往也會殺出一個程咬金的。所以岳冬始終按兵不動，兩手垂直，繃緊地緊握雙拳，呆呆地站在心蘭前面。

果然，這時從後傳來一人的喊聲：「冬兒快來食塊喜餅吧！你剛才食得很少哪！」

岳冬轉身一看，正是是楊大媽。心蘭看見則趕緊擦掉眼淚。

岳冬的位置正好擋在心蘭前面，加上光線微弱，所以岳冬這一轉身楊大媽才看見後面原來還有個心蘭，而且兩人僅有一尺之距，從楊大媽看來兩人仿佛正在幹什麼似的。

楊大媽待了一待，不好意思地說：「沒礙著你們吧？」

「說實話，是有的楊大媽。」

這麼直接的答案讓滿眶熱淚的心蘭哭笑不得。

「哦……沒什麼，就是拿點喜餅給你吃！」楊大媽笑著說。

「誰成親了？不會是你吧？」岳冬仍是一本正經。

雖然淚痕未乾，但心蘭還是噗哧笑了。

「呸呸呸！你小子心眼真壞！好心拿東西給你吃你卻跟我開這種玩笑！」楊大媽雖然口是這麼說，但心裡一點怒氣也沒有。

「對不起呀楊大媽！我剛才吃飽了！你剛才做的炸回頭……嘍！那味道也別提有多香，害得我差點連舌頭都咽肚子裡去！看來我這輩子也只能吃你做的菜了！」岳冬見心蘭轉嗔為喜，又開始耍起嘴皮子來。

楊大媽受不了岳冬，說：「你小子就是這樣！一句罵人一句逗人，不知道哭好呢還是笑好呢！」

「那你就先把喜餅拿回去再決定是哭好還是笑好吧！」

「好！我早知道你小子沒良心！就是嫌楊大媽嘴碎！」楊大媽有些動氣，轉身便走。

這時心蘭拉一拉岳冬的衣服，輕聲說：「我有點餓……」

岳冬雙目一瞪，忙扭頭向楊大媽喊：「留步呀楊大媽！」

楊大媽略略一停，沒回頭一直走。

岳冬把手上的布袋交給心蘭，追到楊大媽跟前，雙手拉著她的袖子，擠眉弄眼地說：「我的楊大媽！喜餅就留下吧！蘭兒她肚子餓……」

楊大媽故意刁難岳冬：「我忙著哪！我還要決定哭好還是笑好哪！」

「這個容易！我替你拿主意，就笑好嘍！」

楊大媽鼻子吭氣道：「你小子就是這樣！沒正經！拿著！」接著把喜餅遞給岳冬，岳冬則連忙謝過。

楊大媽看了看心蘭，又看了看岳冬，湊過去輕聲道：「蘭兒這三個月等你等苦了！每天就坐在鞦韆上晃來晃去的等你的信兒！你小子最好給我好好的哄她，不然就唯你是問！」見心蘭害羞地低著頭，又道：「你左叔叔像是心軟了，你小子懂事的話明天就給我打狠點兒，到時候拔你一個外委不就萬事大吉了

唄！」

楊大媽就像長輩一樣訓斥著岳冬，而岳冬則拿著喜餅唯唯諾諾地應著，但卻是出神地看著心蘭。

楊大媽見岳冬好像沒什麼反應，訓斥一聲：「聽見沒有！」

岳冬連忙打千道：「喳！」又等到楊大媽說了聲「去吧！」岳冬才乖乖地回到心蘭身邊。

兩人坐在後院的石階，向著後園的竹林，皓月下乘著涼風吃著喜餅。

「楊大媽跟你說什麼了？」心蘭剛才見楊大媽看著自己跟岳冬說話，早已猜到她和岳冬大概說了些什麼，但仍是故意問問。

「她說喜餅不夠吃，叫我想個法子。」岳冬嚼著喜餅，身子前後輕輕地晃著。

心蘭一時聽不明白：「喜餅不夠吃？」

「對！你說，我有什麼辦法令左府上下的人都能吃得上喜餅呢？」

心蘭終於知道岳冬想說什麼，訕訕地避開其目光：「這話可不像你說的！」然後低頭含笑啃了口喜餅。

「我看呀！是你爹終於心軟了……也可能是你爹老吃人家喜餅覺得磨不開，想請人家食一回吧！」

心蘭聽見又噗哧笑了。

「究竟是誰家嫁女兒了？」

「馬家唄……不單是馬老先生的千金出嫁了，尹家的千金下月也出嫁了……」

「尹家不是有兩個女兒嗎？」

「你忘了？大的那個早就成親了，你不在時候還生了個女兒，現在嫁的是小女兒。」心蘭把最後一口喜餅放進嘴裡，然後雙手抱膝，把下巴擱在膝蓋上。

岳冬知道心蘭心裡想些什麼，把最後一口塞進嘴裡，拍拍手說：「呵！下個月嘛……那咱們還有機會！……這次如果順順利利的話，而你爹又夠痛快的話，咱倆比她早幾天成親也是可以的！」

心蘭瞟了岳冬一眼：「想得美！」又道：「爹能成全咱們已經很不錯了！」

岳冬也沒在意心蘭說什麼，豎起食指繼續說：「不光咱們要比他們先成親，而且還要比他們先……」接著拿起心蘭身上的布袋：「生孩子！」

「誰跟你生孩子了？」心蘭臉上倏然一紅。

「我看是你吧？……你不願意？」

「羞不羞你！」心蘭把頭側到一邊去。

「有什麼羞的？」岳冬把頭靠過去：「你不願意我找別人也行啊！」

「你敢？！」心蘭馬上瞪著岳冬。

## 第五章　守望

六月廿八日。陰。是日和蘭兒同往教堂做禮拜。目睹街上之布袋戲，蘭兒又不禁思念岳冬，說著說著，言及當年兩人是如何相識。從蘭兒之表情可知，即便岳冬是如何窩囊，其芳心始終都在他身上。當言及那破席之時，吾心有一種莫名的難受，那不僅是因其令人同情的童年，而是因為命運之神還在戲弄他……

岳冬立刻斂起笑容，把布袋還給心蘭：「不敢！你叫我去我也不敢！」

心蘭白了岳冬一眼，啃了口喜餅，沒再理他。然而過一會，岳冬又自言自語地說：「如果我生了個兒子……我一定會叫他做……岳蘭！」

「你還說！羞不羞你！」

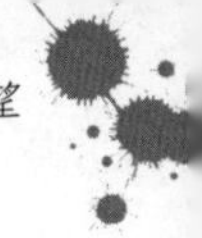

岳冬擦了擦嘴上的餅屑說：「幫孩子改名字羞什麼?改個壞名字才羞人呢！」又輕輕地推心蘭：「你說，岳蘭這名字好不好？」

心蘭扭著頭對岳冬說：「要是男的怎麼辦呢?……哥已經因為這『蘭』字而耿耿於懷了……」

「我想有你的名字嘛……」

說到這兒，兩人都有點沉重。

心蘭率先打破沉默：「今次出去有消息嗎？」

「還不是這樣……」岳冬眼睛往上看著頭頂的月亮，待了一會，突然又說：「以後我再也不去了。」

「為什麼？」心蘭很是詫異。

岳冬歎了口氣：「都找了這麼多年了，也算對得起我爹娘吧？」此時扭頭凝視著心蘭，眼神甜膩膩的：「也是時候……成親……生孩子吧？」

聽著岳冬這話，雖然輕啐了一聲，但心蘭已是桃腮帶靨，心裡就如春意盎然的花朵。每看岳冬多一刻，心裡就仿佛多了一分幸福，但又多了一分害羞，最後還是抵擋不住，目光訕訕地閃開了。

「這布袋你喜歡嗎？」

心蘭低頭看了看布袋，淡淡地莞爾而笑：「喜歡。謝謝。」

「這布袋挺不簡單的，嘴巴可以開合，看來我也得多練習才能控制好。」接著岳冬拎過布袋，伸左手進去，弄了一會把布袋的嘴巴張開。

「對！我也有東西給你。」心蘭從懷裡掏出一個紅色的小香包。上面以回回十字繡繡上淡黃色的經文，香包頭頂還連著一個小小的方勝結。

「寫的是什麼呢？」岳冬拿過香包，在月亮的微光下仔細察看，看了一會又嗅一下，只覺香氣沁人心脾。

「就是保你平安！是宋阿訇給我取的……」心蘭以責怪的眼神看著岳冬：「你走了三個月，音信全無，也不知道人家有多擔心你……」然後臉色紅暈地把頭輕擱在膝蓋上。

見心蘭如此關心自己，岳冬放下了香包，臉兒稍稍地仰起，得意地笑了。

心蘭聽不見岳冬回話，瞟了他一眼，見他這模樣便怒從心起：「你還笑?!你這沒良心的東西！」說著欲搶回香包，然而岳冬則用另一隻手接過。

「還給我！」

「不給！」

爭了一會，見岳冬陡然慢了下來，心蘭便往岳冬看去，只見他正呆呆地看著自己。

這時微風漸息，四周寂靜。兩張臉相距不足一尺，兩人四目交投，就是沒有說話。

過了一會心蘭開始有點難為情，臉上漸熱，正想將目光移向別處時，岳冬卻呆呆地問：「我能親你一下嗎？」

心蘭知道，岳冬近年血氣方剛，老是想碰碰自己的身體，雖然最多也是偷偷地抱自己一下，而自己也沒有放在心上，不過每次給父親看見就必然會受罰。所以現在岳冬如此直接地說想親自己的臉，心蘭難為情之餘也感到十分愕然。

然而，從岳冬的眼神中，心蘭看不出半點歪念，相反，感受到的只有岳冬對自己的愛惜和難捨之情。因為心蘭明白，明天等待著岳冬的，畢竟是場戰鬥。再看到岳冬臉上長長的傷痕，更讓心蘭想到這幾年他為了達到自己和父親的期望而吃了不少苦頭，而心蘭對岳冬的不捨之情也油然而生。

此時心蘭緩緩地閉上雙眼，頭稍稍仰著，身體放鬆，等待著岳冬的行動。過了半晌，心蘭感到岳冬雙手輕輕地扶著自己的臂膀，同時聽到岳冬的鼻息越來越重，而自己的心跳也越來越快，臉蛋也越來越熱。

心蘭想起了五年前她與岳冬私定終身的一幕——黑夜降臨，雨雪紛飛，兩人趁著左寶貴不在，所有人都睡著的時候，到後院取火玩樂。後來岳冬更從後緊緊地抱著自己，雙臉緊貼地聊天……

「你抱過我，你可要娶我咯！」心蘭被岳冬從後抱著，兩人在一火堆前取暖。

「不是吧？這麼便宜？」岳冬的身子和心蘭一起前後輕晃著，兩隻大手掌包著心蘭那雙柔軟的纖手，不停地擦著。

「不然你還想幹嘛？」心蘭歪著頭蹙著修眉說。

「我不是說我便宜，我是說你便宜……」

「你！」心蘭忙扭頭瞪著岳冬，見他在竊笑，嬌嗔地白了他一眼，使勁地拍了拍：「討厭！」而自己也憋不住笑了。

過了一會，岳冬呆呆地皺著眉頭看著火堆說：「其實……為什麼男人……就是喜歡抱著女人呢？」岳冬其實很享受這一刻，畢竟能夠抱著蘭兒，他腦袋

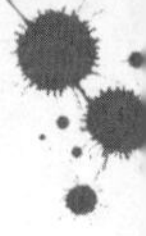


裡也不知想過多少回了。

「哪有人這麼問的呀！」心蘭忸怩地低下了頭。

「我想不明白嘛……」

「……男人不喜歡抱著女人……難道喜歡抱著男人嗎？多噁心……」

「是啊！」岳冬聽見傻傻地笑了。呆了一會又問：「那……人，幹嘛一定要結婚生子呢？」

「你問這麼多題幹嘛呀？」其實心蘭最喜歡就是岳冬跟自己說一些無聊的話題，因為往往就能逗得自己很開心的。

「想不明白嘛……」

「那人不結婚生子，那……那幹什麼好呢？」

岳冬眉頭稍為放下，點了點頭，但隨即又滿腦子疑惑：「……但人結婚生子……就是因為想不到幹別的……這……好像……有點……那個……什麼的……」

心蘭眼睛骨碌一下，也覺得有些道理，人結婚生子如果真的只是單單因為這個，似乎真的有點兒膚淺，便問：「那你說呢？」

「我覺得……」岳冬裝著一臉正經，儼然地豎起了食指，像是要發表什麼偉論似的，瞇起眼看著火堆說：「人穿得好，吃得好……我看呢，咱們應該是積了好幾輩子的福才能投胎為人的。說不定，你對上十世都是頭牛，而我對下十世下呢，都是只蟑螂……」

聽到這裡心蘭已忍俊不禁，抿嘴而笑。

「……所以呢，既然咱們這麼難得才能投胎為人，我覺得……咱們應該幹一些……一些……」

「一些什麼呀？」

「一些……」岳冬倒抽了一口寒氣說：「牛和蟑螂都幹不了的事情！」

「那是什麼呢？」心蘭一臉疑惑。

「比方說……」岳冬一時想不出來，又苦苦地思索，半晌放鬆了臉上那繃緊的肌肉，很有詩意地說：「玩石頭剪刀布！」

「無聊！」心蘭聽見哧的一聲笑了，又拍打岳冬，而岳冬也愜然地笑了。

心蘭就在這回憶中含笑著等待岳冬。然而過了良久岳冬仍沒有親自己，卻聽見岳冬在自己耳邊輕聲笑道：「等我回來吧！這次我一定能親到你的臉蛋的！」接著雙手一鬆，「走嘍」一聲，便頭也不回地跋腿往大堂跑去。

心蘭立刻站起，走到門檻前看著岳冬的背影，即使背影完全消失，心蘭還是將頭輕輕地依在門框上，呆呆地看著大堂那方向。

◐ ◐ ◐ ◑ ◑ ◑

亮更時分，四周烏藍色一片。

親軍教場上煙塵滾滾，五十個奉軍親兵整裝待發。

像每次出征一樣，雖然馬兒按捺不住不停地自轉，但岳冬的目光始終都盯著大門那兒，希望能看見心蘭在那兒看著自己出征。但每次都一樣，大門那兒始終是空無一人。然而岳冬萬想不到，當每次自己盼著心蘭在大門出現的時候，心蘭其實都從旁邊官廳的門縫裡窺看自己……

# 第六章　冒險

傍晚到達普蘭店。沿著安子河放眼西看，斜陽下是一望無際如黃金般的罌粟。不管是城內抑或城外，隨處皆可看見煙館，連婦女兒童也有吸食……城內也普遍貧窮。國家積弱，列強欺壓，官府貪婪，橫徵暴斂，百姓怨聲載道，揭竿而起，是為關外近年胡匪為患之因也。

旅順以西。牧羊城東。郭家村北口。十幾個勇兵正在帳棚外休息閒聊。

道路難行，一行人到達郭家村已經是下午兩點。用過午飯，三個棚共三十人便往牧羊城出發，留下兩個棚在村裡保護村民。

這時已經五點多，斜陽把大地照得一片金黃，但遠方的烏雲卻在蠢蠢欲動。

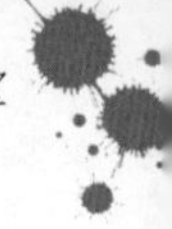

三兒和岳冬正靠著村頭一房子的牆上，兩人皆雙手抱洋槍，下巴擱在槍托上。三兒面向村裡，一口一口地吃著花生米，而岳冬則面向村口對出的一片樹林發呆。

三兒手肘撞了撞岳冬：「你說那個女孩漂不漂亮？」雙眼一直發光盯著不遠處一個年齡和自己相約的賣菜女孩。

岳冬頓了頓，扭頭看了看：「還行吧……」話畢又把頭扭回去。

「不是吧？你看她的笑容……多甜哪！」三兒搖著頭地讚歎著。但見岳冬沒有答話，歪頭看一下，只見他還是呆呆地看著前方的樹林，便問：「幹嘛了你？」

「沒什麼。」岳冬還是目不轉睛。

「幹嘛不說話了？」

「幹嘛說話了？」

「嘿！」三兒放下了手中的一顆花生米，轉過身對著岳冬：「你今早還是好好的，幹嘛從帳棚出來就不說話了？」

見三兒死盯著自己，岳冬只好抓抓頭如實交代：

「我不想待在這兒……」

「不待這兒待哪兒了？」

「……我想跟著他們一起去……」岳冬往樹林那邊仰仰頭。

三兒聽見乾笑兩聲，摸了摸岳冬的額頭：「生病呀你？」

岳冬撥開三兒的手，正色道：「我認真的！老實跟你說……左叔叔像是答應我了！」

「答應你什麼？」

「他昨晚跟我說，如果這次剿匪我要是能有點表現的話……他就答應拔我為外委！」

「真的？！」三兒不敢相信，又拍了拍岳冬的肩膀：「守得雲開見月明哪！」但見岳冬始終悶悶不樂，便問：「那你為什麼不跟著去呢？」

「馬樂說我這棚人新兵多，又說胡匪這個月來已經有兩三次在附近打食，叫我留下保護村民……」

三兒點了點頭：「你第一次當棚頭嘛，不讓你去冒險也很正常啊！」

岳冬又搔頭抓耳，自怨自艾地說：「我也是，說什麼渡河有危險……」

「什麼渡河？」

「樹林裡不是有條河嘛，前些天下大雨河水暴漲了，水又深又急的，我說不好過去，說走到下游的一條橋才好渡河，他們則說太遠了，我就說，勉強渡河有危險，他們就笑我了。」

「拿一根渡河繩不就行了唄！有什麼危險？」三兒又吃一顆花生米，轉過身繼續盯著那女孩。

「他們也是這麼想，但……」這時岳冬面有難色：「水既然又深又急的……我就多口說了，有人偷襲咋辦呢……」

三兒聽見「有人偷襲」也馬上捂著嘴巴笑了：「怪不得他們笑你了！」

岳冬也沒怪三兒，繼續看著遠方的樹林：「左叔叔都答應我了，我小心點也應該吧？」岳冬當然知道，這些年來，除了三年前金丹教一役，若不是走投無路，壓根就沒有胡匪敢主動襲擊官兵，不然自己連一點小功也可能立不了。

「也是……其實你也不用這麼愁嘛！關外胡匪多的是，最要緊的是你的左叔叔答應你嘛！」

「也是……」岳冬輕輕點頭。

見岳冬心情好點，三兒又色瞇瞇地說：「來了來了！快看啊！她又笑了！」

岳冬轉過身來，和三兒一起看著那女孩，見她正和她的朋友有說有笑。

三兒開玩笑地說：「剛才你心情不好不算，現在請你用平常心重新品評品評！」

「你小子不是喜歡小蓮嗎？怎能如此三心兩意了？」小蓮是在旅順專做官兵飼料生意的一個商人的女兒，每次親軍要買飼料都是三兒搶著要去的。

三兒聽見「小蓮」臉色驟變，把頭側到一邊說：「誰喜歡她了？」

岳冬嗤笑一聲：「你小子就是不認！」

三兒聳了聳鼻子說：「怕什麼認？好看的姑娘誰不愛看呢？現在就不是在看嗎？她不過是我眾多喜歡看的女孩的其中一個而已！什麼三心兩意？！」話畢白了岳冬一眼。

岳冬也懶得理三兒的辯解，凝視著那女孩片刻說：「那，這女孩和小蓮比，誰好看？」

正用指頭剔牙縫的三兒頭也沒有扭過來，不冷不熱地道：「小蓮……其實也不是這麼好看！」

岳冬瞇起眼睛盯著三兒：「是嗎？」扭頭又看著

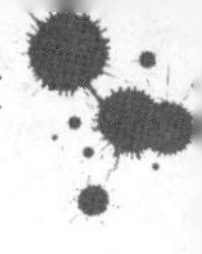

遠處那姑娘：「我看哪，這女孩長得雖然標緻，但瘦了點兒，還不及小蓮豐滿，可以給你生十個八個孩子！」

三兒聽見馬上用剔牙縫的指頭戳進岳冬的腰間：「笑我是不？！」

岳冬猝不及防，「哇」的一聲喊出來。聲音大了一點，那女孩像是有所察覺，往兩人的方向看去。

三兒見狀忙低下頭，而岳冬則毫不顧忌，坦蕩蕩地與其對視，順道欣賞一番其芳容。

「她發現了？」一臉通紅的三兒拉扯著岳冬的衣袖，目光只管放在地上。

「是吧……」岳冬呆呆地看著那女孩，而那女孩也呆呆地看著岳冬。

「她還在看嗎？」三兒還是不敢抬頭。

「沒有嘍……」見那女孩像是有點害羞地低下了頭，岳冬的目光也移向別處了。

◐ ◐ ◐ ◑ ◑ ◑

「朝鮮民變呀……」左寶貴在家裡身穿便服，戴著眼鏡，雙手拿著一份報紙，有意無意地對旁邊的表弟楊建勝說。

「民變又咋哋？」楊建勝拿著另一份報紙，無精打采地翻看著。

「朝鮮與我省相鄰，我等對那兒的事又豈能充耳不聞？何況朝廷替其平亂早有先例，說不定這次可能會找上咱們。」

「對！不過還是你讀給我聽好了，這玩意兒我等赳赳武夫不好對付，看多了頭暈！」楊建勝放下報紙，站起欲走。

「走了？不吃晚飯？」左寶貴也摘下眼鏡，放下報紙。

「不……」楊建勝語音未落，只聽得門外一人喊著「軍門」跑了進來。那人跑到門前正想跟左寶貴說話，看見旁邊還有個楊建勝便打住，連忙低頭行禮，呼哧呼哧地直喘氣，一臉油汗，表情拘謹。

兩人一看，正是在左府看馬的回回青年石玉林。

楊建勝看見石玉林的反應，皺眉道：「幹嘛呀玉林？近來很少見你，出門了？」

「沒有……」石玉林還是低下頭。

楊建勝也習慣了石玉林的拘謹，也不在乎，笑了笑頭也不回就走了。

石玉林扭頭看著楊建勝的身影消失，才邁步進門，站到左寶貴跟前行禮。

「有消息了？」看見石玉林，左寶貴也驟然凝重起來。

「軍門還記得十年前的血洗錦州嗎？」汗珠從石玉林臉上不停滑下。

左寶貴沒預到他一來便說十年前的事，隨便地應道：「記得……」但片刻就臉色頓變。

石玉林此時抬起頭，臉有憂色道：「……他壓根就不是什麼農民……他是……」

「趙西來……」左寶貴的語氣也變了。

「對！軍門，親軍今早都出去了？」

左寶貴凝神地看著石玉林，沒有眨眼，屏住呼吸，久久說不出話來。

# 第七章　中伏

一月過去，還沒佳音。不許打食，老二看著眾人整天無所事事，而糧食和銀子越來越少，兄弟們皆食不果腹，今天再次按捺不住，再去說服老大率眾突擊市街。老大當然不肯，兩人再度爭執，最後雖能穩住老二，但入夜後老二仍帶走了其上百人馬，看來老大憂心之事終要降臨……

一眾勇兵繼續在郭家村北口守著，等待著其餘三個棚回來。

「胖子佟……胖子佟他……」這時黑子跑過來，喘著氣地對岳冬說。

「怎麼了？」

「他喝醉了酒，搶了村裡一間店鋪的東西，人家問他要錢，他還把人家的鋪子砸了！」

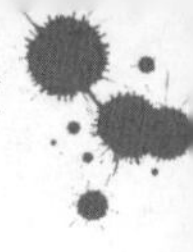

岳冬眼珠子往下沉了沉：「這事我回去跟左軍門說吧！」看見胖子佟正從黑子身後走來，輕聲道：「別說了！他來了！」接著把一單筒望遠鏡套在眼睛向著遠方的樹林，其他人則趕緊提起洋槍裝樣戒備。

胖子佟是個老旗兵，本來功至哨長，但因為老不守軍紀，而且老不服左寶貴這回回而不斷被降級，最後被降到僅僅帶著十個勇兵的棚頭，和年輕的岳冬平起平坐。

此時胖子佟有些步履不穩地走到岳冬身邊坐下，臉兒紅紅，一臉油汗的，一手擱在膝蓋上，一手拿著酒瓶。見岳冬正聚精會神地看守著，喝一口酒道：「你真他媽的怕他們遇襲了？」然後冷笑一聲。

岳冬怔了怔，然後又往望遠鏡裡看，沒有答話。

「喊你哪！」胖子佟用手肘撞了撞岳冬的腿。

見胖子佟沒禮貌，岳冬也不跟他客氣，眼珠子往下一撇說：「你這樣子回去又得受罰了！」

「嘻嘻……沒關係啊！都棚頭了，大不了就當個散勇唄！」見岳冬又不理自己，又用手肘撞了撞岳冬的腿：「你裝什麼裝？」

岳冬輕輕地說了句：「我只做我應做的事兒！」接著又往望遠鏡裡看。

胖子佟聽見嗤的一聲笑了：「做應做的事兒？」接著往脖子抓抓癢：「如果你會做你應做的事兒，那左回子也用不著揪著你去殺人吧？」接著又喝一口。

聽到如此挑釁的說話，身邊的勇兵也紛紛放下了槍，看著二人。

岳冬緩緩地放下瞭望遠鏡，眼看著遠方黯然不語。

黑子這時壯起膽子說：「岳頭不是不能也，是不為也！是仁善！」

見自己棚頭被人欺負，三兒等幾個新兵也跟著附和：「對！」「仁善！」不過聲音還是有點小，畢竟對方是連哨官馬樂也得給臉的胖子佟。

胖子佟抬頭看了看岳冬，然後站起身來，盯著黑子等人，黑子等則忙往後退一步。

胖子佟一手拿著酒瓶，另一隻手搖了搖，打口酒嗝道：「甭怕……甭怕！」拍一拍身上的灰塵，又湊到岳冬耳邊說：「當兵的仁善？哈！那就甭叫兵了！……而且這也不叫仁善，而叫……懦弱！」雖就在岳冬耳邊，但其聲音足以讓所有勇兵聽見。

再看岳冬，還是垂下雙手，低頭不語。

胖子佟見岳冬沒什麼反應，便對一眾在岳冬棚裡的新兵說：「你們這些新兵蛋子呀！可能還沒聽過你們棚頭的威風事兒，那就讓我來跟大家說說！」接著喝一口酒，緩步繞著岳冬道：「就說剛才的那件事。話說……兩年前，咱們……岳頭，性格仁善，從不揮刀砍人。但作為一個勇兵，不砍人哪成？左……軍門屢勸無用呀！最後逼得他揪著咱們岳頭到了刑場，逼他砍掉一個死囚！」

勇兵們這時都看著岳冬。雖然不少新兵早就聽說過此事，但現在再聽一次還是感慨良多。畢竟作為一個農民子弟的新兵，他們全部都沒有殺過人，也害怕殺人。

「當時的天色就像現在這樣，日落西山，皓月初升。左軍門早就把刀放在咱們岳頭手上，可是他呢？看著那死囚，雙眼被綁，低著頭的跪在他的跟前，也不用那死囚哀求，他手上的刀已經掉到地上嘍！」胖子佟見底子也沒了，便嗶啷一聲把酒瓶扔到身後去。

岳冬出神地看著地上，想起自己最親的，對自己最好的義父竟然逼著自己殺人，又想起了這些年來為娶得心蘭所受的辛酸和委屈，終於眼泛淚光。

胖子佟見狀很是滿意，提起腳步繼續道：「這下子可慪死了咱左軍門呀！左軍門一怒之下便把刀架在咱岳頭的脖子上！說：『你不砍他我就砍你！』」這時胖子佟還作勢往岳冬的頭上劈去：「奈何咱們仁善的岳頭還是不為所動呀！左軍門忍無可忍，終於揮刀往岳冬砍去！……但試問左軍門咋捨得殺自己那麼仁善的養子呢？不過左軍門還是氣上心頭呀！所以還是用刀在他臉上留下磨滅不了的疤痕！那就是今兒大家所見咱岳頭臉上的疤痕嘍！」接著把手攤向他身後的岳冬。

此時岳冬的臉已稍稍地側向一邊。他不想人家看到的，不只他臉上的疤痕，還有淚痕。

眾人神色肅目。黑子三兒等人雖同情岳冬，但這時候也實在難為他說些什麼了。

胖子佟看見笑了笑，醉醺醺的手搭其肩膀，一陣酒氣往他臉上吹：「真不明白，就你這熊樣，一個被人撿回來的乞丐，能入贅左家可是幾輩子修來的福啊！還憑什麼拒絕人家呢？可憐左心蘭呀！真不知何年何日才能嫁人哪……」

終於說到了最痛處。雖然左寶貴許諾兩人的婚事，但自從兒子左武蘭不在後，左寶貴也擔心自己無後，曾希望岳冬能入贅左家，也不講什麼戰功了，畢竟入贅是委屈了岳冬。心蘭那時候聽見曾喜出望外，但偏偏岳冬就是不從，兩人並因此大吵一架。但隨著時間過去，自己始終拔不了外委，心蘭繼續望夫成龍之餘，身邊也越來越多像胖子佟這樣調侃自己的竊竊私語了。故岳冬這一兩年來，雖然在心蘭和左叔叔面前笑臉依舊，但底下的，卻是越來越壓抑的心情……

但，就是沒有過如此直接的當眾挑釁。

忍無可忍，就如小時候曾在大街上被人寫上「我是小偷」的幾個字，岳冬緊握拳頭，骨骼脆響，正欲將怒目擲向胖子佟，而身邊的人都以為「大戰」一觸即發，但就在這時候，遠處突然傳來連綿不斷的槍聲——「砰砰砰砰砰砰……」

聽上去像是幾十人在交火一樣。

聲音從樹林裡傳來，在山谷裡迴響著。

眾人忙往樹林看去。

「鴉……」百鳥驚鳴盡散。

拴在村裡的戰馬也連連打著響鼻，不安地轉個不停。

岳冬馬上拿起望遠鏡往裡看，自言自語道：「他們應該還未到牧羊城吧？」

「砰砰砰……」槍聲還在繼續。

眾人面面相覷，沒人敢做聲。

在大街上的村民爭相返回屋子裡躲避。

胖子佟呼吸漸重，目光慢慢地移向岳冬。雖是滿身酒氣，但此刻也意識到事態嚴重，慢慢地醒過來。岳冬也像其他人一樣看著胖子佟，盼著他發出號令，畢竟他在這裡是最有經驗的老兵了。

「拿洋槍！上馬！」呆了一會，胖子佟終於大喊。

岳冬聽見也跟著喊：「上馬！拿洋槍！」

眾人聽見忙背著洋槍和背包向馬匹狂奔。

眾人正欲動身，只聽見身後響起微弱而急促的馬蹄聲——

「蹄塔蹄塔……」

「哇……」「胡匪來了……」村民的叫喊聲接踵而至。

眾人忙扭頭看——

遠處五十來騎正往這兒猛衝！

「娘的……」胖子佟神色茫然。

「那是……」面無人色的三兒瞇著眼看著胡匪手上的兵器，看上去不像他們平時慣用的冷兵器。

「洋槍？！」岳冬一臉愕然。自從金丹教一役以來，很少有胡匪以洋槍作武器，即使有也是兩支三支，而且還是要舊式的洋槍。現在眼見對方每人手上皆有洋槍，眾人心裡不禁發毛。

胖子佟暗自咽了口唾沫，喊道：「上馬！上膛！」

「上馬！上膛！」岳冬也跟著喊。

還未到馬匹處，突然「砰砰」幾聲，跑在前頭的幾個勇兵和一匹戰馬便中槍倒下！

其他勇兵見狀馬上作鳥獸散，一些躲到附近的房子後邊，一些則以街上的雜物作掩護，一些更是無影無蹤！

為了能親自訓練新兵、老弱士兵，和戰鬥力較弱的旗兵，左寶貴習慣將這些士兵儘量編到親軍中去，而戰鬥力較強的士兵則分派到旅順以外的營去，所以親軍的整體戰鬥力尤其是在剛招募新兵後是比較弱的。現在這兩個棚二十人裡就有不少新兵，即便是老兵也有幾年沒經歷大戰。加上本來大家都估計只是十幾個胡匪而已，現在突然從後殺出五十來個，而且手持洋槍，所以不論老兵新兵都無不膽戰心驚，手足無措。

岳冬正和三兒等幾個棚裡的勇兵躲在一巷子裡。雖然心也快跳出來，冷汗冒個不停，岳冬還是意識到這可能是自己一次立功的機會，向身後的其他人喊：「快上膛！放槍！」

眾人立刻上膛，「哢嗟哢嗟」之聲響個不停，岳冬自己也抬槍瞄準。

「砰砰砰……」岳冬那棚開始放槍，同時胖子佟那棚的幾個老兵也在街道的另一邊放槍。雙方加起來近六十人在交火。「砰砰砰砰」的槍聲響個不停，就像人家過年燒鞭炮似的。

「哇……」雙方開始有人中槍。槍聲、吆喝聲、廝殺聲、喊叫聲不絕於耳！

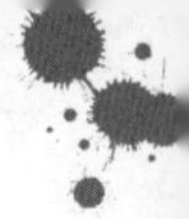

# 第八章　逃兵

今中國外形之進步，猶如老屋廢廈加以粉飾，壯其觀瞻。外形雖美，但一旦遇大風，地震之災，則柱折棟挫，指顧之間即將顛覆。

幾十來騎越衝越近，只有約二百步之距。

雖然已有幾個胡匪中槍墮馬，但其他胡匪還是沒當回事繼續衝，而且越衝越快。看見這情況，不要說新兵，就連胖子佟那棚的老兵也被嚇得骨軟筋酥，手忙腳亂，上子彈時子彈紛紛掉在地上，也忘了身後背包的外套就有子彈，誰都蹲下去往地上亂摸。

岳冬還是像平時訓練放排子槍那樣喊「放」，但眾人早就亂了套。到岳冬喊「放」的時候，往往只有岳冬自己放，其他人不是在地上找子彈，就是不會上子彈，就算放成了，還是亂射。

一百步。

「快到了！」這時也不知道誰在亂喊，隨後又聽到拔腿聲響。岳冬也管不了這麼多，不斷地上膛放槍，放槍上膛。雖已斃數騎，但這時岳冬的手也在抖，呼吸越來越急，汗流浹背，虛放了兩槍，速度也慢了下來。正欲再抬槍，只覺蹲在身旁放槍的勇兵抽搐一下後倒地，岳冬扭頭一看，只見那勇兵脖子中槍，血流如柱。

「撤！」是胖子佟的聲音。

岳冬環顧四周，只見身旁只餘下黑子三兒和另外一個新兵，而且全都停止了射擊，看著中槍的同伴魂飛魄散似的，再看胖子佟那邊已經空無一人！

五十步！

馬蹄聲越來越大，猶在身旁。

眾人把中槍那人從靠近大街的位置往巷子裡拉。看著他用手捂著脖子，鮮血不斷從指縫中猛流，嘴巴一張一合的，就如缺水的魚兒，岳冬只覺自己的腿一下子就軟了，站立不住的靠在牆邊，下顎抖個不停。

「走吧岳大哥！」黑子三兒急得快哭似的，猛拉著岳冬的號衣，另外一人更私自往巷子的另一端逃跑。

「好！走！」岳冬也知道那勇兵沒救，決定和三兒黑子一起逃走，但沒走幾步，身旁突然「轟隆」一聲巨響，眼前的牆整面崩塌往三人壓去！

原來之前中了岳冬一槍的胡匪掉了下馬，但腳和馬鐙卡住被拖行，馬匹不受控制把三人前方房子的一角撞垮了。

煙塵滾滾。三兒和黑子走在前頭，只是被幾塊磚石打中了腿，沒什麼大礙。但岳冬走在最後，一大堆磚塊壓在其身上，只露出沒動靜的雙手。

兩人忙趕上前，邊搬走他身上的磚頭邊喊：「岳大哥！岳大哥！」「快醒醒！」然而岳冬始終沒有反應。

見遠方的胡匪紛紛下馬回頭，黑子急道：「走吧！他們來了！」

「我不走！」三兒哭著猛拉岳冬，然而就是拉不出來。

「走吧！胡匪來了！」黑子見三兒始終不從，最後只好強行把他拉走了。

此時斜陽已沒，烏雲蔽月，四周陰霾一片，瀰漫著微弱的吆喝聲、搶掠聲和喊叫聲……

「你們幹什麼！這是我的……」聲音從遠方傳來，微弱如絲。

「砰砰……」

不知過了多久，岳冬迷迷糊糊地醒過來。雖然滿身疼痛，但還是能慢慢地爬起來，滿身摸一下，也沒什麼大礙，就是有點皮外傷，還有後腦勺流血了，但自己可能暈了太久，且傷得不深，血都凝住了。

拍了拍身子上的灰塵，環顧四周，自己人都不見了，只見兩旁的牆都有個大窟窿。這時又隱約聽見遠處有喊聲：「求你別搶了……」接著就是「砰」的一聲，聲音像是從村尾方向傳來。

岳冬這時才意識到胡匪正在「打食」。

突然又是「砰砰」兩聲。這兩聲很近，仿佛就在這巷子對出的街道上。

「臭官兵！害得我們沒了五個兄弟！」說話的人很是憤怒，也不像本地人口音。

岳冬走進其中一個窟窿躲起來。從屋裡看，只見一胡匪正在街上，手托著槍，一腳踩在一具勇兵的屍體上。扭頭再看看屋子裡的情況，在微弱的光線下，

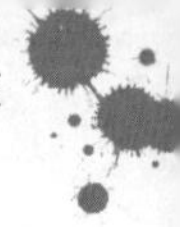

只見有一男子伏在地上不動，圍著他的是一潭黑色的血。

突然「砰」的一聲，是門被蹬開的聲音，從對面的房子透過窟窿傳過來。

岳冬忙屏息蹲下，躲在一櫃子後。

「嚶嚶……」「嗚嗚……」那是嬰兒的哭啼聲和婦女的抽泣聲。

岳冬這時才發現，原來對面的房子一直藏著人。

「你……你不要過來……」一個老頭的聲音。

「你就是村長吧？」是剛才向勇兵屍體開槍的那個胡匪。語氣聽上去還算平和，但也不難感到背後那被壓抑著的怒火。

「麻子他……沒了！」這時另一人跑來，上氣不接下氣地說。

岳冬透過兩間房子的窟窿看著，見對面房子裡有兩個拿著槍的胡匪的身影，而房子裡的其他人則看不見，可能都在地上。

最先進來的胡匪聽見，一拳往身旁的櫃子打去，「砰」的一聲那櫃子的門便穿了個洞。

「嚶……」還是哭啼聲。

「娘的！」那胡匪衝上前。

「別碰我爺爺！」一個女子的身影上前阻擋。那胡匪一手把女子推開，接著便是「嗶啷」的一聲和那女子的呻吟聲。

「青兒！」那老伯正欲上前相救，已被胡匪一手揪住。

「是你叫官兵來的吧？」胡匪問。

「你們搶了咱們的牲口和銀兩，我叫官兵也很自然吧？」老伯顯然不忿。

那胡匪提起了槍，二話不說地一個槍托往那老伯的胸口砸去，那老伯頓時慘叫一聲。

「爺爺！」那女子大喊。但岳冬卻見不著她身影，看來是站不起來。

「老實說，我們每次打食，比起你們關外的胡匪拿的也不算多吧？而且都看著你們有多少人而給你們留下一份！也沒有傷害過你們呀！……我們沒有把你們趕盡，為何你們就是想把我們殺絕呢？」話畢胡匪抬起了槍，「哢嚓」一聲的上膛，然後槍口戳進老伯的脖子。

「爺爺！」那女子的喊聲幾乎撕裂。

「不要呀大哥！」後面的那個胡匪撲上前說：「已經死了不少人了！被老大知道可不行呀！」

「別老跟我提老大！」

岳冬既同情老伯和女子，也恨自己蹲在這兒不敢相救，雙手把槍攥得死死的。此時見胡匪快要開槍，終於按捺不住，悄悄地把槍擱在櫃子上對準那胡匪，指頭就在扳機上，但手和槍桿始終抖個不停。

老伯也不怕被槍指著，還是正氣凜然道：「你們這是搶！搶就是不對！」

「搶？」那胡匪失笑說：「我不搶你們，朝廷也搶你們吧？你們的胡匪也搶你們吧？」看看四周的環境又說：「不是看著你們住磚房子，我也不會向你們下手！你們的生活既然不錯，吃也吃不完，為何就是不肯施捨我們一點兒？」這時候還怒喊說：「我們還有幾百人餓著肚子哪！」話畢呼哧呼哧地盯著老伯。

「那你說，我該給你們多少？是不是要和你們都一樣餓著肚子，才算公道？」

胡匪沒想到老伯這樣問，眼珠子往地上掃了掃，沉默一會才道：「我不知道！我只知道，這天底下不應該有畜牲能吃得上肉，卻有人要活活餓死！」

兩人沒再說話，房子內餘下那嬰兒的哭啼聲。不知是不是聽見那胡匪的喊聲，那嬰兒越哭越是厲害。

那胡匪瞟了旁邊的嬰兒和女子一眼：「我不會殺她們……」接著盯著老伯：「但你害死了我們幾個弟兄，我不殺你我可對不起他們！」接著提起肩膀，指頭正扣向扳機。

這時岳冬心情就像他的槍一樣，搖擺不定。除了對面房子傳過來的聲音，街上的搶掠聲和村民的喊叫聲一直都沒有停止過，外面略略一看也有十幾人，而且應該包圍了村莊，故一旦開槍，自己很可能跟剛才那個勇兵一樣，躺著也得挨槍。

但最重要的還是，眼前一直在搖晃著的，還有繫在槍桿上蘭兒送給自己的小香包。

香包雖小，但卻足以遮擋著岳冬眼前這一切。

「爺爺！」見那胡匪快要殺自己的爺爺，那女子發狂地撲向那胡匪。從岳冬的角度看，還是看不見那女子，只見那胡匪身子晃動，似乎是那女子抱著他的腿不放。

那胡匪沒轍，反過槍支，用槍托向那女子砸去。一下不行，又是一下。

「別殺我爺爺……」那女子仍力竭聲嘶地喊著。

「青兒！」那老伯死扯著那胡匪的手。

「大哥！」後邊的胡匪也欲出手阻止。

岳冬看得雙眼通紅，呼吸越來越急促，下巴不停地抖著，但一看到那香包，指頭就是叩不下去。

那胡匪甩開了老伯，又把他推到牆上，也不想再糾纏，槍口戳進其脖子上說：「安心上路吧！記得到了下面給我的幾個兄弟叩上幾個響頭，那你我的恩怨就一筆勾銷吧！」

「砰」的一聲，黑色的液體從老伯的後腦噴出，噴得滿牆皆是。

那女子登時瘋狂地尖叫。

岳冬抖了一下，指頭也鬆了下來。整個身子無力地靠在牆上，心裡有種說不出的痛，身體恍如被綁了巨石投進了一個深不見底的大海裡，越沉越黑，越沉越冷，越沉越重……

雨終於落下。

雨點「滴滴答答」地打在屋頂的瓦片上。過了良久，再聽不見胡匪的聲音，又從門縫中探看大街的情況，見四周狼藉一片，遠處有幾個村民徘徊，一個胡匪都沒有，岳冬才貓著腰地迂緩步出大街。

岳冬繞到對面房子的門口。在烏藍色的微光下看見那個躺在地上的老伯，身邊圍著一潭漆黑的血。

那女子頭髮散亂，坐在旁邊愣著。

岳冬在雨中站在屋外良久。這時那女子發現門外有人，緩緩地扭過頭來，神情恍惚地看著岳冬。

是，剛才那賣菜的女孩。

就是看著，沒有說話。

一種不能言說的平淡目光，背後卻彷佛藏著讓人不寒而慄的東西……

岳冬想不到是她，心頭一震，急忙低下了頭，呼出的空氣也在悸顫。

這時其他剩下的勇兵也陸陸續續從四方八面走到街上，而四周則盡是村民們怨恨的目光……

# 第九章：殲敵

……老大怒亟，狂毆老二，而老二也沒還手，任其毆打。目下能做的就是明早趕馬入市，看人還在不在……

「五十人出去，二十人回來……」聲音極為洪亮，責難之詞呼之欲出。

左軍門府。親軍教場。

教場中間跪著二十多人，全都是死裡逃生的親軍勇兵。跪在最前邊的是岳冬和胖子佟。

眾人皆低下頭。汗水、泥水、雨水、血水，混集在各人的身體和號衣上。

雨已經停下。

雖已入夜，但十來個火炬把教場照得燈火通明。各人猶如驚弓之鳥，像是在大牢裡等待著行刑的囚犯。

眾人面前坐著兩人。一人正是左寶貴。另一人膚色較黑，濃眉，沒有鬍子，年紀較左寶貴輕，約五十，正是奉軍副統慕奇。他是個旗人，喜塔臘氏，是左寶貴頂頭上司盛京將軍裕康的親信。

剛才說話的就是慕奇。楊建勝則站在二人身後，三人皆穿軍服。

這時左寶貴一手扶著額頭，身子靠著椅背，顯得很是疲憊；相反慕奇則雙手擱膝，脖子挺直，盛氣凌人，相比之下更像是奉軍統領。

慕奇說話後，沒人敢回話。

「誰先逃跑？」慕奇掃視眾人，目光最後停留在最前面的胖子佟和岳冬身上。

「他……」胖子佟那抖著的手指向了岳冬。

岳冬忙瞪眼看著胖子佟，又見眼前兩人皆往自己看，忙激動道：「沒有！他撒謊！是他先跑！」手不停地指向胖子佟。

這時胖子佟那棚的勇兵也喊：「是岳冬先跑的！」「是他先跑的！」

黑子三兒等人見狀忙喊道：「是佟頭先喊撤

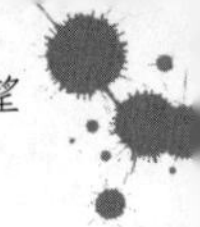

的！」「是他先跑的！」兩幫人登時起哄。

「夠了！」慕奇喝了一聲，略略一停說：「誰看見岳冬先跑的……舉手！」

胖子佟那棚人剩下的七個人馬上全部舉手。岳冬等人無不怒目而視。

「誰看見佟佳達立先跑的，舉手！」

岳冬、黑子、三兒立刻舉手。餘下的五個本來也想跟著舉的，但見旁邊的老兵向自己瞪眼，又見胖子佟往後扭頭，猶豫一會後還是不敢舉。

「胖子佟你瞅什麼！」楊建勝這時大喊：「其他人也別往旁瞪！」又道：「岳冬那棚的！看見就舉手！有人秋後算帳，本營官必治其罪！誰看見佟佳達立先跑的，舉手！」

新兵們面面相覷，但始終沒有人敢舉手。

岳冬不忿大夥沒有義氣，稍微往後一看，新兵們都連忙低下頭來。

「敢問左軍門，臨陣逃跑，該如何處置？」慕奇的身子稍稍傾向左寶貴。

岳冬聽見身子開始顫抖，而眾人的目光也都落在左寶貴身上。

只見他沒有答話，站起了身，慢慢地走到岳冬跟前，冷冷地說：「起來。」

岳冬的臉緩緩上仰，看著左寶貴，呼哧呼哧的，下顎一直在抖。

「起來！」左寶貴終於怒喝。

岳冬馬上手忙腳亂地爬起。

正當眾人等待著左寶貴說話，只見他右手突然往後提起，往岳冬臉上狠狠地打了一個耳光！

「啪」的一聲岳冬被打得站立不住，登時倒下。嘴唇也立刻淌血。

勇兵們看見都膽戰心驚，而慕奇則不為所動。

「先跑後跑……還不是跑了嗎？！」左寶寶看著地上的岳冬慢慢爬起，其掌擊岳冬的手還在哆嗦：「何況是不是岳冬先跑……還不好說呢！」

這時楊建勝說：「對！佟佳達立和岳冬該受同罪！」

「我沒有跑！是他先跑！為何治我罪？！」胖子佟馬上大喊。

楊建勝則馬上吼說：「是他先跑？那就是你後跑了！」

胖子佟一時說不出話。

沒人說話。眾勇兵恐懼的呼吸聲清晰可聽。

胖子佟逼於無奈，終於說了些「實話」：「……上百騎向著咱們猛衝！每人手上皆有洋槍！……咱……咱能不跑嗎？！」

「避其鋒芒，我本無話可說……」左寶貴還看著地上的岳冬，雙手背在身後：「但避其鋒芒以後呢？！你們是不是應該伺機反擊，或察其去向，或請求緩兵，而不是東藏西竄，光看著平民遭此苦難而無動於衷呢？！」左寶貴越說越快，越說越惱。

岳冬這時坐在地上，雙手按地，嘴邊淌血，神色茫然。

沉默良久，慕奇稍為平和地說：「佟佳達立。」

「在……」

「爾等當時是不是打算……暫避其鋒芒，伺機反擊了？」

眾人忙看著慕奇，又看看胖子佟。這時左寶貴的臉也側向身後的慕奇。

只見胖子佟兩眼盯著慕奇良久，半晌恍然大悟地點頭：「是……是！」

「可有殲敵？」

「有！殲敵……四十人！」

「屍體呢？」

「被他們帶走了！」

慕奇又問岳冬：「佟佳達立所言……是否屬實？」

岳冬顎然地看著慕奇，又看看左寶貴。

「是不是？說！」怒喝的不是慕奇，是左寶貴。

岳冬始終說不出話，腦子裡只有剛才那賣菜女孩的眼神。胖子佟滿額油汗，等待著岳冬開口。黑子三兒也在岳冬身後猛扯其號衣。

寂靜中只聽得顫抖的一聲：「是……」

慕奇遂向一眾勇兵說：「如此說來，你們避其鋒芒以後還伺機反擊，雖有殲敵，但鑑於敵眾我寡，還是沒能及時保護百姓，追擊殘敵……佟佳達立、岳冬各棍責六十，其他勇兵各棍責三十……不知左軍門意下如何？」

「他倆八十！」左寶貴怒道。

慕奇撇了左寶貴一眼，不以為然。

◐ ◐ ◐ ◑ ◑ ◑

「一、二、三、四……」

翌日，親軍教場。滂沱大雨。教場上滿是星羅棋佈的泥窪子。昨天大難不死的勇兵們正在受棍刑。所有人衣服盡濕。

「呀……」四處瀰漫著勇兵的呻吟聲。

慕奇則在旁監督，身邊的隨從正為其打著油傘。

左寶貴和楊建勝站在大堂門口，背負雙手，隔著滂沱大雨，看著操場上親軍勇兵們受刑。

「胖子佟也說了，岳冬早就跟所有棚頭說過，雨後渡河可有危險，這是有功！為什麼你就不拿著這個和他據理力爭了？」楊建勝的臉稍稍向著左寶貴。

左寶貴一直凝視著岳冬，黯然道：「難道……要拔他當外委嗎？」

「不是要你拔他當外委！起碼別讓他捱八十大板吧！」

左寶貴沒有說話，也像是沒有力氣再說話。

「呀……」嘩啦嘩啦的雨聲中，還可聽見勇兵們的呻吟聲。

「你就是怕他！」楊建勝看著教場上的慕奇。

「我沒有。」

「你是！」

「我不是！」

「你就是覺得欠他的！」楊建勝罕有地瞪著左寶貴。

左寶貴語塞，茫然的目光始終停留在教場上。

「十八、十九……」用刑的勇兵還在數著。

「報！」突然一勇兵冒雨跑來，瞬間便至大堂門口，接著單膝跪下稟報：「在王家甸子附近發現胡匪大股！」

「人數有多少？」楊建勝立刻上前。

「約兩百！」

「有洋槍嗎？」

「都有！」

楊建勝扭頭跟左寶貴說：「必是他們無疑！」

然而左寶貴卻沒有說話，依舊茫然地看著臺階上的雨花。

「表哥！」

左寶貴抬頭看了看楊建勝，像是有些猶豫。

「下令吧！」

左寶貴沉吟半晌說：「先命右營於周邊戒備，察其去向，若有動靜，立刻稟報，沒有本軍門命令，不得進剿！」

「是！」那官兵馬上跑去。

「為什麼不剿了？」楊建勝很是愕然。

「兩百不是個小數……你叫金德鳳他們提高警戒，搜索一下附近的村莊、道路、山溝等等，看看有沒有突然多了不是本地口音的人來了。」

「兩百是不少，但一個右營也夠了吧？」

「趙西來不是有幾個兄弟嗎？要是他們全來了說不定數千人。讓你看見兩百就兩百，他能活到今天嗎？」

「也對……但事關重大，馬上稟報裕帥吧？」

「先壓著，誰都不要說！」

「為什麼？」

左寶貴開始不耐煩：「……正是事關重大，要摸清對方底細才好稟告裕帥！」

但楊建勝還是不放心：「但要是真是趙西來，而且他真帶了數千人來，那……」

左寶貴再次放眼遠處的教場，細起了眼睛說：

「要是真是他，他就不會亂來了……」

次。

◐ ◐ ◐ ◑ ◑ ◑

雖然不是第一次失望了，但這次可是最失望的一

聽著教場上勇兵的呻吟聲越來越大，又像是岳冬的聲音，心蘭再也按捺不住，走到大門旁邊探看。用刑的勇兵不斷使勁地舉起沉重的木杖，又狠狠地打在受刑勇兵的屁股上，而木杖都被染紅了。

岳冬像其他勇兵一樣，雙拳緊握，咬緊牙關，表情痛苦地忍著。雖是忍著，但每打一板，身子還是抖一抖，也不能自以地吭了一聲。

心蘭默默地看著。雖是冷眼，但眼眶裡的卻是熱淚。

# 第十章 恨鐵

左軍門府。親軍營房。

頭受了傷，這時的岳冬頭包著白色繃帶。像其他親軍勇兵一樣，岳冬走路也困難，因為被打得皮開肉爛的屁股跟褲子摩擦會引起劇痛。是以每天除了吃飯和大小便外都只能趴在炕上，而且他還要比別人多趴幾天，畢竟他受的棍比人家多得多。當然，陪他的還有胖子佟。

左寶貴下了命令，岳冬暫時不能進左府半步。雖然岳冬要是決意進去也不是沒有辦法，但屁股的傷實在太重，所以他只能在府外的親軍營房內休養。

十多天過去了。這天其他親軍勇兵都大致康復，在教場上做一些簡單的操練，場上也有從別的地方調來補充空缺的勇兵。營房裡只餘下岳冬和胖子佟兩人。

兩人相距七八個身位，都趴在炕上，屁股朝天，頭有時候側向一邊，有時候向下，不然脖子可要斷了。

為了消磨時日，岳冬拿了本講布袋戲的書在床上看。營房就在大門前面，每逢有人進出大門，岳冬都會抬起頭，看看是不是自己朝思暮想的蘭兒。雖然十幾天來也沒有看見已經意味她是有意避開自己，但每逢有人進出岳冬還是忍不住的看一下。

這時又有人從大門裡出來，岳冬又抬起頭看，但立刻又低下頭來。

「甭看了！」一整天都沒有談話，胖子佟終於忍不住開腔。

「關你什麼事？」岳冬瞥了胖子佟一眼，話說得很不客氣，畢竟苦等蘭兒不果，心情難免煩躁，何況胖子佟之前還冤枉自己呢！

胖子佟也沒在意，眼睛甜膩膩地說：「不就是女人嘛！我給你介紹介紹！」

岳冬沒心情理他，把頭側到另一邊去。

可能悶了一整天，見岳冬這反應，胖子佟還是興致勃勃：「喜歡什麼類型？漂亮的？豐滿的？……會彈琴的？……嘻嘻……我就是沒見過會耍布袋的！」

最後一句明顯是取笑自己，岳冬再也忍不住，歪頭對胖子佟喊：「我可不是你哪！」眼神甚是鄙視。

胖子佟忙瞪眼問：「我怎麼了?!」

「整天就是喝酒逛窯子！」

「我有給錢的呀！……那些賒帳的，我是瞧不起他們的！」胖子佟從那些嫖妓也賒帳的同伴身上總算能挖出一點道德上的滿足。

岳冬歎了口氣，也懶得理胖子佟，又把頭側向一邊，皺起眉頭，閉上眼睛。

此時外面又傳來開門聲，又有一人從大門裡出來，岳冬忙抬起頭，但換來的還是失望。

見岳冬出神地看著大門，胖子佟又挑釁說：「都十幾天了，要來的早就來嘍……」

岳冬先是狠狠地瞥了胖子佟一眼，呼吸越來越急促，但又實在想不到該如何反駁，半晌連動氣的勁兒也提不起來，自憐地說：「我都成這樣了，她為什麼就不來看我一眼？」

只聽得胖子佟冷笑一聲：「來看你什麼？看你現在這熊樣嗎？」

岳冬聽見又瞟了胖子佟一下，但那自憐和慚愧早已澆濕了怒氣，畢竟他說的，其實自己心裡早就明白。

這時一眾親兵休息返回營房。三兒跑來跟岳冬說，幾經辛苦終於打探到心蘭將會在今個主麻日到太陽溝的清真寺做禮拜。

岳冬心想，蘭兒到那兒肯定會找他們都很敬愛的宋阿訇傾訴對自己的不滿，遂心生一計，決定在蘭兒到達清真寺之前便找宋阿訇談話談話，希望他能在蘭兒面前替自己美言美言……

◐ ◐ ◐ ◐ ◐ ◐

夕陽把海和天都染得金黃。

風刮得呼呼作響，不斷地從海上吹向岸邊。

從太陽溝這小小的漁村放眼旅順口，黃金般的密雲一層壓著一層，海水正奮力衝上眼前的淺灘。環視四方，群山依舊環抱著旅順口，稍有不同的是，現在山上多了條連綿不斷的「人字牆」和數不盡的砲台。前方能看到老虎尾與白玉山遙遙相對，中間則是旅順市街西岸的一小段。從前市街那邊只有大大小小的漁船，現在已看不見它們的蹤影，取而代之的是船塢、吊重機、疏浚船、兵工廠……

雖然距離這些西洋事物還有數里，但太陽溝這兒

還是逃不掉它們所發出的噪音。而漁夫們趕著收網的吆喝聲，則彷彿是對它們的「入侵」表達不滿。

太陽溝的清真寺正面對著這些光景。

穿著青色傳統回回服飾，戴著蓋頭的心蘭從清真寺旁的清真女寺出來，便看見岳冬站在門外，三兒和黑子則在海邊牽著馬匹蹲著。

心蘭身旁有個丫鬟跟著。

剛和宋阿訇傾訴的心蘭才稍為釋懷，但見岳冬又立刻臉露憔悴。

心蘭像是沒看見岳冬，往栓在旁邊樹林的驢子走去，任憑其如何大喊「蘭兒」，心蘭就是沒有停下腳步。

岳冬腳步一拐一拐地上前欲靠近心蘭，但心蘭的丫鬟便立刻擋在前面。

「你到底要我怎麼樣？！」岳冬再按捺不住，在心蘭身後大喊。

心蘭終於停下。

「那天我也沒辦法呀！」

心蘭緩緩地轉過身，低頭淡淡地道：「你先迴避一下吧。」

丫鬟應了一聲往岸邊走去。

「那天我也沒辦法呀……誰想到他們人這麼多……而且……」岳冬一邊低聲下氣地說著，一邊慢慢地走近心蘭，生怕弄傷屁股的傷口。

「誰想得到？……」心蘭眼簾半垂看著地上。

「是啊！」岳冬站到心蘭面前，直愣愣地看著她。

「誰想得到你還是如此懦弱！」心蘭直視岳冬。一副恨鐵不成鋼的神情。

的確，心蘭等了這麼多年，才等到爹終於首肯兩人的婚事，誰想到岳冬就是這麼不長進！

岳冬沒想到心蘭如此不留情面，還要用上胖子佟嘲弄自己的「懦弱」，一時間不知如何應對，呆了半晌方道：「那天他們四五十人，每人手上皆有洋槍……你……你要我怎麼打呀？」

「怎麼打？用槍呀！他們有槍你就沒有嗎？！」

岳冬欲言又止，片刻才道：「那個很可能是巨寇趙西來！他走遍大半個江山官府也拿他沒轍！你……你不是要我抓他給你看吧？」

「那你就可以袖手旁觀了？你就可以心安理得的

躲著了？！」

「你不明白！那時候……那時候我要是反抗……我心死無疑！」

「倒不如說你怕死！」心蘭淡淡的一句，目光投到地上去，仿佛再看著他只會沾污自己的眼睛。

話如利刃般直刺岳冬的心房。

這時風也仿佛在譏笑岳冬，也仿佛突然變得冰冷。

從未聽過心愛的人如此辱罵自己，岳冬的心在淌血，萬分悲涼地道：「對！我就是怕死！我每次出征都怕死！因為我每次都怕回不來見你！」

這時遠方來了三騎，正緩緩地往這邊走來。

「難道我就不怕？你覺得你每次出征我都很自在嗎？！」心蘭也開始熱淚盈眶，抽了抽鼻子又道：「你是個勇兵，你就得保護百姓！而不是等他們都死光了你才冒出來！」

岳冬被心蘭罵得一臉茫然，無言以對。

「你知不知道，有個女孩親眼看見自己爺爺被殺……受不了刺激……瘋了……」

岳冬心頭一震，立刻想到那賣菜女孩，難以置信地看著心蘭。

「司大夫也說沒救……」

岳冬愣著，仿佛跌入了萬丈深淵，感到快要窒息，也感到快要暈闕，目光無力地掉到地上去，苦苦地尋覓著可以藏身的地方，好讓自己躲避那賣菜女孩的追捕。此刻對於岳冬來說，她那天在樹下那燦爛的笑容，仿佛比她後來坐在地上看著自己的眼神更為恐怖。

此時，遠處的三騎快到二人身邊。

岳冬面向三騎，而心蘭則是背著。岳冬這時才發現騎上三人均載斗笠，配帶刀劍，形跡可疑。在海灘的黑子三兒也有所察覺，動身往這邊趕來。

然而，一切都遲了。

三人突然加鞭，迅間便至心蘭身旁，其中一人更俯身一手抱起心蘭！

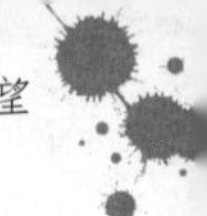

# 第十一章　狂徒

告君千古英雄士，遇得盤根錯節來。
馮翔功成登麟閣，班超名遂入雲台。
艱難經歷皆如此，辛苦遭逢豈啻哉？
請見前園梅一朵，堅冰凌得復能開。

心蘭登時高聲尖叫。岳冬也無暇思索，趁著馬匹在身旁掠過時一手拉住心蘭的腿，然而那人把心蘭抱得太緊，一下子岳冬就被拖在地上走。

三匹馬衝進了清真寺後的樹林。岳冬死死抓緊心蘭的腿，然而被馬拖著，雙腿被磨得皮破血流，未幾還是脫了手。

心蘭不停地掙扎大喊，見掙扎不了便咬擄她的人的手。那人叫痛脫手，心蘭也跟著掉下馬。三人見狀忙拉住轠繩回頭。

岳冬心蘭均躺在草叢上，兩人相距約莫三十來步。岳冬馬上爬起往心蘭跑去，然而其中一騎先到，騎上之人順勢下馬，拔出配刀步向岳冬。

身後兩人也相繼下馬，抓住心蘭，並拿出繩子。

「岳冬！」心蘭掙扎著大喊。

岳冬正想往前衝，然而那人提起配刀，岳冬有所猶豫，但見心蘭正被二人綁起，左岳冬還是咬實牙關再衝，然而那人眼明手快，一刀便砍中岳冬的臂膀！

岳冬「呀」的一聲倒在地上，那人順勢上前持劍逼迫岳冬，岳冬不得不在地上往後退，最後被逼至一棵樹下。

刀鋒就在頸前。

血和汗不斷流著。岳冬仰著頭，呼哧呼哧地喘個不停，眼睛則往上看著眼前那人。只見其頭載斗笠，還有黑紗布圍著，低著頭蒙著面，壓跟就看不見其模樣。唯一能隱約看見的，就是那雙盯著自己的眼睛。

刀鋒又往前移半寸，岳冬的頭又再仰高上一點，呼吸也再急促一點。

「你……你是誰？」岳冬下巴在抖，聲音也在抖：「……你想幹什麼？！」

「岳冬！」心蘭雙手雙腳已經被綁，力竭聲嘶地喊著。兩人正把她放到馬背上。

這時遠處黑子和三兒正策馬往這兒趕來。

那人沒答話，提起右手往後擺了擺，示意身後兩人準備離去。

岳冬欲再動身，然而那人左手手肘稍稍提起，刀鋒在其頸前輕輕地碰了下，但已頃刻見血。

「岳冬！」心蘭的聲音已經沙啞。

岳冬沒有辦法，仰著頭絕望地看著遠處的心蘭，急得要哭似的：「我求你……我求你別傷害她！……你要什麼我都可以給你！……」

那人冷笑一聲，還是沒有答話，半晌放下佩刀，一步一步地退往身後的坐騎。

站起身的岳冬也不再敢上前，只能全身繃緊，撕心裂肺地看著那人一步一步地退後，看著他上馬，看著三人把自己的愛人擄走！

絕望的還有心蘭。一切她都看在眼裡，痛在心裡，而這時的她也沒有再大喊，只是嘴唇還在輕輕地念叨著：「岳冬……」

未幾三人策馬揚鞭，心蘭再次大喊：「岳冬！」但與其說是呼喊，不如說是——怪責。

「蘭兒！」岳冬見狀狂追在三騎之後，然而心蘭的聲音卻越來越小……

◐　◐　◐　◑　◑　◑

「啪！」

狠狠的巴掌聲。

左府二堂。

岳冬弓著背地坐在旁邊一椅子上，靠著扶手，低著頭不停地啜泣。

時已入夜，暗淡的二堂只點著數根殘燭。閃爍不定的蠟光映在岳冬的臉上，可見其兩頰紅腫，淚流披臉，嘴邊淌血。

岳冬跟前有兩個身影。

「你打他也沒用，他也找了好幾個時辰了！」楊建勝對身旁的左寶貴說。

這時的左寶貴呼吸沉重，低著頭狠狠地盯著岳冬，下顎和手哆嗦哆嗦地直抖。

此時一哨官上前稟報：「案子山、椅子山、孔家屯都搜索過了，沒有發現……」

楊建勝往左寶貴看去，只見其低頭閉目，下顎和手抖得更是厲害，像是承受著極大的痛苦。

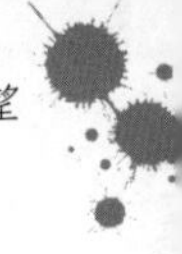

「你們繼續找！椅子山找不到就去白玉山！白玉山找不到就去老鐵山！翻轉整個旅順也得找！找不到甭來見我！」楊建勝對那哨官怒道。

那哨官連忙「喳」的一聲跑去。

「他們一心擄走心蘭，必有所求，他們應該會主動找我們的。」楊建勝試圖安慰左寶貴。

但左寶貴卻是老淚潸潸：「我已經沒了兒子了……我不能連女兒也沒有呀……」

楊建勝看見很是心疼，試圖說說別的：「真的不會是趙西來幹的？」

「讓我靜一下……」左寶貴很不耐煩地閉目，虛汗不停地從額頭流下。

「你殺了我吧……」岳冬的眼淚鼻涕還是不停地流。

看著岳冬這樣子，左寶貴也不忍心再打他，但一想到心蘭仍不知所蹤便不能自已。打又打不得，怒氣無處發洩之下，左寶貴只覺眼前一黑，頭和胸口劇痛，站立不住，歪歪斜斜地往後退了幾步，楊建勝見狀忙上前將其扶到身後的椅子上。

岳冬此時也怔一怔，抬起頭看著左寶貴，只見其不停地咳嗽喘氣，楊建勝則用手給他掃背。岳冬想上前看看左寶貴又不敢，見左寶貴仰著頭細著眼睛看著自己，又連忙低下了頭繼續抽泣。

好不容易過了個時辰。

一哨官跑來稟報：「找到小姐了！在碾盤溝附近！」

左寶貴和岳冬立刻申直了腰，像是不敢相信。再過一個時辰，勇兵護送心蘭回來。左寶貴等人站在大門的臺階上仰頭眺望，當看見戴著蓋頭的心蘭自己走著才放下了心頭大石，但見一行人中還有兩勇兵用擔架抬著一人。

「爹！」心蘭跑上前投入父親的懷抱。

「沒受傷吧？」左寶貴把女兒上下打量一番，見其衣衫破爛，身有血跡。

心蘭搖了搖頭，又指著身後正被人抬過來的人說：「快救他！是他救了我！」

眾人在大門燈籠的微光下，只見那人二十出頭，書生打扮，滿身血痕，面色慘白，右手拳頭用心蘭撕下來的衣服包得厚厚的，但已滲滿了鮮血。那人迷迷糊糊，瞇著眼看了看眾人，接著又把眼睛閉上。

「爹！快救他！」心蘭憂心如焚。

左寶貴立刻命人把那人抬進廂房，又向身邊一親兵說：「快請司大夫來！」

岳冬正想上前向心蘭說些什麼，但心蘭像是沒有看見他似的，只緊隨父親身後，一幅精神只放在那個救了自己的書生身上。

岳冬無奈，只好跟著大夥進去。

左府一廂房。

那受傷的書生躺在床上。司督閣正坐在床邊察看其傷勢，左寶貴、楊建勝、岳冬等則在其身後。

司督閣見那人身上的傷痕沒有大礙，便慢慢拆開那包著右手布帶。當完全拆開時，眾人無不顎然——整個手掌鮮血淋漓，除了手腕、手臂處有數個深深的小洞外，尾指及手掌一部分更是糜爛，骨和肉混在一起。

「你們還是先出去吧！」司督閣的臉稍稍往後說。

眾人退出了房間，回到二堂只見心蘭一抖一抖的，頭髮散亂且一臉污垢，眼簾半垂地看著地上，楊大媽則在旁安慰著。

「究竟發生什麼事？」左寶貴上前坐在心蘭身邊，輕撫其額頭。

「是……是他救了我！」心蘭抽著鼻子說，兩隻模糊的眼睛像是被嚇得合不上了。

「為何他的手會成這樣子？」

「咱們被幾頭狼圍著……一頭狼撲向我……是他……是他護著我！他救我的時候還被抓我的人用鞭抽打，是他給我護著……他流了很多血……」話畢潸然淚下。

「別哭了……」左寶貴從楊大媽處接過手帕，輕輕地替心蘭擦眼淚。

「他會沒事吧？」心蘭把頭靠在父親身上。

左寶貴拍了拍女兒的肩膀道：「當然沒事！司大夫在這兒！他肯定沒事！」

岳冬想上前看看心蘭，楊建勝卻攔著，輕聲道：「這時候你別亂來！」

過了半响，心蘭冷靜下來，慢慢在父親的肩膀上睡著了。

楊建勝上前道：「該收兵了吧？」

左寶貴眼珠往下沉思片刻，臉色一變，輕聲道：「不！集中勇兵包圍王家甸子，密察趙西來的去向，有何異動火速通報！」

「是！」楊建勝應了一聲正想退下。

「還有！」

「是！」

「加強旅順口的戒備，主要路口設卡，將一切可疑人物拿下！」

「是！」楊建勝退出二堂。

二堂裡只餘下左寶貴和岳冬，還有睡著的心蘭。

左寶貴撇了岳冬一眼，冷冷道：「你也退下吧！」

聽見左寶貴這麼說，岳冬也知道今晚是看不了心蘭的了，唯有依依不捨地看著熟睡的心蘭，拖著頹唐的腳步離開二堂。

左寶貴見所有人都離去，便命楊大媽來照顧心蘭，自己則急步走去書房，又命人叫在左府看馬的石玉林來。

石玉林來到書房，只見左寶貴在閃爍不定的燭光下皺著眉頭地寫信，疾筆如飛。

石玉林不敢打擾左寶貴，一直站在旁邊候著。半晌左寶貴擱筆，把信折好放進信封，聲音沙啞地說：「我不知道他說的是不是真的，但本軍門已經是仁至義盡了！」接著把信封好遞給石玉林，目光還是停留在桌子上：「告訴他，若三天內還不離開旅順，本軍門定必痛剿！」

「但裕帥已經……」

「去吧！」左寶貴打斷石玉林的話。

石玉林不敢再說，應了一聲，然後低著頭雙手接過信後急步離去。

◐ ◐ ◐ ◑ ◑ ◑

那書生的眼簾緩緩張開。

天亮了。窗外是個明媚的麗日，耀眼的陽光直射入室內。

四處張望，見心蘭趴在圓桌上睡著了，便凝神地注視她，看了良久才緩緩起床，誰知右手一碰到床便劇痛，「呀」的一聲喊了出來，跌回床去，而心蘭也被驚醒。

「恩公！」心蘭立刻趕到床邊。

「呀……」那書生一臉痛苦地用左手捂著包得厚厚的右手。

「恩公你見如何？要不我幫你叫大夫！」心蘭十分緊張，坐在床邊扶著書生，又為那書生擦汗。

那書生看見有一如此貌美的女子為自己擦汗，漸漸地忘了痛楚，呼吸也慢慢平和下來，但卻直愣愣地看著心蘭，直到心蘭再喊「恩公」，才回過神來道：「姑娘你不必叫我『恩公』，『恩公』兩字……愧不敢當！」

心蘭卻一臉凝重：「公子捨命相救，我不叫公子作『恩公』，天理不容！」

# 第十二章　狂夫

真要好好謝謝那頭狼，沒有它，刻下全然不能泰然自若。

那書生見狀頓了頓，然後微微苦笑：「姑娘如此認真，那你喜歡叫我做什麼就什麼吧！不過我姓蘇，名明亮，還是希望姑娘能叫我做蘇……公子吧！」

「見過蘇公子……」心蘭臉有難色。

「昨晚驚險萬分，未問姑娘芳名。」

「小女子姓左，名心蘭。」

這時左寶貴衝了進來，殷切地問書生：「沒事吧你？」

書生不認識左寶貴，有點愕然說：「……沒事。」

「剛才聽見你大喊，還以為你怎麼了！」

「沒事，就是碰了一下……你是……」

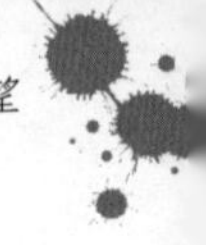

心蘭正欲開口，左寶貴便雙手作揖：「我叫左寶貴，是她的父親。」

「你是……你是左軍門？！」那書生覺得難以置信，看著心蘭問：「你是左軍門的女兒？！」

「是啊！」

那書生馬上低頭行禮：「久聞左軍門樂善好施，有菩薩心腸，且戰績彪炳，今日有幸相見，實屬萬幸！」

「公子你太抬舉在下了！」左寶貴坐到圓桌旁的椅子上：「敢問公子俠名！」

「俠名不敢當。小的姓蘇，名明亮，字覺士。」

「覺士？」

「對！覺醒的覺，志士的士。」

「好名字！」

這時心蘭站起道：「我去拿點水給蘇公子送藥，爹您和蘇公子慢慢聊吧！」

「好。」左寶貴站起，又低頭作揖道：「此次蘇公子能捨身相救小女，我左寶貴實在感激萬分！」

蘇明亮又再作揖還禮：「路見不平，拔刀相助，此乃應分！」

「蘇公子如此謙遜實在難得！只可惜經此一事，蘇公子右手尾指已不能保，而且還缺了手掌的一塊……」

「相比一個人的性命，我的手又算是什麼？」

「蘇公子年紀尚輕已有此捨己為人的情操，實在難得！」

「哪裡哪裡！」

「蘇公子老家在哪兒？聽你的口音不像是本地人。」

「我是湖北人，家在漢口，有一段時間在上海讀書，所以口音有點兒雜。」

「原來如此……那，為什麼來到旅順這小地方呢？」

「家父是個商人，經營雜貨，來旅順是為了開設分號。」

左寶貴瞪大眼睛說：「看蘇公子一身讀書人的裝扮，真沒想到原來是個商人！」

蘇明亮低頭一笑：「如今當一個商人，恐怕比當個書生更有作為吧！」

左寶貴頓了一頓，眉頭稍皺道：「願聞其詳！」

蘇明亮沉思半晌，目光在地說：「從商者……自古地位低下，謂其無所作業，不事生產，而漠視其貨通天下，補各地不足之功。今泰西各國之所以能欺我中華者，除其船堅炮利外，莫過於其重商之策。商興則始能供以製船造槍之本，是以泰西各國與朝廷締結的條約皆有增開口岸通商之款。今朝廷動輒財窘，實乃中國長期賤商抑賈之禍也。故從商可以強國……」

說到這裡左寶貴已捋著鬍子，微微點頭。

蘇明亮也沒理會左寶貴的神情，繼續他的雄辯：「然而再看目下的讀書人，當洋人在我神州土地跳樑跋扈之時，他們卻耗其一生於八股，當官以後則狂奔於名利之途，至於天下國家之事則漠然無知，更甚者則染上貪婪迂腐之風，終成殘民自肥之輩……」接著抬頭看著左寶貴：「……所以說，當此時局，我覺得從商比讀書更有作為！」

話畢，左寶貴看著蘇明亮良久，看得蘇明亮也尷尬起來，直至心蘭端著盤子回來，左寶貴才深深歎息一聲，雙手按膝，低頭道：「沒想到，蘇公子年紀輕輕能有如此見識！要是國人都能理解，何愁國家不能富強？」

「你們說什麼了？」心蘭問。

「沒什麼……就是談談時局唄！」左寶貴隨便地應了句。

「原來恩公對時局也有一番見解，那以後你得和我爹多聊聊！」

蘇明亮聽到「恩公」二字，又尷尬地點了點頭。

「覺士，你爹真沒改錯你的名字！」左寶貴抬頭對蘇明亮笑道：「可惜我一介武夫，與朝中要員不熟，否則，我一定把你引薦給他們當幕僚！」

蘇明亮也微微一笑：「一介狂夫，難勝大任！」

左寶貴則說：「你太謙虛了！」略略一停，又問：「蘇公子應該成親了吧？」

這時站在桌子旁弄藥丸的心蘭也不禁好奇地瞥了蘇明亮一眼，見他有點尷尬地說「還沒有」，又若無其事地繼續弄藥丸。

左寶貴有點詫異：「蘇公子有二十了吧？」

「二十有一了。」

「蘇公子一表人才，何以尚未娶妻？」

蘇明亮有點尷尬道：「大丈夫沒有一番功名，不敢娶妻。」

左寶貴笑道：「不用如此認真吧？難道你要像我一樣快四十歲才娶妻嗎？」

「也許太忙……沒時間想這事情吧！」

見心蘭拿著水和藥丸走來，左寶貴突然拍了一下大腿，嚴肅道：「對啊蘭兒！你跟你的恩公磕頭沒有？他可是你救命恩人哪！」

「別……」蘇明亮連忙道。

「是！」心蘭點了點頭，又連忙放下藥丸和杯子，接著噗咚一聲便跪在床前。

「不……」眼看心蘭快要把頭叩到地上，蘇明亮欲伸左手挽住，然而因為太遠反而整個身子掉到地上去。

「恩公！」「當心！」兩人忙趕上來扶著，又合力把蘇明亮扶回床上。

左寶貴說：「明亮你捨命相救，你受她一拜，天經地義呀！」

「我一介平民，怎麼能讓左軍門的女兒跟我磕頭呢？」

心蘭難堪地看著蘇明亮：「恩公……我真的不知如何報答您……」

蘇明亮則微笑道：「你現在給我拿水送藥，還不算是報答嗎？」

左寶貴在旁道：「蘭兒你碰上明亮真是幾輩子積的福呀！別光坐著了，還不趕快拿藥給你恩公吃？」又對蘇明亮說：「明亮！你就先在這兒休養，蘭兒和下人們會照顧你的了！你就別擔心了！」

蘇明亮愕然道：「我在旅順有房子，我吃完藥就可以走，用不著打擾左軍門！」

「你的傷不輕，藥起碼吃一個禮拜，傷口還得每天洗呢！」

「藥我拿走吃就行，傷口我自己可以處理！」

「你這樣就不太近人情哪！你不讓蘭兒跟你磕頭道謝，還不讓她照顧你，你叫咱們心裡如何踏實呢？何況你的傷口太大，一不小心整個手掌就可以廢掉，你可別小覷呀！」

「……我一介草民，要左軍門的千金照顧我……我怎樣承受得起呢？」接著把目光移往剛坐到床邊的心蘭。

「你為啥受不起？你捨命救她，她以身相許也是天經地義啊！」

心蘭聽到「以身相許」，臉蛋倏然一紅，皺眉低頭道：「爹！」

左寶貴知道自己說錯話，訕笑說：「不是嗎？」

蘇明亮忙解圍說：「我在這兒住幾天就是了！這幾天就打擾左軍門……」又向著心蘭道：「也勞煩左姑娘了！」

心蘭微微點頭，但還是腆著臉，一時間也沒敢看蘇明亮。

「好！我還有事兒，也不打擾你用藥了！你自己多休息！」左寶貴臨走又囑咐心蘭道：「蘭兒你好好侍候你的恩公啊！」

「嗯。」

左寶貴離開房間，只餘下蘇明亮和左心蘭二人。房間靜了下來，靜得讓人尷尬。

蘇明亮見心蘭的右手一直拿著杯子，左手盛著藥丸，便說：「我先拿著吧！」然後用僅餘的左手接過杯子。

心蘭遞過杯子，然後提起手打算餵蘇明亮吃藥丸：「來！先吃藥丸！」

蘇明亮沒想到心蘭會打算餵自己，後悔為什麼自己不先拿藥丸，窘急道：「我自己來……」

心蘭莞爾一笑：「你還有手嗎？」接著把藥丸往蘇明亮的口裡送。

蘇明亮也沒有法子，只好紅著臉兒張開口就範。

「還有藥水。」心蘭又去桌子拿起一個小勺子和一瓶藥水。

「還有藥水？」

「對呀！都是司大夫開的藥方。」

「他來了？」

「是啊！你也認識他？」

「來旅順那麼久了當然認識了。」

「昨晚他三更半夜的前來替你療傷……」心蘭搖了搖藥瓶子又說：「你也別小覷我，我現在就在他的醫院裡學習西洋醫理，而且還得幫忙，什麼照顧傷兵呀，病人呀，我都會做呢！」然後斟滿一勺子藥水，小心翼翼地往床邊走去。

「照顧傷兵？」蘇明亮很是詫異。

「對！」

「你貴為左軍門的千金，照顧傷兵之事豈能由你來做？！」

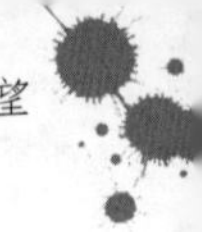

心蘭坐到床上，淡淡一笑，目光始終在勺子：「這樣呀，將士們才會誓死效命嘛！」

蘇明亮詫異的目光一直停留在心蘭臉上：「你……不介意嗎？」

「哪會！是我勸父親讓我去的！待會還是我替你洗傷口呢！」

蘇明亮感到難以置信，看著心蘭怔住了。

「別說了，來！」心蘭又再嘗試餵蘇明亮。

「我自己來就行……」

「來什麼？快溢出來了！」心蘭繼續將勺子慢慢地往前送：「你別不好意思，這些活兒我每天都在幹呢！」

勺子就在嘴邊，蘇明亮又只好就範，瞇著眼張開嘴巴把苦澀的藥水吞下。

「人都這麼大了，還怕苦哪！」心蘭看見蘇明亮皺著眉頭，兩頰再次露出一弧笑窩。

「沒辦法……從小到大都是這樣……」

「來，喝點水！」

「謝謝。」

看著蘇明亮左手拿著杯子喝水，心蘭又不自覺地放眼其包得厚厚的右手。見雪白的繃帶還是帶著血跡，心蘭不禁又想起昨晚對方捨命相救的一幕，傷感道：「恩公的手掌這就沒了……實在是抱歉……」

「抱歉什麼？！要是我沒救你，我不單對不起你，也對不起我自己！」蘇明亮一臉認真地說。

心蘭聽見很是感動：「恩公！你我素不相識，你也能捨命相救……你真是個大好人……」說著便眼泛淚光。

「你別這樣……我又沒死……」蘇明亮笑了笑。

「對……你沒死……你好好的……」心蘭抽一抽鼻子，把蘇明亮手上的杯子放回桌子上。轉身又道：「恩公，你還要別的嗎？」

「你……能幫我一件事嗎？」

「當然可以！」

「你能不能……別再叫我『恩公』，叫我明亮行不？」

心蘭有點兒猶豫。

「我聽見『恩公』感覺就是怪怪的……你就當是為了……為了你的『恩公』吧！」

心蘭沉默片刻，終於展開笑顏：「好吧！……明亮！」

「那我能叫你蘭兒嗎？」

「當然！」心蘭的笑容更是燦爛。

房間內很是融洽，然而一直在房間外偷聽的岳冬卻在獨自惆悵……

# 第十三章　絕後

三月十八日。晴。是日終於到外邊走走。經此一役，元氣大傷，然陽光普照，倍感精神，與早前的陰霾日子大為不同，仿佛賀余人事兩其美。回店裡打點事務，留書一封給高二，並取回日記……經數日觀察，此人資質平庸、相貌平凡、妒忌心重、性格懦弱、貪生怕死、缺乏教育、輕公重私、開口見腸、喜怒皆形於色，蘭兒喜歡此等人物實乃朝夕相處之故。若謂其還有可取者，唯孝心耳。

東大街。耶穌教教堂旁的小醫院。應診室內司督閣正在替慕奇把脈。沒人說話，房間靜得只餘下兩人的呼吸聲。

慕奇忍不住又笑了。

「還在笑？！」還是司督閣那不正統的官話。

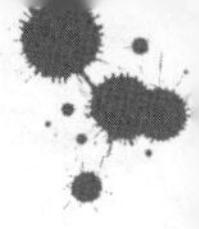

「你想，我回去怎麼告訴我夫人是你士大夫替我把脈了？」

「你如實告訴她好了。」

「我如實告訴她，她肯定會說：『你去喝花酒也找個好點的藉口吧！』」慕奇的笑聲越發厲害。

司督閣也忍不住笑了：「你越是覺得沒可能的事，說出來人家才不懷疑你嘛！」

慕奇苦笑道：「我就是不想把脈才到這兒，誰知來了你還是給我把脈！你是不是還要給我開曾大夫的藥？」

「曾大夫可是個好大夫呢！」

「好個屁！」慕奇臉色頓變，嗤之以鼻道：「去年我甥兒去看他，你猜他跟我甥兒說什麼？他說我甥兒有喜脈！天吶！你蒙的也得靠譜兒嘛！這不是明顯的不尊重病人嘛！」司督閣雖欲開口，但慕奇卻一發不可收拾：「最近聽見那老頭兒的鋪也賣了，活該！要是他好，看病的人要排隊吧？用得著賣鋪？」

「他把鋪賣了，其實，我也有責成的。」司督閣終於鬆開了手。

慕奇邊放下袖子說：「司大夫你太好人了！你不用可憐他，你們說的，優勝劣汰嘛！」

「你們一般的中國大夫的能力真的很差，但你們真正的醫術卻是非常高明的。」

慕奇還是一臉睥睨：「高明？」

司督閣拿起桌面上的聽筒說：「以前沒有這小東西，我們就不可能透過你的血脈知道你身體的狀況，但你們很早很早的時候就會把脈了。」

「都喜脈了！你還說！」

「那是滑脈，不一定孕婦才有，男人也可以有。」

「真的假的？」

「真的。老實說，你現在的脈象，也挺像滑脈。」

「不是吧？你咋會這玩意兒？」

「曾大夫教我的。」

「哎！」慕奇拍腿說：「出事了！你肯定給蒙了！」

司督閣見狀有點氣餒：「曾大夫可能年紀太大了，說話不清楚而已，你別就此認定他，還有你們中醫，就是不行的。」此時托了托眼鏡，喟然長嘆道：

「我經常在想呀，要我們外人才看到你們有價值的東西，要我們說你們才信，甚至連我們說，你們自己也不信，這，是不是很可悲呢？」

慕奇卻一臉冷漠：「可悲啥？你們西醫就是行嘛！這有啥辦法呢？」

司督閣淡淡一笑，沒再說話，開始收拾桌上的儀器。

「我的身體如何？不會是有喜吧？」

司督閣笑道：「你的身體比誰都好！」

慕奇很是疑惑：「不是吧！那天我上去老鐵山真覺得很暈呀！心也跳得很快，我以前也沒有呀！」

「年紀大了，就可能有這些毛病。你不要以為自己還是年輕人，每天上山下山都沒事。別太激烈太急，就沒事了。」

「那你就別說我的身體比誰都好了……」慕奇歎了口氣。

「別這樣吧！人總會老，你起碼比左軍門好多了。」司督閣摘下了戴了半天的眼鏡，揉一揉鼻子。

聽見左軍門，慕奇臉色一沉，半晌冷冷地問：「他……怎麼了？」

「他的身體……不太好吧！」

「病了？」

「我答應過他，不能說的。」

慕奇鼻子吭氣道：「不說就不說，他的事我也沒興趣知道！」

司督閣笑了笑：「你沒興趣知道？那你為什麼上山幫忙找蘭兒了？」

「我看著蘭兒長大的！她有事我擔心也很正常吧？」

「行行行……」司督閣點點頭，把椅子靠前一些，坐直了腰說：「我知道你們的恩怨……我只是想你知道，這三年來，他是怎麼過的……」

慕奇瞟了司督閣一眼，默不作聲。

「自那天起，他也不知道哭了多少回……他老是問我，他當天是不是太狠心了？又說，他多後悔自己在武蘭出發前沒好好抱抱他，多希望死的是自己……但這些話他只能在這裡和我說，在別人面前他始終要裝著沒事一樣……他的病，我想就是這樣子來的。」

看著慕奇一副不以為然的樣了，司督閣繼續道：「我不是要你同情他什麼的，我只是想你知道，嘗試

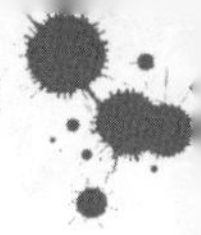



感受一下，左軍門所受的痛苦是如何巨大。武蘭是他的獨子，如果不算岳冬的話，以你們中國人的角度看，他很可能是絕後了。但最可憐的是，他下那決定是可以預見結果的。如果他不知道結果會是這樣的話，或許，他還可能好受一些。」

聽到這兒，慕奇瞇起眼，咬牙切齒地道：「你知不知道，我就是恨他這樣！……就是恨他連親兒子都可以忍心讓他去死！……我連找個人來出氣都沒有呀！」說著眼睛便紅起來。

司督閣輕輕點頭：「我知道……但你撫心自問，你是不是真的想他倒楣了？如果我現在告訴你，左軍門患的是絕症，你是不是覺得很痛快？」

慕奇的目光停留在司督閣的臉上，說不出話。

「恨，會使一個人很累的。」

「不恨他……不恨他那我該恨誰去？」

「那你得先問，你兒子他有沒有恨誰了？」

慕奇出神地看著地上，想了很久，始終回答不了司督閣的問題。呆了半晌，撩起馬褂要走：「你別費唇舌了，我絕不會饒了他的！」接著轉身打開了房門。

「慕都護！」

慕奇停步。

司大夫欲言又止，但最後還是說了：「……你要是想跟左軍門說些什麼的……我勸你……最好早點吧，不要讓自己後悔。」

慕奇的臉稍稍往後，沒有作聲，片刻關門離去。

● ● ● ● ● ●

心蘭被虜後，岳冬當然繼續被禁止進入左府。但岳冬在左府住了十年，左府上下的人都跟他很要好，他要進去看一看心蘭當然不難，麻煩的是要有正當的理由離開營房。

這天岳冬趁著為親軍購買飼料的機會，帶同自己剛做好的布袋木偶，叫相熟的下人開了後門，走到心蘭房間門口，輕輕敲門。

一打開房門見是蘭兒，笑嘻嘻的岳冬急不及待地喊：「蘭兒！」又把懷中的布袋木偶遞給對方：「送你的！」。

心蘭抬頭一見是岳冬，眼前還有一個自己房間已多得盛不下的布袋，便毫不思索地用力關門。

岳冬也沒有意識到蘭兒會馬上關門，手一縮回來布袋便掉在房間裡。

「蘭兒！你開開門！」岳冬不停地拍打房門。

心蘭沒有理會，還用橫木把兩扇門栓牢，然後轉過身背靠在門上。

岳冬見拍打沒用便停了下來，雙手靠在門上說：「那天是我不好！是我怕死！……但我怕死也不過是怕回不來見你呀！……你就饒了我吧！……」接著豎起三隻手指：「我發誓！我以後會好好當兵的！碰上什麼胡匪我也不會跑的！我很快就會拔外委了！你看！這布袋其實就是我呀！他穿的就是外委的號衣呢！它可花了我十幾天的功夫呀！……」

心蘭一邊聽著，一邊無奈地看著地上那布袋。

「蘭兒！你就給我一次機會好不？就給我一次機會……」見心蘭始終不應，岳冬只好失望地把頭靠在門上。

時斜陽西照，金黃色的陽光將岳冬的身影映到心蘭房間的牆上。岳冬兩手緩緩垂下，心蘭又不自覺地看到這些年來岳冬每次哄自己時所送的布袋。

從第一個送自己的布袋看起，一個一個地看著，心蘭仿佛看到岳冬的成長，也仿佛看到岳冬對自己越來越深厚的感情——布袋的手工日見成熟，衣著越來越精細講究，人物神態也越來越真實。

然而，它們始終都不過是布袋。

「五年了……」此時岳冬攥緊拳頭，淒然道：「就是差這麼一點兒……就是差這麼一點兒！……為什麼就是這一次碰上了趙西來？！……你說……如果不是他……咱倆早就成親了……你說是不是？」

聽到此話，心蘭仰著頭閉上了眼睛，眼窩不自覺地發熱。望夫成龍的她，內心的失落絕不會比岳冬來得少。但也正是自己對岳冬的期望，即便父親現在便答應兩人的親事，即便岳冬現在便答應入贅，自己此刻也接受不了眼前這麼一個見死不救，懦弱不堪，還有看著自己被擄走而無能為力的岳冬！

過了一會，心蘭深深地呼吸一下，張開眼睛，俯身撿起那布袋，想也不想便打開窗把它扔了出去。

岳冬看到自己做了十幾天的布袋被心蘭扔在地上，心如死灰。

待了一會，沒有靈魂似的岳冬把布袋撿起，拖著沉重的腳步離開。走了沒幾步，還是捨不得回過頭看著心蘭的房間，還是奢望她會回心轉意。即便沒有開

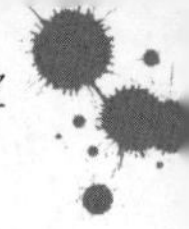

門，起碼也靜悄悄地打開一扇窗，窺看自己是不是真的離去。然而，待了良久，房間內始終沒有絲毫動靜。

殘陽如血，岳冬的影子被拉得長長的。看著自己的身影，岳冬從來沒有感到如此的失落，也再次想到，那天心蘭在海邊是如何不留情面地斥責自己……

自憐了片刻，岳冬正打算從後門離開，只覺對面廂房長廊一直站了個人，一看原來是蘇明亮。

兩人相互一看，岳冬也沒有心情打招呼，何況也不想和他打招呼，很快便低下頭繼續走。畢竟，自從蘇明亮在左府出現以後，身邊的人都誇他，說他相貌不凡，一表人才，見多識廣，為人親切友善，對上對下都恭敬有禮……但最受不了的還是，他整天都圍著心蘭轉，兩人在左府裡有說有笑，而自己卻被拒諸門外！仿佛，半個月間，蘇明亮就已經替代了自己在左府的位置！

正是，屋漏偏逢連夜雨。

這時更聽見蘇明亮說：「這樣子沒用的……」語氣像是個情場老手。

# 第十四章　父親

「不能拖紳垂帶顯令名。又不能安分甘樂慰慈情。
疎狂漫懷蓬桑志。落魄江湖何所成。
堂上高年髮如雪。依依只待兒長生。
一痕紅淚縫裳夜。萬般愁思作書晨。
兒也茲去千萬里。漂跡恰似水上萍。
茫茫關山雁書絕。不知何時侍雙親。
仰問天兮天不應。俯訴地兮地無聲。
彷徨回首何所見。陰雲漠漠漢水濱。」

岳冬停了下來，一臉惱怒地看著蘇明亮。

只見蘇明亮右手以繃帶包著，左手拿著扇子，悠然邁步過來，停在岳冬跟前，輕聲道：「你送這些東西給她……沒用的。」蘇明亮相貌不凡，就是矮了些，但由於岳冬無精打采地低著頭貓著腰，兩人這時差不多一樣高。

「關你什麼事?」岳冬說得很不客氣。

蘇明亮也沒在意，擺一擺扇子又道：「人家壓根就不喜歡你的布袋，你硬是送給她……只會礙事。」

「誰說蘭兒不喜歡我的布袋?!」岳冬怒目瞪著蘇明亮。

「是嗎?」蘇明亮微微一笑，毫不動氣。

岳冬不想理會他，動身又走。

「能說說話嗎?」蘇明亮用扇子擋了擋岳冬。

岳冬一手撥開扇子繼續走。

「蘭兒是你的未婚妻嗎?」

岳冬終於停了下來，回頭瞇起眼睛看著蘇明亮：「你叫她做……『蘭兒』?」

「對呀!」

「你認識她才幾天?你不應該叫她做蘭兒，只有她的親人和我才能叫她做蘭兒!」岳冬說得理直氣壯。

蘇明亮看著岳冬一會，又看看心蘭的房間和四周，見沒人聽見他們的對話，才笑道：「好!……但……為什麼你就能叫她做『蘭兒』了?」

「因為我是他未婚夫!」

蘇明亮輕輕點頭，又道：「既然如此，那我當天救的……就是你的未婚妻了?」

岳冬沒想到蘇明亮這樣說，只好支吾以對：「是……」

「那你這個人就很不禮貌了!畢竟是我救了你的未婚妻，你不僅沒道謝，還如此待我……」雖是指責，但蘇明亮卻說得十分輕鬆，故氣氛也不至於十分尷尬。

岳冬想了想，也覺得不無道理，畢竟是人家救了蘭兒，而且他也承認蘭兒是自己的未婚妻，故怒氣漸消，對蘇明亮作揖說：「剛才抱歉了……也謝謝你救了蘭兒……」雖然語氣還是一般，但話畢也沒有趕著離開。

蘇明亮作揖還禮，半晌問：「聽說……你找了你父親十年了。」

岳冬奇怪蘇明亮為何有此一問，瞥了他一眼說：「你怎麼知道?」

「這孝感動天的事，整個旅順口都傳遍了!」

岳冬勉強一笑：「要是孝感動天，為什麼我找了十多年了還沒找著?」

蘇明亮歎息一聲：「別怪我多事……其實……我和我父親也是失散了。」

岳冬有點愕然地看著蘇明亮。

蘇明亮沒有理會岳冬，繼續看著地上說：「但我沒有你這般毅力。嚴格來說，我由始至終都沒有找過我父親。」

「那你為什麼不找了？」聽見蘇明亮竟然也是和其父親失散，岳冬難免有些同病相憐，而之前對他的敵意也暫時消失了。

蘇明亮仰望穹蒼，深深地歎了口氣：「沒功夫吧！有很多事情等著我去做，而且……我也不知道上哪找去……」接著無奈一笑：「不過，這些都可能是藉口吧！……或許……我就是沒有你這份孝心。」

「不過……我也不打算再找下去了。」

「為什麼？」

「我……我不可能找他一輩子。」

「也是。不管他還在不在這世上，我想，他也不希望你找他一輩子。」

沉默片刻，岳冬見蘇明亮再沒說話，便拱手道：「我先走了。」

「慢著！」

岳冬又停了下來。

「你有沒有想過……如果有一天……你找到你父親的話，會怎麼樣呢？」

岳冬愣愣地看著蘇明亮，半晌突然憨笑道：「當然想過，發夢的時候也想！」

「那……你會離開這裡嗎？」蘇明亮攤開雙手。

「當然！」岳冬忸怩地笑了笑：「最好能有一間小房子……那，我、父親……還有蘭兒，就能住在一塊了！」

蘇明亮笑著點頭：「我也是這麼想，跟父母和媳婦一起，最好不過……」又道：「那……你有沒有想過，你父親如今會是個什麼樣的人呢？」

「有什麼好想的？他是啥人又有啥關係呢？」

蘇明亮笑道：「他是你父親，怎麼可能沒關係呢？」

岳冬則傻傻地笑了：「就是因為他是我父親，所以才沒關係！」

蘇明亮的笑容漸漸消散，沒有答話，半晌看著岳冬微微點頭。

◐ ◐ ◐ ◑ ◑ ◑

西大街。

「還是漢口的……」蘇明亮把一張寫滿了電報碼的紙遞進旅順電報局的櫃檯。

本來無精打采的岑小東抬頭見是蘇明亮立刻推起笑來，打千道：「爺您來了！賊久不見人哪！」又用衣袖擦了擦鼻涕，像是鴉片煙癮發作，而身後的主管則正躺在炕床上猛抽大煙。

「對！賊久不見！」蘇明亮也面露笑容，單手收起了摺扇。

「上哪發財去了？……」話還未說完，岑小東頓了一頓，見蘇明亮的右手包得厚厚的，忙道：「你的手咋啦？」

「唉！別提了！……都怪自己逞英雄！」

「逞英雄？」

蘇明亮支吾以對：「就是……逞英雄……救美吧！」

岑小東抽了抽鼻子，豎起指頭，好奇的目光在蘇明亮的臉上盤旋：「你不要給我說……左軍門的女兒是你救的？」

「這你也知道？！」蘇明亮瞪大了眼。

岑小東聽見馬上大喊：「我咋不知道？整旅順口的人都知道了！有個少年英雄救了左軍門的寶貝女兒！原來就是蘇爺您啊！……」聲音很大，電報局內四周的人都往他們看去。

蘇明亮見狀忙道：「小聲點！」

岑小東雖然小聲點，但還是興奮莫名：「原來是您！原來是您呀！」說著激動起來，雙手還捏住蘇明亮那擱在櫃檯上的右手，蘇明亮忙「哇」的一聲喊出來，四周的人又看過來。

「對不起呀蘇爺！」岑小東忙鬆開手，擠眉弄眼地又說：「對不起呀英雄！」

「取笑我是不？」蘇明亮按著其右手。

「小的哪敢呢？」岑小東呵腰搓手地說著，但未幾收起笑臉，四周張望一下，稍微靠近蘇明亮，又擦擦鼻涕，輕聲道：「你知不知道……這事……到底誰幹的？」神色顯得有點慌張。

「我哪兒知道？」蘇明亮隨便地說：「可能是趙西來吧！」

「不可能！」岑小東說得斬釘截鐵。

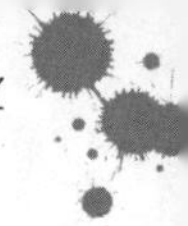

「為何不可能呢？」

「姦淫擄掠的事趙西來可不會幹呢！」

蘇明亮很是不解：「他不是個大盜嗎？說不定之前郭家村被洗劫也是他幹的！」

岑小東猛地搖頭道：「不是他幹的！這種事每年都有！關外嘛，就是胡匪多！」

「你怎麼知道呢？」

「嘿！這兒每個人都知道！」岑小東說得義正詞嚴，像是對方在誣衊自己親爹一樣，覺得自己大聲了點兒，又唧咕說：「趙西來可是個劫富濟貧的好漢，專殺贓官，還喜歡把他們懸首示眾！老百姓看見心裡舒服唄！就說十年前那次血洗錦州，一整個衙門十幾個頭顱就是這樣掛出來！旗兵還死了一百多人哪！百姓高興得放了三天鞭炮！後來官兵來了才沒敢放。聽說這事還驚動了老佛爺，問裕康呀……」岑小東說得津津樂道，這時還裝著女聲說：「為啥胡匪來洗劫百姓會放鞭炮呢？弄得裕康也不知怎麼回答！」話畢自己捧腹笑了起來。

蘇明亮聽著微笑點頭，半晌問：「那……左軍門呢？」

## 第十五章　默契

午後上教堂找司大夫，碰巧其不在，便在大堂裡看著聖經等候。期間一華人教徒上前與予搭訕，欲向予傳教，幾番理論後，最後予問：「若上帝全能，何以不能預知人類會背叛祂，即便能預知，又何以堅決造人然後後悔？然後又多此一舉派其獨生子來拯救人類？」彼聽後無言。誰知身後突然有一穿洋服的華人少女向予怒斥：「汝詭辯之徒！上帝必定懲罰汝！汝必定下地獄！」

這時岑小東尷尬地笑了：「左軍門是個好官……」但卻馬上變了臉色：「不過他的奉軍有幾千人，樹大有枯枝嘛！何況呀，左軍門是回回，有時候旗人就是不賣他的帳！不過旅順倒好了，如果是金州，穿好點進城也不敢！」

蘇明亮沒有回話，眼珠子往下沉思。

「趙西來足跡遍佈大江南北，你漢口那邊沒聽說過嗎？」

「聽說過，」蘇明亮隨意地往四周看看：「但沒那麼多故事吧……」這時目光掠過岑小東，見他還是一隻眼大一隻眼小，貓著腰地看著自己，便問：「幹嘛了你？」

「什麼幹嘛？」

「幹嘛如此慌張呢？」

「爺您又不知道？可能因為是左軍門的女兒被綁，官府現在看得很緊，專抓那些鬼鬼祟祟的回去！」

「是嗎？」蘇明亮站直了腰，再打量一下岑小東：「我是官府的話，我第一個抓你！」

岑小東頓了頓，忍俊不禁說：「別跟我開這種玩笑！」「哎」了一聲，又自言自語：「我看呀……兩個人都不想跟對方鬥……」

「哪兩個人？」

「趙西來和左軍門唄！」

蘇明亮皺起眉頭：「何解？」

岑小東聳了聳鼻，食指敲了敲桌面，眼神中帶著幾分自信：「你想想，趙西來何許人也？走遍關內關外官府都拿他沒轍！而左軍門的戰績咱們都知道。兩個這麼厲害的人物碰在一塊，旅順咋會像現在這樣風平浪靜呢？所以說，他們互相肯定有默契：趙西來既敬重左軍門是個好官，而左軍門也知道趙西來不像一般姦淫擄掠的胡匪……所以說，兩個人都不想打！」

「這麼有見地的見解，不會是出自你岑小東吧？」

「聽人家說的嘛！」被蘇明亮戳破，岑小東馬上狡黠地笑了。

「不說了！這真的挺急的！快數數唄！」蘇明亮左手拿著摺扇指了指岑小東手中的電碼紙。

「爺您說多少就多少唄！」岑小東眼睛甜膩膩地看著蘇明亮，像是早有默契。

蘇明亮聽見嘴角勾了勾，伸左手往懷中掏錢：「最近怎樣了？媳婦的身子好些沒有？」

說起家裡人，岑小東馬上一副唉聲歎氣的臉色：「還不是老樣子？上有老下有少，一家七口等我來養活……」

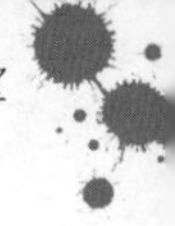

蘇明亮把錢放在桌上：「就這樣吧！給他們吃好點穿好點！」

看見桌上的銀子，岑小東立刻兩眼放光：「這……這怎麼好意思呢爺？」但兩隻手已經在數著。

「好意思的……」蘇明亮悠悠一笑，接著退後兩步：「先走了！記著馬上發！」然後邁步離開。

「馬上給您發！」岑小東揮揮手，又堆笑呵腰道：「爺您慢走！」

蘇明亮步出旅順電報局，沿著旅順市街的長街往西走。

從前旅順市街只有南北走向的東大街和西大街兩條大街。中新街與鄰近的東新街、西新街，還有在南邊連接這三條街道的東西走向的長街，則是在十多年前朝庭決意在旅順建港才建立起來。市街南邊靠海，建港後則成了海軍碼頭和人們稱為「大塢」的船塢。由於旅順軍港雇用了不少外藉技師，市街尤其是沿著大塢北邊的長街就住了不少外國人和開了很多西洋商店和酒吧。

在沿途都是洋式建築的街道上，蘇明亮看見遠處的怡和洋行附近有一群人，拿著報紙議論紛紛。

蘇明亮也沒急著要去湊熱鬧，先走進一所專賣西洋玩意的店鋪。

一進門看見的是一個穿著洋裝的妙齡華人少女——頭載白色鴕鳥羽毛裝飾的小帽子，帽檐兩側捲上去。耳邊垂下的兩束捲曲的秀髮，隨著身體挪動而輕輕搖晃。一身淡黃色的連身裙，上身緊貼身體，下身則呈喇叭形，內裡以緊身胸衣把胸部托起，露出雪白的玉頸和上胸，後面則緊貼背部，其均稱、婀娜的體態簡直如魚得水，表露無遺。其貌雖說不上傾國，但說傾旅順這小鎮絕不為過。如此盛裝套上那白皙如凝脂的玉體上，高貴典雅的氣息瀰漫全身。若不是黑色的眼睛和頭髮，沒有人會相信她是個中國人。

此少女姓張，名斯懿。看見蘇明亮先是喜出望外，但瞬間便憋住一鼓氣地說：「來了……」臉兒還要側向一邊，既有少女的純情天真，又隱含無限嬌媚。

面對如此美人，蘇明亮不禁眼前一亮，收起摺扇笑道：「對！來看你嘛！」

「來取貨就取貨唄？何必說一些違背良心的話

呢？」

「我想取貨不假，但來看你也是不假！」

「我有什麼好看？我這樣子呀，怎麼比得上人家左大小姐的芳容呢？」斯懿的纖指輕弄著捲曲的秀髮，但還是沒看蘇明亮一眼。

蘇明亮本想讚美一番其芳容，但聽見「左大小姐」馬上失笑道：「怎麼又跟她扯上關係呢？」

「哎喲！有人在左府吃得好住得好，而且有美相伴，連街都不願上嘍！」

「什麼話？司大夫也說了，我身子還未恢復過來，不必要都不要出門嘛！」

斯懿鼻子吭了口氣，裝著蘇明亮的聲音道：「『不必要都不要出門嘛……』瞧你龍精虎猛的！明明傷就好了，明明自己能照顧自己了，還自個跑上街了，還買小東西送人了，但偏偏就喜歡待在人家家裡……」接著美眸終於嬌媚地橫了他一眼。

蘇明亮像是習慣了斯懿的抱怨，沒有答話，只是努著嘴。

「不滿了？不滿就沒貨了！」斯懿雙臂交叉於胸前，一幅有恃無恐的樣子。

蘇明亮怔了怔：「哦，沒貨我先走了！」雙手作揖，接著轉身便走。

斯懿想不到蘇明亮竟然這樣就走，不知所措地嚷道：「……嗨！」

蘇明亮腳步停住，扭頭看著斯懿。

斯懿急得快哭似的：「你……你這人怎麼就這麼無賴呢？！」

蘇明亮看見斯懿這表情就笑了，轉過身子，笑吟吟地拿著扇子走到櫃檯前：「你人這麼好人，又這麼漂亮，什麼好東西都能在這兒找到，怎麼會沒貨呢？」

「……你這沒良心的東西……就是喜歡佔我便宜……」忍氣吞聲的斯懿努著嘴，一邊俯身找東西，一邊抱怨地說著，半晌把一個約半尺長的方形木盒放在櫃檯上。

「你說你是不是？」斯懿仰著脖子一手按在那盒子上，示意沒有意滿的答案就不開盒子。

「是……當然是……」蘇明亮諾聲連連。

「瞧你這小樣兒！」

誰知一開盒子裡邊什麼也沒有。

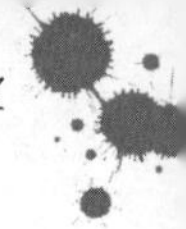

「貨了？」滿懷希望的蘇明亮立刻瞠目結舌。

斯懿哧的笑了：「瞧你緊張的……在那兒！」白了蘇明亮一眼，接著走到遠處兩位洋人附近。

蘇明亮鬆了口氣，便四處隨便看看。陰暗狹小的店鋪裡如常擺放著各式各樣的西洋玩意：西洋鏡子、相架、油畫、飾物盒、洋娃娃、化妝品……貴重點的如洋鐘、口風琴都有。

當斯懿從陳舊的木架上取過一鋼琴造型的音樂盒時，聽得一對洋人夫婦指著那音樂盒用英語說了點什麼，斯懿也以英語說了幾句，最後斯懿還是把那音樂盒放到櫃檯上，而那對洋人夫婦也離開了。

蘇明亮看見音樂盒不禁道：「果然漂亮！」那音樂盒很是別緻，表面光滑無比，還能倒映其身後的街景，是以蘇明亮也不敢用手碰，只是貓著腰地仔細觀賞。

「有什麼不敢碰的？」斯懿拿起了音樂盒。

「剛才那兩人也想要這玩意？」

「對呀！這小東西在這兒才放了一個禮拜，差不多每天都有客人想要，有些還出高一倍的價錢！……還是我給你留著！」斯懿一邊說著，一邊打開音樂盒的蓋子。

蘇明亮的目光也從音樂盒放到斯懿身上，正色道：「謝謝啊！」

斯懿見蘇明亮突然正經起來，感覺怪怪的，瞟了蘇明亮一眼說：「……甭謝……我答應過留給你嘛……先試一下……」接著轉動表把，旋緊了發條，音樂盒便發出「叮叮噹當」的音樂來。

斯懿把音樂盒放在櫃檯上，仰著頭看著蘇明亮，嘴角勾出一抹輕柔的微笑，像是表示自己履行了諾言。

然而，隨著音樂繼續，其眼神透露出的卻是一絲絲的憂鬱。

蘇明亮則滿意地看著音樂盒，半晌也看著斯懿，也感到她的愁緒，而這時蘇明亮滿意的表情也漸漸消失，默默地看著斯懿。

音樂還在繼續。不知怎的，音樂聽起來也變得點悲涼。

「叮叮噹當」的音樂中，兩人就隔著眼前那破舊的木櫃檯對視著，直至大家都感到有點兒尷尬才低下頭來，而這時音樂也戛然而止。

「滿意了吧？」斯懿的聲音也變得平淡。

「滿意！當然滿意！」蘇明亮也是看著音樂盒，沉默片刻說：「……還是……我們之前說好的價錢嗎？」話畢瞥了斯懿一眼。

「當然了！你不是想壓價吧？」斯懿強作歡笑，但始終沒看蘇明亮。

「你高一倍價錢也沒賣，我怎麼好意思壓你價呢！」

斯懿勉強一笑，沒有回話，把音樂盒放進那木盒子裡。見蘇明亮在掏錢，斯懿雙手輕撫著木盒，自言自語道：「這麼漂亮的小東西……我想……她一定很喜歡……」

一副，為他人作嫁衣裳的神情。

# 第十六章　釁起

今日駐日公使何如璋如是說：「日本今日之勢，故萬萬不能勝我也。區區四島，陸軍不過三萬四千餘人，海軍不過四千二百餘人。我中國土地之大，物產之富，人民之眾，足兵足食日臻富強，自不難居萬國之首，使其俯首聽命，咸就範圍。」

蘇明亮聽後動作有點遲緩，從腰包裡掏出幾個鷹洋來，微笑道：「左姑娘喜歡固然好，但重要的是不要失禮左軍門嘛！」接著把錢遞給斯懿。

「是吧……」斯懿伸手接過鷹洋，只覺手中多了一個軟軟的東西，往掌心一看，十多個鷹洋中夾了一個淡紅色的錦囊，其頂端連著一個紅色的同心結和一塊小小的玉石，並垂下兩根長長的紅繩子。錦囊則以淡紅色的錦緞為材料，繡上了菊花，正中寫了「平安禦

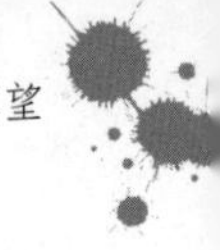

守」四字。

「什麼東西？」

「平安符，日本來的，能保你平安……」見斯懿在看著平安符，蘇明亮繼續道：「你知道，送什麼玉石呀、玉佩呀、胭脂呀……太一般了，可惜這店是你開的，送這裡的東西給你太沒意思……如果不是的話，我想，我早就把這音樂盒子送你了……」

斯懿聽到這兒已經轉嗔為喜，臉上閃過一點笑意，但還是刻意忍著。

蘇明亮身子靠近對方，把受傷的右手擱到櫃檯上，兩人相距只有一尺，繼續道：「我想了很久也想不到該送你什麼東西，後來有一個日本友人送了我這個東西，說是在日本的一所廟宇裡求的，能保人平安，多福多壽。我看這小東西這麼精緻，又是異國珍貴之物，用來送給你……最好不過！」

「……幹嘛送我東西呢？」斯懿玩弄著平安符，裝著一幅毫不在乎的樣子。

「你的生日，我又怎會忘記？」蘇明亮凝視著今天盛裝打扮的斯懿。

斯懿再也忍不住，嫣然一笑地瞟了蘇明亮一眼，見其正看著自己又忙低下頭來，忸怩地玩弄著手中的平安符。

「你大伯也應該不會記得你生日吧？」

「不會，他連自己的生日也不記得了……」斯懿腆著臉輕輕搖頭。

「那……不知張大小姐今天晚上賞不賞臉陪明亮共用晚餐，然後再去和順戲院看一場好戲呢？」

斯懿裝著猶豫了一會，才慢慢道：「好……吧！」

蘇明亮嘴角上揚，從衣襟內取出一陀錶，自己打開看看，又讓斯懿看看，說：「今晚六時英倫餐廳見！」

「不好吧……那兒很貴……」斯懿面有難色。

「你生日總不能去隨便的地方啊！」

「我不想你破費……」

蘇明亮微笑道：「我可沒說我請客呀！」

斯懿愣愣地看著蘇明亮，只見他忍不住咧嘴笑了，才知道他是開玩笑，嬌嗔道：「討厭！」

蘇明亮藏起摺扇，單手拿起了裝有音樂盒的盒子打算離開。斯懿見在店內待了太久，也跟著一塊出去溜達溜達。

見遠處怡和洋行附近還是聚了一大堆人，二人便好奇地過去看看。

只見洋行外滿是穿著洋裝的人，黃皮膚黑頭髮，全都是男的，沒有辮子，拿著英文報紙議論紛紛，說一些聽不懂的話。

「日本人？」斯懿走進人堆，看著別人的報紙。

「你怎麼知道？」蘇明亮在旁邊跟著。

「跟我們一樣，沒有辮子，個子不高，老穿洋服就是日本人啦！這年頭越來越多……你不是有個日本友人嗎？」

蘇明亮笑了笑：「有啊，就是看看你怎樣知道！」

斯懿則輕啐一聲，白了蘇明亮一眼。

蘇明亮又自嘲地說：「我個子也不高啊，要是沒有辮子，穿上西服就是日本人啦！」

「你呀……」斯懿這時臉上一紅，手絞衣襟不敢抬頭，低著眼睛，聲音如貓咪般小：「比我高就行啦……」像是希望對方聽不見，又希望對方聽見。

蘇明亮沒想到對方如此直接，眼睛骨碌一下，不知如何回話，只好裝作聽不見，未幾突然正經起來：「等一會……」然後走到一旁，拿起一份英文報紙認真細看。

「幹嘛了你？」斯懿把頭湊過去，得意地問：「難道你會看不成？」

「為什麼我就不會看呢？」蘇明亮食指放在下唇，仍是低下眼睛看著報紙。

「那報紙上說什麼了？」斯懿父親是個對西洋事物很有興趣的商人，趁斯懿小時候便讓她學英語，故此時張斯懿很是自信地故意考考蘇明亮。

只聽得蘇明亮一臉正經地說：「中國兵發朝鮮，日本以保護僑民為名同時發兵。」

斯懿半信半疑，馬上認真看看，見其果然沒錯後臉色驟變，眼睛直鉤鉤地看著蘇明亮：「你真會？！」

這時蘇明亮放下報紙，悠然地笑了笑，還以挺流暢的英語反問：「為什麼你就認為我不會英語呢？」

「我的天！」斯懿難以置信，雙手掩著嘴巴，傾慕之情躍於臉上，也用英語問：「你怎麼會呢？」

蘇明亮以中文回答：「你也會，為什麼我就不能會呢？」又道：「在旅順做生意，接觸的外國人多，學點英語自然有用……」

斯懿一臉傾慕地看著蘇明亮，但蘇明亮的臉色卻漸漸地凝重起來，若有所思地回頭看了一下……

◐ ◐ ◐ ◑ ◑ ◑

左軍門府。書房。

「你真沒跟他說什麼？」左寶貴神色凝重，背負著雙手，頭側向身後的慕奇。

「你把我當什麼人了？！」慕奇鼻子吭了口氣，甚是不滿。

「不然他怎麼會繞過我直接命你北上剿匪？」左寶貴轉過身，盯著慕奇。

「坊間都傳了，他豈會不知？！」

聽見慕奇句話，左寶貴更是憂心忡忡。

此時有人走來，說楊建勝及其哨官都到齊了，在大堂候著，兩人遂動身出去。

「有報黃兆天於韓家屯附近捲土重來，有兩百之眾。左軍門和我商議後，決定由我率金、楊兩營合力剿辦。你們馬上準備，後天發軔！」慕奇和左寶貴坐在大堂前座，楊建勝和一眾楊字營的哨官則坐於兩旁。

「是！」眾將士齊聲應道。

片刻楊建勝皺眉道：「黃兆天雖不是省油燈，但金字營那邊和連順的人應該足夠應付了吧！用得著楊字營百里助剿？」

「這……」慕奇一時間不知如何回答。

此時左寶貴接著道：「想必大家也知道，日本已發兵朝鮮。朝廷月初才派葉軍門志超赴朝平亂，但日本幾天後便發兵數千。此舉實乃尋釁。雖說朝庭正與其講和，但我看這只是倭人的緩兵之計。依我看……和議並不可持，朝庭最終還是要派大軍赴朝。到時候，奉軍便很可能被選上……」

「那……」楊建勝有話要說。

慕奇插道：「左軍門的意思就是，讓你們赴朝之前多鍛練身手。」

「區區倭人，不需如此認真吧！」楊建勝笑了笑往其他同僚掃視，當中不乏和議者。

眾人往左寶貴看去。只見他不鹹不淡地看著楊建勝，然而就是一言不發。

楊建勝心知這是左寶貴責難自己的眼神，遂往別處看去。

左寶貴便問：「你對倭人知道多少？人家有多少兵馬你知道嗎？人家用什麼槍，用什麼炮你知道嗎？分了什麼兵種你又知道嗎？人家的軍隊以泰西哪個國家的方式操練，你又知道嗎？」

面對左寶貴一連串的問題，楊建勝一個也回話不了，有點尷尬地低下了頭，但並不服氣。其他哨官也紛紛低下了頭。

此時左寶貴對著眾人，聲音響亮地說：「這次楊金兩營合剿由慕都護統領！兩營所有將士由今天起全聽慕都護調度，直到剿辦完畢為止！」

「是！」

「慕奇……」左寶貴鎖著眉心，身子挨近慕奇。

「怎樣？」慕奇也靠近左寶貴。

「一切小心吧！」

慕奇則冷峻地回應一句：「我看要小心的應該是你！」見左寶貴竟然叫自己小心，感覺渾身不自在。

左寶貴凝重地點了點頭，把目光移往別處又說：「還有，有機會你再和裕帥說說組建炮隊之事！」

「當然……」慕奇也皺起眉頭，像是此事比剿匪更為辣手。

左寶貴歎了口氣，坐直了腰，喊了一個在場哨官的名字：「傅殿魁！」

「在！」傅殿魁應道。

「命你馬上帶人去朝鮮打探情報，測繪地圖，尤其是平壤和漢城兩地，待會我再和你詳細交代！」

「是！」

又談了一會，突然聽得慕奇喝了一聲：「誰！」其目光放在遠處的大門上。

眾人忙往大門那邊看去，只見一書生打扮的青年人從門邊緩緩步出，一手提著一個小木盒，正是蘇明亮。

「我……我是找左軍門的。」蘇明亮像是沒想到被人發現，有點不知所措。

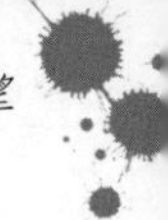



# 第十七章　雄辯

《戰國策》有云：「帝者與師處，王者與友處，霸者與臣處，亡國與役處」，滿洲人要下人自稱「奴才」，非詛咒自己帝國滅亡耶？

「誰讓你在門後偷聽？！」慕奇雙手擱膝質問，看不見在旁的左寶貴欲跟他說話。

「我沒偷聽，我只是想找左軍門，見你們在談話便打算在外面等一會……」

左寶貴見蘇明亮有點窘急，終於拉著慕奇說：「別說了！他就是那個救了蘭兒的少年英雄！」

慕奇有點愕然，語氣立刻變得平和：「哈！原來是你！來！進來進來！」

蘇明亮上前數步，走到大堂中央。見四周座滿了穿著軍服的將士，也不懼怕，只是有點好奇。

「果然是英雄救美呀！」慕奇見蘇明亮眉清目秀，微微點頭。

「大人見笑！」蘇明亮甚是尷尬，一手提著小木盒，不能揖手，只能微微鞠躬。

慕奇拍額道：「你叫蘇……什麼？」

「小姓蘇，名明亮。」蘇明亮看著地上回答。

「幹什麼的？」

「小的在郭家店濕窪子經營雜貨店。」

「南方人？」

「漢口。」

慕奇點點頭，又問：「來旅順幹嘛了？」

「家父本在漢口經營，但想把生意拓展到北方。然而京城盛京等地競爭太大，又見旅順近年漸見規模，又為奉天南方門戶，便想在這兒開分號。但家父年紀已大，身體又不好，又想兒子多磨練，就派小的來了。」

「你問這麼多幹嘛呢？」左寶貴有點不耐煩。

慕奇嘴角勾了勾，沒有答話，身子靠後，示意不再發問。

蘇明亮說：「小的也不打擾各位大人了……」

「你不是找我嗎？」左寶貴問蘇明亮。

「你們正說要事，我點小事遲些再說吧！」

「咱們也快說完了，你在也好，可以問你一點事。來！坐！」

楊建勝命人拿張椅子給蘇明亮，蘇明亮則客氣地坐下。

「我聽你說過，你做的不少是外國人的生意，那……有日本人嗎？」

「有。」

「多嗎？」

「不多。」

「有來往嗎？」

蘇明亮笑了：「我跟他們做生意，當然有來往。」

左寶貴也笑了：「我說的是生意以外的來往。」

「也有。」

「那……你對日本人有什麼……感覺呢？」

蘇明亮顰蹙道：「感覺？」

「就是……你對日本這國家的人……待人接物等，跟我朝子民有何區別？」

蘇明亮低頭沉思，半晌才道：「如果……剛認識一個日本人，第一個感覺就是……他會比較有禮。」

這時楊建勝問：「你說的是跟我大清子民相比嗎？」

「是。」

「那就好笑了！我中國自古乃禮儀之邦，禮記一書成書已有千年，記載各種典章制度，祭祀禮儀，歷朝歷代沿用至今，何以現在一東洋小國會比我們中國更有禮了？」楊建勝語氣甚是不滿。

蘇明亮卻始終是一臉微笑：「楊大人說的是禮儀，小的說的是禮貌。剛認識一個人，應當如左軍門所言，是看他們如何待人接物，而非其地方的典章制度，祭祀禮儀。說得好聽的，我們可以說是有禮；但說得不好聽的話，我們可以說是……拘謹。反過來說也可以，我們大清的子民，相比日本人來說，若是朋友的話，會比較熱情好客，人情味多一點兒，沒那麼計較。從這一點看，我中國稱之為禮儀之邦也確實沒錯！」接著掃視眾人。

楊建勝聽到蘇明亮這麼說，感覺才緩和了一點。

「還有呢？」左寶貴像是不滿意蘇明亮的回答。

蘇明亮略略凝思，鎖著眉心，目光在地，吸口氣

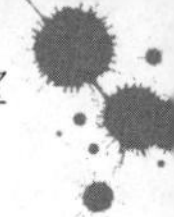

又說：「他們雖然是拘謹……但正正是因為這拘謹，當他們知道你是個大官，或者知道你認識某某大官，就像他們知道我認識左軍門一樣，相比我朝子民……他們會少一點會奉承，也少一點勢利。如果，贓官想仗著自己的官威斂財的話，我想，並不是那麼容易……」

聽見「奉承」、「勢利」，眾人面面相覷，雖有不滿，但沒人敢作聲，畢竟社會上太多阿諛奉承的人，唯左寶貴則面不改容，繼續靜待蘇明亮的闡述。

慕奇也沒立刻反駁，只是交叉雙手，語帶不屑道：「那又如何？」

蘇明亮則坦然一笑，說：「試想，當官的斂財容易的話，那人就既渴望當官，但同時也怕官，可惜官又沒那麼容易當上，那就是只有有錢人才能夠當官了，而當官呢？又可以斂財。窮人呢？就只能被欺負。但他們也不一定值得可憐，因為不是他們每一個人都怕官，官也沒那麼容易欺負他們。何況有朝一日他們當官了，他們也會欺負別的。如此下去，窮人能混口飽飯吃已經不錯。你們誰當官，他們沒有意見。受贓官欺壓，他們出不了聲。朝庭有什麼政令，若是跟徵兵徵稅沒關係，他們也沒有興趣知道……」接著喟然長嘆，看著慕奇和左寶貴，聲音也變得蒼涼：「只怕有朝一天，國家吃了敗仗他們也沒有感覺！甚或由誰來當家，他們也沒有所謂！」

大堂內鴉雀無聲。眾將士無不摒住呼吸，心跳加速。

雖然在左寶貴統領下，除了少數不服左寶貴的滿族官兵外，奉軍將士們基本都能恪守其保家衛國，愛民如子的宗旨。但身為官員，身在官場，而且是在這個百弊叢生的大清帝國，當然有聽說過，甚或有幹過一些貪贓枉法，欺壓百姓的事情，只不過是輕是重，是多是少，有沒有被人揭發的區別而已。

現在聽蘇明亮這麼一說，他們都立刻尋找他們腦海中平民百姓的印象——破爛、骯髒的衣服。蠟黃、粗糙的皮膚。恐懼、茫然的神情。他們都是溫馴的綿羊，從來沒有脾氣。你給他們吃，撫摸他們，他們感恩戴德。你不給他們吃，他們因你不剃他們身上的毛而心存感激。你剃他們身上的毛，他們因你不吃他們而感到幸福。即使你想吃他們，他們也只是卑微地哀求而不是劇烈地反抗……

然而，當你脫下官服，裝成是一隻綿羊的時候，他們又可以是冷酷無情，陰險狡詐的豺狼——剝你的毛，吃你的肉……眾人想到這裡，無不隱隱感到，要是有朝一天自己作為掌權者倒楣了，眼前的肯定不再是一群綿羊，而是豺狼，而且是一群在燒鞭炮慶祝的豺狼……

沉默良久，感慨萬千的左寶貴問：「難道……日本人就不是這樣嗎？」

「不一樣。小的曾經去過日本，依小的觀察，雖然始終有人地位卑微，有人位高權重，但每個人都有其身份，有其地位，有其尊嚴。哪怕如從前的農民和武士，農民稍有冒犯就可能被武士當場砍死，但這並不代表武士可以任意侮辱農民，亦不代表農民就得向武士奴顏媚骨，就如武士對他們的主公一樣，對對方的尊重乃是禮的一部分，只要遵守了，那就安全了。人們追求的可不是當官發財，相反會認為當官發財是俗不可耐，而從前的武士更是以貧窮而自豪。他們追求的是各安其位，各守本分，不得僭越，若有僭越，上至首相，下至賤民，皆會被人鄙視，因為對他們來說……」這時像是心有感觸，雙目放空，也放低了聲音：「沒有東西，比名譽，更為重要，哪怕是，性命。」

左寶貴聽後輕輕點頭，像是百感交集。

慕奇心底裡也覺得無從反駁，心有不忿的他只得依仗「硬實力」了：「你說得我大清子民如此不濟，依你所見，此次中日若在朝鮮開仗，我大清，是要敗給日本了？」

雖然剛聽了蘇明亮如此直接剖析自己國家的問題，但聽見「要敗給日本」，認為是天方夜譚的將士們還是暗覺好笑。

蘇明亮卻從容道：「小的剛才說的只是兩國子民在某一方面之不同。須知道，臨陣決戰，勝敗還是取決於將帥、勇兵、武器、天時地利等等，在坐諸位自然比小的要熟悉。何況，日本歷次入朝皆敗於中國。小的不過是一介商人，只是經商之故略知一點外事而已。」接著雙手向眾人作揖。

「你可不是一般的商人……」慕奇的笑容有點詭異。

蘇明亮的眼珠子忙往上窺看慕奇。

「……而是一個能言善道的商人。先是說點咱們

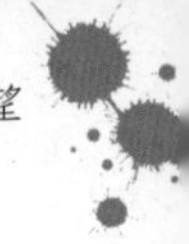



不愛聽的，然後再說點咱們愛聽的。」

蘇明亮報以一笑：「兩位軍門見笑，」這時面露憂色：「但小的畢竟還是關心國事，所以也斗膽反問，倘若兩國開仗，我朝是否真的能輕易取勝呢？」

換來的又是一陣竊笑聲。

左寶貴剛剛才叫將士不可以輕敵，但對於其他人，尤其是眼前這個和女兒過從甚密的蘇明亮，則絕不會透露自己作為軍人的擔憂。故這時也不制止將士們的竊笑，相反還待笑聲漸止才微笑道：「當然可以。」

蘇明亮稍稍仰頭，一幅稍為放心的樣子，然而卻不時留意著左寶貴臉上的「笑容」。

# 第十八章　機會

奉軍共十二營：親軍步隊、前營步隊、後營步隊、左營步隊、右營步隊、中營步隊、左營馬隊、右營馬隊……。分別駐：旅順、奉天、金州、法庫、營口、昌圖。按《直隸練軍章程》編制：步隊五百人一營，馬隊二百六十三人一營。另有親兵小隊六十人駐旅順口左軍門府前。統領為高州鎮總兵左寶貴、副都統喜塔臘慕奇……左營步隊管帶為游擊楊建春、右營步隊管帶為都司徐玉生……左營馬隊管帶為參將金德鳳、右營馬隊管帶為副將楊建勝……

「你就是趙西來嗎？」

東大街的耶穌教教堂前。

雖已入夜，教堂外仍一片熱鬧，鑼鼓聲不絕於耳，與四周的西洋格調格格不入。

「對！你是誰？」

「就是你洗劫了郭家村，還殺了那麼多親軍兄弟吧？」

教堂外的花園搭建了一演布袋戲的小戲臺，臺上舞動著兩個布袋木偶——胡匪和勇兵。黑子和三兒則坐在戲臺旁邊的椅子上，正為一些布袋修補衣服。

「對！就是老子幹的！你想怎麼樣？」

「好！今兒我就要手刃你！來慰我兄弟們在天之靈！」那「勇兵」從腰間拔出一把刀耍了起來。雖然只是一手操控著布袋，但幕中人掌上功夫了得，布袋耍起刀來與真人無異。

有黑子和三兒伴著，幕中人自是岳冬無疑。

左寶貴有明令不讓自己進左府，自己一天到晚得待在親軍教場裡，一個月才得兩天可以外出找心蘭，可是心蘭卻一直避開自己。而這一個多月來不時收到消息，說才貌出眾的蘇明亮與心蘭朝夕相見，哪怕其傷早就好了但還是每天登門造訪，還不時送心蘭禮物。更有小道消息說，兩人快到談婚論嫁的地步，蘇明亮很得左軍門的賞識云云。是以岳冬每天都憂心如焚，希望儘快能哄回心蘭，所以編了一齣布袋戲，打算在左寶貴不在時演給心蘭看。今日就趁著放假來到司督閣的教堂好好排練。

臺前坐著一群看得出神的小孩，不少是洋人的孩子，雖聽不明白其中口白，但看著臺上有趣的布袋在舞動，也足以吸引他們駐足一整個晚上了。

「好傢伙！敢與我趙西來單打獨鬥！那我就讓你跟你死去的兄弟見面見面！」

「胡匪」也從背後拔出一刀，耍了起來。

雖然還是三月天，但岳冬在幕中不停地舞動雙手早已滿頭大汗，還得邊踏壓板敲打鑼鼓邊念口白，還要是裝著不同的聲音去念，可是一聽見小孩們興高采烈的聲音，還是滿足地笑了，演得更是起勁。

見那「勇兵」耍刀耍了半天還未衝上去，那「胡匪」停了下來，喘著氣不耐煩喝道：「你幹什麼不過來？你不是要報仇嗎？」

「我見你的刀法太厲害了，我打不過你，所以不敢上！」

「你真的他媽的老實……那……你的仇不報了？」

「報！當然要報！」

「……那……那我……不！那你打算怎麼辦？」

「所謂國有國法，你自己去向官府投案好不？」

「你他媽的不是在忽悠我嗎！看刀！」「胡匪」按捺不住衝了上去。

此時那「勇兵」突然放下了刀，不知從哪來弄來了一支「洋槍」，頂在肩膀上瞄著那「胡匪」放了一槍！鑼鼓一聲響，「胡匪」中槍倒地，小孩們則哄笑不已。

這時外邊突然跑了個勇兵來，走到台後邊跟岳冬說：「別唱了！慕都護來了！」

然而四周的鑼鼓聲太大，岳冬又入了神，壓跟兒聽不見。

那人叫了兩聲「岳冬」還是沒反應，便揭開布幕，湊到岳冬的耳邊道：「別唱了！慕都護來了！」

戲臺上的「胡匪」和「勇兵」突然停了下來。

「慕都護來了？」

「來了！就在教堂裡！」

岳冬放下了雙手，目瞪口呆地說：「什麼？！怎麼我剛才沒看見他進去？！他來幹嘛？」

「聽說是要請司大夫派醫官隨軍剿黃兆天呀！」

「什麼時候來的？」

「不知道。」

「那我剛才唱的他都聽見了？」

「恐怕聽見了……」

岳冬眼睛骨碌一下，轉身向著黑子三兒怪責道：「你們怎麼就看不見呢？」

黑子卻不滿說：「在幫你的布袋補衣服嘛！」

岳冬也不好怪責兩人，只說：「快收拾吧！」

「怎麼沒有了？……」這時小孩們失望地看著岳冬。

岳冬看見也沒轍，只道：「改天！改天！」又以很難聽的英語說：「吐摸老，吐摸老……」

只是過了片刻，岳冬等人還未把戲臺收拾，便聽見不遠處傳來一把熟識而沉實的聲音：「幹嘛不演了？孩子們等著哪！」

岳冬知道是慕奇，轉身作揖道：「慕都護……」聲音死氣沉沉的，剛才演布袋戲的那股勁兒全沒了。

黑子三兒也叫了聲「慕都護」，但動作都停了下來，看著岳冬，不知道還收不收拾。

「幹什麼不演了？」慕奇坐到旁邊一石椅子上，語氣像是質問。

「……累了。」岳冬看著地上，放鬆雙手，手中一支用來支撐戲臺的杆兒也掉到地上去。

黑子三兒見岳冬無精打采，忙把周圍的小孩哄走。

人聲漸漸遠去，原本熱熱鬧鬧的花園漸變得冷清，只餘下幾個洋人教徒在聊天。

沉默片刻，慕奇突然問：「恨我吧？」

岳冬聽不明白，只抬起頭呆呆地看著慕奇。

慕奇像是在自言自語：「也難怪你恨我……如果不是我，你和蘭兒的好事……可能早就成了吧？」

岳冬不敢想像慕奇竟會說出像是懺悔的話，半晌才回過神來，低頭道：「仗是打敗了……無論如何，左叔叔也不可能讓我和蘭兒成親的……」

「……其實……你是有點將材的……」或許太少說安慰人的說話，慕奇說起來很不自然。

岳冬想不到慕奇竟然會這樣誇自己，緩緩地抬起頭看著他。

「但就是玩物喪志，還有膽子小吧！」

聽見「玩物喪志」，岳冬也難反駁，但聽見「膽子小」就是不舒服，總想說點什麼，但看著慕奇又說不出來，低下了頭。

「有什麼就說唄！像娘們兒吞吞吐吐的！」

「……我覺得我不是膽小！」

「那是什麼了？」

「是……」岳冬欲言又止：「……總之就是不膽小吧！」

慕奇忍不住笑了：「你連殺雞都不敢，不是膽小是什麼？」

「這是惻隱之心！你沒聽說過嗎？君子就是不想殺生才不進廚房的！」

慕奇冷笑一聲：「左回子真是白讓你讀書！君子不是不想殺生才不進廚房的，他們是不想看見殺生才不進入廚房的！要是他們不想殺生，那就乾脆吃素唄！」

岳冬想了想，好像真是自己搞錯了，表情很是尷尬。

見司督閣從大門出來，慕奇跟司督閣點頭打個招呼，站起跟岳冬說：「不多說了！你也知道，過兩天

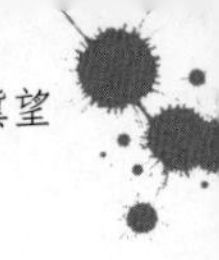

我就去剿黃兆天。不要說我老針對你，現在就給你一個立功的機會！這次你跟我去，只要像以往一樣斃幾個胡匪的話……我可以向你的左叔叔建議，拔你一個外委！」

岳冬意想不到，喜從天降似的猛地向慕奇點頭。

「好！」慕奇站起了身：「那你準備一下，明天我會跟你的左叔叔說的了！」話畢轉身便走。

岳冬正暗自歡喜，見慕奇快離開，才想起另一個問題，忙問：「我是當你的親兵吧?!」

聲音在寧靜的花園顯得格外冷清。

慕奇停了下來，沒有答話，只緩緩地轉過身，看著岳冬，一言不發。

## 第十九章……失望

見慕奇又以原來那銳利的眼神盯著自己，岳冬在想剛才自己的話是不是有什麼問題了。

「不是親兵……你就不來了？」慕奇細著眼，話說得很慢，語氣甚是不屑。

岳冬害怕其眼神，但也顧不了叫眼珠子往別處看，只想到黃兆天絕不是好對付。聽老兵們說過，他雖然沒趙西來那麼厲害，但七、八年前就是他搞得整個遼北雞犬不寧，當時死了不少官兵。如果自己不是親兵的話，那就得和他的人短兵相接，到時候就真是九死一生了。

「問你話哪！」慕奇很不耐煩。

岳冬害怕，忙搖頭道：「不是……」聲音微弱如絲。

「不是？」慕奇一步一步走向岳冬：「那我把你放到前哨去，你也應該沒問題吧？」話畢站到岳冬跟前，巨大的身軀直逼岳冬。

「不太好吧……」岳冬不敢再看著慕奇。

慕奇怒喝一聲：「有什麼不好的？！」振聾發聵。

慕奇也沒理會司督閣和別的洋人往這邊看，眼珠子往下盯著岳冬。

岳冬膽戰心驚，下巴一抖一抖的，嘴巴張開數次才把說出話來：「……若我回不來……咋娶蘭兒呢……」

岳冬本以為慕奇會繼續怒罵，誰知他只是輕輕點頭，探下身凝神注視自己，冷峭地說：「就你有家人，人家就沒有嗎？」

巨大的臉龐就在眼前，兩隻眼如獅子般森然，岳冬壓根無從躲避，心裡在悸顫的他只能呆呆地看著，冷汗猛地從額頭流下，聽著自己不懂回答而落下的靜默，而這他時也終於知道，什麼叫做無地自容。

慕奇見岳冬一身窩囊相，低著頭弓著背的，始終啞口無言，冷冷道：「我終於知道，左回子為什麼會對你這麼失望了！」話畢轉身離去。

岳冬連抬起頭看慕奇背影一眼的勇氣也沒有，一直垂頭喪氣地看著地上，看著那勇兵造型的布袋和旁邊雜亂無章的戲臺和道具，久久未能釋懷。

四周的洋人也散盡，這時司督閣上前，手搭岳冬肩膀：「來，進去坐一下吧！」

岳冬被司督閣引到教堂裡去，兩人坐在教堂裡一排一排的長凳，面向著高聳的耶穌受難像。

「我想……我這輩子也不會再祈禱了……」岳冬抬頭看著耶穌像，看著看著，不禁想起這些年來自己對「祂」有著多少的盼望，也有著多少的失望。

岳冬和武蘭、心蘭兩兄妹一樣，自這東大街耶穌教教堂建成後，便跟著左寶貴經常來。雖然左府一家都是回回，信的是回教，和耶穌教教義有別，但由於兩者都是導人向善，加上司督閣和左寶貴一樣樂於行善，不單為貧苦大眾贈醫施藥，為奉軍官兵們治病療傷，教授西方醫療知識，還不時派人隨奉軍剿匪當臨時醫官。是以左司二人不單能互相敬重，更是莫逆之交，而左寶貴也不介意孩子們在信奉回教的同時，也去司督閣那兒接受耶穌教的教誨，就如儒釋道等各宗教在中國一直都是混雜同處，毫無衝突一樣。

何況岳冬這個外來人住進了左寶貴這個回回家庭，也只是入鄉隨俗跟隨左寶貴一家做禮拜，而左寶

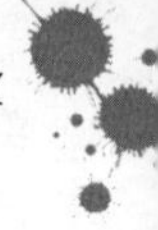

責也從來沒有強迫過他信奉回教。

看見沒有真正信奉任何一個宗教的小岳冬「自投羅網」，急於打開「中國市場」的司督閣當然歡迎。

在司督閣的薰陶下，岳冬終於像給回教的「真主」一樣，也給了「上帝」一個「試用期」。岳冬每次尋父前，他都會跑來這裡，虔誠地跪下，雙手交叉緊合，誠心地向他的「上帝」禱告：「只要你今次讓我找到父親的話，我一定會接受洗禮，一輩子來伺候你的！」

縱然每次都是失望而回，但在司督閣那句「神自有安排」的安慰下，岳冬還是對「上帝」抱有一絲希望。雖然熱情在逐漸遞減，但他每次都想：「如果祂真的存在，但就是因為我這次沒有禱告害得我找不到父親，那我怎麼對得起我娘呀？那真是冤呀！」是以每次出發前，他還是跑到這裡，做同一樣的禱告。

現在聽見岳冬這樣說，司督閣也沒什麼大反應，只是默默地看著岳冬，手搭著其肩膀，靜待著他的傾訴。

「耶和華不是說……要愛自己的敵人嘛？……我不殺他們……但卻被人說是怕死，還要被人拿來當笑柄！……」岳冬又想起這些年為娶蘭兒而當兵所受的委屈，搖搖頭又說：「當笑柄也罷……可是我知道……蘭兒也是這麼想的……」接著哀歎一聲：「難道真的要殺人如麻才對嗎？」

「孩子……」司督閣以他親切而帶有強烈西方人口音的中國官話說：「你知道我為什麼這麼樂意派人隨勇兵剿匪嗎？」

岳冬瞥了司督閣一眼：「你想救人嘛！」

「救什麼人？」

「勇兵嘛！……」岳冬想了想又道：「還有胡匪。」

「聰明！」司督閣笑了笑，拿起了岳冬腰間一把布袋用的道具小刀：「但你有沒有看過我怪責過在戰場上殺了胡匪的勇兵嗎？」

岳冬眼珠滾了滾，搖搖頭。

「那就是。」司督閣凝視著刀鋒：「除了那些濫殺的，我沒有怪責那些殺了人的勇兵。」看著岳冬又道：「你也用槍殺過胡匪，我也沒有怪責你吧？」

「對。」

「知道為什麼嗎？」

「因為……因為我不是真心想殺他們的……」

司督閣微笑道：「對……但在『不是真心想殺他們』的背後，其實你是想說：『只要他不是胡匪，我就絕不會傷害他』……那，又為什麼要傷害胡匪了？」

「胡匪會傷害別的嘛！」

「他們傷害的又不是你，你又湊啥熱鬧了？」

岳冬看著司督閣，開始意識到這個喜歡循循善誘的司督閣究竟想說些什麼。

司督閣看著宏偉的耶穌像說：「面對著一群無知、醜陋、自大的指責他的人，耶和華是用死來叫他們醒覺。這，才叫是愛你的敵人……」這時司督閣把小刀放在岳冬的手裡，凝視著他：「這看似愚蠢，但要是不愚蠢，又怎麼顯得它的可貴呢？當然，耶和華是聖人，但同一道理，人的偉大，不是在於他能殺了死多少壞人，而是在於，他能為多少人而死……」

岳冬若有所思地看著手上的小刀，久久不語。

突然外面又跑了一個親兵進來，是岳冬那棚的，後面還跟著黑子和三兒。

那勇兵上氣不接下氣地跟岳冬說：「蘇明亮……送了……送了一個西洋盒子給心蘭……還向左軍門提親了！」

提親？！

岳冬也早知道蘇明亮是對心蘭是有意思的了，但萬萬沒想到他竟然夠膽提親！還要兩人認識了還沒有兩個月！岳冬氣得面色發紫，跟司督閣道別後便向大門跑去，黑子三兒和那報信的勇兵也都跟在後面。

岳冬跑到左府的後門，門也不叩便一腳蹬去，誰知門栓沒斷，自己反倒在地上。

這時黑子等人趕到，試圖安撫岳冬，說不宜硬闖。但岳冬異常激動，甩掉眾人後繼續奮力蹬門，蹬了幾下，門終於被蹬開了。

衝到心蘭的房間，只見門正開著，心蘭不在，卻坐著自己恨得咬牙切齒的蘇明亮，拿著那個「西洋盒子」看著自己，初時稍微愕然，但隨即便變得泰然自若，仿佛知道岳冬為何事而來。

岳冬見狀更是怒火中燒，衝上去一手便揪著蘇明亮的胸口，像是要吃了他似的：「你認識蘭兒才多長時間了？你竟然夠膽提親！」

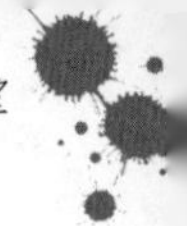

蘇明亮又先是眉頭一皺，但又隨即放下：「兩個月……不到！」

「別！」「岳大哥！」黑子三兒嘗試掰開岳冬的手，但對怒火中燒的岳冬全然沒用。

這時楊大媽和左府幾個下人也趕來。眾人站在門口不停地勸：「岳冬！別動手呀！」「蘭兒看見就不好了！」「就是！」

岳冬呼哧呼哧地說：「你還好意思說？我認識了她十年了！」

「十年又如何？兩人應不應該成親，不在乎認識了多長時間，而是在乎兩人投不投契，我與蘭兒一見傾心……」蘇明亮見其他人沒有進來，只是站在門口，故意輕聲地說，所以只有岳冬黑子等人聽見自己說什麼。

「一見傾心？！」岳冬聽見猶如火上澆油，手一使勁把蘇明亮往牆擲去。蘇明亮被撞到牆上，應聲倒地。

「岳冬！別！」見岳冬還想衝上去，黑子三兒死抱著岳冬不放，其他人也衝了進來。

岳冬發了狂似的，三個人糾纏在一起，混亂中桌子被撞，上面的音樂盒掉到地上去，機器齒輪散到一地皆是。

岳冬單膝脆下，又揪住蘇明亮胸口怒喊：「蘭兒是我的未婚妻！」

蘇明亮被岳冬摔到牆上也沒有動氣，但看到自己花重金買來送給蘭兒的禮物竟被摔破了，現在又被人壓在牆角，不尤得氣上心頭，眼珠子往上盯著岳冬，以挑釁的語氣回應：「誰說的？她說的嗎？如果是，那為什麼她老是避著你呢？！」

岳冬氣紅了臉，眼睛裡滿是血絲，提起了拳頭，對準了蘇明亮的臉！

「別！」「岳冬！」眾人大喊。

人聲中，仿佛有一把熟悉的女聲。眾人回頭一看，原來心蘭已站在門前。

「你幹什麼了？！」心蘭怒目瞪著岳冬。

# 第二十章　斷指

聽回來的親兵說，岳冬一反常態，每戰皆一馬當先，有次更不惜受傷連斬十數人，謂「仗打完後猶如一血人，在死人堆中呆呆站著」。看來那天對彼之打擊實在非同小可。那天不知是誰謂余送蘭兒禮物為提親之舉，本以為天助我也，看來並非如此……

岳冬扭頭看著心蘭。看見自己日夜思念的人就在眼前，攥緊的拳頭也驟然鬆開了。

千言萬語，無從開口。

心蘭也凝視著岳冬，也想跟他說很多很多的話，但見岳冬就對著自己的恩公準備大打出手，又見恩公送給自己的音樂盒摔破了，而他則撫著自己受了傷的右手，表情痛苦的倒在牆邊，什麼思念之情也化為飛灰。

蘇明亮這時也不怕當著眾人對岳冬說：「人就在這兒！你可以自己問問！」

岳冬聽見呆了半晌，緩緩站起，終於面向心蘭，屏住呼吸問：「你……不是我的未婚妻嗎？」聲音小而且抖，仿佛也隱隱感到，此情此景，答案，可能不是自己想聽的。

心蘭欲言又止，但還是說了。

「不是。」

心蘭不想，也不敢再看著岳冬。

岳冬只感覺到那突如其來的靜，像是耳膜被刺破了一樣。

待了良久，岳冬一步一步地靠近心蘭說：「還記得五年前咱倆十指緊扣的跪在你爹面前，向他提親嗎？」這時的他眼睛已經通紅，語氣中又是悲哀，又是抱怨，又是憤怒。

心蘭側著頭，閉上眼睛，不想聽到岳冬說起以前的事，但鼻子卻不自覺地酸了。

「五年來我撫心自問，我盡心盡力的當兵……望有朝一天能把你娶了……但你爹老是刁難我！還要我入贅！……我就是不想當兵而已！我就是不想殺人而

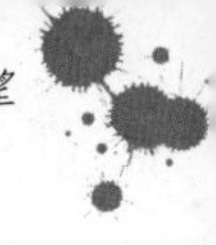

已！我就是想日後我孩子姓岳而已！我又有什麼錯呀？！」岳冬哽咽地說著，又指著身後的蘇明亮喊：「如今你認識這傢伙多久了？兩個月都沒有！他不就是送些破玩意兒給你嗎？你就喜歡上他了？！……」

「啪！」

響亮的巴掌聲。

心蘭上前狠狠地摑了岳冬一個耳光！岳冬的頭被打得側到一邊去。

心蘭眼眶滿是淚水，盯著岳冬怒道：「我是喜歡他了！怎麼了！他救了我！你呢？！」

岳冬呆呆地看著地上，不相信心蘭會當眾打了自己一個耳光，還要是當著蘇明亮面前！

「一個當兵的……平民不救也罷了……你連我也不救？！」心蘭的喉嚨也全啞了。

岳冬終於明白心蘭恨自己什麼，原來是記恨那天自己在樹林未能阻止匪徒把她擄走，猛然道：「那時候刀都架到脖子上了！你要我怎麼救你？！」

「刀架在脖子上了？那你就可以眼睜睜的看著別人把刀架在我的脖子上了？人家蘇公子可跟你一樣手無寸鐵呀！那為什麼人家就能捨身救我而你卻不能呀？！……」這時看著岳冬一身耍布袋的裝束，繼續怒道：「一個當兵的，快二十歲了，還一天到晚耍那些破布袋！你替我想想，我怎麼嫁給你呀？我怎麼嫁給你呀！」

心蘭一番發洩以後，房間只餘下心蘭那急速的呼吸聲。

眾人看著岳冬，都在替他難堪。內心涼快的蘇明亮則一直外表平靜地看著。

岳冬腦子一片空白，眼前也變為一片混沌。什麼人、什麼聲音都不復存在。兩手像是想抓著什麼來支撐那快將虛脫的身體，然而抓到的始終都是空氣，最後只能靠著在地上亂竄的目光尋找出路，磕磕碰碰地走向房間門口，即便經過心蘭時也沒有半點遲緩。

心蘭也沒有再看岳冬一眼。

眾人見岳冬往自己這邊走來，紛紛讓開。

「岳大哥……」「冬兒……」黑子、三兒和楊大媽等都擔心岳冬，欲上前扶他一把。

然而岳冬甩開眾人，獨自往後門走去……

◐ ◐ ◐ ◑ ◑ ◑

深夜，親軍營房。

大雨滂沱。沙沙的雨聲已讓人們的耳朵麻木。漆黑中，眾人皆已入睡，然而一角落中還有一點燭光。

岳冬獨自坐著。面前是一張小桌子，桌子上放著一把匕首，一條手帕，一塊木頭。

岳冬左手拿著他父親給他的布袋木偶。岳冬看著那布袋看得出神，不停回想心蘭剛才對自己的一番怒罵，還有慕奇和司大夫的說話……

岳冬左手塞進了布袋，動了幾下，臉上閃過一絲緬懷的微笑。

未幾岳冬把手從布袋抽出，五指張開掌心向下的放在桌子上，又把木頭塞進口裡咬緊，神色平淡。

右手拿起了匕首，刀鋒對準了左手食指，那根耍布袋最重要的指頭……

◐ ◐ ◐ ◑ ◑ ◑

翌日清晨。慕都統府。

雨還在下。慕奇剛剛起床，下人便上前說外面來了一個勇兵，在雨中跪下不知在呈上什麼。

慕奇換好衣服，打著油傘出去，只見岳冬在大雨中單膝跪在泥窪子上，雙手抬高呈上一白絹，白絹和其包紮得厚厚的左手則不停地滲出血水……

◐ ◐ ◐ ◑ ◑ ◑

清晨。旅順口西大街和中新街的交界處，旅順市街的中心——東菜市。

人煙還是稀少。

不知從哪兒跑來的幾個賣報的孩童，邊跑邊大喊：「號外！號外！日艦炮轟中國運兵船高陞，上千官兵陣亡……」「高陞官兵們誓死不降，慘遭擊沉……」「日軍開槍掃射，大海為之染紅……」聲音在空蕩蕩的大街內迴盪著。

一個剛來擺賣的婦人，聽到消息後當場暈厥。

人群逐漸四面八方的湧來，義憤填膺地議論著。

◐ ◐ ◐ ◑ ◑ ◑

水師營一營房。

「軍門你已經親自來了，他還擺架子呢！」站在左寶貴身旁的奉軍幫辦多祿很是不忿。旁邊還有一個親兵。

「誰叫咱們有求於人？」左寶貴今天很是疲憊，平時坐直了腰的他現在也得靠著椅背。

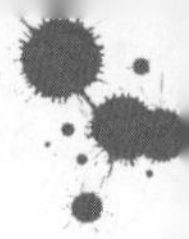

過了片刻一人從遠處走來，左寶貴上前相迎：

「何委員！」雖是微笑，但不難看出其勉強。

「見過左軍門！」何委員行禮說：「剛才正和馮大人商討公務，未能及時抽身，還望左軍門見諒！見諒！」他是奉天機械局的掌托人，雖然官階比左寶貴低得多，但由於與左寶貴的頂頭上司裕康混得很熟，奉軍使用的裝備又多是由他的機械局生產，故為人正直的左寶貴也不得不和他搞好關係。

「何委員言重了！」說著兩人打躬歸坐。

本來已經不滿的多祿，現在見那何委員身材矮小而肥胖，沒有鬍子，聲音尖細，油頭粉臉，雙頰紅得吃了仙丹似的，天生一副贓官相，更是瞧不起他。這也難怪多祿如此，畢竟他眼前放著的一大箱海味，是自己奉左軍門之命大老遠的抬過來的。看著這些自己自出娘胎也吃不了幾次的東西，待會就要送給這個死胖子，多祿和旁邊的親兵自然是一肚子氣。

何委員看見左寶貴身旁有一大木箱很是驚訝，因為他也知道左寶貴今天是有事相求，裡邊是銀子的話可不得了，但訓練有素的他表面上還是神色自若。

「何委員很久沒來旅順了吧？」左寶貴先來寒暄。

何委員點點頭：「是啊！我上次來已經是十年前的事嘍！」

「很大變化吧？」

「是啊！那時候哪有這麼多營房和砲台呀？」

「機械局的工作忙嗎？」

「還行！還行！」

「裕帥……最近可好？」

「挺好！挺好！」何委員又點點頭。

經過幾輪對答，左寶貴見談頭已經差不多沒有了，而想求人之事卻始終不知如何啟齒，畢竟自己不像那些會說話的文人，也很少有求於人。至於那個何委員，礙於左寶貴的官比自己大得多，裕康也很器重他，而且現在還有個大木箱在其身旁，當然也不敢擺出傲慢之態，只暗自覺得這個左寶貴真的如坊間所說的那樣為官清廉，賄賂技巧竟可以如此之糟。

左寶貴這時想搬天氣出來說，但想了想實在過不了自己，最後還是吞回肚子裡，決定先把東西送了再說：「我也很久沒見裕帥了！這裡有點旅順土產，希望何委員能幫我帶給他！」接著命多祿打開地上的那個大木箱給何委員看。

何委員聽見是「旅順土產」，忙覺得左寶貴的賄賂技巧還有救，但一打開木箱，看見裡邊真的是海味，心裡不由得失笑，但訓練有素的他仍能裝著一副喜從天降的神色：「旅順果然是盛產海產之地！呵！你看那海參大得……裕帥一定很高興！」未幾察覺到左寶貴身旁一直放著一個橙色的小包，很是漂亮。雖是小包，但裡邊全是銀兩的話還算可觀。心想：「大木箱盛海味，我認！這麼小的包，還要是海味，我打死也不信！」然後滿懷希望地盯著那小包。

# 第二十一章　規矩

此國家之一大致命弱點就是公然行賄受賄，上下腐敗至極，綱紀鬆弛，官吏逞私，祖宗基業殆盡傾頹。然人們對此毫不反省，上至皇帝大臣，下到一兵一卒，無官不貪，無事不賄，上下相欺，大小相瞞。此為其不治之症，如此國家根本不是日本之對手。

左寶貴也察覺到何委員的神色，便從身旁拿起那小包遞給何委員：「要何委員運這麼多東西回去實在是過意不去！這微物何委員一定要收下！」

「這……這怎麼好意思呢？」這句話何委員一生中也不知說了多少遍了。

「你必定要收下，不然左某實在過意不去！」左寶貴習回回拳之餘也有玩太極，這推手的動作他當然

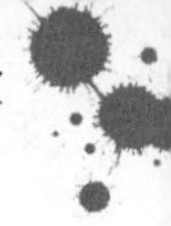

曉得。

「那好吧！左軍門你實在太……」誰知道一拿上手卻感到輕輕的，他對左寶貴的信心徹底崩潰了。雖是晴天霹靂，但訓練有素的何委員還是能繼續以喜出望外的語氣把話說完：「……客氣了！」

這時還聽見左寶貴洋洋自得地說：「何委員你真識貨呀！別的地方我不敢說，旅順的海參就是最有名的！」

多祿在左寶貴身後也豎起大拇指來，旁邊的親兵也自信地點頭。

何委員只好抱著那小包微笑，當然，心裡是在苦笑。

見何委員這麼「高興」，左寶貴便打蛇隨棍上：「不知炮位之事……」

何委員立刻面有難色：「炮位之事呢……裕帥還在考慮……」

「已經半年了……」

「我知道……但你也知道，近年天災連年，農民失收，稅收大減，裕帥也是很為難呀！」

左寶貴皺眉道：「我知道！但你也知道，倭人已經偷襲了我兵船，兩國開仗勢所難免。今已有傳，朝庭即將派大軍赴朝，奉軍就是其中一支！」

「就是！要是朝廷真的要派大軍赴朝，到時候奉天就得設立糧台，所以現在更要未雨綢繆，不然到時候就捉襟見肘了……」

左寶貴眼珠骨碌一下，試圖說之以理：「何委員，目下與倭人開仗，非征剿土匪可比呀！倭人軍隊以西法操練多年，全配備洋槍洋炮。我軍槍械要精利之餘，尤須多有炮位方能制勝！糧台固然重要，但不夠的話咱們還可以就地徵集，但若有人而沒炮，縱有十萬大軍也是徒然呀！」

「這我明白……但二十多門炮，餉項一時間實在是難以籌措呀！」此刻的何委員已不敢直視左寶貴。

「但我已經說了半年哪！」左寶貴開始有些激動。

「我知道……」何委員額頭也開始冒汗。

「不如這樣，先組一營，十二門炮，餘下十二門以後再想辦法！如何？」

「十二門……」何委員皺著眉心，目光東藏西竄的。

「六門……」左寶貴身子靠近何委員，語氣已經近乎是乞求。

此時不單多祿，即便是何委員也替左寶貴感到難堪，畢竟堂堂一個一品大員，竟然要對一個五品官如此低聲下氣！

左寶貴噴出濃濃的鼻息盯著何委員。從何委員的表情看，加上按常理推斷，也不見得是他故意和自己作對。此時左寶貴也不想再說，然而一想到奉軍的窘境，還是忍不住發出像是老者求食不得的悲鳴：「不就是六門炮而已……我的兵不是用來擋大炮的……」

的確，奉軍的裝備相比北洋諸軍要大大落後。不是左寶貴和葉志超合作採礦，用賺來的錢更換添置槍支，奉軍很可能如靖邊軍等地處邊陲的地方勇營一樣，以鳥槍和冷兵器為主了。然而，由於朝廷有規定，勇營不得私購大炮，大炮一律由朝廷分發，故大炮在奉軍始終是寥寥可數。即便是炮彈，也因為太少而捨不得拿去操練。

左寶貴早年雖曾在李鴻章麾下，也算半個淮系出身，但隨後常年駐關外，已經融入了當地的練軍系統。由於再不屬北洋，除了三年前的金丹教，基本上沒什麼大戰事，多是對付土匪馬賊，故左寶貴雖已多次要求添置大炮，但朝廷和裕康始終多番婉拒，或是要十得一，以至左寶貴只好巧妙地避開朝廷的規定，買了兩台不屬於大炮的加特林機槍，以稍壯奉軍的裝備。

「左軍門，不是下官斗膽跟你作對……」這時何委員可能心中有愧，突然凝重起來，瞇起眼睛道：「難道左大人就真的不知道？」但還是不敢看左寶貴，眼珠子只是斜了斜。

左寶貴怔了怔：「知道什麼？」

「為什麼……今年的財政……特別的……窘。」話畢瞥了左寶貴一眼。

左寶貴也凝重起來。見何委員盯著身後兩人，便命他們先行迴避。

見兩人遠去，何委員才靠近左寶貴，輕聲問：「今年是什麼年？」

「甲午年。」

「朝廷有什麼大事兒？」

左寶貴眼珠滾了滾：「和倭人開仗？」

「不是！和倭人開仗哪能預見？」何委員以怪責

的眼神看著左寶貴：「再想想！」

想了片刻，左寶貴還是看著何委員茫然地搖頭。畢竟戰雲密佈，此刻心急如焚的他一時間實在是想不出有什麼事情還能比這事更重要。

何委員也看著左寶貴，歎了口氣，只道這些武夫真的不懂官場規矩，說：「老佛爺……六十大壽！」

左寶貴恍然大悟，亦心頭一震。作為一品大員，他當然知道今年是老佛爺的六十大壽，但他做夢也沒想到，此事竟然會和自己求炮不得有關！

何委員把目光移向那大木箱：「要是裡邊都是銀子……事情就好辦多了……」

左寶貴沉重地呼吸著，默默地看著旁邊的大木箱。

左寶貴等人離開水師營時已是黃昏。左寶貴騎著其白馬，一拐彎看見夕陽下的旅順口，不禁停了下來。

這裡可以俯瞰旅順口全景。看著金黃色的旅順口被黑色的群山環抱，再放眼遠處北洋水師的基地，以至最遠處的金黃色的大海和夕陽，左寶貴心中感慨萬千。

「快看不見的時候，才覺得它美……」左寶貴的語氣就像個風燭殘年的老人。

「別這樣說吧軍門！一定有其他辦法的！」身後的多祿看著左寶貴那沉重的身影。

見追隨自己多年的多祿嘗試安慰自己，左寶貴稍微釋懷，看著遠方又道：「多祿，你老實跟我說，這三年來，你就真的沒怪過我嗎？」

多祿沒想到左寶貴突然有此一問，愣了一愣，然後用心良苦地說：「軍門呀！我們當中沒有一個人怪過軍門您，就是您自己放不下而已！……武蘭去了，我成兒自己跟著要去有什麼得說的？如果我有第二個兒子，我還是會讓他追隨軍門您的！」

聽見多祿這麼說，左寶貴很是感動，眼眶也不自覺地濕了。夕陽下的左寶貴皺紋更是明顯，斧鑿般地刻在他那蒼老的臉龐上，整個人老態龍鍾，畢竟這三年來他的確過得不容易。

此時突然感到有鼻水流下，左寶貴馬上用手帕捂住鼻子，卻傳來了一股嗆鼻的血腥味兒，左寶貴拿開手帕一看，黏黏的鮮血正在金黃色的夕陽下閃閃發亮。

又是這樣……這會不會和司大夫所說的病有關係？要是如此，自己的身體還能不能撐到朝鮮？還來不及往下想，此時便跑來一個親兵，喘著氣地向他稟告：「軍門！那個日本奸細現在要在東菜市砍頭了！」

「招了嗎？」左寶貴捂著鼻子說。

「都招了！」

「那砍就砍唄！雙方經已開仗，處死敵方奸細天經地義！何況日本在未宣戰前竟敢殺我千人！……」接著不停咳嗽。

「軍門！」多祿很是擔心。

左寶貴罷一罷手，擦一擦鼻子，把手帕有血的一面接在裡邊。見那親兵還是單膝跪下，便問：「還有事嗎？」

「有，剛有一批受傷的兄弟從韓家屯回來。聽他們說，裡邊被圍的壓根就不是什麼黃兆天，而是趙西來！」

雖然早已有所懷疑，但此刻的左寶貴還是難以接受，瞪大眼睛看著地上，眼珠子不停地左右徘徊沉思。

見左寶貴如此表情，那親兵和多祿都屏住呼吸，靜待其說話。

過了片刻，只聽得左寶貴聲音有點抖顫地說：「有岳冬的消息嗎？」

「我問過了……」那親兵低下了頭：「還沒有消息……」

左寶貴很是失落，沒再說話。

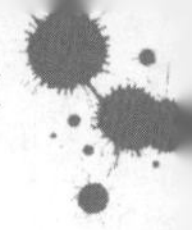

# 第二十二章　紅顏

……後偶遇一外省人問路，那人如書生般溫文有禮，衣冠楚楚，然斯懿卻不瞅不睬，打量一眼後逕自離去，最後只好由我回答。真不知為何，伊彷彿與眾人有仇，倘是耶教徒或洋人則不然，盡可坦然交談，與常人無異。想及伊當初曾咒罵我「下地獄」，目下竟成紅顏知己，實在受寵若驚，也自覺不凡。

東大街耶穌教教堂旁邊的小醫院。

心蘭和女助護小悅站在桌子前，用刀把一塊一塊圓形的小藥丸切開一半，然後把藥丸放進小袋子裡邊。

但此刻的心蘭已經停了手愣著，右手正持刀對著五指攤開的左手，刀鋒在左手食指上一寸的位置徘徊著。

「蘭兒，酒精沒有了，幫我去添一點吧！」一個西洋女大夫正在幫一個傷兵治療外傷。她叫英格利斯，是司督閣的妻子，也是一名醫生，跟著丈夫從萬里外的英國來到中國東北行醫傳教。這裡的人都習慣稱她做英大夫或司夫人。

小悅見身旁的心蘭毫無反應，便往她看去，一看見她這模樣忙喊道：「幹嘛了你？！」

心蘭受驚，右手一縮，「呀」了一聲，不慎割傷了自己。

英格利斯和小悅忙上前察看。

「幹嘛這麼不小心？」英格利斯馬上為心蘭止血。

小悅看見心蘭這神情，也猜到她為何如此。

只見心蘭很是迷茫，說不出話來。

英格利斯歎氣道：「你先出去休息一會吧！」

心蘭點了點頭，離開了房間，坐在房間外一長椅子上，低下頭，茫然地看著地上。這時有一個小男孩蹦蹦跳跳地跑過，心蘭抬頭一看，見其正舉著一個布袋木偶，便把那小孩喊停：「小德！」

「怎麼了心蘭姐姐？」小德是一個中國教徒的兒

子，經常來教堂玩，也很討這裡的人喜歡。

心蘭凝視著套在小德手上的布袋，而這時岳冬已走了三個多月了。這些年來剿匪一般都不過一個星期，情況複雜點的如山路崎嶇路途遙遠的，除了三年前的金丹教，最多也不過一個月。現在三個多月過去了，父親也只是說戰事僵持，黃兆天不容易對付，除了不斷有傷兵送來，就完全沒有傷亡情況，更不要說有岳冬的消息了。

對於岳冬自薦去剿黃兆天，心蘭其實是挺安慰的，畢竟岳冬終於為了自己再嘗試努力。但接下來聽說他臨行前竟然自斷左手食指，心蘭的心碎了。因為她深知，以過往岳冬那性格，絕不可能做出這種事，由此可見那天自己當著眾人不留情面地數落他，對他來說的打擊是如何之大！又是如何的過分！也可以想像今次他剿匪將會是如何不要命的豁出去！如今岳冬生死未卜，心蘭自責之情也油然而生。

「心蘭姐姐！」見心蘭沒有反應，小德又喊了一聲。

心蘭回過神來：「你這布袋從哪裡來的？」

「嘻嘻……你也想玩吧？我帶你去！」小德笑吟吟的，像是發現了個大寶藏，拉著心蘭走下樓梯，來到了一間雜物房。

心蘭輕輕地推開了門，在眾多雜物中，一眼就看出那堆殘缺不全的布袋戲戲臺支架，旁邊還有兩個扁擔，幾個布袋的手腳也露了出來。

心蘭緩步上前，蹲在扁擔前面。

「這是他臨走前在教堂搭的小戲臺。那天他編了套戲，打算在教堂排練一下，然後去左府演給你看，誰知道……他走得急，沒回來拿走……」小悅擔心心蘭四處找她，終於發現她在雜物房。

心蘭凝視著其中一個布袋，輕輕地撫摸著，不斷回憶著那天自己如何數落岳冬，而岳冬的那句心裡話：「我就是不想當兵而已！我就是不想殺人而已！我就是想日後我孩子姓岳而已！」更是猶在耳邊。想著想著，一想到岳冬就可能這樣一去不回，淚水也終於淌下。

「對不起……」

「小悅！……蘭兒！……你們都上哪去了？」這時英格利斯的聲音從走廊遠處傳來。心蘭忙擦掉眼淚，站了起來。

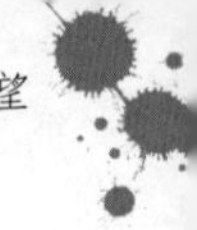


英格利斯走到雜物房門口，見心蘭終於發現了岳冬留下的東西，又眼睛紅紅的，也知道是怎麼回事，待了片刻說：「你不是約了蘇公子嗎？快去吧！都五點鐘了！」見其沒什麼反應，上前拉著她的手，牽她去門口：「人家今天生日，可別要人家等！快去換衣服吧！我來幫你打扮打扮！……」又扭頭說：「小悅你繼續幫那病人清洗傷口吧！」

「是……」小悅應了一聲。

心蘭則眼睛紅紅的，被英格利斯牽著，沿著長長的走廊緩緩離去，但始終扭頭看著身後那些支架和扁擔……

◐ ◐ ◐ ◑ ◑ ◑

旅順口長街。英倫餐廳。

人們在軟棉棉的鋼琴聲中展示著優雅的西洋舞步。一張一張的圓桌子上，人們在優哉游哉地享受著門外老百姓一輩子也吃不上的美食。

唯一一張黃種人的臉孔，獨自坐在餐廳裡的一個角落。

是蘇明亮。

雖然是黃種人，但一身西洋盛裝的他，在微弱的燈火中已分不清究竟是黃種人還是白種人了。

蘇明亮右手擱在扶手上，食指虛放在下唇。這時的他已經折了紗布，露出了殘缺的手掌。

看著眼前一雙一對的西洋情侶翩翩起舞，蘇明亮彷彿聽見一把熟悉而又親切的聲音，以英語在自己的耳邊說：「……我……愛你……」那種直接，那種少女情竇初開的甜美，相信天下男子都很是愛聽。

蘇明亮當然也是，但他卻被接下來的問題打住了：「你……愛我嗎？」

機智如他，卻想了很久才回答：「當然，我們是好朋友嘛……」

舞步停了下來，手也鬆開了。從此，他便少了一個，或許是唯一一個的紅顏知己——張斯懿。

蘇明亮深深地歎了口氣，細著雙眼，不斷反思著那天應不應該如此回答。又不斷地想，那久違了的寂寞重臨，是不是因為她不再理睬自己？又或者，自己從來沒涉足過的溫暖、情趣，是不是從那間破舊的西洋鋪子來的？難道……自己真的對她一點愛慕之情也沒有？又或許，她才是自己真正喜歡的人？

這時門口那邊傳來了吵鬧聲，又聽見像是心蘭的聲音，蘇明亮忙出去察看。

「什麼事？」蘇明亮看著穿著洋裝的心蘭。心蘭旁邊有兩個貼身侍衛，三人正與眼前一看門的洋人對峙著，而門前則有像是乞丐的三母子在地上，其中一躺在地上的青年人捂著胸口，像是受了傷，身邊的母親和其幾歲大的弟弟正伴著他。

「明亮你來得正好！剛才他們向我要錢，我正打算給他們，誰知這個洋人一腳就往他們蹬過去！」心蘭很是不忿，又瞪著那洋人說：「你憑什麼打人呀？」

「小姐！我只是想保護你！」那洋人會說中國話。他其實只是一心不讓這些乞丐騷擾眼前這位漂亮的東方客人，可惜換來的卻是其斥責，心中當然有氣。

「有這樣保護的嗎？何況我可沒有叫你保護我！他們只是想問我要點錢而已！我正在掏錢哪！」心蘭越說越惱火。

身邊一較老成的勇兵上前跟心蘭低聲說：「小姐，別和洋人理論了，驚動左軍門就不好了……」

誰知心蘭聽見更是憤懣：「不過就是個餐廳看門的而已！你看你們！……就是你們如此怕事，他們洋人才敢欺負咱們！」

「……他們剛才一窩蜂地衝上來，而這裡是餐廳的地方，我當然有權不讓他們進去！」那洋人也氣上心頭，但心知自己的反應確實過了火，此刻只好找別的藉口。

「即便是你們的地方，你也應該先跟他們說說，而不是二話不說一腳就蹬過去吧？！何況他們為什麼就不能進去呢？！」

那洋人本來也無可辯駁，但聽見最後一句便馬上振振有詞地說：「衣冠不整者不得進去！」

「為什麼衣冠不整者就不得進去？你們不是開門做生意的嗎？」

此時餐廳的洋人經理也出來了，而那個看門的洋人馬上向他講解事件。那經理隨後跟那看門的說了幾句，那人便理直氣壯地說：「這是本餐廳的規矩！」

# 第二十三章 尊嚴

一國之形勢猶如一艘輪船，統治者不過是舵手。輪船之蒸汽機如果只有五百匹馬力，則一小時可航行五公里，十天天可航行一千二百公里。任由舵手百般努力，也無從使五百馬力變成五百五十馬力，亦無法僅花費九天，就航行一千二百公里。

「姑娘！算了吧！我也沒什麼事……別跟他爭辯了……」那青年在地上爬起來說。

蘇明亮也勸心蘭道：「他也這樣說了，我看就這樣子算了……」但見心蘭瞪著自己，像是在怪責自己不幫她據理力爭之餘還勸她息事寧人，蘇明亮也只好作罷。

心蘭凝視著身後的乞丐。看著他們面黃肌瘦、衣衫破爛、既髒且臭，連草鞋都沒有，頭髮散亂，眼神裡盡是迷茫與恐懼，回頭再看看眼前的餐廳，奢華的裝飾、莊嚴的壁畫、高雅的雕像，裡邊的洋人個個打扮高貴，衣冠楚楚，連看門的眼神也是充滿傲慢和自信，心蘭只感到無限的悲憤，但最令其憤怒的並不是這強烈的反差，也不是後者對前者的鄙視與欺壓，而是前者也覺得，這種鄙視與欺壓是理所當然！

此時心蘭心生一計，向身邊的勇兵低聲說：「你們馬上回去找袁管家，說我在這兒碰上點麻煩，需二百兩應急！」相比洋人，那兩勇兵似乎更怕自家小姐，應了聲便馬上離去。

「你這又何必？」蘇明亮又說一句。

「你不幫我就別勸我！」心蘭不滿地瞟了蘇明亮一眼，又轉身對經理說：「規矩是人定的，你們不就是開門做生意吧！我出三倍的價錢，請他們進去吃飯，如何？」

眾人很是愕然。地上那母親和那青年也連連道：「不用了！真不用了！」但見心蘭扭頭怒目而視，而自己又著實肚餓，便不敢再說。

看門的洋人和經理對話後說：「我們有我們的規矩，不讓衣冠不整者進去不是錢的問題，而是不想影響我們餐廳的情調和我們尊貴客人用餐的心情。」

心蘭聽見「尊貴」兩字氣更難消，又說：「四十兩！如何？」

經過翻譯，只見那經理搖搖頭。

「六十兩！」

從來沒有看見心蘭如此憤怒的蘇明亮默默地看著她，既敬佩她的倔強，也開始後悔當初只是一味勸她息事寧人。

那經理開始時還是非常傲慢，這時也沒再立刻回話，只是在低頭考慮，但眼睛骨碌骨碌的，就像等待著心蘭喊更高的價錢。

「一百兩！不行我們立刻走！」這次喊價的不是心蘭，而是蘇明亮。心蘭見蘇明亮終於幫手，很是欣慰，靠近蘇明亮說：「我有二百兩。」

蘇明亮則說：「這些人，不值得你花二百兩。」

聽見「一百兩」，連那看門的洋人的雙眼也發亮了。那經理知道是「一百兩」後，終於點頭，表面上還一臉高傲和冷峻，但人們都記得剛才他可說過這「不是錢的問題」。

經理做手勢示意心蘭他們可以進去，然而心蘭卻寸步不移，正欲說話，蘇明亮已搶先一步，仰著頭對那看門地說：「要我們用一百兩吃幾份西餐也可以，但你先得向他們道歉！」

那看門的聽見氣得直瞪眼。心蘭見蘇明亮竟然知道自己的心思，很是高興。

「你可不要害得你的老闆丟了一百兩銀子啊！」蘇明亮盯著那看門的。

那經理不知何事，只是皺眉看著他們又再糾纏，那看門的沒轍，半晌終於對著心蘭和蘇明亮不情不願地說了聲「對不起」，但聲音甚小。

「不是對我說，是對他們說呢！」心蘭大聲說。

那看門的又是氣憤又是無奈，大聲地對這那三母子喊：「對不起！」

那三母子則面面相覷，也不知如何反應，最後只是隨意地點了點頭。

心蘭見狀終於怒氣全消，挺起胸膛和蘇明亮帶著身後的三母子邁步進去。

三母子邊走邊好奇地四處張望，但沿途的西方食客則紛紛報以歧視的目光，有的甚至捏著鼻子。但心蘭都不屑一顧，相反蘇明亮則甚是尷尬，低著頭一直走著。那三母子最後被安排坐在餐廳的一角落，心蘭

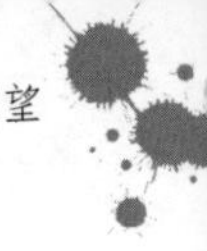

和蘇明亮則坐在他們的不遠處。

點菜後，心情終於平伏下來的心蘭說：「剛才，實在是抱歉……」

「說抱歉的應該是我。是我當初沒幫你，還不斷的勸你息事寧人……」蘇明亮見那三母子在咬那幾隻透明的玻璃杯，還問為何有這麼硬的冰，又好奇地玩弄著桌子上的餐具，四周的食客無不鄙視竊笑，心裡不甚暢快。

「不……」心蘭搖搖頭，自責地道：「是我……是我逞一時之快，現在害得爹要為我花一百兩銀子……要是這一百兩都施捨給窮人，你說多少人能受到恩惠啊！」

「也不能這麼說。這一百兩，不單是為了逞一時之快，更重要的，是為了……咱們的尊嚴。」

「還是明亮你明白我！」

蘇明亮開玩笑地道：「本來這頓飯我打算是我請客的，但現在……我實在是無能為力啊！」

心蘭淡淡一笑：「不！今天是你的生日！應該是我請你的！」

蘇明亮尷尬地笑了笑：「要女士請客實在慚愧！唯有……」然後從旁邊的凳子拿起一束鮮花，遞給心蘭：「以此補償了！」

「謝謝！」看見鮮紅色的花兒，很是漂亮，心蘭也笑顏如花，但背後總是藏著一絲揮之不去的憂鬱，畢竟，此刻岳冬還是生死未卜。

蘇明亮沒再說話，只是默默地看著心蘭。經過一番周折，蘇明亮這時才有機會慢慢地欣賞心蘭這盛裝打扮。蘇明亮和心蘭相處了快五個月了，從來見她都是穿漢服或回服，從未見過她穿洋服，加上理了一個西洋髮型和化了一個濃妝，使得這位在旅順以其身為高級軍官之女和其閉月羞花之貌而已經稍有名氣的美女，如今更是耀眼奪目，難怪蘇明亮看得目瞪口呆。

見蘇明亮凝視著自己良久，心蘭開始覺得尷尬，臉兒漸熱：「怎麼了？」

「你今晚……真的很漂亮！」

「謝謝！」心蘭有些忸怩，也避開蘇明亮的目光。

見心蘭四周張望，蘇明亮便問：「之前沒來過？」

心蘭輕輕搖頭。

「這兒很漂亮吧？」

「是……」心蘭眉頭輕皺：「但我不太喜歡……」

「為何？」

「能享受這些的……都是洋人，哪有咱們中國百姓的份兒？」

「對。」

「他們之所以能建如此漂亮的餐廳，享受如此高貴的食物，還不是靠從咱們中國和別的國家掠奪回來的財富？」

蘇明亮略略點頭，默默地聽著。

「抱歉！我又來了……今天是你生日，我不該說這些……」

「沒關係！你說得對！你雖為一女子，但如此關心國事，實在難得！實不相瞞，我也是第二次來這裡。如果不是礙於面子……我也不會來這裡。」

「面子？」

「對！你貴為左軍門的千金，我哪能讓你到隨便的地方用膳？而且我知道你素來對西洋事物感興趣，所以才提議來這兒。」

心蘭淺笑道：「你還不知道我的性格嗎？到哪兒用膳，用什麼膳，我沒有所謂，除了我就是不吃豬肉外，須知道平民百姓能吃飽肚子也不容易……不過你知道我對西洋事物感興趣才帶我到這兒，我還是很高興的。」

蘇明亮嘴角微揚，舉起盛了紅酒的玻璃杯子：「好！就一次！就當長長見識！下不為例！」

心蘭也莞爾一笑，舉起杯子和蘇明亮的輕輕一碰：「好！下不為例！」

這時幫那三母子點的牛排來了，三母子也顧不上用西洋餐具，也不懂用西洋餐具，馬上用手狼吞虎嚥起來。四周的食客又往這邊看來，一些低聲細語，一些則是搖搖頭，但更多的是恥笑。

蘇明亮看見甚是無奈，也很尷尬，低下了頭，畢竟餐廳裡就只有他們是黃種人，而周圍的西方食客都知道他們是一起進來的。雖已儘量不表露出來，但還是不難被心蘭察覺。心蘭知道這些都是因為自己逞一時之快，而今天又是蘇明亮的生日，他不快也是自然的，便說跟蘇明亮說了聲「對不起」。

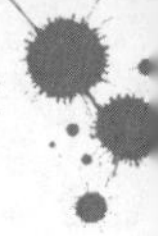

「不！沒事……」蘇明亮喝了口紅酒，強作平靜。

兩人點的餐也來了，拿起刀叉前心蘭想起了一件事：「對！也忘了祝你前程似錦……生意興隆！」接著從一個袋子裡拿出一個紅色小包來，放到桌上。

「送我的？」

「是啊！」

「謝謝！……什麼東西？」

「看看唄！」

# 第二十四章 雄圖

凍雲莫莫雨雪急。豐山築水望淒然。
峻路羊腸行人絕。東奔西驅已幾年。
心事蹉跎業未成。嘗盡世路辛與酸。
世路辛酸不足顧。平素所期自剛堅。
君不見，東漢英雄班定遠。壯圖投筆平北邊。
又不見，本朝奇傑田長政。雄飛仗槊入南暹。
丈夫豈無功名地。嗟他垂頭乞人憐。
俯仰感來意氣奮。叱吒驅馬舉長鞭。
朔風卷雪萬嶽震。亦以單騎入北燕。

蘇明亮打開小包，裡面是一對用黑色絲線繡成的手套。除了手工細密，以龍騰圖案為暗花外，這手套最特別的，就是右手小指內用棉質的東西塞滿，而且還有針線拉緊，將其保持微曲狀，遠看就像是常人小

指套進手套內一般。

收到自己喜歡的人如此體貼的禮物，蘇明亮很是感動，之前所有不快都瞬間煙消雲散，默默地看著那手套。

心蘭見狀道：「快試試吧！」

「好！」蘇明亮把手套載上，張開雙掌左看右看，不停道：「好！好！……你之前量我的手掌原來就是為了這個……」

「是啊！」心蘭提起蘇明亮的右手看：「好像還不太像……手掌有點兒鼓了……」

「很好了！很好了！」蘇明亮看著心蘭，誠懇地道：「謝謝！……謝謝！」

心蘭也看著蘇明亮。雖然認識了他一段時間了，但從未見過他如此真摯，仿佛這一刻才是真正的他，畢竟，很多時候見他都是笑臉迎人，雖說不上虛偽，但總讓她覺得這其實並不是真正的他。這時看到蘇明亮如此感動，像是有點眼泛淚光，心蘭也很安慰：「甭謝！……」又歉意地說：「你這小指……是你為我而斷的……」

蘇明亮聽見後有點兒遲緩，但還保持著笑容：「別這樣說……」

「以前生日沒人送過你東西嗎？」

蘇明亮沒想到心蘭突然有此一問，認真思索片刻，笑容便漸漸消散，因為他真的發現，原來從小到大，不管是否生日，自己收過的禮物真的是寥寥可數。

「沒有……就是……小時候……父親送過我……幾本書吧……」蘇明亮呆呆地回憶著。

「沒關係，現在不是有了嗎？」

然而蘇明亮繼續說：「這麼多年的生日……我都是一個人過……」

心蘭有點兒詫異，也有點同情：「你……不是有個爹嗎？」

「他其實不是我親爹……他是我義父……」

「那親生父親呢？」

「死了吧……」

「抱歉……」認識了這麼久了，心蘭沒想到蘇明亮竟然和岳冬一樣是個孤兒，甚是同情，又道：「你義父，他總會陪你過生日吧？」

蘇明亮又呆了呆，深深地歎了口氣：「忙啊！」

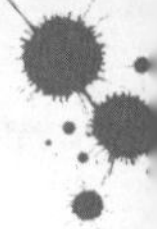



「忙？」

「他忙……我也忙……」蘇明亮的聲音甚是滄桑，聽起來就像個老年人：「……有時候……過了一個月才發現……原來自己又老了一歲了……」

心蘭聽見忍不住笑了：「老什麼老？你才二十二！」

然而蘇明亮還是一臉認真地說：「大丈夫三十而立，我也二十二了，我還有多少年呀？」

「還有八年呀！」

蘇明亮始終迷茫地看著桌上的燭光，此刻更像是自言自語：「還記有一高人說過：『吾年二十興一鄉，三十興一縣，四十、五十欲興一國……』我行年二十有二了，一鄉既不能興，我何時才能興一國呀……」

聽見如此雄圖大業，心蘭既是敬佩，又是詫異，半晌方道：「難得明亮你有如此大志，心蘭很是敬佩！但也不要太強求自己，要力所能及啊！」

蘇明亮瞥了心蘭一眼，淡淡地說：「不強求自己，老覺得自己還年輕的人……他們才是垂垂老已……」

雖然見蘇明亮罕有地盡訴心裡話，但甚是感慨，心蘭見其難以抽身，便想說點愉快點的事情。這時見其右手握拳托著下巴，那根假的小指不會跟著彎曲，便有點「蘭花手」的味道，心蘭看見便噗哧笑了。

蘇明亮愣了愣。

「你看你的手……」心蘭還是忍禁不俊。

蘇明亮一看也憋不住笑了。

心蘭趁機說：「別想太多了！今天是你生日，你該高興點兒！快吃東西吧！」

蘇明亮見心蘭如此安慰自己也很是安慰，回復了那一貫的自信：「對！也餓了！」拿起了刀叉，看著在餐廳中央翩翩起舞的人們又說：「待會不知蘭兒小姐賞不賞臉，跟明亮共跳幾步西洋舞步了？」

心蘭也笑道：「好呀！」

用過晚餐後，兩人在餐廳中央翩翩起舞。

此刻兩人雙手十指緊扣，兩張臉相距不足一尺。

蘇明亮看著心蘭，外表平靜，一步一步小心翼翼地跳著。然而如此美人當前，芬香撲鼻，內裡早已怦然心動，何況此人更是自己傾慕已久之人？

雖然眼前是自己的恩人，但畢竟男女有別，心蘭初時也有些顧忌，舞步不甚暢順。但當深深感受到眼前人的鼻息和十指緊扣的那種感覺，心蘭合上眼睛，想起了另外一個人來，而這時舞步也變得熟練起來。

看見心蘭一時眼簾半垂，一時合上雙目，但越跳越是投入，蘇明亮不禁問：「怎麼了你？」

「沒事……」心蘭愣了一下，動作又慢了下來。

「沒想到你不單會西洋舞，而且跳得這麼好。」

「以前在教堂那裡學過。」心蘭沉醉在回憶中，臉上帶上半點緬懷的微笑。

「誰教的？」

「是一對洋人夫婦教咱們的。」

「是嗎？」蘇明亮猜到「咱們」是指誰，敷衍地笑了笑。

「你又怎麼會跳西洋舞了？」

「我……」蘇明亮避開了心蘭的目光：「……也是跟別人學的……」

「洋人？」

「不……是個……好朋友吧……」蘇明亮像是有些感慨。

心蘭也沒多問，只是應了一聲，兩人隨著音樂繼續跳舞。

這時音樂便得柔和起來，燈光也變得更為暗淡。二人的腳步也慢了下來。

蘇明亮見心蘭一直沒看自己，便直愣愣地看著她。這時燈光暗了下來，淡淡的燭光映在心蘭那白裡帶紅的臉上，配上那櫻花般絳紅色的雙唇，蘇明亮只覺心蘭更美了，不自覺地踏前一小步，身子漸漸前傾，嘴巴慢慢地貼近心蘭的額頭。

正當自己也覺得有點急進的時候，心蘭竟然沒有一絲反抗！

蘇明亮意想不到，又喜出望外。聞到心蘭的體香，鼻子也被其散髮所觸動，他這時只覺，如果能親吻心蘭一下，哪怕是多斷幾根指頭，也是值得的。

經過這幾個月的出雙入對，心蘭當然早已意識到蘇明亮對自己的心思，而自己也不敢說自己對他完全沒感覺。此人不單是自己的救命恩人，而且相貌俊俏，彬彬有禮，見多識廣，智勇雙全，更得父親歡心，對自己又體貼入微。生於官宦之家，心蘭能接觸的同齡小孩就少之又少，除了岳冬和哥哥，長大後能

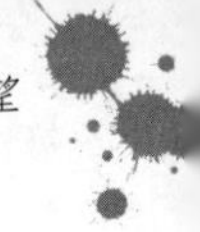

常見面的男孩就更少了。加上身邊的閨蜜早有說話，故心蘭也想過，如果自己從來沒有遇上岳冬，蘇明亮很可能就是自己的夫君了。但心蘭心裡總有一種感覺，就是蘇明亮這人太完美了，完美得……有點像這間餐廳。

這時察覺到蘇明亮一直在注視著自己，又感到他漸漸地靠近，心蘭初時也沒反抗，只是低下了頭，心跳加快，臉蛋變紅。

吻，只差一分。

然而，蘇明亮越是靠近，心蘭越是不自覺地想起了岳冬。想到岳冬上次去郭家村剿匪的前一晚，扶著自己雙臂欲親吻自己的那一刻，又想到岳冬始終還未親吻過自己，直至想到他那句「我就是不想當兵而已」的悲鳴，還有自己如何當眾數落他，而這一刻其人還是杳無音信，生死未卜的時候，心蘭再不能自已，把頭側向一邊。

蘇明亮十分失望，凝視著心蘭良久，深深地呼吸一下說：「是岳冬吧？」

心蘭沒有說話，也沒看蘇明亮。

「如果你從來沒有遇上他……我們……應該可以一起吧？」蘇明亮的聲音裡盡是唏噓和無奈。

「是吧……」見蘇明亮對自己充滿愛慕之情，心蘭也很感動，但畢竟她始終放不下岳冬。

「如果……他回不來，我娶你好不好？」

心蘭忙瞪著蘇明亮。

# 第二十五章　忍耐

是因？抑或是果？或許，弱者的失敗，永遠都只能由強者來解釋。而弱者的反抗，從來都是不雅觀的。

蘇明亮知道自己失言，目光忙移往別處，但始終不忿，過了片刻又看著心蘭道：「你不能怪我，不能怪我嫉妒他！我哪方面比他差？如果有，就是運氣！他比我先遇上你！」

心蘭的回答卻是直截了當：「但老天爺可是要我先遇上他！」

「這不公平！」

心蘭沒有立刻說話，只是看著遠方自己帶進來的孩子，吃完牛排還在啜手指，又看看不遠處的洋人孩子，飽得即便父母餵他吃也吃不下，才淡然道：「有公平的嗎？同為孩子，為什麼洋人的孩子一出生就可以過這麼好的生活，而咱們的孩子，卻連溫飽也難顧？」

「因為洋人比我們文明！你看看我們國人，多愚昧無知！這世界就是優勝劣汰！」蘇明亮似乎忍了那三母子很久。

「文明？」心蘭抬頭看著蘇明亮，語帶不屑說：「那為什麼他們仗著船堅炮利，一路上燒殺搶掠，販賣鴉片荼毒生靈，欺騙百姓出國當奴隸，還要吾等奉上財富和國土呢？！這到底算是什麼文明？！」

蘇明亮沒想到心蘭反駁得如此乾脆俐落，遲疑了一會才道：「這世界，就是弱肉強食！」而語氣也沒之前那麼盛氣凌人。

「弱肉強食？」心蘭苦澀地笑了：「那為什麼，吾等強盛的時候不是如此？」

「吾等強盛的時候？」蘇明亮瞇起雙眼，一時間沒想明白，顯得有點迷茫。

「那是……萬國來朝，四夷臣服呀……」心蘭稍微張大眼睛，以輕輕的，提醒的口吻說。聽著自己說這八個字，再想到近數十年來國家的屈辱，國人的悲慘，想到了這個曾經創造出如此璀璨的文明的民族，如今卻落得如此讓人不堪的境地，自小受父親影響而憂國憂民的心蘭，此刻雙眼也不自覺地閃動著燦亮的水光。

而心蘭輕輕的一句，卻已撼動了蘇明亮那一貫的自信。目光雖然還停留在心蘭的臉上，但雙目卻早已放空。儘管飽讀詩書，深諳國際時局，也有舌戰群雄的本事，更是時下中國少數對西方世界有一定瞭解的讀書人，但此刻的他實在回答不了這個沒讀過多少書的中國姑娘的詰問。

一直以來，他只道，這些高貴的西方客人之所以能優哉游哉地在這華麗的餐廳裡享用窮奢極侈的晚餐，是因為他們有科學、有思想、有文化、有憲政、有議會……即便他們對外擴張，勞役別的民族也是情有可原，順理成章！因為他們有科學、有思想、有文化、有憲政、有議會！這也是文明傳播的必經之途！至於中國什麼都沒有，只有愚昧無知的百姓和喪盡天良的贓官，這也是中國之所以屢屢被人欺負，也理應被人欺負的原因！不是明擺著的嗎？還有別的解釋嗎？你能想像這世界是被一個愚昧落後，封建野蠻的國度統治嗎？這是結論！是無可爭議的結論！無可挑剔的結論！也是這些年來讓蘇明亮可以心安理得，俯視眾生的結論。然而，此刻他聽著心蘭這詰問，聽著自己不懂回答而落下的沉默，聽著背後那微弱而跌宕起伏的樂曲，他突然感到，事情好像沒有這麼簡單。

世界，也不會如此簡單。

吾等強盛的時候……

過了良久，蘇明亮始終是啞口無言，但沉默太久也自覺尷尬，只好隨便地搪塞過去：「我們扯遠了……」目光也再次避開了心蘭。

然而心蘭卻說：「其實……都一樣……」

蘇明亮不明心蘭想說什麼，疑惑地看著她。

只見心蘭出神地看著地上：「我知道岳冬是有很多缺點，但我會盡力去讓他改變，而不是拋棄他！……聖經不是說，愛，是恒久忍耐嗎？我想……」這時仰起臉看著蘇明亮，兩眼綻出攝人心魄的光芒：

「這才是愛吧！」

蘇明亮凝神注視著心蘭，內心已被心蘭這目光所震懾，一向雄辯滔滔的他此刻感到無可辯駁，蒼白無力。儘管此刻他是居高臨下地俯視心蘭，但他只覺得自己其實遠比她渺小。

沉默良久，蘇明亮才微微點頭，悵然若失道：「你知不知道？如果可以選擇，我真希望我就是岳冬……哪怕童年更苦，命運更慘……但起碼能和你在一起！」

「謝謝你明亮，但咱們就是沒這選擇……」心蘭抽一抽鼻子，誠懇地看著蘇明亮：「我真的很希望岳冬能夠平安回來，我也希望，你也是這麼想的。」

蘇明亮再說不出話，勉強地繼續舞步，目光不時若有所思地投向遠處那三母子。

蘇明亮與心蘭從英倫餐廳出來，發現下起了夜雨。雨雖不太，但也足以令途人打起了雨傘。

「來！」蘇明亮為心蘭打開了洋傘。

經過一晚的互吐心聲，兩人對對方的認識雖是加深了，但關係反而好像比約會前疏遠了。畢竟兩個人要等到認識深了，才能發現彼此間的矛盾。

還有時間，兩人打著傘沿著長街走著，打算先溜達一會，再拐彎去和順戲院看戲，但只覺身邊的人通通急步往北走，還不時還議論紛紛，有些還急得連傘也不打。

「什麼事了？」心蘭甚是不安。

「不知道……」蘇明亮四周看看，找了一個婦人來問，那婦人急匆匆地說：「有個日本奸細被砍頭嘛！」話畢又匆匆離去。

蘇明亮聽見愣了一愣，沒有做聲。

心蘭見狀拉了拉蘇明亮：「去看看吧！」

蘇明亮點了點頭。兩人忙順著人群往北走去，來到了東菜市。

這裡如廣場般大，也是旅順的中心。兩條的主要的街道，中新街和西大街，就在東菜市這兒交匯。近千人冒著雨從四面八方湧到這兒，把東菜市圍了個水泄不通，連周圍兩三層式的房子的上層也站滿了人。

蘇明亮和心蘭來得遲，前邊還有數百人，距離刑場還有上百米，踮著腳伸長脖子也只是看到刑場上空火把的火光。這時聽得刑場傳來一把聲音，依稀聽得：「……此日本奸細……竊我軍船期……發電報……」然而四周群情洶湧，蘇明亮壓根聽不清楚，急起來收起了傘，一手抓住心蘭便鑽進了人海。

被蘇明亮拉著手，心蘭一邊跟著走一邊喊：「明

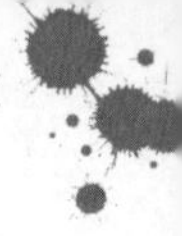

亮！明亮！」「別走那麼快！」「我的手哇……」然而四周人聲沸騰，蘇明亮又一心往前走，壓根兒沒聽見。

兩人走到街邊，又沿著邊沿往前走，走到一所客棧的門口，進去走了個斜線，出了客棧來到人較少的西大街，又鑽了一會，終於看到了刑場。

這時蘇明亮漸漸鬆開了手，但也沒有回頭看心蘭一眼，只是直愣愣地看著前方。心蘭捂著手順著其目光看去，只見東菜市中央有數十勇兵騰出一個空間，四邊打著火把。中心站著一個監斬的、一個劊子手、一個助手和跪著一個犯人。

那犯人低下頭，雙手、雙腳、雙眼被綁。在火光之下可清晰看見其嘴邊有一雞蛋大的血肉模糊的傷口，嘴唇像是被削了一塊，露出了牙齒，流出的血絲黏著鬍子，順著雨水沾到胸口。滿是血污的衣服上還清楚可看到鞭痕累累。前額很久沒剃，長出了頭髮。沒有鞋子，後腦插著個犯人牌子，跪在泥窪子上。下顎直打哆嗦，不知是因為寒冷，還是因為驚慌。

心蘭看見也心頭一震，但見雨水不停打在她和蘇明亮光鮮的衣服上，便叫蘇明亮打開洋傘，見其沒有反應，心蘭急起來便上前取過蘇明亮手中的洋傘，打開遮住二人。這時再往蘇明亮的臉上看去，只見他就是仰著脖子呆呆地看著那犯人，嘴巴微張，下顎跟那犯人一樣，不時微微抖顫。

這時聽見那監斬的喊：「時晨已到，行刑！」話畢站到一旁。劊子手和其助手則走近那犯人。

四周本來已經是群情洶湧，現在人們聽到終於行刑，情緒更是高漲，不停地嚷：「殺了他！」「還我兒子的命來！」「我的娃呀……」咒罵聲、辱罵聲、怒罵聲、怨恨聲、哭啼聲不絕於耳。部分激動的群眾更向前推，與官兵推撞起來。當然，更多的人純粹是來湊熱鬧的，不是趁著別人有喪親之痛，且是打著國仇家恨的旗號，官府格外開恩體諒，平日自己哪敢與官兵推撞？

此時那囚犯突然仰天大吼。他放開嗓子，像是原野上受傷的豺狼臨死前的悲鳴。吼聲維持十來秒，越往後聲音越近乎撕裂。雖然人聲沸騰，但其吼聲竟然大得上千人也聽得見，人們也竟然紛紛地靜了下來，想看看究竟怎麼回事。劊子手和他的助手也被嚇呆了，拿著大砍刀站在一旁，不知下不下手，再看那監斬的，只見他也呆呆地看著那犯人。

吼完了。東菜市終於安靜下來，只餘下那「滴滴答答」的夜雨聲。

那人像是舒了一口氣，沉默片刻，開始扯高嗓子說起話來。

# 第二十六章　行刑

「此歲此時吾事止，男兒不復說行藏。
蓋天蓋地無端恨，付與斷頭機上霜。」

人們聽著他說的話，面面相覷，沒人聽得懂。而且那人缺了一塊嘴唇，說話漏風，聽起來更怪。縱然如此，他還是不停地說，大聲地說。縱然雙眼被綁，他還是一邊說一邊左右四顧，像是看著眾人說話一樣。說著說著，竟痛哭流涕，血和唾沫從那嘴邊的缺口順著鬍子不停流下。雖聽不懂說什麼，人們也聽得出其說話淒然。

蘇明亮一邊聽著，一邊緩步鑽入前面的人群，心蘭見狀忙跟上為其打傘。再看蘇明亮的表情，只見其下顎更是抖得厲害，頭仰得更高，呼吸加重，壓跟沒察覺有人在看著他。

心蘭從未見過蘇明亮這樣的一幅表情。

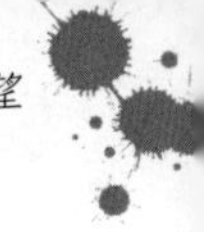

這時那囚犯沉默一會，那穿官服的忙向劊子手使了個眼色。劊子手點了點頭，上前把其腦後的牌子摘掉。

那囚犯慘笑一聲，又說起讓人聽不明白的話來。這次說得特別的慢，特別的感慨，四句句子，停頓清晰，像是一首——詩。

劊子手今次沒有理會那囚犯了，任其一邊說，自己一邊喝酒，又把酒噴到其大刀上，然後提起了刀。其助手也走近那囚犯，拿起他身後的辮子使勁地往前拉，仿佛要連髮帶皮地撕下來。那囚犯雖有反抗，然而受制於人，只得乖乖地把脖子伸長。

這時四圍的人皆摒住呼吸，等待著他們期待已久的一刻。那劊子手好像挺享受這麼多人注視著自己，環視四周人群，半晌還未下手。那監斬的不耐煩，喊了聲：「砍吧！」

劊子手又點了點頭，吆喝起來，刀提得更高，那助手也使勁地拉。那犯人知道那是自己生命最後一刻，也像剛才一樣聲嘶力竭地吼叫起來。

兩把聲音交織著。

直至聽到沉重的——點頭聲。

鮮血從脖子直噴上天，足有一丈高。

「呵！」四周的人群發出驚歎的聲音。婦女們把頭側向一邊，又有婦人用手捂著小孩的眼睛。

那無頭的身體還是跪著，半晌才倒下。血不停地從脖子流出，直至把跟前的泥窪子染成「血窪子」。手，還是被反綁在身後。

一切，像是舒緩了一點人們心中的憤恨，也滿足了一部份人的好奇心。

過了一會，人群在雨中開始四散。之前的罵聲現在沒有了，餘下了哭聲，還有那些失望的聲音：「完了？」「就一個？」「不好看的！」「走嘍！」

心蘭瞥了那屍首一眼後連忙低頭，也對蘇明亮說：「走吧……」

然而蘇明亮始終看著那屍首，目光呆滯。看到連四周的官兵也漸漸離去，才茫然地說：「他們……他們就讓屍首放在這兒嗎？」

「應該過幾天才收拾吧……」心蘭一直留意著蘇明亮的表情，見他下顎還是不停地抖，呼吸急促，額冒虛汗，嘴唇發白，便用手帕幫他擦汗：「你沒事吧？」

蘇明亮回過神來，深深地吸一口氣，搖了搖頭說：「沒事……就是……看不慣吧……」

心蘭一臉疑惑地看著蘇明亮。

◐ ◐ ◐ ◑ ◑ ◑

雨還在下。

兩人打著傘並肩而行，一路上沒有說話。

原先還打算去和順戲院看戲，後來蘇明亮說身體不適也沒去了。

到了左府，叩了門，下人打著傘出來迎接。

「再見。」蘇明亮終於開腔。

「嗯！你也早點休息吧！」心蘭轉身步上石階。

「好……再見！」

「對！你明天來嗎？爹說你一段時間沒留下吃飯了。」

「……再說吧……」蘇明亮始終心不在焉。

心蘭見狀也不再打擾蘇明亮了：「好吧……那……再見。」

「再見……」蘇明亮呆呆地打著傘，直到大門關上，還是站在雨中愣著，半晌才轉身離去。

◐ ◐ ◐ ◑ ◑ ◑

蘇明亮回的不是自己的店鋪，而是去了通天街附近一所破舊的小樓房。

從樓上下來，走到大街，拐進了一條小巷，近來一直被人跟蹤的感覺又來了。

剛才和心蘭一起的時候已經有所感覺，現在更是聽見身後有故意放輕腳步的走路聲。

聲音越來越近，蘇明亮一手打著傘，另一手從懷中取出一匕首。

腳步聲就在後面。蘇明亮突然轉身，把匕首指向身後。

一副似曾相識的臉孔。匕首也緩緩放下。

◐ ◐ ◐ ◑ ◑ ◑

中新街。玉如客棧。

整層二樓只餘下兩個客人。一人是穿著洋服的蘇明亮，另外一人三十來歲，穿著普通淡色長袍馬褂，沒戴帽子，露出光滑的額頭，看上去像個平常書生，就像蘇明亮平時的裝束。

兩人對桌而坐，桌子就在樓臺邊上。

雨越下越大。街道上載著斗笠打著傘的行人匆匆

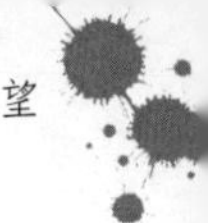

地趕回家。

那人坐得筆直，一手擱膝，一手拿著扇子。相反蘇明亮則弓著背，雙手擱在桌上，拿著杯子，眼泛淚光，神色茫然。

接下來的對話已不再是中國話了，而是刑場上人們聽不懂的語言。

「東西呢？」那人看著蘇明亮，神色凝重。

蘇明亮從懷中取出一個小包。打開小包，裡面有一封信和一點銀兩。蘇明亮雙手抖顫地翻開信紙，看了幾句便看不下去，忍了很久的淚水也終於淌下。

「給他母親的？」那人問。

「是……」蘇明亮低下了頭，雙眼通紅，狠狠地攥緊拳頭道：「我一定要為石川報仇！我一定會手刃這群無知的清國豬！」

那人也難掩感概：「想不到他惡衣菲食，省下來的，就是為了給他母親……」又道：「組織會再給多一點的。」

蘇明亮聽見更是悲傷，淚水堵不住地流下：「那你們為什麼以前不給他多一點了？！為什麼要在人死後才給他多一點了？！」語氣甚是怪責。

「樂善堂不是每個外員都像你這麼富有！能開店的必須是那些跟別的勢力有聯繫的外員！」那人有點像長輩般地訓斥。

蘇明亮仍沒理會，還手敲桌面埋怨道：「我就在旅順……我就在旅順！為何我就不能接濟他一下？為何不讓我知道他就在這裡？！」聲音也越來越大。

那人看著樓梯那邊：「噓！別那麼大聲！」又道：「你該知道，這是堂規！」

蘇明亮冷笑一聲：「堂規？又是堂規！」接著又憤恨地看著對方：「你感受過沒有？親眼看著朋友被砍頭而出手無策的感受沒有！」越往後聲音越近乎撕裂。

「朋友？」那人有點詫異：「你不是沒有朋友的嗎？」

「他是我同鄉……也是我在研究所裡……唯一一個朋友……也可能是我這輩子，唯一的故國朋友了……」

「節哀吧……」那人感慨地點了點頭，半晌問：「其實……你為什麼就是和其他人談不來了？」

「因為他們妒忌我！」

「妒忌？」

「他們都妒忌我中國話說得好！妒忌我有真辮子！妒忌我已走遍四百餘州！……可是他們不知道……我最想走遍的……卻是我自己的國家呀！而我最恨的，就是這條豬尾巴！」蘇明亮把辮子扔到身後，合上了眼，新的淚水又順著舊的淚痕淌下：「……只有石川……只有他瞭解我……他給我買故鄉的特產……給我講故鄉的故事……甚至乎……給我買了回故鄉的船票……只是……」

「你父親不讓你回去。」那人黯然道。

「小時候就說要學好中國話……長大了就說要繼承生父遺志……回去不就是一個月嘛！」

「現在你父親不是想你回去嗎？」

「回去？我盼了很久，但為什麼偏要在這時候？！」

「他召了兩次了。你可知道，他不是一個有耐性的人。」

「……是他叫你來的？」蘇明亮驟然神色凝重，像是有所顧忌。

那人也冷笑一聲：「要是他叫我來的，我就不會這樣跟你見面，你更不會知道我來過……但是我想……他可能已經派人來了。」

蘇明亮愣著看著那人，像是不敢相信。

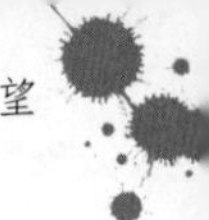


# 第二十七章　志士

……名臣宿將，今尚在世當要路者，其威名聲望亦漸不敢鎮禍端。回顧此六七年間，中國之柱石過半逝世。……僅存者不過數人，此數人之年歲亦已在六旬以上。今後不出十年元勳諸氏必將謝世，至此時機，則為國內紛擾之時，憤懣不平之氣一時爆發，風雲卷地而起，揮戈逐鹿中原者所蜂起……

那人繼續道：「如今高陞已沉，開仗勢所難免。大軍正往漢城集結，侍機北上，而清軍也將大舉入朝。在本土動員令已下，我帝國需要的不單是勇武之士，更需要的是像你我這樣熟悉清國情況的先覺志士！所以……你還是乖乖的聽你父親話，趕快回去吧！」

蘇明亮呼吸漸重，沉吟片刻才道：「我會再給他回信的了！」

「趙西來都成這樣子了！你還有什麼藉口呢？」

「……他會有援兵的……」蘇明亮還是不敢直視那人。

「援兵？」那人鼻子吭氣道：「都三個多月了，裡邊什麼糧食都沒有了吧？我聽說裡邊都餓死人了！他還能撐多久？」

蘇明亮語塞，低下了頭。

「你的計劃是很好，但有些事情就是你控制不了……」那人身子靠後，歎了口氣：「回去吧！我想……你也不想你的父親大發雷霆吧？」

「半個月！」蘇明亮鞠躬似的低下頭：「請再多給我半個月的時間吧！」

那人想不到蘇明亮還是不屈，倒吸了一口氣，有些不耐煩地看了看身旁的雨景，蹙額凝重道：「你父親其實都是其次。要知道，清廷現在四處尋找我們的人，我們所有人都得馬上回去。今天是石川，明天就不知道會不會是你和我了！」但見蘇明亮難堪，又安慰他說：「你年紀輕輕，能混進左府已經是個創舉了，奉軍要知道的我們都知道了，而你現在也差不多與我齊名了，為何你就是要留下來呢？」

蘇明亮眼珠子往上看了看那人，見他一直盯著自己等待自己的回答，又把目光放回眼前的杯子。

「告訴我，為什麼留下？」

蘇明亮很是為難，但那人是自己的前輩，不能不答，支吾半晌道：「為了……為了我喜歡的人……」話畢把頭壓得更低，臉也不自覺地紅了起來。

嘩啦嘩啦的雨聲已經令人的耳朵麻木。

那人看著蘇明亮良久，接著仰天呼了口氣：「英雄難過美人關呀……」又問：「是左家大小姐吧？」

蘇明亮點了點頭。

那人微微點頭：「剛才我也看見她，的確是個大美人……你……不會打算成了親才走吧？」

「正有此打算。」

「你半個月能把她弄到手？」那人滿臉疑惑。

「我感覺到，左寶貴這段時間故意讓我和蘭兒多接觸，我想，他是有意撮合我們。」

「你混進左府才多長時間？這麼快就打算將女兒許配給你？」

「我想，左寶貴是希望，在赴朝前能幫女兒找個好歸宿吧！」

「但我估計，你父親不會讓你和清國女子結婚的。」

「為什麼不行？」蘇明亮終於抬起頭：「林大辮子、田老二他們也不是娶了清國女子嗎？為什麼我就不能？！」

那人嘴角揚起一抹冷笑：「林大辮子、田老二他們之所以娶了清國女子，純粹是出於男子的需要。他們知道本土下了動員令，已經二話不說的拋棄他們的妻子回到日本了。但我看……你可不是打算只要她的貞操啊！」

蘇明亮默默地看著對方，摒住呼吸，久久不語。

◐　◐　◐　◑　◑　◑

韓家屯。霪雨霏霏。

數千官兵把韓家屯圍個水泄不通。

鳥飛不下。

慕奇正在奉軍的楊字營陣地擎著單筒望遠鏡監視著遠方的韓家屯。

奉軍金字營營官金德鳳一直在其身後。侷促不安。

見慕奇久久沒說一話，金德鳳終於按捺不住說：

「都統……」

「怎麼了？」慕奇還是看著望遠鏡。

「兄弟們實在幹不了這活兒了……」金德鳳歎氣道：「八旗幹得了，咱們可幹不了！」

慕奇沒有立刻回話，只是深深地吸口氣，放下望遠鏡，頭稍稍往後，平淡道：「軍令如山。他說什麼，就幹什麼……」接著又看著遠方的韓家屯：「不過，這些活兒我看也不需要幹多久。叫兄弟們提起精神，動手，就在這幾天了……還有！再給我找個人去勸降！」

金德鳳苦笑道：「還勸？有去沒回的誰去呀？」交叉雙手又道：「何況他們要是肯降，自己也會降了吧？」

慕奇轉過身道：「再勸一下吧！狗急跳牆，我不想你們去朝鮮前再有什麼閃失。」

「什麼？！朝廷下令了？」聽見終於要去朝鮮，金德鳳馬上緊張起來。

「對。」

「你不用去嗎？」

慕奇轉過身歎道：「我也想去呀！但旅順既為重鎮，就始終要有人留下。」

過了一會，楊建勝急步前來，慌張地說：「日本人偷襲了咱們的運兵船呀！」

「什麼？！」金德鳳兩眼快冒火。

「咱們上千個士兵也沒了！」

「砰」的一聲，金德鳳一拳打穿旁邊的木板：「他奶奶的！這幫狗崽子真他媽的夠膽！」

慕奇的臉稍稍往後，卻不以為然，像是早就聽說了。

楊建勝瞟了慕奇一眼，也沒在意，繼續向金德鳳說：「現在朝廷上下都主戰，懿旨也主戰，左軍門已收到赴朝的命令了！各地的奉軍都在整裝待發呢！」

「就咱們入朝？究竟日本有多少人了？」金德鳳十分著急。

這時慕奇終於對楊建勝有所注意。

「日本有多少人我可不知道，但這次朝廷可是發大兵了！除了咱們加上靖邊軍六個營，還有奉天馬凱清的毅軍四個營、從吉林來的豐升阿練軍六個營、天津薛雲開盛軍的十三個營，總計有……二十九個營！」這時候熱血沸騰地說：「二十九個營！日本人這回死定了！」

只聽得慕奇冷冷地道：「你不是說你不知道日本有多少人嗎？」

楊建勝想不到慕奇突然這樣問，楞了楞說：「是不知道，怎麼了？」

「那你怎麼斷定日本人死定了？」慕奇瞇起眼睛看著楊建勝。

楊建勝鼻子嗤的一聲說：「日本不就是個島國嘛！就是比臺灣大些！能有多少人呢？」卷起袖子又說：「再說，即使他們比咱們人多，但他們不就是倭人嘛！和那些朝鮮土著差多少呢？」

慕奇卻皺起眉頭：「要是如此，那朝廷何需派二十九個營了？」

楊建勝一時間答不上話。

金德鳳的腦子一時間也轉不了，眼珠子不停地滾。

慕奇瞥了兩人一眼，走到旁邊一板凳，坐了下來。

沉默片刻，楊建勝不忿道：「你啥時候站到左軍門那邊去了？」

「他說的對不對我不知道……」慕奇一手擱在大腿上，身子前傾，抬頭說：「但我知道，你就是輕敵。」

「你……」楊建勝瞪大雙眼，欲上前和慕奇較勁。

金德鳳見狀忙上前按著楊建勝。

「各位大人，吃午飯了！」剛好這時有個哨官拿來一大盤饅頭。

金德鳳見狀，忙拿起饅頭遞給兩人，打完場道：「來！吃饅頭！吃饅頭！」

慕奇拿起了一個饅頭，正欲張口，卻聽得那哨官說：「對！都護！我哨哨長老劉死了，我想讓岳冬去頂他，你覺得如何？」

楊建勝和金德鳳聽見都好奇地看著慕奇。

只見慕奇放下饅頭，想了想，半晌嘴角上揚地咬了一口。

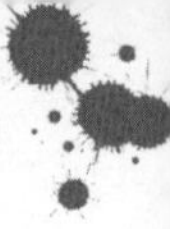

# 第二十八章 殺降

……可是習慣依然未變，平民之劣根性依然無異於往昔。他們用語卑屈，對人低聲下氣……其順從之摸樣，猶如家中之犬，無半點骨氣可言。

陣陣細雨下，岳冬獨自坐在楊字營陣地裡的一個角落。近二百具屍體就放在岳冬前面，旁邊挖了個大坑。

上百個附近的村民在陣地周邊觀看著，當有勇兵往他們看時，他們總是低下頭。要是有勇兵靠近點，他們便紛紛離去。但當避無可避時他們又是多麼的和藹可親，對於勇兵要借他們的板車去運屍體他們都慷慨地答應了。

從未和敵人如此你死我活廝殺的岳冬，此時滿身污垢，身上沾了不少血污，號衣又髒又破，手臂、大腿各被砍了一刀，繃帶還滲著血，細的傷口不計其數，雙手擱在膝蓋上，一手拿著碗水，茫然地看著眼前堆得似山的屍體。

看著這些屍體，一個疊著一個，一層疊著一層，手腳凌亂，衣衫破爛，清澈的雨水沖擦過屍體後都變成髒水和血水，有的腸子也流了出來，發出陣陣腥臭，岳冬此刻只覺得，人命真他媽的脆弱，也他媽的賤。再想到他們如此不要命的只是為了口飯，也隱隱覺得，他們不過是一堆肉，不管是死後，抑或在生前。

「怎麼了？一個人如此寂寞？」一個巨大的身影出現在岳冬眼前。

「都護……」岳冬的思緒被打斷，抬起頭雙目無神地看著慕奇。

慕奇向岳冬遞個饅頭，見岳冬茫然地搖頭，便問：「發什麼愣了？」

「沒什麼……」

慕奇坐在岳冬身旁，順著岳冬的目光看著前方的屍體，咬了口饅頭說：「死幾個人就這樣子，你怎麼去朝鮮？」

岳冬怔了怔：「我要去朝鮮了？」

「對，朝廷已經命你的左叔叔去朝鮮了。咱們這幾天就得解決趙西來，之後你們就馬上入朝。」

「你不用去？」

岳冬點了點頭，又回復剛才那茫然的神情。

「我要留下鎮守旅順。」

慕奇見狀，拍了拍岳冬的肩膀道：「對！你小子今次劓匪厲害！每次都不要命似的！我回去就馬上跟左回子說，拔你當外委！」

岳冬終於有點反應，眼睛骨碌一下，臉上閃過一絲笑意：「謝謝慕都護……」但馬上又鎖著眉頭：「但日本人……是不是真的如左叔叔所言，比趙西來還要厲害多了？」

慕奇知道岳冬擔心什麼，安慰道：「別擔心，經過這幾個月的磨練，那些日本狗崽子肯定不是你的對手！」又道：「這可是立功的好機會呀！我想去也去不了！」但臉上還是閃過一絲的不自然。

只見岳冬還是眉頭深鎖，出神地看著地上，心中顯然牽掛著某個人。畢竟，如此難得才拔為外委，但頃刻又要遠赴朝鮮，就算這次能平安回去迎娶蘭兒，但再去朝鮮也不知能否回來。

突然身後有人力竭聲嘶地喊叫：「狗賊！我操你祖宗！……哇……」但距離太遠聽不清楚。

岳冬站起了身，往身後山坡下遠處的空地看去。人人都像螞蟻般小。岳冬只勉強看到有二十多個人跪著，全都被勇兵按住身體，辮子被往前扯著，一個劊子手則在幹活。

餘下的，開始連喊也放棄了，認命似的跪著，或許在盤算，早點投胎是否更划算。

沒人喊了，一切都歸於寂靜。

頭，繼續悄無聲息地落地。血，像捏破柚子肉所噴出來的那丁點的汁液。一切，仿佛都是可有可無。

沉默的，還有岳冬。

慕奇看了看身後，又瞥了岳冬一眼，像是有點不屑他的婦人之仁，看著遠方的屍體說：「你不用可憐他們。他們是賊，當賊就是這下場。」

「他們……不是都投降了嗎？」岳冬聲音嘶嗄地說著。

「投降就不是賊了嗎？幾百人哪！要是都把他們都關進大牢，誰給他們飯吃？」咬一口饅頭又說：「何況，他們是趙逆的人，壓根不可能有活路。」

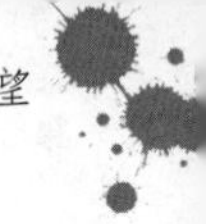

「但殺了他們，以後還有誰會投降？」

慕奇不以為然，但略帶感概道：「但不殺死那些想吃飽的……以後還有誰願意乖乖地挨餓啊？」接著把最後一口饅頭放進嘴裡，放眼遠方在看熱鬧但又呆若木雞的百姓。

岳冬愣著。聽了左寶貴說「保家衛國」這麼多年，岳冬並不覺得自己真的為這四個字做了些什麼。現在聽慕奇這麼說，卻隱隱覺得，「保家衛國」，原來是這麼回事……

◐ ◐ ◐ ◑ ◑ ◑

滴滴答答。

雨還沒有停下。

旅順口。左軍門府。書房。

雖然下雨，但由於正值中午，雲層又薄，是以從室內往外看，仿佛門外掛了匹耀眼的白布。陽光從前方的花格門窗射入，奪走了所有景物的顏色，只餘下它們黑色的輪廓。

案頭前坐了個身影，穿著武官官服，呆呆看著門前的雨花，久久未動。

是左寶貴。

勞碌了一個早上，左寶貴終於有時間想想自己最惦記的人，想想沒有自己的照顧，她今後的生活如何？又想想心中的安排，她會否接受？最後想到，和她相處的日子，突然間已是屈指可數了！想到這兒，左寶貴瞇起了眼，嘴巴不自覺地抖，而眼眶也不自覺地濕了。

上一次和親人如此難捨難離的時候……大概……是目送武蘭離去的時候吧？

「爹！」心蘭在門外敲門。

左寶貴馬上擦擦眼，上前開門：「怎麼了？」

只見心蘭端著碗羊肉泡饃，擔心地說：「兩點了，你還未吃午飯呢！先吃飯吧！」

左寶貴忙了一個早上，也不知道已經兩點了，現在見自己最惦記的女兒親自端著自己最喜歡吃的羊肉泡饃來，連忙說：「好！先吃飯！」

心蘭把羊肉泡饃放在桌子上後坐下。這時光線落在父親的臉龐上，見父親臉容憔悴，眼睛還紅紅的，心蘭驚問：「爹！你哭了？！」

左寶貴忙道：「哭什麼哭！？」揉一揉眼睛說：「我昨晚睡不好，眼睛又有點癢……」接著拿起了筷子吃了起來。

見父親邊嚼著邊看著自己，心蘭又問：「怎麼了？」

左寶貴笑道：「看看我的好女兒不行嗎？」見心蘭還是皺起眉頭，咽一口又道：「你看你！越來越漂亮了！……也越來越像你娘了……」

「爹……」心蘭黯然道：「你是捨不得女兒吧？」

左寶貴強作歡笑：「我啥時候也捨不得我的寶貝女兒吧？」

「你是擔心自己……一去不回吧？」心蘭越說越悲傷。

「別胡說！」

「你之前說的……都是騙我的吧？」

「我說什麼了？」

「日本人很容易對付！」

左寶貴無奈地笑了：「我騙你幹嘛了？幾個月見不著我的好女兒，我當然捨不得吧？對吧？」

看著父親這牽強的笑容，心蘭也不知道父親有沒有騙自己，因為她也理解，父親畢竟年事已高，而且這是他自帶兵以來最大規模的動員，還要是首次帶兵出國對抗外敵，所以他擔心也是自然的。當然，她也只能這樣盼望了。

左寶貴又吃了幾口，過了片刻終於吃不下，放下了筷子說：「明亮呢？怎麼這幾天沒見他呢？」

「你不吃了？」心蘭見還剩下很多羊肉泡饃。

「不吃了。」

「你沒事吧？」

「沒事……」左寶貴這時彷彿搖頭也很費勁，話也說得很慢：「明亮呢？」

「問他幹嘛了？」心蘭見父親還是等待著自己的答案，呆了一會說：「人家也要打理他的生意，哪有這麼多時間呢？而且很多時候是你忙，不是他忙！」

「啊……他……還是每天去醫院找你吧？」

「別亂說！沒有每天！」

「那你說說，他最多幾天沒去醫院找你了？」

心蘭想了想，不太願意又有點尷尬地說：「三天吧……」

「沒時間還是抽時間去見你……其實……人家對你的意思已經再清楚不過了，你……對人家又是什麼

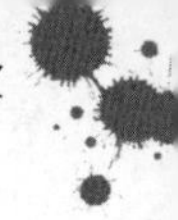

意思呢？」接著瞥了女兒一眼。

「什麼意思？」心蘭很是疑惑，開始感到父親是想跟自己說些什麼。

左寶貴低著頭，繼續道：「明亮他人品好，相貌不凡，又見義勇為……而且又能經商，生活過得不錯……最重要的，就是他對你細心體貼……」

心蘭開始有所明白……

「如果……你能嫁給他……」這時左寶貴才鼓起勇氣慢慢地把目光移向女兒：「你說多好？」

一副蒼白無力的笑容。

# 第二十九章 成全

七月廿九日。雨。左寶貴早上接電諭，令其抽調奉軍四營趕赴朝鮮平壤，會辦軍務。另，奉天東邊兵備道靖邊軍五營臨時歸其統轄，同時入朝。左寶貴遂下令各地奉軍先行，會合靖邊軍於九連城，其本人及右營或礙於趙西來關係，擇日再行。

午後二時於碼頭見奉軍新購之格林炮兩挺，上岸後即運往前方……

川畑現匿藏於一美國教堂內，得教士和美國領事田夏禮相助，稱其為學生，目下正赴上海準備歸國……

傍晚回店立刻撰寫第廿一號報告。清庭已禁發密電，現除一等三、四等有印官報，督辦、總辦有印公報，密碼照發留底備查外，凡商報無論華洋文密報均不准收。明碼電報還派員查看。自石川遇害後，風聲漸緊，現時行事猶如履薄冰，需更為小心。

滴滴答答。

沒人再說話。左寶貴和女兒就在雨聲中對視著。

心蘭愣著，眼眶漸漸地濕了。她不知道是因為岳冬已遭不測，抑或是父親覺得自己會一去不返而故意安排後事，甚或兩者皆是，她只知道，父親是決不會拿這事開玩笑的。

看著女兒的眼神由疑惑，到怪責，甚至是怨恨，左寶貴再也裝不了，下巴開始哆嗦，眼神流露出的是無奈，但更像是在懇求得到女兒的諒解。

「他死了？」心蘭的語氣十分平淡，平淡得讓左寶貴吃驚。

見父親沒回答，又避開了自己的目光，心蘭抽一抽鼻子又說：「告訴我，他是不是死了？」語氣雖是平淡，但背後的傷痛已經像血一般充滿了她的眼睛。畢竟自岳冬斷指離去後，受盡自責鞭撻的她就不知想過多少次，可能因為自己那晚的一席話，就讓岳冬踏上了不歸路。

「是……」左寶貴的頷首猶如發抖，聲音也在抖：「頭顱中槍……當場陣亡……」

「屍體呢？」

「於韓家屯內，為胡匪所奪。」

「你騙我。」

「我沒騙你，有人親眼所見！」

「你——騙——我。」心蘭話說得更慢，下顎也像父親一樣抖顫著，眼睛像血一樣的紅。

看見女兒這樣，左寶貴這一刻更希望女兒是大哭大鬧。

「我不會嫁給明亮的……」心蘭慢慢地搖頭，眼神如鐵一般的堅硬：「我——不——會！」

左寶貴凝視著女兒，艱難地呼吸著。

◐ ◐ ◐ ◑ ◑ ◑

黃昏。雨終於停下。

一匹飛騎沿著旅順大道往北飛馳，直達韓家屯的奉軍陣地。

騎馬者為石玉林。到了陣地還不下馬，手持令牌直奔到位處中央的統領帳棚才停下，然後進去將兩封左寶貴的親筆信遞給慕奇。

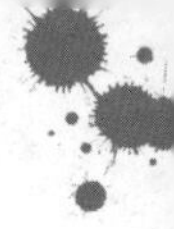

慕奇見是在左府養馬的石玉林找自己已經很是驚奇，把給他的那封信看完後更是大吃一驚。沉默片刻，慕奇把那信燒了，又把餘下的一封藏在懷裡。

慕奇步出帳房，彳亍而行，抬頭仰望長空。

你，真會弄人……

◐ ◐ ◐ ◑ ◑ ◑

太陽已沉。月已初升。

遠方山上還有一點紅霞，但已成弩末，四方八面的烏藍色正如海嘯般吞噬著大地。

一隻螞蟻大的黑影正向韓家屯這大海的中心爬去。

是岳冬。

岳冬背著一個插著白旗的包，輕輕地仰著臉，咬緊牙關，高舉雙手，只有四根指頭的左手緊緊地捏著一封信函，拖著沉重而抖顫的腳步步向韓家屯。

前方，應該是上百支洋槍。槍眼，應該是對著自己。白天看見是這樣的，只是天黑看不見吧！

回頭，慕奇和兄弟們的身影已經消失在死寂的黑夜裡。

雖然經歷了三個多月的廝殺，膽子是壯了，但岳冬還是壓不住內心的恐懼。

雙方陣營不到兩里，但岳冬覺得，他從重慶回到旅順也不用這麼久。

「為什麼選我？」後邊的人消失了，前面的人還未出現，岳冬開始回憶之前和慕奇的對話。

「你小子口齒伶俐嘛！」慕奇試圖令岳冬安心。

「他們可會殺死我的……」

「記著！如果他們想對你幹什麼，你就馬上拿出信來，說是替左寶貴左軍門捎信來的，是給趙西來的信！」

「我不去行不行？」

慕奇嚴肅地說：「這是軍令！」

鼓足勇氣，正欲動身，慕奇卻喝著岳冬，欲言又止地說：「……不要待太久，有機會就走，記著，五天後他們不降，我們可就炮轟韓家屯了！」

「我捎了信怎麼會賴著不走呢？」岳冬心裡嘀咕著。

「別想這麼多，就想著，回來就能和你的蘭兒成親了！」

岳冬心裡沒底地點了點頭。

◐◐◐◑◑◑

玉壺光轉，然終為流水般的烏雲所淹沒。

岳冬終於看到韓家屯四周那比人還高的竹籬了，但竹籬後竟然一個警戒也沒有！

進村。附近的房子沒有一間是有燈火的。隱約看到的，是眼前這約兩里長的空無一人的大道。大道的盡頭可見一個小山坡，山坡上應該就是趙西來的山寨。

如，一座死城。

還有生命跡象的，就是越來越多的蒼蠅，害得岳冬不停用手在耳邊亂撥。

雖然聽說過韓家屯已經餓死人了，但韓家屯好歹也有上千人，不會都餓死了吧？

「唔……唔……」這時在旁邊一村屋傳來一些怪聲。

岳冬一步一步地走過去，雙手始終高舉著。聽到的，還有自己那越來越急的呼吸聲和心跳聲。

「唔……唔……」聲音越來越近，仿佛就在咫尺之間。像人發出的，又像是野獸發出的。

岳冬汗流浹背，皮膚起慄，走到一扇半掩的窗前，咽一口唾沫，屏住呼吸，慢慢地蹲下，打算從下往上窺看屋內的情況。

屋內的情況還未看見，就見一雙眼睛在窗邊瞪著自己！

岳冬大吃一驚，還未有所反應，「吼」的一下巨響裡邊那傢伙便破窗而出，撲在岳冬的身上。

一輪搏鬥，岳冬還未搞清究竟是人還是怪獸，手臂就覺得劇痛，原來那傢伙出死力咬自己的手臂！

「哇——」岳冬慘叫著。

「瘋了你？！」此時走出幾個大漢上前把那人拉開。

「是畜牲！我們可以吃畜牲！我們可以吃畜牲！」那人一邊掙扎，一邊瘋瘋癲癲，面目猙獰地嚎叫。聲音在冷清的韓家屯裡迴盪著。

另一大漢拿著刀走到岳冬面前，用刀指著他說：「我們不會投降的！」

劍鋒就在咽喉，岳冬如夢初醒，馬上大喊：「我有左寶貴的信！我有左寶貴左軍門的信！……給趙西來的！給趙西來的！」一邊喊著，一邊雙手亂摸欲找回剛才搏鬥時候丟下的信函。

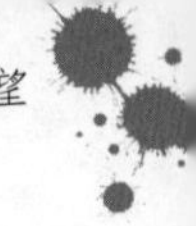

那大漢看見不遠處在地上的信。岳冬則呼哧呼哧的，下巴抖個不停。

未幾那大漢把刀反過來，用刀柄猛力往岳冬頭上砸去。

岳冬猝不及防，暈了過去。

## 第三十章　重逢

初時還是興致勃勃，其一舉一動皆詢吾甚急，大至性格愛惡，小及生活習慣，無不知而後快。當言及其一直保存那布袋之事時，老大開始熱淚盈眶，未幾更是放聲大哭。想老大七尺軀幹，今哭似三歲孩童，吾心亦感其悲焉……

「你醒了？」一把殷切的聲音。

岳冬張開雙眼，只見自己躺在床上，身處一個簡陋的小木房子裡，眼前有一個巨大的身影坐在床邊一凳子上。旭日初升，金黃色的陽光透過那身影後的大窗如利劍般刺進室內，而太陽正好被那身影擋著。所有東西都看得一清二楚，唯獨是眼前這個身影。

「你見如何？」那人靠近床邊，是南方人的口音。

岳冬有點頭痛，捂著頭，發覺傷口已經給人包紮好了，猛然想起自己已經深入虎穴，而這時見眼前這身影靠近，岳冬便慌張地爬起身來，身子靠到牆邊，擺出一副防禦的架勢。

「你別怕……我沒有惡意……」那人已經坐到了床邊。

「你是誰？」岳冬和那人相距不到一個床位寬，強光下瞇著眼依稀看見那人的相貌——國字臉、濃眉、大鼻子、滿臉鬍子、前額很久沒剃……儘管外表粗獷，但他的眼神真的一點惡意都沒有。

「我？」那人低下頭說，無奈地笑了笑：「他們都叫我……趙西來。」

「你就是趙西來？！」岳冬感到難以置信，大名鼎鼎的趙西來竟然就這樣坐在自己床前？！還對自己噓寒問暖？拳頭馬上不自覺地抖動。

那人立刻說：「但二十年前我還有另一個名字……」

岳冬滿臉疑惑地看著那人。

「二十年前……因為幫官府辦事……害得自己和妻兒失散……這二十年來，我走偏大江南北，歷盡千辛萬苦……有兄弟死了，他們的親人也死了……為的，就是想幫我找回我妻兒……」這時看著岳冬，聲音開始抖顫：「……我想，你也是吧？」

岳冬凝視著那人，聽著他嘶啞的聲音，繃緊的身體慢慢放鬆下來，並開始思索，他說的經歷、他的表情、他的語氣，似乎沒有一絲破綻……

這時那人慢慢地從懷中拿出一個女子造型的布袋木偶，粗糙的手輕輕地撫摸著，就像撫摸著自己剛剛出生的孩子：「我兒子……小的時候很喜歡玩我造的布袋，這是我們福建老家的手藝……這布袋本是一對的，代表我和我內人，背後繡了我們各自的名字……」抽一抽鼻子又說：「代表她的那個，我自己留著……代表我的那個……你說，還在不在她們手上呢？」接著凝視著岳冬。

岳冬已經知道眼前人是誰，只覺得鼻子很酸，眼睛也感到淚水的溫暖，下唇也不自覺地翹起，數次想張開口回答那人的問題，但不知怎的就是說不出話來。

那人從懷中還取出一張皺得不能再皺的紙，慢慢地，抖顫地遞給了岳冬。

岳冬抖顫的手接過那張紙，翻開一看，字不多，

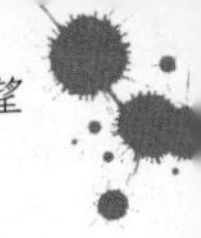

但已徹底撼動了他的心扉：

尋人

尋男子一名，年四、五十，名岳林，光緒初年與妻兒失散。

尋得此人或有此人消息者，請告奉天旅順口高州總鎮都督府岳冬，或函或電。

重酬。

「這……這是我在廣州城看到的……」身材魁梧的他已泣不成聲，提起粗壯笨拙的手臂擦眼淚。

此刻岳冬的淚水像缺堤一樣泄出，滴滴答答地打在手中那張抖顫著的紙上。

「我終於找到你了……冬兒！」

「爹！」岳冬再也忍不住，撲上去抱著他的父親——岳林。

岳林也緊緊地抱著岳冬，手指使勁地抓緊岳冬的衣服，生怕兒子再離開自己半步。

快二十年了……這感覺……即便要活活餓死……也值了……

過了片刻，岳林慢慢地鬆開手，擦了擦臉上的老淚，往旁邊的布簾說：「出來吧！」

然後從布簾後便走出一個婦人和一個四五歲大的孩子。

「他是你的後娘，和你的弟弟。」岳林說。

岳冬凝視著兩人許久。他實在不能相信，自己竟然還有個後母和弟弟！

岳林手搭著妻子的肩膀：「她呀，跟著我找了你十多年了，吃了不少苦頭……」又握著妻子王氏的手說：「這些年……真的辛苦你了！」

「什麼話！」王氏有些尷尬，又很是感動：「我早就說了，他是你的兒子，也就是我的兒子！」這時也默默地看著岳冬。

岳冬聽見又忍不住哭了，跪在兩人跟前，磕頭說：「娘！」

「乖兒子！」王氏上前把岳冬扶起，又輕輕地撫摸著岳冬的頭，那眼神仿佛在告訴岳冬，她早就把他看做親生兒子了。

這時小弟弟拉扯岳冬的褲子，岳冬見似乎忽視了這個弟弟，馬上蹲下摸著他的頭。只見他瞪大圓乎乎的眼睛看著自己說：「哥！你是我哥！」

「是……」岳冬見弟弟很可愛，終於展開了笑顏，不停地點頭，又抬頭看著父母，又哭又笑地說：「我有個弟弟！我還有個弟弟！」

岳林和妻子也感動地笑了。

岳冬問弟弟：「你叫什麼名字？」

「我叫岳逢。」

「『岳逢』？」

「『重逢』的『逢』。」王氏說。

「重逢……」岳冬微微點頭，喃喃自語道：「好！重逢！」

◐ ◐ ◐ ◑ ◑ ◑

岳冬和父親走到不遠處的一個小山坡上坐了下來，看著眼前血紅色的太陽染紅了曠遠的大地。眼底下是韓家屯，而遠處則是那些包圍著韓家屯的勇兵陣地。

「爹，為什麼你改名做趙西來了？」

岳林說起話來像是個飽歷滄桑的老人：「趙西來是真有其人的。他是個老頭，是我很敬佩的一個人……那時候你還未滿兩歲，爹在老家當捕快，出事前剛剛當上了捕頭，正是意氣風發，一天接到他的報案，說她的孫女被人強暴後殺死了。我很快就抓到那個畜牲，而且證據確鑿。那時候所有人都誇我……但沒幾天，他們都突然間沉默了，然後就有人跟我說，要我放人，還要我說那女孩是自殺的……」

岳冬凝視著父親。

岳林出神地看著遠方，那天的情景像是歷歷在目：「他們說，那畜牲府裡有人，不這麼做，所有人都不好過……還記得那天晚上，我跪在那女孩的屍首旁邊，但我就是不敢站起來看她一眼。第二天，我跟村民說要放人，但把他們惹怒了……他們鬧，搶屍，最後不單燒了衙門，還燒了我們的家。我和你們，就是從那天起失散了。我想去找你們，但知縣說我彈壓不力，將我收監。其實，我知道，壓根就是那畜牲記恨當初我不理他的說情……」

「然後呢？」雖然父親就在身旁，但岳冬還是替當年的他擔心。

「我在大牢裡看見他們對付趙伯，要他畫押認自己的孫女是自殺的……先是好言相勸，搬來了銀子，都不管用……」岳林此時下顎開始發抖：「然後就是用刑。所有刑具都用上了，但他就是不認，還對那些

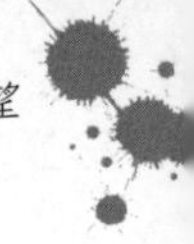

獄卒破口大罵，說他們是畜牲……還記得有一個獄卒說：『你為什麼就是喜歡為官府添麻煩！』……」接著自個兒苦笑了一下：「添麻煩……」

「他後來怎麼樣？」

「當然是死！」岳林深深地吸口氣，繼續說：「我還記得，他去的那個晚上，我喊他，他還能聽見我說話。我說：『算了吧趙伯！認了吧！你孫女也不想你受苦！』……」雖然過了這麼多年，但這時岳林還是眼泛淚光：「他那時候已經不能動，用最後的一口氣跟我說：『……認了……就不是人了……』我聽見馬上跪了下來，雙腿壓根就不聽使喚，因為我親口跟他說過，會為他孫女昭雪的……最後他說：『出去幫我殺了那畜牲……我不但不怪你，我泉下有知，也會保佑你一生平安……早日……找到妻兒……』說完，就死了。」

岳冬聽後很是黯然：「然後你就把那人殺了？」

岳林點了點頭：「我冒了趙伯的名字把那畜牲殺了，但殺了以後，又發現他的朋友都是跟那畜牲一樣胡作非為。那時候我想，我都被人通緝了，不如多殺幾個，就當積點陰德，說不定還可以早點找到你們……就這樣，殺一個，又見一個。見一個，又殺一個……不知怎的，那些畜牲不是當官的，就是和官府有關係的，還要是事後才發現……」接著又苦笑一下：「所以官府才以為我老是跟他們作對呢？」

此時岳冬欣然地看著父親。因為他知道，父親不是什麼姦淫擄掠的大盜，而是一個為民除害的義士。

# 第三十一章　圍城

……上至廟堂大臣，下至地方小吏，皆以利己營私為事，朝野滔滔，相習成風，其勢不知所底……愚蠢之黎民為地方污吏所魚肉，亦無所訴其冤屈……諂媚上官，罔恤民隱，上情不能下達，下情不能上達，中間壅塞不通。並非朝廷有時不施仁政，蓋為地方官吏所壅塞也。其美意不能貫徹至民間，實為可悲。

岳林見岳冬呆呆地看著自己，手搭兒子的肩膀說：「爹目不識丁，教不了你什麼。但爹想跟你說，做人，得有人性，不然，就和畜牲沒區別了。要是一天被人宰了，誰也不會可憐你……」話畢放眼前方那血紅色的大地，盯著那些在「血泊」上蠕動著的官兵。

聽見父親這麼說，岳冬眉頭輕皺，雙目放空，腦海裡又不自覺地閃過郭家村那個賣菜女孩，又閃過這幾個月來韓家屯外那屍積如山的場面……

「嘎……」這時十幾隻鳥排成雁行擋在太陽前，漸漸遠去，像是要尋找心目中的樂土。

「拿著！」岳林突然從懷裡掏出剛才那布袋木偶。

「幹嘛？」

「我找到你了，就不需要這東西了。」

岳冬推搪說：「爹你留著！你一個，我一個嘛！」

「不……」岳林笑了笑，把布袋硬塞給兒子：「這個你自己留著。原本你手上的那個，就送給我未來的兒媳婦吧！就像當年我和你娘一樣。」

「用不著吧……」岳冬有點難為情。

岳林笑吟吟地說：「她不是左軍門的女兒嗎？」

岳冬一臉驚奇：「你怎麼知道？」

「爹知道的事情還多著呢！」岳林得意地避開岳冬的目光。

「為什麼？」

「其實爹早就找到你了，只不過那時候你又出去

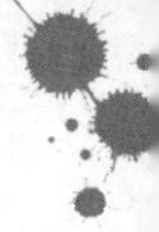



找我了。一天我實在憋不住一個人去找左軍門，和他聊了很久，也拜了你親娘，他也說了很多你的事給我聽。」

「他……沒抓你嗎？」岳冬實在意想不到。

「初時我騙他我是個農民，但後來還是給他識破了，不過他還是給我一條活路……」此時看著岳冬，心有感觸道：「他是個好官，你跟著他是你的福氣！何況沒有他，我倆這輩子也見不了……」

「是他故意讓我進來和你相認的？」岳冬早就覺得慕奇突然要自己來韓家屯勸降很是奇怪。

「對。」

岳冬呆呆地點了點頭，仿佛有些事還是想不明白，但一時間又沒往下去想，又問：「他信裡還有說什麼嗎？」

岳林冷笑一聲：「就是勸我投降吧！」

聽見「投降」，岳冬不禁想起在陣地勇兵們殺降的情況。要是父親投降，肯定是必死無疑。

岳林見岳冬擔心，安慰道：「我可不會投降！只要我的援兵一來，這幫狗崽子就得納命來！」

「援兵？」

「對！我的結拜兄弟老六，正從熱河那邊趕來。」

聽父親這麼說，岳冬猛然想起慕奇的五天之說，忙問：「五天內能到嗎？」

等了三個多月也等不到，岳林沒想到兒子這麼問，一時間回不了話。

「慕都統說了，五天後要是你們不投降，他們可會炮轟韓家屯哪！」

「五天……」岳林稍微皺一下眉頭，不屑道：「他們有大炮我們就沒有嗎？就看那些蝦兵蟹將怎麼攻進來！」

岳冬見父親這麼有信心，稍為安心。

待了片刻，一個岳林的手下走來說：「老大！老村長想見你！」

岳林還未回話，已見老村長站在遠處，伸長脖子看著自己。

◐ ◐ ◐ ◑ ◑ ◑

「你要見我派人跟我說就是，何必自己爬上來呢？」岳林掏出一柄打火刀，打了火絨，先幫村長的煙鍋點了火，然後點自己的，但顯然有點不耐煩。

岳林和村長回到小木屋裡，而岳冬則還在遠處的小山坡上，和母親聊天，又和弟弟逗著玩。

「還是我親自來的好……」村長是個老頭，白髮蒼蒼，老態龍鍾，手扶拐杖，說起話來像是有氣沒力的。

「又怎麼了？」岳林問。

村長把抖著的煙桿放到嘴邊，抽了口，憂心忡忡地說：「現在一個大餅子，可以換走一個大姑娘了……棉花、桑樹也有人吃了……再下去，我怕真會吃起人來……」其眉心的皺紋已經深不見底。

「我知道！你看我的腿也不是吃豆子吃腫了嗎？」見村長還是面無表情地盯著自己，又側過臉，低頭猛地抽煙：「老六快來了……」

老村長知道還是白來一趟，深深地歎息一聲。

岳林受不了老村長這無聲的責難，稍為大聲地說：「對不起呀老村長！我死不打緊，但我總不能讓幾百個兄弟和家人陪著我死呀！」

老村長像是聽了不知多少遍，又像是有些話不方便說，不滿地看了看窗外的景色，自言自語地道：「死的人越來越多了……病死的、餓死的、被殺的、上吊的、服毒的，什麼都有……現在搶劫越來越多，他們都不聽我的了……我怕……我這個村長也當不了多久。」說到這兒老村長的煙桿抖得更是厲害。

岳林閉上了眼睛，像是不想再聽老村長的說話。

「再放人出去吧！」老村長突然說。

「出去還不是一樣？」岳林把目光側到一邊去。

「是一樣！」老村長放下煙桿，身子靠前，瞪著岳林鏗鏘地說：「但起碼少幾張口嘛！」

岳林沒想到老村長竟然是這意思，呆看著老村長，久經戰陣的大漢此刻也心頭一震，屏住呼吸，煙桿和老村長一樣的抖著，半晌翻了翻眼皮，避開眼前的目光，深深地抽一口煙說：「有去無回的……誰去？」

老村長冷笑了一聲，像是嗤笑岳林的無知：「好歹也是個痛快嘛！」

◐ ◐ ◐ ◑ ◑ ◑

夜。

「我求你了！我求你了！不要讓我們回去行不！」

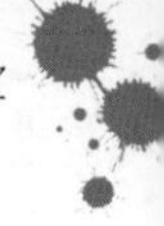



「我跟你磕頭！我跟你磕頭！」

「裡邊都沒吃的了！」

「給我吃的，我把我兒子給你也行！」

衣衫破爛的村民拉扯著包圍韓家屯的勇兵們。

「我們究竟做錯了什麼?!」沒人回應，又不能離開韓家屯，一村民終於怒喝了一聲。

「誰讓你們投胎到這兒?!」一官兵終於回答。

韓家屯村口外的空地。

上百個村民戰戰兢兢，一步一步地走向在他們面前圍成了個半月形的黑壓壓的勇兵們。

幾百雙冷眼盯著他們。當然，還有勇兵手中的洋槍和他們身旁的大炮。

到了。跪下。

話說完了。

勇兵們苦口婆心地勸。沒用。

刁民。

但勇兵們仁慈，考慮到他們當中有婦孺和老人，只用槍托來請他們回去。

一些人頭破血流，走回去。一些人腿斷了，爬回去。還有一些人，勇兵們真的網開一面，不用他們回去了……

◐　◐　◐　◑　◑　◑

「啟稟裕帥！趙逆又放人出來了！」一個穿著滿洲正白旗錦甲的士兵哈著腰低著頭地稟告。

「又出來了？」是裕康的聲音，語氣比隆冬裡的寒風還要冷。

「對……」那人不敢抬頭，只聽見裕康用杯蓋輕輕地擦了擦茶面，喝了口茶，說：「一根草，也不要給他們。」

「喳！」

吐出茶梗子，裕康慢條斯理地又說：「趙西來不是很得民心嗎?那他們有苦，就應該同當吧！」

「對！」

「……不過……事兒，也不要做絕……拿洋槍出來的，就放行吧！」

「奴才明白！……還有，有其他村的村民問這裡發生什麼事了。」

「這還要問我?當然是趙逆的人挾持了韓家屯的人了！」

◐　◐　◐　◑　◑　◑

翌日。

「老大！只有五六十多人回來！」一個部下跑來跟岳林說。

岳林正在小山坡上，擎著望遠鏡看著遠方，盼著老六的到來。

也不知看了多久，望眼欲穿的他雙目瞪得如銅鈴一樣。

每天除了吃、拉、睡，就是待在小山坡上。眼珠子也快真塞進望遠鏡的看筒了。

可是盼不到之餘，勇兵還越來越多。

聽見部下的說話，岳林緩緩地放下望遠鏡。看著遠方，楞了好一會才淡淡地說：「知道了。」

那部下沒想到老大只說了這三個字，還要是異常的平靜，故也呆呆地看著岳林，不敢離去，也不敢說話。

但岳林就是呆呆地看著遠方。

就是看著。

看著遠方的大地、遠方的山脈、遠方的天空……

累了。閉上眼睛。

只覺得，「天生萬物以養人，人無一德以報天」，真的不能再對了。

這時轉來一陣肉香。

岳林昨日一整天只喝了碗稀粥和吃了些豆子。今天還未有東西下肚，只是喝水充饑。現在竟然聞到肉香，初時的感覺真的不下於盼到老六的到來。

岳林馬上扭頭看，只見岳冬正在不遠處端著一個碗看著自己。

◐ ◐ ◐ ◑ ◑ ◑

「搶的……」一把微弱如絲的聲音。

接下來就是「呼啪」的一聲巨響。

這是山寨裡的一個廚房。

岳林二話不說一個勾拳狠狠地往老三的兒子壽福的頭上打去。

壽福中拳，頓時倒在地上，壓破了一個水缸。裡邊的水如水銀瀉地般，一地皆是。

壽福，一個和岳冬差不多大，但遠比他瘦弱的年輕人，餓了好幾十天，中了一拳已經快暈過去，壓根說不上提起手來擋。當然，他也不敢提起手來擋。

四周的兄弟們和岳冬無不膽戰心驚，想出手幫又不敢。岳冬更是沒想到父親的性格是如此暴躁。

打了一拳。不夠。還想打第二拳。

「你瘋了?!」老二馬上上前，擋在壽福身前。身後的壽福已是迷迷糊糊。水缸的碎片還割破了壽福的皮膚，鮮血順著水流著。

「我說了多少遍!那幫畜牲就是想我們這樣!」岳林怒喊道。

「他為自己嗎!他跟你一樣，每天就吃一碗稀粥而已!他撐得住!他姐可撐不住了!」老二也力竭聲嘶地說。

聽見「他姐」，岳林恍然大悟，態度馬上軟了下來。

「他姐再不吃肉……可要一屍兩命了!」

旁邊的兄弟見老大漸漸平伏，忙上前為壽福療傷。

「要吃肉你說呀!我給你買呀!」岳林著緊地看著地上的壽福。

「你買得起嗎?!」這時輪到老二發怒。

岳林看著老二，說不出半句話來。

難堪。所有人都低下頭。

「肉還剩下多少?留點給她，剩下的，送回去。」

「不用送了……」奄奄一息的壽福這時在地上說。

所有人都看著他。

「那家人……」壽福眼簾半垂地看著地上：「死了……」

岳林深深地呼吸著，窒息之感越發強烈，沉重的身子只能無力地靠在身後的灶頭上，陰沉而無助的目光略過眾人後落在岳冬的身上，但像是感覺自己不應在眾人面前顯露出脆弱的一面後，隨即把目光移向別處，表情也勉強回到剛才打壽福那時的模樣。

然而，岳冬和眾人都看在眼裡。岳冬這幾天一直覺得父親為人豪邁自信，也明白父親在眾兄弟心中是怎麼的一個形象和地位。然而此刻見他如此摸樣，岳冬心裡沒底之餘，也隱隱感到，結局，似乎早已註定……

# 第三十二章　活著

今日是認識伊以來見其最快活的一天，也是見其最漂亮的一天。夕陽下，海風中，其笑容之美實在可媲美心蘭。然而，夜歸路上又無意間提及其親人，其笑容再次驟然消逝，未幾更是潸然淚下，然終究不說一話。

又一夜。

「看什麼看？走吧！」一個哥哥拉著他的弟弟，皺著眉頭，說起話了已經是有氣沒力，畢竟胃裡的胃液正跟他鬧不和。

兩個年輕的兄弟抱著槍，從後山拖著腳步靜靜地偷走。大的還沒滿二十，小的才十五六歲。

看著和把他們帶大的兄弟越來越遠，弟弟實在捨不得，轉身跪下，用僅餘的力氣向山寨的方向磕頭。

哥哥見狀，也放下了槍，跟著一起磕頭。

兩人就在夜裡跪著，出神地看著遠處山寨的一點燈火。

不知怎的，那普通的燈火在黑暗中顯得特別的明亮，特別的美麗。

可惜，它就是不能填飽肚子。

兩人下了山，戰戰兢兢地高舉著槍支，緩步走向眼前黑壓壓的勇兵。

到了。跪下。

一勇兵一聲不發地上前搶過兩人頭頂上的槍，又一聲不發地離去。

面對著上百雙盯著自己的眼睛，兩兄弟掩蓋不了驚恐的神色。

不知道他們為什麼愛上了沉默。聽到的，仿佛只有自己的呼吸聲。對，還有肚子被胃液欺負的呻吟聲。

弟弟靠向哥哥，咽了咽唾沫說：「吃的呢？」

「有……有吃的嗎？」哥哥壯著膽子喊了句，聲音在死寂的空地上迴盪著。

過了一會，一個勇兵從人群中拿來一個大桶。當

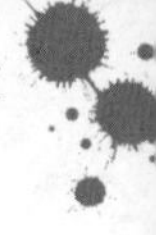

經過身邊的勇兵時，他們都不得不皺著臉地捏著鼻子。那勇兵把大桶拖到兩人面前，毫不客氣往地上潑去。也難怪，幹這麼骯髒的活兒，那勇兵當然很不樂意。

但兄弟二人很樂意吃。

兩人在火光下依稀看見地上有碎麵和剩菜，還好像有點肉絲，馬上二話不說低下頭用手掬起往嘴裡送，管他裡邊有沒有沙子有沒有屎。

二人吃得高興，冷酷的勇兵們也露出了溫和的微笑。

正當大夥都高興的時候，兩個身影悄悄地出現在兄弟二人身後。

地上可以吃的東西都吃光了，兩個人雙手撐著，瞪大雙眼，一呼一吸，不停地嚼著最後一口，捨不得咽下，仿佛忘了自己剛才幹了些什麼，忘了自己為何在這裡，也忘了自己究竟是什麼……唯一沒有忘的，就是問問肚子感覺好點沒有。

這時兩根水平的鐵絲悄悄地在他們眼前從上而下地經過。但燈火不足，鐵絲又細，兩人壓根看不見。當然，他們正在忙著和肚子溝通，也沒在意眼前有異樣。

然而鐵絲不只是鐵絲，而是個鐵絲環。鐵絲環最喜歡的，是牲口的脖子。

兩人掙扎一會，然後僵住。

勇兵們將他們拖走，扔到一個大坑裡，裡邊已經是數之不盡的屍體……

◐ ◐ ◐ ◑ ◑ ◑

「人越走越多了……」老二在岳林身邊低聲說。

岳林和老二正在巡視防禦工事。近一個月來隨著糧食短缺，士氣低落，岳林等人在韓家屯的防守日見渙散。但從岳冬知道官兵即將發起總攻，岳林便下令要整頓防務。本來也擔心兄弟們已再難提起勁來，但誰知命令一下，每個人都異常積極，紛紛加緊備戰。

然而，岳林心裡卻不是什麼滋味。

周邊的火把有近半個月沒亮起了，現在又再火光紅紅。

各人四處奔走。

「還剩下多少人？」岳林皺著眉頭。

「不到五百。」

岳林沉吟片刻，說：「他們攻不進來的……」然而眼神卻是飄忽不定，也沒有看老二。

再次看見今早老大那彷徨的目光，老二心知不妙，沉默片刻道：「別再騙自己了……老六壓根來不了！」

見老二也說出這些影響軍心的話來，岳林忙瞪著他，但沒有說話，也不知道說什麼話。

老二是唯一一個敢和岳林頂撞的人，也早就習慣他這目光，繼續道：「……三個多月了，我們之前派出去的人可能早就被他們攔下了……即使他們攻不進來，我們到底又可以撐到什麼時候呢？」

岳林終於沉不住氣，把老二拖到旁邊的叢林，低聲怒道：「你他娘的不是想投降吧？！」

要是換了平時，老二已經馬上把話頂回去，然而這時老二卻沒有立刻回話，只是凝視著他：「兄弟們都餓得沒力氣了，他們也知道撐不了多久，但現在還是如此賣力，你知道是為什麼嗎？……」此時突然啞著沉實的嗓子喊：「因為他們想戰死也不想活活餓死呀！」

岳林透著大氣喊道：「我不知道？我不知道？！你就真覺得，那些拿槍出去的還活著嗎？」

「我知道，但如果……」

「沒有如果！」

「左寶貴不是給你信嗎？以他的為人，為何就不試一下？」

岳林手指著外邊：「你我都知道，外面到底是誰在說話！」

「但如果……」

「沒有如果！」

沉默。

見老二不忿地盯著自己，像是在指責自己蠻不講理，岳林不敢和他對視，放眼外邊四處奔走的兄弟們。

「如果橫豎都是死……」老二還是說，但語音卻慢了下來，怒氣也沒有了，餘下的只有無盡的悲愴：「那為何就一定要戰死，也不試一下？即便是渺茫，好歹也是機會！你不為你自己，也為嫂子、逢兒、冬兒想想吧？」

岳林一想到家人，也就說不出話來，闔上雙目，深深地吸口氣。張開眼見老二正注視著自己身後，轉身一看，發覺妻子王氏就在不遠處，不知是否一直在

聽兩人說話。

「你在這裡幹嘛？」

王氏走上前，看了看老二，還是以她那溫柔平靜的聲音對丈夫說：「別怪他，是我叫他跟你說的。」

岳林意想不到，瞟了老二一眼，但沒有吭聲。

王氏抬頭凝視著丈夫，兩頰露出溫和的笑痕：「我知道，你是在自責，怪自己為了找冬兒而把他們帶到這裡。但你是說過的，你是想隻身來這裡的，只是他們都擔心你，想跟著你……現在弄成這樣子，他們也沒有人說過一句怨言……」

聽到這裡，岳林的怒氣已經被妻子的寸寸柔腸所融化，但兩眼就是不敢接過她那清泉般的目光。

王氏這時握著丈夫的手，自己也眼泛淚光，抽著鼻子道：「你不用自責，即使……即使所有人最後都要死，我敢說，他們沒有一個人會怪你，因為沒有你，也就沒有他們……」

岳林緩緩地回過臉來，看著妻子說：「連你也覺得我應該投降？」語氣也變得悲涼。

王氏沒有立刻回答，只是牽強地笑了笑：「你知不知道，我為什麼……為什麼跟著你吃了這麼多苦頭，還是死心塌地的跟著你？……你以為，我真的毫無怨言嗎？」

「我救了你……」岳林聲音也變得嘶嗄，也顯得有些尷尬，畢竟夫妻間從來很少說這些話。

王氏輕輕搖頭：「因為你說過一句話，這句話，我這輩子也忘不了。那次在梅花鎮，你受了重傷，流了很多血。我哭著為你療傷，埋怨你為什麼一定要弄成這樣……但你卻迷迷糊糊的，笑著的跟我說……」

岳林見妻子故意遲疑一下，便問：「我說什麼了？」

「你說，『為百姓而活……多好！』」

此時岳林眼睛也不自覺地紅了。

這時王氏也開始啜泣：「……但現在……我們如此樣耗下去，哪是為百姓而活？……即使最後我們所有人都得死……但我們起碼能救下這裡上千個韓家屯的村民吧？」

岳林凝視著妻子，粗糙的手輕輕地擦掉她臉上的淚水。妻子的話確實打動了他，但一想到眼前這個自己最親，為自己付出最多的人，後天就因為自己而最終賠上了性命，岳林實在過不了自己。

岳林邊看著妻子，邊慢慢地搖頭，忍著淚水，自言自語道：「你不會死……你不會死的……」手也慢慢地掙扎開妻子的手，目光也脫離了妻子雙眼的束縛，變得飄忽不定：「沒有人要死……沒有人要死……」說著慢慢地轉身，腳步蹣跚地離去。

「西來！」王氏喊了一聲。

然而岳林卻越走越遠……

# 第三十三章　肉香

其父留下來的，就只有一條寫上血字的白布，曰：「時日曷喪，予及汝皆亡！」……雖仍不知其往事，但起碼知道，伊一直以來對眾人之冷漠，實為深藏不露之怨恨。

翌日清晨。

「吃一口吧！可以吃的！」岳冬正用勺子餵岳逢，桌子上是一碗綠色糊狀的東西。

小山坡上的小木屋裡。桌子上都是數不盡的樹葉，還有零零碎碎的樹根。四周是近日越來越多的蒼蠅，畢竟山坡下沒有被掩埋的屍體越來越多了。

「不吃呀！很難吃呀！」岳逢扁著嘴說，手套上岳冬送的布袋不停地拍打蒼蠅。

「你不是肚子餓嘛？吃了就不餓了！」岳冬餘下的一隻手也在跟蒼蠅糾纏。

「我寧願餓也不吃！等到中午就有粥吃啦！」岳逢嬉皮笑臉的，十足岳冬小時候一樣。

但岳冬此時也笑不出來，長吁短歎的，伸過手拉過弟弟的小手臂用指頭按了一下，見他不像其他人一樣，被按處會因為水腫而久久彈不起來，心想：「就你這小子吃得飽，你當然笑得出來！」把勺子塞進自己嘴裡說：「你不吃我吃！……多好吃呢！」

突然「嘭」的一聲，岳林推門而入。岳冬和岳逢抖了一下，看著父親，只見他臉色很不好看。昨日他一整晚也沒回來，今早還不見人，岳冬已感奇怪，現在還臉色不好，肯定是發生什麼事了。

「穿上！」岳林把岳冬進來時穿著的號衣扔到桌子上。

「幹嘛？」岳冬一時間想不明白。

「叫你穿上就穿上！」

見父親這麼凶，岳逢開始害怕起來。

「你要我走？」岳冬放下碗，見父親避開自己的目光，已猜到他的用意。

岳林沒有答話，只看著窗外。

「你不是說他們攻不進來嗎？」

「是攻不進來……但你吃這些東西又能撐到什麼時候？！」岳林看著桌子上的樹葉和樹根。的確，這兩天岳冬吃這些東西吃得很辛苦，只是沒有跟父親說。

「你不是說老六會來嗎？」

岳林又避開兒子的目光：「他永遠不來，你就能這樣的待下去嗎？你既然能走，為何不走？」

「我不走！」

「我叫你走！」岳林又變得嚴厲起來。

「我就是不走！」

岳林動氣，一手抓起號衣遞給岳冬：「穿上！」

「我不穿！」岳冬雙手背在身後，語氣和父親一樣的硬。

「我叫你穿上！」岳林怒喝了一聲。

岳冬仍是沒有任何反應，就是凝視著父親。

岳林見兒子竟敢不聽話，扔下號衣，提起右手，準備給兒子一個耳光。

當手快打到岳冬的臉上時，岳逢卻「哇」的一聲哭了出來，岳林聽見馬上停了下來。

「我寧願給你打死，也不走！」岳冬不動如山，眼神堅定。

聽見兒子這麼說，岳林的心還是軟了下來，凝視著兒子，搭著兒子的肩膀說：「……這麼多年，爹都沒機會要你做什麼……為何爹第一次叫你做事，你就不聽話了？」

岳冬聽見眼睛也紅了，不斷地搖頭。

「難道……你就不惦記你的蘭兒嗎？」岳林慢慢地坐到正在大哭的岳逢旁邊，撫摸著他的頭。

岳冬見父親企圖以蘭兒來誘使自己離開，更是痛心，忍著淚水說：「我又怎麼忍心，在此緊要關頭離你們而去？我這……我這不就成了畜牲了嗎？」

岳林看了看窗外，還是說：「穿上吧！」

岳冬還是搖頭。

「哇……」岳逢還是未能平靜下來。

岳林把岳逢抱起：「別哭……」看著岳冬，突然喊了聲：「來人！」

「老大！」兩個兄弟馬上衝門而入。

「幫他換衣服！」

岳冬睜大眼睛看著父親。

「是！」兩人二話不說上前。一人把岳冬身子按在桌子上，另一人脫了他的褲子。

「爹！」岳冬掙扎大喊。

岳林沒說一話，轉身抱著岳逢走向門口。

嗶啷一聲，桌子上的碗和杯子被岳冬掃到地上去。

「哇……」岳逢的哭聲更是厲害。

「放開我！……爹！」岳冬激烈地反抗著。但兩人身材比岳冬高大得多，岳冬不能不束手就擒。

「我找了你十多年！我不能和你不到十天就走呀！」岳冬的聲音近乎撕裂。

岳林站在門口處，閉上眼睛，只恨自己不是個聾子。

◐　◐　◐　◑　◑　◑

夜裡，淒風冷雨。

「唔……唔……」岳冬口裡被塞了布，出不了聲。

此時岳冬已身穿號衣，被綁在一條門板上。兩個大漢正抬著他。

岳冬已經沒有掙扎。能做的，就是扭頭凝視著身邊的父母。

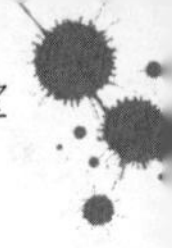

雨水打在岳冬臉上，但流下來的，還有淚水。

岳林夫婦和另外幾個兄弟沿著韓家屯村裡的大道往村口走去。身邊有餓得有氣沒力的村民從屋裡探頭張看，看看是否趙西來要投降了。

「別讓任何人知道我們的關係，不然你，你的左叔叔，還有你的蘭兒，也會有麻煩……」岳林邊走邊在兒子耳邊說，但始終不忍心看他。而王氏則一直在旁握著岳冬的手抽泣著。

「就送到這兒吧！」身邊的老二對岳林說。

岳林停下腳步，目光終於移向兒子，提起手，輕輕地撫摸他的頭，聲音抖顫地說：「布袋你帶好……想爹了，就拿出來看看……不就行了嗎？」

「唔……唔……」岳冬哭著，但就是哭不出聲，憋得滿臉通紅。

「出去，記著要當個好兵，不要像那些畜牲那樣……不然，爹就不認你這個兒子了！」

「唔……唔……」

岳林再不忍心看著兒子這表情，低下頭，跟抬著兒子的兄弟說：「去吧！」

兩人動身繼續往前走。

王氏被迫放下手，哭得更是厲害，只能靠在丈夫肩膀上。

岳冬「唔唔」之聲更大，彷彿喉嚨快要「唔」出血來。

看著兒子遠去，岳林也老淚縱橫。

◐◐◐◑◑◑

岳冬被抬到村口對出不遠處。遠處的勇兵看見村口有兩個人抬著東西走出來，還以為又有人拿槍出來投降，誰知道兩人走不遠，就放下抬著的東西轉身離去。幾個勇兵見狀上前察看，見竟然是奉軍的士兵，便把他抬回來。

口中的布終於被拔去，但岳冬已經不省人事。慕奇見狀馬上命人把他送到司督閣的醫院去。

◐◐◐◑◑◑

收到岳冬被送回旅順的消息，喜從天降的心蘭立刻冒著夜雨，從左府一直跑到司督閣的小醫院。

急得連傘也沒打，也沒在意地上濺起的泥水把裙子弄髒。

找到岳冬的房間，撥開周圍的人，跑到床邊。

「岳冬！岳冬！」濕淋淋的心蘭伏在床邊，著急地搖晃著岳冬的手臂，生怕眼前的只是一具屍體。

然而岳冬就是昏迷不醒。

坐在床邊正為岳冬檢查的司督閣忙阻止道：「蘭兒！他沒事！他沒事！」

在旁的小悅也上前拉著心蘭。

「他沒事……他沒事！」心蘭看著一臉污垢，滿身傷口，但仍活著的岳冬，終於喜極而泣。

房間內所有人見兩人重逢都感到欣慰，唯獨一直站在門口看著的左寶貴卻心事重重……

◐◐◐◑◑◑

滴滴答答。夜雨持續。

韓家屯。窮人巷裡一房子。一個父親看著自己的孩子，愣著。

平時嘻嘻哈哈的孩子現在已經奄奄一息，呆呆地看著地上，連喊餓的力氣也沒有了。眨眼，像是他們唯一能做的。時間，也不知靜止了多久。

上百個人靠在巷的兩側。窮人、乞丐和村民，此刻已經分不清楚了。平時好是熱鬧，現在已是鴉雀無聲。

下雨是件好事，畢竟張開嘴巴就可以喝到水了。沒有人去避雨，都坐在泥窪子上，嘴巴都一張一合的，好不精彩。

突然傳來了一陣食物的香味。

是肉香？！怎麼還會有肉香？人們蠢蠢欲動，要用僅餘的力氣去尋找這香味的來源。

人們來到了一房子前。走進去，走到廚房。肉，找著了，但沒人想吃。

「快……快告訴村長！」一人臉色慘白，站立不住坐到地上。

老村長馬上找來了岳林。

岳林一步一步地摸進去。

看見了。

岳林笑，咯咯地笑。

◐◐◐◑◑◑

「恭喜裕帥！趙西來投降了！兵不血刃！」

「條件呢？」

「談，和左寶貴談。」

「你說呢？」

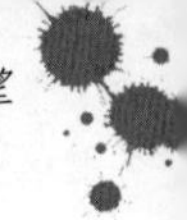

「左寶貴來只會礙事，要不……再耗他幾天！」

「他們好歹也有五百人……狗急跳牆，對咱們沒好處……去，叫左寶貴來！」

# 第三十四章．畜牲

惟此一時機最為可觀，亦最為有利。有志於亞細亞大局者豈能於此間無所作為乎哉？此時若有非凡之士，起於草澤之間，以大義名分明示天下，誠心誠意代天行道，普救蒼生，乘機而起，覺羅氏之天下不知所歸也。

「爹！」岳冬終於醒來。環顧四周，再不是那間親切溫暖的小木屋，而是一間西式病房。

是司督閣的小醫院。

爹，沒有了。母親，沒有了。弟弟，也不在了。究竟，這是不是一場夢？

岳冬感到一人正伏在床邊，低頭一看，正是自己朝思暮想的心蘭！

心蘭睡眼惺忪地睜開眼，見岳冬終於醒來，忙將他一抱入懷。

岳冬多少年都想將心蘭一抱入懷，但現在被她抱著，卻沒有半點欣喜。畢竟，他的記憶還停留在那小木屋那裡。

「對不起……」蘭兒嗚咽地說。

「幹嘛了？」岳冬終於回過神來，緩緩地提起手，摟著她。

「是我……是我差點把你害死了……」心蘭這多個月來的自責，一下子和淚水一起傾瀉而出。

岳冬淡然地笑了笑：「沒事了，我現在不是好好的嗎？」

然而心蘭的哭聲還是沒有止住：「……爹說你死了……我真的以為……真的以為我這輩子再也見不到你了……」

「說我死了？」岳冬扶著心蘭的臂膀，不明所以地看著她。

「……他想把我嫁給蘇明亮……但我寧死也沒有答應……」

岳冬再沒做聲，只是出神地看著心蘭。

他當然猜到，自己快要去朝鮮，若將蘭兒許配給自己，若自己有什麼三長兩短，蘭兒可就成了寡婦了。而蘇明亮才貌出眾，且會經營生意，確實比自己穩重可靠得多，蘭兒嫁給他，左叔叔自然安心，還未說自己是朝廷欽犯的兒子，也不知會不會連累蘭兒……然而左叔叔故意安排自己進去韓家屯……那是想讓自己和父親團聚，還是……

想到此，岳冬不禁打了個寒噤。他不單為此想法而心寒，也為自己為何會覺得一個養活了自己十年的恩人有此想法而心寒。但他深知，心蘭可是左寶貴的命根子，他為了心蘭可以犧牲任何東西，而這，當然包括自己……

「幹嘛了你？」心蘭察覺到岳冬神色有異。

岳冬像是想到了什麼，突然下床道：「我要找左叔叔……我要找左叔叔去！」

「他一大早就被裕帥召去了韓家屯了！」

「韓家屯？！」岳冬停住，驚異地看著心蘭。

「聽說……是去勸降……」心蘭似乎也被岳冬這反應所嚇著。

岳冬的目光了離開心蘭，雙目放空，臉色一下子也蒼白起來，他彷彿感到，自己最不想看見的一幕，即將降臨。

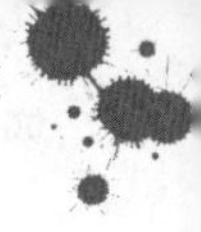

◐ ◐ ◐ ◑ ◑ ◑

烏雲密佈。黑壓壓的雲層欲壓下來，像是要把地上所有人悶死。

韓家屯裡。左寶貴看了看頭頂上的烏雲，心情更是壓抑。

左寶貴正和幾個他的親兵騎著馬，緩緩地沿著韓家屯的大道往山寨走去。

兩旁跪著的盡是有氣沒力的百姓。但見有官兵來都張開燈籠般大的眼睛，仰著頭盯著，又盯著馬匹，咽著不停分泌的唾液，仿佛那就是食物。

左寶貴受不了他們這眼神，自己下了馬，又命部下下馬。

此時一個村民實在忍不住，奮起衝上前一刀插進其中一匹馬的脖子！用力一拉，鮮血頓時四濺！

「你幹什麼？！」那親兵震驚，見那人又再舉起刀，馬上上前阻止那人。

那馬受了重創，正想奮力逃跑，但四周上百個村民頓時蜂擁而上，紛紛拿出早已收藏好的利器爭相割那匹馬的肉，那馬不用片刻便倒了下去。

混亂中其他馬匹爭相逃脫，但終被其他人捕殺，下場也是一樣。

左寶貴一行人從好不容易從人群中抽身。

看著人們都瘋了似的在分馬肉，內臟也不放過，分到的都鮮血淋漓，急急忙忙地離去，久經沙場的左寶貴也難掩驚恐之狀。

◐ ◐ ◐ ◑ ◑ ◑

好不容易左寶貴來到了岳林住的小木屋。親兵都被命令在門口看守。岳林也不讓他的兄弟進來。

「慚愧……」左寶貴像是心有餘悸。

灰暗的木屋裡就只有他們倆。兩人對坐著，中間是個破舊的茶几。

左寶貴雙手擱膝，坐直了腰。岳林則靠在椅背，彎腰坐著，雙手擱在扶手上，頭側向一邊垂下，臉色蒼白，目不轉睛地盯著茶几，蒼蠅飛過睫毛也沒有眨眼，恍如一具死屍。要不是進門時他看了左寶貴一眼，左寶貴真以為他已經死了。

左寶貴說話後岳林一直沒有答話，也沒有動。左寶貴深知岳林已經心力交瘁，也沒計較，低下頭耐心地等候岳林的反應。

「告訴我……」半晌岳林終於開腔，像是死人在說話：「為什麼天底下，畜牲這麼多，人，這麼少？」

左寶貴想了片刻，猜到岳林指的「畜牲」是什麼，心情更是沉重：「因為人都死得早……都被畜牲吃了。」

岳林的目光終於移往別處，僵硬地點了點頭，呆了半晌，又問：「那……為什麼，人，總是被畜牲吃掉呢？」

這回左寶貴不懂回答，直愣愣地看著岳林。

聽不見答案，岳林開始獰笑：「……不就是因為畜牲實在太多，人太少嗎？」這時坐直了腰，身子前傾，離左寶貴的臉只有一尺，瞪大那佈滿血絲的雙眼說：「你不是畜牲，你能活下去嗎？」話畢更瘋瘋癲癲地笑，身子笑得抽動起來，慢慢地靠回椅背。

岳林的笑聲很大，大得連門外的人也感奇怪。

左寶貴凝視著岳林良久。他仿佛感受到自己的心跳，全身的皮膚也不自覺地起慄。他想起剛才在村口看見村民瘋狂的，血腥的一幕，感受到這三個多月來韓家屯是怎樣的一個人間煉獄……這時左寶貴微微頷首，有意無意地放眼窗外那片漆黑的大地。

風，颼颼地吹。時像野獸在嚎叫，又時像哀鴻遍野。

笑累了，岳林停了下來喘息，仰頭閉上眼睛，淡淡道：「就我的頭，行不？」

「難。」

「他說了算？」

「他說了算。」

「我同情你。」

「你挖苦我嗎？」

「不。」

「你是我會怎麼做？」

「他說了算。」

兩人相互苦笑。

岳林又說：「欽犯，就十幾人。十幾個頭，換幾百個兄弟和家人的命，行不？」

左寶貴沒有回話，也避開岳林的目光。

突然「砰」的一聲巨響，岳林怒拍一下茶几站了起來。

門外的人也馬上手執武器，窺看裡邊的動靜。

左寶貴卻不動如山，眼睛往下看著茶几。

「你知不知道……」岳林怒道：「不是我們想把你們當敵人看，是你們逼著我們把你們當敵人看！」

只聽得左寶貴平靜地說：「你知道，他說可以，你是不是就信了？你又為什麼要我來，而不是直接跟他說了？」

岳林深深地呼吸著，說不出話。

左寶貴繼續道：「他等了三個多月了，連我也瞞住，我想，他不會殺十幾個人就走的……」

岳林的拳頭慢慢放鬆，怒氣漸去，隨之而來的卻是無盡的悲慟和無奈。

這時左寶貴也難掩感慨：「我只能說，我會盡我所能……保其他人一命。」話畢抬頭看著岳林。

岳林仰頭閉目，恨不得馬上自刎奉上人頭，好讓儘快了結自己的痛苦。

未幾，岳林突然跪下。

左寶貴意想不到，馬上站起欲扶他起來。

只見岳林低著頭，絕望道：「想不到，我死前……還是和他們一樣……跪著……」

門外的兄弟聽見都替老大難堪，紛紛落淚。

看著一個昂藏七尺的漢子，一個叱吒一時的人物，如今如此卑微地跪在自己跟前哀求，左寶貴也很是揪心，眼睛也湧上了一層潮濕，脫下官帽，雙手緊緊地握著岳林的雙臂說：「我是個人！」

# 第三十五章　雨幕

還記得初到韓家屯，是趙西來把當地無惡不作的旗兵殺了。那晚村民又燒鞭炮，又烹牛宰羊，以酬謝各位。正當眾人皆歡天喜地，唯趙西來在木屋內獨自惆悵。吾問其因，伊說：「有何值得高興？我真想他們對我生恨，亦不要一絲感激。」

雨下了。

官兵進村，持槍押解著幾百個放下武器的趙西來部下。一大群人沿著韓家屯大道從山寨往村口方向走去。人群中有十幾輛鋪著白布的板車。白布，都染了血。

兩旁的村民知道一切都結束了，開始恢復了理智，也流露出惋惜之情。雖然這幾個月來他們每天都在盼趙西來投降，也曾經將一切的罪責都推給了趙西來，但現在看著他們的屍首，又不禁緬懷當初他們如何幫自己趕走這兒的贓官和土豪。

沒人打傘。仿佛陪著趙西來一同淋雨算是唯一的哀悼。

左寶貴走在人群的前端，一臉凝重。

一路走去，前面黑壓壓的村民都自覺地讓出一條道來，默默地看著那十幾輛鋪上白布的板車。

看著村民的表情，左寶貴更確定趙西來是一個什麼樣的人。

我死後……百姓也會這樣待我嗎？

◐ ◐ ◐ ◑ ◑ ◑

雨越下越大，四周白茫茫一片。好不容易走出了韓家屯。蒼茫的雨幕中，漸漸浮現出黑壓壓的一片人海。

勝旗招展。中間有一頂大帳篷，下面赫然坐著一人。

是裕康。

光著額頭，身穿藍寧綢袍子，天青緞馬褂，腳下粉底烏靴，腰間是羊脂玉螭虎龍的扣帶，裕康還未等左寶貴到來，在遠處看見他便立刻上前。身邊的隨從連忙跟上為其打傘，但裕康見左寶貴早就被大雨淋到

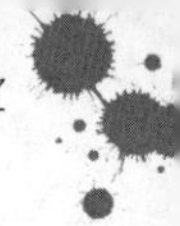

濕透了，忙命那人回去。

左寶貴上前單膝跪下稟告：「所有欽犯均已愧疚自殺，請裕帥查驗！」

「快起！」裕康扶起左寶貴說：「辛苦你了冠亭！」

「裕帥言重！」左寶貴命部下們把十幾輛板車推上來。

此時趙西來的部下已被官兵包圍。奉軍更奉命搬來了剛從美國購置的兩挺加特林機槍。槍口都對準那些雙手抱頭蹲著，手無寸鐵的人們。

韓家屯村口則盡是圍觀的村民。

裕康沒多看眼前十幾輛的板車，反而一直盯著遠處幾百個趙西來的部下。

左寶貴見狀說：「其餘共犯只是誤信趙西來的讒言，現在皆愧疚萬分，望裕帥能從寬處置！」

裕康頓了頓，蹙額問：「他們的家眷呢？」

「親人……」左寶貴強作鎮定：「應該沒有帶在身邊。他們四處流浪，攜帶家眷極為不便。」

「你……確定？」裕康盯著左寶貴。

「不確定。」左寶貴低下了頭。

「搜。」裕康不鹹不淡地跟身旁的一個軍官說，然後轉身和左寶貴一同回去身後的帳篷。

一個滿洲兵在人群中抓到老村長，揪著他大喊：「誰是趙西來的人？說！」

老村長被嚇得說不出話，下巴抖個不停。

那滿洲兵不耐煩，把他扔到地上去：「死老頭！敬酒不喝喝罰酒！信不信我砍了你？」

見老村長被欺負，韓家屯的村民都敢怒不敢言，兩三個勇敢的村民欲上前攙扶也被其他的滿洲兵阻攔。

左寶貴在遠處看見，扭頭對裕康說：「不能這樣對待百姓！」

裕康點了點頭，跟身邊的隨從說：「去！跟他說，對待老人，要恭恭敬敬，好聲好氣！不然賞他五十鞭！」隨從應了聲，策馬過去向那滿洲兵交代。

那滿洲兵收到裕康的指令，心有不忿，回頭看了看遠處的裕康和左寶貴，壓著怒氣對老村長說：「指出來，大家都好過！」

老村長看了看身後的滿洲兵，又看了看眼前眾人，始終不想指出任何人。

滿洲兵見老村長不就範，靠近他說：「你幫著他們幹嘛？要是咱們不知道，那就只好寧枉勿縱了，到時候你可別怨我！」又道：「你別以為有左回子在這兒你們就沒事，你也看見了，這裡可沒他說話的份兒！」

老村長彎著腰，手和下巴都抖著，實在沒辦法，大雨下吃力地走到趙西來帶來的人前面，抬頭看了看，指了一下，又滿懷愧疚地低下頭，未幾那人便被其他滿洲兵拉走。

趙西來的兄弟距離韓家屯那邊很遠，不知道發生什麼事。但見一個一個老大和其他死去兄弟的親人，還有自己的親人被拉出來，每個人都站起來欲衝過去，激動地嚷著：「左寶貴你騙人！」「你說過放過她們的！」「放開她們！」「狗官！」

一場騷亂馬上爆發，上千官兵極力攔著！

左寶貴忙跟裕帥說：「裕帥！禍不及妻兒！」

裕康則語重心長地說：「冠亭呀……我知道你仁慈，但趙西來他們為朝廷重犯，罪該連坐……你，救不了她們的……」

這時老村長走近一個年輕女子。

那女子神色恍惚，不停地搖頭，嘴裡念叨念叨的，無論多麼的不願意，老村長還是抬頭看著自己，說了聲：「她……」

「老村長！」

兩個官兵上前把那女子架走。那女子極力掙扎道：「老村長！……我住在韓家屯的！我一直都住在韓家屯的！……」然而聲音卻越來越小。

一個婦女被帶走，也故意不看身旁的孩子，但孩子還是大喊：「娘！」官兵聽見也二話不說的把那孩子帶走了。

人心惶惶。餘下的婦女都悄悄地將孩子托給韓家屯的村民帶離身旁，而村民無不樂意幫忙，也早忘了自己曾經抱怨過她們。

趙西來的妻子王氏早已把岳逢交給了一個在韓家屯認識的婦人。此時老村長剛剛經過了那婦人，王氏稍為安心，而老村長也沒有指出任何孩童。但當那婦人正拖著岳逢離開時，卻被一個官兵攔著。

「這孩子是誰的？」

「我的。」

那官兵沒懷疑，讓她過去。

岳逢卻說：「你不是我娘！」

雨，還是嘩啦嘩啦地下著。

王氏看著，看著官兵搶走了自己的孩子。失望，但不傷心。畢竟，從趙西來自殺的那一刻開始，她的心早就死了。

還未等老村長過來，王氏已經走出了人群。身旁的人見狀馬上低聲說：「夫人！」然而王氏毫不理會，往被拉走的人群處走去。

所有人都意想不到，官兵們也面面相覷。

只見王氏一直走到岳逢身旁，抱起他，微笑地哄著。

其他人看見夫人在此刻還能如此從容，無不感到慚愧，也稍感寬慰。

看著一個一個婦女孩童被抽出來，左寶貴呼吸和思緒都漸趨紊亂。他當然知道，按照大清律例來處置她們，最多不過是為奴為婢，哪怕是受盡凌辱。然而近四十年的戎馬生涯和官場歷練告訴他，這，只能是個幻想。

「啟稟裕帥！共搜出趙西來等人親屬共一百四十七人。」過了良久，一官兵跑來向裕康報告說。

左寶貴抬起頭看著裕康，只見他一聲不發，隔著雨幕眺望著遠處的人群，抹了一鼻子茶葉末色的鼻煙，又玩弄著拇指上的白玉板指。過了一會，左寶貴終於按捺不住問：「裕帥……打算如何處置？」

裕康還是出神地看著白茫茫的遠方，淡然道：「對他們仁慈，就是對自己不仁……」

# 第三十六章 死寂

西方有諺語云：「無知之民，受治於殘暴之政府」，便是此意。一國之殘暴，非全由暴君，暴吏之罪過，其根本還是人民之無知……法律之嚴厲或寬大，完全隨著人民品行之高低而定。

「不！」左寶貴知道裕康果真想殺人滅口，忙道：「對他們仁慈，就是對自己仁慈！」

「那是你而已。」裕康的頭稍稍往後。

左寶貴一時回答不了。

裕康深深地歎了一口寒氣，目光落在更遠處的韓家屯的村民上，繼續說：「你以為我真的不知道，他們有多恨我嗎？你以為我真的不知道，他們每殺一個官兒，百姓就多放一串鞭炮嗎？……」這時裕康轉身看著左寶貴，失笑道：「事已至此，何談仁慈？」

左寶貴默然地看著裕康，想不到他竟然是看得如此透徹。

裕康開始邁開腳步，背負雙手，目光在地的慢慢踱著：「我知道，你來了奉天後當了活菩薩，建了同善堂，深得民心，這，我十分敬佩……但，一將功成萬骨枯，你也別忘了，你頭上的頂子，是被什麼東西染紅的……」話畢剛好停在左寶貴跟前看著他。

左寶貴怔住了。近年越來越強的罪孽感此時再次鞭撻他日益衰老的心田。的確，他殺的人絕不會比裕康少。從投奔江南大營開始，他就記不清自己到底殺過多少人。初時還是因為缺糧而被逼殺降，後來就是為報復或震懾敵人，到最後就是無意識地殺降，以至他們的家眷，以至幫助過敵人的百姓……

無數多年來揮之不去的陰霾此刻又排山倒海般侵襲左寶貴的腦海。他仿佛嗅到嗆鼻的血腥味兒。一臉的不是雨水，而是人血。聽見的是讓人毛骨悚然的慘叫。眼前日月無光，一片慘淡。他不知時日，也不知身在何方。多少次，他更希望自己是一頭野獸，好讓自己的良心好受一些。多少次，他在夜裡獨自向著西方朝拜，潸然地向他的阿拉懺悔。多少次，他跟自己說，他要一人之下萬人之上，好讓自己不用再違背良

心，也好讓自己有能力去阻止這些人世間悲劇……

裕康轉過身，放眼被挾持的人們說：「放了，以後就沒人聽咱們的了，都聽下一個趙西來嘍！」

左寶貴像是對裕康最後這句話有所感覺，回過神來，顫著嘴唇說：「那咱們就得想想，為什麼他們只聽趙西來而不聽咱們！」

裕康回過頭來，先是冷笑一聲：「誰不知道？誰不知道？！」然後搖頭瞪目：「但不是現在！」

「左回子你騙人！」「放了她們！」趙西來的部下見自己的親人都被官兵抓了出來，但久沒動靜，只見大帳篷下兩個大官在竊竊私語，像是不祥之兆，現在又開始騷動起來。

裕康豎起指頭，繼續道：「山西，趙西來的兄弟老四陳凱平的老巢兒，一千人。山東老六嚴嵩，兩千人。福建岳達貴，三千多……」這時顯得有點感慨：「這兒，不多的了……包庇欽犯的韓家屯村民，可以沒事。這，是我可以做的了。」

左寶貴凝視著裕康，屏住呼吸。他萬想不到，各地趙西來的勢力已經紛紛遭到剿滅，還要是趕盡殺絕，不留活口的剿滅，而自己這個號稱一品大員竟然懵然不知！

見左寶貴沒再說話，裕康跟身旁一個正白旗軍官使個眼色，那軍官便步出帳篷，走向不遠處的一匹馬。

左寶貴見狀忙攥著裕康的手：「裕帥！平民不能殺！」

只見裕康卻不慍不火地撥開左寶貴的手，也沒看左寶貴，淡然道：「他們不是平民，是趙逆的人，都是賊……」

左寶貴此刻只覺渾身血燙，一股說不出的痛蟠結在胸。他捏緊拳頭，睜著充滿紅筋的兩眼，盯著裕康，壓抑著體內翻騰著的怒氣，說：「你怎麼確定她們都是趙逆的人呢？」

裕康見左寶貴始終要和自己對著幹，也開始怒目而視。

左寶貴見那軍官正策馬往人群那奔去，也沒再理會裕康，二話不說一躍上馬，衝了出去。

命令下達了。四周的官兵開始重新列隊，包圍上百個被抓出來的老弱婦孺，又紛紛上膛，而一直包圍趙西來部下的奉軍再次把槍口對準眼前的人們。

「狗官！」「放人！」「畜牲！」「你們不得好死！」趙西來的兄弟和官兵激烈地推撞。

「砰！」看守的奉軍官兵沒有得到命令，故不敢向他們開槍，只好鳴槍示警，然而還是沒有作用。

這時左寶貴衝到人群前邊，隔著大雨對眾人扯著嗓子大喊：「你們都不是趙西來他們的親人吧！？」見眾人沒反應，又喊：「不是趙西來他們的親人，出來！立刻放行！」

趙西來的部下見可能有轉機，此時稍微靜了下來。

四圍的官兵見左寶貴這麼說，紛紛看著自己的軍官，手足無措。但軍官也不敢貿然行事，邊看著左寶貴，邊看著遠處的裕康，看看他有沒有命令。

「只要你們說，不認識趙西來，不是他們的親人，立刻放行！」左寶貴的聲音已經嘶嗄。他實在不想再看到悲劇重演。時間和感情此時已逼得這個久經沙場的老將喪失了理智，也沒去細想這是否就能讓裕帥善罷甘休。

這時一個女子步出：「我！……我不認識趙西來！……我不認識他們！」正是剛才那個喊自己是住在韓家屯的女子。

「我……我也不認識他們，也不認識趙西來……」接著也有幾個婦女帶著孩子步出。

但更多的人選擇沉默。畢竟她們的親人不是已經跟著趙西來自殺，就是在遠處被官兵包圍著。而她們都清楚，他們的下場只能像趙西來一樣。

丈夫死了，兒子死了，父親死了，恩人死了，一個人留在這樣的一個世界還有什麼意義？還要先當著眾人的面說不認自己的親人？當初不是因為趙西來自己才倖免於難嗎？現在又怎麼可以當著眾人說不認識這恩人？

「說呀！」「快說呀！」兄弟們看到有一線生機，都力竭聲嘶地對她們大喊。

「說呀……」左寶貴不斷掃視眾人，渴望再有人走出來。

然而她們都已經死心。一些婦女們開始抱起了孩子，哄著。一些怕的則抽泣著，一些則淚眼看著遠方的親人，微笑著……

那正白旗軍官此時看到裕康提高右手，迂緩地往下一擺，知道命令已下，也沒理會左寶貴，大聲對官

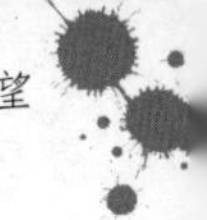

兵喊：「殺！」

「砰……」幾百個官兵頓時對人群亂槍掃射，另一邊廂幾百個奉軍也同時對趙西來的部下開火。

「不！」左寶貴絕望地嘶喊著。

看著婦女、老人、孩子一個一個倒在血泊上，那一刻，整個世界彷彿陷入一片死寂。槍聲、喊聲、雨聲、雷聲……什麼聲音都擠不進他的耳朵。

但隨即而來的卻是震耳欲聾的喊聲，如萬頭野獸在廣闊的原野上瘋狂吼叫！

聲音在整個山谷裡迴盪著，如天崩地裂。

幾百個趙西來的部下剎那間獸性大發，赤手空拳猛衝向眼前正在向他們射擊的奉軍官兵！

用口咬。用手撕。

眼裡滿是血絲。身體亦再沒有知覺。

前排的奉軍很快就被衝散。看著幾百頭「野獸」從山坡上猛衝下來，早就接到裕康命令的慕奇立刻下令控制加特林機槍的勇兵們開火。

旁邊的奉軍也紛紛舉槍射擊。

面對每分鐘三百五十發的加特林機槍和數百支洋槍，趙西來的部下再也無能為力，衝在最前的一個也倒在機槍數十步前。

該倒下的，都倒下了，包括當初說過自己不認識趙西來的人。

一切，韓家屯的人都看在眼裡，也清楚自己往後該怎麼樣活下去。

「我求你……救救她們！」趙西來臨死前那卑微的哀求聲猶在耳邊，左寶貴此刻睜大那茫然的雙目，看著眼前被蓋上一層屍體的赤色平原。

欲哭無淚。

# 第三十七章　無悔

傍晚。四周一片陰霾。

雨，還是不願意停下。

岳冬和心蘭一直在左府的轅門候著。之前岳冬擔心父親的安危，死也要去韓家屯，但被心蘭和司大夫力勸，沒轍的司大夫見岳冬激動異常，最後便給他打了一針，岳冬沒多久就睡著了。岳冬醒來見已經入夜，又聽見左寶貴正在回來，便只好在左府候著。

「別擔心……」見岳冬忐忑不安地眺望遠方，心蘭主動上前牽著岳冬的衣袖。

岳冬扭頭看了看心蘭，輕輕點頭，也緊緊握著她的手。

等了許久，終於看見左寶貴的馬隊。

岳冬按捺不住，也不理滂沱大雨，一下子便衝了出去。

「岳冬！」心蘭見狀也立刻跟上。

岳冬一口氣跑到左寶貴的馬前，抬頭睜大雙目，焦點都放到左寶貴的嘴巴上，焦灼萬分地等待著父親的下落。

心蘭這時也趕至，氣喘吁吁的，挽著岳冬的手臂，蹙著細淡的修眉看著父親，心裡打鼓地靜待其開口。

左寶貴停了下來，低頭看著兩人，看著女兒挽著岳冬的手臂……

◐◐◐◑◑◑

夜幕降下，然而大雨和閃電卻使得黑夜猶如白晝。

雷霹靂巴拉地打著，像是要把天空劈成兩半。

「放我出去！放我出去！」「砰砰砰……」心蘭力竭聲嘶地叫喊著，又不停地拍打房門。

但楊大媽早已把門鎖了。

「爹！我不要嫁給明亮！我不要嫁給明亮呀……」

楊大媽一臉為難地看了看身後的左寶貴，只見他還是木然地看著房門，抖動的呼吸聲清晰可聽。

◐◐◐◑◑◑

「我找到他的……我真的找到他的！」

烏燈黑火的教堂裡只剩下岳冬和司督閣兩人。

「轟……」雷聲使得教堂四周的玻璃也為之震動。

「……我不止找到爹，我還找到我後母……還有我弟弟……我原來有個弟弟呀！……我弟弟很可愛的呀！……」這時岳冬已經瘋瘋癲癲的，捏著身旁司督閣的大腿。

此時的司督閣也說不了什麼，只是手搭岳冬的肩膀，揪心地看著他。

「……十多年了……我找了十多年了！……為什麼……為什麼會這樣呀？……既然如此……又何必讓咱們重逢呀！……這不是當咱們猴兒般耍嗎？！」岳冬仰起臉兩眼模糊的看著司督閣，詰問著。

「孩子……神……是愛你的……」司督閣不懂如何回答，想了許久，還是說出這句話來，但自己聽後也自覺慚愧。

「愛我？……」岳冬看著司督閣，又哭又笑地大喊：「愛我！？哈哈……愛我呀……」然後繼續放聲號啕。

此時一個閃電讓眼前這色彩斑斕的大玻璃綻放出了五光十色的光芒。

「轟……」

岳冬緩緩地抬頭，看著玻璃前那耶穌受難像，喃喃自語，搖著頭說：「……壓根沒有這個神……壓根就沒有這個神……我不會再信祂的……」

司督閣見狀萬分痛心。

岳冬慢慢站起來，狠狠地盯著耶穌像，手抖顫地指著，泣血捶膺，撕心裂肺地怒喊：

「我不會再信祂的！」

◐ ◐ ◐ ◑ ◑ ◑

天地為愁，草木淒悲。

哭聲不止從東大街的耶教教堂傳來，也從太陽溝的清真寺傳來。

左寶貴一人跪在大堂的中央，身體向前俯拜。額頭緊貼在地上。身體在抖顫著。

他已經忘記這是他第幾次這樣懺悔了。

這幾十年來，三個和他一起從軍的親兄弟都相繼戰死了，十八年前妻子因為生蘭兒也死了，而三年前自己唯一的親生兒子也戰死了！雖然他極力地安慰自己，這一切都是阿拉安排好的前定，而他們死後都能在美好的天園裡無憂無慮地生活，然而每當像現在這樣懺悔的時候，他又不能不感到，這就是阿拉對自己犯下的罪孽所作出的懲罰！但他又多少次質問，如果這是對自己的懲罰，為何不是報在自己身上？直到前些年武蘭離開，老來喪子的他再次嘗到親人離開那種錐心之痛時，他漸漸覺得，對一個人最大的懲罰，莫過於讓他看著自己身邊親愛的人一個一個地離開，即便他是如何懺悔，即便他是如何行善，即便他已經到了風燭殘年之時……

◐　◐　◐　◑　◑　◑

三兒和黑子冒著大雨急急忙忙地從教堂跑去左府。黑子助三兒翻過了牆，三兒又偷偷地跑到心蘭的房間前。

「咯咯咯……」三兒跪在地上敲門，東張西望地隔著門說：「蘭兒！蘭兒！三兒哪！」

心蘭聽見是三兒，忙撲到房門前問：「怎樣？」

「他……他說……」三兒支吾半晌也說不出話來。

「說呀！」心蘭急得快哭出來。

「他說……跟他沒關係……」三兒一臉無奈。

「怎麼跟他沒關係……」心蘭先是茫然地說著，然後激動地喊：「怎麼跟他沒關係？！我明天可要嫁人了！」

「我也跟他這麼說呀……但他哭得不省人事，又學人家喝酒，什麼也聽不進去了！」

心蘭下巴抖顫著，站立不穩，慢慢地順著房門坐了下來。

聽不見回應，三兒低聲喊了聲：「蘭兒！沒事吧你？蘭兒！……」

心蘭累得說不出話，頭靠著房門，呆呆地看著上方那唯一一扇沒有被鎖上的窗。

把凳子搬到床上，小心翼翼地爬上凳子上，又抓住那扇窗下方的窗框，心蘭踮起腳奮力拉自己上去。身子靠在窗框上，心蘭看了看下邊差不多有一丈高，也顧不了害怕，咬緊牙關一跳，落地不穩，重重地摔在地上那泥窪子上。

腳跟扭傷了，滿身骯髒，但還是奮力爬起，大雨下忍著痛一拐一拐地從後門離開。

去醫院。

到了。進去。

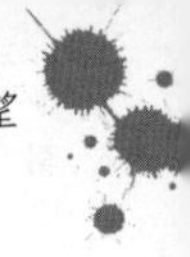

摸黑走著。沿路都是雨水和泥巴。

找到岳冬的房間。

心蘭悄悄把門打開。白光從前方的窗戶射進，兩扇窗打開著，窗外是一片瀑布。

只見岳冬就坐在窗旁那床上，呆呆地玩弄著手上兩個布袋。從不喝酒的他，旁邊卻放著兩三個酒瓶。酒氣瀰漫。

此時感覺門口站著人，岳冬終於抬起頭來。

心蘭滿身污泥，渾身濕透。雨水，不停地從秀髮滴下。

岳冬就是看著，臉紅耳赤地看著。

心蘭腳步蹣跚地上前，呆了半晌，見岳冬始終不說一話，開腔說：「我明天要嫁給蘇明亮了。」表面雖是平靜，但背後那怨恨之情已滲透在每一個字裡。

岳冬愕著，然後迷迷糊糊，傻傻地笑了笑：「恭喜……恭喜啊……」

心蘭的心被撕開了似的，但仍盡最後的努力，強忍著自己的感情，啞著聲音說：「你捨得？」

岳冬見心蘭這表情，未敢再笑，也避開了其目光。

「你說的，還記得五年前下咱們十指緊扣跪在我爹前嗎？還記得下初雪的那晚，你從後摟著我，過說些什麼嗎？」兩眼模糊的心蘭走到岳冬的床邊，質問他。

岳冬扭頭看著心蘭，抖著嘴唇說：「你爹……你爹把我爹殺了……把我一家都殺了！」

「不是他幹的……」心蘭哭著爭辯。

「他自己說的！還有假的？！他連我也想殺呀！……我怎麼娶你？……我怎麼娶你呀？！」說著抱著雙腿，又再潸然淚下。

「不會！他只是想讓你們團聚！」

「我真的死在韓家屯，你不就死心了嗎？……如果不是我爹硬把我綁起抬出來，我早就回不來了！」

「不是這樣的……」心蘭回想父親自岳冬被送回來的神情，以及父親一直對自己幸福的執著，語氣就已經不自覺地軟了下來。

見岳冬泣不成聲，哭得像個孩子一樣，心蘭再說不出抗辯的話，揪心地看著他，緩緩坐到床邊，身體靠近岳冬，雙手抱著他的頭。而岳冬則伏在心蘭的懷裡放聲大哭。

電光閃進了陰晦的房間裡。看著岳冬眼簾半垂，一臉亂蓬蓬的散髮，兩腮下巴盡是頹唐的鬍渣，傷痛欲絕地哭著，鼻尖吊著長長的鼻涕，還有那臉上那蕭索的疤痕，心蘭知道岳冬已經盡力最大的努力，他不可能再為自己付出什麼了。

心蘭的手溫柔地撥開岳冬臉上的散髮，默默地看著他，柔聲輕說：「岳冬，你真心喜歡我嗎？」

聽見心蘭那煽情的聲音，岳冬淚眼看著她，下巴一抖一抖的：「……我當兵是為啥？不就是為了你嗎？！」

心蘭淒然一笑，抽了抽鼻子，貼到岳冬的臉上：「那就讓我替我爹贖罪吧！」

從來沒有吻過，但朝思暮想能親吻心蘭的岳冬，此刻感到的是一種慰藉，能讓自己暫時擺脫痛苦的慰藉。彷彿，這樣吻下去，待今晚過去後，一切都會好起來的。

吻著。哭著。

但，任憑自己怎樣嘗試墮入到欲望中去，但悲傷和良知總是把岳冬拉回到殘酷的現實中。

「不可以的……」岳冬把頭側到一邊去。

「什麼不可以？」心蘭頭輕輕地依著岳冬，急速地呼吸著。

「你爹說我已經死了，我就應該死了……我……我不可以害你一輩子！」從左叔叔一直對部下強調不可輕敵，到得悉日本擊沉了中國運兵船，再到左叔叔騙蘭兒說自己死了，要強逼她嫁給蘇明亮，岳冬早已猜到，左寶貴必定會帶自己去朝鮮，而且很可能是一去不返。

「不！」心蘭卻堅決地搖頭：「你不是說，我下輩子可能是頭牛嗎？你不是說，你下輩子可能是隻蟑螂嗎？我不知道下輩子還能不能再遇上你，我只知道，我這輩子要和你在一起……哪怕只是一晚！」說到此，心蘭也熱淚盈眶。

雨淅淅瀝瀝地打在窗外，如泣如訴。

岳冬呆呆地看著心蘭。這麼久了，從未想過她對自己的感情竟然是如此之深！如此之切！這既讓岳冬感動，也讓岳冬慚愧。

我對她的感情，又有沒有如此深切？

「我不想後悔一輩子呀！」心蘭生死存亡地說著。

這時岳冬跟著心蘭喃喃自語：「不後悔一輩子……不後悔一輩子！」說著抽了抽鼻子，毅然把心蘭一抱入懷，深深地吻著她……

# 第三十八章　娶妻

八月三日。雨。晨聞帝國卒向清廷宣戰！吾潛伏異邦二十年，非是為今日耶？敬閱天皇之詔書無數遍，為之激動，為之流涕。非心蘭之事未了，刻下吾已身披皇軍軍服於帝國擦槍磨刀矣！午則悉清廷向帝國宣戰，雙方詔書同為八月一日。如此湊巧，是否預示此戰意義之重大？

霹靂巴拉。

不是雷聲，是鞭炮聲。

雨終於停下。陽光也終於衝破了厚重的雲層。男女老幼，其中不乏洋人，都在蘇明亮的雜貨店門口圍觀著，好不熱鬧。

此時蘇明亮騎在一匹馬上，身穿著傳統中國的新郎服飾，一個大紅花球掛在胸前，正準備出發往左府迎娶心蘭。

鞭炮聲很大，四周的人都堵著耳朵，然而蘇明亮還是手執韁繩，呆呆地看著眼前的硝煙，像是聽不見任何聲音。

當然，他更不會注意到，曾經是紅顏知己的張斯懿，目下就在人群中默默地看著他。

喜興的鞭炮聲中，所有人臉上皆有笑容，除了他們二人。

「所有人都知道，她壓根就不想嫁給我……」蘇明亮回憶著之前和左寶貴的對話。

「我知道你為難……但要是你真的為她好，真的喜歡她，那就請你屈就一下，總有一天，她必定會回心轉意的！」左寶貴說。

「恭喜呀新郎哥！恭喜呀！」此時一人走上前向蘇明亮道賀，正是在電報局工作的岑小東。

「謝謝……」蘇明亮怔了怔，牽強地笑了笑，再呆半晌，不知怎的，蘇明亮隱隱覺得，牽強的不止是自己，還有眼前這個岑小東。

再環顧四周，所有人都像在議論紛紛，又像目光怪異地看著自己。他們在咕噥些什麼呢？他們是笑，但其笑容，仿佛又有點詭異，他們究竟在笑什麼呢？……

鞭炮聲剛落下，媒人婆便大聲喊：「吉時到！動身嘍！」

正當眾人欲動身時，兩個男人突然從人群中走到蘇明亮的面前，攔住了去路。

眾人皆看著兩人。

雖不認識他們，但很是臉熟，而且兩人一直默不作聲地盯著自己，蘇明亮隱隱覺得，是他來了。

◐　◐　◐　◑　◑　◑

「我不來，你真敢娶那個清國女子了……」

蘇明亮家。

蘇明亮的雜貨店是前鋪後居的。地方不大且陳舊，室內有不少的西洋擺設，中央放著一張一人座的西洋沙發。陽光僅從一扇狹小的窗戶鑽進，是以雖然外邊是陽光充沛，但室內還是陰陰沉沉的。

室內不止三個人，還有一個身穿西裝，頭戴西洋紳士帽子，拿著拐杖，約五十來歲的男人。剛才說話的就是他。

是日本話。

那人雖然身材矮小，但一臉嚴肅，留著發白的小

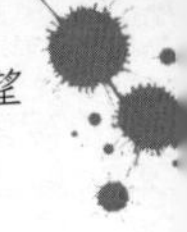

鬍子，雙眼炯炯有神，聲音鏗鏘有力，不怒而威。話說完後緩緩地坐在沙發上，雙手擱在手杖上。

蘇明亮像是在那兩人的監視下。此時的他，恭恭敬敬，低著頭，目視地上，身子微微前傾地站著。

「林大辮子、田老二都不是娶了清國女子嗎？」沉默良久，蘇明亮終於回話。聲音輕浮無力，與其平時自信的他可謂天壤之別。

那人冷哼一聲：「他們只視清國女子為玩物，而兩人目下都在本土了，聽說兩人的妻子知道他們的丈夫拋棄她們後都哭得死去活來，一人還好像上吊死了，你是否捨得讓你的紅顏知己落得如此慘淡的下場？」

蘇明亮的臉色開始發白：「我可以先娶了她，然後騙她我要回漢口一段時間，待有機會再和她相聚。」

「回去老家能不帶上新婚妻子嗎？」見蘇明亮回答不了，那人又從口袋拿出一張票：「船票都給你買好了，你就乖乖回去吧！」

「那……」蘇明亮很不願意地往船票看了一眼：「我就說我要去遠行，總之……一定有辦法的！」

那人開始不耐煩：「目下戰事急迫，時間無多了！我們已經因為你而浪費了不少時間了！」

「父親！」蘇明亮終於抬頭看著那人。

「就算你能回去，那之後呢？你騙得她一時，可騙不了她一世！她是左寶貴之女，要是她知道你是日本人，她必跟你恩斷義絕！」

「她可以永遠都不知道，也沒必要知道！」蘇明亮似乎早想過這一點，細起眼睛將其意圖和盤托出：「他日我帝國統治了四百餘州，我壓根就沒必要再蓄髮留辮，也沒必要一定居於本土。而時日一長，她和我，也不都是日本人嗎？」

那人沒想到蘇明亮想得如此長遠，也覺得此話不無道理，但就此讓自己的養子娶一清國女子終不能接受，把頭側向一邊，冷峭道：「你說的是很長遠的事情，我勸你還是打消這念頭。女人，回去我多多都可以給你！」

「父親！」蘇明亮一幅懇求的目光：「求你成全孩兒吧！」

那人不僅不為所動，更喪失耐性，一幅嚴父的威嚴如泰山般壓下：「即使我肯，你生父可不會肯！」

雙目利箭般射向蘇明亮，怒氣從鼻孔呼嘯而出。

蘇明亮目光頓時掉到地上去，面如土色，窒息之感如風拂面。然而，當想到刻下心蘭就在左府等待自己，而自己不單不敢離開房間，就連目光也不敢往上越過眼前那雙光鮮的皮鞋和旁邊那剛健有力的手杖，只能卑微地在殘破不堪的木地板上徘徊，蘇明亮既痛恨自己的怯懦，也痛恨義父對自己的專橫。

一輩子都是這樣，一輩子都是聽他的……自己想做什麼，要什麼，從來就是不能！因為一切都已經安排好了！自己的語言、自己的地方、自己的生活、自己的愛好、自己的朋友、自己的工作……現在還要是自己心愛的女人！

「為什麼你總是代替他說話？」寂靜中，蘇明亮終於說出十多年來也不敢說的話來：「他是個已死之人，你怎麼知道他的意願是什麼呢？」哪怕聲音還是有點抖顫，目光還是在地上。

那人完全想不到義子竟敢頂撞自己，怒不可遏，立刻站起來「啪」的一聲，狠狠地摑了蘇明亮一個耳光：「混蛋！」

蘇明亮的臉被打得側到一邊去。

「我和你爹是生死之交，我會不知道他意願？！」

「父親……」蘇明亮終於抬頭看著那人，眼眶藏著既害怕且傷心的淚水：「……你是怎麼認識母親的？……你是真心喜歡她的嗎？……當年你的父母，不也是反對你們成親嗎？」

那人沒想過蘇明亮竟會這樣反駁，一時間啞口無言。

此時蘇明亮跪下，雙手擱在大腿上，俯首哀求道：「對不起父親！我很感激你對我的養育之恩。但這麼多年了，我一直都是鬱鬱不歡……因為，因為我從來都不能追求自己喜歡的東西！……我想，我生父也不會希望，我一輩子都鬱鬱不歡吧！……父親，我從來都沒有求過你什麼，你就成全我這唯一的，可能是我這輩子唯一的請求吧！我實在不想在清國，也不想在我這輩子裡留下一個足以讓我痛苦一生的遺憾！」話畢恭敬地低頭。

和養子相處了這麼多年，自己從來都擺出一份嚴父的姿態，而他也順理成章地變得沉默寡言。現在見他真情流露，又想起昔日的友人，那人再沒有憤怒，

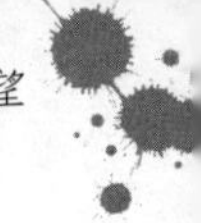

更顯得有點感觸，慢慢坐下，低頭默默地看著他，半晌深深地吸口氣，目光移向別處，輕輕點頭：「浦敬君啊……你的兒子……真像你啊……」

蘇明亮緩緩地抬起頭。

呆了片刻，那人探身下去，把船票遞給蘇明亮，雖然心情稍為平伏，卻難掩其無奈及痛惜：「最後一班回帝國的船明天下午三時開。你要是不來……就留下來做清國人吧！」

蘇明亮茫然地接過船票。手，一直在抖著。

◐ ◐ ◐ ◑ ◑ ◑

蘇明亮急忙步出雜貨店，喜見自己顧的人還在候著。

「爺您來了！趕緊出發吧！別錯過吉時！」媒人婆上前說。

「出發！」蘇明亮二話不說，一躍上馬。

嗶嗶叭叭傳統的婚樂奏了起來。四圍又馬上聚集了圍觀的途人。

一路走去，蘇明亮始終一臉陰沉，世界仿佛與他隔絕。他不得不思考之前一直在擔憂的問題——儘管是左寶貴請求自己在先，而心蘭也不是對自己毫無意思，但現在岳冬既然回來，心蘭必定只意屬岳冬。自己強和她成親，在外人看來就只會是一個強奪他人所好，強拆鴛鴦的卑鄙小人。但這些都是其次，以心蘭倔強的性子，看來絕不會逆來順受。她今晚會如何待自己？能洞房否？她會不會自殘甚或以死相脅？若翌日就要離去，她和岳冬私會怎麼辦？要告訴她多久才能回來和她相聚？……

想著想著，一行人很快就到了左府。

「新郎哥來嘍！」媒人婆高聲喊道。

蘇明亮見半晌也沒有人應門，便下馬走到大門前叩門：「砰砰砰……」

然而敲了許久還是沒有動靜。

蘇明亮尷尬地看了看身後眾人，只見眾人都睜大好奇的雙眼盯著自己。

# 第三十九章　斷髮

「日本少年向中國遠航，
一百五十人弦誦一堂。
若問吾輩何所思？
將見東亞萬里無雲乾坤朗。」

「開門哪！接親哪！」蘇明亮隱隱覺得不妥，使勁地敲門。

片刻終於聽到腳步聲，蘇明亮瞇起眼從門縫中看見楊大媽正往大門這裡趕來，稍微安心，從懷中拿出紅包。

但不知為什麼，楊大媽到了就是站在門口，不做聲，也不開門。

蘇明亮奇怪，把紅包往門裡塞：「快開門吧楊大媽！是我！我來接蘭兒啊！」

只聽得楊大媽為難地囁嚅說道：「蘇公子……很抱歉呀……你還是先回去吧！左軍門稍後會找你的了……」

「什麼事了？」果然出了事，蘇明亮大為緊張。

「你還是先回去吧……」

「你先開門再說吧？外邊的人都看著我哪！」

「真抱歉呀蘇公子，我真的不能開門哪！」

蘇明亮睜大雙目，眼珠子往下左搖右擺，也沒理會身後眾人的反應，馬上帶上迎親隊中的一人，往左府的後門跑去。

蘇明亮叫那人助自己翻過牆，見後院沒有人，偷偷地走到心蘭的房間，還是沒有人，便四處尋找。此時隱約聽見一下一下的聲音，仿佛是鐵鏈發出來的。

穿過洞門，蘇明亮看見左府的下人都圍在柴房一窗外，聲音就是從那邊傳來，此時還聽到女人的哭聲。蘇明亮一步一步上前，走到人們的身後，見人們都透過窗縫往裡邊看，蘇明亮也探身下去看。

此時身邊的人發現是蘇明亮，還要是穿著新郎服，無不打了個寒噤，但無一敢阻止他。

只見岳冬赤裸上身，雙手被鐵鏈鎖在牆上，左寶貴則一鞭一鞭，毫不留情地往他身上抽。

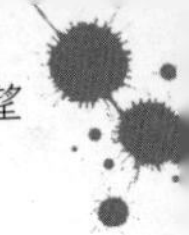

此時岳冬已經被鞭得皮開肉爛，身上鮮血淋漓。

「爹……不關他的事的……」心蘭坐在地上，雙手雙腳被綁，聲音已哭得嘶嗄。

這時左寶貴已沒有多少力氣，放下鞭，喘著氣，拔劍指著岳冬的咽喉，怒喊道：「你以為我就不敢殺你嗎？」眼睛裡佈滿血絲。

岳冬無話可說，只是閉上眼睛。他不知道昨晚自己的決定究竟是對是錯，他只知道，事情已經沒有回頭了，也甘願接受任何懲罰。

「爹！」心蘭見岳冬的脖子已經被割破流血，發瘋似的喊：「你殺了他……我馬上一頭撞牆死去！」心蘭身子往身邊的牆挪動一下，鳳眼圓睜地看著父親。

左寶貴凝視著女兒，心痛欲絕，但又無計可施，未幾眼前一黑，暈了過去。

嗶啷一聲，劍掉到地上去。

「爹……」心蘭愣著。

「老爺！」下人們也一窩蜂地衝進去扶著左寶貴。

「你……你這是……報仇嗎？……」左寶貴捂著胸口，口齒不清地說著，呼吸很是艱難，但眼還是往上盯著牆上的岳冬。

蘇明亮面無表情地愣著。他已猜到發生了什麼事了，腳步踉蹌地往後退了幾步，退到旁邊的一面牆上。

仰頭看著穹蒼，乘著涼風，蘇明亮拿起身後長長的辮子，從上往下輕輕地捋著。一節、兩節、三節、四節……一節一節的髮髻，見證著自己在中國的每一個年頭、每一點經歷、每一點辛酸……然而，就是再沒什麼東西值得自己留下了。

捋完了，蘇明亮從懷裡拿出匕首，毫不猶豫地把辮子割下。

◐　◐　◐　◐　◐　◐

在中國的最後一晚，蘇明亮決定去買醉。

這時已是農曆七月。這晚很悶熱，蘇明亮在大街喝得搖搖晃晃，大汗淋漓，邊走著邊對身邊的人罵罵咧咧：「清國豬！」

雖是中國話，但人們就是聽不明白，還以為是喊人名，也沒有人理他，只是見他披頭散髮，沒有辮子，多看兩眼而已。

晃晃酒瓶，底子也沒了，蘇明亮隨便往地上一扔，嗶啷一聲，磕磕碰碰地走到旁邊一酒館，拿起擺出來的酒二話不說地往嘴裡灌。

「嗨！你沒給錢哪！」老闆見狀馬上走出來欲搶過酒瓶。

蘇明亮不給，老闆喊人。片刻幾個人從店裡衝出來，把蘇明亮暴打一頓。

「別！」此時一個女子衝出，擋在躺在地上的蘇明亮身前：「酒錢我替他給！我替他給！」

是張斯懿。

眾人拿錢離去。

斯懿蹲下，抬起蘇明亮的頭。只見他辮子沒了，一頭散髮，迷迷糊糊的，呆呆地看著自己，想說話又說不出來。斯懿知道他想喊自己名字，但像是認不出自己，或是認得但忘了自己的名字吧！

斯懿心裡不好受，但也沒怪他，把其手臂放到自己的肩膀上，用力扶他起來，一步一步地把他扶著走。

蘇明亮的家尚遠，斯懿只好把他攙到自己家來。

斯懿的家就在她鋪子上層。好不容易把蘇明亮扶回來，摸黑經過賣西洋擺設的店鋪，再費勁地一級一級扶上那陡斜而殘舊的木樓梯，最後才把滿身污泥和汗臭的蘇明亮扔到自己的床上，然後點起了油燈。

暗淡的橙色油燈在房間的一角亮起。四面為漆上天藍色的木板牆，周圍都是西洋擺設：西洋的桌子、椅子、衣櫃、化妝台、床……還有一床的洋娃娃。麻雀雖小五臟俱全，然而地方比蘇明亮的房間還要狹小陳舊。

看似清新的天藍色，似乎是要遮蓋木板本身的脆弱。而一床的洋娃娃，則像是在掩飾背後的孤寂。

斯懿幫蘇明亮脫了鞋子，又脫掉骯髒的外衣。此時的斯懿也汗流浹背，見蘇明亮早已抱頭大睡，自己也脫了外衣，餘下那緊身的西洋胸衣，然後絞上一把毛巾，坐在床邊替蘇明亮擦臉。

毛巾，猶如斯懿的手溫柔地在蘇明亮的臉龐上擦著。斯懿默默地看著蘇明亮，想著和他一起的愉快經歷，想著他送自己東西，和自己一起郊遊，想著他如何逗自己笑，想著想著，終於想到了他拒絕自己的一幕。

我……是在盡朋友之宜嗎？

「蘭兒……蘭兒……」一臉酡紅的蘇明亮閉著眼

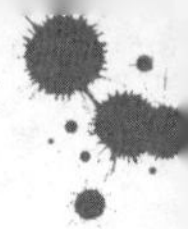

睛喊。

斯懿停了手。毛巾也慢慢地離開蘇明亮的臉龐。

實在……擦不下去了。

「蘭兒……」蘇明亮這時睜開眼睛，睡眼朦朧的。

斯懿怕蘇明亮看見自己只穿著胸衣，忙站起想欲穿回衣服，然而蘇明亮卻一手緊緊地捏住她的手腕：「蘭兒……我求你……別走哇！」

斯懿掙扎不開，紅著臉兒的手足無措。

「你不要走，好不好？我求你，別走……」

從來看他都是容光煥發，一臉自信，現在竟然像一個怕黑的小孩央著父母不要離去，斯懿的心一下子也軟了，安撫地應了句：「不走不走……」

蘇明亮聽見臉上露出了天真爛漫的微笑，過了片刻又說：「我明天要回老家了……你願意跟我一起回去嗎？」聽不見回答，又搖著斯懿的手：「不回去也可以……離開這兒，到一處沒人認識我們的地方，雙宿雙棲，什麼事都不理，永遠都不回來……好不好？」

斯懿淚眼看著蘇明亮，想了很久。不想說，但還是說了。

「好……」

「……永遠都不回來！」話畢淒然淚下。

「好呀！太好了！」蘇明亮喜出望外，笑容可掬，雀躍地把斯懿往自己身上拉，欲摟著她。

斯懿躲不及防，忙用手按著床欲撐住，但目光一掠過蘇明亮那雙眼睛，見他正目不轉睛地看著自己，臉蛋一下子就紅了，而動作也靜止下來。

四目交投。

對方的呼吸聲就在耳邊。

悶熱的房間裡，兩人的內衣早已濕透。斯懿的秀髮也黏到光滑的脖子和肩膀上。

雖然自身已是大汗淋漓，但不知怎的，對方火熱而濕透的身體，卻有著不能言說的魔力。

這一摟，誰也離不開誰。

呼吸，越來越急，也越來越重。

「你很美啊……」蘇明亮頭稍稍往上欲親斯懿。

斯懿的鼻息和她的下巴一樣，抖顫著。

對他來說是夢，對我來說，又何嘗不是？既然自己如何在現實掙扎，卻總是落得一個無奈，為何就不能讓自己沉醉於美夢之中？……哪怕是一晚！

斯懿欲拒還迎，胸脯慢慢地貼到蘇明亮的胸膛上。

兩人的嘴唇越貼越近，越貼越近……

◐　◐　◐　◑　◑　◑

和煦的陽光穿過了木制的百葉窗，射進了斯懿陰暗的房間裡，在地上留下如欄柵般的陰影。

蘇明亮張開了眼簾，看見一片天藍色，眼珠子往下則看見四周的西洋擺設，自己則躺著一床上，這時聽見旁邊有呼吸聲，扭頭一看，一個女子赫然背著自己睡著！

再翻開被子，自己和她竟然是裸著！

蘇明亮大吃一驚，手忙腳亂地穿回衣服。他認得，這是斯懿的房間，而那女子也確是斯懿無疑。猛地回想，就是想不起昨晚到底什麼時候碰見斯懿的，又是怎樣來到斯懿的房間，只記得昨日父親說過最後一班回日本的船就在今天下午三時開，看窗外的陽光像是正午已過，於是馬上找回陀錶，一看，已是差不多兩點鐘！

# 第四十章　道別

今日乃豺狼世界，完全不能以道理，信義交往。最緊要者，莫過於斷然進取之方略，謀求國運之隆盛……兵力不整之時，萬國公法絕不可信……既不足恃，亦不足守。

蘇明亮欲馬上離去，但走到門口又停了下來。心想，這一去也不知何時才能回來，斯懿以後怎麼辦？清國女子重貞操甚於性命，若就此離去，不就毀了她一生嗎？！自己良心又過得去嗎？但……自己又是否願意娶她為妻？自己喜歡的明明是蘭兒嘛！何況若她知道自己是日本人，欲帶她去日本，她又能否接受？……

無數個問題一下子在腦袋裡冒起，蘇明亮欲冷靜而不能，不停地在床前踱來踱去，額頭沁出豆大的汗

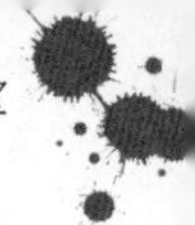

珠，而斯懿則一直在床上睡著。

這麼短的時間就要決定影響自己一生的大事，平時以冷靜見稱的蘇明亮也方寸大亂。

看著陀錶的秒針一下一下地擺動，再放眼遠處斯懿的背影，紊亂的呼吸中，蘇明亮最後選擇轉過身，讓斯懿消失於自己的視線內……

人，往往就是這樣決定了自己和別人的命運。人，走了。夢，也該醒了。

聽著蘇明亮急速的呼吸聲，又不斷地在床邊徘徊著，再到最後一切回歸寂靜，一種自己熟悉但厭倦的寂靜，早就醒來的斯懿再也受不了，閉上了眼睛，嘗試回到甜蜜的夢境中去，然而流下的淚水卻是依舊的苦澀。

◐ ◐ ◐ ◑ ◑ ◑

左府這晚格外明亮。府內外一排排的大紅燈籠，把夜空映得通紅。

「恭喜呀左軍門！……」「恭喜恭喜……」「先走了！……」「祝你凱旋而歸！」喜宴完了，人們如流水般從大門離去。

「謝謝……」「客氣……」「不送……」左寶貴則站在大門口疲憊地回應著，笑容又是多麼的僵硬。畢竟他今早才暈了過去，幸好有司督閣的及時急救以及自己的意志才勉強撐到現在。

岳冬和心蘭過了一晚的事沒幾個人知道，左府上下都嚴守秘密，畢竟這會影響心蘭的名聲。

但人們早就知道，左寶貴的女兒和養子是青梅竹馬，左寶貴也早有撮合兩人之意。當左寶貴在兵發朝鮮前決定把女兒許配給他人，大家都猜是左寶貴害怕自己和養子此行會有什麼不測。至於現在來到發現新郎哥又是原來左寶貴的養子，大多數人則猜測，是心蘭以死相挾的結果，這也解釋了為何左寶貴整晚對岳冬都是冷若冰霜，而兩人不是強顏歡笑，就是心事重重。也正因為此，人們也不知道該不該向左寶貴和岳冬道喜，一整個晚上吃喝都覺得特別的彆扭，而此刻不得不當著左寶貴的面離去則更甚。

「你老是這樣，你叫下面的人怎麼提起士氣為你賣命呢？」慕奇這時走到了門口。左寶貴看見終於有一個較熟的人擋著，暫時放下那虛偽的笑容，好讓臉皮休息一會。

慕奇從司大夫那兒知道心蘭和岳冬的事，也想不到事情會弄成這樣，也知道左寶貴已經心力交瘁。從韓家屯回來路上，慕奇一直忐忑不安，他也想幫左寶貴一把，但既然裕帥下了令，他就不能不這樣做。何況，既然那一刻趙西來的人已經發了狂向他們衝，他就更不能不下令放槍。然而，一想到堂堂的一品大員也只能在雨中無助地吶喊，就再也壓抑不住內心的愧疚和同情，所以在回程路上慕奇已經向左寶貴請罪。當然，萬念俱灰的左寶貴壓根就沒精力去想應該怪誰。

此刻慕奇見左寶貴唯唯諾諾，有氣沒力地點頭應著，一夜間好像老了好幾歲，心裡很不好受，便安慰說：「你別太擔心，我會看著蘭兒的。」作為老朋友，慕奇當然知道左寶貴最放不下的，就是心蘭。

「謝謝……」左寶貴說得很是誠懇，雖然始終提不起精神來。

「謝啥你？我可是看著她大的！」慕奇見身後的司督閣欲上前和左寶貴說話，便邁開腳步，拍了拍左寶貴的臂膀，邊去邊笑道：「等你回來官再升一級，到時候可別忘了老弟我啊！」

「當然……」左寶貴的笑容也稍微自然，也很安慰臨別前能和這個曾經一度和自己鬧得很僵的朋友和好如初。

「左軍門……」司督閣上前說：「切記要保重身體！朝鮮的戰事，還是要靠你的，別的事你就別太上心了，一切會好過來的。」其身邊站著妻子英格利斯。

「好的……」左寶貴輕輕點頭，抱拳說：「也拜託你了。」

司督閣知道他始終放不下蘭兒，心裡沉甸甸的，也不知再說什麼好，只應道：「你會回來的。」

左寶貴勉強地笑了笑，沒再說話。

司督閣捨不得左寶貴，在他跟前沉默片刻，要待妻子拉他才慢慢離去。

過了半晌迎來了特意從天津趕來的葉志超夫人。左寶貴上前說：「嫂子，實在抱歉！剛才沒機會跟你多聊。」

「別客氣，人多嘛。」葉夫人的精神沒比左寶貴好多少。

左寶貴心知她是在擔心葉志超。約兩個月前，葉志超奉命率蘆榆防軍去朝鮮助其朝廷彈壓東學黨，但去了沒幾天，日本就藉口要保護僑民而大舉派兵入朝，佔領了仁川，綁架了朝鮮國王，成立了親日的傀儡政府，對在一小縣城牙山駐紮的葉志超部虎視眈眈。

由於李鴻章始終對列強調停寄予厚望，加上千瘡百孔、捉襟見肘的清廷，在慈禧太后六十大壽下亦不想貿然啟釁，故對朝鮮增兵甚為消極。相反，日本總是裝著一副願意調停的姿態，千方百計留清廷於談判桌上，但暗地卻不斷增兵。至現在，在朝倭兵數目聽說已達葉部的一倍，其海軍更在豐島偷襲了中國赴朝的援兵，加上這幾天更傳來了牙山已經開仗的消息，一天好幾個傳言，而牙山位處漢城之南，海路難以接濟，北路援師尚遠，兵單處於絕地，故丈夫身為牙山統帥的葉夫人自然是焦灼萬分，獨處時更是以淚洗臉。

「嫂子，你別擔心，我一定會把曙青接回來！」

曙青是葉志超的字。

「謝謝你冠亭……你也別太擔心，剛才也沒跟你說，我會暫時在旅順住下，一來這裡經常有便船去東溝，我給曙青捎東西也方便，二來我也可以關照蘭兒。」

「謝謝你嫂子！」左寶貴聽見很是安慰。

「冠亭呀……」葉夫人接著說：「我不知道你和冬兒發生了什麼事兒，但我肯定，他到底是個好孩子……你就別太難為他吧！」畢竟，平常人也察覺到這喜宴的不妥，而這些年一直和左家聯繫甚密的葉夫人自然是十分憂心。

然而左寶貴心頭又泛起一陣傷痛，目光避開了葉夫人，只是略略點頭。

「那，我先走了。」葉夫人見狀也不敢再往下說了。畢竟她也猜到，在左寶貴看來，岳冬是把他的蘭兒毀了，而左寶貴明天就出征，目下必定近乎心力交瘁。

「好，嫂子保重！」

「你也保重！」

◐ ◐ ◐ ◑ ◑ ◑

所有人離開了，熱鬧的左府又變得冷清。

左寶貴回到大堂，疲憊地坐下。見下人們在收拾，左寶貴想自己冷靜一下，便叫他們先收拾大堂外的宴席。

岳冬一直在席上，心蘭在散席後就在新房裡等待岳冬。

此刻的岳冬一身新郎打扮，胸口掛了個大紅花球，身子靠在桌邊，雙目無神，臉色蒼白地看著地上。畢竟他今早才被左寶貴鞭得滿身都是傷口，雖然司督閣馬上為他療傷，但還是疼痛難當。當然，皮肉之苦遠遠不及內心之痛。父親死了，後母和弟弟也死了，現在連餘下把自己撫養成人的左叔叔也把自己當成仇人。

「你這是報仇嗎？！」左寶貴今早的那句話終日在岳冬的耳邊纏繞著。雖然是左寶貴親口承認是他殺了父親，但隨後身邊的人都紛紛說，而冷靜下來的岳冬也覺得，父親是被裕康親自帶兵圍捕，根本就難逃一死，而左叔叔這樣說，不過是希望自己放棄與蘭兒一起的權宜之計而已！岳冬也想到，哪怕他真想過自己永遠回不來，也不過是為了保護蘭兒而已！何況自己在韓家屯也是一心是要和父親赴死，左叔叔讓自己和父親相認，不就是成全尋父十多年的自己嗎？！這對誰來說其實都是好事！

這時岳冬再想到左叔叔那痛苦的表情，而把這個將自己撫養成人，但現在已經風燭殘年的恩人害成這樣的正是自己，此刻的岳冬心扉再也容不下一點仇恨，取而代之的是無限的愧疚。

此時楊建勝跑來說：「裕帥回電了！」

「說！」左寶貴的聲音嘶啞，一臉木然，也沒看楊建勝。

楊建勝見狀也不敢耽誤，打開一便條，面有難色地朗讀說：「現奉天大軍雲集，需糧甚多，雖經各軍設法購運，而去歲本省秋收甚歉，存糧無多，辦運過遠，腳費又複太昂，軍食攸關，亟須預為籌備。一時三刻實難組成炮隊，正想方設法。爾等擬儘快先行……」

「知道了……」左寶貴打斷了楊建勝。雖然是壞消息，左寶貴也什麼反應，畢竟，這早已在他預料之中。看了看楊建勝說：「回去好好休息吧！」

楊建勝也很無奈，雙手作揖，轉身離去。

走了幾步左寶貴又把他叫停。

楊建勝回過頭來。

「不管你信不信……好好珍惜這一晚吧！」

楊建勝看著左寶貴，輕輕地點了點頭，然後沉重地離去。

大堂裡只餘下岳冬和左寶貴。

# 第四十一章　決絕

八月五日。陰。踏上船板，離開生活歷十九載之清國，回去生活只歷三載之故國。然只歷三載，且斷斷續續，亦可稱故國乎？旅順消失於大海中，然某種感覺卻總是揮之不去，如遺憾，又如愧疚。冀伊能原諒我，也冀伊平平安安，多福多壽。感覺終有回來之日。事情，仿佛還未結束。

大堂裡連空氣也是通紅。左寶貴身後是個大大的「囍」字，兩旁盡是高掛起來的大紅燈籠，下邊則放著龍鳳燭。

天氣悶熱，一點風也沒有。龍鳳燭的燭光紋風不動。人都快像熔蠟，還未說這「紅海」正灼著左寶貴的雙眼。

左寶貴閉上雙眼，忍受著這一切。

下巴在滴汗的岳冬始終耐心地等著。他知道，左叔叔必定有話跟自己說。

「這次去朝鮮，咱們大部份人……都可能回不來的……」沉默良久，左寶貴終於說話，然目光一直在地上。

「我知道……」岳冬的目光也在地上。

「你知道？」左寶貴緩緩地往岳冬看去，呼吸聲漸重，聲音也抖顫起來：「那就是說，你真的是為了報仇的？」

「你不帶我去朝鮮，成全我和蘭兒，不就成了嗎？」岳冬還是不敢和他的左叔叔對視。

「我不帶你去朝鮮……」左寶貴語氣先是平靜，然後突然怒喊一聲：「以後還有誰替我賣命？！」

燭光仿佛也顫動了一下。

「我只是你養子！」岳冬也毫不畏懼直視他的左叔叔。說實在的，岳冬聽了這句話很多年了，也恨了這句話很多年了，就是因為這句話，這些年自己才被逼要在刀口上過活，也因為這句話，左叔叔的親兒子，自己早已視為親大哥的左武蘭，才會如此年輕就戰死沙場！

「養子……養子？！」左寶貴細起眼看著岳冬，

痛心疾首道：「你撫心自問，這些年來我是不是視你為親兒？外邊的人誰不知道你就是我第二個兒子！我疼你疼得就連武蘭也妒忌！只是你不願姓左而已……」說著抽了抽鼻子，眼睛也紅了：「奉軍裡有多少父子兵，我明知道是場惡戰，我卻留你在這兒和蘭兒雙宿雙棲，我心裡過得去嗎？你心裡又過得去嗎？！」

說起武蘭，岳冬也眼泛淚光：「難道你就沒後悔當日叫武蘭殿後嗎？他可是你的親兒子！」岳冬始終不明白，為何當日左寶貴能如此狠心，把九死一生的任務交給武蘭。自從武蘭去了，岳冬只看見左寶貴流過一次眼淚，那就是收到武蘭死訊的當晚。但以後每年的忌日，或是平時人們不在意的提起了武蘭，左寶貴都顯得很平靜，一種令人詫異的平靜，哪怕連其他人也不禁流露出惋惜之情。仿佛，武蘭的死，他沒有一絲傷心，也沒有一絲愧疚。也仿佛，武蘭才不是他的親兒子。

這問題想問很久了，一直都不敢問，現在終於問了，岳冬屏住呼吸等待著左寶貴的答案。

「我從來沒後悔叫武蘭殿後，但我卻後悔收養了你！」

左寶貴斜視著岳冬，淡淡地說。

空白。

岳冬一臉茫然，腦袋一片空白。他沒想到左寶貴竟然會這樣回答，沒想到養育了自己十年的左叔叔，一向對自己寵愛有加的左叔叔，竟然會親口跟自己說後悔收養了自己。

岳冬終於知道，左叔叔有多恨自己。

心碎了，岳冬滿身的皮膚都起了慄，呼吸跟隨著身體而瑟縮，最後渙散的身軀再也支撐不住，噗咚一聲跪倒在地上。

左寶貴也沒有理會岳冬的反應，抬頭看著空中，淒然道：「武蘭已經不在了，我也不能讓心蘭守一輩子的寡呀……」這時再看著岳冬：「是我殺死你爹的，徇私之罪，還是由我背負吧……」

然而岳冬雙目始終空洞，給不了一點反應。

「去洞房吧！好好照顧蘭兒，別讓任何人知道，你和趙西來的關係……」左寶貴的精神也快支撐不住，越往後聲音越小，站起了身，然後踉踉蹌蹌地遠去。

然而心碎的並不止岳冬，還有一直在屏風後偷聽

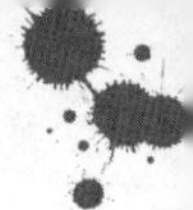

的——心蘭。

幾經辛苦岳冬終於爬了起來。

岳冬沒有靈魂似的走到了新房。推門進去，空無一人。

四處找還是不果，只在房間找到一簡短的字條：「冬，望能從父出征——蘭兒」。

「蘭兒！」岳冬回過魂來大喊。

左府的下人頃刻四出尋找。

「幹嘛了？」左寶貴打開了房門，問一個經過的下人。

「小姐不見了！」那下人著急地說著，還不等左寶貴說話就繼續找去。

左寶貴怔了怔，但不緊張，半晌不慌不忙地回到自己陰晦的房間裡，慢慢地坐下，靠著背，目光在空中盤旋著。

淚水，悄悄地流過那蒼老而悲慟的臉龐。

你，比我還狠心哪……

◐ ◐ ◐ ◑ ◑ ◑

烈日當空。沙塵滾滾。

上萬人擠在旅順軍港。

兩艘巨型的運兵船在碼頭停泊著。五、六艘北洋水師軍艦則在港外游弋警戒。

呼天搶地。

雖然日本在國人心裡和落後的朝鮮差不多，但畢竟這是第一次走出國門到未知的「荒蕪之地」作戰，加上日本剛剛成功偷襲了運兵船，上千人魂斷大海，人們對於兒子、丈夫、父親又怎能不擔心？

別過親人，奉軍勇兵們陸陸續續地上船，長夫也不停地把軍需搬運上船。

左寶貴騎在一匹白馬上，岳冬則站在馬前。兩人遲遲不肯上船，都遠眺著一望無際的人群，希望能看見心蘭的身影。

但始終找不著。

就在岳冬急得快哭之時，一個小男孩跑來扯了扯岳冬的褲子。

岳冬低頭看，只見他正遞給自己一封信：「姐姐給你的！」

岳冬知道這是心蘭指使，忙接過信，蹲下搖著孩童的臂膀，著急地問：「姐姐在哪兒了？」

「她給了我信就走了……」岳冬的反應嚇著這小

孩。

「往哪個方向走的？」

「那邊……」小孩往遠處一條小巷指了指。

岳冬立刻鑽進人群，跑了一段路，心急如焚地四處尋找，但就是找不著。

「走嘍！走嘍！」軍官們不停驅趕著勇兵上船。

見四周的人群越來越少，岳冬無可奈何，只好回去。

一路走著，一邊拆開心蘭的信。翻開信紙，看著，讀著，恍如聽見心蘭的聲音：

「父親大人，女兒不孝，近日做了很多違背您意願的事，但女兒只是想父親您知道，女兒早意屬岳冬，這是上天注定，無論如何也改變不了。只要能嫁給岳冬，即便守一輩子的寡，亦心甘情願。望爹您不要牽掛，女兒在一個很安全的地方，會好好的照顧自己。女兒，永遠都是您的好女兒。女兒祝爹您旗開得勝、凱旋而歸……」

看到此，岳冬已經潸然淚下。

「岳冬。我已是你的人了。我知道，與其與你難捨難離，不如我獨自離去。望你能如我所願，以爹為榜樣，保家衛國，以死為生。也能證明給爹看，他不該後悔收養了你。若不幸你我陰陽相隔，我不單會為你守一輩子的寡，我更會以有你這樣的夫君為榮。當然，我始終相信，你倆定能凱旋而歸。岳冬，我等你！」

岳冬痛哭流涕，即便不停地以袖拭淚，淚水還是堵不住地流下。

好不容易回到左寶貴的身旁，向他遞過信。左寶貴見岳冬淚流滿面，抖著手接過信，不用看也大概知道信的意思了。

「走嘍！走嘍！船開嘍！」軍官們又再催促。

左寶貴把看完信，心絞絞地痛。想哭，但忍著。看著遠方良久，始終看不見女兒的身影，最後只能幻想著女兒就在某個角落悄悄地向自己揮手道別，因為他早就知道，每次岳冬出征，她總是在一個角落窺看岳冬的，這次亦必如是。

岳冬雖然還在眺望著人群，寧死不肯踏上船板，希望能看到心蘭，哪怕是背影也好，但卻已不由自主地被周遭的人群推了上去。

臨上船橋，岳冬實在不忿，不忿心蘭的狠心，為

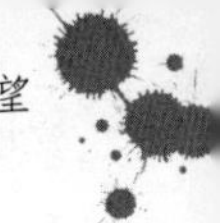

何一面也不肯見?!也不忿心蘭為何對自己竟然是如此沒信心，非一定要如此決絕才能迫使自己踏上征途?!這時轉過了身子，力竭聲嘶地對著人群，兩掌放在雙頰大喊：「蘭兒!等我回來吧!」

雖然四周人聲沸騰，但附近上百人還是聽見他的喊聲，紛紛往他看去。

左寶貴也回頭看著岳冬。

一張一張愕然的臉龐中，就是沒有看見心蘭的。然而，像岳冬從前每次出征前那樣，心蘭一直在一闌珊處默默地守望著他。

心蘭拿起手帕捂著鼻子啜泣著，也舉起了手，撅起的下唇輕輕地抖著：

「岳冬，我等你!」

# 最後的吶喊

「舉國上下，文官愛財，武將惜死，為官者率獸食人，為民者同類相食，焉有不敗之理？焉有不被人欺負之理？！」

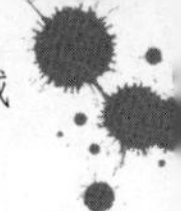


# 第四十二章　赴朝

試拭目觀看宇內大勢，德義佛地，道理乖亡，滔滔天下以優勝劣敗為真理，轉噬攘奪，優者為所欲為。雖有萬國公法，終不過強國之私法，有內為夜叉而外裝佛陀者，有左手撫之而右手刺之者，有表示不奪而奪之者，權謀術數越出越奇，殆使人不可加以端倪。

朝鮮。安州大道。

從大東溝上岸，經過安東、義州，上千個奉軍士兵正絡繹不絕地往朝鮮的舊都平壤進發。

烈日當空。遠處的景物都為蒸汽所融化，變得模糊不清，搖搖晃晃。

道路難行，碰巧下完了一場驟雨，又熱又濕，且沒有風，周圍都是樹林，蚊虻如雲，還有那沉重的背包，士兵們無不大汗淋漓，飽受煎熬地走著。

人皆如此，畜牲焉能安逸？七匹馬拉一尊大炮，七頭牛拉一輛大板車，加上道路泥濘，碰上低窪地還要士兵去推。雖然已經皮開肉爛，但士兵們仍是狠狠地往畜牲的屁股上抽，但終究還是寸步難移。

「噗咚」一聲，又一個士兵倒下，醫護兵馬上上前察看。

然而身邊的士兵最多也是瞥了一眼，全都默不作聲地繼續往前走，畢竟左寶貴已下軍令，要火速往平壤進發，即便同伴倒下也不得有誤，違者軍法處置，之前數十人已經因此而挨了板子了。

即便是那些平時桀驁不馴的滿族官兵，在左寶貴這幾天嚴厲督促進兵，嚴格執行軍令下，再看到有違反軍令的同伴掉了腦袋後，全都像被馴服了的豺狼，默默地忍受著無聲的鞭撻，低著頭往前疾走。當然，這也和他們一向奉為老大的喜塔臘慕奇已經和左寶貴握手言歡，其人更在出發前向他們千叮萬囑要絕對服從左軍門不無關係。

「又一個勇兵暈倒！」一部下從後趕馬上前向左寶貴稟告。

「快到安州了，到安州才歇吧！」雖然是騎馬，但此刻的左寶貴一直眉頭深鎖，神情比身後那些步兵更是勞累。畢竟年逾花甲，而身體一直抱恙，咳嗽不斷。但最折磨他的還是那十萬火急的軍令，當然，還有那幽靈似的纏繞著他的私念。

岳冬一直走在左寶貴身後五十來步的距離。自從韓家屯歸來後，雖然得到慕奇舉薦，而且亦已和心蘭成親，但左寶貴始終沒有把他拔做一個外委或哨長，只是維持他原來的棚頭位置。

現在的他和其他步兵一樣，濕透的裹頭布下是一雙迷茫的眼睛，汗水都掛在眼睫毛上，忍受著乾裂的喉嚨，咽著那丁點的白沫。但他確實比別人特別的痛苦，一副精神全都用在支撐那快將倒下的軀體上，畢竟他的身體比左寶貴好不了多少——滿身被汗液醃著的鞭傷猶如幾隻刺蝟在衣服裡亂竄，血都滲到號衣外了。

環境雖是惡劣，但走在岳冬跟前坐在馬上的新任親軍哨官伍偉賢和哨長林寶祥卻偷偷地聊了起來。

「朝鮮真是落後，全都是泥房子，人又少，怪不得他們老被日本欺負！」哨長林寶祥悶了太久，終於憋不住又和哨官伍偉賢聊起來。

「哈！你也別怪他人少，豐升阿的練軍走在咱們前面，有誰不趕緊走？今早經過的那條什麼村，衙門也不是空的嗎？」伍偉賢訕笑著。

「也是！他的鴨蛋兵，看來只能對付朝鮮土人！」

伍偉賢又冷笑一聲：「也不是！你沒聽說他們在遼陽的『戰績』嗎？」

「沒有呢！」

「聽說他們一出營房就作惡，在遼陽已經鬧得雞犬不寧，百戶閉門，後來還有人搶劫教堂，打殺洋人，縣官帶人來還被他們打呢！」

「洋人？！中國人死了一百個也不要緊，如今打死了洋人，這責成誰擔得起！」

「可不是！他們今次出征連打誰也不知道，以為出國就一定是打洋人，見遼陽外國人多，說，何不捨遠求近，把遼陽的洋鬼子都殺光不就行了嗎？」

「這幫人……」林寶祥苦笑道：「最後如何了結？」

「這不是害了裕帥嗎？最後裕帥連下幾道命令，砍了十幾個人，那幫狗崽子才肯乖乖出國！」

「唉！」林寶祥眉頭輕皺，歎息道：「今次和倭人開仗，也別指望這幫人，期望他們別幫倒忙就行。」

「對啊！」

「你說……」此時林寶祥臉色更為凝重，聲音也更小，瞥了身後的士兵一眼才說：「倭人……有左軍門說的那麼厲害嗎？」

伍偉賢沒在意他這副神情，還是輕鬆地眼望前方，但聲音還是壓低了一點：「我看是左軍門不想咱們輕敵而已，畢竟三年前就是錯估了形勢才痛失親兒……日本終為一國，當然要比金丹教、趙西來等厲害多了，仗也會慘烈許多，但說吾等未必能勝，我看是激將之法而已！」

「但那天出征，連『奉』字旗也刮斷了！你也別不信邪！」林寶祥左右四顧，眼睛一大一小地說著。

伍偉賢鼻子吭了聲道：「我就是不信邪！目下葉軍門不是先勝一仗嗎？在成歡殺了鬼子千人，咱們只是傷百餘！」

「說得也是……」林寶祥點了點頭，眉頭也稍微放下。

然而，一直在後靜靜偷聽的岳冬卻始終是憂心忡忡。

◐ ◐ ◐ ◑ ◑ ◑

終於到了安州。

「你瞧！咱們的新郎哥幹嘛呢？一路上鬱鬱不歡的。」

「惦記新娘子嘛！你不惦記你媳婦嗎？」

「不！他大婚那天就是這樣子了！」

斜陽已沒，但天空還是火紅紅的，地上還散發著烈日留下的餘溫，繼續煎熬著地上渺小的人們。

許多安州的窮苦百姓都躲在脆弱不堪的泥牆後，探頭窺看這些從「天朝上國」來的將士，似乎奇怪他們和之前經過的那些有些不同。

奉軍士兵紮營後終於能夠休息。此時幾個親兵擦完身，端著碗喝著水七嘴八舌地聊天，目光都放在遠處獨自在樹下沉思的岳冬。

「左軍門不是打算將女兒許配給那個蘇什麼嗎？為何最後還是許配給他了？」

「不是說左心蘭以死相挾嗎？」

此時一勇兵走來，加入「戰團」道：「當然不是！你們沒留意嗎？他滿身都是傷口，號衣也帶血了，每天還要那個洋大夫給他洗……」說到這兒放低了聲音：「聽說是給左軍門鞭的！」

「軍門鞭他幹嘛？」眾人齊問。

「噓……」那勇兵示意其他人小聲點後，又說：「你們想想，本來的新郎哥說好是那個姓蘇的小白臉的，突然又變回了岳冬，而聽說岳冬在大婚那天就已經被鞭得遍體鱗傷了。你們說，岳冬那小子幹了些什麼讓他的左叔叔大發雷霆，而又使得新郎哥變回自己呢？」

「呵！」眾人恍然大悟。

◐　◐　◐　◑　◑　◑

淡紅的陽光下，岳冬凝視著手上的照片。這時終於來了一點涼風，搖映著照片上桑葉的碎影。

照片是一張左寶貴的全家福，是六年前旅順新開了一間照相鋪時，左寶貴帶著心蘭、武蘭和岳冬一起去拍的。

左寶貴當然不是只有一張全家福，但岳冬走得匆忙，也只能找到這張了。

照片裡左寶貴赫然坐在中央，正襟危坐，臉上是他那一向慈祥的神情之餘，更可見其內心之喜悅，畢竟這是個難得記錄一家共聚天倫的重要時刻。武蘭則站在左寶貴的右側，背著雙手，挺著胸膛。雖然不甚明顯，但仍可看出其臉上那自負的微笑。不單是自負，而且還帶著傲氣——天生一副劍眉的他，眼珠子還要是微微往上的盯著照相機，目光如炬的像是要破照而出。當然，他那笑容也可能是因為盤腿坐在左寶貴跟前的岳冬的舉動——左手舉著一個布袋木偶，睜大圓乎乎的眼睛，表情天真而愕然，像是想不到此刻就是拍攝的一刻。至於心蘭，她悄然站在父親身旁，右手拿著絲巾輕搭在左手手肘，一副斜斜的美人肩，表情怪怪的，似笑非笑，眼皮輕輕地下垂。但岳冬心裡清楚，這是她那時候不滿自己硬是要把布袋帶上的無奈神情。

岳冬出神地看著，看著照片裡的心蘭，輕輕地撫摸著，眉頭安然地放下，嘴角勾出一抹久違了的微笑。

「想媳婦兒？！」三兒驟然從樹後一步踏出。

岳冬猝不及防，身子抖了抖，忙把照片收進懷裡，抬頭盯著三兒。

「別這樣嘛！我連照片也沒有……」三兒吁了口氣，拍了拍岳冬的肩膀，坐了下來。

其實三兒也想了好一會才敢從樹後踏出，畢竟那天左寶貴從韓家屯回來，三兒就是看著岳冬號哭的。之後岳冬和心蘭的事，以至左寶貴鞭打岳冬，心蘭出走以激勵岳冬出征等等，作為岳冬的密友，和左府上下相熟的三兒當然也一清二楚。一路上岳冬如行屍走肉，對別人不瞅不睬。和他不熟的避而遠之，更拿他當談頭，和他熟的如三兒則十分擔心。現在見岳冬終於難得展開笑顏，三兒知道岳冬心情好些，便希望能借此機會來開解他。何況，沒有岳冬這傾訴對象，三兒自己一肚子的憂愁其實也難以宣洩。

岳冬知道三兒家裡窮，拍不起照，聽見他這麼說，也不和他計較，聽見要借自己的照片看，也毫不介意地給他了。

「哈！你的樣子很怪呢！」三兒憨憨地笑了。

「第一次拍照，是這樣子的啦！」岳冬的心情明顯比過去幾天輕鬆。

「哈！蘭兒的樣子也很怪呢！」

「她是不滿我帶上了布袋。她說，照相就得正正經經嘛，拍一次可貴呢！」

看著看著，看著一個個熟悉的臉龐，想起自己和娘親一張照片也沒有，三兒驀然感歎一聲，喃喃自語道：「要是我和娘也有一張，多好呢……」然後拿起了胸口那塊玉佩。

岳冬瞥了那玉佩一眼：「你娘給你的？」

「對，」三兒把照片還給岳冬，呆呆地看著玉佩說：「臨別前她送我的。那是她的嫁妝，本來打算給我媳婦的……但我娘怕我回不來，就先給我了……」說著聲音也低沉下來。

岳冬也稍為黯然，把照片收進懷裡，反過來安慰三兒道：「別擔心，你我都可以回去。」

「其實……」然而三兒卻沒什麼反應：「左軍門說的……你信不信呢？」

「可能是武蘭的事，他才這麼擔心吧！」

「連你也不信你的左叔叔？更容易對付，也得死人吧？」

「別說這些行不行？」岳冬白了三兒一眼。

三兒知道自己失言，不敢再說話，過了片刻，從懷裡取出一封信遞給岳冬。

岳冬接過問：「這是什麼？」

「遺書。」

「你寫遺書了？！」岳冬很是愕然。

# 第四十三章　爭道

今日之急，不在日本一隅之急，而在亞細亞大局之急。如置大局於腦後而專偈促於一隅，則大勢所趨，雖有虎賁百萬又焉能防之乎？然則我之對策如何？曰：在於匡治亞細亞頭腦之腐敗。所謂頭腦者何？中國是也。

「不單我，很多人也寫了！潘亮幫忙的啊！你……沒寫嗎？」三兒知道這問題也不合適，不敢再往岳冬看。

「我才不寫這東西！」岳冬把信還給三兒，臉側向一邊去。

「我還是覺得寫了安心……咱們走得這麼急……一定有很多話還來不及跟親人說的……」三兒的聲音越說越細，像是再怕岳冬責罵，但始終沒有拿回信，這時還說：「我回不去，就拜託你交給我娘了！」

岳冬怔了怔，瞪著三兒，二話不說地硬把信塞回給他：「拿回去！咱倆肯定能回去！」

「你就幫我帶上吧！」

「別老想著這些不吉利的！」

爭持一會，三兒最後只好把信收回去，同時也覺得，雖然岳冬剛經歷了人生丕變，看起來也很憂傷很頹唐，但他內心那回去的欲望，那股衝勁，其實比任何人都要大。畢竟，養父對自己的冷漠、妻子對自己的決絕，每一分每一秒都在鞭撻岳冬的筋骨和意志。而三兒這時也覺得，需要人安慰的，反倒是自己。

「嗄——」一隻鳥兒從快將熄滅的紅霞回到兩人面前那漆黑的大樹上，站在自己的巢邊探下頭，然後就是一陣啾唧啾唧的鳥聲，想是那鳥兒把自己辛苦一天挖來的小蟲餵給那些嗷嗷待哺的小鳥。

三兒觸景生情，抱著雙腿，把頭擱在膝蓋上，又輕輕歎了一聲：「出發的那天，我看著我娘哭著，我的心也碎了……你說，我回不去的話，誰為她守孝呢？」

看見三兒始終是這樣，岳冬的心情又是沉甸甸的。

這時三兒的目光落在樹下一個正在擺賣的朝鮮姑娘，說：「你倒好，起碼成了親……我呢？自出娘胎，連女孩的手也沒碰過啊……」

然而岳冬的眼神更是憂鬱，自言自語道：「我倒寧願……從來沒有碰過她……」

◐ ◐ ◐ ◐ ◐ ◐

「咳咳咳……」

紅霞完全消逝，一片烏藍色籠罩著整個安州，僅餘下奉軍陣地裡時光時暗的幽靈似的篝火。

左寶貴住在由安州地方官所提供的民房。除了當地的衙門，這民房算是整個安州最好的了。

左寶貴的咳嗽到晚上特別厲害，空氣也彷彿隨著其咳嗽聲震動起來。像每天晚上一樣，此時的他還未能歇息，坐在一桌子旁，一邊伸手讓旁邊的伍大夫把脈，一邊聽著幫辦多祿的彙報。另一邊坐著右營馬隊統領楊建勝，遠處則站著司督閣特意為左寶貴而派遣的年輕的西洋醫生約翰。他剛剛檢查完左寶貴的身體，正在收拾器具。

「……咱們人已經不多了，要是再留人的話，咱在平壤的人就不足三千人了……」左寶貴精神很是恍惚，額上沁出豆大的冷汗，說完又繼續斷斷續續地咳嗽。

「畜牲熱斃了不少，今天就死了七頭，現在開始秋收季節，很難從農民那裡徵調了，再高的價他們也不賣，更不要說要他們的人來幫忙……要是不留人，輜重糧草就更慢了……」多祿也很是為難。

左寶貴歎氣問：「今天有沒有死人？」

「整天共熱斃散勇兩人，棚頭一個。」見左寶貴苦著臉地尋思，多祿提點道：「現在只是說隨軍攜帶的三百石糧草，但都這麼慢了，還未說未過江的兩千石……」

「留一個哨吧！」左寶貴聽後眉心的皺紋更是凹陷。

「兩個哨吧！」

「一個哨五棚吧！就這樣定了！不可再留了！」五個棚就是五十人，一個哨就是一百。

多祿見左寶貴很不耐煩，也不敢再說。過往大規模的出征，軍隊都會僱用長夫來搬運輜重，然而這次赴朝倉猝，不要說長夫，就連勇兵的餉銀一時間也難以籌措，而從奉天到平壤的官道又難行得很，故各軍都不得不留下若干勇兵以負責後勤運輸。

左寶貴此時轉頭跟楊建勝說：「你說……咱後天能到平壤不？」

從大東溝上岸後，左寶貴每天必定問這問題最少一次，至於問走了多遠，還有多遠的問題，則不下數次。楊建勝見自上岸後差不多每天都有勇兵累死，但左寶貴還是鐵了心地一味趕路，此刻又聽見左寶貴這樣問，便忍不住說：「其實老徐他們已經進了平壤，咱們也不用這麼急吧？」

左寶貴沉默片刻，歎口氣，疲憊地說：「咱們急，不單是因為軍令。漢城的倭人隨時可能北上，說不定他們現在和咱們一樣，正星夜兼程趕往平壤……」

「報！」此時親兵馬占鼇跑了進來，請安後從袖管筒裡取出數張翻譯好的電報，見左寶貴示意自己念，便朗聲稟告：「盛觀察電，謂葉軍門成歡雖殺敵甚多，然寡不敵眾，現沿朝鮮東岸北上赴平，望諸將接濟。」每次的電報甚多，馬占鼇每報完一份都會停一下，以便左寶貴慢慢琢磨和下發命令。

左寶貴瞇起眼，低下眼珠，喃喃自語道：「敵眾

我寡，地利盡失，還能殺敵三千？」

「應該沒那麼多吧？」楊建勝也細起眼睛說。

左寶貴沒有答話，也沒看他，對馬占鼇說：「繼續念。」

「盛觀察又問我軍有四千人否？說薛、馬、豐三將已到，又說有電旨催我軍速赴平壤，問軍門何時能到。」

左寶貴翻了翻眼皮，咽一口唾沫，不耐煩地說：「回盛觀察，敝軍八營三千五百人，扣除後路轉運，只三千人……後天到齊……」話畢又是一輪咳嗽。

馬占鼇又翻過一張電報，臉色陡然變得難看，話也慢了下來：「裕帥回電，謂新募五營要留防營口省城，不能前敵。聞依堯帥有意赴朝會剿，又聞傅相正催調宣化練軍及晉豫等軍，說我等宜先星速赴平，相信援師陸續繼至……」接著眼睛往上察看左寶貴的神色。

左寶貴鼻息越來越重，舉起另一隻手，豎起兩根指頭托著腮，太陽穴上綻出了條條青筋。

「還是先前的方子吧……保重身體呀左軍門，別太操勞……」這時伍大夫鬆開了手，眼神像是欲趕快跟著約翰離開這片是非之地。左寶貴聽見則不耐煩地點了點頭。

楊建勝也皺著眉心說：「老盯著人家的，自己錙銖不出啊！」

「看來，還是要求李中堂了……」左寶貴收回了手，放下袖子。

「他的嫡系都不夠人，哪有功夫理咱們這支關外旁支？」

「總得試一下，咱畢竟是他看上咱們。」左寶貴轉頭對馬占鼇說：「電盛觀察，裕帥新募五營要留防營口，不能前敵。奉軍只三千人，添營添炮奉天實在無可籌協。如蒙傅相准添兩營炮隊，另加四五千人，兵力稍厚，乃可作事……」

「裕帥那邊呢？」多祿在旁問。

「當然繼續向他要人要炮！」左寶貴瞇起眼又說：「他兜裡不可能沒錢！」

「還有……」然而馬占鼇還未說完，此時聲音也變得更為低沉：「裕帥還說，之前說好的一千二百支毛瑟，二十萬子藥……被臺灣購去，現正與盛觀察……」

這時約翰走了，伍大夫也走到門口，突然「砰」的一聲，嚇得伍大夫也抖了一下回頭。左寶貴怒拍了一下桌子：「混帳！大戰在即，前方缺炮，竟然是被後方買去？！……咳咳……」

「人不給，大炮不給，現在連洋槍也不給，還一味地催……」楊建勝也很是不忿。

呼哧呼哧的呼吸聲中，左寶貴嘗試壓著怒火，拼命地尋思，半晌聲音沙啞地說：「你馬上擬電盛觀察和裕帥，謂……我等非不知餉項維艱，但奉軍本已兵單，又聞倭人炮位甚多，而奉軍只有小山炮六門，靖邊軍數百人更是只有刀劍矛戟……冀兩位再設法籌措……」一輪咳嗽，待呼吸稍微平緩，繼續道：「還有……說，勇兵都冒暑帶雨，忍餓兼程，苦不堪言，熱斃者不少，現只求槍炮若干以稍厚士氣……去吧！」

「是！」馬占鼇應了聲馬上離去。

看著馬占鼇的背影，左寶貴身子緩緩地背靠椅背，閉上佈滿血絲的眼睛，深深地吸口氣，像是要蓋過即將到來的新一輪嗆咳。

是次奉軍赴朝是李鴻章請的，但聽著左寶貴還是要如此卑微地哀求，而哀求的還要是最普通的洋槍，楊建勝和多祿聽後也感難堪，也越來越覺得誰也不在乎奉軍這支「關外旁支」的死活。

大堂裡終於歸於寂靜，也終於聽見安州那稍為讓人心緒安寧的萬籟。

過了一會，岳冬雙手捧著一碗中藥進來，小心翼翼地走到左寶貴旁奉上，恭恭敬敬地說：「吃藥了，左叔叔……」兩隻鼠目往上一瞥，又趕緊往下。

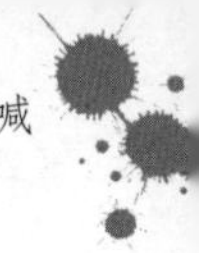

# 第四十四章 軍威

歐洲人佔我亞細亞一寸之地，即我一寸之恥辱也。……惟願盡亞細亞之全力與歐洲進行一大決戰，以懲處其多年之積惡，使之非仰仗我不可。蓋此舉非特為復仇也，僅使其知亞細亞之威力，斷絕其再倚強凌弱之貪念而已。

從旅順出發後，楊建勝便已經找機會跟岳冬解說了一切，跟他說了裕帥如何在韓家屯大開殺戒，趙西來如何自殺，左寶貴如何向裕帥力勸，如何和裕帥對著幹，如何嘗試拯救眾人，回程路上又是如何的痛心疾首……至此，岳冬終於清楚，當天左叔叔在滂沱大雨下跟自己說是他親手殺了父親，的確只不過是希望藉此讓自己對蘭兒死心，好讓女兒不用守寡而已。

每想到此，再想到那天晚上和蘭兒過的一夜，岳冬都會不禁地問自己：我那時候是不是為了報仇了？再想到左叔叔那天「你這是報仇嗎？！」的那句話，岳冬的卑微的身子就會不自覺地捲曲起來，彷彿掉進了一個冰湖，那愧疚和後悔感就猶如冰冷刺骨的湖水刺進身體每一個毛孔。岳冬也想過磕頭認錯，但這念頭一冒出來，左叔叔那句「我卻後悔收養了你！」就馬上猶如利劍般猛刺進岳冬的耳膜，痛感瞬間直達心房，而岳冬也再不敢往下想了。

左寶貴仰著臉從眼皮縫中斜了斜岳冬，冷冷地接過碗。

看著左寶貴在喝藥，岳冬的目光也落在其額上那星羅棋佈的冷汗和那些繃緊的青筋，還有那一脹一縮的胸腹，像是呼吸也很費力，岳冬只覺得這段時間他的左叔叔確實蒼老了許多。

但最讓岳冬難受的，還是他一路上對自己的不瞅不睬，還有像現在如此錐心的冷眼。無論自己顯得多麼的恭順，多麼的耐勞，比別人都能吃苦，主動甘之如飴地領活幹，又把自己的馬給了暈倒的勇兵……即使滿身的鞭傷還在流膿，要約翰每天給自己洗傷口，自己仍是能忍著劇痛，不吭一聲，哪管身體已經達到極限，然而換來的，還是冷眼。

此時左寶貴喝完藥，把頭側向一邊，把碗還給岳冬。

連冷眼也吝嗇，岳冬臉上一沉，一臉死灰地接過了碗，退後幾步，轉過身，拖著頹唐的腳步離去。沒走多遠，楊建勝便追了上來：「冬兒！」

岳冬沒精打采地抬起頭。

「他說……」楊建勝有些囁嚅地說：「以後你不用再去給他送藥了……」

雖然楊建勝馬上說了些安慰的話，然而岳冬已一句也聽不進去，臉色更是灰黃的他只能閉上眼睛，讓糜爛的心田繼續遭受無情的踐踏。

◐　◐　◐　◑　◑　◑

膿血繼續從狹長的傷口流出。

篝火穿過厚重的帳篷，映出了兩個黑影。像每晚一樣，約翰正在帳棚裡替岳冬清洗鞭傷。

此刻無論約翰在說什麼安慰的話，又無論約翰如何弄岳冬的傷口，岳冬始終都是一副石刻似的表情，出神地看著眼前脫下來的號衣，還有旁邊那個父親在韓家屯裡送給自己並一直攜帶在身的布袋。

岳冬聽了父親的話，在大婚那天把那個跟了自己二十年的，從小就視為最珍貴的，父親送給母親的布袋送給了心蘭，而自己則帶上父親在韓家屯裡送的那個遠赴朝鮮。

篝火映在號衣和布袋上，或光或暗，閃爍不定。岳冬就是看著，愣著。

這半個月來，他實在想不明白，父親既然是被官府殺死的，為何這一刻自己還穿著這件號衣？還未說，他當初當兵，不是為別的，就是為了滿足左叔叔和蘭兒的寄望而已。

不是父親臨別前跟我說過要「當個好兵」，不是為了左叔叔和蘭兒，我早就把你燒掉！

◐　◐　◐　◑　◑　◑

兵車轔轔。

左寶貴率領的奉軍已經進入平壤城的範圍，也可以眺望平壤城了。

從泥房子走到磚瓦房，四圍的人越來越多，衣衫襤褸的也越來越少。人們的目光已經少了些驚異，也少了些惶恐，一來已經見怪不怪，二來朝鮮古都畢竟不同於之前的窮鄉僻壤，現時平壤為抗日的大本營，各路大軍雲集，耳目眾多，要是出了些什麼事，一個

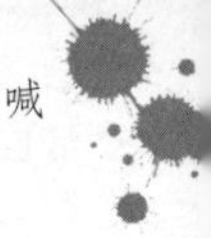

電報朝廷就能知曉，故各軍都不敢幹過分出格的事情。

走到城外的市集。遠處是巍峨的平壤城，不遠處是名叫牡丹台的高地，兩旁是一系列數不盡的矮小的平房，商店招牌七歪八斜，高高低低的豎著，商販在門前吆喝擺賣，人馬牛豬穿插在大街上。熙熙攘攘，好不熱鬧。

然而，一路走著，左寶貴等一眾奉軍便開始察覺到有點不太對勁。

可以看到，四周的人群中不乏勇兵。左寶貴當然沒期望過，走在前面，沿途把村落搞得十室九空的部隊能夠按照軍法不讓士兵私自離開營房，但他卻沒想到，眼前的勇兵卻一反常態和當地百姓有著非比尋常的「魚水之情」——每個勇兵身旁都總有最少一個朝鮮姑娘！

還有，那些狹小晦暝的店鋪裡，一頂一頂氤氳的蚊帳下，躺著抽大煙的竟然又是那些穿著號衣的勇兵！

就是說，兩旁的商店，大部分都是為中國士兵而開設的煙館和土窯子！

左寶貴不尤得怒從心起。他早就聽說過薛雲開的盛軍和豐升阿的練軍軍紀敗壞，一路上也看見他們經過的村落是什麼樣子，但他實在沒想到，在大敵當前，戰事緊迫下，兩軍將士不單不在此戰略要地積極備戰，反而還如此的過份！

左寶貴疾視著眼前的一切。或許，他實在太久沒和其他部隊在一地駐紮了。又或許，時間也實在過得太久了，再也不是打太平軍和捻軍的年代了。

面對著左寶貴的疾視，一些認得左寶貴頭上的紅頂子的勇兵也收斂了一些，放下那摟著旁邊姑娘的手。但更多的是看也不看，或壓根就不將他放在眼裡，尤其是那些滿州兵，盡是一幅有恃無恐的樣子。

平壤城城門就在不遠處。平壤城為朝鮮古都，蕭瑟的城牆仍然雄偉地佇立著。城牆高達十餘米，紅色莊嚴的城門上儼然寫著蒼勁有力的「玄武門」三字。

左寶貴放眼城門，不知怎的，心裡倏然泛起一股說不出的悽楚。他只覺得，此行任務之艱巨，就恍如眼前這座巍峨的城牆。而接下來自己和奉軍的命運，就很可能如眼前的光景一樣——始料不及。

此時他再回過頭看，只見鴇母們邊走邊向士兵們堆著笑地招攬生意，而花姑娘們也花枝招展地挑逗著他們。不過她們很快發現，眼前的士兵與之前的大為不同——除了個別的眼珠子還是向旁邊斜了斜，還有像岳冬這樣的一些沒見過什麼世面的新兵顯得有些惴惴不安外，大部份人始終是目不轉睛，鐵鑄般盯著前方。

汗水，依舊掛在睫毛上。

城門裡的百姓發現又有一隊中國士兵到來，都陸陸續續探頭出來張望，看看這一批的「天朝官兵」和他們朝鮮百姓有著如何的「魚水之情」。

一臉慍怒的左寶貴知道這正是立威的時候，此時停了下來，韁繩一拉將白色的戰馬往後轉，然後沉靜地眺望著長數里的隊伍陸續停下。

四周喧嘩的人群開始發現眼前的軍隊有些異樣，陸續地靜了下來，欲看個究竟。鴇母和花姑娘們早已心灰意冷，且開始竊竊私語，奇怪為何會有如此不好女色的軍隊。而摟著姑娘的勇兵們，則睥睨著眼前的奉軍，像是不屑他們不吃人間煙火，又像是嘲笑他們因連日趕路而顯出的窘相。

正當眾人都在低聲談論的時候，左寶貴突然目光如炬地吼出他那低沉有力的嗓子：「眾將士聽令！」吼聲沿著大街如江河缺堤般直瀉千里。

往後的一眾營官、哨官都心領神會，一個接一個地發出讓戰士們熱血沸騰的喊聲：「眾將士聽令！」

上千個將士雖然因連日趕路已經很是疲憊，且還未就餐，加上眼前這一切始料不及的情景已讓他們有些迷茫，但現在聽見長官們這麼一喊，此時無不抖擻精神，挺起胸膛，整齊且雄渾有力地應道：「是！」

剎那間，一股洶湧澎湃，震耳欲聾的膛音在平壤城外廣闊的平原上拔地而起。

「立正！進城！」左寶貴接著喊。

「立正！進城！……」

將士們工整地邁出他們沉實有勁的步伐，昂首挺胸地跟著左寶貴踏入他們此行的終點，或許也是人生的終點——平壤城。

四周的人群無不被眼前這一幕所震懾，連在煙館裡吞雲吐霧的勇兵也被驚醒，而這時他們也終於知道什麼叫做——軍威。

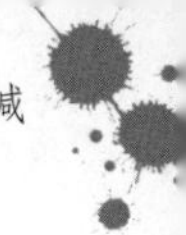

# 第四十五章　戰友

中國之不興猶如亞細亞之不興，雖導之而不變，說之而不從，如何方可乎？中國對我之宿怨深於海，聯合之策可言而不可行。無窮假借事端之名義，出兵與之作戰，以取而代之。……至於在推倒之時，或將不得不殺戮蒼生。事雖近乎兇殘，但此舉並非為個人之功名私利，畢竟為亞細亞之真理，系大義名分之所許也。

當地的百姓包括鴇母和花姑娘們此時無不對眼前這支威武的奉軍嘖嘖稱歎，就連不少光顧煙館和窯子的中國勇兵也對他們肅然起敬，忙整頓一下自己的號衣，再不就是自慚形穢。

畢竟，早前進城的部隊除了毅軍外素質多是參差不齊。有癆病鬼、鴉片鬼混雜在內的，也有號衣掛一塊，飄一塊的，和叫化子不相上下的，一些沒有洋槍的，連手持的刀叉也是生銹的，列隊時有說笑的，有罵人的，癆病鬼在不斷咳嗽，鴉片鬼則拿著袖子擦鼻涕眼淚……

左寶貴的鼻子像他的戰馬一樣噴出濃濃的鼻息，瞇起眼審視著四周，邊走邊對身旁的楊建勝說：「進營房後要加緊巡查，兵丁若擅自離開營房，軍法懲辦！」扭頭又對另一邊的馬占鼇吩咐：「你快去電報房認識一下人脈，看看有沒有什麼消息。」

「是！」

◐　◐　◐　◐　◐　◐

左寶貴一行走到他們的營房。奉軍的其他部隊已於幾天前陸續趕到，並著手佈置營房。經朝鮮地方官安排和已駐紮平壤的清軍部隊商議，奉軍的營房被安排在城北玄武門後的不遠處，位於內城和外城之間的一塊空地，還有附近臨時徵用的民房。

營房已經初見規模。四周是約兩丈高的臨時築起的泥牆，泥從泥牆周邊挖出形成了壕溝。中間的木門上方掛著寫上「奉軍」兩字的匾額。裡邊是上百定帳房，上千個士兵正手忙腳亂地佈置，煙塵滾滾，人畜雜亂。西北角是幾間現成的朝鮮傳統府邸，現在成了奉軍統領的行轅。

左寶貴和楊建勝等四處略略巡視，又和已到的靖邊軍統領聶桂林、營官金德鳳、楊建春、徐玉生、戴東升等一一照會和詢問情況後，便在府邸安頓下來。

過了不久，平安道監司閔丙奭一行人來到拜訪。

之前在義州以及一些小的地方也是如此，當地的地方官員都會帶同一些地方土產前來拜會，以表謝意。但此刻左寶貴萬萬想不到的是，閔丙奭帶來的除了那些土產銀兩外，竟然還有年輕女子十數人！

「……這些東西是我們的一點心意，以慰勞各位連日馬不停蹄地趕來，也表達我國對貴軍的謝意。」寒暄片刻後，會說中國官話的閔丙奭終於拉左寶貴出庭院看看他的「心意」。

剛才城外的一幕已經讓左寶貴感到形勢不妙，誰知道心情還未平伏，現在又來一次相似的一幕！左寶貴板著鐵青的臉，他知道這不可能單單是平壤地方官的意思，故壓住怒火問：「你們對其他各軍的統領也是如此嗎？」

閔丙奭意識到有些不妥，誠惶誠恐地應道：「是的。」

左寶貴本想再問這是不是其他統領要求的，但想了想也覺得是白問，遂怒道：「那本軍門告訴你，我等馬不停蹄地趕來平壤是一心替貴國抗擊倭人！現在大敵壓境，倭人就在南方伺機進擊，我等要是要了你們這些東西，不是自取其辱是什麼？！」

左寶貴沒有看著閔丙奭，而是遠眺著眼前數千個奉軍。但很久聽不見有動靜，便往閔丙奭看去，誰知道他竟然揚起眉毛正對著自己愜意地微笑！而身後的隨從不是激動雀躍，就是眼有淚光！未幾更跪倒在左寶貴的跟前，相互激動地道：「沒錯……沒錯……他們說得沒錯！左寶貴真的不像他們！……平壤有救了！朝鮮有救了！」有幾人更是淚流滿臉，而庭院前的十幾個的姑娘聽見也紛紛跪下。

左寶貴以及身邊的親兵聽不懂他們說什麼，更不明白眼前這一幕。

閔丙奭徐徐向左寶貴解釋道：「左軍門，我們也不想如此……但實在是沒有辦法呀！我們等的就是像大人你這樣真心幫我們趕走倭人的將軍呀！」比左寶貴年紀還大一些的閔丙奭似乎早有預謀，像是在試探

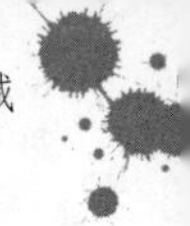


左寶貴是否真心協助朝鮮抗擊倭人而已。當然，若果他只不過是和薛雲開和豐升阿等一樣，則帶上此等見面禮也不會受責難。

左寶貴聽見又是無奈，又是痛心。

閔丙奭接著顯得憂心忡忡，抖著嘴唇說：「大人，盛軍和練軍實在是太壞了！我們朝鮮官民受了他們欺負也不敢出聲，找薛統領和豐統領說理去也沒用……」接著不太好意思地問：「大人……能不能幫我們一把呀？」

聽到這兒左寶貴臉帶難色：「這恐怕並不容易。那是他們的軍隊，我與他們平起平坐，實在不好說話……」但見閔丙奭悵然若失，又只好說：「但要是證據確鑿，但又處理無門，我可以找個機會跟李中堂說說吧！」

眾人知道李中堂是各軍的老大，是「天朝」的大人物，要是他責怪下來，量盛軍、練軍也不敢不從，故聽過翻譯後無不大喜，紛紛高舉雙手向左寶貴跪拜道謝。

此時一個親兵領著一個盛軍勇兵前來。那勇兵單膝跪下稟告：「叩見左軍門！薛統領和馬統領金鳳樓有請！」

沒想到說到曹操曹操就到，左寶貴看了看旁邊閔丙奭等人，然後看著那勇兵，不慌不忙地說：「走！」

◐ ◐ ◐ ◑ ◑ ◑

「久違啊左軍門！久違啊！」一個看上去和左寶貴年齒相埒，留著羊鬍子，顴骨高聳的男人從廂房裡微笑著迎了上來。其兩眼如兩片倒豎的柳葉，目光如刀鋒般銳利，正是盛軍統領薛雲開。其人不矮，但由於左寶貴身材魁梧，相比下他也差不多矮左寶貴一個頭。

「薛軍門，別來無恙吧！」左寶貴也微笑著抱拳還禮。

「無恙！無恙！」

「剛到平壤就請你來，累不？」

「不累！不累！」

薛雲開此時上下打量一下左寶貴，看著兩人身上一樣的服飾，頭上一樣的頂戴，有些感慨道：「二十多年沒見了……都是軍門了……」

「都是軍門了……」左寶貴也對薛雲開端詳了一

番。

話說兩人三十年前打太平軍的時候就已認識，雖然不熟，且當年還有點不和，而左寶貴一直都不恥薛雲開的行徑，至於薛雲開也一直有武人相輕的毛病，但此刻兩人看著對方都已和自己一樣，是個滿臉風霜的老人，和三十年前大家都是意氣風發，血氣方剛的小夥子已是天壤，此刻都只覺得滄海桑田，相互唏噓不已。

「差點兒認不出來啊！」薛雲開歎氣道。

「對，差點認不出來！」

「來！」薛雲開親切地扶著左寶貴的臂膀，跨進廂房。

左寶貴也大方地跟著他進去。

「這，不用我介紹了吧！」薛雲開的手攤向身後的一個人。

「久違了左軍門。」嗓子沙啞而低沉。此人稍為年輕，約五十，皮膚黝黑，國字臉，滿腮都是灰白色的鬍渣，雖沒皺眉，但一對劍眉卻已指向眉心。嘴角微微地往上打勾。比左寶貴略矮，但身材橫壯，一身官服都被渾身的肌肉充得滿滿的，正是毅軍統領馬凱清。

「久違了，馬軍門。」左寶貴應了一聲。和薛雲開類似，馬凱清是左寶貴二十多年前剿捻匪的時候有過一面之緣，不過之後各散東西。雖然相處時間不長，但兩人卻一見如故，之後還保持書信來往。左知其人品不錯，能和士兵共甘苦，且戰績彪炳，但自從聽說他在新疆期間幹了一些事以後就故意和他疏遠了，即使幾年前他從新疆調到奉天後曾經主動聯繫過自己，左寶貴還是託病不見。故左寶貴此刻連僅有的笑容也斂起，只是平淡地應了句。

薛雲開不知兩人為何如此，只好乾笑兩聲：

「來！坐，坐！」又向門口的隨從喊：「來！上菜！」

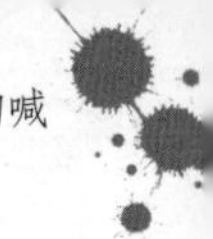


# 第四十六章　宿怨

木房子容易失火，一旦起火，難免延燒至旁邊之石房子。因此，石房子主人應該趕緊說服木房子主人，要其也改建成石房子。若彼不聽，碰上緊急之事，只好強而為之，佔領其房子，為其改建。

「請……」三人打躬歸坐。

左寶貴略略看了看四周的環境，看到這麼大的桌子只有這麼三個人，便問：「怎麼不見豐升阿豐統領？」

薛雲開正站起為兩人斟酒，聽見此話便哧的一聲笑了出來：「左軍門，這裡就只有咱三個老戰友，你就別……什麼了。」本想說個「裝」字，但還是覺得不合適，最後還是吞回肚子裡。

「別……我不喝酒的。」左寶貴舉起手擋著薛雲開提著酒壺的手。

薛雲開臉色沉了沉，但只是一瞬間，然後立刻對小二嚷：「來！來壺茶！」扭頭又是笑又是歎氣地說：「這麼多年了，也忘了你們回民是不喝酒的！」

左寶貴笑了笑，沒有答話。

薛雲開見陸續上菜，便說：「來！吃菜！吃菜！我來了十幾天，朝鮮這小邦的菜好不到哪去，這金鳳樓算是最好的了！」

「好！」左寶貴邊吃邊說，繼續剛才的話題：「怎麼不叫豐統領來？」

薛雲開嗤笑道：「叫他來幹嘛？那旗人，我連他說什麼也聽不清楚！」這時扭頭對馬凱清說：「是吧？」

馬凱清一直留意著左寶貴，而左寶貴卻刻意地避開其目光。畢竟馬凱清實在不明白，當年左寶貴為何不吭一聲就和自己斷絕來往。這時聽見薛雲開跟自己說話，楞了一愣，皮笑肉不笑地應了句：「是……」也沒有看薛雲開，提起酒杯又看著左寶貴。

薛雲開也習慣了馬凱清的沉默。雖然三人均為總兵，但論資排輩馬凱清卻是要排最後的，故可能因此不便多說，畢竟十年前薛雲開認識他的時候也早是如此了。

薛雲繼續說笑似的跟左寶貴說：「告訴你，前幾天我聽說，他的鴨蛋兵連日本和朝鮮也分不清楚，一些人還以為自己到了日本，問這麼熱的天，為啥不把這裡的人殺光然後快快走人？你說……哈哈……」接著對著二人咯咯地笑了起來。本來眼睛已經很細的他，笑起來只餘下兩條線。

左寶貴也早知道豐升阿的練軍大概如此，勉強笑了兩聲，舉起杯子喝了口茶道：「我只是想，既然大家都是千里迢迢的來到這兒，而且還要共同禦敵，這招呼，始終要打的。」

薛雲開喝了口酒，又替左寶貴斟茶，說：「招呼你就自己跟他打吧！我倆……哈哈，打過就算了。何況你也未必要親自找他，聽說他這幾天都在附近提著他的畫眉籠，優哉游哉地漫步……哈哈……說不定待會你就能碰上他……」這時斂起笑容，顯出半點愁容道：「禦敵……你就別指望他們了，他們不幫倒忙，咱就得謝他們嘍！」

左寶貴也輕輕歎息一聲，蹙著眉頭。他當然擔心那些暮氣已深的旗兵，但他更擔心，在大敵當前，人丁單薄的情況下還鬧滿漢不和，可謂未戰先輸。

「別老說那些不痛快的，來！」薛雲開向左寶貴敬酒。

左寶貴舉起杯子，以茶代酒和薛雲開敬酒。喝到一半，不知是給嗆著還是什麼，把臉側向一邊後不停地嗆咳。

「沒事吧你？喝茶也不行？」薛雲開問。

「沒事……沒事……」左寶貴邊咳嗽邊擺手，又拿出手帕捂著嘴巴。

咳嗽持續了好一會，越往後越不像一般的嗆咳了。半晌見左寶貴終於咳嗽完了，閉上眼睛喘氣，薛雲開瞇起一隻眼睛問：「怎樣？身子……不太好？」

左寶貴眼睛也紅了起來，捂著胸口，有點費勁地點了點頭：「對……人老了，毛病就多起來……臨近晚上咳嗽就特厲害……」

馬凱清也注視著左寶貴。他心裡也猜到，左寶貴的身體或許就是三年前他老來喪子後轉差的，而這時又看看薛雲開，馬凱清只覺得，左寶貴雖然只是大薛雲開幾年，但看上去卻有十年之別。

薛雲開那時也聽說過此事，但一時間也記不起

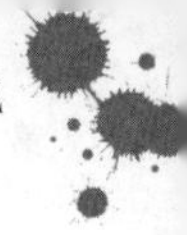

來，只道：「看來呀，關外的環境實在不太好啊！」接著又笑瞇瞇地看著馬凱清期待他的反應。而馬凱清還是沒說話，只是勉強地笑了笑。

左寶貴漸漸平伏，小心地喝了口茶，說笑似的道：「是呀，還是跟著中堂大人好啊！」

「裕帥對你也不薄吧？何況，跟著中堂也未必不用到關外去啊！」薛雲開又笑看著馬凱清，見他還是沒說話，繼續說：「論辛苦，我想咱倆都不及馬兄弟了！在回疆十幾年，回來還是要到關外去啊！」接著拍了拍馬凱清的肩膀。

馬凱清又笑了笑，本想說開腔說一句「還好吧」，但隨即便聽見左寶貴說：「他當然辛苦，在回疆殺人，也殺得手疼了吧？」目光卻沒有看過去。

房間裡的空氣一下子凝住了。

薛雲開的筷子也停在空中，其臉容霎時間僵硬起來，眼珠子滾了滾隨即往馬凱清看去。

馬凱清卻絲毫沒有動怒，只是嘴角泛起了無奈的笑容，目光深邃地看著桌子。因為他終於知道，左寶貴如此對待自己到底是為什麼了。

沉默片刻，噴出一口濃濃的鼻息，用他沙啞而低沉的嗓音緩道：「左軍門，你得知道，那幫人，你要是把他們放了，他們可不會跟你道謝，而且還千方百計地去置你於死地。我不把他們殺光殺怕……壓根就回不來。」

左寶貴卻是一臉慍怒，吭氣道：「用得著幾十萬人嗎？」語氣也越來越重。

只見馬凱清始終是不慍不怒：「咱們打長毛捻子打了二十年，死的人何止數十萬？如果左軍門是念著你們的同族之宜，我倒能理解，也沒什麼話好說。但我也想問問左軍門，你頭上的紅頂子，又有沒有咱們漢人的血？又能不能保證沒有你們自己回回的血？」深沉的目光也終於投向了左寶貴。

左寶貴回答不了，兩目空洞地愣著。

「我看，」馬凱清還補上一句：「咱們頭上的紅頂子，壓根就分不清是哪個族的血……對吧兩位軍門？」

馬凱清的話就像石頭般重重地打在左寶貴的心上。他不得不想起，那天在韓家屯外裕帥跟自己說的話：「你也別忘了，你頭上的頂子，是被什麼東西染紅的？」左寶貴細著眼睛，腦海再次飛快地回憶了過去自己四十年戎馬生涯裡的殺戮，而最後出現在眼前的，就是趙西來卑微地跪在自己跟前，然後就是韓家屯外血腥的一幕……

的確，與其問你是漢人還是回人，不如問，你是官，抑或是賊！

薛雲開見情況實在尷尬得很，忙笑著打完場說：「哎！今天咱們老戰友聚聚，就別說那些不痛快的！」轉頭對著門口喊：「來！叫姑娘來！咱們今天高興高興！」

不用片刻，六個身材姣好，打扮豔麗的朝鮮姑娘便走進廂房向三人請安。

「來來來，好好侍候兩位軍門！」薛雲開向眼前六人打手勢。

左寶貴終於回過神來，牛眼圓瞪。他素知薛雲開有此癖好，不然城外的窯子就不會如此倡狂，而閔丙奭等人也不會在初次拜會就帶著一行女子來。然而他確實沒想過，薛雲開不單敢在自己面前要美女侍候，還「推己及人」要姑娘們來侍候自己！

左寶貴忍無可忍，也可能剛受到馬凱清反唇相譏的緣故，沒顧薛雲開的面子，本能地板起臉，拍了一下桌子說：「大敵當前，豈能還沉醉酒色？！」

見左寶貴毫不給自己面子，薛雲開頓時氣上心頭，但經過多年的官場歷練其脾氣已是收放自如，其臉色只是紅了一下，翻了翻眼皮子，尷尬地笑了笑：「左軍門言重了！我只是想替人家輕鬆輕鬆，畢竟你們剛才……哈哈……哈哈……不過……左軍門你也說得有理，大敵當前，大敵當前呀！」話畢手一罷命姑娘們退下。

馬凱清由始至終沒吭一聲。

見薛雲開這麼說，左寶貴也彷彿覺得初次見面一點面子都不留給薛雲開也不是太好，稍微平靜道：「既然大敵當前，咱們……還是來談談軍務吧？」

「好呀！談軍務！談什麼呢？」薛雲開臉上的微笑更是僵硬，語調也更為虛偽。

「最近可有倭人的消息？」

「什麼消息呢？」

「兵數、佈置、動靜。」左寶貴一說到軍務就顯得著急。

# 第四十七章　形勢

其軍紀訓練以英國為師……紀律極其嚴肅，武器保養、艦內配置非常完善……口令均用英語，艦內部署表、日程表等文件則用中英雙文……水兵們動作迅速，敏捷，姿勢準確。其跨國遠行不多，於本國航行則非常頻繁，然從未發生任何事故。一八八九年旅行演習時，艦隊出港迅速、隊形保持良好……這絕對不是可以輕侮之對手。

「雖然屢有倭人北上之信，但目下他們的主力應該還在漢城，另外龍山、臨津、朔寧三處則各有倭兵約兩千。」薛雲開對於剛才受辱始終是深深不忿。

說到軍務，馬凱清也不計前嫌說：「他們應該是等元山之兵。」其說的是日軍七月初在朝鮮東岸的元山港登陸的部隊，左寶貴在赴平壤途中也得知此消息。

「目下漢城到底有多少倭兵？」左寶貴也開始忘了剛才和馬凱清的齟齬，一副精神都放在當前中日對峙的形勢上。

「漢城的電報已斷，而龍山、臨津、朔寧為南下漢城要道，咱們的探弁過不去，所以不知道漢城的虛實。還有，平壤漢城間也有他們的游兵散勇……」說到這兒馬凱清臉色一沉：「咱們派出去十多隊的探弁，能回來的連一半也沒有，可能已經遭遇不測，所以知道這些已經不容易了。」

薛雲開也眉頭輕皺，邊吃菜邊說：「中堂很早說過，倭人兵力應該在幾千到一萬之間，但那是在倭人增兵釜山以前。增兵以後，我只聽盛觀察提過，謂葉軍門說在成歡與倭人開仗時有萬六千人，還未算釜山的兵……此數雖有誇大之嫌，但元山起碼也有數千人，所以……咱們估計，倭人在朝鮮應最少有兩萬之眾。」

左寶貴自言自語道：「幸虧元山之兵正南下漢城……」

馬凱清喝一口酒說：「元山往平壤的路很難走，翻山涉水，走到這兒肯定人困馬乏。」

「那，他們會不會冒險直接從大同江口登岸呢？之前聽說那裡有倭船出沒。」

馬凱清給薛雲開斟酒說：「那應該是虛張聲勢。那裡沒有像樣的港口，登岸一定要大量駁船，那裡船不多，勉強為之只讓咱們和北洋水師有機可乘，何況沿著朝鮮西岸的江口都有咱們的探弁。」

「你說他們的主力還在漢城，這是幾天前的消息？」

「消息是探弁回黃州拍的電報，電報是三天前拍的，從前方到黃州用了兩三天，所以現在說的已經是約四五天前的情況了。」

「元山有咱們的探弁嗎？」

「早就派去了，不然怎麼知道倭人南下呢？」薛雲開應道。

左寶貴眼睛轉了轉，仍然沒有釋懷，喝了口茶，手捋鬍子說：「咱們現在在黃州有多少人？」

薛雲開邊嚼邊道：「半個哨……」

「半個哨？！」左寶貴瞪大眼睛道：「黃州為平壤與漢城間的重鎮，怎麼只有半個哨？」

「這麼大的平壤，目下還不足萬人，後路也要處處留人，還有多少人可以調動呢？咱們還要加緊鞏固平壤的防務哪！」薛雲開開始不耐煩，僵硬的笑容也早就消失，聲音也更為低沉，畢竟他今天只道和兩人喝喝酒，「輕鬆輕鬆」而已，沒想到左寶貴就是不想讓自己輕鬆。

「趁倭人還未增兵，我想，咱們應該趕緊南下。」

左寶貴輕輕的一句，房間裡馬上變得寂靜，薛雲開夾菜的手也停在半空，連咀嚼的聲音也沒了。馬凱清也怔了怔，臉側向左寶貴，正提起酒杯的手也緩緩放下。

沉靜半晌，薛雲開終於忍不住，咽了一口，嗤笑道：「如此兵單，怎能還分兵漢城？」

然而左寶貴還是一臉嚴肅：「兵是不多，去不去漢城也可以再斟酌，但關鍵是，和倭人一樣，先據守四周之險，使對方不能裕如赴平，咱後路的援兵就能相機前進。」

左寶貴說的其實也不是沒有想過，薛雲開慢慢地斂起那「笑容」，坐直了腰，臉色又冷起來，吁了口氣，凝思片刻，眼睛斜著桌子上的杯子說：「平壤與

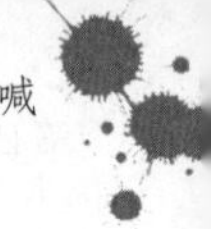

漢城相距千里，要是南下，必定難以通氣，且容易被倭人從中攔截，或繞過咱們出擊之師直取平壤。若處處留兵，咱前方和平壤之兵就更少了。」

左寶貴反駁道：「現在不是他們北上就是咱們南下，誰沒有通氣之虞？誰不怕被對方從中攔截？何況中朝一衣帶水，咱們後方援兵陸續繼至，反觀他們隔海而來，背水而戰，比咱們還艱難，隨帶糧食也必定不多，為何人家還敢銳意北上，而我等卻龜縮不前呢？」

「說起糧食……」本來一時間也難以反駁，但最後聽見「糧食」，就馬上想到了。薛雲開擱下筷子，雙手放在桌上，看著眼前一桌的飯菜，冷冷地笑了笑，但又像是苦笑：「這可又是一大難處呀！咱們為求先進平壤，都是人先走，而糧草在後。但現在也快一個月了，盛軍國內的糧草才剛到旅順，就算到了義州，也得像毅軍的糧草一樣，不知何時才能過江，過了江的還要沿那條該死的朝鮮後路上轉運，目下咱們隨帶的軍糧還有在路上的呢！我想，貴軍也好不到哪去吧？」

見左寶貴默默地聽著，沒有回話，薛雲開繼續道：「目下平壤已近萬人，吃的都是隨身攜帶的那丁點的糧食，咱們雖已委託平安道就地籌措，但物價就隨之上漲。雖說朝鮮物價便宜，但平壤的百姓也得吃的呀！還未說即將到來的蘆榆防軍和各路援師？你說，如此境況，如何南下？」

然而左寶貴卻好像早就想過這問題，盯著薛雲開道：「既然平壤是養不起這麼多人，那咱們就更應該分兵駐紮，此其一。其二，現在開始秋收季節，而平壤漢城之間農田眾多，我想應該沒有糧食之虞。其三，我也說了，咱們南下不一定要去漢城，只據守四周之險，最多出行數百里，要是糧食遠在義州，那在黃州還是在平壤又有何區別？」

薛雲開反駁不了，細起眼睛看著左寶貴，眼冒寒光。老實說，薛雲開雖然縱情酒色，但習慣武人相輕的他絕不是泛泛之輩，而他亦有心再官升一級，所以他此番被派來此地，絕不像那些盲目自大的官兵，相反，他早就聽說過日軍近年勤練西法，務求脫胎換骨，也早就想過眾多對策，這也是為何他老覺得兵力太單，也早已有所佈置並派出探弁打探日軍軍情。

但他始終認為，以一萬兵力死守平壤，靠著平壤的天險和雄偉的城牆，縱是惡戰，相信倭人亦難一舉攻下。而時日一長，也就如左寶貴所說，後方緩師陸續趕至，對倭人必然不利，那時候再南下漢城也不為遲。故在薛雲開看來，其他任何策略都得冒不必要的險。

但最重要的還是，作為北洋嫡系的他，早就收到一意主和的李鴻章的指示，絕不能孟浪進兵。這和其海戰思維如出一轍，重兵之駐平壤猶如水師之守渤海，兩者都只作「猛虎在山之勢」，務求以逸待勞。畢竟，盛軍、毅軍和北洋水師都是李鴻章的家當，打光了自己也完了。何況，所謂的四大軍已經是東拼西湊，一時三刻也實在難以再擠出什麼援兵來。故即便薛雲開真覺得左寶貴的話有理，也絕不敢去改變李鴻章親自定下的策略。

至於左寶貴則已離開北洋多年，此次奉軍為四大軍之一，也是由李鴻章出面請裕康而非直接調遣。故李鴻章其實是不太好意思對奉軍指手畫腳的，但同時也不會向其透露其心裡的盤算，當然這也可以免得左寶貴摻和。至於對李鴻章唯命是從的薛雲開，對於這個由上司請來的左寶貴，即便對他更不滿，也不好意思隨意拿上司的話來壓他。

故此刻的薛雲開也不想再反駁左寶貴，也沒心思去思量如何反駁，只道他欲爭功，又或是輕敵，緩緩道：「左軍門呀……你有你的道理，但你說的，終究還是冒進。此次倭人來勢洶洶，有備而來，咱萬不可以輕敵，葉提督的捷報，未必可信。我看，咱們應該先固後路，後圖進取為妥。」

「我就是不輕敵才有此議，」左寶貴鼻子吭氣道：「至於葉提督的捷報，我壓根就不信！」

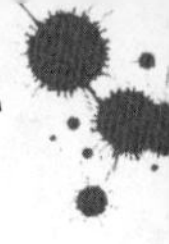

# 第四十八章　小人

傍晚隨宗方君等出席宴會，認識伯爵龜井茲明。其人雖為伯爵，卻好客熱情，尤敬重吾等先覺志士，一見吾等之短髮即已辨識，且能直呼吾等名字。彼曾留學德國，精於攝影，聞將隨第二軍赴清國拍攝照片云，與其作伴或未可知……席間眾人談笑風生，胸襟爽快。予雖亦談笑，然終有「眾人皆有餘，而我獨若遺」之感。

薛雲開覺得這個左寶貴實在很難纏，不耐煩地說：「總之，朝廷對咱們此行的命令是到平壤會辦軍務，何況至今尚未委任諸軍總統，那咱們就應該謹遵朝廷的意思在此候命，而非自作主張！」話畢盯著左寶貴，目光也變得挑釁。

「那咱們也應該審時度勢，向朝廷進言，而不是在這兒株守以待吧？」

薛雲開忍無可忍，動氣說：「要是左軍門你覺得南下有利，就請你先向朝廷進言，又或奉軍自己去也行！本軍門還是覺得先圖守局，穩打穩紮，而不是在人寡兵單下孟浪進兵，貪功好勝！」

靜默中左寶貴看著薛雲開，覺得大敵當前下實在不宜與他鬧得太僵，畢竟入朝的勇兵數目盛軍就佔了差不多一半，故最後只是輕輕點頭，退讓道：「既然薛軍門這麼說，我就只好獨自向朝廷進言了，不過……也不要說我沒提醒薛軍門，朝廷命咱到此會辦軍務，其背後的意思顯而易見，就是把倭人驅逐出朝鮮。若是一味言聽計從，連出謀劃策也不敢，恐怕往後就難更上層樓了……」左寶貴知道他才是貪功好勝之人，故以此誘說。

薛雲開鼻子吭了口氣，白了一眼，喝了口酒，沒再吭聲。

馬凱清始終沒發一言。

左寶貴想起剛才提到葉志超，便問馬凱清：「可有葉提督的消息？」畢竟這時關係好一點的要數馬凱清了。

「幾天前來了他們的飛騎，說他們正在元山南邊的高城附近，咱們已經派人去接應了。」

薛雲開此時語帶不屑道：「繞這麼大個圈，哪兒像打勝仗？」

左寶貴和馬凱清都沉著臉，沒出一聲。他們都知道，若葉志超是打敗仗，對於「貪功好勝」的薛雲開要當平壤總統，以至往後再往上爬，可是個絕好的機會。左寶貴也想說，成歡位處漢城南邊，敵眾我寡，往東繞過漢城北上也是無可口非，但為免再和薛雲開交鋒，始終沒有開口。

過了一會，左寶貴再吃了點東西，再問了一些軍務細節後，見沒什麼好談，又急著回營地處理軍務，便向兩位告辭。

薛雲開此次本想替左寶貴洗塵以示好意，誰知道熱臉貼著冷屁股，這時看著其背影沿著走廊遠去，再也憋不住，也不介意給身旁的馬凱清聽見，白眼罵了句：「臭回子！」

馬凱清沒有出聲，也放眼左寶貴的背影，眼神還是依舊深邃。

未幾馬凱清的親兵在房間門口向他打招呼，神色甚是不安。

「失陪一下！」馬凱清跟薛雲開說了聲，然後走到門口：「什麼事了？」

那親兵看了看房間裡的薛雲開，見他只管喝酒吃菜，然後又把馬凱清引開了好幾步，才惴惴不安地低聲說：「剛收到中堂的電報，說有傳言，謂毅軍赴朝途中姦淫搶掠，中堂現在很是不悅呀！」然後提起手中那電報譯文。

馬凱清駭異非常，搶過譯文，讀了一遍又一遍，眼睛久久也沒眨一下，臉色變成了鐵青，哪怕血戰沙場，四面楚歌，心裡也沒有過如此的悸顫。

此行他一直戰戰兢兢，畢竟幾個月前才補受太原鎮總兵，和左寶貴和薛雲開屬同級，但比兩人都要年輕。而此次剛正式當上總兵李鴻章便對其委以重任，貴為一軍之首，若不負所望，提督之位指日可待。但如今，何以就出了這樣的一個岔子？還要壓根是胡說八道，無中生有？！他麾下的毅軍戰績彪炳，追隨左宗棠收復新疆他功不可沒，他治軍之嚴連左宗棠也承認，早年在旅順建港他不遺餘力，此行赴朝他馳騁萬里，馬不停蹄，他自問盡心盡力，何以目下中堂卻不相信自己？難道真如左寶貴所言，自己在新疆殺戮太

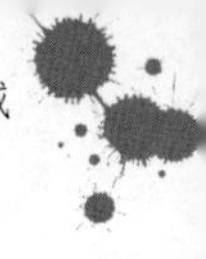


甚，連中堂也覺得自己麾下的毅軍是驕兵悍將，是群殺人不眨眼的野獸？但這也罷了，明明那些事都是盛軍和練軍幹的，何以現在變成了毅軍幹的呢？！

馬凱清實在想不明白。

「會不會……得罪了小人了？」那親兵在旁嗫嗫地說著。

馬凱清心裡沒底的看著那親兵，久久說不出話來。

◐ ◐ ◐ ◑ ◑ ◑

左寶貴在平壤大街走著，眉宇間的憂色始終揮之不去，思緒始終停留在剛才和薛雲開的舌戰上。畢竟，他下了死令催趕一眾將士千辛萬苦地趕來，期間不少兵丁倒下，就是為了和日軍爭奪平壤和漢城間的要隘，但沒想到薛雲開卻是如此消極短視，只願龜縮平壤！

好不容易回到奉軍營地。時已是傍晚，營地裡已點起來篝火。進了門沒幾步，多祿和馬占鼇便迎了上來，然而還未開口，左寶貴便東張西望，急著問：「德鳳在哪兒？」

馬占鼇應道：「在屋裡。」

左寶貴應了聲，急步往西北角的府邸走去，也沒看兩人。兩人見狀忙跟著上去。

「軍門，」馬占鼇臉帶喜色道：「中堂答應給毛瑟五百杆，子十萬了！」

「啥時候到？」左寶貴沒有停下步，也沒什麼喜色。

「已電旅順龔魯翁交解義州。」馬占鼇見狀，臉上的喜色也沉下來。

「電催！」

「是！」

「有說炮位之事嗎？」

「沒提……再問嗎？」

「還用說嗎？」

「是……」馬占鼇轉身欲走，卻被多祿喊住。

多祿跟左寶貴說：「洋槍問一千試試看？」

左寶貴沒有停下，攤開五指說：「有五百已經不錯了，再要的話炮就要不成了！」

「槍不要，子可以多要！」

左寶貴終於停下，想了想，抖了抖豎起的兩根指頭：「跟盛觀察說，子十萬太少，看能不能有二十萬！」

「是！」馬占鼇正欲再動身，只聽得左寶貴又道：「還有……」略略一停，臉色變得更為凝重：「你馬上擬電盛觀察，說，屢有倭人北上平壤之信，而前敵各軍到平者已近萬人，故應先發制人，扼據形勝，若遷延不進，坐失事機，彼漢城之守亦固，往後剿辦就更為辣手……」說到這裡馬占鼇的額頭開始冒汗，不停地翻眼皮子，全神貫注地記住左寶貴的命令。

遲疑片刻，左寶貴繼續道：「還有……要剿辦得力，平壤亟需一總統以飭令各軍……聞傳相盼將甚切，也深知薛京雄、馬達三、豐厚齋皆堪大任，但若我左冠亭敢力請，問他肯援引否！」

不單馬占鼇和多祿，其餘眾人皆有點詫異地看著他們的左軍門。因為他們都知道，在薛雲開、馬凱清、豐升阿，以及尚在北上的葉志超當中，以葉志超的官階最高，論戰功的話，則葉、薛、馬、左都不相上下，而豐升阿則有著旗人得天獨厚的身份，左軍門的優勢，可能就是長年駐守邊關，加上年紀最大了。加上左軍門一向都給人謙遜禮讓之感，故現在聽見他欲自薦當平壤總統，無不報以詫異的神色。

不過最讓人詫異的還是，李鴻章哪會讓自己的淮軍給非淮系的左寶貴統率？故左寶貴也不過寄望他能念著自己好歹也是淮系出身，但求碰碰運氣而已。而大夥也知道，左寶貴如此明知不可為而為之，肯定是為了大局著想。

「去吧！」左寶貴沒有理會眾人的反應。

「是！」馬占鼇也不敢怠慢，應了一聲急步離去。

# 第四十九章　求戰

想月前政府頒佈《軍事公債條例》，計劃籌集五千萬日元，這對此人口不足四千萬、工人日平均工資不到一毛五日元之國家，無疑是強人所難，然目下僅一月就募集七千六百九十四萬日元，振奮之餘，更深感吾等軍人責成之重。

多祿續道：「後路飛騎通報，炮彈糧草才剛到安州。」

「不是留了人了嗎，怎麼還這麼慢？」左寶貴皺起眉頭，臉色更是難看。

「道路實在太難行吧……」

「那兩千石的糧食呢？全到了義州沒有？」

「全到了，靖邊軍正在搬運過江。」

「過了江的有多少？」

「不清楚，應該剛剛才開始過江。」

「你馬上告訴魏直牧，未過江的全走水路試試，過了江還未發軔的也改走水路，沿海邊走平壤！」魏直牧為奉軍糧台的委員。

「這……」多祿擔心，現時中日的艦隊都在黃海一帶搜索對方，故日本艦隻隨時都可能在附近出現，之前在大同江口以至遠及山東也發現其蹤影，這也是為什麼各大軍都只在大東溝上岸，寧願冒暑帶雨走難走的陸路，也不冒險直接從海路進軍平壤的原因。

左寶貴知道多祿擔心什麼，說：「倭船應該不會如此冒險跑到朝鮮內海的，何況咱們只走近岸，有什麼動靜馬上上岸，應該沒事的！」

多祿點點頭說：「好！」

走進室內，見金德鳳正和其哨官們會商。金德鳳見左寶貴回來便問：「談得如何？」

「和這些人沒什麼好談的！」左寶貴板著臉，話說得很急。

各人見左寶貴臉色不好，又像是找金德鳳說話，都紛紛告退。

「沒事吧？」金德鳳問。

左寶貴搖了搖頭，眉心皺成一個「川」字：「你明早就帶左營進紮黃州！」

「明早？這麼急？咱們也是剛到！」

「沒辦法，黃州目下竟然只有半個哨，說不定已經沒了。」

「倭人到了黃州了？」金德鳳大吃一驚，畢竟黃州離平壤很近，幾天就能到達。

「不，他們的大隊應該還在漢城，但中間可有他們的游兵散勇，之前他們的探弁不就是差點就比盛軍先進平壤嗎？」見金德鳳點了點頭，繼續道：「你到了以後，若見到倭人，人不多的話，就給我狠狠地打，最好能活捉，人多的話就別打，擇地駐守，馬上通報……」左寶貴話說得很急，呼吸也很急速。

「好！我這就去辦！」金德鳳說著也急步離去。

看著金德鳳遠去，大堂裡空無一人。

該說的都說了，該聽的都聽了，該囑咐的都囑咐了，從早上才到平壤，到現在才有一刻稍微安靜，左寶貴只覺得很累，走到旁邊一張椅子坐了下來。

靠著椅背，閉上眼睛，呼吸放緩，然而未幾就感到有大量液體從鼻孔深處湧出，左寶貴馬上身子前傾，欲取出手帕，但已經來不及，只好用手，然後傳來的又是一股熟悉的氣味——血腥味。左寶貴攤手一看，又是黏黏的鮮血，血都滴到地上去了。

一滴、兩滴……

越來越頻密了。

左寶貴默默地看著，目光像是不甘，又像是在自憐。他駝著背，低著頭，雙臂無力地擱在大腿上，身體連同呼吸一同抖顫。他覺得很冷，雖然太陽的餘溫還在。他覺得很靜，雖然外邊是千軍萬馬。昂藏七尺的他在空虛寂靜的大堂裡，此刻竟餘下佝僂瘦小的身影……

◐ ◐ ◐ ◑ ◑ ◑

烈日鞭撻著大地，像是要把地上所有的水都蒸發掉。

岳冬所在的親軍這幾天都被派往平壤北門玄武門外的牡丹台高地修建堡壘。

牡丹台高約一百米，離玄武門只有約三百米，從牡丹台上可以俯瞰整個平壤城。由於牡丹台是平壤城外主要的制高點，這裡修建的堡壘相比附近其他奉軍所修建的堡壘是最為宏大的。

煙塵滾滾。上百個奉軍赤著上身，裹著頭，大汗淋漓，烈日下晃動著耀眼的古銅色的身體，務求儘快完成左軍門的命令——建好最基本，也是最重要的城北要塞。

岳冬一棚人這天沒有在山上，而是在山下的平地負責挖坑埋地雷。

四周以石塊圍著，插上了大紅旗，以示裡邊有危險。地雷埋好了，在上面再插一面小紅旗，以標示地雷的位置。地雷區內以樹枝圍出了通道，讓勇兵們安全地行走。岳冬是奉軍裡少數去過天津武備學堂學習的勇兵，加上他一向做事都是小心謹慎，故這個危險的任務自然是非他莫屬。

去了天津學了一年西洋行軍的東西，這些年對小股胡匪壓根就用不上，尤其是測繪、埋地雷等這些玩意，現在終於大派用場，但過去了三年自然免不了生疏。

「好累哇！」黑子再也鏟不動，身子靠在鏟子上，喘著氣地說著。又仰頭細起茫然的眼睛，對著烈日哀歎：「咱啥時候能回去呢？」

旁邊的老兵方臉聽見便笑了：「還未趕走倭人，哪能回去呀？」說著也停了手喘氣，其他勇兵也忍俊不禁，也紛紛放下了鏟子，趁機休息一會。方臉本姓吳，由於正面看兩腮差不多成直角，是一張完美的國字臉，故被人戲稱方臉，久而久之也被人叫老方了。

「休息會吧！」貓著腰丈量距離的岳冬也伸直了腰，見赤膊上陣的兄弟們都累成這樣，而自己不需挖坑也覺得酷熱難當，故也不好意思強逼他們，何況這幾天已經逼得他們叫苦連天了。

黑子又說：「咱們究竟啥時候才動手呢？」

「對！每天幹這無聊的活兒！我恨不得馬上去砍倭人哪！」老兵老嚴一使勁兒把鋤頭插進了土堆裡。

「說到心急，哪個比得上咱們岳頭呢！」另一個老兵小李子笑瞇瞇地說。雖然身材魁梧，且有習武，但由於天生一副娘娘腔，故被人冠以此戲稱。

自那天和三兒聊天後，岳冬和其他人也多了說話，心情也算是舒暢一些，沒有那麼死氣沉沉了。故此刻的他也不在意老兵們的調侃，瞥了一眼，淡淡一笑，畢竟刻下和自己同甘共苦的就是這裡的戰友了。而他也確實比其他人著急，因為大夥都知道，他一有空就會待在營務處外打聽消息的。

從旅順出發，勇兵們一直都聽見左軍門再三強調這是一場惡戰，日本人不可小覷云云，但隨後聽聞葉志超在成歡大捷，在進駐平壤後又看見一片「歌舞昇平」，完全沒有大戰在即的氣氛……一切一切，都讓這些首次出國抗敵的士兵迷茫，他們實在不知道他們即將要面對的敵人，一直都覺得和朝鮮人差不多的人——倭人，究竟是何方神聖，是龍是蛇，還是有三頭六臂。就在這樣一個好奇、恐懼、疑惑的心情下，他們更希望的是速戰速決，而不是每天在這裡瞎折騰。

而剛剛經歷人生起伏，生離死別的岳冬，這感覺自然更為強烈——每天起來就是像昨天一樣的幹活，就意味著還未開仗。一天沒開仗，一天自己就沒有立功的機會，一天左叔叔就繼續視自己為仇人！一天沒開仗，一天就不能回去，一天就不能和蘭兒團聚！

至於那些毫不擔心，壓根不信左寶貴話的勇兵們，自然更是蠢蠢欲動，欲馬上南下，好好教訓教訓那些讓他們的左軍門終日愁眉苦臉的倭人，好讓左軍門開開顏，長長自己威風，也好讓自己早一點回國。

所以，不論擔心不擔心，勇兵們都磨刀霍霍，躍躍欲試。

黑子長吁一口氣：「天吶！我寧願跟金字營去黃州也不想待在這兒呀！」

# 第五十章　國仇

野戰郵政局開始營運，士兵們紛紛把早已寫好的家書和郵政儲金寄回國內……

「你說……」這時三兒見遠處小路上有一隊人正朝這邊走來，有意無意地說：「啥時候旅順會有信來呢？」這些日子三兒無時無刻都想著老家，想著老娘，以至於一有機會就跟老家老娘扯上關係。

岳冬怔了怔，順著三兒的目光遠眺那隊人，思索著三兒的話，心裡又是一陣戚然。

小李子鼻子裡嗤的一笑：「咱們走了一個月也沒有，哪有這麼快呢？說不定你娘還在朱翁家門口候著呢！」朱翁是個三兒家附近以替人家寫信為生的落第書生。聽見小李子這麼說，轟隆隆的笑聲頓時爆出。

「哈！三兒想娘想瘋了！」方臉也笑道。

「還有小蓮呢！」

「對對對！」

「咱小三兒第一次離開娘親這麼久嘛，當然想娘啦！」其他老兵也紛紛拿三兒開玩笑。畢竟在這些老兵眼中，黑子和三兒等只不過是娃娃而已，尤其是三兒才十六歲，應該是全奉軍最年輕的勇兵了。至於才滿二十的岳冬，不是聽說過他之前在韓家屯如何脫胎換骨，英勇殺敵，以往一向膽小怕事的他肯定脫不了他們的「娃娃兵行列」，更不會讓老兵們心悅誠服地稱他做「岳頭」。當然，雖說是「老兵」，但他們也不過是三四十歲而已。

三兒指著老兵們反駁：「小李子你不惦記你老婆？老陳你不惦記你七十歲的老娘？老方你不惦記你三歲的兒子？……好啊你們，要是旅順有信來，你們別跟我哄搶！」「娃娃兵」與老兵們之間的「唇槍舌劍」，已是維繫團隊感情，打破代溝的最好方法。

看著眾人有說有笑，岳冬的嘴角也再次浮現出淺笑來。

「但你們沒聽說盛軍已經真的有信來了？」一個不新不老的勇兵鎮東卻說。

「哪個盛軍？」老陳立刻扭頭問。薛雲開的盛軍固然叫盛軍，而豐升阿的練軍有一盛字營，也稱作盛軍，故有此一問。

號稱「棚中軍師」的潘亮說：「是薛雲開的盛軍，他們最早來的。」

「對！我也聽說過！」最後一個沒開口的勇兵石頭接過話茬：「好像是前天的事兒！」

一個月雖然很短，但對於崇尚親情的國人來說，至親出征千里自然是忐忑難熬。故很多人真的如小李子所說，在與親人離別沒幾天就已經托人帶信捎東西去朝鮮，而營房有見及此，也集合了各人的信和東西一批一批的派人以輕騎送去，所以沒多久就有信和東西捎來。

石頭說話後沒人再說話，聽著落下的沉默，眾人心中不能不再次泛起對親人的思念，而這難得一時的快活空氣也隨之消散。

沒過多久，遠處的那隊人終於走近眼前，是一些附近的朝鮮居民。有男有女，但男的多一些。他們都帶著吃的，有大米、蘿蔔、玉米、蔬菜、雞鴨……還有個拖著牛的。一些男子也帶著鋤頭等工具。他們也是汗流浹背，但每個人臉上都展現出親切友善的笑容。

「喂！你們別過來啊！裡邊危險！」岳冬眼見他們欲走近地雷區，忙上前擋著他們的去路。

眾人楞了愣停下。走在前頭一個老者，雙手作揖，以不流利的中國話說：「呵！我們都是住在附近的村民，聽說左寶貴左將軍是真心幫我們抗擊日寇的，所以欲前來幫手，也帶了點糧食慰勞各位！」然後身後的人都舉起手上的東西，「舂舂」地嚷著。

岳冬身後的勇兵見狀紛紛上前湊個熱鬧。

左寶貴平日教導下屬，絕不可拿取百姓的東西，哪怕是他們欲報答自己而獻上糧食，之前岳冬也碰過類似的情況也是斷然拒絕的，哪怕對方是一番好意，所以岳冬馬上理所當然道：「左軍門有命令，咱們不可私取百姓的東西，也不可打擾百姓，你們回去吧！」

「這……」那老人的臉容開始扭曲，眉毛跳動，提起抖著的手，嘴唇一個勁地哆嗦：「這怎麼能呢？！你們千里迢迢來幫我們，我們出一份綿力也是天公地道的吧！」老人和這些人在烈日下千辛萬苦帶著這麼多東西走來，還要是自己的家當，本以為岳冬會欣然接受，誰知道換來的竟然是一盤冷水，難免動氣。

岳冬沒想過老人會如此大的反應，楞了一楞，趕緊解釋道：「老伯呀……咱左軍門是有命令，要是我要了你們的東西，或者要你們幫手，我肯定要受罰的呀！」

老人吹鬍子瞪眼說：「要罰就罰我！我們都是自願的！哪有要你受罰的道理？！」

岳冬愣著，一時間說不出話。他從來未遇過這樣的情況，之前的只有稍微勸一下，他們多會「知難而退」，因為他們多是貧苦百姓，物質本就貧乏，獻上的食物也不多。現在這裡的百姓雖然也是十分貧苦，而看著他們帶來的東西，對比他們的衣著，可想而知這差不多就是他們全部的家當了，但他們竟然還是如此盛情難卻！

此時老人身後像是有人聽懂岳冬的說話，翻譯了給身邊的人聽，人們聽後開始騷動起來，「舂舂」地向著岳冬叫嚷，男的還揮動著手上的工具，像是要動手一般，岳冬身後的勇兵見狀馬上拿起鋤頭站到岳冬身前。

老人忙叫身後的人冷靜，岳冬也命勇兵們退下。

老人見岳冬有點不知所措，又見他年輕，上前握著岳冬的手肘，抬起頭語氣稍微放緩道：「年輕人，你知道他們為什麼這麼憤怒嗎？」

岳冬見老人臉上滿是豆大的汗珠，疲態畢露，也注意到他們每個人都是大汗淋漓，想必走了好一段路，便說：「你們走了很遠的路吧？要不……我帶你們進城休息一會，然後命人替你們搬東西回去也可以啊！」

老人見岳冬始終不明白自己的意思，苦笑一聲，搖了搖頭，又抬起頭，眼光和聲音都更是凝重：「年輕人，你知不知道，這裡的人，每一個都有親人死在倭人手上……」說著越是激動，眼睛也紅了，捏著岳冬的手更是抖得厲害，力也越大：「倭人這些年在朝鮮驕橫跋扈，目中無人，現在還佔我王都，禁我國王……是可忍……孰不可忍哪！」

岳冬心頭一震。一直以來，在岳冬眼裡，還其他這些從「天朝」來的官兵，對朝人不滿倭人的認知，不就是因為倭人「欺負」朝人嘛！但是他們從來都不會去細想，這「欺負」兩字，到底是由多少血淚寫成，遑論會同情他們，或設身處地去感受他們對倭人的仇恨到底有多大。然而這也難怪他們，畢竟在他們看來，自己要離鄉背井來替這個落後貧瘠的藩屬打仗已屬不幸，哪有功夫理會這裡的「土人」本身有多不幸？

說到親人，岳冬心裡倏然泛起了無限的同情，同仇敵愾的心情油然而生，也覺得民心可用，便對老人說：「我跟我哨官說說吧！看能不能收下……或者是買下你們的東西，還有能不能安排你們幫手吧！你們先過來這邊休息休息！」然後扭頭對勇兵們說：「你們都過來幫他們拿東西！」

「好！」「是！」勇兵們也有所動容，紛紛上前替他們拿東西。村民見狀以為他們終於肯收下，無不大喜將東西交給了勇兵。

一行人跟著岳冬走著。老人也終於開懷，好奇地東張西望四周忙忙碌碌的奉軍官兵，感到這裡的士兵比他們自己朝鮮的士兵的確長進多了，心裡更是踏實，便向岳冬問：「年輕人啊，你們到底什麼時候動手呢？」

岳冬回答不了，眉頭皺了一下說：「我也想知道……」

# 第五十一章　相思

四處遊歷，總有異國風光之感。回來月餘，憶起的卻總是清國的人物。

晚上。

◐ ◐ ◐ ◑ ◑ ◑

時間差不多了，岳冬又在營務處前盤桓，等待一眾營官哨官和左軍門商議後出來，以打聽最新軍情。

十天過去了，左寶貴每天都要所有營官、哨官晚上到自己的行轅彙報消息和工事進度，商議軍務等等。現在只有金德鳳的左營馬隊南下黃州，而且沒有什麼消息。欲趕走倭人的話自然就是要大軍南下，但在著急的岳冬看來，倭人北上似乎也比什麼動靜都沒有要好。

這時一眾營官哨官終於出來了。

「回去吧！」「都一樣！」「沒動靜！」營官、哨官們早就習慣岳冬這樣，也清楚岳冬的心情，故也不用岳冬開口就直接跟他說了，有些甚至是看了看，搖搖頭，或拍拍岳冬的肩膀，什麼話也沒說就走了。其實跟著左寶貴出生入死多年的他們，每一個都是看著岳冬長大的，對於左軍門和岳冬鬧成這樣也很是痛心，他們都希望能儘快讓岳冬有立功的機會，好讓左寶貴對岳冬改觀，或告訴他一些好消息，然而始終是有心無力。

雖然失望，但岳冬也不想自己成為兄弟們茶餘飯後的談頭，張大圓乎乎的眼睛，裝著若無其事，像是經過一樣。此時再沒有人出來了，岳冬正欲離去，然

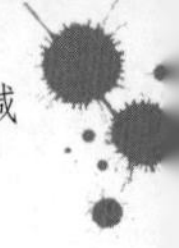

而眼角卻感到大門旁邊一直有人盯著自己，扭頭一看，正是楊建勝。

楊建勝走到岳冬跟前，板著臉的他像是看穿了岳冬的把戲，也像是忍受不了連日來他那讓人不勝其煩的憂鬱，上前一把其胸脯往府裡拉：「過來！」

岳冬想不到楊建勝會突然動手，睜大雙眼嚷：「幹嘛呢？！」

「叫你過來就過來！」楊建勝頭也沒回。

「你拉我進去幹嘛？」「我不進去！我不進去！」見楊建勝把自己往屋裡拉，岳冬忙用力掙扎。自從左寶貴吩咐過不要自己再給他送藥後，岳冬就再不敢進去左寶貴的住處，看見左寶貴的機會就更少，哪怕有也只是遠遠看到，而來了平壤以後更是沒有進去過他的行轅。因為他深知，一天沒令左叔叔消氣，或一天沒趕走倭人，左叔叔壓根就不想看見自己。

「他在膳廳，不會見到你的！」然而楊建勝的力氣更大，沒幾句話已經把岳冬拉進大堂。

大堂中央是一個宏大的模型，山脈、河流、村莊、軍隊等等一應俱全。這是一個平壤和漢城之間的模型，當然，岳冬一時間也沒看明白。

然而楊建勝要岳冬看的不是這模型，而是掛在旁邊的一副東北亞的大地圖。

楊建勝把岳冬拉到地圖前，用手猛地指著：「你小子自己看看，日本就這麼大，咱們東北就已經這麼大。咱們有四萬萬人，日本連四百萬也不知道有沒有……」往膳廳瞥了一眼，像是擔心左寶貴出來，見沒人叉腰又道：「一天到晚想著沒命回去，一天到晚苦瓜的臉兒，你煩不煩人你？！」

岳冬終於知道楊叔叔是這意思，見他氣急敗壞地罵著，只好低下頭讓他罵個夠，待他漸漸平伏，才緩道：「聽說……聽說英國也是很小，人也很少……」話畢又低下了頭。

岳冬的聲音雖小，但已讓楊建勝語塞。他實在沒認真想過岳冬說的這一點，眼珠轉了個圈，沉默片刻才勉強想到怎樣辯解：「……日本和英國怎麼可以同日而語呢？人家英國是西洋，發明了洋槍洋炮，還有洋船鐵甲。日本有什麼呢？她就像咱們的屬國一樣，像朝鮮一樣！」接著把岳冬的身體往門外轉，手指指著外面：「你看看，你看看這裡的人，有哪個長進的？還未說倭人長得都像武大郎呢！葉提督不是打勝仗了嗎？」

楊建勝說的東西其實勇兵們早就聽過不知多少遍了，一些人就是因為這些而繼續輕視日本，但像岳冬放不下的，就始終是放不下。

聽著楊建勝的「雄辯」，岳冬開始留意到眼前這地圖。地圖很是眼熟，對，他在武備學堂聽教習介紹國際形勢時看過的。那是日本，那是朝鮮，那是吉林，那是奉天，那是山東……

楊建勝見岳冬聚精會神地盯著地圖，像是壓根沒聽自己說話，問：「看什麼你？」

「旅順在哪兒？」岳冬看得入迷，一副精神都在地圖上。

楊建勝知道自己費了這麼多唇舌都是白費，只好喟然長歎了。

岳冬終於發現自己想找的位置，伸出了指頭，輕輕地點著，撫著，目光久久也沒有離去，仿佛看見圖上那「旅順」兩字，心裡就泛起了絲絲的暖意。

此刻，遠在千里之外的心蘭卻若無其事，一臉冷峻。即便目光數次略過那掛在門後的世界地圖，焦點數次落在那朝鮮半島，但也只是一瞬而已，完全不動聲色，畢竟，視線旁邊就是不時盯著自己的司大夫了。

這是司督閣的應診室。佝僂瘦小的曾大夫正閉上眼睛坐在心蘭面前，伸出三個指頭輕放在心蘭的手腕上，久久沒動，司督閣則坐在其身旁。

心蘭也不是故意的冷峻，畢竟她身體已不適了好幾天了。這天本想去找司大夫看看，誰知道碰見曾大夫，便順便讓曾大夫替自己把把脈。

沒人說話，門外隱約傳來了信徒們的歌聲以及伴奏的鋼琴聲。聲音雄渾而低沉，崇高而壯美，像是在讚美他們的耶和華為世人犧牲。

心蘭的目光繼續在室內不安地遊走著。每一下鋼琴的重低音，就如鐵錘般重重地震盪著其脆弱的心扉，心跳隨之加速，也變得越沉、越重，而歇斯底里的血液則更快地流遍了全身。然而，臉上卻始終是不動聲色。

司督閣也一直在打量著曾大夫，只見他眼眉不時跳動，額頭冒汗，像是被歌聲所影響。

過了一會，曾大夫放開了手。司督閣馬上問：

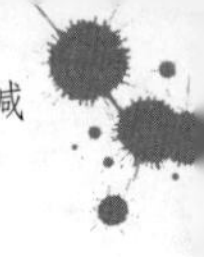

「怎樣？」

「你……你覺得怎樣？」曾大夫卻反問司督閣。由於實在太老，說話時不單聲音抖顫，嗓子也嘶啞了。

「沒什麼，就是心跳快了些。」

曾大夫豎起了指頭，正欲再說，突然傳來了敲門聲，司大夫讓門外人進來。是葉夫人。

「原來你在這兒！」葉夫人像是找了心蘭很久。

「怎麼了葉阿姨？」

「前幾天跟你說的那件事你想得如何？」

「什麼事？」

「捎信去朝鮮哪！」葉夫人張大眼睛說：「船明天就要開了，你真的不打算給他們捎信？」

心蘭低下頭，淡然道：「不捎了。該說的……都說了。」

「那要不要捎點什麼東西？」

「也不必了。」

「便船不可是經常有，即便有人家也未必行方便，你可得想清楚呀！」

心蘭還是搖頭，也避開了葉夫人的目光。

葉夫人也知道心蘭的性格，也沒打算再勸她，只輕輕歎道：「船明天下午四點鐘開，到時候我也在碼頭……你要是回心轉意，就來找我吧！」

一直看著心蘭的司督閣見葉夫人欲離去，忙道：「慢著葉夫人！」然後扭頭又看著心蘭。

心蘭眼睛往上瞥了他一眼，見他仍默默地看著自己，猜到他是有話要跟自己說，而且應該是一些規勸之類的話，只好又低下眼睛。

司督閣在旁邊拿起了一把剪刀，另一隻手緩緩地伸向心蘭，捏起她肩膀上一小束秀髮，然後剪刀慢慢地靠近。

所有人都明白司督閣的用意。

此時背後那雄渾低沉的歌聲也變得哀傷起來，室內的空氣也變得沉重。雖然表面上還是不為所動，但心蘭看著那逼近自己的剪刀，就如看著一條慢慢地爬往自己毒蛇，心裡就越是忐忑不安。

司督閣一直注視著心蘭的反應，怕她有半點不願意，一邊說道：「我知道你是不想讓他們分心，但在碼頭的那天，所有勇兵都有親人為他們送行，唯獨他們倆沒有，這，已經夠狠心的了……」此時剪刀已經張開口對準那束秀髮：「尤其是岳冬，一個沒有親人的孩子，難得有了你這媳婦，但你卻沒有去……若別人都收到他們親人的信，而唯獨是他沒有，你猜，他還能安心作戰嗎？」

心蘭忍著，但熱淚已經不斷地湧向她酸澀的眼眶，背後那哀傷的歌聲也不斷地侵蝕其冷峻的臉龐。

岳冬走了一個月了，她每天都在問自己，那天決意不見岳冬，究竟是不是太狠心了？畢竟身邊所有人聽見她沒去送行都非常詫異。但其實，她對岳冬的思念，又怎會比岳冬對她的思念來得淺淡？大婚之夜決意一走了之，她心如刀割。哀嚎聲中始終不願相見，她肝腸寸斷。然而她在人前卻又總是冷若冰霜，若無其事，仿佛還鄙視那些終日哭哭啼啼的人，也睥睨那些終日打探消息或排隊捎信捎東西的人。然而，她還是會故意親自上市集去，希望能打聽到什麼消息。而在夜裡，她也會像岳冬一樣，在微弱的燈火下獨自掏出那張全家福，癡癡地看著，愣著……

# 第五十二章・瘋子

……旋隨龜井伯爵往可樂園與其一二友人小宴。此地距市街約一公里多，頗為幽靜，梁間可見《可樂園記》。又見額廳掛有賴元協之七絕曰：「暖衣飽食是為恩，未識餓寒切迫身。苦戰嬰城風雪甚，一杯馬血憶君臣。」讀後慷慨激昂，戰奮之氣，蟠結在胸……

輕輕的「嚓」的一聲，頭髮斷了。不知怎的，心蘭那繃緊的身體像是鬆弛下來，就連那沉重的音樂也一同靜止。

司督閣用小繩子把頭髮捆了起來，交給了葉夫人。

淚水快將溢出，心蘭羞澀地提起手擦眼淚，也不願意被別人看到自己那雙模糊的眼睛，站起訕訕地跟所有人說：「抱歉諸位，身體抱恙，還是先回去休

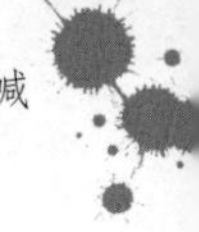

息……」當走到葉夫人身旁時，則低頭萬福，淡淡地說了句：「拜託您了葉阿姨……」然後匆匆離去。

看著心蘭的背影，司督閣和葉夫人都憂心忡忡。

葉夫人回頭問：「她沒事吧？」

「沒有大礙，應該是婦女週期不適……」司督閣托了托眼鏡：「但我看還是太過思念岳冬和父親，但又故意不表露出來，就像他父親一樣……」此時往曾大夫看去：「是吧曾大夫？」

曾大夫老態龍鍾，眼睛張開也像是閉上了一樣，下顎抖了半天才抖出三個字來：「應該是……」

◐ ◐ ◐ ◐ ◑ ◑ ◑

黃州。朱染亭附近的樹林裡，氣氛令人窒息，每個人的動作都是僵直，生怕稍微一動，便會踏破腳下的樹枝，從而打破了這脆弱而讓人壓抑的寧靜。

「什麼?!」

「只有十四個人。」

「不可能！」金德鳳振聾發聵的喊聲把四周剛剛才回巢的晨鳥再次嚇得驚鳴四散。

清晨的陽光穿過茂密的樹葉，映到奉軍左營馬隊管帶金德鳳的額上。

雖然早上的陽光還是柔和，氣溫還是陰寒，還要隔著一層厚厚的樹葉，但金德鳳的額上還是不停地冒出豆大的汗珠。

冒汗的不單是他，還有四周他親率的約一百名的奉軍勇兵。

四周瀰漫著一片硝煙，地上一片狼藉——折斷的樹枝散滿一地，中央躺著約五十多具七橫八豎的屍體。其中穿著奉軍號衣的，有約四十具。

終於遇上了。

金德鳳呆呆地站在屍體的中央，盯著另外十四具穿著黑色現代西式軍服的日兵屍體，眼皮不自覺地上下跳動。所有人都盯著他，等待著他說話。

靜得不能再靜了，然而就是這死一樣的靜，更讓士兵們不得不面對眼前這接受不了的事實。

但最接受不了的，相信還是金德鳳。

金德鳳到了黃州後得知之前盛軍留下的半個哨已經全軍覆沒，但城裡又沒有倭人的足跡，便向當地百姓打聽，得知前幾天約五十個倭兵偷襲了盛軍，破壞了當地的電報局，得手後便往朱染亭方向撤去。朱染亭位於一樹林內，樹林不大，金德鳳便親率一個哨連同自己的親兵共一百多人，兵分幾路從樹林周邊步步進逼，打算將此小股日軍一舉殲滅。

本想在左軍門前立頭個功，好讓他展開眉頭，也好讓他別再一味長他人志氣滅自己威風。到戰鬥比想像中激烈，兄弟傷亡達四十多人，金德鳳也認了，認左軍門說得沒錯，日本人確實不是省油燈，但幸好自己也沒有輕敵，帶來了一百多人來，全殲對方的話，哪怕傷亡半百也可以接受。然而再到戰鬥結束，全殲日軍後，一點算才發現日軍原來只有十四人！

反應迅速，遇襲後立刻尋找掩護物，作戰時井井有條，默不作聲，不急於發槍，發則必中，每個人都視死如歸……

嗖嗖的樹葉聲打斷了金德鳳紊亂的思緒。

「抓到一個活的！」兩個勇兵用擔架抬著一個受傷的日兵從遠處走來。

第十五個。

那傷兵被抬到金德鳳面前。其雙腳中槍癱瘓了，肚子也中槍了。一臉灰垢下是一雙鮮明的眼睛，冷冷地看著金德鳳。全身紋風不動，只有上下輕微起伏的胸腹證明他仍然是個活人。

「我殺了他！」在旁的哨官欲拔出腰刀。

「不！」金德鳳瞟了他一眼，然而怒氣一瞬即逝：「左軍門要活的……」一想起左軍門，就不禁想起自己該怎麼交代，然後就是懊惱，壓根沒在意那日兵看著自己，只是黯然地轉過身：「把他抬回去醫治！」目光放到約四十具自己兄弟的屍體上。

雖然不過四十人，雖然只是一場規模很小的戰鬥，但一想起對方只有區區十五人，還要是一場伏擊戰，還要是四大軍入朝後的第一戰，心裡就隱隱作痛。

我究竟做錯了什麼？！

確實，金德鳳沒有做錯什麼，三十多年的戎馬生涯，都是這樣打的呀！

地利我沒有嗎？他們才沒有地利呢！我該先派人打探嗎？但如果知道是只有十幾人，結果可能更糟呀！我該在晚上出擊？……對……晚上可能好點，或許他們沒那麼早就發現咱們……但……能好多少？他們才十五人哪……

「嘿！」身後的勇兵發出異聲，接著就是「嗖嗖」的拔刀聲。

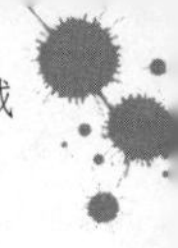

金德鳳馬上轉身，只見那日兵坐直了腰，手中多了一把匕首，目光往上盯著正欲上前把他抬走的勇兵，而那兩勇兵也忙拔出腰刀指著他。

氣氛頓時緊繃起來。

很靜，彷彿，只餘下眾人緊張的呼吸聲。

所有人都沒有動，所有東西都沒有動，甚至時間也沒有動，除了，那日兵轉動中的脖子和眼珠，其焦點，落在金德鳳身上。

氤氳的硝煙中，他沒有理會近在咫尺的刀鋒，只是扭頭看著遠處的金德鳳。

很平淡，很平靜，也很安詳。

是，源自靈魂深處的平靜和安詳。

金德鳳也好奇地看著他，以為他欲作無謂的反抗，然而看久了就覺得不像，且隱隱覺得，那平淡的眼神背後，是一種自負，一種傲氣，一種看著手下敗將的傲氣，像是在嗤笑自己才是今場戰鬥的失敗者。而這時候，這久經沙場的老將感到的，不是可笑，而是陣陣寒意。

冷丁，匕首動了，但不是往外，而是往裡——那日兵二話不說地將匕首猛地插進自己的腹腔！

臉上表情霎時扭曲，雙目充血，但還是強忍著，嘴巴始終緊合。匕首進了腹腔後沒有止住，而是使勁地往右拉！

腹腔頓時血如湧泉，粉紅色的腸子不停地往外溢出，直至……直至匕首被拉至右腰。

一切都在沉默中進行，聽到的，只有刀鋒割破皮肉內臟和鮮血受壓發出的「吱吱」聲。

所有人瞠目結舌。

然而這還不是完結。那日兵拔出了匕首，吸一口大氣，再把匕首插入下腹，然後再使勁地往上拉……拉……經過剛才横的一刀還未止住，形成了一個十字，這時褲襠上的腸子已是一大堆……

那日兵始終沒有張口，表情痛苦異常，並不是常人能裝出的表情，畢竟，他壓根就不是常人。

終於拉到了接近心臟的位置，那日兵鬆開了手，雙目反白，魂魄像是消散了，但還能使出最後的一分勁兒，把已經不屬於自己的軀體往側翻了個身，最後面朝地的倒下。

終於靜止了。所有東西都凝住，所有的勇兵都猶如被冰封了一樣，只有眼珠子能左右挪動，看看四周的同伴是否和自己一樣。

寒。說不出的寒。

噁心嗎？不。他們都不是新兵，腸子、腦漿、凌遲見過不少。但，就是心寒。心寒不是因為細節，而是那舉動。

瘋了嗎？

是吧……

金德鳳當然也心寒，下巴久久未能合上，但讓他更心寒的是，瘋子，絕不可能只有一個……

# 第五十三章　凱旋

真是不論販夫走卒抑或溫文雅士，每天都爭相讀報，或看《日清戰爭實記》等刊物，以悉戰爭之最新消息。今日說，葉志超自成歡敗後，沿朝鮮東岸繞漢城北上，欲與平壤之清軍會合。期間擾民太甚，遭朝民抵制，猶如喪家之犬，實是可笑！又，平壤為清軍小隊先佔，殊為可惜。然大本營正研究北上計劃，欲在其大隊未至前火速攻佔平壤……

「是葉提督回來吧？」

近半個月來的烈日終於暫時告一段落，奉軍勇兵們終於迎來入朝後第一個雨天。

陰霾籠罩著大地，雖是正午，但卻似快將入夜。雲團像喝飽了水的河豚魚，欲馬上要把肚子裡的水瀉下。然而落下的，卻始終是微微細雨。

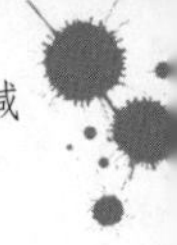



這時岳冬等人也埋完了地雷，這幾天回到牡丹台上築壘。

像其他勇兵一樣，岳冬也赤著膊擔著石塊上山，露出了滿身的綳帶。不認識岳冬的都奇怪為何這小子沒開仗就滿身是傷，認識他的則大多聽說過這綳帶背後的故事，故目光都是奇奇怪怪的。

岳冬也沒工夫理會這些，一副精神全用來挑起那沉重的擔子。但當放下擔子，叉著腰仰著頭，稍微休息一會，看著天上雲卷雲舒，呼吸著清新的空氣，享受著和風細雨洗滌著自己的身體，岳冬還是能稍為放下心中的牽掛，也替自己不用在烈日下幹這活兒而感到一絲舒坦。

然而不知誰偏偏在這時候喊了這句話：「是葉提督回來吧？」

所有人霎時停了手，面面相覷，然後就是東張西望地遠眺，終於發現西北方向遠處山坡下有一條長長的隊伍正往南邊七星門的方向走去，還可以看到勝旗招展。

「蘆榆軍？」「應該是吧！」「好像是！」「肯定是！」……

所有人都愣著，想去看又不敢，而哨官哨長也是和自己一樣愣著。正當眾人都凝住的時候，岳冬卻獨自邁出了腳步，往南邊下山走去。

「嗨！岳冬！」親軍哨官伍偉賢喝住岳冬。

然而岳冬像是聽不見似的，還是撥開四周靜止了的人群，不時看著遠方，又不時低下眼睛看路，繼續遠去。

黑子三兒見狀也跟了上去，畢竟伍偉賢對他們這些新兵蛋子從來都很好的，即便犯錯責罰也不嚴厲，既然岳冬去了，大不了就一起受罰吧？然而更多的人也蠢蠢欲動，不用半晌，「嘩啷嘩啷」丟下鏟子、鋤頭、石頭的聲音就開始此起彼落，越來越多人跟著岳冬等下去，最後竟然連哨官哨長們也不得不留下若干哨兵，自己跑到前頭，領著隊伍一起下山了。

勇兵們這些日子都聽說過，葉志超葉提督在成歡以傷百餘的代價殺敵三千。雖然大多數人也不相信三千這個數，但他們也想，即便是一半，也否定不了這是個大捷的事實吧？如果這真是一場大捷，那左軍門就真的是杞人憂天了，倭人在他們心目中的地位就會馬上恢復到原先那和朝鮮人士差不多的水平，而一直困擾他們的恐懼，疑惑就會頃刻煙消雲散，這也意味著他們此次戰役並不是想像中的艱苦，自己也快可以離開這個鬼地方，和親人共聚天倫了……

而要求證以上一切，就只能往遠處那隊伍中去。

大家都心照不宣，在沉默中疾走著，越走越快。

岳冬等一行兩百多人沿著平壤城西北城牆往南走，和遠處那隊伍平衡地走著，沿途正在構建工事或駐守的勇兵也像是知道了玄機，陸陸續續無聲無色地加入到隊伍中去，這樣走到七星門的時候這隊伍已經接近千人了。

城裡的人像是更早就知道消息。此時七星門附近已經聚集了數千人，城內外和城牆上都堆滿了人，通往城門的道路兩側也形成了兩排長長的人龍，像筷子般從門口伸了出去。人群不單是勇兵，也有朝鮮兵，但更多的是從城內外趕來看熱鬧的朝鮮百姓。

人聲沸騰，連自己說話也聽不清楚了。

岳冬等人壓根就看不見七星門外的道路，只好往外跑，繼續延長那雙「筷子」。幾經辛苦，岳冬、三兒、黑子等人終於找到個看得見中間道路的位置，而這時候遠處的隊伍也早就拐了彎，走到了人群的眼前了。

雨，繼續悄悄地落下。

喧鬧聲，隨著那萬眾期待的隊伍進入人們的眼簾而漸漸平息。

像，一群乞丐。蓬頭垢面，衣衫襤褸，氣息懨然。仿佛只有一種顏色——灰黑色，連繃帶、血跡都是灰黑的。豎的是人和勝旗，橫的是畜牲、板車、擔架。東歪西倒的勝旗下，人們在泥濘的路上拖著腳步，恍如行屍走肉。有缺手的、缺腳的、缺胳膊的、缺眼的，就是差卻頭的，有比岳冬誇張多的——全身都是繃帶的……

無一完物，即便是一隻碗也是崩口的。

隊頭已經進入了平壤城。這時整個七星門幾千人竟然可以鴉雀無聲，留下絲絲細雨灑落大地的聲音，仿佛在譏笑眾人抱著一個美麗的期許趕來這兒。

所有人都看在眼裡。先是瞠目結舌，然後心裡就開始打鼓，開始犯愁，再後來就是憂心彷徨，擔心眼前的他們就是不久後的自己。

還未說，那些沒有回來的。

「為什麼成這樣？」

「怎麼了？」

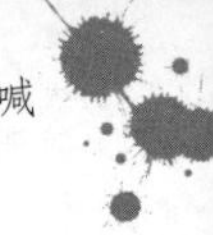



「敗了吧？」……

一些一直看輕倭人的勇兵們，此刻受的打擊就更大，心裡就像沉入了大海一樣，霎時間面如土色，踮起的腳尖也放下了，胸膛也提不起來，頭也抬不起來了。

雨點掛在岳冬那雙茫然的眼睛上，久久沒有滴下。他來到這兒，就意味著他心裡始終是抱著一絲希望的，然而此刻心裡唯一的希望也泯滅了。雖然早就想過這壓根兒就不是什麼大勝，早就覺得左叔叔不會無端地長他人志氣滅自己威風，但岳冬等人此刻還是接受不了，接受不了這更像是一場大敗！

這時一個在擔架上沒了半截腿，一隻眼包著綳帶的年輕勇兵有意無意地往這邊看來，目光和岳冬接觸上了。

那勇兵被同伴搬動著，可能留意到岳冬正盯著自己，目光始終留在岳冬那茫然的臉上，而岳冬的目光也始終跟著那雙移動中的眼睛。

短短片刻，平淡的目光裡，不知藏著多少說話。

那勇兵沒有扭頭看著岳冬，然而，岳冬卻始終看著他的腦袋遠去，直至雙目放空……

◐ ◐ ◐ ◑ ◑ ◑

雨聲持續到夜晚。

平壤舊皇宮旁的一間大宅裡，此刻已成了蘆榆防軍統領的行轅和清軍各軍統帥面商的地方。

大堂兩旁分別坐著盛軍統領薛雲開、奉軍統領左寶貴、毅軍統領馬凱清、練軍統領豐升阿，還有平安道兵馬節度使朴永昌。

大堂前方坐著兩個人——左邊坐著一個佝僂瘦小的老頭，是平安道監司閔丙奭。右邊則坐著一個膀大腰圓的，正是直隸提督葉志超。

所有人的目光都落在葉志超身上。

此刻的他疲態畢露，雖然他還想撐著，還勉強挺直腰骨，以維持作為直隸提督應有的威嚴。眼皮子眨個不停，目光不時瞥向兩旁的統領們，見他們都盯著自己，又只好把目光放回桌面。

他年初才到過旅順探左寶貴，與那時候相比，左寶貴只覺得他真的消瘦了許多，臉容也憔悴了許多，之前看不見的脖子現在也看見了，雖然他還是眾統領中最橫最胖的一個。

今晚這個會議是左寶貴提議開的。葉志超還未安頓好，連住房裡的茅廁在哪兒他還不知道，左寶貴就

「諸位，我知道，你們都很詫異……或許……都在懷疑這是一場敗仗……」沉默良久，葉志超終於開腔。

眾人聽見都將目光放回葉志超身上。

葉志超的聲音還算是沉實有勁的，雖然也聽得出他很累，但仍不失堂堂直隸提督的身份：「你們的懷疑很自然，但，諸位有否想過，咱們……可是走了上千里的路呢？」

「不至於這樣吧？」口沒遮攔的豐升阿率先發難，其極北的腔調說起話來的確如薛雲開所言很難聽懂。薛雲開聽見臉上閃過了一絲冷笑，不知是笑他的腔調，還是在笑葉志超。

整個大堂滿布尷尬的空氣。

已經登門逼著他交代此次和日軍交手的情況，當然，還有質問他這究竟是大勝還是大敗。葉志超不想說，何況他也實在累得很，但他也知道，自己的人這麼一副模樣回來已經動搖了平壤的軍心民心，自己無論如何也要給各統領和朝鮮官員一個交代的。故在左寶貴的逼迫下，葉志超最後答應了晚上就和各人會面。

看久了也尷尬，各人選擇看著沒人的地方。左寶貴自然是憂心忡忡，因為這可是關乎自己一直以來對倭人的判斷，也關乎平壤所有清軍的命運。閔丙奭和朴永昌雖然也是憂心忡忡，但表面上卻在裝笑，畢竟若是表露出來的話，彷彿是表示對「天朝」能力的懷疑。武人相輕的薛雲開在看見蘆榆防軍的摸樣後固然在竊喜，但深藏不露的他始終不形於色，面無表情地提起茶杯喝了口茶。馬凱清雖然也是面無表情，但他可是死人般的程度，腰骨筆直，正襟危坐，雙手擱膝，如石刻般久久沒動，但背後也似乎藏著隱隱的憂色。至於穿著正白旗戎裝的豐升阿則打了個呵欠，抽了抽鼻子，像是有些煙癮發作，身子則靠在椅背上，東張西望，終於在屋角找到一個鳥巢，可以暫時將目光擱下。

# 第五十四章　交待

《點石齋畫報》謂成歡大敗為大勝終傳至海外，今日終成泰西各國之笑柄。

葉志超三年前和豐升阿在鎮壓熱河金丹教時共事過，知道他只是個紈絝子弟，雖然是個已經年過半百的紈絝子弟，而且也生了很多紈絝子弟，但他始終是宗室的人，故自己的官雖然做得比他大，但還是得罪不起。再說，不知道怎麼和這類人相處怎能當上直隸提督呢？故葉志超聽見這個一向被同僚譏笑為「鴨蛋兵」的練軍的統帥也敢譏笑自己，也只是坦然一笑：「聽說，諸位從國內準備充足的來到這兒，也實屬不易，何況我等是和倭人大戰後，匆忙期間沒能帶走多少帳棚被鍋下，沒有多少糧食下，還要帶著傷兵，冒著酷暑季節，道途跋涉，沿途櫛風沐雨，餐風飲露，走上千里的路，這，可真是不容易的呀！」

左寶貴聽著很不是滋味，也沒看葉志超，目光還在地上，冷冷地道：「哪有打勝仗要跑的理兒？」

薛雲開的臉上又泛起一絲冷笑，當然在場沒有人察覺，因為豐升阿的譏笑還要笑出聲來。

葉志超往左寶貴看去，完全不在意其他人的反應。他絕不是省油燈，如此明顯的問題他當然早有準備，而且在一路上都在想如何把故事說得更完美，但此刻葉志超的臉上還是有點愁容。愁容不是因為左寶貴的問題，而是因為一個這麼多年的朋友，這麼要好的朋友，還是不留情面地在這個朝鮮小邦的地方官面前，還有那些欲置自己於死地的同僚面前，問這個這麼尖銳的問題。

當然，葉志超也實在太熟悉左寶貴了，或許，他不這樣問才是奇怪。故葉志超也只是稍皺眉頭，心平氣和地說：「冠亭呀！我突擊了他們的先鋒，他們勃然大怒，從漢城來的萬六千人一擁而上，欲將我等全殲，我得了手自然是馬上北撤，哪有束手就擒之理？」見左寶貴又欲張口，葉志超馬上豎起了食指，一臉森然地接著說：「還有，倭人可真是不好對付！他們全都是洋式裝備，調度陣法全都是洋式的，動作迅速，炮位眾多，發炮奇準，全都是天彈，一顆在空中就散成好幾顆，咱們那些堡壘壓根就沒用……」這時雙目放空看著地上，像是心有餘悸地回憶著：「還有他們每個兵都悍不畏死，你殺他一千，他們補上兩千，全都是鐵青的臉的向你衝，前赴後繼，踏屍而上，一近身就拿軍刀跟你肉搏，像是跟你不共戴天似的……所以呀……」最後倒抽了一口寒氣，目光往各統領掃視：「諸位，千萬不要小覷他們呀！」

左寶貴還是不以為然：「這麼說，那應該是他們傷兩百，你死三千才是！」

「對啊……呵呵……」又是豐升阿的笑聲。薛雲開和馬凱清則始終在默默地聽著。

葉志超還是沉住氣：「當然，我得手也是有點運氣，聶鎮功亭更是功不可沒。那時候他們在明我在暗，他們的手段當然施展不了，但後來他們大軍大炮都來了，且天色已明，以其之所長攻我之所短，自然又是另一回事。我見形勢不對，當然不和他們硬拼，馬上率隊後撤……話雖說是三千，但當然是個約數，而且未必是死，試問情急下哪有功夫去點算？但我傷忙兩百，乃是實情。」

對於此等數字，大夥都心領神會，說沒有作假就是押上九族人的性命也不信，故左寶貴也沒再往下說，免得大夥尷尬，何況閔丙奭和朴永昌早就尷尬得抬不起頭來。豐升阿仍然是那狡黠的笑容，而薛雲開此時也終於有點反應，淡淡一笑，身子往後靠著椅背，沒有說話，也沒看葉志超。

葉志超瞥了他一眼，自然知道這是不信自己的意思。和左寶貴一樣，葉志超在二十多年前在剿捻軍的時候與薛雲開有過一面之緣，但那時候已經覺得其為人自以為是，目無餘子，每每喜歡爭強好勝。直到五年前直隸提督出缺，他和薛雲開都是有機會獲拔擢之人，雖然論戰功幾個候選人都差不多，但由於葉志超是合肥人，和李鴻章關係較好，所以最後是葉志超當上了。故他當然知道，一向爭功好勝的薛雲開，對自己當上直隸提督必然是懷恨在心。故今次回來，他早就猜到薛雲開會處處跟自己作對，更可能拿自己今次回來像大敗多於大勝向朝廷說事。

沉默了一陣子，左寶貴繼續問：「大炮拉回來沒有？」當然，左寶貴也是心存僥倖地問問罷了，畢竟自己最缺的就是大炮。

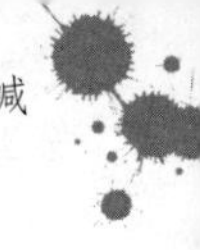

不單葉志超在苦笑，薛雲開和豐升阿也在笑。

葉志超回答說：「要是我把炮也拉回來，我人就回不來了……」見左寶貴愁苦萬狀，又補一句：「你別擔心，我走之前都把它們毀了！」

「你們有多少門炮？」聽見「毀了」，左寶貴更是痛心。

「八門。」

左寶貴黯然地低下了頭，沒再說話。

葉志超知道再在這些議題上糾纏對自己很不利，遂向各統領問：「諸位可有漢城倭人的消息？」

薛雲開終於開腔：「他們主力應該還在漢城附近，但已是蠢蠢欲動，相信不久就會發軔北上。」

葉志超聽見心裡一沉：「目下咱們平壤有多少人馬？」

「貴軍回來多少？」還是薛雲開在回話，畢竟他最早進平壤，對情況較熟悉。

「三千八百多。」

「加上貴軍約四千人，還有朴統領的一千人，大概在一萬四千左右。」

「倭兵又有多少？」

「如果成歡的萬六千人是沒錯的話，加上元山登岸的，在朝鮮他們就可能有兩萬人之多。」

葉志超聽見心裡又是一沉，半邊臉皮不自覺地跳動一下：「目下平壤的佈置如何？」

薛雲開開始不耐煩：「十有七八吧！若算倭人到此要走二十天，相信足以佈置妥當。」這次葉志超回來，的確如他所望，應該是場敗仗，但葉志超仍然仗著比自己官大一級，把不屬其調度的各統領視為其下屬一般，要他們向自己彙報，這口氣薛雲開實在難以咽下。但他心裡也早就在盤算，接下來應如何向朝廷揭發葉志超欺上瞞下的罪行，故暫時還能忍著。

「咱們各軍共有多少門炮呢？」這裡只有葉志超才領教過日軍的厲害，故他要馬上清楚形勢，才知道下一步自己應該怎麼走。

各統領各自說出自己部隊的大炮數量。薛雲開的盛軍人數最多，六千人有十九門，毅軍兩千人有八門，一千五百人的盛字練軍有四門，四千人的奉軍只有六門，共三十七門。但炮也有分大炮和小炮：大炮是七十五毫米口徑，時西洋炮兵也多用此炮。小炮就是用兩磅重炮彈的三十七毫米的山炮，都是老式的舊炮。李鴻章麾下的盛軍和毅軍自然多是前者，而奉軍和練軍不單炮少，而且都是小炮，怪不得左寶貴是低頭悵然道：「六門，小的。」

「平壤目下存糧有多少？」

「我想……約十天吧？」薛雲開不確定別軍的情況，往其餘的統領看去，而各人都大致認同。

這時馬凱清也終於開腔，眉頭也是顰蹙著：「這十天糧就是咱們隨帶的，還有上千石在後路上。」

左寶貴則說：「存糧不夠咱可以就地籌措。朝鮮物價比國內便宜，加上現時正值秋收季節，我想應該能撐到國內的糧草到來。」

由始至終都沒發一言的閔丙奭和朴永昌這時輕輕點頭，算是參與了大夥的討論了。

薛雲開瞥了左寶貴一眼，知道他這麼說是為其提南下之議作鋪墊，若果他又說物價上漲影響百姓，那他自然又說要分兵駐紮之類的話，故也沒有立刻駁他。

「那國內糧草的轉運又如何呢？」葉志超聽見此境況，更是憂心忡忡。

薛雲開也皺起了眉心：「不是在籌措，就是在天津、旅順、東溝、邊門等地待運，即便到了義州還得積壓。」畢竟其盛軍最早入朝，人數又最多，但國內的糧草至今還是顆粒未至。

馬凱清補上了句：「洋船不夠，民船也不夠，牛不夠，車也不夠，人，更不夠。」

不同於八旗綠營，入朝各軍都屬於勇營，雖然已經過了幾十年了，但始終屬於臨時性質，不屬國家編制，其軍需都是地方東借西湊，而後勤運輸更是各自為政，沒有統一的調度，唯一的就是後來由東征營務處總管津海關道盛宣懷臨時在義州設立的義州轉運局，但那只負責將各地的物資集中到義州，至於如何運往平壤，還是由各軍自行解決。但即便如此，轉運局的表現還是相當糟糕。

本來態度輕佻的豐升阿聽見馬凱清一連幾個「不夠」也苦笑幾聲，畢竟練軍的情況也好不到哪去。

左寶貴聽見則暗自慶倖當初聽從多祿的說話，留下靖邊軍一哨在義州運糧。靖邊軍本駐安東，與朝鮮義州只有一江之隔，靠著其當地的人脈，奉軍找到足夠的民船把糧草沿著海岸運往平壤。然而，此刻他也感到，其餘各軍的糧食情況確實比他想像中艱難。

外邊細雨繼續淙淙地降下，室內瀰漫著一股蔫蔫之氣。

# 第五十五章・餘悸

依據鄙見，我日本人多數對中國過於重視，徒然在兵器、財力、兵數等之統計比較上斷定勝敗，殊不知精神上早已制其全勝矣。

「看來……」沉默一會，葉志超悵悵地說：「咱們目下能做的，就是加緊平壤的佈置，還有就是再催國內的援兵和輜重糧食……」接著抬頭看了看眾人，語氣讓人感覺很不踏實。

接下來便是「嗯嗯」幾聲，都是薛雲開、豐升阿，還有閔丙奭和朴永昌的點頭贊同之聲，馬凱清和左寶貴則相互一看，兩人都沒有答話。

看著馬凱清的眼神，左寶貴隱隱覺得，他好像不單知道自己在想什麼，其想法更是和自己的不謀而合，像是等待自己開口，但左寶貴此刻也沒工夫去思索，畢竟他對馬凱清一點好感也沒有，扭頭對葉志超說：「情況雖然艱難，但倭人比咱們也好不到哪去。我建議，咱們宜立刻出行，帶上乾糧，派兵把守平壤四周要隘，使倭人不能長驅直進，而我後路轉運就有更多的時間。」

薛雲開馬上冷哼道：「還南下？現在連咱們的葉軍門也說倭人不可小覷，而後路轉運又如此困難，你還孟浪南下？」

葉志超知道這也是對自己的揶揄，但也沒辦法，只好訕訕地笑了笑。

「我早就說過，這絕不是孟浪！咱們可以輕裝出行……咳咳……」左寶貴正欲反駁，卻又來一輪嗆咳。

葉志超趁機說：「冠亭呀！我軍這模樣回來，好歹也給我喘息之機吧？」葉志超千辛萬苦才逃出倭人的魔掌，現在聽見左寶貴說要南下，差點兒雙眼反白暈了過去，見左寶貴呼吸不暢順，還未能反駁，葉志超忙岔開話題，向著各統領拱手道：「對！葉某多謝諸位給我蘆榆軍安排好了帳棚營房和兩天的糧食，但我全軍上下四千人的輜重、被鍋、藥料等還是全無著落，糧草還是有點兒緊，還望閔大人、朴大人和各位同僚能慷慨接濟啊！」

安排營房尚算容易，畢竟城外的空地多的是，同時地方讓了出去自己防守的範圍就能減少一點，但至於糧草、輜重、被鍋、帳棚等軍需品，他多要一點對於你就是少一點了。在物資本身缺乏之下，誰也不願犧牲自己的部下，但絲毫不給也說不過去，畢竟大夥都知道中堂大人對葉志超還是很關照的，故各統領都是稍微「嗯」了一下，點了點頭，打算搪塞過去，更不願意立刻答應給多少，只有剛嗆咳完的左寶貴答話：「諸位都是為朝廷辦事……我等自然要同舟共濟……」然而，人們也不難聽出其背後的為難。略略一停，呼吸稍微暢順，面向葉志超又道：「葉軍門……」

「冠亭呀，」葉志超知道他始終要提他的南下之議，身子靠前，手一提，決定先發制人：「你的南下之議，是有你的道理的！但事關重大，你知道我是做不了主的，必須請示中堂……」

薛雲開亦趁機插話道：「左軍門不是自行向中堂進言了嗎？不知中堂有何回答？」語氣甚是挑釁。

「暫時沒有……」左寶貴也只好如實說明。

葉志超瞥了薛雲開一眼，繼續道：「現時平壤四大軍，加上我蘆榆防軍五大軍，還有朴統領的人馬，互不統屬，難以調度。故不論戰守，都先要朝廷委派一總統。而我蘆榆軍的確需要時日休養，而各軍軍需又實在短缺……這樣，我明早就馬上向中堂大人稟明一切，陳明利害，求中堂儘快定奪，也求中堂加快後路轉運，添人添炮！」

左寶貴指頭輕敲著檯面，呼吸時緩時急，仔細思量，感覺葉志超說的也不無道理，其所承諾的也大概是他力所能及了，況且他更表明願代各軍向中堂要人要炮，這可是奉軍最需要的，故左寶貴也不再強求，說：「既然如此，就拜託葉軍門了！但兵貴神速，這可是關乎咱五大軍的生死存亡，祈葉軍門慎之！」

葉志超見左寶貴終於退讓，繃緊的臉皮稍微鬆弛下來，淺笑道：「冠亭你放心，我可是領教過倭人的厲害，我比你更憂心哪！」

會議至此，各人再無說話，葉志超便建議各人回去休息，而各人除了左寶貴外都紛紛向葉志超告辭。

在外久候的馬占鼇見會議終於結束，便進來向左寶貴稟告，然臉色並不好看：「傅相和裕帥皆有回電！」

「快說！」聽見是李鴻章和裕康的回電，左寶貴立刻全神貫注。

「傅相諭，餉窘，械更缺，勉強可添兩營，唯炮位之事須再議，正和裕帥電商，稍後再覆。」

左寶貴點了點頭，問：「裕帥的呢？」

馬占鼇換了張電報，繼續說：「裕帥諭，奉省前添五營，餉項已形竭蹶。惟尊處兵單，亦屬實情。如擬再添，由本省籌餉，現只有應解海軍衙門前收土藥捐銀六萬餘兩，尚可截請留充約添五營半年之餉。然軍事非旦夕可了，過此五月恐難照發，以後能否有協款接濟，所需軍械能有何處撥領，應由尊處從長籌酌示覆。」

見左寶貴額冒虛汗，臉色發白，葉志超此刻才覺得，和半年前相比，左寶貴又老了許多，兩鬢浮現出更多的青絲來，畢竟他還未知道，這半年內已經發生了許多事。

「他就是不出面……」左寶貴沉吟片刻，然後說：「回中堂，奉省可截留海軍衙門土藥捐六萬餘兩，可作五營五個月之餉，然軍械無著，五個月以後更無餉可指……貴現帶八營三千多人，即便再添兩千五百，兵力不多稍厚。今倭勢猖獗，軍務正興，唯懇求中堂賞炮隊兩營，另加四五千人，合現在三千餘人，共八九千人，庶可以資戰守。」

「是！」馬占鼇見左寶貴示意自己退下，便轉身離去。

大堂裡只餘下左寶貴和葉志超兩人。兩人都疲憊地坐下，畢竟，現在已經快三更了。

夜雨像是暫時停下。沒有了雨聲，室內落針可聽。燈火則越見暗淡，幽靈似的閃爍不定，映在兩人打皺的臉上。空虛、冷清籠罩著整個房間。

「的確不容易啊……你推我讓的……」葉志超決定率先打破這難熬的寂靜，臉皮上勉強浮現出丁點的笑勁來。

然而左寶貴沒有理睬他，只冷冷地問：「是勝，是敗，你自己說。」也沒有看葉志超。

沉默良久，寂靜中傳來了一聲——「敗。」

葉志超說得毫不猶豫。他知道左寶貴必有此一問，他也想到，面對著左寶貴，一個這麼熟悉自己，而自己又這麼熟悉的朋友，這事實，壓根就瞞不了。

「你這是謊報戰功！」左寶貴陡然變得言疾色厲，扭頭盯著葉志超。

葉志超也不怕左寶貴的疾視，反駁道：「我能不謊報戰功嗎？！你替我想想，我還有不過兩年就告老歸田了，你也知道我的孫子才剛出生……但偏偏就出了這麼一個岔子！還要在老佛爺六十大壽的時候！……我能跟朝廷說我吃了敗仗嗎？！」

見貴為直隸提督的葉志超竟然以身試法，還要在事關重大的首場戰役，左寶貴萬分痛心道：「你就不怕別人揭發嗎？這可是掉腦袋的事情！」

「但認了可是馬上死！」葉志超說得沒有一絲愧疚，呆了片刻又說：「……目下我起碼能安然回到平壤，起碼能保住烏紗，若最後能夠穩守，讓倭人退兵，那到時候就自然沒人說了……」

左寶貴無言地看著他，深深地呼吸著，仿佛是在感歎，命運不單給葉志超開了個玩笑，也給整個國家和民族開了個玩笑，半晌道：「你可知道？朝廷可能就是因為你在牙山的捷音，才決意對倭人宣戰……」

葉志超則嘟囔說：「不是說倭人擊沉了我兵船咱們才宣戰嗎？怎麼扯上我來呢？」

左寶貴目光如炬地盯著他：「若不是你的牙山大勝，你猜朝中能如此上下一心的對外宣戰嗎？太后大壽，誰想開仗？還不是盼著洋人來逼迫倭人退兵？但目下誰都盼著咱們的大勝來為太后賀壽哪！」

葉志超也不知再說什麼好，萎靡的目光再也支撐不住，掉到地上去。

「你想不想當總統？」左寶貴問。

「當然不想！我恨不得立刻回國呢！」

「可是龍顏大悅，恩出自上，賞你的兩萬兩和你的糧米軍需都在路上了，我看這總統，你必當無疑！」

葉志超聽後更是懊惱：「我寧願給他兩萬兩，換一個安享晚年哪……」

「你目下能做的，就是將功贖罪，趕緊出擊，別跟著薛雲開龜縮於此，除此一途，別無他法！」

葉志超也沒有回話，就是面如土色，久久不語，見左寶貴站起欲走，才道：「冠亭……」

見葉志超很少如此凝重，左寶貴停了下來，猜他是要自己對他謊報軍情的事情保密，便說：「你放

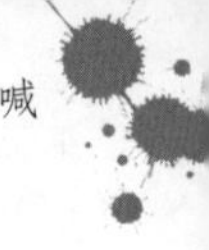

心，誰也看出這是場敗仗，我可不會多此一舉跟朝廷說些什麼。」

「聽我說……」然而只見葉志超一臉陰沉，也沒有看左寶貴，低下頭目光在地說：「倭人，真是不好對付……」數次欲抬頭往左寶貴看去，但怎麼也抬不起來。

方寸大亂，彷徨無助。

左寶貴默然地看著葉志超。認識他近四十年了，左寶貴從來也沒有看過他如此的一副表情，即便當年江南大營被太平軍衝破，他和左寶貴一路殺出重圍，幾次差點就命喪黃泉，他也毫無懼色，傷口見骨他也不哼一聲，即便到近年奉命剿滅金丹教，他也調度有方，不負直隸提督之名。然而，此刻對著日本人，他為什麼就成這模樣呢？

左寶貴看著不久就要成為諸軍統帥的葉志超，不祥之感如風拂面。呆了半晌，沒有回話，轉身而去。

## 第五十六章　破斧

豐島一役只傷及北洋艦隊之皮毛。制海權尚不分明下，陸軍非但不能從海路進平壤，即仁川亦不能往。故野津中將所部只能於釜山，立見少將所部只能於元山登岸，後歷大半月之艱才達漢城，期間道路難行，或橋絕阻行，或崖崩壓殺兵卒，或糧食浸於溪水，患病斃命者相踵……又雷雨大至，入夜不止，軍無雨衣，將士皆立於雨中，且乏糧食，每人一日之糧不過米四五合而已，至村落徵發食物才得療饑……可恨！北洋水師不除，吾等心中之恨實難洩也！

漢城。日本第五師團參謀部。

什麼聲音都聽不見，除了一人沉重的呼吸聲。日軍第五師團長野津道貫佇立在大堂正壁前，仰望著眼前那巨大的作戰地圖。

眼睛細起，眉頭皺著。然而，目光是空洞的，在讓人眼花繚亂的地圖上隨意遊走。呼吸是沉重的，吹得兩邊長得翹起的鬍鬚在輕輕顫動。右手輕握腰間的武士刀，但白色的手套已經開始潮濕。彷佛，目前的形勢，比對他來說最為深刻的西南戰役還要艱難。畢竟，在西南戰役中，面對著自己的恩師，自己的同鄉、同學，他勝不足榮，敗不為辱。而如今，他肩負著的不單是大本營下達給他要將所有清軍逐出朝鮮的命令，更是一個民族對其國家軍人的熱切期望。要是帝國的榮譽敗在他野津道貫一人身上，就算切腹自盡，受千刀萬剮，他也必定羞愧於九泉。

還未說，從踏出國門的那一刻起，他深知歷史的眼睛就已經注視著自己。要知道，大和民族上一次踏上中國的征途，已經是幾百年前的事情了。

進城時已是晚上，還未安頓好，也還未用餐，野津便命一直在漢城駐守的第九混成旅團的軍官們講述當前中日兩軍對峙的形勢和駐紮日軍的情況。

聽過分析，還有第五師團參謀仙波太郎等人的意見，野津再略略問了幾個問題後，就久久未說一話。身後一眾軍官無不低著頭屏息等待。

沉默良久，野津終於開腔，威嚴的聲音在空曠的室內迴盪著：「馬上草議作戰計劃，命令大島，除了駐守漢城的一千五百人，所有第九混成旅團立刻北上，沿金川、平山、瑞興、鳳山、黃州、中和，從南面逼近平壤……」

說到這兒，身後立刻響起了詫異之聲。

野津沒有理會，繼續說：「命令立見，在抱川之部隊停止往漢城前進，立刻調頭北上，沿新溪、遂安、祥原、江東，從北面逼近平壤。而待師團本部到齊後，將沿大島的路線北上，到達黃州後折向西往十二浦，走沙川，從西邊逼近平壤。各部隊須於九月十四日晚到達平壤城外，並於九月十五日凌晨四時同時向平壤發動總攻擊！」

「師團長……」身後的參謀仙波太郎終於忍不住說：「第三師團呢？他們還有七天左右就能登岸了！」

「七天？在哪兒？」野津冷冷地問。

「釜山……」仙波立刻想起這半個月從釜山走來的艱辛旅程，沒見過師團長有一天有好臉色的，又忙

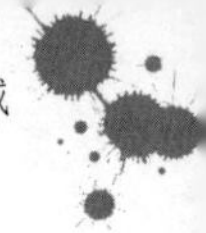

道：「元山也行！」

野津臉側向身後，以低沉的聲音反問：「然後又走多少天才到漢城了？」

其實，日軍的原意和清軍很相似——先固守，後前進。都是先集中兵力於已佔領的都城，然後逐步推進。畢竟，日軍真的如左寶貴所言，可說是沒有退路的，大規模登船撤離可以想像必定十分危險。要是攻佔平壤失敗，清軍乘勝南下，所有在朝日軍就只能依靠穩固的漢城作最後防線了。所以，現在野津提出不等第三師團就立刻北上平壤，還要是兵分三路進攻，眾人無不大感詫異。

「約半個月吧……」仙波回答說，見野津沒有回話，只好繼續闡述自己的擔憂：「我們一直都估計要兩萬人才有把握，但現在若按照師團長的計劃，不等第三師團，我們就只有九千五百人了……九千五百人……屬下實在是沒有信心！」話畢慚愧地低下了頭。

「即便我們等到第三師團到來，平壤的清軍何嘗不是越來越多？他們增兵朝鮮，可是比我們容易多哪！」

「但，」屬於第九混成旅團的中佐西島助義說：「兵分三路進攻，各部隊間難以聯絡。清軍若是探知我們行蹤，集中兵力攻擊其中一支或兩支部隊，那我們可就危險了！」雖然經歷了成歡之勝，旅團長大島義昌也十分輕蔑清軍，但面對著有一萬多人駐守的平壤，很多人還是保持著步步為營，戰戰兢兢的心態。

還有人說：「若只留下一千五百人於漢城，要是北洋艦隊全力護航，大隊清軍於仁川登陸，若是成功，那可是災難啊！」接著周邊也響起了認同之聲。

野津緩緩轉過身，看著一眾幕僚，眼裡射出豺狼般的目光：「你們不是也說，清軍完全沒有南下的跡象嗎？他們極短於野戰，也不敢打野戰！窺其所長，唯有守城一法耳！他們，可沒有你們說的那個膽量！」

「師團長說的也有道理，但是……」西島還是萬分擔憂：「這可是破釜沉舟之策，屬下認為……暫時……還用不著走這一步。」

野津平淡地看著西島片刻，看得西島低下了頭，突然話鋒一轉，向仙波問：「仙波君，你餓不餓？」

「餓？」仙波一時間沒聽明白。

「對。現在。」

「……」他和野津一樣，中午吃了一碗粥以後，到現在近九點鐘，就沒再吃過東西，所以餓得不得了，但礙著面子，只好說：「……不餓。」

然而野津卻淡淡道：「我——很——餓！」

聽見師團長也如實說，仙波只好再次慚愧地低下了頭。

野津轉過身，對著身後一眾幕僚道：「來這裡之前，我特意先走訪軍營，問士兵們今天晚上吃了些什麼，又走訪兵站部，查詢漢城還剩下多少糧食……我想，諸位今晚吃的，也只能勉強果腹吧？」見幕僚們都默然地低下頭，野津也臉露難色：「現在完全定量早已經達不到了，而我們還要等半個月才北上？然後再走半個月進攻平壤？我怕到時候我們連平壤也去不了！」

西島立刻回話：「師團長，我們已經計劃要求本地官員加緊徵收糧食，不分種類都一概接受，同時將擴大徵收糧食的範圍，屬下相信能夠應付！」

另一人也說：「我們也可以沿途徵集糧食！」

「那第三師團呢？那裡可是五千人哪！加上立見所部兩千多人，共萬六千人慢條斯理地從漢城北上，你能保證能徵集到足夠的糧食嗎？如果是和我等從釜山一路走來的情況一樣，到後來只能喝稀粥果腹，你叫我軍如何攻城？」頓了頓又道：「諸君如果覺得立刻北上艱難，那如此情況又何嘗不是艱難？即便勉強能徵集足夠，但韓民也要吃的吧！」野津這時手指向幕僚們，面向仙波說：「你跟他們說說，我們一路由釜山走來，徵集糧食是多麼的困難！雖有好言相勸，但搶殺終不能免！我們將來還要統治朝鮮的！這些事，可免，則免！」

仙波額冒虛汗說：「師團長言之有理，但立見所部與第三師團和我們一樣，只帶上至漢城之糧食，若果命其直接赴平壤，尤其是立見所部已在途中，須折返北上，我怕他們到達平壤之日也是其糧盡之時，到時候攻城將會十分艱難。若果不能一舉攻下，那我等……將會十分危險！」

「你說得沒錯，但相比我說的萬六千人一起北上，你覺得哪一個危險？我們兵分三路，起碼徵集糧食也來得容易些！」

一輪反駁後，大堂裡再次恢復了寧靜，但還是餘

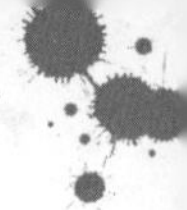

下野津沉重的呼吸聲。

略略一停，野津邁開了腳步，在一眾幕僚面前踱著，繼續闡述自己的理由：「要知道，帝國政府目前正受國會的逼迫，成歡之勝不足以讓帝國議會裡那些畏首畏尾的人封口，我們亟需一場更大的勝利讓國內人心都統一到戰爭上來……」這時語帶感慨：「你們要記著，清國終為龐然大物，是九州之國，有四萬萬人……時間，始終在他們那邊……」

見幕僚中始終有惴惴不安者，包括參謀長仙波太郎，野津心知自己的說話還是未能完全說服他們，稍作安撫道：「我的計劃，也不是完全置第三師團不顧。我會彙報給大本營，同時要求大本營命第三師團於元山登岸，然後直取平壤，匯合各軍。但關鍵是，要看他們何時能到，也看我們何時能到。」沉默半晌，見眾人再無異議，便轉過身再次看著地圖，肅然下令說：「就這樣決定吧！」

眾人齊聲曰：「是！」

「仙波君，你馬上草擬詳細作戰計劃。」

「是……」遲疑片刻，仙波終究放不下眉頭，走到野津身旁，低聲說：「師團長，我絕對服從師團長已決定之命令，但作為參謀，我必須要盡我職責，向師團長表明我對計劃始終有擔憂！」

野津瞥了仙波一眼，緩緩地吸口氣，淡淡道：「你已經盡了你的職責了，我也要盡作為師團長的職責。」

「就不要先請示大本營？」

野津開始不耐煩：「大本營既然給我下了命令，就是信任我，那我就能決定要採取的策略。要是什麼都請示大本營，那還要我這個師團長幹嘛？！」

「是……」仙波聽見更是惶恐，額頭冒出豆大的汗，但礙於自己的信念還是冒死作最後的勸諫：「但西島說得對，這可是破釜沉舟之策！要是清軍真的斗膽出擊，對我軍實行各個擊破，這……」本想說「全軍覆沒」，但還是不敢說：「這實在是太冒險了！」

野津沒有立刻回話，也沒有動怒，目光還停留在地圖上，雙目漸漸放空，但眉頭始終微蹙著。沉默片刻，野津側過陰沉的臉，細起眼睛，意味悠長地說：「仙波君，你得記著，我等現在做的，可是當年豐臣秀吉公沒有完成的遺志。這，本身就是一件極其冒險的事情。」

# 第五十七章　恐懼

不能容忍被蔑視為劣等國家，就是讓維新成功之最大動力。

風蕭蕭兮夜漫漫。一夜征人盡望鄉。

今晚夜空清澈明淨，然而星光卻總是微弱暗淡，若隱若現。

萬籟俱寂，但岳冬的帳房內卻是「嚓嚓」的水聲和摩擦聲響個不停，讓勇兵們難以入睡。

「你小子明天洗不行嗎？偏要這時候洗？今天的活兒多累人哪！」方臉懶懶地轉過身，懶懶地說著。

「對！」旁邊躺著的老陳也抗議道：「這麼吵叫人怎麼睡呢？」

狹小的帳棚裡住了岳冬一棚共十個人。此刻除了岳冬所有人都睡了，密密麻麻地躺在地上，無處插足，而岳冬則蹲在一個角落在地上洗他的布袋。棚內陰暗，只依靠外邊射進來的火光照明。

方臉、老陳說完後，岳冬始終沒有回話，照樣細心地清洗他父親給他唯一的遺物。

「哎，」小李子笑道：「他那個布袋呀，大熱天的還跟在身上，不是赤著上身他也不放下，我早就嗅到有味兒了。現在他肯洗，就讓他洗個乾淨唄！」其說起話來就猶如鄰家教子的婦人。

粗聲粗氣的老嚴打了個哈欠，跟著唱和：「對，我也嗅到！快洗！洗完睡覺！」

這時黑子插話說：「論臭，咋比得上你們的汗衣臭？」

小李子甚是不滿：「我的汗衣可是每天洗哪！臭是他們的汗衣臭！」然後扭頭溫柔道：「岳冬呀，我不是針對你的布袋，他們的汗衣呀，可比你的布袋臭多了！」

方臉接過話茬說：「其實你也不用整天帶著吧？多礙事呢！放在這裡也不是挺好的嗎？誰偷你的呢？」

「方大哥，」黑子揶揄道：「你兒子的手印也不是從不離身嗎？我叫你放在這兒行嗎？」

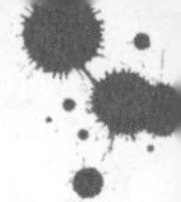

「你小子……」方臉稍微提起精神：「我的手印怎麼能相提並論呢？就一張紙嘛！」

「這不是一張紙兩張紙的問題。放不下的，就放不下嘛！人同此心心同此理啊！」然後仰頭跟頭頂對著的三兒說：「三兒！我硬把你娘給你的玉佩放這兒行嗎？」

三兒像是真怕黑子會這樣幹，急忙道：「可不行呢！」

的確，自前幾天目睹葉志超的蘆榆防軍怎麼「凱旋而歸」後，大夥都在擔心自己究竟有沒有命回去見自己的親人，心情稍微舒坦的岳冬自然又再與憂鬱為伴。而奉軍裡除了左寶貴、楊建勝、慕奇等人外，就只有黑子和三兒知道岳冬在出征前是找到其父親的，且隨即就經歷了喪父之痛。所以，黑子和三兒每逢聽見老兵們提起岳冬的布袋都會立刻幫腔，或說說別的，免得岳冬再次陷入傷痛。

何況，岳冬的那個布袋，代表的，又何止其父親一人？

「對對對！你對！我睡覺！」方臉堵起了耳朵，轉過身又去睡了。

然而老陳還是說：「說來也奇怪，那布袋本來是個男的，怎麼現在變成個女的呢？」

「你還說哪？」黑子嚷道：「我說你老娘好不？」他在新兵中是最敢和老兵們頂嘴的一個。

「嘿！」老陳動氣道：「好好的說我老娘幹嘛呢？我不就是好奇嘛！」

突然靜了下來，沒有人說話，靜得連夜蛙的叫聲也聽見，但靜得有點奇怪，因為連本來應有的水聲和擦衣服聲也沒有了。

勇兵們知道岳冬停了手，未敢再出聲。畢竟，大夥也早猜到，岳冬看著那布袋的眼神，壓根就是思念心蘭的神情，而當大夥再想到岳冬只和心蘭成親一晚就得分開，同時又見左軍門對他不瞅不睬，老兵們都很同情岳冬，覺得他比任何人都要慘。

老陳知道自己多嘴，又靜得實在尷尬，只好說：「對不起呀岳頭，咱們不說了，你洗，你慢慢洗，要不我幫你洗也行！」

雖然說得誠懇，但老陳腦子不靈，還沒離開布袋，黑子便再嚷一聲：「老陳！」

然而岳冬還是沒有出聲，提起盤子，欲站起離去。

老陳見狀就急了，忙爬了起來，拉著岳冬的褲腳：「岳頭，你放下吧！我給你洗！我給你洗！」

「老兄，」然而岳冬卻失笑道：「我洗好了，你放手讓我出行不？」

老陳見岳冬像是沒介意，還能笑，自己也傻傻地笑了：「行……行！」

各人見狀無不放鬆下來。當然，是不是真笑，只有岳冬自己才知道。

聽見岳冬遠去，一直沒說話的鎮東就歎氣了：「其實誰不擔心呢？蘆榆軍這模樣回來，誰說不擔心就是假的。」

小李子也跟著歎氣，一手擱在額頭上：「哎，皇上還賞了葉提督兩萬兩，還拔了仁字營一百多人……我的媽呀！」

老嚴每次聽見就很是憤懣：「媽的！敗軍升官，逃兵受賞！」

「噓……別那麼大聲！」小李子趕緊勸道：「這些話給別人聽見可不行哪！」

然而老嚴毫不理會：「怕什麼？外邊誰都在說了！不說，那孬種遲早把咱們害死！」

「對！」老陳也跟著嚷：「聽說現在就要選諸軍總統，皇上都賞他兩萬兩了……」然後立刻就哭喪似的說：「你說，總統不是他是誰呢？」

黑子也迅速被棚內不忿的氣氛所感染：「明明是敗，還說是大勝！到現在蘆榆軍還有人說是大勝哪！」

呆了半晌，一向沉默寡言的潘亮也開腔了：「你們還未說，練軍又是咋地？」

老陳馬上拍額說：「是啊！那些吃糧不管事的，只會抽大煙逛窯子！」

「對呀！」

「太過分了！」

「還要招搖過市，欺壓韓民呢！」

「鴨蛋兵就會幹這些！」

「現在韓民看咱們都是怪怪的，看來是又怒又怕！」

方臉則苦笑一聲：「你們還未說盛軍呢！聽說盛軍前幾天還鬧騷亂哪！」

「有這事？！」

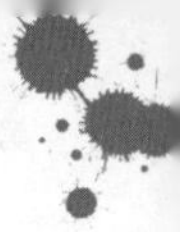



「是不是真的？」
「我也聽說過！」
「聽說把朱雀門那邊搞得一地狼藉呢！」
「聽說是因為沒發糧餉。」潘亮淡淡地說。
「唉！」
「怪不得要搶了！」
「臨時招募也不能太強求啊！」
「他們的老兵千方百計的把新兵趕走，就是為了吃他們的口糧呢！」
「連衣服裝備都賣了！」
「如此友軍，看來凶多吉少了……」
「聽說薛統領待下特別苛刻呢！」
「盛軍的官弁都是這樣！」
「還是咱們奉軍好！」
「毅軍也是好樣的！」
「但他們才兩千人呢！」……

漆黑的帳房裡吵個翻天，任何情況下也能睡著的石頭也醒了，然而還是闔上眼睛，緩緩地道：「哎，咱們這麼辛苦的趕路來到這兒，還死人了，但來了一個月了，城北的工事也差不多完了，有沒有人告訴我，其實……咱們在等啥呢？」

「就是！早知道就不用這樣趕過來吧！」身體不太好，差點在往平壤的路上暈倒的鎮東也不得不罵了句。

「援兵、糧食、大炮。」還是潘亮平淡的聲音。不同於其他勇兵，潘亮是個被迫當兵的落弟書生，他識字、冷靜，在棚裡人們都把他當軍師看，岳冬更是什麼事情也先和他商量。當然，這軍師只屬於這小小的棚裡。

一向多愁善感的三兒聽見更是憂心：「你們說……倭人真的有四五萬人嗎？」

自從看見蘆榆防軍回來的窩囊相，平壤城裡不論軍民都開始瘋傳日軍的厲害——有的說他們有四五萬人，也有說他們有大炮上百門，也有說他們如何英勇善戰，如何以一當十……加上從來朝鮮人都是受倭人欺壓，懼怕倭人，現在眼見從「天朝」來的大軍也給打敗了，其心中的日軍形象自然受到各式各樣的神化。

「岳頭不是說只有兩萬人嗎？」
「兩萬也夠多了吧？咱們只有一萬人哪！」

「聽說他們還有大兵要登岸呢！」

「說兩萬可能是不想咱們畏敵吧？」

「媽的為啥援兵都這麼慢呀？！」

「還有倭人的大炮還多著呢！」

「聽說他們的大炮很厲害的，在天空就爆炸了！」

「對！蘆榆軍叫這些做天彈！說一炮就能打死幾十人了！」……

待了半晌沒有人說話，棚內暫時恢復了平靜。然而就是這樣突如其來的平靜，讓各人都在不停回想，不停整理和消化剛才各人一一說過的話，然後一個更為厲害的日軍形象就應運而生，而這時眾人也無不打了個寒噤。

「聽說，」本來一直看輕倭人的老嚴率先打破沉默：「金統領在黃州消滅了幾十個倭人，也沒什麼呀……」然而卻是了無底氣，也沒有人和應，包括之前和老嚴同聲同氣的黑子。

「但我也聽說咱們派出去的探弁很多都沒有回來啊！」小李子擔憂地說著。

「對！」三兒接過話茬：「楊營官不是老找人當探弁嗎？聽說不好找呢！」

「聽說也有幾十人了！」

「出上百兩銀也沒人去呢！」

「看見蘆榆軍這模樣，誰敢去呢？」

「聽說常殿候也給派出去了，也沒有回來。」

「不會吧？」

「左軍門一直都說倭人厲害，現在我真信了！」

「但為何他老是主張南下呢？」

「這當然有他的道理吧？」

「就是！難道咱們就不信左軍門嗎？」

「你之前就不信嘛！」

「你？！」……

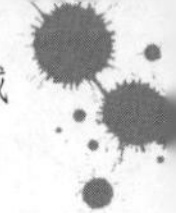

# 第五十八章 寒意

數路山東軍皆在外緩步不前，任由我軍海陸兩路圍攻威海，彷彿欲坐看北洋水師覆滅……室外嚴寒，亦不及內心之寒。

這時潘亮插話道：「如果咱們只管死守於此，那就猶如孤注一擲了。你們說得倭人的大炮如此厲害，那平壤城再堅固也是無用武之地。聽說平壤四周皆有險可守，我想，在山谷河流他們的大炮就難以施展吧？」

「還是潘亮有才！」

「有道理！」

「原來如此！」

「那怎麼還不出擊呢？」

「左軍門可做不了主啊！」

「就左軍門欲進，其他統領可不敢進呢！」

「就是！像葉提督吃過倭人的虧的，恨不得馬上就跑吧！還叫他進？」

「對啊！」

「媽的！現在走也走不了，進又不敢進！」還是老嚴甕聲甕氣的聲音。

「但，」黑子也顯得侷促不安：「待在這兒也不好受呀！每天都聽說倭人快到，但咱們卻總是在這兒一籌莫展！」

「對呀！」鎮東也喟然長歎道：「尤其是聽見統領們每天只是在互相拜訪，出入青樓，吃吃喝喝呢！」

「就是！」

「群龍無首啊！」

「只能盼著咱們左軍門啊！」

「聽說左軍門自薦欲當總統呢！」

「不可能當上吧？」

「肯定是葉志超啦！」

三兒聽見這些話更是萎靡不振，像是快要崩潰似的：「讓葉軍門當上總統，那咱們就慘了……」

大夥憋了一肚子的擔憂一下子爆發出來，西哩巴拉在棚裡吵個不停。

火光映在岳冬打皺的臉上。去了倒水的他早就回來了，一直拿著盤子站在帳棚外，垂著頭的聽著、愣著。

◐ ◐ ◐ ◑ ◑ ◑

踏入農曆八月，中午還是燠熱難耐。偪促無風的房間裡，人們更是揮汗如雨，苦不堪言。然而更讓一眾統領難耐的，相信還是目前的處境。

商討的地方已經換到一個較小的廂房。房內放了一長桌子，桌子上是凌亂的地圖和電報譯文。

桌子終端坐著葉志超和閔丙奭。薛雲開、馬凱清、豐升阿、朴永昌等則坐在兩側。

四周蒙上一層飄渺的白煙。煙，來自葉志超手中的煙桿。此刻的他瞇起雙眼，出神地看著桌子上凌亂的地圖和電報，思緒猶如其口中噴出的白煙——虛無而混沌。

其他人也好不到哪去。所有人都脫下了涼帽放在桌上，露出光滑而佈滿汗珠的額頭。皺著的眉頭也都掛著不安的汗珠，即便平日輕佻的豐升阿也不例外，不停地搖扇子的他和薛雲開一樣皆顯得焦灼，絲毫不比在旁不動如山的馬凱清顯得涼快。

急促的腳步聲自遠而近，並伴隨著咳嗽聲。不出一會兒，左寶貴便走進大堂：「抱歉諸位，來晚了……咳咳……」人也沒有停下，一直走到自己的位置坐下，看著身旁的葉志超，放下涼帽，氣喘吁吁地說：「葉總統……」

不出所料，葉志超成為了平壤諸軍的總統。聖旨說，葉志超「戰功夙著，堅忍耐勞，即著派為總統，督率諸軍，相機進剿」。不欲成為總統的葉志超自然是啞子吃黃連，但這已經是幾天前的事了，刻下令他發愁的，是桌面上的一份急電。

聽見「總統」，葉志超無奈地點了點頭，見左寶貴急成這模樣，便說：「冠亭你先別急……」

「再有倭兵大股在元山登岸！連同南邊進犯之敵，三面合圍平壤，能不急嗎？」左寶貴額頭也滿是虛汗。

「我知道，現在請諸位前來，不正是為了共商此事嗎？」

「快電請中堂，出隊迎擊吧！」左寶貴也不欲浪費時間，來一個開門見山，再次要葉志超接受自己出擊的建議。

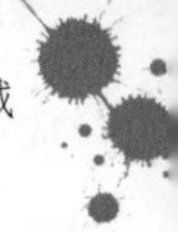


也難怪他如此著急，今天距離上次五軍統領會商已經過了快十天了。期間從前方傳來漢城倭兵開始北上的消息，左寶貴已再次逼葉志超向中堂提出擊之議，然葉志超則以事不過幾天，戰守事關重大，朝廷須從長計議，又說朝鮮道路難行，日軍到平需時，勉強將其勸退。

期間聽見諸將互相拜訪，高置酒會，後路轉運還是極其緩慢，又收到金德鳳在黃州傷亡的消息而如坐針氈的左寶貴，現在還得悉日軍再有大兵在元山登岸，且欲從後包抄，同時探得第一批在元山登岸的日軍在往漢城途中突然折返北上，共三路合圍平壤，當然再按捺不住，非要葉志超向中堂力陳出擊不可。

聽見左寶貴又這麼說，薛雲開冷哼一聲，然而心急如焚的左寶貴也沒功夫理他，只是瞥了他一眼。

「還出擊？」葉志超兩眼乾瞪：「目下元山有倭兵欲直取平壤，平壤兵單糧乏，後路緩兵糧米還是遲遲未到，怎麼還能派兵出擊呢？」

「對！」之前一直沒什麼意見的豐升阿竟然罕有地搶著發言，攤開手掌說：「我練軍刻下只剩下五天的存糧，後路的糧米還是顆粒未至，待會還得找閔大人籌措哪！」其昔日那輕佻隨意的態度已經蕩然無存，取而代之的是那籠罩全身的慨然氣息。

畢竟，隨著日軍逼近，而糧草援兵還是遙不可及，而私下也有派人去打探蘆榆防軍與倭人開仗的情況，豐升阿也開始感到，此行絕不是他當初所想像那樣，是一份即使不能加官進爵，亦可趁機出來溜達的美差，弄不好可是沒命回去的。

閔丙奭很是歉意：「抱歉呀豐大人……我們平壤的存糧所剩無幾了，糧價都已經漲價一倍，百姓都苦不堪言哪！」

豐升阿窘急道：「那你就去別的地方籌呀！」

「早就去了……」葉志超說。

左寶貴說：「我就早說過，平壤養不起這麼多人，咱們就更應該出去！」

葉志超還未出聲，坐在對面的薛雲開率先反駁：「就算出去可解糧米之虞，但人始終是太少。」

「就是！」左寶貴正想反駁，然而豐升阿更是著急：「目下各路緩師到底到哪兒了？一個多月還未見影兒，咱們不是半個月就來了嗎？」扇子搖得急，汗珠流得更急。

葉志超臉上閃過一絲苦澀的笑容：「聽說蔣尚昆四營只到通州，吳洛宏新募六營到天津就停住了，賈起勝八營，潘萬才兩營到了秦皇島和洋河口就不走了，晉軍程之偉兩千也可能只到義州……」

薛雲開也跟著苦笑一聲：「朝廷壓根兒就沒打算讓他們過江……」

「什麼？！」豐升阿心裡沒底地說，沒有政治智商的他顯然沒想明白。

石雕似的馬凱清也忍不住取出了手帕來擦汗：「咱們都是從北洋和關外抽調來的，朝廷自然擔心後防空虛了。」

雖然置身蒸籠，但此刻眾人心裡無不感到陣陣寒意。

至於閔丙奭和朴永昌更是惶惶不安，畢竟若有什麼不測，從「天朝」來的各軍大可一走了之，但他們自己呢？

豐升阿難以接受道：「朝鮮門戶若失，關外京師焉能無恙呢？」

葉志超吐出一口迷惘的白煙道：「國內早有傳言，謂倭兵會直取北洋，前天煙台劉道才來電，聞倭人圖載三萬人在天津登岸，而朝廷又覺得有兩萬人已能穩守平壤……」此時想到「又聞成歡獲勝」，但當然沒說：「故各省緩師多不前敵呀！」

馬凱清往葉志超看去：「那總該有前敵的援師吧？」

「那就剩下銘軍劉盛休、盛軍呂本元……還有……依堯帥的鎮邊軍……就這麼多吧！銘軍、盛軍還在金州、天津，依堯帥應該還在呼蘭等地吧？」葉志超邊抽煙邊說，豆大的油汗流過鼻子，頹唐的目光在桌上游走著。

「之前不也是金州天津嗎？怎麼還在金州天津了？」坐立不安的豐升阿索性收起了扇子，拿出手帕擦汗。

薛雲開往斜對面的豐升阿瞥了眼，像是不屑此人壓根就不諳軍事和揣摩朝廷意思：「要有洋船才行！運得了人就運不了糧米，運得了糧米就運不了輜重！」

葉志超想到的卻是另一個問題，笑容又是多麼的苦澀：「即便有洋船，你們覺得他們會跟你披星戴月嗎？倭人可不是金丹教那幫兔崽子……」

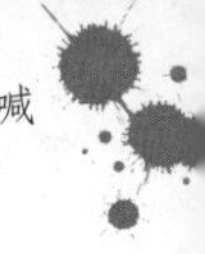

這裡除了馬凱清和薛雲開外，葉志超、豐升阿和左寶貴三年前都曾參與彈壓金丹教。在暴亂爆發初期由於臨近奉天，在附近的奉軍首當其衝，而左武蘭也是在那時候陣亡的。但隨著各路援兵趕至，金丹教勢單力薄，到最後更潰不成軍，各軍就猶如群獅捕殺鹿群一樣，皆奮不顧身、爭先恐後般殺敵，而事後各統領也如願得到了朝廷的獎勵。但目下的對手是連豐升阿這井蛙也知道厲害的倭人，援師的心態自然不言自明。

還有葉志超沒言明的是，呂本元為盛軍副統，素聞與薛雲開不和，其欲當盛軍總統之心路人皆知。至於劉盛休則以自己為一代名將劉銘傳的侄子而自傲，其武人相輕的毛病絕不遜於薛雲開，更自覺直隸提督之位待葉志超退下來後便非他莫屬。所以指望他們星夜兼程，壓根就是緣木求魚。

眾人聽後面面相覷，心知不妙——若自己栽在這裡，那幫狗崽子還不升官發財？!

## 第五十九章．戰守

九月一日。晴。目前入朝為第五師團和第三師團之一個混成旅團，總兵力約兩萬人。朝鮮之清軍也在兩萬之譜，駐守平壤者應不過一萬五千。雖說李鴻章之北洋倉猝成軍，當中不乏以流民頂替，軍械訓練更是無著，然常聞攻城方應有守方兩倍之兵力方算穩妥。何況若不幸敗績，平壤清軍勢必南下，我海軍則須護送陸軍撤離，而北洋水師則勢必趁機偷襲，屆時全盤皆輸則不遠矣。相反，勝則長驅直入，直取東北甚或京師。故曰平壤之戰遠非成歡可比，予安於室內亦感沉重，前方將士之山嶽重責可想而知。午去兵站登記，問何時召集，還無消息。

左寶貴因為提到金丹教而不好受。葉志超也知道自己多嘴，歉意地看了左寶貴一眼。

馬凱清則補上一句：「即便有洋船，即便他們披星戴月地趕來，但還要等上北洋水師護航呢！」

「媽的！」豐升阿也全然沒在意薛雲開對自己的不屑，聽見北洋水師就怒從心起：「李合肥花了這麼多錢，怎麼北洋水師卻這麼窩囊！？運個人去大同江也運不了？早知道我也搞一個海軍啦！」

聽見豐升阿當著自己的面大罵自己北洋的老大，葉志超、薛雲開和馬凱清也只是瞥一眼。畢竟大夥也覺得，北洋水師去不了大同江，還有北洋後勤補給之慢，實在是造成眼下困局的主因。當然，人們也馬上想到，哪怕北洋水師更窩囊，也總比你豐升阿的鴨蛋兵好多吧？！

葉志超始終顰蹙著，細起了眼猛地抽煙：「我也說到舌敝唇焦了，剛才又發了急電去催援兵，目下元山有倭兵登岸，我想他們應該著急些了吧？」

「正是緩兵糧米遲遲未到，咱們就更應該趕緊出擊！」左寶貴又繼續他的出擊之議，其沉重的目光輕擱在桌面，任由汗珠安然流過臉龐，就如久歷沙場的老將在大戰前的冷靜。因為他知道，他接下來就要和別人有一番激烈的爭論，此爭論不單決定此城共三萬多軍民的生死存亡，更是影響整個戰局，而爭論的主要對手，就是曾經和自己出生入死的摯友——葉志超。

「冠亭呀！」葉志超也實在受不了左寶貴的窮追猛打，很不耐煩地說：「不可能的！」

「什麼不可能的？」左寶貴瞪著他，見其一時沒答話，只是看著自己，便繼續追問：「那你到底有沒有向中堂提我的出擊之議了？」

葉志超呼吸越發沉重，但仍是不吭一聲，目光移向別處。

左寶貴猜到葉志超那天只是敷衍自己，怒哼了一聲，也不屑再看他：「你這叫什麼稟明一切，陳明利害呀？！……咳咳……」

見左寶貴當著眾人的面發自己脾氣，壓根沒將自己這個直隸提督兼諸軍總統放在眼裡，葉志超也氣上心頭：「這麼久了，你也該猜到了吧？中堂這麼多天也沒有回你，那就說明你的出擊之議壓根就是要不得！」

也難怪葉志超動氣，畢竟他這三個月來確實是受盡委屈。先是被選上出國助朝鮮剿滅東學黨，後成了

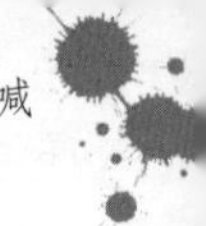

第一個和倭人開仗的清軍統領，敗後又歷兩個月的艱辛旅程才回到平壤，後又因謊報軍情而擔驚受怕，更因此當上了首當其衝的諸軍總統，回到平壤後一眾將士和平民更是視自己為只會吹牛和逃跑的敗將，壓根就沒將自己這個直隸提督兼諸軍總統放在眼裡，更拿自己當笑柄，而部下向友軍討軍需時更是要仰人鼻息……一切一切，都使他心灰意冷，心力交瘁。但這也罷了，只能怪自己倒楣，畢竟平壤裡還有一個相信會為自己雪中送炭的好友。但如今，這個認識了近四十載的好友不單沒有向自己噓寒問暖，卻還一味對自己苦苦相逼，強己之所難。每想到此，葉志超的心就隱隱作痛。而痛與恨，往往只是一線之差……

「要不得……」左寶貴一副怒目往葉志超擲去：「要是你向中堂陳明利害，他或許就會改變主意！」

「改變主意？」葉志超輕蔑地笑了笑：「中堂說了，他對我倭兵齊秋收後合力前進之議深表贊同！那就是先圖守局，步步穩慎，沒有三萬人萬不可南下！所以刻下要緊的是加緊平壤及後路的防務，催促後路轉運，添人添炮，而不是冒進南下！」

「葉總統言之有理，」一直看著兩人唇槍舌劍而偷著樂的薛雲開收起了摺扇，悻悻地說：「與其東支西吾，還不如加固平壤和後路的防務。所謂大軍無後顧之憂，將士才有必克之志！待十月左右各路援師到齊後才南下，才可穩操勝算！」

「沒錯！」這時葉志超和薛雲開一唱一和的：「目下援師千呼萬喚還不來，你也求中堂給你炮隊援師吧？都這麼久了，成事了沒有？」

連中堂如此重要的命令自己也渾然不知，而本就不和的葉薛二人卻你一言我一語的，左寶貴此刻只覺北洋的人早就什麼都決定好了，什麼個人交情都是狗屁，最後講的還是實實在在的黨派利益！而自己馬不停蹄地趕來就是為了當他們的傀儡，甚至成為他們保守誤事的犧牲品！

雖是憤懣，但左寶貴始終沒忘記，眼下沒有什麼比說服他們出擊來得重要，故還是強忍盛怒說：「你們始終也不明白！我出擊之議不是南下欲進，也不是棄後路於不顧，而恰恰在於一個『守』字！我等從國內遠道而來，也深知朝鮮道路之難行。翻山時牛馬人畜皆有死傷，渡河時片帆難尋耗費時日……咳咳……平壤四周如此天險，正是我等伏擊倭寇之良機！也能贏得時機來給後路轉運！若皆棄而不守，只龜縮於此，任由對方長驅直進，兵臨城下，能不為兵家所笑嗎？還未說，倭兵大炮多而且精，你不趁彼翻山涉水，大炮難以施展之時伏擊，卻打算任由彼在城外設炮轟擊……這……咳咳……」說到此痛心疾首的左寶貴再也說不下去了，只好戛然而止。一連串的說話加上嗆咳，弄得他滿臉通紅，額上條條繃緊的青筋頓時綻出。

葉志超也沒理會左寶貴在嗆咳，反駁道：「就算你能據險而守，刻下人家可是三路進犯，若是其中一路或兩路成功突破，或繞過咱們出擊之兵，直犯平壤，那平壤就危在旦夕！而前方出擊之師首尾不能兼顧，又乏糧米，最後能不滿盤皆輸嗎？！」一輪反駁後，見左寶貴還喘息未定，臉色很是難看，怕是被自己的煙嗆倒，才把煙槍摘下，在靴子上磕了磕。

看見從「上國」來的統領吵成這樣，夾在左寶貴和葉志超中間的閔丙奭很是為難。雖欲好言相勸，但終究不敢，只歎「寄人籬下」。但這「歎」，已經不是簡單的「歎」，而是一種隱含著不滿的「歎」了。

其實，閔丙奭以及一眾平壤的地方官員，有誰不知道清軍百病叢生？對他們來說，國王早就被倭人囚禁，而且以其名義請日軍驅逐清軍及一眾不服從新政府的朝鮮地方官員和軍隊。對於一般朝鮮百姓來說，基於單純的家仇國恨，他們自然不會承認被倭人控制的傀儡政府。但對於腐敗和中國不遑多讓的朝鮮地方官來說，究竟有多少個能在強大的倭人面前，在國王已經給幽禁，自己可以說已成亡國之奴的情況下，仍能堅守民族氣節，誓死抵抗？若不是清軍先行進駐，說不定早有地方官帶上身家逃之夭夭，又或將平壤拱手相讓了。而縱橫官場四十多年，相當於中國的一省之首的閔丙奭，看著清軍腐敗透頂，欺壓韓民，怯於公戰，勇於私鬥，敗了自然是一走了之，而自己卻難以舉家逃難中國，難道，就全然沒有為家眷還有自己積累半輩子的權力和財富留一條後路的想法？

# 第六十章・鬩牆

*黨派間互相傾軋不單見於陸軍，海軍亦不遑多讓。聞李鴻章曾力請福建、廣東、南洋水師助戰，哪怕朝廷明令，一眾地方諸侯還是諸多推搪。即便單以北洋水師論之，其中亦以閩黨為主，閩人劉步蟾更大權在握，與李鴻章同為皖人之提督丁汝昌亦難駕馭，洋人、粵人等被排擠就不在話下……*

「沒錯！」薛雲開接著說：「平壤人馬太單，合一尚可一戰，分散人少則難說。任何一路被破，城內軍民必膽戰心驚，而出擊之師又顧此失彼，實在是萬不可取。」

青筋暴現的左寶貴勉強忍住咳嗽，繼續寧死不屈地爭辯：「平壤北邊多山，往元山之路極其難走，倭人還是選擇從元山登岸直取平壤，其牽制之圖不是顯而易見嗎？若那裡只是兩三千人，而我等就因此而不敢出擊，任由其漢城之重兵裕如北上，這不就是正中下懷嗎？」

薛雲開摸了摸鬍子，又展現出他那陰冷的目光：「那是你猜測而已！若那裡是一萬人，那又如何？平壤被破的責成，是不是由你來負？」

左寶貴最討厭的就是薛雲開這態度和腔調，雖然嗆咳纏身，但還是目光如炬，聲色俱厲地反駁，擱在桌面上的拳頭也攥得咯咯作響，只差沒拍桌子而已：「我自踏出國門起，早已把生死置身度外！還怕什麼責成不責成？！相反畏縮不前，貽誤戰機，任由後路被斷，倭人兵臨城下的罪責，諸位又是否擔當得起呢？！」

見除了那一直深沉的馬凱清，其餘三人不是不屑，就是怒目，但就是一時間反駁不了，左寶貴繼續打蛇隨棍上：「就算元山有一萬人，咱們目下平壤有一萬三千多人，留四千人於此，餘下約九千人兵分三路出擊。若是不勝，則層層後撤，以拖延倭兵。即便某路被突破，平壤還有四千之數，對方也只是一路之師，只要咱們上下一心，守他三天四天，咱們出擊之師從後回來，更可反過來將其包圍，到時候倭兵的情況必定比咱們更為艱難！」

「你說得可輕巧！要是平壤撐不了兩天，那你叫城外之兵咋辦？糧米子藥都在裡邊，進退不得，還不是全軍覆沒？」還是薛雲開那挑釁的聲音。

左寶貴氣得面紅耳赤：「為何你們就老想著我等之難，而不能易地而處去想想倭人之難？倭人跨海而至，可帶的糧食子藥必定不多，而朝民多年來受倭人欺壓，倭人徵集糧食也必定比咱們困難。加上朝鮮道路難行，人困馬乏，倭人的境況能比咱們好多少？……咳咳……若其久攻不下，糧米彈藥日少，最後還不是不戰而潰嗎？」

「何況……」此時久未發言的馬凱清突然補上一句：「他們兵分三路，各路必定難以通氣，要是咱們用兵得當，未嘗不可集中兵力，將其一路或兩路翦滅！」其目光始終沉靜地留在桌面上。

所有人立刻往馬凱清看去。

薛雲開和眾人一樣愕然，但他可是眾人裡最接受不了的一個。

對薛雲開來說，這一個多月來，馬凱清可是平壤城裡跟自己最稔熟的一個統領，每次喝酒肯定叫上他。畢竟，習慣武人相輕的薛雲開，同輩中壓根就沒多少朋友。而勉強作為老戰友的馬凱清，其人雖沉默寡言但為人隨和，甚少對自己有意見，更重要的還是，他的年資比自己低，肯定不會對自己更上層樓構成威脅。

但現在見他竟然站在左寶貴那邊，薛雲開才猛然想起，就在兩人在平壤初次會面時，自己在酒醉中仿佛聽說過他曾向自己說過，各軍宜擇要分紮，悉駐平壤城中非策。但被自己否定後，尤其是透露了中堂要各軍穩紮平壤，不得擅自出擊後，馬凱清就再沒有向自己提起此事了。

闔上眼睛一瞬間，再次張開眼的薛雲開已經把身旁的馬凱清當作如左寶貴般的敵人，細起了如刀鋒般眼睛，語氣也變得對左寶貴的一樣辛辣：「葉總統說過，倭人可不好對付，要是翦滅不了，平壤還不危如累卵？」

左寶貴聽見馬凱清這麼說也出乎意料，雖有雪中送炭之感，但也不及細想，還是立刻向薛雲開反駁：「即便咱們不集中兵力包圍其一兩路，只要咱們兵分三路出擊，拖延他們其中一兩路，他們就難以同時兵

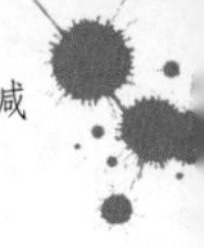

臨城下……咳咳……做到此，起碼他們的如意算盤就已經打不響了！而咱們後路的緩兵糧米也可以相機前進……咳咳……要知道，觀乎倭人小國寡民，他們必定欲速戰速決……若是任由其直取平壤，只盼著決一死戰，那可是正中下懷，愚不可及哪！……」話畢又是一輪劇烈的咳嗽。

「愚不可及？……」葉志超已經忍夠了這個「大義凜然」、「雄辯滔滔」的左寶貴了，見馬凱清突然站在他那邊心裡更不是滋味，此刻還聽見左寶貴罵自己「愚不可及」，以逼迫自己出擊，對於好不容易才逃出倭人魔掌的葉志超來說，這無疑是把他往死處逼。而他也終於忍無可忍，雖不是怒喊，但已是咬牙切齒，每個字裡都滲透著厚重的怨憤，繃緊的指頭像是要把桌面戳穿：「目下敵人打算從後包抄，欲擊我後路，斷我轉運，你還要往前分兵，究竟誰才是愚不可及呢？！」

「我說過，出擊就是為保後路！」然而左寶貴的聲音卻更大。

葉志超也聲若洪鐘，怒髮衝冠：「朝鮮地大，難以偵查！萬一倭人成功繞過我出擊之師，那平壤不就成甕中之鼈嗎？！」

「倭兵每路最少數千人，我探弁往來不絕，而朝鮮道路難走，哪有說繞過去就繞過去？！」

「誰說得準哪？！但只要咱們堅守於此，若後路危急，咱們起碼能分兵回救！但目下就分兵出去，還要往南分兵，若後路危急，咱們還有回天之力嗎？！」

「後路後路，」左寶貴被氣得臉皮在抖動：「一天到晚老想著後路，敢問倭人又有沒有後路？！目下雙方都是各守一城，為何隔海而來的倭人就斗膽三路合攻平壤，而咱們背靠國內就不敢踏出平壤一步？！還未說咱們後路皆有駐兵，國內還有緩兵，依堯帥也可能從咸鏡道直入朝鮮，到時候要怕的是倭兵才是！……」說到這時已是力竭聲嘶，而且還口齒不清，之後咳嗽不斷，呼吸急速，冷汗涔涔，臉色也陡然變為鐵青，手更不自覺地直抖。

其他人注意到左寶貴有點不妥，目光怪異地往他臉上看去。

「左軍門……你沒事吧？」在旁的閔丙奭見狀問。但左寶貴壓根就聽不見，只一個勁地盯著葉志超。

葉志超則還是一副精神在反駁上，激動之情與左寶貴不遑多讓：「你說的都是紙上談兵！都是空中樓閣！結果可能是，兵分三路出去，倭兵三路一下子就衝破了，平壤立刻就不攻自破，到時候就是全軍覆沒！」

「歪理！他娘的歪理！」左寶貴怒不可遏，終於拍案而起：「你如此說橫豎都是輸的了！」手抖得更是厲害。

「我沒這樣說！」葉志超見狀更是渾身發燙，雖沒站起，但也「轟隆」一聲的把椅子往後推，張開雙腿，擺起架子，抬起頭狠狠地盯著左寶貴：「只要集中兵力於此，就起碼能與倭人一戰！」

「你這是孤注一擲，自尋死路……」然而左寶貴的聲音卻戛然而止，目光倏然變得呆滯，愣愣地看著葉志超，嘴角還流涎水，未幾雙眼反白，整個人如大樹般轟然倒下！

在旁的閔丙奭立刻本能地扶了扶，左寶貴才不至於倒在地上。

葉志超楞了片刻才知不妙，回過神來上前扶起左寶貴：「冠亭……冠亭！」見其不省人事，馬上大喊：「來人啊！」

一眾親兵立刻衝了進來。

葉志超說：「馬上叫大夫來！」又扭頭看著左寶貴的兩個親兵：「左軍門突然暈倒，你們馬上回去稟告楊營官吧！」

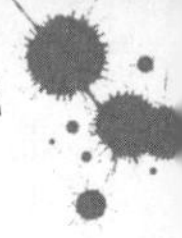



# 第六十一章　報復

「自山海關至直隸、山西兩省之地，河南省之黃河北岸，山東全省……臺灣全島、揚子江沿岸左右十里之地等六要衝，劃為我國版圖。東三省及大興安嶺以東，分給滿清，劃為『滿洲國』。揚子江以南之地，迎明後裔建一國，附庸於我國。揚子江以北，黃河以南再建一國，擁立關羽後裔或尋求其他名人後裔為王，附庸於我國。西藏、青海及天山南麓，立達賴喇嘛，由我國監視之。內外蒙古、甘肅、準葛爾，選其酋長或人傑為各部之長，亦由我國監視之。」

燠熱難耐的中午終於過去，迎來了陰涼平靜的晚上。

火星子哧哧喇喇地響著。

幾經波折，左寶貴終於一個人安靜地躺在床上休息。這裡是葉志超臨時安排的廂房。不知自己身體是否真的不行了，剛才還覺得燠熱難耐，現在醒來卻感覺陰陰寒寒的，即便床邊就有火堆取暖。

暗淡的火光下是憂傷的皺紋和濕潤的眼睛，左寶貴正拿著那張一直隨身攜帶的全家福，對，是和岳冬和蘭兒那張一樣的全家福。焦點，自然是自己最疼愛的——蘭兒。

這段時間，軍務已經把左寶貴壓得透不過氣。有時候他多麼希望自己只是一個小兵，那麼便能暫時擱下那讓人疲憊不堪的軍國大事，有更多時間去思念讓自己魂牽夢繞的人，想想她此刻正做什麼，想想她有沒有惦記自己，想想自己什麼時候能回去和她相見……

每天臨睡前始終要取出照片看看。看了，才能安然入睡。看了，哪管那天如何忙碌，如何困難，他嘴角仍能泛起一絲慈祥的微笑。或許，正是這臨睡前的短短片刻，才讓這老弱朽空的軀體屹立至今。雖然有預感自己會一去不回，但形勢還未分明下，為了國家，為了蘭兒，馳騁沙場近四十載的他，哪會如此輕易言敗？即使悲觀，心裡那希望之火哪有這麼容易就熄滅？

但此刻，左寶貴卻是一臉愴然，因為形勢實在使他感到，事情正往自己那不祥的預感發展，而自己也真可能再見不了蘭兒那討人憐愛的容貌，再聽不見她那溫柔孝慈的聲音，再不能感受她那柔軟的小手為自己捶肩……

但最讓左寶貴悲哀的還是，心蘭可能從此孤苦伶仃，無依無靠。沒有父親，沒有丈夫，沒有任何的親人……直到……直到……獨自老死！

他痛恨自己沒能扭轉乾坤，讓自己有機會回去和蘭兒相聚，但他更痛恨的是，那個害得蘭兒守一輩子寡的人……

此時傳來輕輕的敲門聲，左寶貴趕緊收起照片，沒有說話，未幾房門便靜靜地被推開。

是楊建勝。

「好些沒有？」楊建勝見左寶貴已經醒了，馬上走到床邊。他在得知左寶貴暈倒便馬上趕來，直到其醒過來，經伍大夫和約翰診治後休息才離去，現在辦完軍務後又再趕過來。

「好些了……」左寶貴一臉蒼白地說著，臉色還是很難看。

「還說沒事？你都快中風了！」

左寶貴也自知身體不行，有氣沒力的，而且半邊身的確已經發麻，自己不能下床，故也沒有反駁，但也沒有看楊建勝，只是問：「是不是有什麼動靜了？」

「你就別操心哪！好好休息！最好呢，向朝廷請求回國養病！」

左寶貴忙抬頭瞪著楊建勝：「你能統帶奉軍嗎？」

「我為啥就不能呢？」楊建勝甚是不滿，畢竟他對表哥老是不對自己委以重任已經頗有微言了。

「你對付得了葉志超那老糊塗嗎？你鎮得住薛雲開那老狐狸嗎？我派你出去，你還不是在他們面前唯唯諾諾？……咳咳……」接著又開始咳嗽。

「你別動氣！」楊建勝擔心左寶貴的身體，也知道較勁也沒結果，嘟囔道：「我不就是說說嘛！」

「是不是有動靜了？」左寶貴再問。

楊建勝只好如實交代：「南邊瑞興已發現了倭兵……」

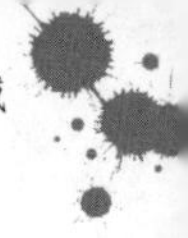

本已無精打采的左寶貴，心裡更是一沉：「倭人狡詐，叮囑金德鳳小心，千萬不可魯莽，加緊打探，隨時彙報……對，咱們往元山的探弁派出去了嗎？」

「明早發軔。」楊建勝也很是擔憂，畢竟，對於從後包抄平壤的日軍，左寶貴雖然估計只圖牽制，人數不多，但還是要清楚到底有多少人。因為若判斷錯誤，那隨時是滅頂之災。

「常殿侯帶頭？」

「是。」

左寶貴歎息一聲，目光複雜。這個武功了得的近身侍衛，從一個年輕小夥開始一直跟隨自己到現在四十不惑，和自己渡過了無數的劫難。但他這麼一去，真不知還能否回來。楞了片刻才問：「中堂和裕帥有來電沒有？」

「沒有。」楊建勝的聲音更小，也不敢看著左寶貴。

「你猜，中堂會知道我的病情嗎？」

「葉志超肯定會說。」

「好……」左寶貴閉目頷首道：「再向中堂發電報，說，如蒙中堂俯允，貴當派人赴山東招數營，兩個月可成軍，惟軍械、子藥須求中堂賜撥……如不能准，只可請罷論，仍請中堂添炮隊一二營，隨同各軍進取而已……」其語氣之哀猶如老者嗟食。

見左寶貴用上自己的病情來請求本應該有的援兵和裝備，楊建勝心酸之餘，也為眼前的處境感到萬分悲涼——每個人都是自私自利，朝廷只擔心京畿的安危，當官的只顧保住自己的烏紗，當兵的只管自己的死活……個人間、黨派間的恩怨、利益，互相傾軋，關係縱橫交錯、盤根錯節，凝練成一個沉重的巨大石輪，任由自己花多大力氣，力竭聲嘶地去搬動還是寸步難移，弄不好還反過來把自己壓死……

楊建勝的思緒被門外突然的擾攘所打破，未幾房門打開，岳冬一躍而入，連滾帶爬地跑到左寶貴的床邊跪下，瞪大眼睛，上氣不接下氣地凝神看了左寶貴片刻，見其雖然無精打采，臉色很差，但尚算清醒，便面露喜色，眼睛裡繼續閃爍著早已有的淚光，提起手中一封被緊緊攥死的信，聲音抖著地嚷：「蘭兒來信了！蘭兒來信了！」

楊建勝聽見也喜出望外，忙往左寶貴看去。

然而岳冬那興奮的喊聲落下後，房間卻迎來恐怖

然而岳冬那興奮的喊聲落下後，房間卻迎來恐怖的寂靜。

左寶貴呆呆地看著岳冬，看著他那歡欣的眼淚，看著他那激動的酒窩。他實在不明白，為何平壤危在旦夕，一個可能因此而從此再見不了自己親人的人，此刻竟然還能眉開眼笑？為何一個害得自己妻子孤獨終老的人竟然還能喜極而泣？還要在一個悲痛欲絕，欲見自己的獨生女兒而不得的老人面前？！

左寶貴痛恨這一切。

眼睛慢慢地紅起來，左寶貴看著岳冬，兩張臉只有一尺，聲音沙啞地問：「你看了沒有？」

「沒有呢！」岳冬喘著氣地搖頭，把信再往前遞：「你先看嘛！」

左寶貴抖著的手接過了信，看著上面心蘭的筆跡，老淚便也簌簌地流下。

岳冬等得不耐煩：「快拆吧！」但還是那天真爛漫的笑容，完全沒在意對方的表情有異。

此刻左寶貴痛恨自己不能馬上拆開看個痛快，因為他更痛恨信背後的那張像是在「幸災樂禍」的臉兒！

深深地吸一口氣，再噓氣的那一刻，左寶貴拿著信的手已經伸往旁邊的火堆上！

楊建勝和岳冬瞪大茫然的雙目，靈魂像是被抽乾了一樣。

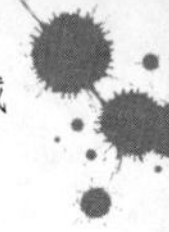

# 第六十二章　出擊

今日《風俗畫報》刊登了敗將葉志超夫人孫氏給夫君之家書，籲國人引以為戒，現節錄如下：「……憶吾夫從戎卅載至今，每戰必先，人所欽佩。此時年近六旬，精神雖好，較前實差許多。總宜調遣得人，勿身先士卒，是為祈。朝鮮的天氣過熱，祈保重柱石之身，公餘之暇仍需節勞……」

左寶貴指頭鬆開，信瞬間燃起。

岳冬瘋了似的跨過左寶貴，把整個火堆打翻，雙手不停亂拍企圖把信上的火撲息，然而絕大部份已成為灰燼，僅餘下斷斷續續不成語句的片語，還有最後的「蘭頓首」三個字。

岳冬不停地在灰燼查找更多的字句，但灰燼低下的還是灰燼。接受不了眼前這一幕，岳冬吱吱呀呀喊了幾聲始終也喊不出來，最後欲哭無淚的他終於把臉側向左寶貴，悲愴地問：「為什麼？！」

「為什麼……」左寶貴看見岳冬這模樣像是感到一陣畸形的痛快，然而卻是一瞬即逝：「為什麼你要害了蘭兒？……為什麼你是這麼的自私？！」

岳冬趴在地上惘然地看著左寶貴，看著他的怒目，看著他的老淚。想到他寧願和自己承受相同，甚至是更大的痛苦也要把信燒掉，為的就是要看到自己痛苦不堪的樣子，岳冬此刻心如刀割的感覺，比聽見左寶貴說後悔收養了自己的時候更甚。

看來，即便我死了，他也不會饒恕我，也不會在乎……

「滾！」左寶貴還怒喝一聲。

雖然眼眶裡盡是淚水，但岳冬此刻卻是面無表情，平靜地把餘下的信的殘片收拾好放進懷裡，然後喑啞無聲地站起離去，平淡的目光只擱著地上，沒有看任何人。

「你就真的這麼恨他嗎？」楊建勝也很是痛心。

左寶貴闔上了猩紅的眼睛，讓苦澀的淚水淌下，艱難地呼吸著，也沒有力氣再說話。

岳冬沒離開幾步，楊建勝便從後追上來，慰勉岳冬道：「別怪他！他就是發發脾氣！」

岳冬緩緩地轉過身，貓著腰的他抬頭看著楊建勝，原來走出房門不久後，他就失聲掩面地痛哭，這時淚水也堵不住地流下：「我沒怪他……他說得對，是我害了蘭兒……是我自私！」聽見左寶貴這麼說，岳冬不能不再次想起那晚和心蘭獨處一室的一幕。他多麼的後悔和心蘭過了一晚！要不是那一晚，他不會害得左叔叔如此痛不欲生！要不是那一晚，心蘭也不必守一輩子的寡！

他想過無數遍，若自己真的回不去，即便心蘭始終忘不了自己，但只要她和蘇明亮成親，只要日子一長，有了孩子，有了家庭，她對自己的記憶始終也會隨著年月而淡忘。即便日後滿臉皺紋的她坐在後院那鞦韆上弄孫為樂時仍隱約憶起自己年輕的容貌，也總比她每天以淚洗臉，為自己守一輩子的寡要好！而這一切，這一切都是自己自私自利的結果！

「別這麼說吧！……如今還未開仗，幹嘛動輒就說回不去見蘭兒呢？」雖然這麼說，但楊建勝卻是了無底氣。

岳冬完全沒有理會楊建勝的話，目光也離開了他，喃喃自語道：「我想好了……讓我當探弁吧！」

「什麼？」

岳冬看著楊建勝，大聲地喊：「就讓我當探弁吧！你們不是找不著人嗎？」

看著岳冬那鐵一般的眼神，楊建勝知道這曾經自斷一指的小子可不是鬧著玩的，一臉凝重地說：「當了探弁，就可能真回不來了。咱們派五十多人出去，回來的連一半都沒有……」

「回不來就回不來！他不是說咱們都回不去嗎？那有什麼區別呀？！」見楊建勝為難，岳冬更上前緊緊地拉住楊建勝的衣袖，跪下哀求道：「楊叔叔！就讓我去吧！……我實在受不了……實在受不了左叔叔以後每天就這樣子的待我呀！」

看著岳冬泣不成聲，就像一個被親人遺棄的孩子，楊建勝的眼窩也發熱了。想到這十年來左寶貴早就把岳冬當成是親生兒子，如今卻弄到如斯田地，又想到岳冬找到親生父親不久就和他陰陽相隔，如今連左寶貴這義父也如此待他，楊建勝手緊緊地捏著岳冬的肩膀，揪心地看著他。

或許，就只有如此吧……

「……應與諸統將密籌，挑選精銳，間道出奇，攔頭痛擊，使其畏威不敢深入。我軍未齊，自然不能遽然前進，須將日隊設法擊走一兩處，俟後佈置周密，相機進發……」

在白煙中叼著煙桿的葉志超，一副欲哭無淚的表情聽著部下朗讀李鴻章的電報，因為一直都贊同自己「俟兵齊秋收後合力前進之策」的頂頭上司，在倭人快四面楚歌之際才突然叫自己出擊，早就在牙山被嚇破了膽的他自然千萬個不願意。

但這也沒辦法，李鴻章在電報裡也透露，朝廷裡的清流派和主戰派早就因為「牙山大捷」而熱血沸騰，對葉志超到了平壤卻採取固守之策感到極為詫異和不滿。

但最要命的還是，連光緒皇帝也下旨說：「葉志超前在牙山，兵少敵眾，詞氣頗壯。今歸大軍後，一切進止，反似有窒礙為難之象……」更說：「朕為軍情至急，昕夕焦急。該大臣慎毋稍涉大意，致有疏虞，自幹咎戾也！」

事已至此，葉志超不得不從。

◐ ◐ ◐ ◑ ◑ ◑

今天平壤城外朦朦朧朧。雖是正午，太陽卻不知去向。天氣再沒有過往一個月那麼悶熱，風也變得清爽有勁，平日氣焰甚大的夏蟲亦已收斂，似乎暗示著秋天的來臨。

雖然看不見明媚的麗日，但人們的心境卻反而舒坦起來，就如怕熱的孩子終於熬過了讓他煩躁不安的夏天，迎來了父母會帶他去郊遊的秋高氣爽的秋天。

左寶貴此刻的心情也大概如此。他正騎著馬往玄武門去找葉志超。雖是大病初癒，步行也要扶著拐杖，但精神尚可，騎馬獨自出行不成問題。心情平伏了許多，眉頭也已大致放下，畢竟這兩天裡確實讓他看到了曙光。

先說昨日左寶貴得悉葉志超緊急召集各軍統領會商，決定實行自己那天商議提出的出擊之策——九千人兵分三路，兩路往南，一路往北出擊，留四千人駐守平壤。而今早一起床他還收到李鴻章的來電，說答應左寶貴之前組建炮隊的方法，即以奉省所截留海軍衙門土藥捐六萬餘兩，餘額由北洋包底，撥十二門七十五毫米克虜伯鋼炮，成立兩營炮隊。炮不日便由天津運往大東溝，人則由奉軍派人在奉、魯等地招募。

要不是收到這些消息，真不知道能撐到何時……

突然身後傳來一陣急蹄聲，是幫辦多祿趕來。一臉笑容的他很是雀躍：「軍門！來了！來了！」

左寶貴只瞥了他一眼，也沒有停下，繼續漫步平壤大街：「來了什麼？」雖然沒什麼表情，但左寶貴知道想必又是好消息，心裡還是有點暗喜。

「原裝德國毛瑟五百根！子二十萬！連同糧米一千石一同運來了！」

左寶貴嘴角輕輕地勾了勾，喃喃道：「真是不快死也不來……」類似的話他今早已經說了一遍。又說：「還有一千石呢？」

「正在路上，幾天內能到！」

「德國毛瑟這寶貝兒不會給靖邊軍吧？」多祿一隻眼大一隻眼小的問，見左寶貴沒有出聲，便走到左寶貴的前方，把自己的大臉盆擱在他面前：「老徐的林明敦早就該換了，他也埋怨了好幾年了，不可能不是他吧？」

「這事你拿主意好了。」左寶貴的目光始終故意避開他，但老臉始終掛著幾分淡淡的喜悅。

多祿猜到左寶貴的心思，畢竟肥水不流外人田，把破槍留給人家，也不方便由「大公無私」的左軍門說出來。但這又是十分合理，因為以左寶貴的性格，裝備較好的奉軍嫡系必然會被安排在最兇險的位置上。多祿聽後喜形於色說：「知道！遵命！」

見多祿離去，左寶貴才扭頭向著他說：「記得試放呀！」

「知道了……」多祿歡天喜地的聲音越來越小。

左寶貴回過頭來，走著走著，臉上的笑意漸漸消散，取而代之的是熟悉的愁緒。雖然又是好消息，但是越多好消息，就越使他覺得，那晚自己如此待岳冬壓根就沒有必要，又是多麼的過分……

◐ ◐ ◐ ◑ ◑ ◑

玄武門外人馬輻輳，勝旗招展。

一條長長的人龍從城裡伸往遠處的並峴高地，然後沿著蜿蜒的道路消失於氤氳之中。

雖然四周的樹林還是鬱鬱蔥蔥，但整個景像已被蓋上一層肅殺的黃紗。上千步隊低頭急步前行，馬隊則不斷在旁輕步趕上。馬嘶人叫，板車轔轔。山風呼

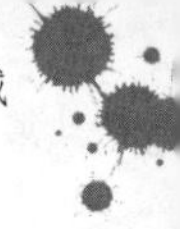

嘯而至，人海、樹海、勝旗爭相飄颻。

葉志超正在玄武門上背負雙手面對著這一切。

左寶貴終於吃力地登上了城樓，看見葉志超低著頭的背影，就已經給人一種懨懨欲死之感。畢竟，他回到平壤沒幾天就已經以「倏得頭眩心跳之症」為由，請求「開缺回津就醫調養」，但朝廷則以其「牙山大捷」為由慰勉之，更命其為諸軍總統。葉志超其後再次奏請開缺就醫，朝廷則諭其「毋庸開缺，在營安心調理，一俟痊癒，即統帥全軍合力進剿」。然而，現在朝廷不耐煩，還未讓他「痊癒」就命他進剿了，葉志超的「頭眩心跳之症」自然越來越烈。

左寶貴扶著拐杖一步一停地走到其身旁，仰望眼前的光景說：「聽說，依堯帥正趕往咸鏡道，以截擊元山之倭兵。盛軍呂本元也整裝待發，準備登船……」輕鬆的語氣像是欲打破近日好友間的齟齬。

葉志超卻一聲不發，陰沉的臉也側到一邊去。

# 第六十三章・・虎穴

又一批俘虜被送至東京，民眾依舊以嘲笑和石塊迎接，員警費了九牛二虎之力才阻擋住躁動之民眾……俘虜每天有一個半小時之散步時間，早前有一批給安排在門跡大寺賞櫻……雖說是散步，實為遊街示眾，既讓百姓知我兵之強，也讓西方輿論知我軍之仁慈，當然，侮辱清兵不在話下。

見葉志超不理自己，左寶貴思量片刻又道：「奉軍剛收到從水路運來的一千石的糧米，還有另外一千石幾天能到，需要的話，我可以給你一點兒。」這麼多年的老朋友，他當然知道此刻葉志超是什麼心情。最後朝廷和自己的想法不謀而合，示意要主動出擊，更被皇上點名批評，對於最早領教過倭人厲害，在戰守問題上與自己鬧得不可開交的葉志超，自然是百般滋味在心頭，也難以面對這個因此而差點被自己氣死的老朋友。

這是第一次聽見有糧米大規模運到平壤，而且還能分一點給蘆榆防軍，葉志超的臉還是不自覺地往左寶貴側了側，然而心中的不忿還是讓他把脖子保持僵直。

「你不用這樣……」左寶貴無能為力，只好以事論事：「若今日不戰，明日又不戰，坐待倭寇抄過平壤，截我歸路，到時候必定授首遭戮，心實難甘！」

葉志超聽見心中更是不服，還想再與之辯論，但一想到他才大病初癒，話在喉嚨便咽住了，憤憤道：「你不是總統，當然能這麼說……」低下頭看見自己手中的信，語氣更變得低沉：「我還想抱抱自己的孫子呀……」

這段時間內各軍陸續有零星的輕騎帶著勇兵的家書到來，又將勇兵的回信帶回去。此時看到葉志超手中的信，本來正想罵他自私的左寶貴知道他也收到了親人的來信，臉色陡然變得難看，聲音也變得沙啞：「……你還好，兒女都大了，孫子也有他們照顧……我呢？」

葉志超知道自己說中了左寶貴的痛處，忙歉疚起來，轉過身子扶著他說：「別這樣說吧，打不過就撤唄！」

「撤？」左寶貴瞇起雙眼，再次動氣道：「你從成歡撤到平壤，從平壤你會撤到安州，從安州撤到義州，何時才是個頭？是不是跑到國內你就覺得安然無恙呢？」見葉志超了無底氣地規避自己目光，又道：「士兵們都叫你『長跑將軍』了，你是不是想背負這外號渡過餘生了？你也不想你孫子因你而羞於人前吧？……咳咳……」

葉志超難以辯駁，見左寶貴又嗆咳起來，只好唐塞過去：「不就是說說嘛……你動什麼氣？」

本來還想勉慰葉志超一番，但見其始終是爛泥扶不上牆，左寶貴也心灰已冷，撥開葉志超的手，扶著拐杖緩步離去。

看著左寶貴佝僂的背影，葉志超忍不住喊了聲：「嗨！……你……沒收到蘭兒的信嗎？」

左寶貴停下，再次憶起那晚親手燒掉了女兒的信，心中又是一陣刺痛，緩緩地側過臉，不情不願地點了點頭。

「……沒說什麼嗎？」葉志超奇怪，也害怕看見

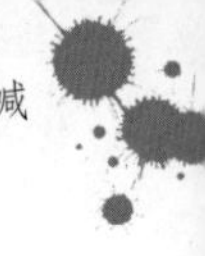

左寶貴這愁容。

左寶貴很想說話，很想和老戰友分享收到女兒的信的喜悅，分享女兒在信中說了些什麼，她近來生活如何？會否茶飯不思？有否夜不能寐？身子有沒有毛病？但他實在什麼都不知道！

過了半晌，心頭在淌血的他撫然道：「我也想知道……」聲音輕若遊絲，也不管葉志超能否聽見，伴隨著孤獨的咳嗽聲漸漸遠去。

◐ ◐ ◐ ◑ ◑ ◑

「三十五、三十六、三十七……」

樹影在岳冬凝重的臉上悄悄地搖盪。此刻一身朝鮮服飾，辮子藏到笠裡去的他正在山林中瞇起一眼，提著單筒望遠鏡細看遠方軍容鼎盛，炊煙千里的日軍營地，細數著營地裡帳篷的數目。

此行共有十一人，朝鮮、中國士兵約各佔一半，由左寶貴的近身侍衛常殿侯帶頭。此次十一人又再分為三個小隊，兩隊四人，一隊三人，以分頭偵察延綿十數里在元山登陸直取平壤的日軍部隊。

岳冬這小隊由他來當頭頭，畢竟他就是從當探弁開始從軍的。兩個朝鮮人是一對姓李的父子，父已近六旬，子才十二歲。兩人其實不是現役士兵，只是老父是個退役的朝鮮老兵，而平壤的朝鮮守兵多不敢去幹這可能有去沒回的活兒，只有這慷慨激昂的老兵願意攜子與清軍同往，故兩人便成了臨時的朝鮮士兵了。

而餘下一人就是——三兒。

此刻的他和岳冬一樣一身朝鮮服飾，和朝鮮父子一道謹慎地觀察附近有沒有動靜。三兒之前也沒想到，膽小如鼠的自己竟會跟著岳冬應徵當探弁。但當看著岳冬因左叔叔竟然燒了心蘭的信而泣不成聲，並因此尋死似的去請求當探弁，三兒實在不忍心看著岳冬就這樣一去不返。這當然和他早就把岳冬視作親大哥有關，但更重要的是，那信壓根就是他和黑子「蓄謀已久」的小聰明！

若岳大哥因此回不來，我這輩子怎麼活下去呀？

早在大夥從旅順出發時，剛經歷喪親之痛和生離死別的岳冬終日失魂落魄，但還要默默地承受著僅有的親人左寶貴的冷眼。每天晚上他都會走出帳篷，躲在一角看著那張全家福獨自發楞。雖然也惦記自己的親人，但三兒黑子眼見這最要好的朋友每天如此也實在揪心。隨著越來越多人收到了國內捎來的家書，三兒和黑子便使計，把心蘭臨別給岳冬的信偷偷換掉，拿去給潘亮去摹心蘭的字跡另寫一封，裡邊當然是一些讓岳冬安心的話。

本來這幾天已經寫好，原信也換回去，只待編一場「奉軍有人捎信來了」的戲讓岳冬信以為真。但當左軍門暈倒的消息傳到軍中，黑子便當機立斷，把信交給岳冬，讓他馬上帶給左軍門，既望慰藉岳冬思念心蘭之情，也望左軍門能因此而好起來，同時和岳冬和好如初。

但誰也沒想到，結果竟然是如此讓人不堪。

黑子沒有來，因為罪疚感更大的三兒硬要他帶上自己給娘親的遺書。

一路上岳冬再次像剛從旅順出發時那樣鬱鬱不歡。臉上除了視察敵情時的緊張和凝重外，就只有死人般的沉默和僵硬。即便對著三兒，岳冬還是冷淡異常。雖然三兒早就認錯賠罪，還主動請纓跟著岳冬，更一路上找機會逗他說話，但岳冬依然故我，跟三兒除了軍務外就沒有半句多餘的對話。畢竟，在三兒跟他說那信壓根是假的，希望他回心轉意不要當探弁時，他的心已經死了：「真假重要嗎？他寧願把信燒了，也不讓我看！」

◐　◐　◐　◑　◑　◑

由於日軍強征糧食和苦力，從前方逃難來的朝鮮農民越來越多。他們衣衫襤褸，帶著家當，背著孩子，拉著牛車，如慌不擇路但疲憊不堪的羊群奮力前行，完全沒在意岳冬等人就匆匆地如潮水般經過。雖然不時有人回頭看，但從他們悍恐的目光可知道，他們是害怕倭兵就在身後罷了。

朝鮮老頭一如以往向農民們打探倭兵的位置和具體情況，其餘岳冬等三人則忙靠在一旁坐下，畢竟從清晨走到現在中午就沒有歇過。

路就在石灘旁邊。農民的趕路聲、板車聲終於遠去，餘下濺濺的流水聲，還有愣著的朝鮮老頭。

「怎麼了？」岳冬上前問。

「五里……再走五里應該就有倭兵。」老頭愣了愣，扭頭看了看岳冬，一路上甕聲甕氣，毫無懼色的他此刻也凝重起來。

看著農民們驚慌失措地逃走，雖然已極力地克制著內心的恐懼，路上也沒抱怨過一聲，但從一開始就

倨促不安的老頭兒子啟東，現在見父親這摸樣更打了個寒噤，臉色發白。

臉色發白的還有三兒。大夥早就討論過應該與倭人保持多少距離。這當然要視乎當時的地點，地勢是否適合偵察等。但平壤東北地勢複雜，而日軍又連綿十數里，且不斷運動，每次在高地偵察都是管中窺豹，難看全貌，這也是為何十一人要分成三個小隊分頭偵察。

雖然已經登上好幾個山峰，但岳冬對自己估計日軍的數目總覺得很不踏實，而朝鮮老頭更像是早把生死置之度外，老是一個勁兒地往前走。故雖然三兒和啟東是多麼的不願意，多麼的累，但每次從山上下來後又是繼續推進，找到合適的高地又登山偵察，兩天內如此往復已五六回，彷彿要深入虎穴走進日軍軍營裡點人頭才甘休。

可是，目下已經僅餘約五里，其先頭部隊主要是馬隊，移動甚速，再想到農民們的慌張，說不定倭兵已經近在咫尺了。

還喘著氣的岳冬眉頭皺了皺，提起水壺喝口水道：「怎樣？還走不走？」

「走！」老頭還是想也沒想：「當然走！」說著更馬上動身。

「還走？」乾瞪眼的三兒心想。

乾瞪眼的還有看著老頭背影的岳冬。其實他也開始擔心這小隊的安危，尤其是見三兒死也跟著自己當探弁，岳冬其實也很是感動的，更不願意三兒跟著自己一去不回，但目下讓他詫異的是，為何這白髮蒼蒼、瘦骨嶙峋的老頭像是有用之不竭的體力？而竹管般的四肢加上拐杖更如螳螂一樣，敏捷地在濕滑的石頭上隨意走動。年輕力壯的自己和三兒實在是自愧不如，只能望洋輕歎。

老頭走了幾步見身後沒有動靜，轉身見沒有一人跟著他動身，眉頭豎起說：「倭兵越來越近了，咱們不快點上山，那可就危險了！」嚴肅的語氣像老師在訓斥學生。

雖然還想多休息一會，但岳冬想想也對，便叫身後兩人起程，然而兩人還是不願意起來。畢竟實在是太累了，之前還可以坐馬，但現在入了小路又要上山就只能徒步。連日趕路，兩人還有岳冬腳掌都出了大水泡，還有破了皮的，走起路來早已疼痛難當，只是勉強忍著。聽著老父和岳冬的叫喊，雖然也想挪動身體，但難得坐到地上的身體似乎早已不聽使喚。

朝鮮老頭走過來，瞥了一眼三兒，眼神像是帶點不屑，又帶點凶光。

「爹……我實在走不動了，能休息多一會嗎？」氣喘吁吁、揮汗如雨的啟東以韓語說道，哀求的語氣中還略帶顫慄。

然而「啪」的一聲，老頭嘴裡罵著一句「廢物」，一巴掌往兒子的臉頰狠狠打去，坐著的他頓時被打得趴在地上。

三兒駭然失色，忙站了起來。

# 第六十四章　哀思

伊不肯收錢，我謂不合規矩。伊說，收了也是購買公債。爾既為軍人，收不收還不是一樣嗎？聽後戚然之感久久未平。就憑此，若失敗的是我帝國，那才是天理不容。

老頭沒有理會，繼續以韓語罵著，未幾更拿起手中的拐杖毫不留情地往兒子的雙腿打去，邊罵邊打，越打就越起勁。其中一下打中小腿，血痕霎時浮現。

「孩兒知錯了！孩兒知錯了！」啟東哭著求饒，雙手在身上亂擋，但血痕只不過從雙腿跑到那脆弱的小手罷了。

岳冬和三兒見狀忙趕上阻止老頭。岳冬捏著老頭的手說：「前輩息怒！小孩走不動，用不著如此吧？！……其實我也很累呢！」三兒也跟著說：「對呀！咱們也走了好幾個時辰了！」

啟東雖然咬著下唇忍著不哭，但淚水早已流過那幼嫩而驚惶的臉龐。

老人和兩人糾纏，但還是動氣地罵著。然而越到後來，老人竟然眼有淚光，身體也放緩了，翹起的嘴唇再也罵不出聲來。

見老父竟然流淚，啟東知道他是恨自己不成才，也忘了哭泣，也忘了自己滿身的疼痛和疲憊，咬緊牙關試圖從地上奮力爬起。然而還未站起，啟東的目光就從老父放到他身後的河流去。

老頭、三兒和岳冬也注意到啟東的神色有異，忙扭頭看去。

只見河流遠處有些東西正隨著水流漂過來。待近些看，那是人，幾十個人。

男的、女的。老的、少的。臉仰天的、臉朝下的。有衣服的、沒衣服的……

蒼白如紙的皮膚像是訴說著自己的卑微，發脹的身體似乎藏著無盡的冤屈。

屍體無聲無息，順著河水潺湲而流，上下浮沉，彷如他們生前顛沛流離，只能默默地接受歷史和時局無情的擺佈。

眾人的目光隨著水流移向下游。濺濺的流水聲像是消失了。時間，似乎也忘記了流動。

◐ ◐ ◐ ◐ ◐ ◐

漆黑中裡亮起了一盞暗淡的燈籠。

火堆在帳篷裡偷偷亮起，在茂密的樹林中並不容易察覺。

經過一天的勞碌，三兒和啟東早已抱頭大睡，呼嚕聲是森林裡唯一的聲音。

看著三人包括兒子已經一步一蹶，老人後來取出了烏棗，叫他們去了核，將棗肉貼在腳掌底下破了皮的水泡上，然後打好腳布，說這樣就不痛了。當然，說話時臉兒始終是板著的。當岳冬和三兒發現此方法真管用，問老頭為何不早點告訴他們這方法，老頭卻理所當然地說：「不讓你們吃一點苦怎麼行呢？」

火光此刻已經很是微弱，只等待還未入睡的朝鮮老頭噓氣吹熄。

看著兒子身上一條一條青得發紫的傷痕，藏在那凹陷的眼窩裡的，是老頭那雙慈祥而憂鬱的眼睛。

「他多大了？」輕輕的聲音打破了老頭的思緒。原來闔上眼睛的岳冬也還未入睡，轉過身順著老頭的目光看著啟東。

「十二歲。」老頭抱著雙腿，聲音嘶啞，目光始終沒有離開過兒子。

「還小啊……」岳冬眼珠子轉了轉，始終聽不見老頭的反應。雖然想勸老頭別對這麼小的兒子如此嚴厲，但一時間也想不到怎麼繼續這不尋常的對話。

和這父子初見面至今只有六七天。這六七天裡，老頭的態度和表情由始至終都像全世界欠了他似的，對中國士兵的眼神總像是滿懷敵意。除了偵察需要，壓根就不和其他人有任何對話。至於剛受了左寶貴無情對待的岳冬，自然更是心如死灰，絕不會和他人搭訕。但目下看見這「硬骨頭」終於露出其柔情的一面，而且老頭也幫自己和三兒治好了腳痛，睡不著的岳冬還是主動說話了。

當然，面對著一個父親凝視著自己兒子這麼一幅動人的畫面，岳冬心裡自然把啟東當作了自己，而老頭自然就是自己的父親，岳林。

「你們……是平壤人嗎？」岳冬本想直接勸老頭，但想了想覺得不合適，還是先問問別的。

「釜山。」老頭此刻似乎也不介意繼續和岳冬說話。

「釜山在哪兒？」

「那是……朝鮮島南邊最大的一個港口吧！」

岳冬點了點頭，又問：「幹嘛來了平壤了？」

老頭似乎不喜歡這問題，沉默半晌，瞥了岳冬一眼說：「你又怎麼在這兒了？」

岳冬語塞。他只以為老頭早就移居到平壤，就如自己老家其實在福建一樣，但聽老人這麼說自然想到是倭人入侵的緣故了。過了片刻，目光又落在啟東身上：「其實……他這麼小，為何就一定要帶他來了？」

老頭似乎又不喜歡這問題，緩緩地扭過頭看著岳冬，背著火光的他只餘下漆黑的身影，但那雙在詰問的眼睛還是依稀可見：「我不帶他來，我該帶他去哪兒呀？」

「留他在平壤呀……」其實這問題岳冬就想問很久，因為此行若被倭人發現可能隨時喪命，但為何一個老父還是堅持要帶上一個沒什麼用，反而是拖累的年少兒子呢？

「留在平壤幹嘛呀？」老頭繼續問，一對白眉在顫動。

岳冬愣著，沒想到對方竟然如此反問。

見岳冬說不出話，老頭自問自答說：「當亡國奴嗎？」然後把頭側回去，又凝視著自己的兒子。那蒼老而溫柔的手輕輕撫摸著兒子那幼嫩而天真的臉龐。

閃爍不定的火光下，是一臉斧鑿般的皺紋。濕潤的眼睛低下，是對一個民族的哀思。

手，最終放下了，慢慢地變為拳頭。未幾鼻子發酸，聲音也變得抖顫：「國家都到這份上了……他要是苟且偷生……怎麼對得起他母親和兩個哥哥？……我也不認這兒子了！」

聽見老頭這番話，一直躺著的岳冬整個人凝住了，心臟也仿佛動彈不得。唯一能動的就是眼睛裡那火光的倒影，還有一身慄然的毛髮。慄然不是因為寒冷，而是因為那突如其來，莫名其妙，不可名狀的——慚愧。

他此刻於此，只不過是希望左叔叔早日回心轉意，只不過是念叨著心蘭那句「以死為生」，但求早日相見。除此以外，心裡再沒有什麼多餘的東西。但此刻聽見朝鮮老頭這番話，除了首次感受到朝鮮人對國破家亡的切膚之痛外，不知怎的，更想起了父親，想起了左叔叔來。他回憶著兩人說話的片段，雖然聽不見兩人在說些什麼，但岳冬隱隱感到，他們是在說，自己心裡缺的，就是那點「多餘」的東西。

◐ ◐ ◐ ◑ ◑ ◑

天邊一片魚肚白，這荒廢的小村依然隱匿在一片烏藍色的樹林裡。

晨霧娟娟。踏入農曆八月，蕭瑟的樹林蘊藏著陣陣寒意。

屋裡中央亮著微弱的火堆，勉強能看見眾人森然而疲憊的表情。地上是雜亂無章的地圖。五個人圍火堆而坐，當中包括岳冬和朝鮮老頭，還有兩個中國勇兵。三兒、啟東還有另外四人則在屋子四周把風。

今天是偵探小隊約定於此準備整頓回平壤之日。外邊不時傳來馬匹的嘶叫聲。那是眾人從平壤一路騎來的坐騎，到了這兒才放下，然後分頭竄進山林偵察，僅留下兩人看守餵飼。

「真的沒時間了！倭人已經離咱們很近了，咱們絕不可能再數一遍！」所有人的目光都落在那棱角分明，成熟穩重的臉上，正是這偵察小隊的隊長，左寶貴的近身侍衛——常殿侯。

「但不可能咱們幾個數差這麼遠呀……」這裡最年輕的岳冬不忿地說著。

此行對於岳冬來說可以說是豁出去了。一路上他始終忘不了，那晚左叔叔是如何忍受著錐心之痛來把蘭兒的信燒掉，也要看到自己欲哭無淚的表情。雖然是下了必死的決心，也知道即便此行有功，左叔叔也未必輕易饒恕自己，但他還是希望此行能化解，哪怕是一點也好，左叔叔對自己的怨恨。所以此行已經艱辛險阻，但力臻完美的岳冬就是覺得不踏實，生怕只要自己稍微有一點鬆懈，就會失去左叔叔饒恕自己的機會。何況現在三個小隊估計的日軍數目有如此大的出入？

「絲毫不差才奇怪呢！」常殿侯頗不耐煩地說。

「但不可能差幾千人哪！」

「起碼咱們知道倭人北路最少有六千人，而不是先前左軍門估計的兩三千，這，已經是不枉此行了！」常殿侯說著也很是沉重，其餘各人也暗捏一把汗，畢竟連大家一向信任的左軍門也估計有誤。除了在南邊派大軍壓境，倭人竟然不顧窘於財政國力，無懼翻山涉水，補給困難，在北路也押上奇兵大股，絕不是左軍門先前想像那樣只圖牽制。

「我可以一個人去！」岳冬堅定地看著常殿侯。

常殿侯瞇起雙目看著岳冬，覺得只不過是半年不到的時間，這小子跟以前那個膽小怕事的岳冬真是天差地別了，稍稍仰起臉歎道：「你就真想一去不返，來換你的左叔叔跟你不計前嫌嗎？」同為親軍勇兵，大夥都知道左軍門和岳冬近來之間的芥蒂，而作為左寶貴近身侍衛的常殿侯自然更是一清二楚。

岳冬否忍不了，欲言又止，目光躲進飄忽不定的火光裡，憮然道：「即便我回不去，他對我也不會怎樣……」

只見常殿侯無奈地笑了笑：「那你就太不瞭解你的左叔叔了！」

這時傳來急速的草叢聲，伴隨著三兒啞著聲音的喊聲：「倭兵來了！倭兵來了！」

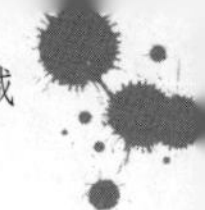

# 第六十五章．．．．．．血氣

岳冬和朝鮮老頭大驚，常殿侯卻異常冷靜，處變不驚地向著兩個鐵桿兄弟說：「老袁、老鐵，你們先去引開倭兵！」然後跟岳冬和朝鮮老頭說：「咱們馬上收拾地圖，往後面的樹林裡走！」畢竟作為首領，身負重任的他從平壤出發起就想過如何應付不同的突發事件，而其他人也早知道自己的分工。而這小村落也不是隨便選擇的，馬匹也分開了兩批安置。一批就在村前的大路上，以便倭兵來時能馬上引開敵人，而其他人則坐村後樹林深處的另一批馬匹逃走。

眾人馬上站起，手忙腳亂地行動。

看著老袁、老鐵走到門口，也不知道還能不能再見到他們，常殿侯還是沉重地喊了他們一聲：「平壤見！」

兩人卻淡淡一笑：「平壤見！」話畢向著馬匹跑去。

三兒和另一中國勇兵文林此時跑到門口，兩人皆手足無措地看著常殿侯。

「多少人？」常殿侯的話像箭那麼快。

「大約二三十人！」文林說。

「騎兵？」

「全部騎兵！」

「咱們趕快離去！從後面的樹林走！」常殿侯看看正在地上收拾的岳冬和朝鮮老頭，又看看在門口的三兒兩人。

「我的啟東呢？」這時朝鮮老頭抬頭看著三兒。

「我沒看見他呀！」

「快到了！」文林不時往身後張望。

「怎麼沒看見他？他不是跟著你嗎？！」老頭很是激動，站起走到三兒身前一手抓住他的衣領。

「他沒跟著我！他後來就跟了你們的人了！」三兒猛地掙扎，急得快哭似的。「你們的人」當然是指朝鮮士兵。

「沒時間了！快走！」常殿侯拉著老頭，文林也來幫手分開三兒和老頭。

突然「砰」的一下槍聲在不遠處響起，眾人楞了楞，老頭則睜著欲哭無淚的眼睛喊：「啟東！」

「別看了！」「未必是他的！」「他應該在躲著呢！」「要是你兒子看見倭兵也不會傻到冒出來吧！」常殿侯和文林你一言我一語的強拉老頭離去，最後眾人連滾帶爬地躲進村後的叢林。

「上膛！」常殿侯命令說。

「是！」

「哢嗟哢嗟……」

「蹄塔蹄塔……」數不盡的馬蹄聲逐漸逼近。

「架！」老袁、老鐵見倭兵快到，兩腿一夾馬上飛騎離去。

嘰哩咕嚕幾句日本話，日兵見前方有快馬逃走，忙派出七、八騎上前追趕。一時間「簌簌」的樹葉聲、馬蹄聲不絕於耳。

常殿侯和岳冬等五人繼續往樹林深處綁著另一批馬匹的地方逃去，但樹林茂密，難以前行，而此時更傳來讓眾人停下腳步的——啟東的聲音。

火光照亮了村落前的空地。近二十個手持洋槍和火炬的日本騎兵沒有再追，選擇停在村落前。為首的日本軍官審視著四周的一切，斷定之前的飛騎只不過是清軍在暗渡陳倉，而「陳倉」，應該就在眼前這個荒廢的村落。何況，這個突然出現的朝鮮小伙也是這麼說的。

瘦小的啟東被十幾個高昂的日本騎兵盤旋包圍。

「啟……」老頭也不管日軍會否聽見，不由自主地喊出兒子的名字，幸好旁邊的常殿侯立刻用手捂著老頭的嘴巴，才不至於被日軍發現。常殿侯又扭頭跟其他人壓低聲音道：「你們別管，繼續走！」

「你的哥哥呢？」那日本軍官手握武士刀，不鹹不淡地以朝鮮語問啟東。

啟東楞了楞，腦袋一片空白的他似乎不懂回答。此時的他一臉蒼白，極度的恐慌早已把他臉上能有的表情通通抹掉。髮髻散了，一身齷齪，似乎經歷過一輪折磨。雙手連同腰間被一根麻繩綁住，麻繩的另一端是一個日本騎兵，如同綁著一頭牲口。

「問你話哪！」手執麻繩的日兵厲聲一喝，手揮動一下，在麻繩上使出一個波浪，另一端的啟東不由自主地晃了晃。

岳冬等人始終不肯離去。

「走呀！」常殿侯向三人怒道，扭頭再在老頭耳邊低聲說：「別喊了老人家！喊了，咱誰也活不了！

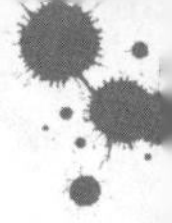

活不了事小，消息傳不回去事大！」接著慢慢嘗試鬆開手。而老人聽見也沒再吭聲，畢竟，脈搏在激烈跳動，思緒極度紊亂的他已經喊不出什麼聲音來。

啟東看著那日本軍官，半晌才抖出兩個字來：「這裡……」那雙眼睛睜得很大，但那是控制不了的繃緊，猶如他那繃緊的瞳孔、繃緊的四肢、繃緊的心臟。

「他騎馬跑了？」那軍官似乎很滿意啟東這表情，淡淡一笑。當然，那是一種輕蔑的笑容，仿佛簡單的一句話，一個笑容，就已經透露出在其眼中兩個民族的優劣。

「……是吧……」

「他怎麼不理你了？」

「……」

「你到底有多少個哥哥？剛才騎馬逃走的不止一人啊！」

「……」

突然「嚓」的一聲，極度緊張的三兒不慎摔了一跤，雖然有一定的距離，但在已經靜下來的環境還是引起了那日本軍官的注意。

常殿侯回頭瞪著三兒和文林。

三兒和文林也自覺聲音太響，未敢再走，只慢慢轉過身，屏住呼吸，怵然地注視著日兵的一舉一動。

「舉槍戒備！」日本軍官下令道。「嗙嗟嗙嗟」的上膛聲瞬間響遍了整個樹林。

「我帶人去搜索一下吧！」旁邊的副官上前說。

「不！」日本軍官手一舉，淡淡地說：「沒必要冒險，去，拿火油來。」

「把村子燒了？」

「燒了他們也未必會出來……」日本軍官冷冷一笑，陰險的目光落在眼前的啟東上。

冰冷而刺鼻的火油澆到啟東的頭上，如緩慢的瀑布流過啟東那惶恐的臉龐。其散髮都貼到臉上去，眼睛再也掙不開，鼻子也不能呼吸，只能如乾渴的魚兒張大了嘴巴。

「要知道，很多朝鮮人錯信清軍的讒言，甘願為他們當嚮導，刺探我軍軍情，我相信，你不是其中之一吧？」日本軍官邊欣賞啟東這摸樣，邊怡然自得地說著。

雖然常殿侯再三催促，但岳冬始終提不起半步。他一直默默地看著啟東，不知怎的，自己恍如置身郭家村那幽暗的小屋裡，再次經歷胡匪蹂躪賣菜女孩一家的一幕……

他害怕，他害怕再犯下一個讓自己愧疚一輩子的錯誤，他不想啟東成為另一個賣菜女孩，也不想再想起那賣菜女孩那恐怖的眼神，哪怕，哪怕自己可能命喪此地！

而目下這一幕，比郭家村的那一幕更令人髮指，而此時岳冬已是渾身血燙，也如之前他在郭家村躲在暗處的時候，慢慢地提起了他手中緊握著的槍桿，對準了眼前這天怒人怨的罪惡。不同的是，槍桿再沒有之前的抖顫，而呼吸，也沒如之前的紊亂。

細膩的眼神中，是血氣和成熟。

「岳冬！幹嘛了你？！」常殿侯感覺到身旁的岳冬有異動，忙扭頭低聲喝道。

一直在常殿侯身旁的朝鮮老頭此刻跪倒在地上了。他撐了很久，但那老朽而激動的軀體再也撐不下去。他想喊，但喊不出聲。他想哭，但哭不出來。那雙脆弱的拳頭不斷捏緊，骨頭血管都露在外邊，仿佛快要破肉而出。

他恨倭人之殘暴，也恨國家之貧弱。他恨自己的無能，也恨自己之前沒有好好對待兒子。尤其聽見兒子只說自己有「哥哥」，更想到這是為了保護老父，心就如刀割般痛。他恨不得立刻衝出去和倭兵同歸於盡，但他深知，讓消息傳回平壤是比所有人性命都重要的事情。何況，他此行銳意帶上兒子，不就是為了這樣嗎？！

常殿侯見狀又立刻用手準備捂住老頭的嘴巴，但面對此情此景也按捺不住，眼窩發熱，一向冷靜的他此時呼吸也在顫動，蹲下在老頭耳旁生死存亡地說：「老人家……別喊……你兒子今天註定是活不了……即便咱們出去也是活不了！……但咱們要是出去了，此行……便前功盡廢了！」扭頭又跟大夥做手勢，低聲道：「你們都別管！繼續走！要是他們追來，你們馬上就跑，馬上上馬離去！誰也別管誰！無論如何，一定要把消息帶回平壤！」

「是！」熱血沸騰的三兒和文林也正欲跟著岳冬提起槍支，但聽見常殿侯這麼說，尤其是最有那句「一定要把消息帶回平壤」，深感責任重大的他們也只好繼續前行。

然而，岳冬始終是寸步不移。

# 第六十六章　絕處

為了掃除世界文明進步之障礙，即使採取稍有些煞風景的辦法，也是在所難免。

「岳冬！」見岳冬始終不聽命令，常殿侯差點就喊出聲來，然而岳冬的眼睛和槍口始終如釘子般緊緊地釘在那日本軍官身上。

「出來吧！要是你們真是平民百姓，我們是不會傷害你們的。但你們始終不肯出來，那就別怪我不客氣了……」日本軍官接過火炬，策馬上前。

老頭正欲撲出去，岳冬的指頭也往扳機使勁，只聽得前方突然傳來一把兒童的歌聲：

「第一杯茶敬我爸……兒子遠行你別責罵……趕快回來服侍你老人家……」是啟東以朝鮮語唱道，他邊哭邊唱：「第二杯茶敬我媽……兒子出門你別牽掛……等著兒子……回來吧……」

絕望和哀傷，如晨霧般瀰漫著四方。

朝鮮老頭頓時泣不成聲。他記得，那是自己在他小時候教他唱過的一首童謠，但他沒想到兒子竟然還會記得，也忘了上一次自己微笑著聽兒子唱歌是何時了。而自己那時候也常教兒子，若是一個人碰上什麼而驚慌，唱歌可以讓自己定下神來，好讓自己能面對眼前那可怕的一切。但最讓他心酸的還是，兒子選這首童謠，不就是在跟自己道別嗎？

常殿侯和岳冬雖聽不明白啟東唱什麼，但也已百爪撓心，雙目模糊。

至於所有的日本兵則無不感到驚奇，驚奇為何一個小孩死期將至還能唱起歌來。而那軍官也似乎起了憐憫之心，也似乎想起了自己家中的兒子來。此時拿開手上的火炬，看著啟東良久，問：「你，願意喊我一聲父親嗎？」

天空漸漸泛白，樹林靜得不能再靜。此刻風也仿佛停下，來傾聽這個朝鮮小孩如何回答這個關乎自己生死的問題。

寂靜中，緊閉著眼睛，一身淋漓的啟東竟然發出一聲慘笑：「你……怎麼能是我父親？」

微弱的聲音在蕭瑟的空氣中悸顫著。

然而，這是一個詰問。其背後的意義，與其說是誓死不認賊作父的勇氣，不如說是那純真的——自然。

老人老淚縱橫，肝腸寸斷，但為兒子而自豪。

日本軍官臉上那丁點兒的慈祥瞬間消失，換上了對待敵人的森然。火炬，如他手中的武士刀向束手待斃的啟東砍去！

空氣剎那間凝固起來。

然而，卻被緊接下來的一下槍聲打破！接著就是一聲慘叫，日本軍官手持火炬的手已經中槍，火炬掉到地上去！

岳冬的扳機終於扣下。

日本軍官捂著手臂大喊，所有士兵皆伏在馬背上，四散尋找掩護物，然而那軍官沒走幾步，就頭顱中槍，頓時下馬。

「所有人撤！」常殿侯大喝一聲，放槍後的他一個翻滾躲在旁邊的大樹，繼續上膛瞄準。見情勢已無可挽回，堅決不出的他也只能孤注一擲，奮身一搏了。

「嚓嚓嚓……」在後邊的三兒和文林拔腿就跑，往叢林深處的馬匹狂奔。

霎那間樹林裡槍聲大作，方圓百里的晨鳥驚鳴盡散。

日軍遭到突擊，加上長官陣亡，又不知樹林裡有多少敵人，一時間未敢上前。同時一直躲在另一邊樹林的朝鮮士兵也往這邊日軍開火，更令日軍措手不及，不知對方虛實。

啟東聽見常殿侯的聲音馬上往其方向拼命逃跑，老人也趁機衝上去營救兒子，然而一日兵發現馬上朝啟東開槍。

子彈穿過啟東那瘦小單薄的身體，滿身火油的他剎那間成了火人！

撕裂的慘叫聲頃刻遍佈整片樹林。

老人整個人一下子傻了，不管槍林彈雨，發狂地衝上前，但未幾就中槍倒地，距啟東約十步之遙。

聽著啟東的淒厲的喊聲，看著成了火人的他在地上發狂打滾，而朝鮮老頭只能伸手匍匐，看著兒子活活燒死，而自己又不能相救，岳冬撕心裂肺，熱血翻騰，淚水都滴到槍桿上，不斷地上膛放槍，放槍上膛。然而日軍隱蔽得太好，且臨危不亂，作戰井井有

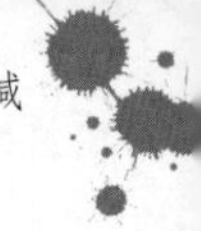

條，絕不是自己對付開的胡匪，而且人數佔優，開始向這邊步步緊逼了，自己也只能不斷往後退。

日軍此時已經知道對方只是幾個人，遂放膽往前推進，兩個騎兵更由側路進入樹林，打算從後包抄。

常殿侯見形勢不妙，跟岳冬喊：「你去保護三兒文林！快！」

「是！」岳冬忍痛轉身，撒腿往後跑，與遠處來包抄的日軍騎兵爭快。

「砰砰」幾聲，遠處的騎兵朝三人開槍，三人則弓著腰地亂竄。

三兒、文林在前，岳冬在後。雖是騎兵，但樹林茂密，橫支擋路，故馬匹也不能不慢下來。見對方已出現在自己眼角，岳冬也跟著上膛，然而邊跑邊射，壓根就打不上，遂停下躲在一大樹後，瞄準，放槍，打中一騎兵後又繼續狂奔。

餘下那騎兵意識到騎馬壓根沒好處，斷然下馬，學著岳冬定著打，一槍就打中了文林的後背！

聽見文林哇的一聲慘叫，三兒回頭看：「老林！」

「看什麼兔崽子！快走！」血流如注的文林還在地上上膛，回頭對著那騎兵放槍，讓其不能瞄準三兒。

這時遠處的槍聲漸漸疏落，而人聲馬聲則越來越近，十幾個騎兵陸陸續續地衝進樹林。

「岳冬你快去掩護三兒！快！」文林邊放槍邊喊，但已經開始有氣沒力，嘴唇發白。

「是！」岳冬不敢耽誤，經過文林繼續往前跑。三兒走在前邊，而遠處已經看見早已藏好的四匹馬，那裡旁邊就是一條可以逃走的小徑。

追兵越來越多，他們都已經下了馬，不停地放槍，逼得岳冬幾步一停，回頭一槍的走著。

「岳大哥快走呀！」幾經辛苦，走在前頭的三兒終於上了馬，砍斷韁繩，並放槍試圖幫岳冬逃脫。

「快走呀笨蛋！」岳冬邊放槍邊喊，距離三兒還差七八十步。但對方槍聲越來越密，越來越近。

此時文林已經不支，近十個騎兵半月形地逼近岳冬，都瞄著岳冬在躲著的那顆大樹來打，而岳冬則已經被困死在那棵樹後，數次想衝出去還是衝不了，子彈就在腦袋旁邊飛過，最後又只能往後放幾槍。

「我不走！」三兒還是不肯離去，拼命放槍掩護岳冬。

「我叫你走呀！」岳冬喊得聲嘶力竭。這時彈管沒子彈，手往身後裝子彈的袋子一摸，只剩下兩顆，心裡一沉。身後的日軍見岳冬已是甕中之鼈，開始轉向往三兒射擊。

看著三兒的窘態，弓著腰地躲躲閃閃，四周壓根沒有掩護，只是距離尚遠未被擊中而已，但就是不願策馬離去，岳冬再也看不下去，毅然裝上兩顆子彈，瞄準三兒那邊就是一槍！

三兒旁邊的馬嘶叫一聲後轟然倒下。三兒的坐騎受驚，也嘶叫一聲，然後瘋了似的跑去。

「岳大哥！……」三兒控制不了馬匹，聲音越來越小。

子彈就在身邊呼嘯而過，身後十數人正步步進逼，彈管裡的子彈只剩下一顆……但看著三兒的身影消失於自己的眼簾裡，看著那蜿蜒清幽的小徑，看著遠方那逶迤的群山，這短短的瞬間，岳冬的心情竟然能舒坦起來。

當然，在那杳然的黛色裡，他最後看見的，自然是自己朝思暮想的——蘭兒。

# 第六十七章　精英

與其說是清日之戰，不如說是北洋孤軍作戰。勝則慘勝，淮系元氣大傷，敗則全敗，清國全盤皆輸。

儒雅脫俗的白煙，隨著悠悠搖擺的扇子在房間內輕輕飄蕩，恍如天上人間。

的確，不是滿腹經綸，飽讀詩書，獲得朝廷賞識者，絕不得踏足此地。

大清的中樞，中國的精英。

搖著扇子，品著茶，抽著煙，俯視眾生，侃侃而談。不論正值中年抑或老態龍鍾，憂心忡忡者有之、意氣風發者有之、慷慨激昂者有之、大義凜然者有之、冷嘲熱諷者有之……

誰言萬馬齊喑？哪怕壓根是含血噴人、眾口鑠金，文死諫總比武死戰來得高尚嘛！

經歷過豐島海戰，高陞被沉，日本咄咄逼人，而

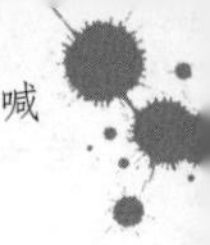

北洋海陸兩軍毫無起色，且壞消息不絕，房間內的氣氛更是高漲，人們都爭相和同僚們分享自己的奏摺：

「……馬凱清恇怯無能，性情卑鄙，且平日克扣軍餉，不得兵心，並聞此次統軍經過朝鮮一帶，地方不勝騷擾，若令久領偏師，必至敗事等語。馬凱清駐軍平壤，日久並未進兵，據參恇怯無能，不為無因……」

「丁汝昌既不出洋接仗，出洋又不敢與較，聲言固守灣內，然大沽竟現敵蹤，實是無能至極，應從重治罪！」

「馬凱清此次所領二十萬兩，竟扣出八萬兩，由天津商號匯寄家中，應發之餉，故意延宕，以至軍心不服……」

「……我軍之所以怯，非水師盡無用也，提督不得其人……水陸各軍莫不齊聲痛恨丁汝昌之畏敵無能……」

「馬凱清此次駐軍平壤，恣意治遊，士卒亦皆佔據民房，姦淫搶掠，無所不至……」

……

每個人說完後，房間內就轟動一番：「好……」

「就是！」

「妙呀！」

「絕妙！絕妙呀！」

再不就提一點意見，潤色一下：「這不好，應該這麼說……」

坐在眾人中間的白髮蒼蒼的老者卻始終氣定神閑，手捻白須，輕輕點頭，靜靜細聽，偶爾提一點意見，像是眾人的老師。

這時老者見自己的小門生王伯恭一直坐在一角不出聲，眉頭輕皺，便問其因，只聽得他有些囁嚅道：「我總覺得……倭人有備而來，並不簡單，如此率爾逼迫前敵將士前進，我認為……並不可取。」

周圍的人聽見無不嗤笑，紛紛道：「伯恭啊，何以杞人憂天呢？」

「日本蕞爾小國，何足以抗天兵？」

「我朝子民四萬萬人，天兵百萬，土地富饒，說不敵寡民貧瘠之小島國可謂天方夜譚！」

「葉提督志超不是旗開得勝嗎？」

「就是！」

「非大創之，不足以示威而免患！」……

最後連老者也笑呵呵地說：「你呀！就是書生膽小！」

王伯恭卻不屈道：「目下咱們連倭兵在朝鮮有多少也不清楚，彼兩次登岸運兵，前後應該不下兩萬人，而我軍皆後知後覺，還不知他們有沒有後援，至於他們有多少門大炮，是否用開花彈，糧草子藥有多少等等，海軍是什麼船，有多快，有多少門炮，何時建造，兵丁訓練如何……敢問諸位又是否知道？」

房間頓時陷入了寂靜。

面對一系列的詢問，眾人無不面面相覷，就是沒有出聲，因為壓根就回答不了，最後只好由老者來打完場：「北洋海陸軍皆以西法訓練多年，糜金費銀，豈會不堪一戰？」

「自古知己知彼，百戰百勝，如今知己而不知彼，安可望勝？」

老者知道王伯恭揪住這點自己難以招架，但毫不窘急，沉吟片刻，目光放到室外遠處的一片烏雲，輕歎道：「養兵千日，用兵一時，若非此法，何以試淮軍之良楛？」聳了聳肩膀，身子靠到椅背，又悠悠道：「勝，固然足喜，敗……」這時遲疑片刻，目光詭異地掠過了王伯恭：「不就是整頓淮系之時機嗎？」

王伯恭恍然大悟，同時也暗地納罕，不敢再說，低下了頭，心忙意亂的他目光久久也不知擱哪兒。

未幾一人急步前來，至房間中央停下，高聲道：「諸位！諸位！大消息！大消息呀！平壤出擊之毅軍竟然半夜自亂，驚鬧數次，互相放槍踐踏呀！」

房間內沉寂了一剎那，然後轟隆一聲，駭異聲、嘲笑聲、痛罵聲便此起彼伏，洶湧澎湃，四周的門窗都彷佛為之震動：「豈有此理！」

「窩囊！實在窩囊！」

「荒唐！」

「一群廢物！」

「淮軍呀！淮軍！」

「又是馬凱清吧！」

「不是他還有誰呢?!」

這時人們彷佛注意到中央的老者正搖頭歎息，都逐漸安靜下來。

只見老者一臉陰沉道，但其歎息彷佛另有所指，白色的眉毛下是一雙森然的眼睛：「李合肥呀！李合

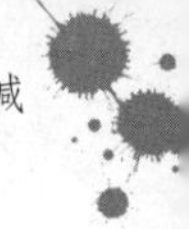

肥……你總不能說，我老針對你吧？」

◐ ◐ ◐ ◑ ◑ ◑

「簌」的一聲，李鴻章把手中的電報譯文使勁地往地上一拽：「馬達三是不是想慪死我呀？！他就不能讓我安心一下嗎？」達三為馬凱清的字。

天津。李鴻章府。

幕僚兼女婿的張佩綸在旁道：「那些人一向信口雌黃，壓根不值一駁，岳父大人何必還為這些人心煩？還未說馬達三壓根就不像這類人。」

鼻息還在呼嘯作響，胸口還在起伏不停，李鴻章坐在沙發上，坐直了腰，手背拍著手掌氣道：「若是他沒有把柄，何來空穴來風？！何況杏蓀也這麼說了，你叫我怎麼信他呀？」

連日來差不多每天都收到日軍向平壤推進的消息，尤其是元山一路從背後抄襲，還有前幾天在渤海發現日艦，朝廷震驚，責令丁汝昌「倘有疏虞，從重治罪」，更打算撤去丁汝昌的職務，還未說之前又傳出馬凱清克扣毅軍軍餉的消息……一切一切，早已令年邁力衰的李鴻章心力交瘁。然而，此刻還傳來平壤出擊之師半路自亂的消息，清流派乘機群起攻擊，而目標不知為何又通通落在馬凱清頭上，故此刻李鴻章實在拿不出精力去細想或想法子去辯駁，只道自己的部下不爭氣。

見老丈人如此摸樣，張佩綸也想不出還能說些什麼。

此時李鴻章稍微冷靜下來，身子緩緩靠在後背，仰頭淡然道：「命孫顯寅分統毅軍！」

「什麼？」

然而李鴻章還未說完：「去電，告訴馬達三，謂左、薛、豐三統將忠勇協力，上下一心，為何唯獨毅軍狼狽至此？遠近傳說，皆駭人聽聞……臨行時，我已經再三申誡，為何他乃不自檢束？……目下敵氛逼近，若釀成大亂，其身家性命必不能保！我顏面聲名又何在？！」

「是……」張佩綸沙啞地應了聲，後背亦彷彿感到一陣寒意。因為他已感覺到，事情如此發展下去，馬凱清的下場必定凶多吉少，甚至會有殺身之禍。但更讓他心寒的是，老丈人絲毫沒有為馬凱清辯護之意，反而一味呵責他。

沉默片刻，李鴻章仰天緩緩地噓了口氣，目光在空中隨意盤旋，凹陷的眼窩裡是一雙年老的淚眼，如在望天打卦：「你說……皇上會收回出擊之命嗎？」畢竟，最新的情報說，北路元山的日軍已經到陽德了。

一講到平壤局勢，張佩綸更是顰蹙，心裡沒底地說：「該說的都說了，咱們還能做什麼？」但更讓他心裡沒底的是，他很少看見老丈人如此摸樣，也很少聽見他問一些沒什麼意思的問題。

「我早說過，不要輕易出擊……」李鴻章的聲音也越見嘶啞。

# 第六十八章　赴會

今日《時事新聞》云：「如果中國人能從今後之大敗中吸取教訓，悟出文明勢力之可畏，自改前非，一掃四百餘州的腐雲敗霧，享受文明日新之餘光，則多少有些損失也微不足道，甚至倒要向其文明的引路人——日本國三拜九叩謝恩。」

月華灑落大地，繁星燦若銀河。

今晚平壤的夜色分外清明。

臨近中秋，平壤的大街開始熱鬧起來，還未說這個有約兩萬人的城市，今年多了一萬多個中國士兵來過節。當然，引發出的問題則是另一回事。

左寶貴、楊建勝等一行人在大街上走著，往閔丙奭的府邸去參加為各軍統領舉行的宴會。

又過了好幾天，左寶貴的身了又稍微好點，但仍然扶著拐杖。

離中秋只有約十天，何以不等月圓才請客？所有人心裡都明白，那只不過是閔丙奭趁機打探各軍和倭人的消息。但更重要的是，日軍早就過了陽德，迫近成川了。若是出擊之師未能成功阻擊，依此速度看，中秋之日正是日軍兵臨城下之時，那時候誰還有心情賞月？當然，除了被蒙在鼓裡，久久未聞日軍行蹤而暫時淡忘倭人正在逼近的平壤百姓外，目下軍中有心情賞月的又有幾人？

終日往來營房和陣地之間而弄得老態畢露的左寶貴，今晚也終於暫時閣下繁瑣的軍務，也故意不騎馬，輕鬆地漫步平壤大街。

脫下軍服，穿起便裝，雖然一看就知道是「天朝人」，但這起碼舒緩了那官民間的矛盾和鴻溝——四周的人不會老遠就避之則吉，也不會主動地讓道，更不會露出惶恐不安的神色。百姓照樣地逛街，照樣地叫賣。由於太久沒有倭人的消息，加上節日臨近，平壤百姓似乎暫時擺脫了戰爭的陰霾。而融入了汪洋似的百姓的左寶貴，似乎才首次切身感受到此地純樸的民風民情。

然而沒多久，人聲喧鬧的大街稍為靜下，接著不遠處就自覺地讓出一條道來，兩旁百姓都露出不滿或不安的神色，接著就經過幾個甕聲甕氣的滿洲兵，抽著大煙，旁若無人地走著。待他們遠去，四周的人又迅速回復平常，人聲又再次沸騰起來。

「臭鴨蛋！」在旁的楊建勝睥睨著遠去的那幾個滿洲兵。

左寶貴沒有說話，但已大為掃興。畢竟這又讓他想到，自從剛到平壤城，閔丙奭來拜訪，說盛軍、練軍軍紀敗壞，請求處理起，朝鮮百姓聽說奉軍紀律嚴明而跑來告狀的事就從沒間斷，而閔丙奭也不時向自己提起兩軍的惡行。但左寶貴礙於自己只不過與各軍統領平起平坐，又恐怕惡化早已有之的鬩牆之爭，有礙禦侮，且盛軍人數最多，故始終沒有什麼行動。還未說自己既然不是淮系，自然也不便跟李鴻章說其下屬的問題。這便讓一向光明磊落，直斥其非，曾經先斬後奏，砍掉為非作歹的滿清宗室子弟的左寶貴耿耿於懷。

「哈秋」一聲，身後一個親兵打了個打噴嚏。

秋風乱起，衣衫單薄，讓眾人感到已不僅僅是涼意，而是寒意。

「軍衣子藥還在義州？」多祿不在，左寶貴問旁邊的馬占鼇。從六月底盛夏時十萬火急地從旅順出發，當然不會帶上秋冬天的衣服。但隨著對戰局瞭解日深，左寶貴到平壤沒多久就已經命人從奉天開始運送士兵秋冬天的衣服來。奉軍營務處不用多久就準備妥當了，只是和其他軍需物資一同在義州積壓，不知何時能至。

馬占鼇也跟著「哈秋」一聲，說：「……沒有新消息，應該還在義州。」

左寶貴皺了皺眉頭：「明天再催一下，順便問問大炮上船了沒有？」

「昨天才問了……」馬占鼇好像怕得罪人什麼的。

「問了不能再問嗎?他來了我就不問了嘛！」

「是！」馬占鼇見左寶貴動氣，不敢再說。

「還有，再問一下援兵的情況，尤其是依堯帥到底有沒有戲！」

「是！」

雖然李鴻章答應給奉軍鋼炮十二尊，臨時成立炮隊兩營，但炮一天沒來，那都是空中樓閣，就如各路援兵一樣。收到消息至今又過了十天了，但始終是沒什麼進展，只是說什麼「整裝待發」「按程前進」等敷衍的話，讓面對倭人步步進逼的前方將士心裡沒底。

此時楊建勝問：「軍需為何不走水路了?之前運糧草不是好好的嗎？」

「老魏說，」馬占鼇擦擦鼻子道：「那邊的船夫都在傳朝鮮灣有倭船行蹤了，索價越來越高，還有，先前到平壤的船還未來得及回去呢！」

楊建勝又問：「那能否到安州往東南走，再沿大同江南下平壤呢？」

「我早就想過，」左寶貴插話道：「但此一時彼一時，元山的倭軍越來越近，這樣走的話可能會碰上他們，說不定他們已經到了成川了。」

說到倭軍，楊建勝也凝重起來，沉默了一陣子才道：「其實……你覺得咱們出擊……到底有多少把握？」和很多初時輕視日本的人一樣，楊建勝自葉志超的蘆榆防軍回來便開始感覺到此行之兇險，本來摩拳擦掌的他也變得步步為營，甚至對於出擊也沒什麼信心。

只見左寶貴側過冷冷的臉，眉頭輕皺，眼神也變得飄忽不定：「我也說不準……但不出擊，那肯定是條絕路！」但見楊建勝好像越發沉重，便換話題說：「對！派往元山的探弁有消息了沒有？」畢竟，當初在將士面前一再強調此戰之難是因為他們輕敵，但當所有人都不再敢輕敵，甚至出現恐慌的時候，那作為最高統帥，要做的就是激勵，哪怕要隱瞞事實。

「還沒有。」楊建勝搖了搖頭，脖子表情皆顯得僵硬。

左寶貴沒在意楊建勝的表情，繼續說：「過兩天再沒有消息，就得再派人去了。」他既希望早日知道北路日軍的消息，但也擔心探弁們尤其是常殿侯的安危。

「是……」

此時看見前方越來越熱鬧，原來有布袋戲上演。四周圍著很多朝鮮小孩熙熙攘攘，左寶貴放鬆了那打皺的臉，終於露出久違的微笑來。但看著看著，他自然想起了岳冬，想起了小時候的岳冬，想起了十年前自己就是在類似的情景遇上了他，想起了當日那個因為偷了個饃饃而被打得口腫鼻青的小岳冬問自己是不是要抓他……這時再想起好像很久沒有看見過岳冬，立刻左右四顧，見身後的一眾親兵沒有一個是他，失落之情躍於臉上。

突然，遠方西廟那裡傳來了打鬥聲。左寶貴一行人馬上走過去，只見幾十個盛軍大庭廣眾下互相打鬥，看久一點，原來是三十幾人圍著十幾人在暴打。

四周幾百個平壤百姓圍了個大圈在圍觀，中央則一片混亂狼藉，凳子雜物四處。

未幾平息下來。被打的十幾人都已給人揪住，動彈不得。為首的盛軍軍官更踩著一個被打勇兵的頭，那勇兵則在地上滿嘴沙子的苦苦掙扎。那軍官還探下腰看著被自己踩著的勇兵，看著他掙扎，然後愜意地笑了。

越是掙扎，越是愜意。

快感，從靴子如電流般流遍全身。權力，仿佛在這兒得到完美的體現。

左寶貴怒不可遏，邁出一步大喝一聲：「住手！」拐杖狠狠地戳進地上。

# 第六十九章　狹路

……隨軍記者達上百人，還未算上隨行觀戰之外國武官。相比甲申之事，泰西各國對此次兩國出兵均興趣濃烈，畢竟各國皆意識到，全面戰爭勢在必行，而兩國皆三十年前始師法西洋，西方自欲以老師之身份俯視此即將到來之戰爭。何況若日本一舉成功，對清國而言則必然是新一輪之蹂躪。西方如此關注，不過如嗜血之鯊魚嗅到血腥味兒前來游弋……

為首的盛軍軍官瞇起雙眼，初時臉上還掛著不可一世的笑容，好奇地看著左寶貴，但看著看著，笑容便漸漸消散，而身邊一部下也上前不安地在其耳邊說話，似乎是在告訴他左寶貴的身份。

腳提起了，被踩的勇兵馬上站起，呼哧呼哧的，狠狠地盯著那軍官。

但那軍官壓根就沒將他放眼裡，放下衣袖，整理一下衣裝，甚是不忿的上前向左寶貴單膝跪下道：「盛軍游擊譚得志見過左軍門！」其表情彷彿早就知道，左寶貴是出了名喜歡「惹麻煩」的人。

左寶貴沒有理睬，冷哼一聲說：「誰讓你們在這裡撒野？！」

譚得志面露不悅，但還是不慌不忙地道：「沐恩……管教不力，讓幾個不聽話的勇兵逃出了營房，無奈鬧至此地，還望左軍門見諒！」

「不聽話？！」之前給他踩著的勇兵苦笑一聲，嘴角還在淌血，抖著嘴唇道：「你欠我糧餉我認，起碼家裡還未至於餓死，但那些當了探弁沒回來的兄弟，你總不能再欠他們糧餉吧？他們家還等著他們寄錢回去哪！」

「有什麼話回去說！」譚得志側過臉低聲說，眼珠子往上惡狠狠地盯著那勇兵。

然而那勇兵並不畏懼，抽一抽鼻子，吞一口血，像是豁出去似的：「我回去還能說嗎？」說著突然向左寶貴跪下，懇求說：「求左軍門替小人主持公道！

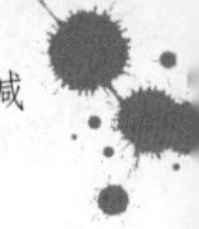

若咱們就此回去，肯定活不了！」然後狠狠地扣了個響頭。

左寶貴噴出濃濃的鼻息，盯著譚得志良久，說：「你們，就是這樣待自己的部下嗎？」

譚得志顧忌其官大，不敢回話，又不敢抬頭，一副小人生恨的目光只能投在地上。

這時一匹輕騎從人群中慢慢步出，騎馬者正是薛雲開。他在赴會途中也被打鬥聲吸引過來。這時見譚得志因為左寶貴而丟盡盛軍的臉，薛雲開再也不能不出手，下馬走到左寶貴面前，換上僵硬的笑容，拱手道：「左軍門，盛軍之事，我想，還是由我盛軍處理比較合適吧！」

所有盛軍勇兵立刻向薛雲開行禮，譚得志的表情更如受了欺負的狗兒及時看見主人一樣，跪在地上爬到薛雲開跟前，就差沒有抱其大腿而已。

左寶貴早就不滿盛軍的種種行徑，但沒有親眼目睹，始終不便越俎代庖，但今日讓自己親自碰上了，而薛雲開就在面前，還聽出他只欲幫譚得志護短，壓根沒有幫被打勇兵的意思，他們被帶回去肯定沒好下場，何況一眾平壤百姓都看在眼裡，怎樣也要薛雲開給一個說法：「我官不大，但好歹是個頭品頂戴，焉能看著一個小小游擊，在國外當眾欺壓部下，恣意妄為，有妨國體而不置一詞？若我奉軍有如此害群之馬，我也會多謝薛統領替我管教管教！」

薛雲開也當然不怕左寶貴，依舊「笑容」滿臉道：「多謝左軍門！但目下薛某既然來了，那就應該由薛某來處理吧？」

「那敢問薛軍門會如何處理呢？」

薛雲開見左寶貴存心和自己作對，嘴角依然上揚，但已經目露凶光：「我自有我盛軍的辦法！」然後欲快刀斬亂麻，跟身後的勇兵說：「你們都回去！我和左軍門還有宴會！」

身後一眾勇兵欲把被打的勇兵拉走，然而後者繼續反抗。那跪在地上的勇兵心知就這樣回去必定遭殃，但也不能當著薛雲開的面去求左寶貴，便只好硬著頭皮求自己的統領，盼他會當著眾人尤其是左寶貴面前為自己做主：「求薛大人為小人主持公道呀！咱們……咱們只不過想為當了探弁沒回來的兄弟討點糧餉而已！」接著其他被打的勇兵也紛紛下跪：「對呀！」

「老徐老韓他們回不來了，總不能說沒看見屍首就不發糧餉吧？」

「求大人替小人主持公道呀！」

左寶貴趁機說：「你就這樣把他們拉走，就不怕有妨國體嗎？民心既失，將士還不能歸心，如何能戰？」但語氣與其說是諷刺，不如說是在歎息。

薛雲開氣上心頭，鼻息呼嘯而出，細起了眼瞥了左寶貴一眼，但礙於形勢，還是沉住氣地說：「你們住手！」

身後揪住人的勇兵立刻放開了手。

左寶貴打蛇隨棍上，瞥了譚得志一眼道：「若有人欺上瞞下，克扣軍餉，當眾欺壓部下，薛軍門聲名受損還事小，勇兵均生異志，不能效死，影響戰局則事大。要是朝廷追究下來，我想，誰也擔當不起呀……」

反駁不了的薛雲開被逼得怒火中燒。然而眾目睽睽，自己的勇兵就在地上哀求，左寶貴就在跟前，還把「朝廷」搬出來，要是他跟李鴻章說些什麼，哪怕自己最後能化解，也總是添了個大麻煩。故薛雲開心知不可能強把部下拉走，也不可能再保譚得志，心恨難泄下，深深地吸口氣，最後只好委屈一下部下了：

「譚得志！」

「在……」譚得志心知不妙。

薛雲開拿過隨從遞上的軍鞭，一鞭朝著譚得志的臉面狠狠打去！譚得志頓時被鞭得倒在地上，血流披臉。

「誰讓你們在這兒撒野？！」薛雲開極力地壓著盛怒，儘量保持儀態。然後對跪在地上的勇兵，面若寒霜地道：「你們敢以性命擔保，所言屬實嗎？」

勇兵們膽戰心驚，只輕輕點頭。

左寶貴見狀也跟那些勇兵說：「你們若是斗膽誣衊譚游擊，可要受軍法處置！」

勇兵們說：「知道！」

「小的發誓，所言句句屬實呀！」

「小人敢以性命擔保！」

「對！」

「好！」薛雲開對勇兵們說：「本官回去必定徹查，給你們一個說法！」

「謝大人！」地上勇兵誠惶誠恐地謝過。

「你們回去吧！」薛雲開轉過身跟左寶貴抱拳

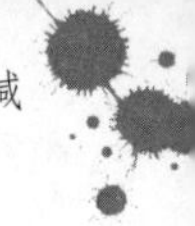

說：「多謝左軍門的提醒！咱們，還是去閔大人府那裡吧！」接著擺手請客。然而，刀鋒般的眼睛、冷峻的臉皮下，是無盡的怨毒和憤恨。

左寶貴見薛雲開已經退讓，被打的勇兵們也都甘心回去，當然不再追究，也抱拳道：「薛軍門果然鐵面無私！請！」

薛雲開和左寶貴一起動身，臨離開前回頭一瞥，陰冷的目光掠過一眾勇兵，最後落在捂著臉面看著自己的譚得志身上。

短短一剎那，眼神彷彿已經交代了什麼似的，而譚得志似乎也心領神會……

◐◐◐◑◑◑

「你們不用老為我賀壽而操心，你們每戰都像成歡一役那樣大勝，就是給哀家最好的禮物……」

千里之外的頤和園今晚也燈火通明。

聲音很是隨意，很是懶散，目光也不是擱在誰的臉上。卻正是這把聲音，指揮著這艘載著四萬萬人的破船在暗礁四處，鯊魚徘徊的大海上艱難航行。也正是這把聲音，讓這個擁有四萬萬子民的皇帝忐忑不安。

遠方鑼鼓喧天，京城著名武生譚鑫培正在上演「戰太平」為太后賀壽。但此刻的世界彷彿是一片寂靜，只有那句聽上去輕描淡寫的話在迴響著。

長長的走廊空無一人，只有一地凋零的枯葉。

腦海裡拼命地回想之前李鴻章的電報，回想那最關鍵的幾個字：

「……出擊……三分把握……固守……七分……」

眼皮在不自覺地跳動，冷汗在掌心滲出……

# 第七十章　一簣

今日遇上西方記者十數人，與其聊天，得悉彼來自英、美、法、德等國，之前被安排視察我軍如何善待俘虜，又如何善待當地百姓，眾人無不讚不絕口，皆謂我軍為文明之師、仁義之師。想及清軍必拒西方記者隨軍之請，亦不讓外國武官觀戰，由此觀之，泰西輿論必定為我所用。

日軍日以繼夜地向平壤進發，然而，在平壤東北八十里的三登附近似乎遇到了阻滯。

約一百公尺寬的柳綠江把三登大道連同其兩側的高地攔腰砍斷。江水滾滾而來，滾滾而去。數千日軍駐紮在岸邊，看著從渡口伸出由小木船連接而成的浮橋殘骸，還有被打撈上岸的十數具同伴的屍體。

更多的殘骸、更多的屍體，早已伴隨江水而去。苦無對策。

江的另一邊是隱蔽在茂密樹林裡的數百個奉軍右營步隊的勇兵。

管帶徐玉生心知這裡是抗擊日軍的好據點，於是決定離開慢條斯理的友軍，率先率部趕至此地駐紮，並且特意叫上駐三登縣的朝鮮炮兵搬來了僅有的兩尊古老的大炮，隱蔽在樹林裡。待日軍建好浮橋，並已登上近一百人才給以突擊。雖然朝鮮炮兵荒廢操練，但由於距離不遠，發了十多炮後還是能把浮橋炸斷。

日軍猝不及防，傷亡枕藉。由於勢孤力弱，無險可守，且浮橋已斷，生還的日軍只能急急撤回剩下的浮橋殘骸上，隨水流飄到河的下游，逃不了的就只能力戰而亡，又或受傷自殺。

元山支隊隊長，日本陸軍大佐佐藤正此刻十分懊惱。他實在沒有想到會中伏，因為他一直收到的消息皆謂清軍不會輕易出擊，只會死守平壤城中。加上自己每時每刻都在念叨那九月十五日前要到達平壤的軍令，故還未等前方探兵的消息，使急不及待地決意渡江，但偏偏就遇上了清軍的伏擊。

那邊奉軍隱藏的樹林裡也升起了一縷一縷的硝

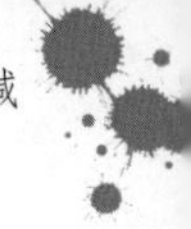



煙，那是日軍在遇襲後從對岸發炮轟擊所造成。但由於樹林實在太茂密，日軍壓根不知其對方陣地位置，何況早已分散樹林四處，故奉軍的傷亡很少。只是其中一尊大炮因為發炮暴露了位置而中炮，死了幾個炮兵，大炮被毀。而日軍也知道徒勞，也免得浪費彈藥，故也放棄炮擊。

江水浩浩而流，樹影沙沙作響。

幾個小時過去了。雙方數千人，彷彿沒有人說過一句話。目光，始終都在江的對岸。

徐玉生和佐藤正也彷彿在隔江相視。

據生還部下回憶，四周皆是敵人，壓根不知道敵人到底有多少。佐藤正唯一肯定的是，對方沒有多少尊大炮，必是輕裝出行。但這似乎無助於自己的窘境——餘下只有幾艘小破船，不管以船運兵或是再造浮橋，部隊要完全過江肯定要花幾天的時間。而隨帶的糧食不多，但對岸才是可以補給的三登縣。還有，過江必然只能等到夜晚，但近日月色明亮，即便清軍射擊的技術更差，即便大量消耗用來進攻平壤的炮彈來掩護，士兵還是要冒很大的危險。

然而，這邊的徐玉生也好不了多少。看著對面鼎盛的軍容，心知那最少是幾千人，而自己才一個營五百不到。就算自己視死如歸，但久未大戰的部下們難免有人緊張膽怯。何況，看見剛才敵人遭到突擊時臨危不亂，井井有條，還能給自己有力的反擊，若換了是自己的兵很可能是一敗塗地，故深感左軍門說日軍不可小覷實在沒錯。而餘下只有一尊大炮，炮彈寥寥可數，有等於無。早已派去催促後面友軍的騎兵也久久未回。連日趕路，精神一直繃緊的將士體力也開始不繼，呵欠聲此起彼伏。

僵持中，急速的馬蹄聲突然在奉軍後方傳來，自遠而近。

士兵們都以為是派出去求援兵的兄弟回來，誰知一看此人裝束不是奉軍的，而且身帶令箭。

是葉志超蘆榆防軍派來的人。

一路馬不停蹄，高舉令箭，邊走邊喊：「平壤急令！平壤急令！」

那人騎馬至一眾哨官哨長和徐玉生前急忙下馬，氣喘吁吁的，單膝跪下行禮，然後向徐玉生呈上手中的令旗說：「奉平壤諸軍總統葉提督志超諭：平壤危急，前方各路出擊之師馬上回防！」

各哨官哨長面面相覷，詫異之聲不絕於耳：「怎麼會這樣？」

「南邊倭軍怎會這麼快就到平壤？」

「現在怎麼辦呢？」

「走還是不走？」

「平壤危急怎麼可能不走？」

「但倭人就在對岸哪！」

「不可以讓他們過江呀！」

「但平壤陷落咱們可會進退失據，弄不好隨時全軍覆沒呀！」

「那是總統諭令，不聽可要殺頭的！」

沒有結論下最後眾人的目光自然投向沒發一言的徐玉生。

徐玉生一直目光在對岸，屏息沉思。這時在對岸留下了複雜的目光後，轉身向著眾人，黯然道：「走！回平壤！」

◐　◐　◐　◐　◐　◐

細雨拼命地灑下，卻始終泛不起一絲漣漪。

這裡是平壤的陰溝，一切污穢之物皆聚於此。平時人們皆匆匆走過，但此刻卻願意駐足圍觀。

他們無不撐著傘，捏著鼻子，除了，左寶貴。

鐵鑄般的他目光始終離不開眼前那些七橫八豎的屍體。無論身邊的下屬怎麼勸說，又為他打傘，他始終給不了半點反應。

那是，當日被自己人逼得走投無路而當眾跪求自己主持公道的盛軍勇兵。

發紫的傷痕佈滿全身。扭曲的雙手被反綁身後。仿佛，比身邊流淌著的糞水還要卑賤。

眼睛沒有闔上，也不可能闔上。像是在詰問，也像是在伸冤。

那唯一的聆聽者心頭在淌血，欲喊又止。但即便喊，他又該對誰來喊？薛雲開嗎？但此種人可是數之不盡，聲嘶力竭後天下還不是喑啞無聲，繼續沉淪？

目光怎麼也離不開他們，因為左寶貴已經看到了很遠，很遠。放空了的眼睛裡早已超越了時空。他看到了平壤，看到了朝鮮，看到了大清，看到了……

何時，才能否極泰來？若洋人從來沒有出現，蘭兒，或蘭兒的兒子，或兒子的兒子，也總會看見。但目下，無論多少代人，也彷彿，再看不見了。

太遙遠了。一切，都太遙遠了。

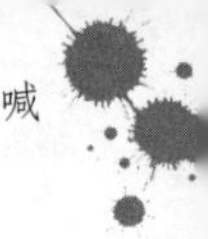

他覺得很冷，冷是因為自憐。他看見了未來，但卻看不見希望。身後是四萬萬茫然的黎民，眼前是無情的歷史的鋒刃，那是多麼的悲涼?多麼的絕望?!

「軍門！軍門！」部下氣急敗壞地跑來，見其始終沒反應，遂搖其手臂。

「怎樣?」左寶貴如夢初醒。

「葉提督……葉提督召回了所有出擊之師呀！」

「什麼?!」左寶貴回過神來，牛眼圓睜。

◐ ◐ ◐ ◑ ◑ ◑

「你不用理他，你才是總統，用得著如此嗎?」薛雲開看著自斟自酌的葉志超，自己則淡淡地呷幾口而已。

金鳳樓裡照樣是翠繞珠圍，嫣紅姹紫。

葉志超知道自己失了儀態，瞥了薛雲開一眼，喝酒的速度稍微慢了下來。此刻的他臉色已見紅暈。

薛雲開邊夾菜邊道：「這是中堂下的令，沒什麼好爭議的！」

「但中堂可沒說過撤回北路之師呀……」葉志超之所以敢撤回所有出擊的部隊，是因為前幾天收到了中堂的急電：「揣度敵情，以元山至陽德一路可竄我後路，關係猶重。前電商令派隊攔頭迎擊，何不於此路設法雕剿而亟圖黃州?若我進攻黃州，而陽德敵眾繞撲後路，則進退失據，為患甚大。」

但正如電報裡說，李鴻章要撤回的只是南邊出擊之師，對於截擊北邊元山日軍的部隊，非但不應撤回，而且是必要的。故此，葉志此刻擔心的是那振振有詞，終日逼迫自己主動出擊的左寶貴的責難，也害怕自己這樣做會有違中堂的意思。若是因此而影響戰局，自己就算不死在平壤，也必死在國內。

薛雲開還是一臉悠然：「出擊，說說就容易！萬一北路的倭軍繞過咱們北路之師而直取平壤，那就凶多吉少！而那時候你也不用擔心回去會不會受罰，因為咱們壓根就回不去！」

葉志超的眼珠子往薛雲開那邊斜了斜。他心知身旁這個薛雲開只是一味躲在自己身後，有什麼事自己這諸軍總統必然要背那最大的鍋。只不過此刻酒意已濃，心裡犯愁的他的確需要聽一些安慰的話而已。何況薛雲開最後說的，確實就是自己為何斗膽把所有出擊部隊撤回的原因。畢竟，作為第一個，也是至今五大軍裡唯一一個和倭人交過手的統領，他深知兩軍的差距是如何之大，而且深信清軍唯一的優勢，就是人多而已。

「葉志超！葉志超！……」聲音從樓下傳來，當然是左寶貴無疑。

# 第七十一章　決裂

葉志超臉色一沉，沒想到左寶貴會找到金鳳樓來。

左寶貴一路尋仇似的走來，沿途的客人妓女爭相走避。此刻的他已經忘了自己大病初癒，大步流星地走著。

「為什麼？」左寶貴終於走到房間前，面紅耳赤地質問。左寶貴的憤怒不但由於突然撤軍，當然還因為看見葉志超在大敵壓境下還有興致在花天酒地！

葉志超很是掃興，心裡罵罵咧咧的，瞥了他一眼後又把目光擱到別處。先不說別的，就他一路轟叫自己的名字，生怕沒人知道自己來這煙花之地，就已經讓他不得不一臉慍怒地面對這個所謂的老戰友。

左寶貴見葉志超不理睬自己，上前又道：「你下令前好歹也跟我商量一下吧！」

葉志超早已有醉意，聽見左寶貴這樣說更是忍無可忍，遂「砰」的一聲拍案而起說：「這裡我才是總

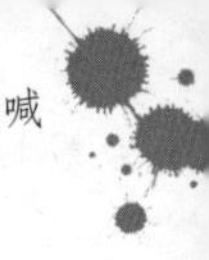



統！」說實在的，葉志超最不滿左寶貴的，就是仗著所謂的故友關係，在別人面前連最起碼的面子也不給，何況自己起碼是個平壤諸軍總統？當然，在四周遭受了冷眼和委屈，最後要發洩的，往往也是跟自己最要好的人身上吧！

左寶貴見葉志超臉色紅暈，而且早已有氣，還要比自己還有氣，深知這樣下去什麼也談不成，故暫時強忍怒氣，不跟他爭面子，語氣稍微緩和道：「好！葉總統，我不跟你爭論這個，是皇上和李中堂叫你出擊的，為啥沒幾天就跑回來了？！」

「這也是中堂的命令！」葉志超當然不如實交代李鴻章的電報內容。

「不可能！」左寶貴接受不了，畢竟從出擊到撤回，那只不過是十天左右的事情。

葉志超瞪著雙眼，畏敵如虎似的道：「倭軍……倭軍已經過了成川了！」

左寶貴還以為有什麼新消息，鼻子吭氣道：「元山倭軍直取平壤咱們早就知道！北路出擊之師不是到了江東了嗎？命其截擊便是！」

「倭軍可能繞過他們搶順安，到時候便是兵臨城下了！」

「咱們順安也有人呀！」

「才一個營的人！」

「只要據險而守，拖延倭軍，江東之師瞬間便至！」

「據險而守？」葉志超冷笑一聲，腳步輕浮地說：「守得了嗎？守得了嗎？！」

「你這樣做是在自斷後路！」左寶貴很不滿葉志超這模樣。

然而葉志超彷彿是自說自話，目光也離開了左寶貴：「幾百里的後路，處處分紮，壓根就守不住！……」這時目光才落到其身上：「與其如此，不如集中兵力於平壤來和倭人一戰！」

左寶貴踏前一步道：「那不過是一路日軍，咱們這兒還有四千人哪！何況依堯帥他們從後一到，元山之兵便成甕中之鼈！」

葉志超開始不能自已，而且竟然眼有淚光，豎起指頭說：「都這麼久了，你見過援兵嗎？子藥也只是來過這麼一次！糧草也就只有你們奉軍來了一次！」這時還嘶著嗓子喊：「我都發了多少電報呀！」

看著葉志超，堂堂一個直隸提督兼平壤諸軍總統弄成如斯摸樣，這短短的片刻，左寶貴也彷彿同情起葉志超來。畢竟，環境實在是多麼的艱難，多麼的惡劣！而自己，何嘗不是希望像葉志超這樣的發洩？

寄身鋒刃，腷臆誰訴？

一直冷看兩人爭論的薛雲開終於有所動作，站了起來，在葉志超的肩膀上拍了拍，沒有說話。臉色也似乎露出了罕有的同情。彷彿，是身同感受。

但左寶貴還是要說：「將在外，軍令有所從有所不從！不用理會中堂，馬上派人出去，叫他們別回來，繼續出擊，截擊倭軍！」

「還出擊呀？！」葉志超紅著眼瞪著左寶貴，抖著嘴唇說，他實在不明白為何此人如此倔強。

「這是唯一的辦法！」

葉志超抽一抽鼻子，指著左寶貴說：「我就算你對！我就算你對！咱們真應該出擊，但這可是中堂的命令！皇上的命令！咱們能不奉命嗎？！」

左寶貴看著葉志超愣了愣，彷彿沒想到他竟然會這麼說，無意識地冷笑了一下：「枉你當了幾十年的官，奉命就沒事了嗎？敗了咱們誰也脫不了干係！」

葉志超拍了拍胸口：「你可說得輕巧！這裡我是總統，罪責最重的可是我！」

左寶貴越說越惱，踏前一步說：「你就惦記自己！你有想過大局沒有？你的罪責早就不輕了！你在成歡的漏子早晚會被捅出去！你不在這兒將功贖罪，誰也保不了你！」

「你說什麼？！」葉志超怒火中燒，上前一手揪住左寶貴的衣領。他實在沒想到，這個老戰友左寶貴竟然當著那個終日盼著自己倒楣的薛雲開面前，說起自己謊報戰功之事，那可是殺頭之罪呀！

但左寶貴毫不畏懼，只是凝重地看著葉志超，淡然道：「誰不知道呢？」

的確，這早已不是什麼秘密，就連平壤婦孺也心知肚明，畢竟蘆榆防軍怎麼回來大夥是有目共睹的，而薛雲開也早已向李鴻章密告此事了。

薛雲開見兩人動手還是安然地喝了口茶，把話題拉回到戰守之上：「出擊不一定贏！守也不一定輸！」語氣彷彿竊笑兩人在鬧鬩牆之爭。

葉志超聽見還是放了手，瞥了薛雲開一眼，但還是狠狠地盯著左寶貴，鼻息呼嘯作響：「你知不知

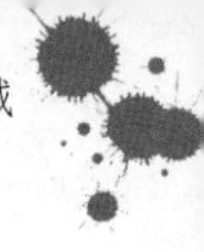

道，咱們南下之師，還未到黃州，各軍就因有幾個朝鮮人經過而互相攻伐！然後更有士兵嘩變！……你老是叫我出擊……但如此士兵，試問如何能戰？！」

薛雲開夾菜的手稍微遲緩了一下，因為嘩變的，正是自己的士兵。

左寶貴隨即苦笑道：「窩囊的兵，戰守又有何區別？我就是知道咱們的兵有多窩囊，才叫你出擊！所謂戰器不如戰地，咱們應該儘量利用地勢，以補炮兵之不足！即使敗了，能往後退。但龜縮於此，敗了，退往何處？！」這時想起了剛才在陰溝裡的一幕，既悲且怒，一對怒目往薛雲開擲去：「何況治軍不嚴，克扣軍餉，誅殺異己，將士焉有不嘩變之理？！須知道，有怎麼樣的將軍，就有怎麼樣的士兵！」悲憤難平的他再也說不下去，也知道留下去沒有意思，話畢拂袖而去。

兩人再無可辯駁，只有怒目而視，盯著左寶貴的背影良久。

「就他媽的顧大局！別聽他的！他喜歡出擊就讓他自己去，敗了就是他自己的事兒！」薛雲開手一揮，轉身回去就坐。

然而葉志超還是一直站著，看著已經空無一人的走廊，胸口起伏不停，目光複雜。

左寶貴從金鳳樓出來。楊建勝等一直在門前打著傘等他。

「如何？」楊建勝上前為其打傘，見左寶貴又再展現當日那病容，很是擔心。另一個親兵則遞過拐杖。

左寶貴接過拐杖，但一聲不發，氣鼓鼓地一步一拐地走著。畢竟，他已經感覺頭暈，半身麻痹，就像那天暈倒之前的感覺。

所有人都不敢說話，只是默默地跟著他走。

沒過多久，兩匹飛騎冒雨從遠方跑來，兩邊百姓爭相走避。見騎上兩人皆是勇兵，待近些看還要是奉軍勇兵，心情本已很差的左寶貴更是怒髮衝冠，欲喝停把他們大罵一頓。

誰知兩人在左寶貴等人跟前下馬，不顧滿地泥窪子，連滾帶爬地跪在左寶貴前。

兩人皆是左寶貴的親兵，其中一人正是——三兒！

三兒蓬頭垢面，看著左寶貴，又看看楊建勝，雙目瞬間通紅，邊啜泣邊說：「稟告軍門……元山的倭兵估計最少有六千人，十六門大炮……」

楊建勝看見三兒這摸樣已心知不妙。

估計有誤。左寶貴臉色瞬間沉了下去，他本以為倭人選擇在較遠的元山登岸，然後長途跋涉徒步平壤，必為牽制之師，人數必定不多。但如今卻有最少六千人，還有十六門大炮，決不是只圖牽制，而必定是主力之一。

儘管如此，左寶貴還是留意到三兒表情有異，還是殷切地問：「其他人呢？是不是都回不來了？」他尤其擔心常殿侯，也估計他大概是回不來了。

三兒聽見便放聲大哭：「岳大哥……岳大哥……他……他為了讓我逃跑……他自己殿後去了……十幾個倭人包圍了他呀……其他人……其他人也都回不來了……」接著已是泣不成聲。

靜。身邊所有的聲音頃刻消失。

這感覺是多麼的痛，又是多麼的熟識。

彷彿，離死亡很近。

# 第七十二章　太遲

今日聞美國政府曰：「日本對於朝鮮是非常善意的，似乎僅希望使朝鮮永久擺脫中國宗主權之支配，然後幫助其改革，把和平，繁榮及開明帶給朝鮮人民，日本此舉，是為了幫助此弱鄰，鞏固其獨立地位……」只要讓這些嗜血之西方列強明白此次征清無損其利益甚或使其獲益，狗嘴也會吐出象牙來。

左寶貴再也支撐不了，眼前一黑，往後退了兩步，整個人倒了下去。

楊建勝和身邊的親兵馬上扶住。

「怎麼……不跟我說一聲呀？！……」左寶貴老淚縱橫，整個身子在劇烈抖動。

楊建勝也潸然淚下：「他……他臨走前叮囑我千萬不要跟你說的……」

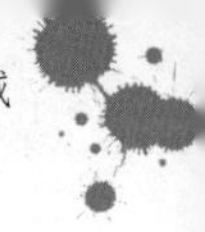

瀟瀟冷雨灑在那蒼白老朽的臉龐上，連同淚水在悲慟的皺紋裡流淌著。左寶貴此刻什麼都聽不進去。彷彿，比起武蘭離去時更難受。因為，那確確實實是自己把岳冬逼上了絕路。

在這麼一個多月來，左寶貴早就知道，岳冬早已認錯，一直恭恭敬敬，勞心勞力，冀恕前愆，而自己獨處時總是撫心自問，自己一直如此待他是否太過分了？

其實自己心裡清楚，從得知蘭兒躲起來決意逼岳冬出征的那一刻起，是自己拿岳冬出氣罷了。說實在的，這些年來，是誰答應早晚會成全他們的婚事？自己強把蘭兒嫁給蘇明亮，以蘭兒的性格哪會就範？岳冬犯的錯其實又有多大？他尋父十多年，剛找到就要和父親陰陽相隔，還要跟他說兇手就是自己，岳冬還怒自己也是理所當然！還未說，那晚岳冬悲痛欲絕，是蘭兒主動安慰岳冬而已。要不是自己急著把蘭兒嫁給蘇明亮，她只會默默地等待岳冬回來和他成親，斷不會出此下策！

是的，責任更大的，其實是自己，只是自己不敢承認罷了！自己如此對待岳冬，只不過是自己對自己的懊惱發洩到岳冬身上而已！

但，一切都太遲了。

冬兒……你就原諒左叔叔吧！或許，沒幾天，左叔叔便會親自跟你道歉賠罪……

◐ ◐ ◐ ◑ ◑ ◑

這晚天津雷雨大作。

李鴻章早已在床上，但卻凝神看著窗外一片瀑布。

白眉抖動，目不轉睛。

他彷彿看見平壤此刻的天氣就是如此，又彷彿看見平壤兵單糧少，將士們衣單暴露，饑腸轆轆，至於四周的日軍則磨刀霍霍，虎視眈眈。想到此，李鴻章心裡就有一種莫名的難受，也有一種莫名的自責。

只不過是幾天的時間，形勢就急轉直下。自收到葉志超報告，稱平壤告急，南邊倭軍主力已據黃州，而平壤兵單，故不得已撤回所有包括往北出擊之師後，李鴻章跟左寶貴一樣，立刻大發雷霆，痛罵葉志超畏敵，自斷後路，但細想片刻又很快平伏下來。因為他也覺得，日軍在兵數上確實佔優，而行軍速度又實在比想像中快。至於平壤清軍不止兵單糧少，而淮軍的後勤又是多麼的緩慢！

隨著日軍逐漸逼近，發自平壤催促糧草、輜重、援兵的電報每天就如雪片般飄落在自己的案頭，李鴻章終於覺得，自己當初見日軍在漢城久久沒動，而自己又分心海軍，又要應付朝中清流派等的攻擊謾罵，加上「成歡大捷」也讓自己有了稍微樂觀的情緒，自覺有萬多人固守平壤足矣，沒有認真督促援兵後勤，實在是悔不當初！悔不當初！

同時，煙台已有消息，謂有人於漢城看見日軍繳獲並公示了清軍的武器和勝旗等，那次所謂的「成歡大捷」其實是一場大敗！李鴻章初時還半信半疑，但越往後就越覺得，其實應該是葉志超謊報戰功！但太后早已大悅，皇上亦早已嘉獎，李鴻章還怎會去查究？若果那真是一場大敗，那葉志超撤回所有出擊之師不單順理成章，而且是情有可原，因為中日陸軍的差距很可能遠比自己想像中的要大！

故集中兵力死守平壤，期望能守上一兩個星期，以待援兵，未嘗不及分兵截擊日軍要好。畢竟後者也有後方城破，前方被殲的滅頂之虞。何況，李鴻章和幕僚們也早想過，元山日軍可能只圖牽制，兵數不多，目的就是讓你平壤清軍難以集中精神應付南邊日軍。若果真如此，分兵截擊元山日軍又是否如此重要？

「轟……」這時一下雷聲似乎把李鴻章的思緒震碎了。

月來糾纏自己的事情和人物又雜亂無章地湧進了腦海。想著想著，終於想到近日遭清流派連番參劾的馬凱清。

雖然清流派同時針對丁汝昌和馬凱清兩人，而針對丁汝昌的其實比針對馬凱清的更多更厲害，甚至連皇上也已下旨革去丁汝昌海軍提督的職務，但李鴻章在最後關頭還是力挽狂瀾，上奏朝廷，長篇痛陳海軍的苦衷，令朝廷最後還是收回成命，讓丁汝昌戴罪立功。畢竟，李鴻章苦心經營十年的北洋水師，可是他和淮軍的命脈，要是真被清流派成功迫使自己交出北洋水師的指揮權，自己的仕途也就完了。何況，丁汝昌被罵多是因為執行自己既定的保守戰略，就是說，丁汝昌是在替自己受罪。故最後關頭李鴻章始終要出手相救，不管那是救他，抑或是救自己。

馬凱清則不同。先不說他只不過是淮軍一軍之統

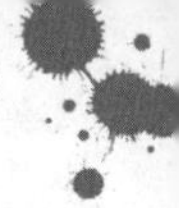

領，不會因為沒了他而影響毅軍的軍權誰屬，就說清流派對其的指控，也多從品格操守方面著墨，如治軍不嚴、燒殺搶掠、克扣軍餉等等，而這些指控，往往從負責與平壤諸軍聯繫的淮軍大管家盛宣懷那裡得到一些印證。

故縱有懷疑，也知道指控多屬誇張，李鴻章始終沒有如像救丁汝昌那樣，押上自己的身家性命，與皇上和清流派等據理力爭，而只能三令五申，望其能長進一點，將功補過。

然而，正正是這一不同待遇，卻令李鴻章對馬凱清的同情，其實並不少於丁汝昌。

此刻看著茫茫大雨，李鴻章想到那從京城官場中傳開的一則關於馬凱清拜訪官員的故事。為人闊達的李鴻章一向不反對部下與其他派系和權貴結交，而且還挺鼓勵，因為他日部下們因此而飛黃騰達，他們必定會記得這位好上司的。故此，李鴻章的幕僚如盛宣懷、羅豐祿、于式枚等，以至一些淮軍將領，都與京中的言官權貴有所聯絡，一年四季，什麼年敬、炭敬、冰敬、贄見、別儀當然少不了。

話說那年是冬天，馬凱清也學別人帶著禮物拜訪京中各言官權貴。但有別於人家送的字畫、古董、銀票，他送的竟然是一車一車的大米！害得那些文人雅士啞然失笑，尷尬退卻，還有人假裝不在，命下人告知，但不屈不撓的馬凱清竟然就在門外冒雪候著，而且一等就是半天！由此，馬凱清這名字就在朝中為人所知，而這故事也成為了他們茶餘飯後的談頭。

想到此，李鴻章心裡就隱隱作痛，覺得之前自己太過意氣用事，對其的斥責，還有以孫顯寅來分馬凱清的兵權，實在過於嚴苛。的確，這才是他所熟悉的馬凱清，而身邊的人也多說其為人戇直敦厚。而他懷疑毅軍有燒殺搶掠，也主要是因為馬凱清在新疆殺戮太多，可能使其麾下的毅軍都成了驕兵悍將。但此刻細想，殺戮太多不正說明他戰績彪炳嗎？而戰績彪炳焉有將士不能歸心之理？既然將士歸心，又何來克扣軍餉、嘩變自亂？……

若他真是無辜，那……

但……我又能做什麼？……

的確，叱吒一時的李鴻章自太后讓皇上親政後，而皇上和清流派都銳意主戰下，因為其保守的戰略，還有一連串的負面事件，已經成了朝中的眼中釘肉中刺。他彷彿是理想認識現實的唯一途徑，但也是理想認為現實不能成為自己的唯一障礙。他也不過是一個地方官員，名義上也不能參與朝中討論，甚至沒有得到皇上召見也不能擅自進京。那篇救了丁汝昌一命的長篇奏摺，已經是他力所能及了。

此刻的直隸總督兼北洋大臣李鴻章不過是一個孤苦無助的老頭兒。他覺得很冷，冷得在床上蜷縮起來。但即便已蓋上了厚厚的棉被，也掩蓋不了其佝僂而震顫的身影。

沒過多久，門外突然傳來一聲：「報！平壤急電！」

李鴻章立刻被驚醒，目光終於離開那窗外的雨幕，擱在那陰晦森然的門口上……

# 第七十三章　孤城

大島少將顯然受了成歡之勝所影響，未俟九月十五之期和其餘三路部隊，便僅以第九混成旅團率先強攻平壤……

平壤城外炮聲隆隆。

戰事，終於打響。

南路日軍率先抵達平壤城南，並於上午九點左右率先向清軍在大同江南岸的栽松院陣地發起連番炮擊。

負責駐守其他陣地的清軍絲毫不敢增援，因為目前只是一路日軍，其餘各路日軍隨時都可能出現。

平壤城內人心惶惶。

除了薛雲開和馬凱清在外指揮，各軍統領都在葉志超蘆榆防軍的營務處內緊急會商。

平安道監司閔丙奭、兵馬節度使朴永昌，還有各

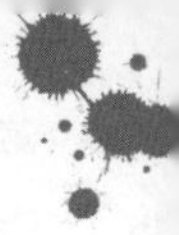


軍的一些副將、營官等也都在場。值得一提的是，馬凱清座位旁邊多了近日才獲提拔為毅軍分統的孫顯寅。

時值正午，炮戰暫時告一段落。外邊戰雲密佈，屋裡不得不亮起了蠟燭和油燈。

人心惶惶的不單是平壤百姓，還有這狹小房間裡的人。

四周的燭光也閃爍不定。

「戰況如何？」

「沒攻進來吧？」

「倭人到哪兒了？」

「誰勝誰負了？」

「幾路倭兵了現在？」

「是不是四路倭兵全到了？」

「倭兵目下多少人呀？」

「誰在和他們開仗呢？」

「他們有多少門炮？」

「其餘各路倭人目下在哪兒？」

「我軍傷亡幾人了？」……

各人進來時都問過最少一個以上的問題，葉志超也都一一回答。自聽見炮聲響起的那一剎那起，葉志超就馬上派人打探戰況，每十幾分鐘就彙報一次，故他對於戰況也確實瞭若指掌。其他人也都被告知，日軍只不過是一路之師，我方陣地固若金湯云云，不然，目下這房間裡必然是另一番景象。

然而，人心惶惶並不是簡單的由於炮聲。炮聲，不過是接下來的浩劫的序幕而已。

在這不到半個月的時間裡，由於全部撤回出擊的部隊，日軍暢通無阻，行軍異常迅速。

從南邊進軍的第五師團本部和第九混成旅團在到達黃州後兵分兩路——第五師團本部往西北走十二浦，打算從西邊進攻平壤。第九混成旅團則取中和，從南邊進攻平壤。

至於第一批在元山登岸欲南下漢城，但中途折返北上的朔寧支隊，則從江東出發，打算從東北進攻平壤。第二批在元山登岸直走平壤的元山支隊，則搶順安，欲從北邊進攻平壤。

就是，後路被截，四面楚歌。

電線被斷，平壤再也收發不了一封電報。糧草、輜重、援兵，在大戰前再也不可能來了。

還未說，左寶貴已向各軍通報，北邊元山之師最少有六千人，十六門大炮。並不是之前估計的那樣，只為牽制之師。

猶如，一座孤城。

禍不單行。就在昨天，閔丙奭辛苦在平安道各處搜刮回來以濟平壤之急的兩千多石糧食，就是讓葉志超望穿秋水的糧食，就在大同江上游被日軍劫去！

但這也怪不了他，不是平壤上萬人嗷嗷待哺，日軍步步進逼，而國內糧食還是顆粒未至，葉志超焉會兵行險著？

存糧，只剩幾天。

相比其他人惴惴不安，葉志超此刻卻似乎心平如鏡，一臉的平靜。但這平靜，不知是否那種超越了絕望的平靜，猶如，某些犯人在行刑前突如其來的平靜。又或許，那是裝出來的平靜，而在這緊要關頭的平靜，也算是自己對於「平壤諸軍總統」這虛職盡的最後的一點本分吧！

「薛總統和馬總統應該是趕不回來了，」沉默良久，葉志超開腔說，臉側向旁邊站著的親兵：「還是先說吧！」那臉皮極力地維持其作為直隸提督的最後的一點尊嚴，但內裡的底氣早已被掏空。

「義州俯允來購米萬石，以報購齊，正火速起運……」那親兵一張一張電報扼要地朗讀：「劉子征統四千人赴東溝，十六七開駛，如能安抵安州，可商令相機援剿……」「前幾日，倭有受傷，受病之四百三十人在仁川回國。又，在仁川醫院亦有四百人，多半受傷……以我揣度，似倭人亦畏我兵之強……」

說到這裡，葉志超竟然笑出聲來，舉起手示意不必再讀：「行……行……」

但這笑聲，這沒意識的笑聲，卻讓在座眾人暗捏一把汗。

的確，笑容瞬間便消失，而隨後的平靜，還有那空洞的眼神，似乎更讓人不寒而慄。

所有人都聽得出，那些所謂的「好消息」，只不過是李鴻章對於眼前危局無能為力下，冀圖激勵士氣之舉。但效果，似乎是適得其反。

葉志超也彷彿察覺到自己這樣可能會影響軍心，稍微收斂了一下，臉皮抽動一下道：「平壤電線已斷，中堂勉勵咱們要堅忍，力持大局，共奮勉，同心

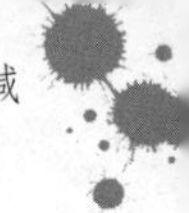

禦寇……」

虛浮的聲音在空氣中飄蕩著。

各人的眼珠子左右四顧，目光相接後皆立刻規避，心裡都在暗罵葉志超——把激勵的話說成這樣子，不說還好哪！

葉志超其實也不想如此，只不過是那臉皮和腔調實在已經不聽使喚，不然，他就連自己在電報線未斷前給李鴻章最後的一段話也和盤托出：「超受恩深重，固當盡力，恐各軍雖說同心堅守，必有不堪設想之處，不敢不先行說明。」還有李鴻章那立刻的，但也是最後的回電：「望設法防剿，勉力支持危局。鴻。」

一臉平靜的還有左寶貴，但已是一臉病容，臉色憔悴。他本想跟葉志超說，這不就是「求仁得仁」嗎？但此情此景，還有岳冬的噩耗，已讓心力交瘁的他再沒有力氣去說一些於事無補或埋怨的話，又或再和葉志超和薛雲開爭論什麼。

難熬的尷尬被突然傳來的急速的腳步聲打破了。薛雲開和馬凱清急步前來，向各人行禮後馬上歸位就坐。

這馬上引起了一陣騷動，因為誰都想問：「戰況如何？」但話還是被葉志超問了。

馬凱清見薛雲開示意自己先說，便道：「報告葉總統，倭兵四千炮擊我栽松院陣地，我毅軍守兵發炮還擊，盛軍東岸和西岸的陣地也發炮助戰。近午時他們發炮更烈，派部隊欲奪我堡壘，又在下灘附近欲奪船過江。但南岸地勢平坦，倭人死傷甚多，始終衝不過來，唯有暫時偃息旗鼓。」其臉色依舊陰沉，眼神依舊深邃，話中沒有一點負面的消息，但背後卻始終隱約帶著一絲懨然的氣色，仿佛缺了昔日那種剛毅和沉實。

薛雲開則脫下涼帽，拿出手帕去擦臉上的污垢，又撣著衣服上的泥土，平淡道：「我軍十幾個人陣亡，受傷數十人，但倭人的傷亡應在我軍之上，只是，我軍有一門大炮被毀。」

雖然初次接仗沒出什麼亂子，甚至守得挺不錯，但人們總是往壞處想。聽見倭人沒多久就發起衝鋒，就覺得倭人實在如葉志超說兇悍難擋，欲一舉攻陷平壤。再想起目前平壤的困境，還有倭人目下只不過是一路之師，待各路日軍一到，戰況必定難以預料，故人們始終眉頭顰蹙，面如土色。

葉志超眼珠滾了滾，臉上始終保持住那種奇怪的「平靜」：「按目前形勢，若倭人再次進攻，咱們能不能守住？抑或需要援兵？」

「暫時還可以。」薛雲開說。

馬凱清則說：「目下對方人數還不多，而且其餘各路倭兵隨時出現，對方也可能是在聲東擊西，故暫時還是別派援兵為妙。」

葉志超輕輕點頭，也沒有看誰，目光隨處地漂浮：「好……繼續監視倭人一舉一動，有什麼動靜馬上稟報……」

「葉總統……」

聽見是左寶貴的聲音，還未看其人，葉志超就顯得不耐煩，彷彿是仇人見面，畢竟兩人從見面到現在就一直形同陌路。

「北路元山倭軍至少有六千，而北門奉軍只有三營千五人，請問葉總統有何打算？」左寶貴說起話來雖然有氣沒力，但仍不乏壓迫感，因為今天的會議不單是看看初次和倭軍接仗的情況如何，更重要的是，向葉志超要人要炮。

「我已經有所安排……」葉志超側過陰冷的臉，然後喊道：「來人哪！」接著命親兵在桌上攤開一張大地圖，掃視眾人說：「之前咱們的部署都是簡單的依照各軍的營房去劃分，但目下大戰在即，我想還是必要細緻一點，倘有緩急，至少也知道哪一支部隊應該相援……」此時見沒有人有反應，繼續說：「我已有所主意，就看諸位有何意見吧？」然後把自己設想的各軍各部隊的佈置、細節、安排一一向各人講解。

聽完葉志超的講解，眾人面面相覷，吭不了一聲，因為這和之前壓根沒什麼區別，就是安排了部隊互相支援，但大難領頭各自飛，真要是危急起來，人家幫不幫自己還不好說呢！而人們也想到，這個徒有虛名的「平壤諸軍總統」壓根就調動不了別人的部隊，要是調的話但對方有意見，那就不好下台了，故只能像這樣修修補補，裝著已經下達了佈防命令。

房間落入一瞬間的沉默後，便被左寶貴的笑聲所打破。

但笑聲，更像是慘笑聲。

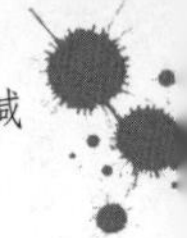


# 第七十四章　燭淚

若動手，則必大戰而大勝之，以勢力壓制，威服中國，使其永不得翻身，我帝國對彼永不失勝算，方可言和，否則，不但日清和平終不能持久，而且以煦煦之仁，孑孑之義，亦非所以馭中國人之道也。

左寶貴看著桌面，越笑越烈，所有人皆為之詫異，也感到室內的戰雲未必不及室外的，一場風暴即將爆發。

葉志超知道左寶貴是不滿意自己安排，也懶得問「笑什麼」，板著臉直截了當地說：「我不是已經安排豐總統的練軍馬隊兩營，在北門附近以防萬一了嗎？」

左寶貴慢慢平息下來，到毫無笑容，再到一臉惱怒：「兩營馬隊也不過五百人！何況練軍是些什麼人咱們都清楚！」

豐升阿沒想到左寶貴一下子就把自己的練軍罵了，還要毫不給自己留一點情面，忙喝道：「左寶貴你說什麼？！我練軍是什麼人了？！」

左寶貴此刻也顧不得給面子豐升阿，目光也懶得和他相接：「缺額的都由乞丐、流氓充數，旗兵都是雙槍軍，不是作狹邪遊就是吞雲吐霧，還未說，缺額的是否如數補足還不好說呢！」

豐升阿又沒想到左寶貴把話說得如此直截了當，剎那間回不了話，只是青筋暴現，氣喘吁吁的。但左寶貴說的也是事實，故心虛的他只能吞吞吐吐、咬牙切齒地應道：「你……你這臭回回含血噴人！含血噴人……」繃緊的指頭彷彿要噴出血來。

左寶貴不想和豐升阿糾纏，但也不單是跟葉志超說，而是跟所有人說，企圖說服他們增兵北門，每個字都說得焦灼有勁：「北路元山倭軍至少則六千，多則一萬，大炮十六門，而北門奉軍只有三營，小炮六門，哪能如此部署？！」

薛雲開早就不滿左寶貴，也不等葉志超抗辯，搶著說：「目下誰不缺人？西邊倭軍接近兩萬，我盛軍何嘗不是只有四千五百？葉軍門的部署已經恰如其分！」

「怎麼可能？！」左寶貴眼睛瞪得跟銅鈴似的：「先前估計倭人有兩萬人，加上後來元山登岸之兵，最多不過三萬，現在何來四萬之眾？！」

「這是探弁打探所知，眼見為實，之前，不過就是估計而已，」薛雲開一直靠著椅背，這時坐直了腰，一手擱在桌上的涼帽上，一副挑釁的目光投向左寶貴：「你不是說所虛者西北嗎？現在又何來一萬人了？」

畢竟是之前自己判斷失誤，左寶貴有口難言：「這……這可是我探弁千辛萬苦打探所知的！」

薛雲開一臉得意，看了看眾人，乾笑了兩聲又說：「那憑什麼你說六千就可信，我說兩萬就不可信了？大家都不是派人打探的嘛！」

豐升阿見終於有機會反唇相譏，趁機嘲笑：「呵呵，就是呢！」

左寶貴很想說話，很想反駁，很想怒喊，但不知怎的，嘴唇抖了半天就是說不出來。他已經不在意任何的冷嘲熱諷，心裡也沒有一點怒氣。相反，只有透骨般的悲涼。

他想起了冬兒，想起了他客死異鄉就是為了打探北路日軍的數目，而且成功把情報送回來，但最後，但最後還是前功盡廢！不是因為別的，也不是因為敵人，而是因為自私自利的所謂友軍！

「冬兒……」左寶貴雙眼漸紅，目光慢慢地移向葉志超：「也因為當了探弁……回不來了……」

「什麼？！」葉志超意想不到，屏著鼻息，但也不知如何回應。

除了不滿左寶貴的，房間裡的寂靜正鞭撻著眾人的良知，當中也不乏盛軍和練軍的人，哪怕他們也不知道冬兒是誰。畢竟，他們都聽得明白，是薛雲開、葉志超和豐升阿等針對左寶貴而已，那「兩萬人」多是誇大來故意刁難左寶貴的。

雖然同情左寶貴的還是大有人在，但形勢實在讓人覺得愛莫能助，故只能讓這沉默繼續下去，只有一直默不作聲的馬凱清願意開腔：「抱歉左軍門……我毅軍只有兩千人，而且正在開仗……實在難以抽調！」

左寶貴沒有看馬凱清，但還是輕輕點頭，心裡總算明白對方的心意。半晌仍希望能多要門大炮，便

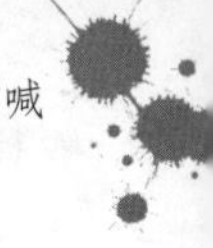

說：「炮……多給一兩門炮也好……」語氣已經近乎乞求。

但葉志超仍然一臉難色，不置可否。

「坎北、愛美二山為城北高地，對平壤一覽無餘。目下只有奉軍一營駐紮，一門炮也沒有，若被倭軍搶佔，設炮轟擊城內，北門瞬間便失！」

事實放在眼前，葉志超也辯解不了，遂向擁有十九門炮的薛雲開問：「盛軍……能否騰出兩門炮來？」

然而薛雲開的答案已躍於臉上：「平壤城南北狹長，盛軍所守的西邊和東邊地域廣闊，十九門已經捉襟見肘，恕我愛莫能助。」

馬凱清也為難道：「毅軍也只有八門，而倭人炮位甚多，實在……實在難以騰出炮位。」

眾人默然地看著左寶貴。四周的蠟燭也默然地看著眾人。

燭光映在左寶貴那無奈的臉龐上，淚光閃爍：「我說了一年了……早在旅順我就說了多少遍！難道……不是淮系的，就該被如此冷待？」此刻的他更像是在悲鳴，也不是跟誰說，一副絕望的目光始終提不起來。

眾人聽見此話也心知肚明，都低著頭無言以對。

燭淚緩緩淌下。

「船要沉，一個洞就夠了……」

眾人依然沉默。

左寶貴最後一搏，抽了抽鼻子，稍微自制一下，拱手道：「左某要是得罪過諸位，左某在這給你們賠不是！但目下都到這份上了！城北奉軍才千五人，但日軍卻最少六千！就不能多給一兩個營或一兩門炮嗎？」目光掃過眾人，最後落在薛雲開身上。

然而薛雲開還是寸步不讓：「西邊倭軍接近兩萬，盛軍有何能耐給你撥人哪？」

「你肯定那裡是兩萬人？」

薛雲開不滿左寶貴這質疑，冷哼一聲：「你又能肯定城北最少六千人嗎？」

「我養子都死了！」左寶貴忍無可忍，抓緊拳頭，瞪目怒喊：「他就是當探弁回不來的！」身子一晃把整張桌子搖了一下，然後就是一陣嗆咳。

薛雲開依然面若寒霜，既無懼色，亦無同情，反而是不滿左寶貴拿這些私事來說情。這時看見帽子上有點髒，拿起來擦了擦：「你的奉軍不是很厲害嗎？千五人就夠了吧！」又看了看豐升阿：「咱們的兵都是窩囊嘛！給你也是白給。」

豐升阿也沒意識到，薛雲開可能是順便調侃自己，爭著說：「呵呵！就是！」

「薛總統！」葉志超也覺得薛雲開太過分。

薛雲開瞥了葉志超一眼，正想冷哼一聲以示抗議，竟然聽得左寶貴又笑了起來。

「哈……哈哈……」左寶貴面容扭曲地笑著。

和剛才那陣慘笑不同。

笑聲，讓眾人毛骨悚然。

如，岳林投降前在韓家屯那滿是肉香的廚房裡的笑聲。

咯咯的笑聲不絕，四周的燭光如鬼火般閃爍不定。在座眾人無不心寒，連薛雲開也不得不認真地看待他。葉志超更是一臉冷汗，他認識了左寶貴這麼多年，從未見過他如此一副表情。

過了半晌，左寶貴漸漸平伏下來，餘下一張死人般的臉皮，和那空洞無神的目光：「希望，諸位在我死後，在日軍進城前，派援兵把玄武門守住吧……」

話畢站起，拿起拐杖，踽踽而去。

「嘟嘟」的拐杖終於遠去，那壓抑的空氣稍微退卻，但隨即而來的是更強烈的不安，因為還未大戰已經鬧成這樣，平壤前景實在凶多吉少。

但薛雲開和豐升阿等仍是滿臉的不在乎。

馬凱清一直心有不忍，尤其是聽見左寶貴的養子也犧牲了，這時終於按捺不住：「我認為，城北兵力確實單薄，可以的話，應多撥最少一營！」

薛雲開馬上嘲諷道：「撥你的毅軍嗎？」

馬凱清很少和人較勁，但薛雲開早已把自己當敵人，還要用如此語氣，而且近來自己無端成了朝廷裡眾矢之的，而上司卻是一味地責罵，自己的前途早已如履薄冰，心中有氣的他也豁了出去，恢復了往日其剛毅和沉實，一雙鷹眼盯著薛雲開道：「毅軍目下可以先撥半個營，大炮一門，看蘆榆防軍能不能再撥半營！」話畢向著葉志超。

薛雲開不以為然，看了看馬凱清身旁的新任毅軍分統孫顯寅，調侃道：「你就不需要問問孫分統嗎？」

孫顯寅始終是毅軍的人，當然不給薛雲開煽風點

火：「我是分統，他是總統，自然聽他的！」

葉志超那複雜的目光一直盯在桌上。

作為一直以來的摯友，聽見岳冬也死了，自己也是看著岳冬長大的，葉志超也很是同情左寶貴。此刻的他既恨自己號令不行，也恨自己與薛雲開這個死敵走得太近，反而把好友逼成這樣。這時聽見馬凱清也肯冒險相助，葉志超的良心再也承受不了鞭撻，蔫蔫地說：「毅軍不必增援，撥我的仁字營給他吧……」

◐ ◐ ◐ ◑ ◑ ◑

下午城南又再炮戰，但日軍礙於只是一路之師，始終難以越雷池一步。

晚上，炮戰停下。

深夜時分，在城北，馬蹄聲打破了這難得的靜謐。

「誰？！」「停下！」玄武門北邊其中一個堡壘的哨兵發現一匹馬往玄武門方向奔去，大聲喝問：「再不停下就放槍了！」

然而馬上人始終沒有答話。

未幾那匹馬越不過前方的路障，嘶叫一聲，兩腿離地站起，而騎馬者也應聲落馬。

眾人持槍上前探看，發現那人穿朝鮮服飾，伏在地上久久沒動。但再走近一點，那人可是剃頭留辮的，推了幾下沒反應，翻過身子……

怎麼臉兒這麼熟了？

呆了半晌，終於有人喊了聲：「這不是岳冬嗎？」

# 第七十五章　團圓

左寶貴馬上跑到了醫務室，一身睡衣的他遠處看見岳冬就像頭牛般的衝過來。幾個隨軍的西洋醫官見狀忙上前阻止，但左寶貴的衝力太大，又聽不懂英語，都被通通撞開。最後還是約翰出死力捏住左寶貴，大聲說：「他沒事！沒事！」

左寶貴終於停了下來，在床邊萬分緊張地看著岳冬那蒼白的臉龐，雖然未醒，但起碼有氣息，胸膛一起一伏的，便喜極而泣，顫著嘴唇說：「沒事……好……沒事！」又跪在床邊，伸手溫柔地撫摸岳冬的額頭，未幾淚水也滴到岳冬的臉上了。

「他怎麼了？」左寶貴打量岳冬全身，小聲兒問，生怕吵醒了岳冬。

約翰說：「他肩骨中槍，幸好入肉不深，子彈已經取出來。但失血太多，又幾天沒吃東西，身子很虛弱，需要好好休息。」

岳冬在左寶貴進來時其實已經被吵醒，只是繼續裝睡。但見左叔叔如此緊張自己，其淚水也滴到自己的臉上了，岳冬的淚水也緩緩淌下。

總算……值了……

岳冬睜開一雙淚眼，聲音嘶嗄地說：「左叔叔……」

「冬兒！」左寶貴一手撥開岳冬臉上的散髮，一手握緊岳冬的手。

楊建勝這時也趕來，知道岳冬沒死，而且看見表哥那久違了的笑容，很是高興。但見兩父子患難見真情，也不好意思礙著他們，忙叫上其他人悄悄離去，好讓他們父子倆好好聚聚。

「你，不後悔收養我了嗎？」見所有人離開，岳冬也掏出心底話，認真地問他的左叔叔。

「不後悔！」左寶貴心中一酸，幫岳冬擦掉臉上的淚水。他知道當日這句話狠狠地傷害了岳冬，也就是這句話把他逼上絕路的。自己也擦了擦眼淚，搖頭笑道：「每想起當年你被人打得口腫鼻青的，還問我是不是要抓你坐牢，我還是憋不住笑了！」

岳冬也愜然地笑了，但笑容片刻便消失：「但，始終是我害了蘭兒……」

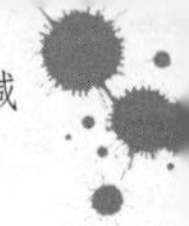

「不！是我！是我害了蘭兒！是我不該急著逼她成親的……算了，別說這個了，覺得怎樣？」

「沒事！還可以殺倭兵呢！」

左寶貴又咧嘴笑了。看著岳冬的鬼臉，感覺局勢雖然是多麼的艱難，處境是多麼的險惡，但只要這親情在，自己這幅老骨頭就能繼續撐下去。哪怕最後是戰死沙場，心裡也會是如此的富足，如此的溫暖。

「對，你到底是如何死裡逃生的呢？三兒可說你為了殿後而被包圍了！」

「我那時候也以為自己死定了，也想起了蘭兒了……」岳冬看著旁邊的火堆，回想起當時危急的情形：「但突然就殺出一大群朝鮮人來，他們有刀有槍的，可能是東學黨吧！日軍忙著應付他們，我就趁機跑了……」這時感概地笑了笑：「看來……蘭兒說的『以死為生』，確實沒錯……」

左寶貴微微點頭，感覺此刻的岳冬真的長大了，突然想起什麼似的：「你等我一下……」然後站起便走，過了一會兒才回來，手中多了一個木盒子。

左寶貴打開盒子，岳冬湊近一看，是一把很短的洋槍，旁邊還放著子彈，但槍身很短，只有約一尺。銀色的槍身有著金色的花邊，加上盒子精美的佈置，顯然不是普通貨色。

左寶貴拿起這把左輪手槍：「這是司大夫臨走前送我的。本來想自己用的，但現在看來，還是不及你這個親軍哨官來得合適哪！」然後把盒子關上，放在岳冬身上。

「親軍哨官？」岳冬意想不到，喜出望外問：「我？」

「常殿侯回不來了，哨官這位置，連同他外委頂戴，就由你頂上吧！」

「好……好！」看著左寶貴那慈祥的臉容，岳冬淚流披臉。

他等了五年了，等到自己由一個殺雞也害怕，到現在已經習慣在刀口上活過的勇兵，為的，雖然只是和蘭兒在一起，而自己也正式娶了蘭兒為妻，但自己始終沒有完成當年和左叔叔定下的諾言——當了外委，才娶蘭兒。只有此刻左叔叔親自命自己當外委，岳冬才覺得，自己終於得到左叔叔的認同。自己在他眼裡，不再是一個不學無術，膽小怕事的小兔崽子，而是一個真真正正的男子漢，一個真真正正的好勇兵！

◐ ◐ ◐ ◑ ◑ ◑

殘陽如血，硝煙蔽天。

除了深宵時分，這兩天終日都是炮聲隆隆。之前都是從南邊傳來，此刻，終於從北邊傳來了。

望遠鏡裡，坎北、愛美二山的清軍堡壘已經被轟得糜爛。奉軍不得已先行撤退，餘下狼藉的屍體和勝旗。日軍則從山腰衝鋒，首先衝上去的士兵急不及待地豎起了日章旗。

「控制了這二山，清軍就插翅難逃了！」日軍步兵第十旅團參謀富岡三造，正和旅團長在山下的日軍後方陣地觀察戰鬥。

旅團長立見尚文卻沒有半點喜悅，只是繼續透過望遠鏡看著遠方，一臉木然地說：「傳令下去，不要乘勝追擊，趕緊清理戰場，佈置炮兵陣地，監視牙城前清軍的一舉一動！」牙城即是平壤北門玄武門。

「是！」

這時一通信兵跑來遞上一信：「報告旅團長，師團本部派人送信來了！」

立見臉色凝重，立刻放下望遠鏡，接過拆開細看。

「怎樣？」富岡問。

立見迭好信紙：「師團本部今晚才勉強到達沙川，恐怕難以趕上十五之期……」

「那怎麼辦？」富岡面露憂色。

立見又再看著遠方，淡然道：「沒有收到新的命令，吾等當然要遵守總攻擊之期！何況，」這時放眼更遠處的玄武門：「即便沒有師團本部，要攻入牙城，也易如反掌吧？」

「是的，」富岡應道：「但攻入以後，若師團本部還未到來，而大島所部久攻不下，那我軍和元山支隊便可能陷入孤立之境地！」

然而立見卻摸了摸嘴上的白鬚，胸有成竹地說：「只要牙城一破，左寶貴不在，平壤城裡人心惶惶，葉志超之輩斷沒有勇氣和我軍打巷戰！」

「是的，但還有一點……就是清軍沒可能不知道我軍兵力，但何以防守仍是如此單薄？」

只見立見沒再立刻回話，剛才臉上的自信也慢慢消散，換上了平時的冷靜和沉實，眼睛一直看著殘陽

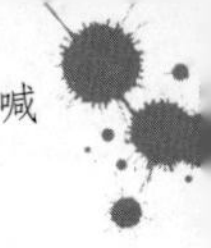

下從坎北、愛美二山撤退的清軍往城北陣地逃去，猶如血泊上掙扎爬行的螞蟻。半晌抬頭仰望長空，只見遠方一輪圓月已隱約可見。

然而，黑色的硝煙下，月色是多麼的慘澹，多麼的蕭索。

見旅團長久久沒回話，富岡又說：「會不會有詐？抑或……情報有誤？」

「我看……」立見淡然道：「那不過是他們將帥間相互傾軋之果而已！」然後目光突然變得凌厲：「明日凌晨集中兵力攻擊奉軍！敗軍仁字營並不足懼！」

◐ ◐ ◐ ◑ ◑ ◑

冷月無聲。

左寶貴正躺在床上休息，看著月亮，約翰正在為他檢查身體，伍大夫則在他頭上針灸。

在左寶貴身旁的還有岳冬。剛當了親軍哨官的他養了兩天身子，雖然傷勢不輕，但畢竟是年輕人，每餐大碗大碗地吃，復原得很快，除了肩膀上的傷口還是疼痛，但當親軍哨官指揮調度還是沒什麼問題的。

知道楊建春的左營步隊從坎北、愛美二山的陣地敗退回來，左寶貴沒有半點焦急或擔心，因為一切都在他意料之中。畢竟，若果把僅有的大炮安置在那裡，一旦被攻破，後面缺乏大炮的堡壘群壓根難以禦敵。

此刻的左寶貴只是一臉平靜，呆呆地仰望著窗外那一輪明月。

大戰已經迫在眉睫，坎北、愛美二山陣地已失，日軍隨時向平壤發動總攻擊，但左叔叔依然久久沒動，一尊石像似的，站在旁邊的岳冬終於忍不住問：「怎麼了左叔叔？」

左寶貴依然目不轉睛，只是輕輕地感歎道：「倭人選今晚進攻平壤，用心良苦啊！」

看到圓月，誰不想起自己家裡的親人？何況是身處異國，吉凶難料的將士們？這一個多月來岳冬每天晚上都仰望長空，彷彿在黝黑的夜空中，就能看見蘭兒那親切動人的臉龐。他聽說過「千里共嬋娟」。星空和明月，是他和蘭兒相隔千里仍能共同看見的。每次想起蘭兒也在千里之外和他一樣，抬頭看著星空明月惦記著自己，心頭就泛起了絲絲暖意。

所以說，今晚農曆八月十五，其意義不言而喻。

這也是為何左寶貴估計今晚是日軍最有可能向平壤發動總攻擊的時間。

聽見左叔叔這麼說，岳冬更是難以從對心蘭的思念中自拔，強忍著心裡的擔憂問：「咱們……是不是……都回不去了？」

# 第七十六章　宣戰

這古老的民族缺的，究竟為何物？我帝國之成功，又是何故？只怕，其興也勃焉，其亡也忽焉。若如此，這古老的民族所欠缺的，或許是，時間。

左寶貴的眉毛跳動了一下，目光漸漸變得深邃：「兵戰之場，立屍之地。必死則生，幸生，則死……」他當然知道岳冬惦記蘭兒，也知道他意志還不夠堅定，這時凝重的目光也落到他身上：「就如你這次死裡逃生一樣，只要你記著蘭兒那句『以死為生』，那就必然能與她相見！」

「是！」岳冬也凝視著左寶貴點了點頭，畢竟經歷了這次大難不死，他也不得不相信這話確實是有其道理。

「軍門！」這時所有營官魚貫而入。

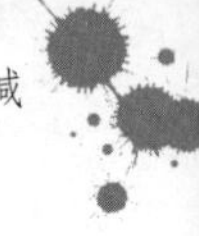



伍大夫拔出了所有針頭，約翰也完成了檢查。左寶貴緩緩起床，拿起茶几上的一盤月餅，走到一眾營官面前。

看著一個一個成熟穩重，剛毅忠勇的臉龐，想到他們由放蕩不羈的少年，成長到現在統領五百人，獨當一面的營官，心裡早已把他們看作是半個親人，還有楊建勝和楊建春壓根就是自己親人，但再想到當太陽再次出來的時候，還不知道能不能相見，在戰場上經歷了生離死別四十載的左寶貴還是忍不住紅了眼睛。

「來！吃月餅！」左寶貴端起了盤子，勉強笑道：「老韓特別有心思，見八月十五就給咱們做了些月餅，但他可不知，這可會影響軍心哪！來，冬兒你也來吃吧！」

營官們都恭敬地拿過月餅吃下。

「你們別介意呀！老韓臨時做的，只能這樣子了！」

看著手中的月餅，真是百味雜陳。家人的容貌也只是在心裡一閃而過，因為他們更關心的是即將到來的大戰，還有面前這位對自己恩重如山的老將軍。

「咱們……就算團圓了！」見所有人都吃好了月餅，左寶貴突然凝重起來，向營官們拱手道：「也拜託諸位了！」

營官們聽見紛紛跪下，也再忍不住，聲淚俱下道：「別這樣說吧軍門！」

「別這樣吧表哥！」

「沒有你就沒有咱們今天呀！」

「對呀！」

「放心吧軍門！咱們這裡沒有一個孬種！」

左寶貴擦了擦眼淚，拍了拍各人的肩膀，勉強淺笑道：「好！都起來……都起來！」又問：「士兵們怎樣了？準備好了嗎？」

營官們都點頭道：「準備好了！」

左寶貴率領一眾營官和岳冬，還有其他親兵登上控制平壤北門的咽喉——牡丹台。

月華像是為他們在山腰亮出一條道來。

宏大的堡壘高低起伏，城牆縱橫，垛口連綿。四處的火炬把整個堡壘亮得通紅。五百多個勇兵密密麻麻，一層一層地遍佈在堡壘邊上，也有沿著登上頂端山路的兩側。所有人都注視著他們敬重有加的左寶貴左軍門。

然而，秋風肅殺，月影淒迷。

沿途一雙一雙的眼睛，如流水般靜靜地在自己身旁流淌著，又有如流星般悄悄地在自己頭上劃過。

士兵中有剛從坎北、愛美二山退下來的。有滿身傷痕的，有頭裹白布的，有一臉污垢的……

一路上默然無聲。只有火炬啪啦地叫，還有樹影沙沙作響。

哪怕他們看見自己到來已經稍微安心，哪怕自己一臉嚴肅，毫無懼色，左寶貴還是知道，閃爍不定的火光下，那些一雙一雙的眼睛裡，是迷惘、擔憂、緊張、惶恐、期盼……

是，對自己的期盼。

好不容易登上了堡壘。左寶貴深深地呼吸著，慢慢地轉了一圈，抬頭環視四周分為上、中、下三層的勇兵，每個勇兵都默默地注視著自己。

突然間，一把聲如洪鐘，氣吞山河的膛音撕破了山間的寂靜：「將士們！」

聲音在夜空中迴盪著。遠在玄武門和附近堡壘的將士也能隱約聽見，紛紛走到靠近牡丹台的邊上，注視著這邊人煙沸騰的牡丹台。

聽見軍門這讓人熱血沸騰的膛音，縱是不整齊，牡丹台的勇兵們還是壯了底氣地應道：「在！」

左寶貴審視著四周，提起嗓子喊：「今天是中秋佳節，我和大家都一樣，很想和家裡的親人團聚！然而事與願違，倭人持兵強犯，讓我等不得不禦侮於境外！如果咱們都因思念親人而不能奮戰，最後令國家要像向泰西各國一樣向倭寇割地賠款，試問你怎麼面對你的鄉親？怎樣面對你的子孫？你能自豪地跟他們說，你在平壤跟倭人打過仗嗎？」

楊建勝見左寶貴力竭聲嘶，呼吸開始急速，上前勸道：「別勉強！身體要緊！」

左寶貴擺了擺手，強忍身體的不適，繼續高聲喊道：「我大清被泰西各國欺負數十年也罷了，現在連日本這蕞爾小國也欺負到咱們頭上來了！你們知道為什麼嗎？是因為咱們缺了氣節！缺了脊樑！缺了靈魂！舉國上下，文官愛財，武將惜死，為官者率獸食人，為民者同類相食，焉有不敗之理？焉有不被人欺負之理？！」說到這兒，左寶貴的眼睛也紅了，聲音

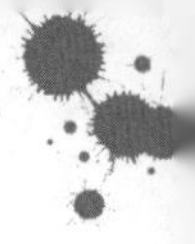



也變得沙啞，而且青筋暴現，然後就是一輪嗆咳。營官們趕緊上前拍了拍他的後背，岳冬則遞上了水壺。

此時士兵們也開始激動，如慢慢翻滾的熱水，急速而沉重的呼吸聲又有如黑夜裡大海的波濤。

左寶貴稍微休息一下，喝了口水，腦海掠過一幕幕這些年來為國家憂心如焚的畫面：「你希望你的子孫萬代都要向洋人卑躬屈膝，割地賠款嗎？……你希望你兒子像你一樣，不是替朝廷徵收稅款，就是四處彈壓嗎？……你希望你兒子像那些走投無路，鋌而走險，最後被咱們殺死的胡匪嗎？……又或像那些逆來順受，任人宰割，終日呆若木雞的百姓嗎？！」

「不！」這時很多激動的勇兵們也喊出雄渾高亢的膛音來。

「是！咱們很難改變這一切！但只要咱們戰至一兵一卒，縱然是敗，縱然是死，這裡的百姓會感激咱們，國人鄉親們會為咱們驕傲，咱們的子孫更會為咱們報仇！」深深地呼吸幾下，又繼續喊：「他們可能衣衫襤褸，但不會再任人宰割！他們可能食不果腹，但不會逆來順受！他們對內不會阿諛奉承，或畏懼官吏！對外不會卑躬屈膝，顧忌洋人！因為你們已經為他們，為這個有數千年歷史，四萬萬人的民族，找回了氣節！找回了脊樑！找回了靈魂！」

說到這兒，每個勇兵，包括岳冬和營官們，都熱淚盈眶，更有人提起手拭去淚水。因為左寶貴的每句話，每個字，都是瀝血之言，也確實是勇兵們親眼所見，親耳所聞，有著切膚之痛的真實感受。

是的，我們是生於一個正在沉淪的國度，活在一座將傾的大廈，寄身波詭雲譎的時局，面對著冰冷無情的歷史巨輪。但我們除了無奈，除了接受，自己其實還能選擇奮起抵抗！哪怕是螳臂當車，哪怕歷史記不下我們每個人的名字，國人們、親人們、子孫們也起碼知道，世界上曾經有這麼一個，為了他們捨身取義的好將士、好夫君、好兒子、好父親、好先輩！

承前啟後。盛世，不都是由後人踏上先輩的骸骨開拓出來嗎？

左寶貴手指向後方的玄武門：「今夜或明早就會有大戰，我會親守此門。我向諸位保證，我，左寶貴，若是戰敗，此門就是我的墳墓！若你們願追隨我，同善堂亦會盡心照料你們的家人！但我也希望你們能向我保證，若沒有命令，那就壘在人在，壘亡，人亡！」

負責鎮守這裡的楊建春再也按捺不住，趁機喝道：「眾將士聽令！」

這時每個勇兵都早已熱血沸騰，如火藥庫般等待長官的燃點：「是！」

「壘在人在！壘亡人亡！」

「壘在人在！壘亡人亡！壘在人在！壘在人在！壘亡人亡！……」所有人都緊握拳頭，熱血激昂地咆哮著。還有旁邊四個堡壘和玄武門的奉軍勇兵們也在隔山喊叫，形成了一片熱烈翻騰的汪洋大海。

激憤難平的還有岳冬。熱淚盈眶的他此刻才真正覺得，自己一直生活，習以為常的世界，是一個多麼扭曲，多麼悲哀的世界。他此刻才清楚，左叔叔這些年不停跟自己說的「保家衛國」，蘭兒一直希望自己能像其父親一樣，父親岳林臨終前對自己的冀望，到底是什麼回事。而他也終於感到，這世間上，原來真是有東西，比父親、比蘭兒，更為重要。

雄渾壯闊的吶喊聲在平壤北門拔地而起，久久未平，像是向北方磨刀霍霍的日軍昂然宣戰！

# 第七十七章　輕敵

此日自午後四時，驟降大雨，士兵還未進餐，渾身淋透，雨水和傷患的鮮血混在一起流淌，滿地皆紅。

「滴答滴答……」很靜，靜得連腕錶秒針的跳動聲也能聽見。

立見尚文、佐藤正、大島義昌，也就是日軍在平壤正北、東北、東南方部隊的隊長，此刻正不約而同地注視著自己手上的腕錶。

秒針終於搭正西曆九月十五日，農曆八月十六日，凌晨四時。

「進攻！」三人幾乎同時下令。剎那間，日軍南北近四十門大炮同時向城外的清軍堡壘猛烈轟擊。炮彈劃破夜空，全城如同白晝。

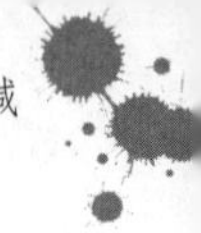

清軍各軍也毫不示弱，早已就緒的他們瞬間便發炮還擊。

雙方近七十門大炮互相轟擊。山川震眩，勢崩雷電。雙方期待已久，日方更是處心積慮三十年的戰事，一觸即發！

◐◐◐◑◑◑

「報告總統，日軍三路同時向平壤炮擊！」蘆榆防軍一親兵跑到葉志超的臥室報告。

葉志超徹夜未眠，此時正目光深沉地看著窗外的明月，也不知看了多久。聽見下屬的報告，只是取出托裱看看，懨然地應了聲：「知道了……」

◐◐◐◑◑◑

硝煙漫天，驚沙撲面。

馬凱清和薛雲開毫無懼色，居高臨下，指揮調度。

「中壘炮位應該多照顧長林洞那邊的倭軍！」

「老蒙他吃素的嗎？都讓江邊的倭軍跑哪去了！？」

「是時候給對岸毅軍送點傢伙了！」

薛雲開終不愧為老將，一直泰然自若，擎著望遠鏡視察著船橋里方面的戰況。

雖然是兩千二百人對日軍三千六百人，但這裡三個堡壘佔盡地利，火力恰好能互相配合，給日軍造成重大的傷亡。而在平壤城南外城附近，由於西邊的日軍未至，那邊的盛軍還能發炮牽制江對岸的日軍。盛軍還不時用浮橋從城裡給大同江對岸的堡壘派援兵和送彈藥。每次有盛軍勇兵過橋，江對岸的士兵便振臂高呼，士氣大振。

「殺他媽的！」一個棚的勇兵殺得興起，齊聲站起猛放排子槍，前方的日兵頻頻中槍倒地。

由於該處地勢平坦，且清軍已佔據地利，哪怕不斷改變炮兵的位置，日軍始終難以憑較多的大炮壓制清軍。

「報告，敵兵頑強抵抗！死守不退！」

「報告，敵兵炮火猛烈！第三大隊還未到達指定位置！」

「報告，炮兵陣地距離過遠，未能射擊右翼敵壘！」

「再前進一百米！這不用我說吧？！」

聽見旅團長的大喊，士兵們都立刻誠惶誠恐地退下。

越是久攻不下，大島義昌便越是窘急，開始喪失了他之前在牙山成歡迎戰葉志超時的沉著和冷靜。那次大勝使他喜出望外，也讓他他以為所有清軍都是如此不堪一擊，只要略略轟擊片刻，然後左右翼包抄一下，自然就不戰而退。故昨晚還回函師團長野津道貫，說明日上午八時前便能「共握手於城中，以祝萬歲也」。

現在想起，更是焦灼不安，心急如焚。黑色的汗液流過眉宇間如河川般的皺紋，經過鼻翼，再流到嘴邊去。

多麼的苦，多麼的澀……

看著手錶一分一秒地過去，此刻的大島開始感到，自己，似乎是輕敵了。

◐　◐　◐　◑　◑　◑

北門。日軍的大炮如流星雨般降下，頻頻在清軍的堡壘上綻放出血色的花朵。

這裡駐守的奉軍卻沒有那麼幸運。失去坎北、愛美兩高地，清軍的堡壘頻頻受到日軍猛烈而精準的轟擊。

與此同時，元山支隊和朔寧支隊共七千八百人分東、西兩路向清軍堡壘急速推進。

這裡清軍有五個堡壘，分內外兩層。外層三個，內層兩個。內層東邊的堡壘就是牡丹台，也是其餘四個堡壘的中心位置。就是說，欲進攻牡丹台，則先要攻陷其周邊的四個堡壘。

鎮守外層堡壘之中壘的奉軍左營馬隊首當其衝。連番炮擊下，堡壘幾成火海，屍橫遍野，呻吟聲四處。儘管旁邊的外重西壘也看不過眼，以毛瑟十三連發槍給予支持，然而大部份士兵皆聽從營官金德鳳的死令，始終不發一槍，而唯一的大炮也隱而不發。他們只死死地躲在牆後、山後，還有更多前山的樹林裡，悄悄地伸出槍支瞄準正在往這邊推進的日軍，等待長官的一聲號令。

當然，堡壘上始終有一定的勇兵裝樣放槍抵抗，只有等前方的兄弟死傷殆盡，在後面待命的部隊便上前接力。

看著從前方不斷抬來鮮血淋漓的兄弟，自己卻只能待在這裡，愛莫能助，在後山蠢蠢欲動的勇兵再也不能自已，向長官激動道：「衝出去吧！」

「再這樣下去就死光了！」

「俺看不下去了！」

「誰上前我砍誰！」早就紅了眼睛的哨官拔出佩刀怒喝。

「死了快五十個了，受傷的不下三十了！再這樣下去可不行呀！」一哨官跑來報告金德鳳。

然而金德鳳卻一直正襟危坐，沉著應道：「知道了。」

「一千步！」另一下屬在旁稟告。

金德鳳還是沒有半點反應，哪怕四周炮聲隆隆，沙塵滾滾。

「八百步！」

金德鳳依然如此。

「四百步！」

金德鳳終於下令：「打！狠狠地打！」

彈指間，數百顆蓄勢已久的子彈同時飛向已經進入了射擊範圍的日軍先鋒！而唯一一門，但早已調教好角度的大炮也開始發炮。

雖然早已有所奇怪，也步步為營，日軍先鋒還是遭到重創，一批一批的日兵瞬間倒下！最前的幾個日兵的身體頃刻便留下十數個血洞，留下如蜂窩般的屍體。

一顆近距離發射的子彈先穿過前面日兵的頭顱，再射中後邊一個日兵的胸口。兩人皆死。

「第三中隊上前進援！第三中隊上前進援！」一日本軍官在後方喊叫。

「展開隊伍！展開隊伍！」另一馳援的日軍軍官命令部下向高地的清軍射擊。

然而擎著望遠鏡的立見尚文卻始終不以為意，淡然道：「殺敵一千，自損三千啊……」

受創的不止日軍先鋒，一直肆無忌憚，已經奪去無數勇兵性命的日軍炮兵也早已被憤怒的清軍大炮看上，此時一顆炮彈先聲奪人，打中了一門山炮。那山炮立刻被炸飛，大塊碎片掠過不遠處一個正在上炮彈的炮兵，其整個上半身如豆腐般頓時被削走。未幾步槍子彈更是狂風掃落葉般撲向其餘炮兵，急得日軍馬上調來一中隊緊急應付，同時炮兵立刻停止射擊，轉移陣地。

就在一部份日軍主力上前去支援前方的日軍先鋒時，在山腰隱藏多時的另一哨清軍突然從後殺出，將日軍近三百人攔腰切斷，猛放排槍，企圖圍殲。

「把他們滅了！」那個哨官吶喊一聲，帶頭衝出放槍，緊接著幾十發子彈便從後方如狂風般撲向日軍。

雖然損失了十幾個士兵，但日軍臨危不亂，迅速尋找掩護物，既頂著前方的攻擊，也給予後邊清軍有力的還擊。而清軍苦於人數太少，損失漸多，最後不得不主動撤回堡壘，而日軍受創也不敢乘勝追擊，選擇穩步後撤，鞏固陣地。

立見尚文見狀暫時不讓主力貿然靠近清軍堡壘，細起眼睛看著眼前的地圖，半晌指頭在地圖上一點，說：「命第二中隊搶佔與敵壘相距八百公尺處的高地，然後所有大炮遷至該處，以支持富田少佐衝鋒！」

## 第七十八章・強攻

另一邊廂，正在進逼清軍外重東壘的日軍第五中隊和第七中隊在叢林中前進，忽見遠方堡壘有一縷黑煙，直衝雲霄。

「小心！」一日軍長官停下腳步，視察四周動靜。

然後遠處玄武門也有一類似的黑煙升起，未幾便炮聲如雷，大炮同時由前方堡壘、牡丹台、玄武門三處同時射出，炮彈紛紛落在日軍所處的叢林。

一顆炮彈就在一日軍少佐身旁爆炸，其五臟六腑就如豆花般撒向四周正在躲避的士兵。

與此同時，約三百步外一處小高地，隱藏已久的清軍小隊約五十人也頻頻往這邊射擊。

日軍猝不及防，頃刻倒下十數人。

日軍軍官見前方清軍人少，而佔據高地既可做掩護，又可架設山炮轟擊敵壘，故與其暫時後撤躲避敵方火炮和突擊，不如上前搶佔清軍高地。未幾當機立

斷地拔出武士刀，吶喊一聲，命令部下奮起衝鋒。

近四百日兵齊聲吶喊，冒著炮火往前方高地的清軍衝鋒！

「絕不能讓東洋鬼子靠近玄武門！給我打！」帶著只有五十人的清軍哨官也毫無懼色。

有如此底氣的哨官，部下們無不以死相搏，不斷地上膛放槍，放槍上膛，哪怕身邊的同袍逐個倒下，勇兵們始終心無旁騖，務求殺得一個得一個！

「殺一個東洋鬼子，你他媽的就賺了！」哨官邊射邊大喊。

「你兒子大富大貴哪！」在旁的哨長補上一句。

「多殺一個東洋鬼子……」

「你闔家平安哪！」哨長又補上一句。

看見自己哨快被包圍，一個新兵害怕，扯著哨官的衣袖：「不如撤回堡壘吧……」

哨官二話不說，瞄著他腿就是一槍：「你他媽的敢喊跑？！」

堡壘那邊的勇兵見狀也不斷給這邊放槍發炮支持，然而日軍人多勢眾，最後也只能眼看著高地被黑壓壓的日軍所淹沒。

那哨官最後戰死。子彈早就打光的他身中數槍，一身血污，瞎了一眼。

把他重重包圍的日軍也早已停止攻擊，餘下十數把刺刀對準目標。一個日本軍官上前把他打量一下，像是挺佩服這個清國士兵的勇氣。

那哨官也手按腰刀，奮力站起，挺起腰骨與其對視。

呼吸中，目光裡，既是怒氣，也是傲氣。

是，一個鐵骨錚錚的中國軍人的傲氣。

未幾，那哨官吶喊一聲，用上最後的一點力氣，以迅雷不及掩耳的速度拿起腰刀，欲往眼前那日本軍官砍去！

「嗨！」日兵齊聲吶喊，十數把刺刀馬上刺入那哨官的身體……

◐ ◐ ◐ ◑ ◑ ◑

「快！快！……」一日軍炮兵軍官喝令部下快速前進。

炮兵們都將拆解好的山炮搬運至指定地點，然後迅速組裝，裝上炮彈，拿出儀器量度角度。

一系列的動作自然流暢，沒有絲毫差池，如機器般快速運轉。

由野津道貫親率的第五師團本部到達預定陣地山川洞時已經是上午七時，比原定的時間晚了足足三個小時。故每個將士都不敢怠慢，紛紛以最快的速度完成長官的命令。

野津道貫此時正站在一高地上，遠眺著整個平壤戰局。

此時已經天明，遠方射來了金黃色的陽光，照出野津一臉的油汗。

平壤城的上空已是數之不盡，一縷一縷的黑煙了。

然而上空的雲層似乎比剛才的厚，彷彿四周的雲都趕來觀看這場關乎東亞兩大國命運的戰役。

野津的臉色始終陰沉，畢竟，之前在遠方聽見從平壤傳來了炮聲就讓他忐忑不安，生怕師團本部未能及時配合其餘各路部隊的進攻。

「報告師團長，各部隊準備好了！」一下屬跑來報告。

「馬上攻擊！」

十幾門大炮頃刻齊聲發射。

平壤西邊的盛軍堡壘，即蒼光山附近的數個堡壘，也馬上連連回擊。

隨著西邊的戰事亦已打響，整個平壤近百門大炮在互相轟擊！從未經歷過如此慘烈的戰爭的小古城，此刻就如碰上地震的老頭兒，城牆的牆縫不斷地震下灰塵來，民房被震垮更是不計其數。

為達到震懾敵人的效果，日軍更故意向城裡發炮。城裡開始中炮失火，百姓爭相走避。傷者的呻吟聲、小孩的哭啼聲、親人的叫喊聲此起彼伏……

◐　◐　◐　◑　◑　◑

南方船橋里戰場。隆隆炮聲繼續猛烈地撞擊四周的一切。

日軍的攻勢繼續受阻。

「衝不出去呀！衝不出去呀！」

「第二中隊跑哪去了？！」

「我的腿呀……」撕裂的喊聲試圖衝破四周震耳欲聾的槍炮聲。

十數個日軍爭相躲在一塊巨石後，四圍盡是同袍的屍體，清軍的子彈就在旁邊像是以機槍般的頻率亂舞肆虐，激起了無數沙塵。

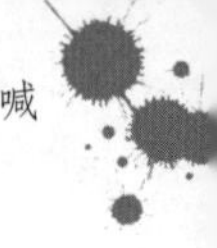

一個日兵幾經辛苦終於躲到大石後，但稍微遲了點把腿縮回來，下一秒小腿就已經報銷。

雙方形勢開始明朗，日軍依然陷於苦戰。尤其是日軍在西南，清軍堡壘偏東北，日軍面向陽光，難以射擊，而自己的部署亦一覽無餘。

「馬上命步兵第三中隊投入戰鬥！」

「那炮兵誰保護了？」

「這是軍令！」

「是！」

聽著不斷傳來的傷亡報告，眼看著前方西邊的敵壘仗著地利，屢屢給自己部隊造成巨大殺傷，而預備隊也早就用上了，急於建功的大島義昌再也按捺不住，哪怕作出更大的犧牲，也誓要把該堡壘拿下！

「叫武田不要再耽誤了，命其十點前定要把西邊的敵壘拿下！」

「是！」

遠方那銀白色的太陽充滿著朝氣，但配上四周深黑色的景物，還有漫天血色的炮火硝煙，瀰漫著的卻是死亡的氣色。

一日兵仰頭看著前方，瞇起雙眼，眼神中閃過了一絲迷茫。

「將士們！一死以報皇恩，唯在此時已！」一日軍軍官拔刀大喊。

「衝呀！」近八百個日軍冒死逼近清軍西壘。

此壘高一丈二尺，周邊再繞以壕溝，清軍不斷在裡邊放槍，東北方兩壘也不時往這邊射擊，形成交叉火力。外邊地勢平坦，即便炮兵不斷從後發炮掩護，在清軍不斷從後方支援該堡壘下，勉強衝鋒無異於送死！

「殺他奶奶的！」

「操你娘！」

「你奶奶！」壕溝裡幾十個清軍死守不退，繼續猛地放槍。哪怕旁邊的戰友逐個倒下，激發起的卻是更高昂的戰意！

剩下的勇兵都沾滿了戰友的鮮血。日軍也不斷踏上同袍的屍體奮進。

幾經艱苦，十數個日兵終於成功衝到壕溝前邊，也早已準備好下去拼刺刀，但有隱藏在壕溝裡的勇兵突然冒出，以腰刀橫刀砍去，幾個日兵頓時沒了小腿，踏了個空，整個人滾了下去，然後就是被亂刀砍死。

在前方的日軍倒下了一批後，一個小隊終於殺進了壕溝。剩下的勇兵二話不說，扔下長槍，抽出腰刀和跳進來的日兵廝殺。

壕溝裡全是地下水，雙方泡在水中互砍，不一會壕溝就變成一條血河。

日軍如潮水般湧進了壕溝，壕溝裡的清軍最終全部戰死，上面堡壘的勇兵見狀便往下開槍，又扔下巨石，又拿出長矛往下亂刺，總之無所不用其極。日兵則抬頭往上猛地放槍，又試圖踏上同袍的肩膀爬上堡壘。

堡壘上不斷有勇兵中槍掉進了壕溝，數把刺刀便馬上刺入。

有日兵被巨石擊中，腦漿四濺。

有勇兵拼死把眼前的日兵的頭按進水裡，企圖將其淹死……

此時日軍的炮火更烈，頻頻擊中了堡壘，堡壘內猶如火海，而堡壘邊上的士兵也死傷殆盡，日軍小隊藉此機會終於成功殺入了堡壘。

然而此堡壘甚大，裡邊還有大批清軍，中日兩軍的士兵就這樣將堡壘一分為二。日本炮兵見步兵已經攻入，也不得不停止向該壘發炮。堡壘內沉靜片刻，雙方認清形勢後，兩軍軍官同時拔出佩刀，吶喊一聲，然後就是近身肉搏，數百人在如火海般的堡壘內近身廝殺，血肉橫飛！

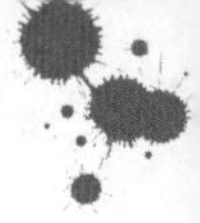

# 第七十九章　承諾

突然北洋水師之水兵三百冒死登岸，欲搶佔其陸軍已棄守之趙北嘴砲台，我軍數千立刻阻截。彼三百人竟一度逼近司令部，且與我軍激戰，死守不退，終全部戰死。戰後海岸上屍積累累，掩護物上之彈孔狀如蜂巢，兩間平方的海水盡為血潭……

此時薛雲開見堡壘危急，而日軍先鋒與後方主力距離過遠，便親率兩百人過船橋助戰，這既有助擋住其後方繼續推進，也割斷了其先鋒後路。

盛軍勇兵在主帥親率下士氣旺盛，幾經艱苦下，終於奪回了壕溝，更登上堡壘，使壘內日軍陷於被前後夾擊的局面。

這時壘內的戰鬥早已不是白刃戰，而是野獸般的搏鬥。

有日兵被一個勇兵扭住了手，動彈不得，勇兵也沒有手，只好往其脖子狠狠地咬下去。日兵嘶聲慘叫，一塊肉皮被撕下，脖子頓時血流如注。

一個哨長下半身已經著了火，但仍得和糾纏他的日兵搏鬥，使勁地用拇指猛插入那日兵的眼窩。日兵眼球爆裂，血如湧泉，嘶叫下放開了手，但那哨長也不支倒下……

日軍軍官眼見對方的援兵源源不絕，而和主力的聯繫已被切斷，即便一時攻下也難以固守，再耗下去可能全軍覆沒，無奈下只能鳴金收兵。剩下的幾十日軍便逐步往牆邊靠去，跳牆而逃，下去後還要艱難突圍，再犧牲十幾人後才成功逃回後方陣地。

一些受傷的、斷腿的、走不了的日兵只好選擇切腹自盡。

「嘿！」一眾勇兵經歷生死搏鬥後，見敵人終於落荒而逃，發出鼓舞人心的勝利吶喊！

大島義昌看在眼裡，怒在心裡。

太陽再往上升，逐漸被雲層所淹沒。平壤上空的雲層也越來越厚，越來越黑。

日軍屋漏偏逢連夜雨。薛雲開和馬凱清見日軍先鋒被重創，主力又推進不得，士氣受挫，而已方西壘失而復得，士氣大振，決定趁機來一個反擊！

從大同江對岸補充了彈藥，清軍三壘又繼續頻頻發炮。盛軍和毅軍士兵則兵分三路往日軍主力夾擊。

一直作為主攻方的日軍瞬間竟成了守方！

日軍的炮兵受到其中一隊清軍威脅，而之前保護炮兵的部隊已經被調往前線，故只好暫時後撤。

清軍利用日軍炮火減弱的瞬間，對日軍主力的攻擊更是猛烈。日軍主力陣地有壕溝三條，數百日軍在裡邊死守。

清軍氣勢如虹，月字形向日軍狂攻。一些殺得興起的勇兵更開始從陣地往前推進，伏地放槍，更多的勇兵也開始從後跟上，冒彈而進。

或許形勢實在轉變得太快，而眼前清軍和他們腦海裡軟弱無能、畏敵如虎的印象實在是天懸地隔，日軍第九混成旅團中央隊司令官武田秀山此刻也暗捏一把汗，更何況首當其衝的前線士兵？

越來越近，殺紅了眼的清軍最後更發起衝鋒，在犧牲十幾人後，上百人終於衝進了第一道壕溝，和日軍展開了肉搏！

前方大部份的清軍都湧進了第一條壕溝，第二、第三條壕溝的日兵剎那間也不知如何是好，放槍也不是，後撤也不是，忙看著自己的長官。

「擔架跑步前進！」「擔架跑步前進！」日軍醫護兵的喊聲在後方不絕於耳。然而不少醫護兵還未把傷者抬走，自己就已經中槍，成了傷者。

壕溝裡的日兵還未等到長官的命令，子彈飛來，清軍便向第二條壕溝進攻。他們每一個都如狼似虎，彷彿急不及待，不吞下三條壕溝誓不甘休。

傷亡越來越大，武田最終只好選擇暫避敵人鋒芒，下令放棄陣地，全隊後撤到後方大本營。

血戰一個早上，終於迎來了甘甜的勝利，同時也將之前對日軍的畏懼一掃而空，對整個戰局也一下子樂觀起來。此刻不論堡壘內還是前方戰場，槍炮聲都被將士們的隆隆歡呼聲所淹沒……

◐　◐　◐　◐　◐

早些時候，平壤西邊已成了最大的戰場。日軍第五師團本部和盛軍加上蘆榆防軍近萬人開始短兵相接。

炮戰已歷數個小時，雙方的陣地也近乎糜爛，斷臂殘肢四處。日軍雖然仗著大炮較多，但此處地域

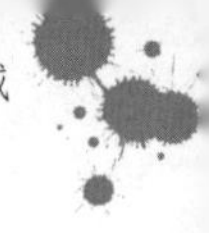



廣闊，清軍的堡壘多達十個，日軍亦沒有佔到絲毫優勢。

日軍在大炮的支援下兵分四路逼近。清軍奮勇抵抗，盛軍在左，蘆榆防軍在右，相互支持，勇兵們從垛口及樹林隱蔽處頻頻射擊。

一日軍小隊見清軍的射擊暫時慢了下來，便趁機快速推進，誰知走了十數步，突然轟然一聲，一日兵的腿就飛到數丈遠，鮮血灑向四周，倒地呻吟，原來中了清軍的地雷！

「別跑！慢慢靠往樹林處！」日軍長官大喊。

話音剛落，第二、第三下的爆炸聲便隨即響起。

這時密如瓢潑的子彈才飛來。日軍既要小心地雷，又要尋找掩護物反擊，剎那間就倒下十數個日兵。日軍小隊最後還是被迫退回原處。

盛軍分統記名提督聶少棠居高臨下，以望遠鏡審視局勢。看見平壤西邊的普通江有一路日軍打算渡河，馬上下令道：「叫許貴友和馮靖翔他們倆別再理他們眼前的倭軍了！馬上改為攻擊江邊的倭軍！」

「這怎麼行？」部下說。

「他們那邊陳忠的堡壘能打到，就算被攻破了，後邊還有一個壘，離平壤尚遠。但江邊只有張自衡一個，若他們成功渡河，那可是長驅直進哪！」

「是！」

的確，其餘三路日軍雖然人多勢眾，但都是想吸引清軍注意，讓第四路日軍趁機渡江，作為一路奇兵直搗清軍的大後方。

江邊的日軍已備好民船，而仗著前方只有一個堡壘對付自己，第一艘上滿了日軍的民船冒險開出。

還未上船的日軍則頻頻向堡壘射擊以掩護民船，而堡壘的勇兵則不斷地往民船放槍。數個在船邊的日兵中槍，掉進江裡。

天氣驟變。這時已經看不見太陽，平壤上空的烏雲也越來越廣，越壓越低，像是欲張開眼睛看清楚人類戰爭的殘酷。熹微的陽光只能勉強穿過雲層的縫隙，讓人們知道此刻還是白晝。

江面的風也越來越大，硝煙和血腥的味道混雜在一起。

「嘭！」的一聲，清軍的炮彈落在日軍船隻旁邊，激起幾米高的浪花。

雖沒擊中日軍的船，但激起的波浪卻令船隻傾側，數個日軍又跌進了江裡。

「繼續撐船！繼續撐船！」為首的日本軍官見狀大喊。

儘管有同袍跌進水裡，而自己的衣衫盡濕，船上的日軍也顧不了這麼多，無不出死力繼續撐船，希望儘快完結這九死一生之旅。

才一百多米寬的江，怎麼就這麼慢呢？！

這時聶少棠的命令下達，清軍另外兩個堡壘決定捨眼前的日軍不顧，死死往這面正在渡河的日軍部隊發炮射擊！

清軍發炮的準繩實在差強人意，第一艘船還是順利到達對岸。但畢竟十得一二，船隻正回去接下一批日軍時終於被擊中，數個撐船的日軍頓成肉醬，船頭被炸去，剩下的日軍控制不了船隻，被江水沖向了下游。

未幾另一炮打中了即將開出的第二艘船的旁邊，船頭被打穿了一個洞，船隻傾側進水，剛上了船的日兵又只好立刻下船。

日本軍官看著如此形勢，實在難以再冒險，若裝滿士兵的船在江中心被擊中，那損失實在非同小可，遂決定命部隊擇地穩紮，繼續射擊，同時向師團長彙報，以待命令。

◐ ◐ ◐ ◑ ◑ ◑

「滴滴答答」頭頂傳來了雨點打中軍帽的聲音。

終於下雨了。

時間一分一秒地過去，看著前方的清軍堡壘依然勝旗林立，野津的臉色越是難看。

「第二大隊報告師團長，清軍蒼光山陣地屹然不動！」

「第五中隊報告師團長，清軍善戰，安山一帶防守甚固！」

「報告師團長，友安中佐被清軍三壘合擊，未能渡過普通江！」

負面消息不斷傳來，野津和日軍第一軍參謀福島安正相互一看，無言以對。

此時似乎是唯一的希望到來，被派去打探南方戰場消息的落合大尉終於回來。野津第一時間上前詢問：「如何？」

「報告師團長，」落合的臉色和語氣已經預示了答案：「第九混成旅團曾一度攻入一清壘，但最後敵

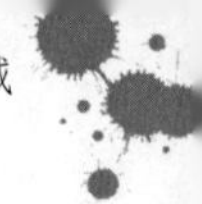

眾我寡，無奈退回。初步點算部隊傷亡約五百人，現時大島旅團長已下令停止戰鬥，部隊後撤至上孫歌洞一帶！」話畢低下了頭。

野津一邊聽著，一邊緊握手中的武士刀，目露凶光，聽完了，更拔刀砍掉旁邊的一根樹枝，怒道：「我早叫其不要輕舉妄動，他就是非聽不可！」

「大島所部至此，再戰無益。」在旁福島安正則較為沉著冷靜。

野津看著眼前的戰場，憤然道：「下令停止戰鬥，命兩隊長退居要地！」

「是！」

野津此時再提起望遠鏡，嘗試遠眺北方的情況，看會不會看到日章旗升起。然而距離實在太遠，只隱約看見縷縷硝煙。

「不知北方戰況如何……」野津自言自語道。

一眾幕僚無言以對，畢竟距離太遠，道路難走，兩軍始終聯繫不上。

野津放下望遠鏡，雙目漸漸放空：「我今率兵於千里之外與敵作戰，蕞爾之城，竟不能陷，我還有何面目歸謁我天皇陛下？」

這時福島察覺身後的帳篷已經備好午餐，又見雨勢漸大，便跟野津說：「師團長也餓了吧？不如先進午飯，再共謀對策！」

「吃午飯……」野津聽見更是憂心，眉頭顰蹙得更緊，因為他想到部隊的糧食只剩下不足兩天。

他其實本來也有多少樂觀的情緒，畢竟成歡之勝的確證明之前的情報所說，清軍多腐敗無能，荒廢操練，應該不堪一擊，只不過作為師團長，負責驅逐清軍出朝鮮的總指揮，他實在不敢有一絲輕敵。故他估計，雖然應該不可能如大島所言，能於早上八時前攻陷平壤，但一日之內應該沒問題的，故糧食也應該不成問題。當然，目下逆境他也不是沒有想過，畢竟平壤和成歡難以相比，毅軍、盛軍、奉軍也可能比蘆榆防軍能打，但他也估計，此逆境應該不太可能發生的，哪怕發生了，也不至於會失敗。

然而，偏偏就是發生了。

四周都是窮鄉僻壤，不可能徵收上萬人的糧食。有足夠糧食的地方，就只有眼前的平壤城裡。

這，也是選擇破釜沉舟的他早已想好的辦法，也是唯一的辦法。

「將士們都知道快沒吃的吧？」這時野津聲音沙啞地問。聽不見回答，繼續說：「告訴他們，要是他們餓，就想著，食物補給就在平壤城裡！不然，就把性命留在這裡吧！」說著眼神變得如武士刀般銳利，盯著遠處的平壤城。

「是！」

這時轉過身，面對一眾幕僚：「我意已決！明日之戰，舉全軍以進逼城下，冒敵彈，攀胸牆，勝敗在此一舉！我軍幸得陷城，我願足矣。若不幸敗績，平壤城下即是我葬身之處！」

幕僚們聽見無不慷慨激昂，立正應道：「是！」

然而，他並不知道，此刻平壤北門外的清軍堡壘，早已經升起了日章旗，而敵軍將領左寶貴，也先於他兌現了類似的承諾……

# 第八十章　求援

九月十五日。晴。陛下移駕大本營駐地廣島，親自坐鎮指揮，以此向民眾表明帝國之決心和信心。廣島百姓無不高呼「我皇萬歲」，前方將士聞之亦必奮勇當先，所向披靡！

在野津道貫率領的日軍第五師團未至前，平壤北門的堡壘已經開始不支。

隨著日軍炮隊開始換上榴散彈，炮彈還未落地便散為數顆，殺傷力添倍，而且彈無虛發，加上大炮數量壓倒性的優勢，此刻三個外重堡壘已近乎糜爛，勇兵非死即傷。

死掉勇兵的屍體堆積如山，殘肢內臟四處皆是，慘叫聲、呻吟聲，不絕於耳。之前死傷的勇兵都會給抬去後方，傷兵也會儘量治療，現在目下的形勢已什麼都顧不上了，連伙勇、號手亦早已前赴後繼，哪怕

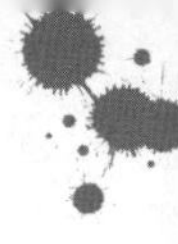

本來只是幫手搬運傷患的朝鮮青年也手持兵器，準備和奉軍將士們共同進退。

密如瓢潑的槍彈聲就在耳邊，子彈不斷打在眼前的泥土上，激起無數沙塵。

垛口邊上的勇兵正猛地放槍，倒下一個便補上一個。未幾有炮彈在附近爆炸，碎片把一個棚頭的半個腦袋擊碎，頭骨碎片連同腦袋散向四周的同伴。然而敵人正在進逼，身邊的人壓根無暇理會，只能繼續拼死抵抗。

連，為死去的兄弟傷心的機會亦沒有。

有勇兵成了火人在地上打滾，嘶聲嚎叫。

「轟！」的一聲巨響，在金德鳳不遠處的一勇兵被炮彈擊中，下半身被炸走，五臟六腑連同骨架如水銀瀉地般滑到地上去，連眼睛也來不及合上。

如果有地獄的話，這裡便是！

還未說，那些被武器裝備害的——

有勇兵連發四槍不響，最後被日兵射殺。

有勇兵則放槍時炸膛，雙掌被炸爛。

「他媽的咱們的炮彈為啥就是不爆炸了！」看著自己幾炮明明擊中了日軍陣地，但炮彈就是不爆炸，一個炮兵不忿地怒喊。

「去問機械局那班狗賊吧！」旁邊負責瞄準的炮兵應道。

未幾日軍一炮打來，正中兩人操作的大炮，大炮被炸飛，兩人也粉身碎骨。

「倭人的炮太厲害了！」下屬在金德鳳旁邊大喊，畢竟四周的槍炮聲已經讓人們幾乎都成了聾子。

「叫老黃的馬隊衝向鬼子的大炮！」金德鳳也大聲喊道。

「這麼遠，怎麼衝呀？」

「好歹也試一下吧！再這樣下去咱們得全軍覆沒了！」

「是！」

近百名清軍騎兵從堡壘前方旁邊的樹林殺出，嘗試衝擊遠處的日軍炮隊。

「毀掉一門炮，我叫你兒子大富大貴！給我上！」馬隊哨長大喝一聲，拿出布條綁住馬眼，率先殺出。

「殺呀！」一眾騎兵也跟著綁住馬眼，冒死往日軍炮隊衝去。

他們誰都不用手執轡繩，以其在招安前在東北當胡匪時慣用的姿勢，雙手持槍往日軍放槍。同時兩腿猛夾馬肚，希望儘快衝進日軍炮隊裡，化解堡壘的壓力。

然而日軍炮兵前方還有一個中隊作保護。面對清軍騎兵突然殺出，誰都有點措手不及，但此處地域廣闊，日軍有足夠時間作反應，馬上以槍林彈雨迎擊清軍。

由於距離實在太遠，中間還隔著一個中隊，加上騎兵目標太大，清軍中槍落馬者不計其數，恍如一場屠殺！

五十來騎就這樣死在路上，餘下四十來騎衝進了數百個日軍裡，十數個日軍頓時被馬匹撞飛！

騎兵們也不理會四周的日兵如何對付自己，只一個勁兒地往前衝，因為停下就意味著死亡。然而日軍實在太多，大部份的騎兵最後都被日軍攔下，然後就是被亂刀刺死。

最後剩下的四個騎兵成功衝過了日軍中隊，猛地衝向日軍炮兵陣地。

這四個騎兵身上、馬上皆鮮血淋漓，鮮血也讓他們掙不開眼，也辨不清方向。

日軍炮兵亦早已察覺，頻頻舉槍往這邊射擊。

一匹倒下，兩匹倒下，三匹倒下，最後的一匹那騎兵雖然已經死在馬上，但那馬匹就是沒有停下！

看著馬匹頃刻便至，急得最前邊的炮兵連上子彈也上不了，子彈都從抖著的手掉到地上去。

前方炮兵最後頂不住，紛紛閃開，讓馬匹衝進了炮兵陣地，在一系列大炮前經過。然而較遠的炮兵還在發炮，就這樣馬匹剛經過一門正在發炮的大炮，頓時連人帶馬被炸至血肉橫飛，而大炮也被衝擊力撞開！

◐ ◐ ◐ ◑ ◑ ◑

「向軍門要援兵吧？」一哨官跟金德鳳說。

「之前一直沒有援兵，現在哪有援兵？！」

「總得派個人去向軍門報告吧！」

「你他媽的不是你想去吧？」聽哨官那語氣，金德鳳以為他想趁機溜走。

「我兒子！」

金德鳳凝視注視了他片刻，說：「行！叫他過來！」

哨官的兒子到來。金德鳳打開手上的托裱看了看，然後手搭在其肩膀，黯然道：「志沖！跟軍門說，若沒有援兵，這裡最多只能撐到八點了！」

志沖知道這兒壓根守不住，也知道兩人故意讓自己走，一臉熱淚的低下頭：「是……」

「去吧！」哨官也熱淚盈眶。

志沖跟金德鳳磕頭，又跟父親磕頭，然後含淚離去。

「報！外重西壘被陷，退下來的散勇不足一百，聞戴營官已經戰死！」

「命他們退往中壘！」

「是！」

「報！左營馬隊後哨哨官楊發亮戰死！後哨剩下不足十人！」

「報！日軍兩千攻進了西壘，和浮興店的日軍夾擊外重中壘，金營官腹背受敵！」

「……叫楊建春多發炮支持，同時給金德鳳多撥一個哨！」

「是！」

「報！徐營官說，新來的德國毛瑟不少為次貨，有發數次便壞的，更有未用炸膛的！又謂有子藥不配的，現急需槍支子藥！」

「娘的！我之前不是要他試放了嗎？！」

「報！右營部隊前哨全數陣亡，哨官馬清瑞戰死！」

「報！徐營官謂子藥即將告罄，前方將士已和倭軍近身肉搏！又說若沒有援兵，只能一死以報知遇！」

「報！練軍始終不出陣地！豐統領避而不見！」

……

左寶貴一直佇立於玄武門上，審視著北門的形勢，不時提起望遠鏡觀看，又聽著不斷傳來的戰報，心情越發沉重，冷汗直流，半身也開始發麻。

時間一分一秒地過去，看著遠處各個堡壘烈焰衝天，頻頻爆炸，不時還隱隱聽見從遠方傳來的淒厲的喊叫聲。想到不斷死去的，是一個一個追隨自己多年，甘心為自己賣命的勇兵，而此刻自己卻在這裡無能為力，左寶貴就心如刀割。

岳冬和一眾親兵一直看著左寶貴，看著他的焦灼，他的憔悴，他的無奈，既替他擔心，也替外邊浴血奮戰的兄弟焦急，無不呼吸加速，熱血沸騰，恨不得馬上投入戰鬥。

這時金德鳳派來的志沖終於跑來，跪倒在左寶貴跟前，淚流披臉的說：「軍門！快派人去救左營吧！金營官說，若沒援兵，就只能撐到八點鐘了！」

左寶貴緩緩蹲下，看見他一身血污，一臉焦黑，再看到他右手手掌也被炸掉了，便眼窩發熱的手搭其肩膀。

然而，他也實在沒什麼辦法，除了……

「去，派人去找葉志超要援兵！」

◐　◐　◐　◐　◐　◐

「報！南邊戰場始終穩守，倭軍傷亡不少，也難越雷池一步！」

「北門日軍差不多達一萬，西邊日軍相反只有六七千，南邊日軍也不過四千左右……」

「報！西邊戰況僵持，倭軍嘗試渡普通江，但未能成功！」

「報！倭軍攻陷仁字營在並峴山的西壘，現在轉移炮轟其中壘！也有步隊向箕子陵進發！」

「開仗至今就盛軍打了四十萬顆槍子，剩下約六十三萬顆。炮彈一個早上就打了約一千三百發，餘下不足一千八百發……」

「報！倭軍向北門外重東壘衝鋒，奉軍正與其近身搏鬥，恐怕離失陷不遠！」

「練軍一直就待在陣地發炮，看著奉軍危急也不出一步！」

……

一開戰蘆榆防軍數十個探兵便馬不停蹄，往來如梭，不停地搜集各個戰場的情況，來回不斷地給葉志超彙報，故葉志超雖然坐鎮平壤城中，但一直都掌握著整個平壤的形勢。

遠方的炮聲沒有一刻停下。葉志超的思緒亦沒有一刻安寧。

「倭軍在北門用炮共十六門，而且多用天彈，頻頻裂於奉軍營中，其大炮也可以分拆，搬運迅速，反觀奉軍只有小炮六門，實在是捱打……」一幕僚滿頭大汗的在旁道。

「如此下去……我怕，奉軍真撐不了多久……」另一個幕僚也惴惴不安。

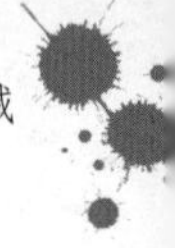

然而葉志超久久也沒有答話，深邃的目光始終盯著眼前的平壞地圖，盯著北門的位置，手指不斷無意識地輕敲著桌面，發出雜亂無章的「噠噠」聲。

沒過多久，左寶貴派來的多祿趕到，葉志超的親兵攔也攔不住，一個勁兒地衝進來就跪在葉志超跟前：「葉總統！求你給左軍門發援兵吧！北門五個堡壘已經丟了一個，另外兩個也危急，北門危在旦夕呀！」話畢頭就如搗蒜般在地上叩。

「噠噠」的聲音停下。葉志超鬆開的手指慢慢捏緊。

對於奉軍的形勢，其實葉志超心裡怎會不清楚？只不過他手上也沒多少兵可調，之前已經派了仁字營往北門，而在西南戰場的部隊也正在酣戰。唯一的辦法，就是向勇兵最多的薛雲開下手。

「備令箭！」沉默良久，葉志超終於開腔。

「是！」

「傳令下去！北門告急，命薛總統馬上調盛軍一營、大炮兩門往北門應援！」

「謝葉總統！謝葉總統！」多祿差點喜極而泣，又再多叩幾個響頭。

葉志超然後命一個幕僚和多祿一同帶著令箭去找薛雲開。

見兩人遠去，幕僚問葉志超：「薛雲開會派援兵嗎？」

「不會。」葉志超說得很是平靜，彷彿，一切都在他意料之中……

# 第八十一章 援絕

**雖其響轟轟，但我兵死傷者甚少，之所以如此，無他，海岸諸砲台發射之大口徑炮彈，其彈中大半填裝以大豆或土砂故也。**

「葉總統急令！葉總統急令！」多祿和葉志超的幕僚高舉令箭，沿途大喊，直奔盛軍的營務處。到營務處得悉薛雲開在前線指揮，又直奔前線找他。

兩人快馬登上了前方一堡壘。

炮聲越來越大，「嗖嗖」的子彈就在自己頭頂上沒多高的地方，爆炸聲、吶喊聲也不遙遠，但也顧不了這麼多，一路上一個勁地往前衝。

一見薛雲開，多祿立刻下馬行禮，葉志超的幕僚則急不及待地喊：「葉總統急令！北門告急！命薛總統馬上調盛軍一營、大炮兩門往北門應援！」

多祿更是噗咚一聲跪下喊：「求薛大人速派人增援玄武門！再遲就來不及了！」

「練軍應援了沒有？」薛雲開一副愛理不理的態度，雙手背負身後。此時的他還未渡江作戰，但已一身灰塵，顯然是身先士卒。

「練軍始終不出，只在陣地裡裝裝樣發發炮，壓根就打不著倭兵，再這樣下去，玄武門早晚被破呀！」多祿焦灼萬分，生死存亡地說著。

「大人！羊角島的倭兵開始向外城一里進逼了！」這時一盛軍勇兵跑來報告。

「馬上通知馬總統！同時命所有堡壘死守，絕不能讓羊角島的倭軍登岸！但叮囑胡應之千萬別動，始終盯著他西邊的倭軍！」

「是！」

軍情緊急，薛雲開很不耐煩，扭頭一雙鷹眼盯著多祿：「不是說好倘有緩急，玄武門由練軍應援嘛？何以現在跑來這兒要人要炮哪？！」

「沒有辦法呀大人！咱壓根就找不著豐總統！」

「大人！約一千倭軍迫近安山，似乎欲渡普通江！」另一個盛軍勇兵又跑來報告。

「告訴聶少棠，要是讓倭軍渡過普通江，叫他捧

他的頭來見我！」

「是！」

「求大人救救左軍門吧！」多祿猛在地上磕頭。

其額頭叩了沒幾下就見血了，然而薛雲開一點同情也沒有，相反聽見「左軍門」更是冷淡：「你就不見這兒也危急萬分嗎？！要是調走一個營以後這兒失陷，是不是你幫我挨刀子？！」

葉志超的幕僚看不過眼，此時提起手中的令箭，壯起膽說：「這是平壤諸軍總統的軍令！違者軍法懲辦！」

「哼！」薛雲開不以為然：「那請問豐升阿懲辦了沒有？」

兩人無言以對。

「將在外，軍令有所從有所不從！葉總統在城中不明形勢，這兒要是調走一個營，頃刻便有失陷之虞！試問哪有以西門之失去保北門之理？勞煩兩位回去給葉總統說明說明！來人！送客！」話畢拂袖離去。

多祿趴在地上死死地抱著薛雲開的腿，額頭的血也流到臉上，哭著大喊：「大人！大人！您不能見死不救呀！大人呀！……」然而薛雲開大步一跨，多祿就倒在地上。

「大人！……」多祿看著薛雲開的背影，在炮火聲中嘶聲地喊叫。

盛軍一幕僚見狀不忍，上前問薛雲開：「大人就不怕葉總統事後追究？」

薛雲開不以為然，邊走邊說：「你想不想死？」

幕僚沒想到薛雲開這樣問，一時間回答不了。

薛雲開停下，不屑地瞥了幕僚一眼，最後豎起食指說：「記著，能要咱們的命的，就只有你眼前的倭人！」說完也沒有理會那幕僚，轉身便走。

◐ ◐ ◐ ◑ ◑ ◑

沙塵蔽天，日月無光。

鮮血，繼續在飛濺。生命，繼續被收割。

「嗚……」日軍一眾號手吹號，上千日兵作最後衝鋒。

此時外重中壘已陷，金德鳳的屍首已難以辨認，一片焦土上是七橫八豎如亂葬崗般的奉軍屍體，更有重傷不能行動的勇兵被燒成灰燼。至於由蘆榆防軍仁字營鎮守的箕子陵陣地，則稱彈藥告罄，率先撤隊。

就這樣，平壤城北玄武門外的五個堡壘只餘下兩個。而這裡，也是日軍進攻城北制高點牡丹台前最後的一個障礙——外重東壘。

前方的士兵全部戰死，堡壘也遭受炮火連番轟炸，此刻還守在堡壘內的，就只剩下這麼一百個人。子藥早已打光。面對著上千個在吶喊衝鋒的日兵迎面撲來，相比之前天昏地暗的激戰，此刻這一百人竟然卻平靜下來。

哪怕對方吶喊聲更大，心裡的世界卻是多麼的靜謐。

畢竟，是時候來個了結了。

餘下，五十步。

沒有人想過逃跑，每個人手中早已緊握著腰刀，因為他們的營官徐玉生就在人群中的最前邊。

腦海想起了家人，而呼吸就越發沉重，呼出的都是壓抑已久的怨憤，因為害得自己和親人在中秋佳節陰陽相隔，害得妻兒成了孤兒寡婦，害得父母老來喪子，就是眼前這些倭兵！

「咱們不能死在左軍門之後！給我上！」徐玉生把辮子扔到脖子上，率先踏上垛口，一躍而下。

「上呀！」

「殺呀！」

「衝呀！」

「跟鬼子拼了！」其身後近百個奉軍勇兵跟著從堡壘躍下，發出那最後的吶喊猛衝向日軍，以白刃饗敵！

他們彷彿瞬間變成了野獸，欲把眼前的倭兵撕碎吃掉！

衝在最前的日兵見敵人早已不再放槍，以為其已經喪失意志，自己能趁機一鼓作氣攻入堡壘，誰不知對方竟然突然從堡壘衝出，吶喊著和自己拼命，甚至比自己更兇悍，剎那間士氣頓挫，十幾個日兵就這樣一刀便成了奉軍的刀下魂。

然而日軍始終人多勢眾，未幾便把幾十個奉軍包圍，更從兩側登入了堡壘。

每個勇兵都被起碼幾個日兵圍攻。

一個哨官被五六個日兵連續猛刺十幾下，胸膛被刺得血肉模糊。

另一個勇兵剛刺穿了一日兵的肚皮，但頃刻便被四五把刺刀刺進身後。

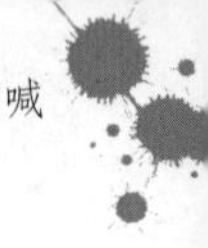

一個身材魁梧的勇兵手執起一個身材矮小的日兵在轉圈，企圖擋著四周如潮水般湧來的日兵……

堡壘裡還有十幾個勇兵奉命把餘下的大炮炸毀，以免資敵。此時見日兵攻進了堡壘，勇兵們馬上點著引線，肉搏戰也就在這即將爆炸的大炮旁邊展開！

這時一勇兵已經腸流數寸，但見一個日軍軍官仗著自己手中的武士刀鋒利所向披靡地砍殺自己兄弟，又見引線快燒到炸藥處，便一個箭步從側面撲向那軍官。那軍官猝不及防，被死死地壓在炮管上。

哪怕後背被數個日兵刺得糜爛，口吐鮮血，那勇兵仍是死死地抱著那軍官，手死死地攥住大炮的輪子。

被壓住的軍官眼角看見火星子快到炸藥，不斷發狂似的使勁掙扎。

身後幾個日兵見狀也不再刺刺刀，嘗試拉走其人，又以刺刀割其指頭，然而情急下終是徒勞。

「你們先退後！」那軍官下令道：「快走！這是軍令！」

幾個日兵還是不願走，但未幾便被幾個勇兵撲了上來纏住，也顧不了救長官了。

在這生命最後的一秒鐘，那軍官只能看著眼前這個將要和自己一同死去的清國士兵。這時他才注意到，那焦黑的臉龐上那雙鮮明的眼睛，內裡的堅毅和勇敢，絕不遜於他日本皇軍下受過武士道洗禮的任何一個士兵！

# 第八十二章　突圍

此次海戰基本證明，慢船慢炮之鐵甲，比不上快船快炮之輕艦，當中時速廿三節之吉野更是功不可沒。想當初吉野本是由中國所訂，後因資金短絀而被我國買去，不知太后和朝廷諸公對此有何感想？當然，此乃事前多番乞求更換武器戰艦之丁汝昌之過，與太后諸公無尤也。

「報告！清軍東壘已被攻陷！請旅團長下達命令！」

立見尚文走到前方陣地視察，身邊的士兵雖然個個一臉焦黑，但看見旅團長無不立刻鵠立，昂首敬禮。

雖然形勢大好，立見尚文卻沒有一絲喜色，看著身邊的參謀富岡三造正色道：「命令，朔寧、元山支隊合併，再分為三隊。第一隊，以山口少佐率第二十一聯隊第二大隊，進攻牡丹台外城。第二隊，以富田少佐率第十二聯隊第一大隊，進攻城後的高地。第三隊，以佐藤大佐率第十八聯隊第二、第三大隊，自牡丹台側繞險隘出牡丹台護牆背後，擔當進攻主力，第一、第二隊輔助之，十一時正從三面合擊牡丹台！」

「是！」

這時立見看見前方有士兵正在進餐，便上前視察，拿起其中一個士兵的飯團，看見上面佈滿沙塵甚至碎石，便問那士兵：「這東西，你吃得下嗎？」

那士兵全身繃直，下巴縮進了脖子回答：「回旅團長，哪怕是石頭也吃得下！」

「好！」立見嘴角終於泛起了微笑，悠悠地對身邊的隨從說：「待會的午飯，我就要這樣的飯團！」

◐◐◐◑◑◑

「報！東壘被倭軍攻陷，沒有一人退下……」

左寶貴緩緩地放下那不知擎著多久的望遠鏡，呆呆地看著遠處東壘的方向。

然而此時也無暇悲傷，因為如何不讓日軍再進一步才是至關重要。

部下繼續臉色慘淡地報告：「……目下倭兵暫時偃息旗鼓，有部隊在休息進餐，但更多的倭兵正在重新部署，有大炮被拆解正在運上中壘和東壘，箕子陵陣地的倭兵一千也正往牡丹台方向前進……」

此時炮聲稍息，餘下颯颯秋風和獵獵作響的勝旗。太陽也早已隱沒，餘下眼前一片陰晦蕭索的烽煙。

左寶貴沒有說話，始終眉頭深鎖地看著遠方。在旁的楊建勝和岳冬則一直揪心地看著左寶貴，而自己也越來越忐忑不安。畢竟，前方將士的下場，可能就是數小時後左叔叔和自己的下場。更甚的是，北門一破，哪怕另外三個戰場穩守也是徒勞，而這也意味整個平壤戰役的失敗，上萬清軍隨時有全軍覆沒之虞。

過了一會，一蘆榆防軍的飛騎回來，轉告葉志超的諭令：「左軍門！葉總統有令，謂倭人攻勢稍息，請各軍總統務必前來！有要事面商！指揮調度可委派副統負責！」

「要事？……」左寶貴俯首自言自語，沉默片刻道：「好……你回去告訴葉總統，本軍門稍後過去。」

「倭人隨時都可能再次進攻，有何要事非要各軍總統面商不可？」楊建勝既是不滿，又是疑惑。

左寶貴卻沒有答話，但眼神卻深邃起來，未幾側過陰冷的臉，跟旁邊的岳冬說：「你先帶上親兵半哨沿東安街走，到葉總統府旁的高樓埋伏候命！」

◐ ◐ ◐ ◑ ◑ ◑

過了一會，馬凱清和其親兵數人趕至葉志超的行轅，一個走在後邊的親兵此時上前，在馬凱清耳邊說：「軍門，旁邊那狹巷有勇兵數十人鬼鬼祟祟的，會不會有什麼詭計？」畢竟他也奇怪，大戰中途葉志超何以要急召前方各軍總統面商呢？

馬凱清立刻停下，蹙額問：「誰的兵？」

「看上去是奉軍，但不肯定。」親兵見統領還在思索，又問：「會不會有詭計？要不我回去多叫人來？」

「不，」馬凱清稍微放下眉頭，邁步向前：「進去就是！」

◐ ◐ ◐ ◑ ◑ ◑

室外不時傳來零星的炮聲。每傳來一聲，四周的燭光也彷彿悸顫一下。

左寶貴急步進來。此時房間裡已經坐著葉志超、閔丙奭、朴永昌、薛雲開、馬凱清和豐升阿六人。他們正在討論，見左寶貴進來便停下來看著他。

沒有人說話。所有人都看著左寶貴，而左寶貴也掃視每一個人，留意著他們的神色。

左寶貴進屋前聽見房間內有人在討論，但一進來就驟然靜下，全部人都只看著自己，而且神色怪異。既是惘悵，像是惘悵倭人快將攻進平壤，又像是在怪責，怪責自己守城不力，令北門快將失守。而這麼短時間內就這麼人齊，彷彿又是他們早已商議好什麼，然後來迫使自己就範……

短短沉默的片刻，左寶貴就從眾人的眼睛裡看出了這些。而眾人也彷彿怕左寶貴從自己的神色中看出了什麼，紛紛避開其目光。

「轟……」遠處繼續傳來了炮聲，但似乎對化解當前的尷尬毫無幫助。

左寶貴放慢腳步，坐到自己的位置上，噴出濃濃的鼻息，率先打破沉默：「北門就餘下牡丹台了，援軍究竟何時能至？」聲音嘶嗄，但底下卻滿是怨恨，像是來替前方死去的將士索命。

葉志超不敢直視左寶貴，沉默片刻，臉側到一邊去，憮然道：「平壤是守不下去了，目下就只有突圍一法……」

哪怕葉志超把「突圍」兩字說得更輕，房間卻頓時陷入了更恐怖的寂靜。

遠處低沉的轟隆聲彷彿顫動著四周的一切，包括眾人的心臟。

竟然聽不見答話，瞥了左寶貴一眼的葉志超繼續說：「開仗僅半天，咱們就耗了三千六百發炮彈，一百六十萬發子藥……目下炮彈只餘下約兩千，子藥餘下不足一百萬。如此下去……還未到今晚，炮彈和子藥就打光了！」話畢才把目光投過去。

「外邊多少倭軍，你竟然說突圍！？」左寶貴表面上說得平靜，但每個字都藏著暗湧。畢竟，他早已有預感，但最不希望發生的事，終於發生了。

「炮彈子藥打光了，你拿什麼去禦敵？」

「刀！槍！拳頭！」左寶貴毫不思索。

葉志超深深地吸口氣，稍稍仰起臉道：「目下不是來撒野的時候！」

左寶貴瞪目道：「誰跟你撒野了？我多少勇兵就是以刀槍拳頭和倭人搏鬥！」

「那下場呢？若其餘各軍也如此，還不是全軍覆沒嗎？！我作為諸軍總統就得為全軍上下打算！而不是一味的慷慨激昂，逞一時之勇！」

「你是為你自己打算吧？！」

葉志超聽見左寶貴這句話不由得怒從心起，但還是以大局為重，深呼吸一下，勉強把這口氣吞下去，企圖盡力說服左寶貴撤退：「冠亭，咱們可以先退往安州，那裡靠近國內，不少子藥糧草就在那裡，到時候咱們可以再圖後舉！反攻平壤！」

左寶貴一眼就看出葉志超的把戲，冷哼一聲：「到了安州還有後舉？還能反攻平壤？你說，你從成歡突圍有沒有帶上大炮？你目下突圍你又帶不帶上大炮？」見葉志超啞口無言，反過來希望葉志超能堅持下去：「你有沒有想過，倭人的糧食子藥難道就源源不絕嗎？倭兵屍體的身上就只有幾塊乾飯，子藥不過幾十顆，他們又能撐多久？這時候打的已經不是子藥糧草，而是意志！」

「幾個倭兵又能代表什麼？你又怎麼知道他們後方還有多少子藥炮彈？倭人的大炮多厲害你不是不知道！短短半天，城北就丟了四個壘，就剩下牡丹台，難道你要城破才走嗎？！」

# 第八十三章　孤注

終於聽見像是怪責的話，左寶貴怒火中燒，拳頭攥得咯咯作響：「你給我多少人了？你給我多少門炮了？！援兵又遲遲不到……我的營官都快死光了！」說著眼睛就紅了：「你給的仁字軍早就撤了！豐升阿連人帶兵由始至終連影兒也見不著！」說完拳頭狠狠地砸在桌子上。

豐升阿身子仿佛震顫了一下，早就被日軍嚇破了膽的他此刻無話可說，目光只好訕訕地閃開，裝著什麼都沒聽見。

「不是故意不給你援兵，而是從哪裡調兵給你，那裡都會告急！這始終是勇兵不夠的問題！」

「勇兵不夠……你們撫心自問，是不是真的無兵可調？你們撫心自問！……咳咳……咳咳……」左寶貴力竭聲嘶，怒視眾人，每個字都帶著自己將士的鮮血和冤屈。

豐升阿始終不敢看左寶貴一眼。薛雲開則不以為然，鼻子吭了口氣看往別處。

又是一陣沉默。

面對如此境地，閔丙奭和朴永昌一直難堪得抬不起頭來，而倭人快將從北門攻入，兩人都開始為自己往後的日子打算。

聽不見回答，沉默最後還是由左寶貴自己打破：「說白了，還不是所謂的諸軍總統，不過是徒有虛名！連一個營都調動不了！」語氣稍微平靜下來，然而卻不乏挑釁性。

左寶貴一而再再而三的當眾侮辱嘲諷自己，葉志超已氣得兩眼冒火，銀牙都快咬碎了，欲馬上就拍桌子和他翻臉，然而生死攸關，最後還是壓著盛怒說：「我不跟你爭論這個……現在周邊幾個壘盡在倭兵手裡，就剩下這麼一個牡丹台，就算馬上給你援兵也很難守得住！」

左寶貴還未回話，一直不吭一聲的馬凱清卻先道：「哪怕為時已晚，但也應該盡力一搏！即使和他們打巷戰，也總比向外面數萬倭兵突圍要好！何況一旦打巷戰，倭人的大炮就難以施展。至於子藥炮彈雖然消耗很快，但我覺得倭人最猛烈的攻勢已經過去，

橋頭的倭軍更是無力再戰，像早上如此猛烈的攻勢，不可能一直持續下去，故接下來子藥炮彈未必如早上般消耗得那麼快。」見眾人一時間回不了話，再補上一句：「我毅軍願意立刻給北門增添三哨，大炮兩門！」畢竟在東南戰場重創日軍，馬凱清實在不願意眼睜睜地看著反勝為敗。

左寶貴看著目光一直在桌上的馬凱清，雪中送炭的感覺不言而喻，也覺得當初視其為仇人著實不該，亦後悔莫及，本想答謝一聲，但還是覺得應繼續和葉志超爭論要緊：「還未說，要是退往安州，那就只有一直的退，退到有大炮禦敵的地方，就如你的牙山故事。到時候咱們罪名輕的也起碼革職查辦，重的自然頭顱不保！既然已經騎虎難下，何以就不能咬定牙關，破釜沉舟與倭人一戰？！」

然而葉志超仿佛沒有聽見左寶貴的話，只是一副怒目看著馬凱清。葉志超實在沒想到，年資和官階最小的馬凱清在這生死存亡的節骨眼上竟然還是站在左寶貴那邊。而他這麼說，壓根就是把自己往死處逼。

葉志超的呼吸越發沉重，對馬凱清的目光和語氣也變得凌厲：「若巷戰不敵，前方各軍腹背受敵，那可是全軍覆沒！」最後四個字說得特別的重，特別的慢，像是在恫嚇眾人。

左寶貴則立刻應了句：「若倭人一兩天仍攻不下，彈盡糧絕，何嘗不是全軍覆沒？！」

實在沒辦法。葉志超拿出手帕擦了擦臉上的油汗，眼睛閉上了片刻，深深地呼吸一下，然後幽幽地道：「既然爭持不下，為公正起見，咱們舉手決定……」

左寶貴和馬凱清互望一眼，心知不妙。

「來，覺得應該繼續守下去的，舉手。」

但兩人無可奈何，不得不舉手。

「覺得應該率兵突圍，退守安州的，舉手。」說完葉志超自己就舉起了手。

豐升阿緊隨其後。

平時見左寶貴雄辯滔滔時總會辯駁一番的薛雲開，此刻卻一直沉默。表面上一片平靜，但內心卻還是經歷好一番掙扎。

彈盡糧絕固然是全軍覆沒，但死守下去也不是完全沒有守住的可能，尤其是東南戰場的優勢，和西南邊戰場的穩守，薛雲開著實有一份功勞。只要熬到明天，其實自己也估計倭人就得被迫撤退，而整個朝鮮的戰局就能廓然開朗，到時候自己自然功不可沒。反之平壤此咽喉失守，後方地域廣闊，戰線漫長，倭軍很容易便長驅直進，戰火頃刻便燒至東北甚至京畿。到時候哪怕保住性命，一輩子的功績亦必然付之一炬。

然而，每想到西南戰場只是暫時守住，勢均力敵，若要調走他哪怕是幾哨人，薛雲開始終有割肉之感。至於突圍雖然可能損失慘重，但也肯定比全軍覆沒要好，說不定還能如葉志超所言，保存實力，他日再戰，自己或可以爭一個戴罪立功。哪怕真的追究下來，自己也能躲在眼前這個「平壤諸軍總統」身後，加上自己在朝中的人脈，保住性命應該問題不大。還未說，這的確是在彈盡援絕的情況下撤退，而這可是北洋後勤補給之過，罪不在己。但若堅守下去，那肯定是拿自己和將士的性命做賭注，頃刻便有性命之虞。

有什麼比自己的性命來得要緊？

轟隆的炮聲中，薛雲開的手，最後還是緩緩地舉起來。

最後的希望也沒有了，閔丙奭和朴永昌頓時臉色慘然，一顆心像是掉進了萬丈深淵。

一直暗捏一把汗的葉志超終於定下心來，快刀斬亂麻地說：「好！三對二，我下令，立刻休戰！沒有命令不得擅自向倭人攻擊！各軍宜馬上收拾行裝，輕裝出行……」還未說完，只聽得「砰」的一聲巨響，是左寶貴怒拍一下桌子。

「來人哪！」左寶貴站了起來，聲如洪鐘地怒喊。

在門外的葉志超和其他統領的親兵正欲進去，但門口的位置早已被左寶貴帶來的親兵拔刀擋著，而這時埋伏多時的三十多個奉軍親兵也在岳冬帶領下突然從後門一哄而入。

「放下刀！」

「幹嘛了？」

「住手！」

「別打了！」一輪混戰，傷了幾個人，雙方暫時住手。但岳冬此時已經率約二十人包括黑子、三兒、潘亮等衝進了房間，見人就把刀架在其脖子上，又往外邊大喊：「外邊的人都別動！要是衝進來，你們的

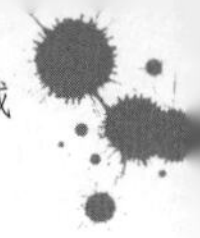

統領就馬上沒命！」

事出突然，一眾統領多沒佩戴武器，哪怕佩戴了，形勢分明下也不可能反抗，紛紛束手就擒。

薛雲開雖有詫異，卻始終不露聲色。馬凱清更是不動如山，哪怕表情上連一點詫異也沒有。

岳冬的刀鋒正指向葉志超。

「不可對閔大人、朴大人、馬總統無禮。」左寶貴說。

「是！」站在三人旁邊的親兵收起了腰刀。

「左寶貴……你知不知道自己在幹什麼？！」葉志超沒想到左寶貴會出此下策，氣得怒髮衝冠，咬牙切齒。

豐升阿仰起脖子，生怕旁邊的刀鋒碰到，聲音抖顫地說：「左軍門……有話好說……用不著如此吧？」

閔丙奭和朴永昌則跟著說：「對呀左軍門！有話好說！有話好說呀！」

「我幹什麼？」左寶貴卻只盯著葉志超，目光中盡是忿恨，半晌突然喝道：「我問你幹什麼才是！」

## 第八十四章　孤掌

葉志超氣上心頭，欲站起和左寶貴爭辯，但岳冬的刀鋒就在脖子旁，脖子的汗液也滴到刀鋒上去，只能坐著怒目而視。

左寶貴在葉志超身後盤桓道：「你自舉命東征以來，先是成歡敗退，卻謊報戰功，讓朝廷以為倭人不強，既對倭宣戰，又命你當諸軍總統，哪怕你託病也辭讓不了！後回到平壤，我數次力勸要分道爭利，擇險分屯，但你早已被倭人嚇得氣餒膽寒，每每藉口拖延！及朝廷下令，才不情不願地徐徐而往，後聽得朝廷改變主意，也不管前方將士正在阻截倭軍，便馬上以令箭催回平壤，但求城中人多一點，心裡就踏實一點兒！後倭軍裕如前行，瞬間斷我後路，至目下四面楚歌，還不是求仁得仁？！」

說到這兒左寶貴已經漲紅了臉，呼吸急速，不甘之情躍於臉上，手又再不自覺地抖顫：「……大戰前我早已說過北門兵單，不聽。到北門危急，我力催援兵，不應。及倭人攻陷四壘，卻責難於我……也罷！但目下北門尚有一線生機，卻為保性命要將士冒險突圍，是可忍孰不可忍！」話畢咳嗽連綿，病容畢露。

孤掌難鳴。悲憤交集。

葉志超只得一直仰著頭紅著臉地聽著。哪怕覺得左寶貴言過其實，意氣用事，但此時此景亦不欲多言。

其餘眾人聽後無不黯然，包括四周的親兵，岳冬更是揪心地看著他的左叔叔，擔心他再次中風。

薛雲開則眉頭輕皺，瞇起眼睛，出神地看著桌上，像是百感交集。

左寶貴稍微平息一下，繼續說：「……如此重鎮，倭人不過炮轟半天咱們就倉惶撤退，你叫他們怎麼看咱們？你叫朝鮮百姓怎麼看咱們？你叫咱們的百姓、咱們的子孫怎麼看咱們？！他們都睜著眼看著哪！」

抽了抽鼻子，眼窩發熱，心有感觸的左寶貴靠著葉志超的椅子，像是呼吸艱難，但仍看著葉志超，在其身旁慘笑一聲說：「葉大楞子，葉大楞子呀……你還記得你這名字是咋來的？你還記得當初咱們一起打長毛，你說過，不揚名立萬，死不瞑目！現在你可是遺臭萬年呀！」

說到這兒，葉志超的眼睛也紅了。他狠狠地閉上眼睛，望把淚水抽回眼窩裡去，但腦海卻不自覺浮現出當年和左寶貴出生入死，豪情萬丈的情景，還有自己曾經的風光歲月。

「轟……」此時越發頻密的炮聲像是在提醒人們，困局遠未化解。

「誰也別打算能離開平壤……」左寶貴稍稍平伏道：「葉總統諭，盛軍和毅軍馬上各撥一營，大炮兩門增援北門，練軍馬上全軍增援牡丹台，違者軍法處置！盛軍和練軍暫時由副統領繼續督戰！我親兵則會陪著葉總統、薛總統、豐總統在這裡指揮調度！」又扭頭盯著薛雲開：「薛軍門，沒問題吧？」

「都到這份上了，還有什麼問題？」薛雲開淡淡地應道。

左寶貴知道他想什麼，乾脆明言：「若其餘各門因此有失，責成皆由我一人來負，與諸位無尤！這有各位大人為證！」見薛雲開只是給了一個白眼，沒再回話，便命各親兵把腰刀拿開。

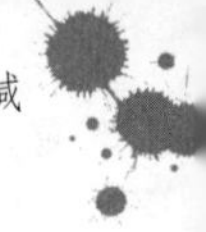

馬凱清和其一眾毅軍人等率先離開，唯薛雲開和豐升阿的隨從則不知如何是好，直到兩位統領逼於無奈說要執行「葉總統的軍令」，他們才匆匆離去。

左寶貴見都交待妥當，便走到岳冬身邊，手搭在其肩膀，既凝重，又憔悴地說：「這兒就交給你了！記著，沒我的許可，絕不可以放走他們！」

「是！」岳冬瞪大雙眼點了點頭，吞了口唾沫，沉重地呼吸著，汗珠也流到下巴。畢竟，事到如今，岳冬也意識到自己的責任是如何重大。

◐ ◐ ◐ ◑ ◑ ◑

午後雙方再次陷入激烈的炮戰，全城陷入一片火光濃煙之中。

房間內的統領僅餘下葉志超、薛雲開和豐升阿。雖然脖子不再被刀架著，但四周盡是手執腰刀的奉軍親兵，而房間外則還有約十多個奉軍與自己的親兵對峙著。

沒人說話。外邊不斷傳來百姓的哭喊聲和士兵的吆喝聲，還有，附近房屋中炮失火所傳來的烈焰聲——

「哄……」

房間內漸感燠熱，眼前也仿佛被蒙上一片紅色。汗水不斷泌出，所有人臉上盡是黃豆大的汗珠。

當然，還有眾人持續精神緲緊所發出的沉重的呼吸聲。

然而，這時的葉志超像是想起了自己的親人，稍微平靜道：「冬兒，你……就不惦記你的蘭兒嗎？」眾親兵都知道岳冬和蘭兒的關係，都忙看著岳冬。潘亮一看就知道葉志超這老狐狸欲使詐脫身，忙跟岳冬說：「別理他！他說什麼也甭管他！」

岳冬瞥了葉志超一眼，然後對著潘亮點了點頭。

葉志超淡然地笑了笑，像是笑他們以小人之心度君子之腹，繼續自言自語地說：「你不惦記蘭兒，我可惦記我的孫子呀……」

岳冬還是沒有理他，依舊在他椅子後邊踱來踱去，持刀戒備。

「我的孫子才剛出生，還未滿月，我也沒抱他幾下，就要奉命東征了。就像我大兒子出生的時候，我第二天就得奉命去剿東捻子，回來的時候，兒子已經快三歲了，還問我，你是誰呀？」這時慈祥地笑了笑，眉毛不自覺地跳動，但笑容隨即就消失，變得滿懷感概：「但這次……真不知道，還有沒有命回去見他了……」

葉志超換了換坐姿，身子輕輕前傾，手肘擱到桌上，俯首出神地看著地上，想起剛才左寶貴喊了一聲自己從前的外號「葉大楞子」，喟然長歎一聲，一臉滄桑地繼續道：「少年時一個人無牽無掛，當然可以雄心壯志了。幾經辛苦，從外委、把、千、都司游擊、副將總兵、一直熬到提督……然後又娶了媳婦，有了兒子、女兒、孫子……但官做大了，就得孝敬奉承，步步為營……有了家室，就有了牽掛，有了顧慮……什麼雄心壯志都煙消雲散嘍……」

親兵們包括岳冬本來都沒興趣聽葉志超的自說自話，但聽到這兒，即便沒有同情或理解，各人也無不開始留意葉志超這「自白」。何況岳冬本來就和葉志超熟悉，葉志超從小就看著岳冬長大，岳冬一直都喊他做「葉叔叔」，目下只是礙於形勢才只好用刀指著他。故此刻聽見葉志超如此掏心的話，岳冬的同情之心也難免油然而生。

腳步慢了下來，持刀的手也沒有那麼緊了。

「冬兒，」這時葉志超又再歎氣：「難道……你就真的不知道？」

此時像是有一陣陰風吹過，四周的燭光同時顫動了一下。

潘亮確定葉志超是在使詐無疑，又跟岳冬喊：「別理他岳冬！」

黑子三兒也在喊：「別理他呀岳大哥！」

然而岳冬卻感到什麼似的，還是忍不住輕輕地問：「知道什麼？」

葉志超故意地遲疑片刻，也沒有看岳冬，待外邊的聲音漸小，才在寂靜中說——

「她，懷了，你的兒子……」

什麼？！

「你的左叔叔，有了孫子了……」

岳冬如遭雷擊，幾乎呼吸不了。

腦袋一片空白，整個人像是瞬間被冰封，肌肉硬化，心臟和滿身的血液也仿佛瞬間靜止下來……

# 第八十五章　背叛

**海陸捷報相繼傳來，然人們只相信陸軍之勝利，畢竟北洋水師號稱世界第八強艦隊……**

知道事態嚴重，四周的親兵忙緊張起來。潘亮趕緊喊道：「岳冬！別聽他瞎說！」

葉志超卻沒有理會，眉頭依舊鎖著，伸手從衣襟裡緩緩地掏出一張信紙，一邊攤開，一邊感歎說：「或許像冠亭那樣，家裡有信來也不看，可能更好……」又把信紙放在桌上，示意岳冬可以拿來看：「十天前收到你葉嬸這麼一封信……說孫子又長大了，胖了，又淘氣又什麼的……最後提到，月前蘭兒身體不適給曾大夫把脈，曾大夫說，那是喜脈……」

岳冬睜大的雙目怎麼也合不上，淚水堵不住地湧出，使勁挪動那僵硬的身體，提起抖顫的手拿起信紙。

「寄來的還有蘭兒的一束頭髮，就在我的房間裡，之前也沒機會給你們……」

「岳冬！」其他的勇兵也開始喊叫：「他在騙你！」

「別理他！」

見其始終沒有反應，潘亮更上前奪過了信紙。然而，岳冬早就看見了。

千真萬確。

哪可能預先就寫下這麼一封信？！

「你可以說我是為了自己，」葉志超繼續用心良苦地說著：「但我何嘗不是為了你的左叔叔？為了你？為了你們？為了這裡上下萬多個有家室，有親人的勇兵？」

「是壯懷激烈！是流芳百世！但這兒萬多人，這萬多人可是我大清的精銳呀！哪能如此輕易就孤注一擲呀？！作為諸軍總統我就有這個責成！」

「彈盡援絕，難道就真只有赤手空拳然後全軍覆沒一法？難道就真沒有別的出路嗎？！」

「只要咱們突圍，哪怕損失一兩千人，哪怕不得不丟下輜重，我起碼能保存這裡上萬個淮軍精銳。只要回到國內，咱們就能重新裝備，和倭人再戰，壓根就沒必要在這兒孤注一擲！」

「知我罪我，你左叔叔一心要名垂青史，我葉志超也不在乎遺臭萬年！」此時更猛地拍桌子一下。

聽到這兒，薛雲開的嘴角開始如狐狸般微微上揚。

一番說之以理後，葉志超又來動之以情：「是你的左叔叔意氣用事罷了！壓根沒這個必要！你想想，你就忍心留下你蘭兒一個人和孩子過一輩子嗎？」這時又不忘跟身邊的親兵說：「你們也想想，你們就忍心讓你的父母，讓你的兒子孤獨一輩子嗎？」

「冬兒，你甭怕你的左叔叔，你現在可是在救他！哪怕他怪罪於你，你忍辱負重才算是知恩圖報！他日後必定會明白！必定會原諒你！感激你！而你們也可以一家團聚……」

這時岳冬已經眼淚縱橫，對葉志超的甜言蜜語再無任何反抗之力。淚光中裡像是看見了蘭兒，她依舊坐在家裡後院的鞦韆上，輕輕地晃著，晃著，就像從前等待自己外出尋父回來一樣。但這次，這次無論她晃多少下，無論晃多少天，等到的，只有歲月在自己臉上留下的皺紋，還有思念在頭頂上留下的花白，但就是等不到自己的回來！哪怕其身邊多了自己的孩子，哪怕他在逗媽媽笑，她的臉上始終難有一絲笑容！哪怕孩子就在旁邊蹦蹦跳跳，她的身影卻始終是多麼的孤獨！

「別再說了！」見岳冬這樣，而身邊的勇兵也不乏動搖者，哪怕是書生出生，潘亮也當機立斷，抽出佩刀指向葉志超！

深藏不露的葉志超一直在留意各人的站位，此時見時機到來，站起一個側身，一手奪過潘亮的佩刀後就在他脖子上一劃，然後再轉身站到岳冬身後，一手按著其右手使他拔不了刀，另一手則把刀架在岳冬的脖子上。其他勇兵見狀大亂，薛雲開也趁機奪過身後那奉軍親兵的佩刀。

兩人雖然年過半百，但動作敏捷，乾淨俐落，實在寶刀未老。

四周的勇兵馬上拔出佩刀指向葉志超和薛雲開。身邊幾個勇兵則試圖為潘亮止血，但其脖子早已血流如注，身子抽搐不停。

豐升阿則趁亂慢慢退到房間的一角，暫時沒有人

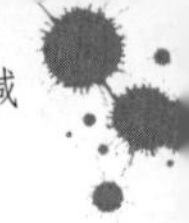


有空理他。

「你！」岳冬終於回過神來，但動彈不得。

葉志超換上冷峻的臉龐，刀鋒更靠向岳冬的脖子，悠悠道：「放下刀吧！」

親兵們左右四顧，見岳冬的脖子開始流血，最後只好嗶啷嗶啷地把刀扔下。而外邊的奉軍知道裡邊有變，忙開門衝了進來，但看清形勢後，最後還是不得不繳械。

「你……好狠……」岳冬的心臟脈搏在急速跳動，看見葉志超殺人毫不手軟，語氣態度轉變又如此之快，不由得不寒而慄。

「我不狠……」葉志超一邊挾持著岳冬，一邊一步一步地退出房間：「怎麼熬到今天？怎麼爬得上這個位置？」然後跟外邊正在拾起自己佩刀的親兵說：「把奉軍通通趕出去！」

「是！」

一眾被繳械的奉軍被手持洋槍和軍刀的葉志超親兵趕往屋外去，而葉志超也把岳冬挾持到後門，對他說：「回去好好勸勸你的左叔叔，叫他別再意氣用事！咱們各軍五點鐘從靜海門和七星門突圍，不然就得全軍覆沒！」又命人從房間拿回剛才的信紙，塞到岳冬的手裡：「去吧！」然後把他推到奉軍親兵去。

薛雲開和豐升阿則和葉志超交代一下各自離去。

這時的岳冬骨軟筋酥，思緒紊亂，內心劇烈的掙扎讓他幾乎連那信紙也捏不住。左叔叔對自己如此委以重任，可以說整個平壤的生死存亡交托到自己手上，但最後自己竟然失敗得如此徹底！還害得潘亮被殺，自己還有什麼顏面回去見左叔叔！

但，再想到蘭兒，再想到她懷了自己的兒子，左叔叔有了孫子，再想到葉志超什麼「往後再戰」、「用不著破釜沉舟」的甜言蜜語，岳冬就還是寧願相信，這的確存在著兩全其美的辦法，哪怕，哪怕自己要如葉志超所言——忍辱負重！

更何況，目下自己還有選擇嗎？

「記著！五點！五點各軍就得撤退！」葉志超見岳冬還在猶豫，又著急地說：「快去吧！時間無多了！要是遲了，就追悔莫及了！」

遠處炮聲越見猛烈，四處也火光衝天，一切都彷彿在催促岳冬要趕快抉擇。

岳冬周圍的親兵也等待著岳冬的號令，老嚴更說：「先回去吧！愣在這兒也不是辦法呀！」

岳冬無奈，白了葉志超一眼後，提起了頹唐的腳步往玄武門跑去。

見岳冬遠去，葉志超下令道：「傳令各軍統領，馬上懸掛白旗休戰，各軍馬上收拾行裝，輕裝出行，五點鐘於七星門或靜海門附近集合，準備往安州突圍！」

「是！」

一幕僚上前道：「左寶貴哪會聽令？」

「當然不會。」

「那還叫岳冬勸他幹嘛？」

葉志超沒有立刻回話，只是呆呆地看著岳冬那渺小的背影，目光複雜，半晌黯然道：「我總得讓他知道，他自己有了孫子吧……」

◐　◐　◐　◐　◐

地動山搖，震耳欲聾。

日軍炮彈密如雨注，近七千日軍正瘋狂炮轟平壤城北的制高點——牡丹台。

牡丹台號稱天設險塹，巍然屹立於平壤城東北角，其與大同江相接處如被刀削般直削而下。山上的堡壘宏大，高達五丈約十六米，配有左寶貴捨不得放在前方堡壘的三門野炮，兩門速射炮，兩門格林炮，勇兵更有七連發步槍。故曰，不攻陷牡丹台，壓根不能進攻玄武門，但一旦攻陷牡丹台，就能把整個平壤城北轟個糜爛。

日軍早前貿然以步兵推進至牡丹台山腰處，立刻受到奉軍猛烈的火力射擊，略略遭到損失後，便決定還是先以壓倒性的大炮火力轟擊一番，視乎形勢再作推進。

仗著大炮和人數上的優勢，還有把大炮架設在之前攻陷的奉軍堡壘上，日軍一直壓著奉軍來打。而牡丹台上的堡壘也早已成了火海，裡邊屍積如山，失陷只是時間問題。

牡丹台和玄武門只是相距三百多米，駐守玄武門的奉軍也開始受到另一部日軍的轟擊，但還是以僅有的一門速射炮和一門野炮給牡丹台守軍支援。

左寶貴和楊建勝此刻也早已站到玄武門城樓上親自督戰，一眾親兵亦已舉槍應戰。

吶喊聲和廝殺聲已近在咫尺，火光和炮火把天空染得通紅。

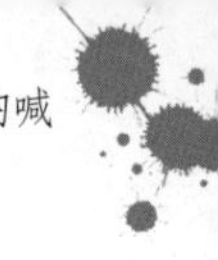

經過約一小時的猛烈轟擊，日軍數千步兵再次推進至牡丹台的山腰處，距離山上的堡壘只有數百米，看來不久就向堡壘發起衝鋒。

左寶貴再次回頭看著城南的方向，窘急地道：

「援兵呢？！」

日軍還未攻陷牡丹台，但城破的陰霾早已攻進了守城將士們的心扉，包括左寶貴自己。

或許……是時候了……

再扭頭看看四周正在抵抗的勇兵，當中大部份人跟隨自己多年，此刻無不置生死於度外，但還是有一些，尤其是那些年輕的，懼色，已經不知不覺地爬到他們的臉上了。

沒過多久，岳冬回來，愧疚萬分地跪倒在左寶貴跟前。回程途中的他一直忐忑不安，猶如自己去刑場受刑一樣，一想到左叔叔的容貌壓就提不起腳步來。但眼見形勢已經非常危急，亦只好「忍辱負重」，咬緊牙關，硬著頭皮地登上城樓。

「你……」左寶貴看見岳冬，而且所有人兵器全無，知道事情有變，臉色頓時變為鐵青，瞪大空洞的雙目喝問道：「葉志超他們呢？」

「左叔叔……」岳冬早已害怕得說不出話，只管磕頭在地上嚎哭。

「我問你葉志超他們在哪兒！」左寶貴的喊聲像是比四周的炮火聲更大。

岳冬不得已，鼓起勇氣，淚流滿臉地抬頭大喊：

「走吧！左叔叔！」

左寶貴的目光一直愣著，半晌骨骼脆響，體內每一滴血液都在沸騰，而此時趕來的楊建勝也大為愕然。

「蘭兒……蘭兒有了身孕……」岳冬泣不成聲，又拿出了信紙：「這是葉嬸說的，千真萬確呀！」然後又把頭叩在地上，指頭緊緊地抓住地上的磚石，仿佛快抓出血來：「我怎麼忍心留下她一個人呀……」

左寶貴痛心疾首，一手撥開信紙，雙目通紅，一腳往岳冬的頭蹬去：「廢物！」又上前揪起岳冬，嘶著嗓子怒喊：「就你不忍心？！我呢？！」此時更痛哭流涕：「這麼多年了，為什麼你就是不明白？！你是我養子，為什麼就是你不明白？！……咱們當兵是為啥？就為自己嗎？就是為我嗎？就是為了蘭兒嗎？！……要是咱們就這樣走了，你叫這裡的百姓怎麼看咱們？咱們的百姓怎麼看咱們？到時候他們的敵人就不是倭人了，是咱們了！」

這時更站了起來，劍指岳冬咽喉：「你以為我就真不敢殺你？！」

# 第八十六章　吶喊

淒風冷雨下，目送載上丁汝昌靈柩之康濟號遠去，汽笛聲中，心裡沒有絲毫快意，感到的，只有無盡的悲涼。

岳冬早已哭得迷迷糊糊，聽見左寶貴這番話更是無地自容，仰著頭等待左寶貴動手。但此刻讓他生不如死的還是，在左叔叔人生這最後最要緊的關頭，在他終於相信自己，終於對自己委以重任的時候，自己竟然背叛了他！

「別！」楊建勝馬上蹲在地上，擋在岳冬身前：「戰況要緊呀表哥！什麼事都稍後再說嘛！何況……何況咱們可能橫豎都死在這兒嘛！」

「對……」左寶貴拭去淚水，而再看著岳冬的目光，像是不曾認識他似的：「不用我殺你，你的命也會留在這兒！」話畢收起了寶劍，毅然走向前方繼續

督戰。

楊建勝也跟著督戰去了，其他跟岳冬一起回來的親兵也早就參戰了。岳冬就一個人跪在地上發呆，看著左寶貴的背影，整個人沒有靈魂似的。

日軍的炮彈密如雨注，這時牡丹台的兩門大炮和兩門速射炮皆已被炸毀，山上堡壘幾乎被夷為平地，奉軍和朝鮮士兵死傷殆盡，未幾日軍所有號手齊聲吹號，數千日軍從三面往堡壘發起衝鋒，從玄武門看過去就像數不盡的黑壓壓的螞蟻急不及待地蜂擁而上。

後邊就是懸崖，堡壘中的士兵已無退路。營官楊建春身先士卒，雖然身受重傷，仍在垛口頻頻放槍。身邊的士兵，包括數十個朝鮮士兵和臨時參戰的百姓也早已置生死於度外，誓死抵抗。哪怕言語不通，大家也早已認定對方是同生共死的好戰友。

「壘在人在！壘亡人亡！跟我上！」一個哨官手上的子彈已經打光，一聲熱血的吶喊，率先舉刀從堡壘前邊的壕溝衝出，身後的士兵紛紛緊隨其後。

另一邊廂，奉軍兩門加特林機槍此時也施展其最後的威力。持槍的勇兵也不知換了多少個，一個中槍倒下，另一人就馬上補上，機槍旁邊已經是七橫八豎的屍體。他們都一邊高聲吶喊，一邊拼命地攪動轉盤，以每分鐘三百五十發的頻率向眼前如潮水般湧來的日軍狂掃！

火舌如死神的鐮刀向著一排一排的日兵收割生命，但前邊的士兵剛失去知覺，後邊的士兵便踏屍而上，最後終於衝到那持槍的勇兵面前。那勇兵也早已闖了出去，一腳踹開機槍，抽出腰刀就往眼前的日兵砍去，身邊的勇兵也紛紛把槍擲去，拔出腰刀和日軍廝殺！

槍聲、炮聲、吶喊聲、廝殺聲震動了整個平壤城北，如大地的脈搏在劇烈跳動！

然而，日軍仗著近十倍的兵力，不久已攻進了堡壘前面的戰壕，上百米長的壕溝佈滿一層一層奉軍和朝鮮士兵的屍體。未幾日軍工兵搬來雲梯，讓士兵攀登十數米高的堡壘，而一眾在垛口邊上的勇兵則拼死往下扔下石頭和雜物，作最後的反抗……

左寶貴在玄武門上默默地看著這一切。哪怕戰火漫天，哪怕炮火就在身邊劃過，世界卻仿佛是萬籟俱寂。看著日軍攻入堡壘，看著黑壓壓的日軍淹沒了整個山頭，再看著剩下的十幾個勇兵最後跳崖自盡，老淚又不禁簌簌地落下，同時也想到——

是時候了……

牡丹台已經對日軍再無威脅，更多的日軍開始向玄武門發起進攻。

「表哥！靠後一點吧！」見日軍的子彈已打到身後的城樓，楊建勝欲把左寶貴往後拉。

然而左寶貴一手甩開，更穿上早已備好的黃馬褂。

「別！太顯眼了！」

左寶貴怒道：「吾朝吾服！若士卒知我身先而效死，敵人注目又有何懼？！」

此時一炮打來，就在左寶貴十多米外爆炸，城樓的一角被炸毀，一搬運炮彈的勇兵被炸得粉碎，石塊和血肉齊飛，氣流同時把附近一炮兵炸飛，撞到後邊城樓的柱子，腦裂而亡。

「走吧表哥！」楊建勝再次使勁拉住左寶貴：「這兒我先頂著！你先到內城督戰吧！奉軍不能沒有你呀！」

左寶貴回頭怒目一瞪：「信不信我殺了你！」見楊建勝無奈放手，更過去拾起火把，一腳踏上垛口，大喝一聲：「快來人上炮彈瞄準！」

身邊一個正在放槍的勇兵馬上趕過來，給左寶貴裝上炮彈。

「發！」

「轟！」

「上！」

「再發！」

「轟！」

……

其餘一眾士兵，包括剛回來的三兒、黑子和其他親兵，還有上百個朝鮮士兵，眼見牡丹台被日軍攻陷，知道已經無回天之力，縱然自己不怕死，但還是難免氣餒，絕望地看著左軍門。但此刻見他依然不惜一切，不屈不撓，槍林彈雨下仍身先士卒，屹立城樓，親自點炮，沒有一點遲疑，再想起昨晚他在大夥面前那段激勵人心的說話，就知道，自己絕不能絕望。

因為，這裡的百姓、國內的百姓、自己親人、自己子孫的希望，就在自己身上！

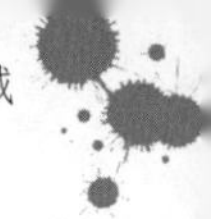

不用激勵，不用言語，玄武門的一眾士兵無不重燃鬥志，放炮的放炮、放槍的放槍、上膛的上膛、搬運炮彈的搬運炮彈，而平壤的百姓也一直奔走於玄武門外城與內城之間，以門板、板車，以至徒手把前方的傷患絡繹不絕地送往城內，而城內的百姓也自發給傷兵治療和食物。

此時牡丹台的日軍更開始架起大炮，往玄武門及城內轟擊，更多的日兵也從牡丹台退下來，轉移向玄武門進攻。

玄武門縱然雄偉，但炮彈密如瓢潑，城牆不斷爆炸，碎石橫飛，被碎石擊殺的士兵和百姓不計其數。未幾城門中炮，城門洞開，日軍部隊千人欲一舉攻入，然城上勇兵拼死抵抗，一時間亦難以靠近。而城牆後早已有所準備的勇兵和百姓則馬上搬來沙包、泥土、石塊、雜物等等，以堵塞缺口。然而未幾再次中炮，缺口又再被炸開，城門下最前邊的幾個人被炸得血肉模糊，但所有人還是鍥而不捨，搬開屍體，又重新把缺口堵塞起來……

這一切，岳冬都看著眼裡，也開始感到，整個世界仿佛只剩下自己，不，是世界容不下如此自私的自己！後悔和羞愧的感覺就如毒汁般從心臟擴散到全身，而冬岳也明白到，自己不單背叛了左叔叔，背叛了父親，背叛了這裡所有人，更背叛了——蘭兒！

這時左寶貴附近又中一炮，氣流把左寶貴拋至數米外。岳冬見狀終於回過神來，上前欲扶，然左寶貴看也沒看岳冬，喝了聲「滾開」，一手甩開岳冬，又站起回到那大炮旁邊。未幾肩膀中了一槍，血染黃馬褂，楊建勝再上前勸退，左寶貴還是誓死不退，還一巴掌狠狠地打過去。

岳冬一直凝視著戰火中左叔叔的身影，看著他流血，看著他吶喊，看著他點炮，待最後一滴眼淚流下後，終於毅然站起，掏出子彈上膛，跪在垛口邊上放槍，加入到大夥當中去。

彈殼從後膛飛出，又落到地上。

不是在贖罪，也不是為減輕內心的痛苦，更不敢奢求得到饒恕，只是，做應該做的事，做本來應該做的事！

# 第八十七章　盡節

十月四日。農曆八月十五。終於來到左寶貴的衣冠塚。今日蘭兒精神不錯，不時微笑，但終不知此地為何地，亦不敢告之。衣冠塚為一方形圓頂墳，墓前建築有石牌坊、石獅、華表、禦制碑等。左右兩側有石柱一對，上刻挽聯曰：「孤軍支拄窮邊，傷哉為國捐軀，萬里未能收戰骨。幾輩逍遙海上，恨不槁街懸首，九原何以謝忠魂。」……

未幾轟然一聲巨響，炮彈再次落在左寶貴附近，城樓也終於支持不住，整個崩塌，僅餘下四柱立於半空，底下三四十個勇兵非死即傷，血肉和磚石交織在一起，而左寶貴也被磚瓦壓住。

岳冬馬上上前挖開碎石，見其滿身蓋上一層白色的灰塵，鮮血從中滲出，但仍然清醒。岳冬本想勸他退下，但見他正掙扎起來，還欲繼續奮戰，此情此景，話到嘴邊還是沒說，只是忍著淚水伸手扶他起來。

左寶貴迷迷糊糊，也沒有意識到那是岳冬，勉強站起後，看了看四周形勢，見日軍又再正往這兒衝鋒，又見大炮無恙，還是一拐一拐地走到那大炮旁，還未開口，岳冬已經會意，馬上到身後搬運炮彈。

左寶貴見地上的血跡跟著他走，走起路來也一步一拐的，這時才回頭看，才知道扶起自己的是岳冬，才知道他也受了傷。

看著他一身血污，衣衫襤褸，鮮血正從腿往下流，在地上拖著長長的血跡，左寶貴臉上還是閃過了一絲不忍，同時也想到了蘭兒，想到她懷了岳冬的孩子，懷了自己的孫子，忙尋找剛才岳冬那信紙，但見那處已成廢墟，頓時悵然若失。

正值憮然間，左寶貴突然胸口一陣劇痛，低頭一看自己的左胸已經被子彈貫穿！正將暈厥，欲扶著城牆，下顎又一下刺痛，猶如被利劍刺穿，登時不省人事。

岳冬大駭，撒手飛撲過去扶住左寶貴。

左寶貴脖子和胸口血如湧泉，其下顎中槍，子彈

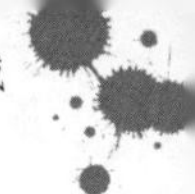

從右耳耳根穿出。岳冬驚慌失措，嘗試用手捂住，但鮮血仍是不斷從指頭間湧出。

岳冬欲忍著淚水，但淚水就是堵不住地滴下。

左寶貴稍微恢復知覺，見是岳冬，欲張口說話，說那最後的話：「……」但其舌頭已穿，鮮血不停湧出，以至嗆住其氣管，嗆咳不斷。

岳冬忙讓其上半身坐直，又把頭靠過去。半晌只聽得極為模糊的聲音：「走……走吧……」

沒想到左叔叔會叫自己走，生怕再讓對方失望的岳冬猛地搖頭：「我不走……我不走了……」

左寶貴勉強搖了搖頭，忍受著劇痛，口齒不清，氣若游絲地道：「……蘭兒……蘭……兒！」手緊緊地抓住岳冬的膀子。

「蘭兒……？你要我找蘭兒？」岳冬見左叔叔勉強點頭，終於知道他原來始終捨不得蘭兒，忙道：「好……我回去……我回去找蘭兒！好好的照顧她！」

左寶貴稍微安心地輕輕點頭，抓住岳冬的手也放鬆了。

大限將至，左寶貴淚眼看著眼前這一臉焦黑和血污的岳冬。

心裡，不想再留下半點的忿恨或怪責。

其實自己清楚，哪怕岳冬沒有放走葉志超，哪怕援兵及時趕至，倭軍如此攻勢，玄武門難道就能力保不失？自己就能扭轉乾坤？自己死後，岳冬就能一直挾持住葉志超和薛雲開嗎？

積重早已難返，勝負，其實亦早已分出。

此刻一心要以身殉國，與其說是力挽狂瀾，不如說是為這國家，為這民族豎立，哪怕是一根也好，鐵骨錚錚的脊樑，但求後世子孫在面對這段屈辱的歷史時，能在史書裡仍能找到一絲，讓他們不至於對祖先咒罵，不至於痛恨自己髮膚，不至於對這民族絕望的慰藉吧！

既然成了，又何必再多作犧牲？又何必帶著滿腔的忿恨和怪責離去？

血繼續不斷地流，左寶貴的臉色迅速變白。他感到的不單是靈魂的消逝，也是心靈上的釋放。

這刻，他終於能返璞歸真，恢復那點人之常情的私心，放下一切家國大事，放下那讓自己勞累大半輩子，讓自己在愛妻難產時不在其身旁，讓親兒子英年早逝，讓自己和家人都難以享受那單純而自然的天倫之樂的家國大事！

唏噓的淚光中他也再次想到，也是最後一次想到，這些年來每逢看見農民在黃土地上吆喝耕作就冒起的念頭——如果可以選擇，他更希望自己是一個普普通通的農民。只要生於太平，也不必盛世，哪怕籍籍無名，哪怕清茶淡飯，哪怕窮愁潦倒，只要老婆孩子熱枕頭，也總比自己此生顛沛流離，東征西討，雖官至一品，最後壯烈犧牲而名垂青史要好！

至此，眼前的岳冬也變成了十年前在大街上初次碰見的那個被人打得口腫鼻青的小乞丐，而左寶貴臉上也露出了一抹慈祥的微笑，也用最後的力氣伸出那蒼老而冰冷的手，欲撫摸一下眼前岳冬那幼嫩可愛的臉龐，欲最後一次感受那最原始，最溫暖，最能讓自己感到安身立命的——親情。

岳冬意識到，忙把臉低下去，但還未碰到，手便跌了下來。

「左叔叔！」岳冬緊緊地抱著左寶貴的屍體號啕。

「倭兵來了！」這時也不知道誰喊。不久黑子、方臉等親兵趕來：「馬上把左軍門帶到城下吧！」見岳冬泣不成聲，又忙過去幫忙把左寶貴的屍身抬走。

炮彈再次轟開了城門，日軍一小隊約百人率先攻進了玄武門。

城樓上此時還有近百個奉軍，得悉左軍門犧牲後，哪怕日軍已經進城，還是死守不退，而城內的奉軍勇兵也馬上上前迎擊，百姓則往內城退去，內城也派出部隊支持。外城和內城之間霎時便亂作一團，還未說四周早已被轟成廢墟，烈焰衝天。

岳冬邊哭邊抱著左寶貴的屍體，黑子一行人則簇擁著岳冬一路殺出，欲往內城的方向突圍。然而人丁單薄，路也長，眾人不一會就在混亂中失散，各自為戰。

此時炮轟暫時停下，雙方展開激烈的白刃戰，數百人猶如在煉獄裡廝殺。一個日軍軍官看見岳冬手中抱著穿黃色衣服的人物，知道是左寶貴，便命部下上前奪屍。

兵荒馬亂。岳冬自己也受了傷，沒多久就落了單，被數個日兵以刺刀圍攻！

「呀！」孤立無援的岳冬悲憤交集，向著一眾日

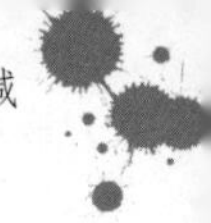

軍怒吼，但又捨不得放下左叔叔，只能不斷連同屍體轉圈以擋開日兵，但最後被逼至一樹下，迴旋不得。

岳冬身子剛停，右眼便馬上被一刺刀刺入！

岳冬登時淒聲慘叫，也再不能不放下左叔叔，雙手拼命地攥住刺刀，但那日兵還出死力把刺刀捅進去，岳冬的身子則頂著大樹，鮮血從眼眶和雙手猛流。

「岳大哥！」正當更多的刺刀刺往岳冬，一直尋找岳冬的三兒策馬趕至，以馬匹撞開日兵後，探下身一手抓住岳冬衣襟，一夾馬肚拖著他就走。

岳冬以剩下的左眼扭頭看著，看著左叔叔遠去，看著左叔叔消失在日兵之中，哪怕血流滿臉，哪怕右眼已經糜爛，感到的，卻只有那喪親之痛……

## 第八十八章 潰退

「半載以來，淮將守台，守營者毫無佈置，遇敵即敗，敗即逃，實天下後世大恥事！汝等稍有天良，須爭一口氣，捨命一條，於死中求生，榮莫大焉！」

炮聲暫時停下，餘下轟轟烈焰作為餘韻。

天下起了微雨，烈焰稍微收斂。雨水默默地打在散亂一地的屍體身上，像是未知生死的孩子在叫喚早已死去的父母。

早前日軍一度殺進了玄武門，但奉軍在統領陣亡下不單沒有潰退，而且不屈不撓，誓死抵抗，玄武門城樓上始終為奉軍所據，而內城餘下的一部奉軍也沿著城牆支援玄武門，從而形成弧形的包圍圈猛擊外城和內城之間的日軍。日軍死傷枕藉，而城外的日軍在沒有炮兵的支持下再難突入，最後剩下二十多人後，被迫暫時退出玄武門。立見尚文見天色漸黑，又下起細雨，便命部隊悉數撤至城北高地，以觀清軍動靜，城北至此暫時休戰。

此刻，葉志超、薛雲開、馬凱清、豐升阿、閔丙奭和朴永昌再次會商。

左寶貴的位置空著。看過一眼後，誰也不敢再看第二眼，尤其是葉志超。

草草商議撤退安排後，葉志超最後說：「諸位沒異議了吧？」

眾人打算以沉默來結束這場讓人不堪回首的戰役。閔丙奭和朴永昌更是面如死灰，心裡既悲且恨——悲日軍的勝利，恨清軍的不濟，但也只能無奈接受。

但馬凱清實在不忿，既為左寶貴不忿，也為自己不忿，這時一副不甘的目光擱在桌上，說：「我帶兵三十餘年，經歷數百戰，常以不得死所為恨，如今豈能臨敵退縮，自貽罪戾？！還望葉軍門三思！」

葉志超默然，終沒有回話，良久才道：「時候不早了，諸位宜馬上準備！」又尷尬地跟閔丙奭拱手說：「有勞了……」

閔丙奭無奈地點了點頭。

◐　◐　◐　◐　◐　◐

雨越下越大。一朝鮮人從玄武門持白旗步出，冒雨向日軍遞交一信。信送至立見尚文處，其文曰：「平安道監司閔丙奭至書於大日本國領兵官麾下：現華兵已願退仗休讓，照諸萬國公法止戰。伏俟回教，即揭白旗回，望勿開槍。立俟回書。」

立見還未讀完，部下已報告，玄武門、七星門、靜海門、大同門等處掛上了白旗。半晌立見便派人至玄武門要求打開城門，但言語不通，只能以筆墨對答。日軍官寫道：「若降服，可允。應速開城門，集中兵器繳於我軍。否則，即攻取之！」書信投入被雜物堵塞住的城門，傳至葉志超處，最後以相同方式回應，寫道：「降雨甚大，刻下兵多，難以速散，當期明朝，開放此門。」

此信最後送至立見處。立見輕輕一笑，片刻正色道：「傳令下去，各部隊今晚嚴加警戒，靜待逃兵！」

◐　◐　◐　◐　◐　◐

入夜，大雨滂沱。

數千清軍在七星門和靜海門前集合。由於西邊戰場之前一直穩守，南邊戰場更給予日軍重創，士兵們突然知道北門被破要立刻撤退都難以接受。由於下層兵丁消息不靈，謠言頓時四起。有說日軍正從玄武門南下，有說奉軍已經從玄武門潰退，有說葉志超已經率先逃走，有說豐升阿已經繳械投降……一切一切，無不讓本來不錯的士氣瞬間崩潰，一下子人心惶惶，軍紀蕩然，各人四處倉惶奔走，狼奔豕突。

「別走哇……」「我求你了……」平壤百姓最為可憐，之前默默給予清軍支持的人無不失聲痛哭，到處都是「牽衣頓足攔道哭」之景。

痛哭的還有大量傷兵——「我不想死在這兒呀！」

「別扔下我呀……」

「老徐！老徐！」

「大人！大人呀！」

四處皆是不能走動的傷兵在大雨中哀嚎。哪怕不少勇兵捨不得和自己出生入死的兄弟，但自己最多就只能背上一人，對於其他兄弟壓根就無能為力。

此時勇兵無不爭相上馬，每騎最少坐上兩人，更有三人、四人。更有騎兵遇襲，馬匹被奪，打鬥此起彼伏。

更有不少清兵，尤其是在城外前線沒看見城中白旗的部隊，壓根就沒有收到撤退的指示，待城中開始不斷有勇兵出逃，才倉惶撤離。

三兒救走岳冬後馬上把他送至後方的奉軍醫療所，找到了約翰為其治療。岳冬迷糊間還不斷喊「左叔叔……左叔叔」，三兒見狀便獨自一人去找左寶貴的屍體，但天色漸暗，戰場上一片狼藉，怎麼找也沒找著，不一會就聽見各軍開始撤退，便馬上回去接岳冬，而岳冬則剛做了手術把糜爛的右眼取出，雖然約翰用了麻醉藥，但還是痛得他暈了過去。

◐ ◐ ◐ ◑ ◑ ◑

「轟隆……」晚上八時，七星門和靜海門那沉重的大門一同徐徐打開。

無數勇兵傾盆大雨下蜂擁而出，或向西走甑山大道，或往北走義州大道。三兒則抱著迷迷糊糊的岳冬騎著馬，從七星門跟著大隊沿義州大道往北逃走。

日軍早已在兩處埋伏，而且在等候人最多最亂的時機。

裂帛般的雷聲不斷傳來。清軍軍心盡失，將士皆懼，哪怕日軍還未伏擊，已經如驚弓之鳥，爭先恐後，不時人仰馬翻。

草叢裡的日兵無不如豺狼獵食前般冷笑，而立見尚文則在牡丹台上親自指揮，見時機已到，冷冷地下令：「開始攻擊！」

剎那間，日軍的子彈如萬隻飛蝗從草叢飛來。大雨路黑，清軍咫尺不辨，南北不分，只能如獅群裡的慌鹿一樣般任人宰殺。無數勇兵應聲倒地，中槍下馬者不計其數。又由於射擊距離很近，一顆子彈很多時候都能射殺兩個勇兵。

當此天時，雷雨交加，遭此突變，勇兵們見前方有槍聲便趕緊回頭，但後面的勇兵又接踵而至，互相踐踏而死者比比皆是。

也不問前面是敵人抑或己軍，胡亂拔刀放槍，互相廝殺。中間的一部份勇兵，既遭敵槍，又中己炮。既有尋父覓子，又有呼兄喚弟，槍炮聲、呼叫聲、慘叫聲、呻吟聲，此起彼伏，不絕於耳，更有驚懼無措者投水自溺，跳崖自盡！

傷心慘目，有如是耶？

三兒和岳冬早就墮馬，三兒拼命地把岳冬拉到一旁，以免被後來勇兵的馬匹踐踏，而岳冬遭此突變也稍微恢復知覺，但之前在玄武門時已經受傷，走動不便，三兒唯有背起他跟大隊繼續逃命。

此時日軍還故意把一部份清軍趕至他們自己布下的地雷區。突然間天昏地暗，爆炸聲連綿不斷，三兒只感到地下一閃，瞬間整條右腿便被炸飛！身體連同岳冬被拋開數米外，兩人頓時不省人事……

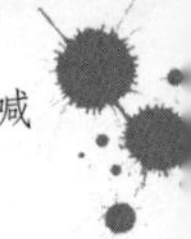

# 第八十九章　逃亡

捷報傳來月餘，民眾終相信我海陸軍雙雙獲勝，情緒越發熱烈。今日經過照相館，裡邊不見美人，只見軍人。清酒瓶上寫上「皇國大勝利」，煙盒上是「凱旋煙草」，餅乾打上「凱旋印」，還有「支那微塵」、「勝利壽司」，連肥皂也是中國人掛著辮子的頭形……

豪雨初霽，鳥兒樂得在樹上唱歌：「吱吱……」雨水一滴一滴地滴在岳冬的臉上。昨晚的暴雨已經把其臉上的污垢血跡洗個乾淨。

「左叔叔！」岳冬突然從死人堆中醒來，大喊一聲，嚇得頭頂正在唱歌的鳥兒倉惶四散。

夢見了……左叔叔……但左叔叔早已不在了。

四處張望，盡是數不盡的勇兵屍體。

岳冬才想起昨晚逃走時驚心動魄的一幕，記得最後就是三兒背著自己逃走，馬上四處尋找三兒。原來三兒就在身旁不遠處，但見其一動不動，臉色發白，右腿小腿被炸掉了，傷口雖不再流血，但血肉模糊，骨頭暴露，還有螞蟻在上面爬行，左腿也傷至見骨，和其他屍體沒甚差別。

岳冬大驚，馬上爬過去，猛地搖晃三兒：「三兒！三兒你醒醒！」見其始終沒有反應，岳冬急得兩淚交流，忙拿起三兒的手，一摸發覺還暖，再摸摸胸口，還有心跳，這才定下神來。

見不遠處有河流，岳冬便勉強站起，一拐一拐地走去河邊，掬水往三兒的臉上潑去，又掬水往他嘴裡倒去，又替其斷腿沖洗傷口，如此來回三四次，三兒終於醒了過來。

「岳大哥……」三兒迷迷糊糊，看見眼前的是岳冬，還未來得及看看自己的傷勢，便憨憨地笑了：「你沒事！」

「我沒事！」岳冬見三兒傷成這樣還惦記著自己，很是感動。

但三兒的笑容很快就消失，不過注意力還在岳冬身上：「你的眼……」

岳冬這時才想起自己已經沒有右眼，用手摸了摸，雖然不免感慨，但此時此景，遍地屍體，大難不死，還能抱怨什麼？雖然傷口還痛，但幸好臨撤退前有約翰那關鍵的治療，把壞掉的右眼取出，不然就得爛在眼窩裡。

「沒事……還是你的傷重！我先幫你弄一下那傷口吧！」接著因害怕附近有日軍，岳冬便把三兒拖到更茂密的草叢裡。

三兒也這時才低頭看看自己的身體，才發現右腳已經沒了，左腳也差不多廢了，想起原來自己昏迷前是中了地雷，心裡才害怕起來，也才開始覺得劇痛。

其實岳冬也不會弄傷口，就是把上面的碎骨拿走，再用水沖洗一下，然後就拿身邊勇兵屍體的衣服包紮。見傷口又再流血，又以布條勒緊大腿。

「呀……呀……」但即使這樣三兒也痛得差點暈了過去，手死死地揑著地上的泥土。岳冬害怕引起日軍注意，忙把一支樹枝塞進三兒嘴裡。

幾經辛苦終於包紮好。環視四周，認定方向，在附近尋找洋槍、子彈、衣服、水壺、乾糧等有用的東西後，岳冬便背起三兒，向著北邊沿部隊撤退的路線上路。

岳冬一路沿著路旁隱蔽處，一步一拐地背著三兒走著。路上一直看見七橫八豎的勇兵屍體，心中早已不忍，及走到一小峽谷，一拐彎，看見連綿不斷一望無際的屍體，岳冬再也不能自已，跪倒在地上。

「怎麼了岳大哥？」三兒以左腳支撐，又用手扶著，慢慢地坐到地上。

「你救我幹什麼？……」岳冬泫然欲泣，愧疚難當。一路上，看著一地的屍體，他就不能不想起左叔叔臨離開葉志超營房前跟自己說的話：「這兒交給你了……」還有他的容貌，他的眼神，他對自己的信任……但之後自己竟然受不住葉志超的甜言蜜語，被葉志超反客為主，隨後左叔叔戰死，整個平壤戰局兵敗如山倒，這都是自己一人之過！

「我怎可能不救你？！」

「死的不應該是他們，死的應該是我！」岳冬一手狠狠地砸在地上。

「不！」三兒從後握緊岳冬的手：「是葉志超下令撤退的！是葉志超害死他們的！」

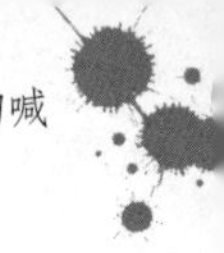

「就算這樣……我又怎麼……怎麼對得起左叔叔?……」

說到這兒，三兒也不知道說什麼，呆呆地看著岳冬背影無語。畢竟三兒一直身在其中，也覺得岳冬始終是難逃責任，也確實是讓他的左叔叔在人生最後的關鍵時刻對他徹底失望。

這時後邊傳來了人聲，兩人扭頭一看，峽谷盡頭是日兵六七人！

岳冬馬上背起三兒拔腿就跑。而日兵們本來有說有笑，沒在意竟然有生還者，遲了片刻才持槍追擊。

岳冬的腿本已受傷，現在背著三兒更是七歪八斜地跑著，但危急關頭也顧不了痛，奮力使勁，跑到峽谷的另一端後，一轉向逃進了大路旁邊的樹林裡。

日兵窮追不捨，又嘗試從後放槍，但相距還有約莫兩百步，加上樹木阻擋，一時間也難以瞄準，又只好繼續追擊。

見日兵越來越近，又從後邊放槍，三兒看見岳冬背著自己跑不了，心中不忍：「岳大哥你放下我吧！」

「你說我會不會?!」

「一個人死總好過兩個人死呀！」

「我的命還不是你救的?別再說廢話了！」

話還未說完，沒想到眼前是個山坡，岳冬右腳踏了一個空，兩人便直滾下山，一滾就是四五十米，最後掛在樹幹上才沒有繼續滾下去。

日兵走到山坡邊上探頭張看，見斜坡深不見底，樹林茂密，壓根就看不見兩人，最後舉槍射了幾槍，見沒有反應，而且開始日落西山，也懶得下去搜索，便收隊回去。

兩人滾得一身疼痛，最後撞到樹幹上更是厲害，但相比昨天所受的傷不過是小巫見大巫。然而三兒的傷口又再流血，幸好兩人臨上路前記得拿走了一些衣服，岳冬這時便撕下布條為三兒包紮。

兩人休息好了又繼續上路，但想大路沿途應該有日軍駐守，便決定往下走希望找小路往北走。兩人身上的乾糧早就吃光，現在已經饑渴難當，未幾看見幾棵有果子的樹，也懶理是什麼果子，立刻吃了一大頓，也好解解口渴，並帶上二十多個上路。

夜幕降下，天空嵌著點點繁星。兩人也不知道身在何方，只能憑著微弱的星光擇地棲息。

此時三兒的手再也摟不住岳冬，整個人掉到地上。

「三兒！」岳冬靠近察看，只見其臉色更白，而額頭汗珠大如黃豆，用手摸了摸，甚是灼熱，再看看斷腿的傷口，包紮的布條也早已染紅，把布條拆開，還是骨肉糜爛。

「覺得怎樣？」岳冬再次替三兒包紮傷口。

「冷……」三兒的身體在悸顫著。

四野無人，連破屋也沒有一間，眼前就只有一片黑壓壓的樹林，而且星光微弱，能看見的地方也不過三四十米。但見三兒如此，自己也早就累了，也只好就地棲息。

「岳大哥……你走吧……」三兒在岳冬的背上就一直不忍。雖然約翰有替岳冬包紮腿傷，但背著三兒走這麼長的路，傷口早就破裂流血了，血都流到地上去了。想及目下四野無人，又走不出樹林，食物難尋，還未說日兵可能隨時出沒，雖說希望北上匯合大軍，但以葉志超的逃跑速度，而自己卻要岳大哥每天這樣一步一拐地背著走，還不是要走到鴨綠江邊才算是個頭兒？這有可能嗎？這樣下去，還不是把岳大哥害死？

哪怕這一切都不是問題，自己目下如斯摸樣，又怎能熬到鴨綠江邊？又怎能熬到老家與娘親相見？

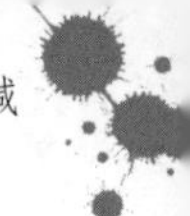

# 第九十章　成識

十六日拂曉，朔寧支隊由玄武門，元山支隊由七星門，師團主力之先頭部隊由西海門，同時進城。在大道上的混成旅團，遠見各縱隊一齊擁入城內，方知平壤城陷落，遂在其他各部隊之後，於午前十時許，由南門進入城內。各部隊入城以後，吹奏君之代，三呼天皇陛下萬歲，凱歌震地，面溢喜色。原通清軍之韓人，早已四方逃散。受其影響，無知平民也扶老攜幼，哭泣著向城外逃去。因此，這樣大的一個城池，極少看到韓人的影子，滿街都是生氣勃勃的日軍士兵。

「別亂說！」岳冬正苦於無計可施，也沒在意三兒的心情，更不會知道他已經想得那麼遠，只覺得這時候還說些洩氣話就不免讓人煩氣。這時留意到附近有水聲，自己走了一整天也口渴，便決定先喝點水再算：「咱們就在這兒休息吧！我去找水給你！」說完便把洋槍包袱放下，脫下濕透的號衣，取出水壺，光著上身走去。

三兒此刻靠在一樹邊上，仰頭看著星空，看著看著，就想起了小時候娘親跟自己說，天上的每一顆星，其實代表著這世間上的一個人……

「亮的那顆就是娘的，旁邊那顆暗的就是三兒的！」

「為什麼娘是亮的那顆呀？」小三兒不忿地問。

「大人就是亮的嘛！三兒快高長大，那顆星不就亮起來嗎？」

「好！我以後就多吃點東西，快高長大，要比娘的那顆更亮！」

「好！」三兒母親也滿足地笑了，把小三兒一摟入懷。

想到這兒，三兒的眼淚也就哇哩哇啦地流下。

為什麼……娘的那顆星還未淡下來，三兒的那顆亮起來不過幾年……就要滅了？

我死事小……家裡就我一個兒子能養大……如今白頭人送黑頭人……還不是要了她的命嗎？

星光繼續淡淡地灑落各處，身邊的洋槍閃爍著金屬的光芒。三兒默默地看著洋槍，也看到洋槍旁邊那岳冬一直帶在身上的布袋。

既然我希望能看見娘親，我又怎忍心讓岳大哥回不去見蘭兒？

三兒伸手拿過洋槍，但拿起才覺得槍身太長難以朝著自己開槍，便想起岳冬身上帶著一支短的，記得是當日岳冬興高采烈地拿著它跟自己說左叔叔任命了他為親軍哨官，便在包袱裡找。找到了，又尋思當日岳冬是如何教自己開槍的。

大概記起了，上膛。

槍口，對準自己的眉心。

手抖顫著，汗水眼淚不停地流，腦海則不停地閃過從小到大和娘親生活的點點滴滴，直到最後，就是娘親那慈祥溫柔的微笑。

「娘……孩兒不孝……」三兒閉著眼睛泣不成聲。

岳冬從遠看見，馬上飛撲過去，一手奪過洋槍。

「瘋了你？！」岳冬怒道。

三兒淚流滿臉：「我不能害你呀！」

「我害死這麼多人，早就應該死了！」

「一個人死總好過兩個人死呀！」

「你死了的話，我馬上跟你死在這兒！」

三兒猛地搖頭：「你還可以見到你的蘭兒，但……但我是見不了我娘的了……」又說：「還記得我的遺書嗎？……就托你給我娘捎個話，叫她不要傷心，就把你當兒子……要她好好活著……」

岳冬見三兒這樣子，鼻子也不自覺地酸了，但聽見「蘭兒」，左叔叔臨死前的一幕仿佛歷歷在目，其聲音猶在耳邊：「……蘭兒……蘭……兒！」

遭逢丕變，死裡逃生，竟然連左叔叔的遺願也差點忘了！竟然把一直是自己生命裡最重要的意義也差點忘了！

還有……還有她肚子裡的，兩個人的——孩子！

一股熱流瞬間從心臟擴散到全身，岳冬的眼神再次綻放出強烈的求生意志！

「誰都不用死！有什麼想跟你娘說，你自己跟她說吧！」岳冬抓緊三兒的手，又道：「記住！你一定可以見到你娘，我也一定可以見到我的蘭兒！」

◐　◐　◐　◑　◑　◑

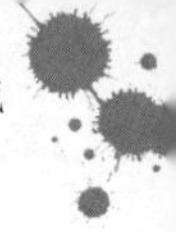



旅順沛然大雨，整個市街白茫茫一片，然而人卻越來越多，數百把傘不斷從兩旁湧出，把幾里長的大街逐漸淹沒。

「勇兵平壤潰敗，左軍門盡節，倭軍長驅直進，直逼鴨綠江……」為首的是幾個報販，他們不斷在大街上來回地叫喊。剛聞訊的人們則四處奔走，拍門相告，尤其是告訴那些有親人當勇兵出國的親人朋友。

「怎麼可能？！」

「不可能！」

「之前不是說打勝仗嗎？怎麼一下子又說潰敗了？」

大雨下人們議論紛紛。

「後來說倭人添了幾路大軍合圍平壤嘛！」

「不到你不信！錢莊前幾天就開始擠滿了人，全都是洋人，都是取現的！」

「對對對！碼頭這幾天也多了很多洋人，行李都是一車一車的，都是回國的，看來就是怕倭人打過來！」

「洋人都這樣了，還有假的嗎？」

「他們肯定最先知道的！最遲肯定都是咱們老百姓！」

「連左軍門都死了，奉天還有誰能擋住倭人？靠那些見匪就跑的勇兵嗎？」

「對！我看不一會功夫就打到奉天了！」

「旅順為北洋門戶，說不定會打到這兒呢？」

「慘了……咱們是不是也該收拾收拾了？」

……

心蘭從旁邊一陰晦的布匹店鋪裡慢慢步出。

「姑娘！布匹還要不要？」後面的掌櫃喊著。

心蘭仿佛沒有聽見，還是一步一步地往大街走去。

步履蹣跚，面無表情，恍如行屍走肉。

走出帳棚，哪怕大雨傾盆而下，一身濕透，也再沒有反應。

大雨中就這麼愣著，哪怕身邊的人皆報以怪異的目光，交頭接耳，世界，仿佛只剩下自己一個。

對，只剩下自己一個了。

眼睛，也仿佛再闔不上。

欲哭無淚，欲喊無聲。心裡那說不出的痛，已蓋過所有知覺。

此前左寶貴只對軍中人和摯友透露過，此行出征恐怕是一去不返，他始終沒有向自己最疼愛的心蘭透露過半句，但作為他的女兒又怎會不知道？這些擔驚受怕的日子裡，心蘭經常想到的，也最怕想到的一句話就是——一語成讖。

一語成讖……

再也支撐不住，眼前一黑，那柔弱的軀體如木偶的提線斷了一樣倒在泥窪子上。四周的人馬上上前圍觀……

◐◐◐◑◑◑

雨還未停下。

「前方有煙！應該有村莊吧！」滿頭大汗的岳冬看見遠處有煙，早已精疲力盡的他不知哪來的又有些力氣。

岳冬和三兒如此又走了兩天。雖然曾碰見朝鮮百姓，但都是個別的山野村夫，言語不通，見了兩人轉頭就跑，岳冬喊也喊不住。而兩人帶上的果子也早就吃光了，餓得在地上找野菜吃，也生不了火，挖上來拍了拍連泥塊就吃下去了，碰上有水就去喝一肚子水，或朝天張口喝雨水。

沒有吃的，三兒此時已經病入膏肓。傷口開始腐爛，風餐露宿，燒始終未退，一臉蒼白，一身冷汗還在發抖。雙手也早已抓不住岳冬的身子，要以布條綁緊。現實如此，心如刀割的岳冬也覺得三兒真可能撐不下去了，但在其面前始終堅毅不屈，生怕三兒就此放棄。

「餓呀……」此時三兒在雨中伏在岳冬的肩膀，奄奄一息，也不再求岳冬放下自己，因為自己死了，岳冬自然會把自己放下。

「前面有煙，應該有人，有人就有吃的了！」岳冬又加快腳步。見三兒沒有答話，擔心他快有吃的才沒救，又跟他說：「別睡呀！……說話呀！……快有吃的了！」

三兒知道岳冬害怕自己一睡不起，也想到該說些什麼：「岳大哥……其實……我真的……很喜歡小蓮的……」

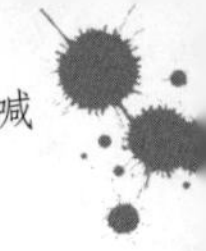


# 第九十一章　來生

……火車的汽笛聲長鳴著，上萬親屬向著火車鞠躬。沒人說話，一片寂靜，除了那隱隱的欷歔與嗚咽。雖然勝利在握，然今車上幾千個年輕士兵，能回來與親人團聚者又有幾人？若余就此葬身清國，又有誰會為余流下一滴眼淚？

「認了？……」岳冬本來見前方有煙才有些鬥志，但聽見三兒說這些，知道他是怕再不說就沒機會說了，鼻子立刻就酸了，腳步也又慢了下來。

「認了……」三兒氣若游絲地說。

「那……咱們就回去找她唄！」雖然是這麼說，但岳冬壓根就了無底氣。

三兒哀歎一下，也沒有應岳冬，繼續說：「記得過年以來……我就很少去買飼料嗎？」

岳冬擦了擦頭上的汗水，氣喘吁吁地走著：「記得……咱們都說你跟小蓮吵架嘛……」

「吵什麼吵？……咱們平時就沒兩句……就是……你看看我……我看看你……」

「……那究竟怎麼了？」

「其實……那時候……我趁元宵節……送了她一束花兒……」

「沒想到……你小子膽子挺大的！」

「但，送了……她就不理我了……」

「為什麼？」

「女孩子……害羞吧……」

「如果平時沒有幾句，突然就送花兒，也可能吧……」

「這還不算……我臨走前一晚，曾跑去她家，跟她說……『我……喜歡你……但我要去朝鮮了……可能……永遠都回不來了……』」

岳冬想不到三兒到這份上才把這事情說出來，而三兒的聲音亦已弱得在腳步聲下也聽不清楚了，便停住腳步，扭頭往後，傾耳細聽：「她怎麼說了？」

「她哭了……」三兒想起那夜的情景，想起了小蓮，眼眶也濕了：「說：『你回來，我嫁你……』」

岳冬默然地聽著，雙目也模糊了，極力地忍著不哭，但淚水已經流到臉龐上。

「岳大哥……你回去後，除了照顧我娘，還得幫我……幫我跟小蓮說一聲……我回不來了……叫她找個好人家……免得她……傻乎乎的等幾年……」三兒提不上氣，聲音越來越弱。

岳冬潸然淚下，也不知可以再說些什麼，只好再次提起腳步往前走，但已泣不成聲：「你沒事……你可以回去……回去跟她成親！」抽抽鼻子又說：「……前方有人，有人就有救，有救就能回去！」

然而三兒沒再說話了。岳冬駭然，忙把手放到其鼻孔處，見尚有氣息，稍微安心，便繼續加快腳步往前奔去。

未幾真看見前方有村莊，還看見有一婦人。

「人！有人！」岳冬如在沙漠中看見綠洲一樣，腳步越來越快。

誰知那婦人一看見岳冬就往自己屋裡跑，還關上了門。

「開門哪！求求你！開門哪！」岳冬猛地敲門。敲了一會也沒有反應，又放下昏迷了的三兒，繼續敲門：「我兄弟快死了！我求你開門吧！給我點吃的！給我水！什麼都好！就是休息一會也好！我求求你哪！求求你哪！」然後跪在地上不斷磕頭。

那婦人一直在門後，壓根聽不懂岳冬說什麼，早就下了門閂，死也不開門，但從門縫裡看見岳冬在雨中磕頭，見其瞎了一眼，又見其身後那斷腿昏迷的三兒，心裡還是軟了下來。

岳冬知道婦人就在門後，但就是見死不救，怒從心起，又使勁地拍門，而婦人則受驚，死死地頂著。岳冬最後怒不可遏，一腳往裡踹去，木門登時被踹開，婦人也應聲倒地。

岳冬進屋一看，只見家徒四壁，室內早已被翻箱倒櫃，婦人身後還有兩個約四五歲大的兄妹，瑟縮在一角，納罕地看著岳冬。

岳冬剛才也留意到村子外一片狼藉，現在回頭一看，見地上有自己勇兵的號衣和勝旗，猜到村子應該是被逃跑的勇兵洗劫。回頭再看屋裡，婦人退到一牆角上，楚楚可憐地摟著兩個孩子直打哆嗦，生怕自己會對她們做些什麼。

「抱歉……」此時此景，岳冬也知道婦人壓根幫

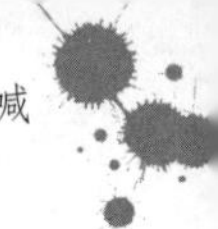

不了自己，反而是自己欠了那婦人！輕輕地低一下頭，轉身而去，跪在三兒身邊。

雨水打在三兒那蒼白如紙的臉上，岳冬拍了拍他，但他已經連張開眼皮的力氣也仿佛沒有。拿起他的手，漸見冰冷。

絕望了……

是回不去了……

淚水，也滴到三兒的臉上，卻始終喚不醒他。

「嗨！」這時身後傳來一聲。

是那婦人，手上拿著兩個土豆遞給岳冬。

「謝謝！謝謝！」岳冬熱淚盈眶，準備雙手接過，誰知還未拿到，突然遠處「砰」的一聲，鮮血便從岳冬的右手手肘噴出！

婦人尖叫，扔下土豆，馬上跑回屋裡。

「田中君的槍法真準！」原來遠方數個日兵在樹林裡放暗槍。

岳冬叫痛大驚，也顧不得劇痛，馬上把三兒背起，拔腿就跑。

五六個日兵馬上從樹林追出。

危急關頭下，三兒稍微恢復了知覺。

岳冬再次跑進樹林。後邊的日兵不斷放槍，子彈就在身邊飛過，三兒知道形勢危急，仿佛迴光返照，使勁地跟岳冬喊：「放下我吧！……」

「放屁！」岳冬的手不斷地流血。

「你救不了我的！……」

「砰砰砰……」日兵繼續不停地從後放槍。

岳冬還是沒理會三兒，反而見他好像精神起來還跟他說：「你從我懷裡取出洋槍，往後開槍試試！」此時那長槍早就因為太重扔了。

三兒使勁地從岳冬懷裡取出那手槍，但此時手槍對於他來說已經很重，遑論往後開槍，只能把它輕擱在岳冬肩上，但他壓根就沒有想過往後開槍，而是把槍口對準自己……

「記著，繼續跑，不要理我，照顧好我娘……我就死而無憾了……」

「你幹什麼？！」岳冬一邊跑著，然而子彈就在身邊飛過，也不能貿然停下。

「咱們……來生做親兄弟吧！」

「別！三兒！你聽我說！你聽我說……」岳冬意識到三兒要自盡，也正冒險蹲下放下三兒，然而三兒早就轉過槍身，含住槍口，用上最後的力氣扣下扳機——

岳冬耳邊「砰」的一聲巨響，衝力頓時把他推開，三兒則整個身體往後彈開！

鮮血濺於空中，又灑落到其臉上。

岳冬馬上爬回去，只見三兒目光空洞地看著天空，眼皮半闔，從前那天真爛漫的臉龐再沒有半點表情。當然，也再沒有半點痛苦。

岳冬悲痛莫名，雙手抓頭，跪在地上，用嚎叫代替哭泣。

「呀——」見日兵繼續頻頻往這邊放槍，岳冬憤然拿過手槍，淒聲吶喊著朝日兵連開數槍，直到子彈打光。

日兵猝不及防，沒想到對方有槍，一時間也沒敢上前，只在樹後繼續放槍。

岳冬抓緊機會，手拭三兒眼睛，看過三兒最後一眼，然後忍著悲慟和淚水，爬到不遠處的一片灌木，站起拔腿又再逃跑。

身後的日兵見狀又再上前追擊。

誰知穿過灌木林，廓然光明，但卻是一個懸崖！探頭往下看，高近五十米，底下的河流亂石穿空，岩石上還有數十具七橫八豎的勇兵屍體！

回頭一看，身後的日兵像是發現自己走進絕路，也不再放槍，施施然地逐步逼近，像是希望看著自己跳下去。

淒風冷雨下，顫動的喘氣聲中，血水順著雨水不停地流著。岳冬悲憤交集，既哀自己的處境、平壤之潰敗、三兒和左叔叔的犧牲，也恨倭人的強橫、自己的無能、蒼天的不公、命運的殘酷……滿是血絲的眼睛如釘子般死死地紮在一眾日兵身上，畢竟滿腔的悲憤就只能透過這無聲的目光來宣洩。

未幾岳冬攥緊拳頭，骨骼脆響，全身抖動，將滿腔的悲憤注入那撕裂的吶喊聲裡。

「呀——」

聲音大得在山谷裡迴盪著，岳冬也憤然躍於空中！

# 最後的執著——

「我寧願我的孩子將來沒有父親，也不想他將來活在這樣的一個世界！」

# 第九十二章　鶴唳

旅順號稱東方直布羅陀，清廷經營十六年，糜巨金數千萬，大炮七十八門，炮台星羅棋佈，守兵一萬五千人。敢死隊名冊初時只有五百人，山地師團長認為不足，後加到一千，仍謂不足，最後加到一千五百，才勉強首肯……目下全軍上下對明日之戰皆抱必死之志。有士兵把行李託付給戰友作為遺物，有的把還未寄發的家書交給戰友，也有把身上所有煙捲分了，也有不帶乾糧的……

北風凜冽，白雪茫茫。

雪花輕輕地降下，悄悄地為大地換上一身簇新的衣裝，也似乎在掩蓋這土地上一切骯髒的事物。然而，兩個月過去了，更骯髒的事物——戰爭，卻以燎原之勢在中國東北的大地上蔓延。

「轟轟轟……」金州城裡和周邊的清軍陣地不斷爆炸，烈焰衝天。約三千個清兵在猛放排子槍和大炮，抵抗兩萬多個日軍的瘋狂進攻，數千居民則從南門倉惶逃走。

兩個月過去了。葉志超自平壤敗後，安州、義州等重鎮皆棄而不守，一路跑回國內。而日軍則一路尾隨清軍殺進義州，並且不用幾天就攻破了清軍在鴨綠江的防線，從陸路把戰火燒至奉天。

另一方面，為儘快擴大戰事，兵力約兩萬五千人的日軍第二軍也終於從本土出發，在遼南花園河口登陸。清政府專注鴨綠江戰事，沒想到日軍還在遼南登陸，而且之前從該處抽調的勇兵也多，導致後防空虛。以至日軍登陸歷時半個月，再往南推進約五十里向金州進攻前，除了遇上當地居民的零星抵抗外，竟然安然無恙。

◐ ◐ ◐ ◑ ◑ ◑

滴滴答答的電報聲響個不停，旅順電報局的人員來來去去，辮子晃動，已經不知連續工作了多少個小時，身邊剛換下來的電報生不用幾秒就能打起呼嚕抱頭大睡。剛收到的電報全都馬上翻譯，然後讓勇兵加

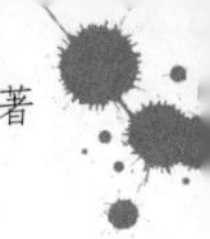

急送到前方。

此時三部電報機的聲音同時戛然而止，坐在前面的電報生面如土色，拍了拍機器，始終沒有反應，面面相覷，只好往身後的主管看去，然而主管也心知不妙，暗自打了個寒噤。

◐ ◐ ◐ ◐ ◐ ◐

旅順。

戰雲密佈，人心惶惶。

謠言漫天，不脛而走。有說金州早已失陷，倭軍見人就殺，金州好幾千人被倭軍殺死了。有說大連灣亦已失陷。更有說日軍已到土城子、水師營一帶，明天就會攻入市街。有說好幾個統領早就帶上了家眷銀兩跑了。有說倭人的兵船已經在港口外游弋，有船也逃不出去，之前駛離旅順的十幾艘船被倭人擊沉，死了幾百人……

旅順三面環水，日軍從北南下，壓根無路可逃。外國人早已離去，市街上店鋪早已關門。之前更有逃兵趁機搶掠，有暴民乘機鬧事，最後慕奇嚴令彈壓，斃了幾十人，才暫時穩住了局勢。

大部分民船早已逃離港口，有錢人和官府有關係的亦早已坐船離去。臨走前船票漲價翻倍，碼頭水泄不通，爭先恐後的情況不在話下。更有暴民打死船家，奪船逃跑。水旱雷學生、船塢工人、軍械局等人員均亦已跑光，只有慕奇派了親兵駐守的電報局還在運作。

上不了船的一眾窮苦百姓則穿著厚厚的衣服，拿著大包小包，連綿不斷地逃到偏僻的村落去。有些找不到房子的索性逃到山裡去，挖個坑把老弱妻兒當藏起來。然而形勢危急，官府規定成年的男子必須當兵，一碰見就必定抓起來，只容許一眾老弱婦孺逃走……

風聲鶴唳。

◐ ◐ ◐ ◐ ◐ ◐

大街上不是趕赴前線的軍隊，就是倉惶逃難的老弱婦孺。

「加急軍報！加急軍報！」通訊兵手持電報在旅順市街來回飛馳，正在逃難的百姓慌忙躲避，不少老人婦孺被其撞倒，但也只能怪自己倒楣了。

剛聽見北洋水師提督丁汝昌率六艦前來旅順，慕奇、姜桂題、張光前、黃仕林四位統領便一同騎馬趕往船塢。

自從四大軍從各地抽調赴朝，日本聯合艦隊就不時在中國近海出沒，尤其是平壤大戰後兩天，北洋水師在黃海與日本艦隊大戰後損失五艦，死傷千餘官兵。日本艦隊雖然也受到重創，但沒沉一艦，自然更是囂張。朝廷深感後方空虛，便從各地抽調部隊增援旅順這一北洋重鎮。七拼八湊下，旅順一下子各路大軍雲集，這裡一行人加上衛汝成就有五個統領，還未說之後可能從金州、大連灣那裡退下來的幾個統領。然而各人平起平坐，群龍無首，猶如平壤故事。

一路上慕奇煩躁不安，姜桂題一臉凝重，張光前焦灼萬分，黃仕林萎靡不振。每個人都是一副打皺的臉，心裡沉甸甸的。畢竟經過平壤大戰、黃海大戰，舉國都知道日本人的厲害，而自家的勇兵又是如何的窩囊！而大敵當前，群龍無首下，理應作為旅順最高統帥的旅順前敵營務處兼船塢工程總辦龔照瑗昨晚卻突然以「商運米糧」之名跑去了煙台！

但論心情最糟的相信還是慕奇。他是這裡唯一一個一直駐守在旅順的統領，舉家在旅順生活超過十年，自然對這兒有了感情，而其人的性格，也不像那些鑽營取巧，貪生怕死的統領，加上左寶貴犧牲後奉旨統率奉軍，其鎮守旅順的決心絕非其他將領可比。

而面對日軍來勢洶洶，一眾統領互相觀望，人心不穩，士氣低落，其壓力之大可想而知。也正因為此，他已經連續奔波勞累多日，半個月沒有回過家，家裡人多次派人來催問是否應該花重金買船票讓他們先走，又說孩子多希望多見爹一面，然而慕奇始終沒有答應，只說必要時會派幾個親兵護送他們離開，還千叮萬囑家裡一定要按時上燈，讓百姓知道奉軍統領一家還在，藉以穩定人心。

不過讓慕奇如此豁出去的相信還是左寶貴的犧牲。他本來就是裕康派來牽制和監視左寶貴這回族總兵的，只不過與左寶貴相處久了，覺得其為人正直敦厚，與人為善，便逐漸和他做了朋友。但朋友歸朋友，他始終覺得當兵就是為了糧餉，為了不被人欺負，故對左寶貴老是告誡部下要「保家衛國」、「愛民如子」總是嗤之以鼻，後來更因他讓兒子左武蘭身

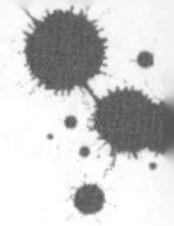

先士卒而間接害死自己的兒子而和他反目。

但當左寶貴在平壤壯烈殉國的消息傳來，他欲哭無淚，當晚茶飯不思，徹夜難眠，想起昔日摯友為人治軍的宗旨，最後還以性命來躬行實踐，突然間覺得，這個多麼熟識的友人，平日與其平起平坐的一個人，原來如聖人一樣！而自己又是多麼的渺小自私！

「大人！」這時張光前的一個部下從前方跑來，還著急地說：「衛軍門硬搶了咱們剛運來的糧米，還對咱們大打出手呀！」

「豈有此理！」張光前本已心情也不好，現在還聽見這事，登時怒髮衝冠。

慕奇聽見有懷疑，不耐煩地問：「之前不是說好的，新募多少營，就發多少糧米，何以大打出手了？」

## 第九十三章 無援

卅六門專為進攻旅順要塞之巨炮，配上精心研製之烈性炸藥，猛轟三十分鐘，不要說清兵，即便我軍亦難以抵禦……

那勇兵見自己的統領也瞪著自己，慌張地應道：「我軍不是新募了八百人嘛！所以沐恩就拿了六百石，但衛軍門硬說咱們就新募一個營，只能給三百五，但八百人怎麼能只算一個營呢？」

「當然！」張光前緊握拳頭，又不忿地對其餘三人說：「諸位大人，衛汝成如此蠻橫無理，諸位定要為我主持公道呀！」

只聽見慕奇冷哼道：「中堂只許你親慶軍多募一個營，你多募了人有何辦法？」

張光前臉上漸熱，半晌才道：「我本來的三個營已經缺糧……現在多要一點並不為過吧？」

「這裡誰不缺糧？何況你不是缺糧，而是缺額！」慕奇冷嘲熱諷地說著。

張光前沒想到他說得如此直白，但又辯駁不了，臉上頓時發紫。

年紀稍為大一點的姜桂題雖然沒有冷嘲熱諷，但也淡淡地加一句：「平時吃下的，這關頭也不能不吐出來啊！」

其實缺額的事每軍都有，只不過是多少罷了，大家心裡清楚，這份上也沒必要隱瞞，張光前也只好悻悻地說：「現在有錢也買不了糧！」又自言自語道：「目下的確多了八百人，硬是給咱們五百人的糧食，怎麼行呢？」其實不止張光前，還有其他的統領都趁此次機會彌補平時所缺的兵額，但求人多一點，開仗時聲勢就大一點。只是張光前平時缺額較多，又懼怕日軍，目下還要人、糧皆要，其他統領才不得不發聲。

慕奇跟著說：「若是嵩武軍來了，每軍還要掏一點出來呢！」總兵章高元在山東的八營嵩武軍一直是旅順各統領望眼欲穿的援兵，但遲遲就是因為各種原因來不了。

黃仕林額頭一直掛著一對八字眉，此時囁嚅地說：「都說了多少天了，我看還是來不了⋯⋯」

然而慕奇還是聽見，橫了黃仕林一眼：「你求神拜佛也指望章高元能來！」此刻的他鎮守旅順之心比所有人都要強，哪怕自己只不過剛剛實授總兵，也事事操心，協商調度，仿佛這裡官階資歷最高的就是他。其他統領雖有不滿，但當此時刻，只求保住烏紗性命，恨不得有人出頭，故事事也讓他三分。

此時前方傳來吵鬧聲，見一個婦人哭著猛拉住一個青年：「求求你！你放過他吧！」青年則哭著喊：「娘！」

另一邊是幾個勇兵企圖把青年拉走：「上頭有令，凡十五歲以上，五十以下者，一律要當勇兵！」

「他才十四歲！」

「名冊說他已經十六！拉走！」

此時一個老爺爺上前，雖然也哭著，但較平和地哀求官兵說：「大人，能否讓他吃完這頓飯才走？就一頓飯！」

「吃飯？我還未吃呢！」慕奇早已心煩，此時還碰上這種事，連日來累積的壓力便趁機宣洩，又道：

「都什麼份上了！還鬧？！國家興亡，匹夫有責！拉走！」

「大人！」

「他還是個孩子！」

「不就是吃頓飯嘛！也不知道有沒有命回來！」

其餘幾個親人都圍了上來，一起哭哭啼啼，拉拉扯扯，十幾個人頓時亂成一團。

慕奇自己也不知何時才能與親人相見，聽見更是火上澆油：「刁民！給我打！」

那些勇兵雖然不是慕奇麾下的，但知道他是總兵，又見其怒不可遏，自己身上也有募足指定兵數的任務，便立刻聽令，以槍托猛砸眾人，砸得她們倒在地上哇哇叫才能把青年拉走。

慕奇這才稍微消氣地離去。其他統領則一直默然地看著，只覺得自亂陣腳，士氣更是不振。

一行人來到了船塢，身後是兩艘北洋水師的艦隻，其餘則在外邊游弋戒備。

北洋水師提督丁汝昌迎上來，各人行禮自報官職後，慕奇便急不及待問：「丁軍門可有嵩武軍的消息？」

丁汝昌自然知道旅順危在旦夕，但為求能穩住人心，故打算裝著若無其事，面露微笑。但此刻見各統領的臉色，又聽見旅順的情況實在糟糕，現在一來就問這樣一個以為上司李鴻章早已跟他們交代了的難題，丁汝昌也裝不下去，露出為難的神色反問：「你們還不知道嗎？」見一眾統領搖頭，又見他們皆望穿秋水的盯著自己，只得避開一眾統領的目光：「嵩武軍是不會來的了……」

「什麼？！」一眾統領目瞪口呆，對慕奇來說更是晴天霹靂。

丁汝昌嘗試解釋：「目下咱們就只有這六艘船能出海作戰，壓根不能護送嵩武軍靠岸，若是冒險，倭人必定趁機攻擊，到時候就是豐島故事了！」

慕奇上前搶著說：「怎麼能相提並論呢？豐島一役北洋水師只有兩三艘船，而倭人卻是處心積慮，不宣而戰！目下你們有船六艘，若是倭人出現，你們總能保護運兵船吧！」

丁汝昌繼續說：「黃海戰後，倭人能戰的船比咱們要多得多，來的隨時是十艘以上，哪怕數量相約，倭船也比咱們的要快，比運兵船更快！而且開戰時大炮沒眼，哪能保證運兵船沒事？！還未說，中堂已經下了死令要保存鐵甲！咱鐵甲絕不能有什麼閃失！」

「丁軍門！」慕奇還是生死存亡地說著：「咱們等了這麼多天就是等章高元這援兵！眼下倭軍正猛轟金州，相信不久便要失陷。靠趙懷業那傢伙守大連灣，相信也不可持。倭軍據報有最少兩萬人，旅順眼下不過萬人，而且十有三四都是新兵，他們全無訓練，器械無著，即便是老隊，試問能戰的又有幾人？素聞嵩武軍能戰，若他們來不了，旅順恐怕守不了幾天！」

「旅順萬人並不算少！依仗砲台和人字牆，相信能夠守住一段時間。嵩武軍也不是不來，只是去營口匯合宋慶宋大人，從北邊牽制倭軍。」

「遠水哪能救近火呀？！營口離這兒多遠呀！而且他們還要應付過了鴨綠江的倭軍哪！」

「那你是不是要拿嵩武軍幾千人的性命還有咱北洋水師來孤注一擲？」丁汝昌一直理解一眾統領的著急和擔心，但面對慕奇連珠炮式的糾纏也開始不耐煩。

姜桂題知道不可能強丁汝昌之所難，便上前拱手道：「那就請丁軍門不要離去，跟咱們共同抵禦倭人！」

其他人也跟著說：「對呀！」

張光前更說：「有百姓和勇兵聽說你們來了，馬上就定下心來！更有逃難的百姓看見鐵甲來了，難也不逃了！」

丁汝昌聽見又面有難色。

慕奇見狀又心感不妙，上前又道：「丁提督！你知不知道，龔照璵那老傢伙昨晚以籌措糧米之名逃往了煙台！目下旅順人心惶惑，市無買賣，老弱婦孺都陸續躲到山裡去了！如果連你的鐵甲也走了，旅順真的要不攻自破！」

「我此行只是把旅順的情況轉告中堂，還有就是交代中堂的戰守對策。目下倭艦隨時可能出現，若他們封鎖港口，北洋水師只能成甕中之鼈，故絕不可久留！」

慕奇還未開口，張光前卻先說：「你們這兒有六艦，配合砲台，倭人必定難以攻入！怎麼能說是甕中之鼈呢？」

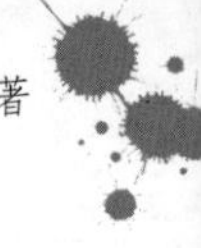

丁汝昌開始對各統領的無知甚是不滿：「目下倭人主要是從旱路進攻！試問北洋水師在港口如何配合？連倭軍的影兒也看不著！若後路砲台失守，倭艦又大舉封鎖港口，北洋水師還不成甕中之鼈？」

張光前臉紅耳赤，只能嘟囔著：「你們北洋水師不是很厲害嗎？怎麼這麼容易就成了甕中之鼈了？」

丁汝昌心裡一沉，想起兩個月前驚心動魄的黃海大戰，戰鬥中不知有多少戰友部下英勇犧牲，目下張光前的說話仿佛說他們沒用，不禁怒從心起：「你知不知道，為什麼倭人要從旱路進攻旅順而不從海路？就是因為倭艦最懼怕的是你們的炮台，而不是咱們北洋水師！即便咱們不被對方堵住，北洋水師也幫不了你們鎮守旅順！反倒炮台若有閃失，這裡六艦便是甕中之鼈！你是不是要咱們跟你們陪葬你才安心？！」

# 第九十四章　絕路

戰前多番指出後路為要害，然屢屢求援無果，後陸軍一觸即潰，水師被圍，內無彈藥，外無援軍下，仍率上下士卒先後擊退我軍七次進攻。至彈盡援絕，軍民哀求生路下，於悲憤絕望中為救萬民而飲鴆自盡。死後敵軍將領致哀，然國內卻背上千古罵名，家族被抄，棺木被鎖，不能下葬……天下之冤，有如斯耶？

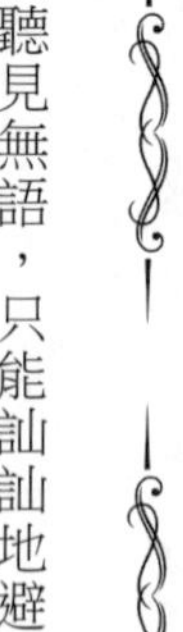

張光前聽見無語，只能訕訕地避開丁汝昌的目光。

也難怪丁汝昌動氣。本來自己和李鴻章還有德國顧問漢納根都覺得，旅順有勇兵萬多人，大炮上百門，若能解決糧食問題，理應可以守上幾個月，到時候寄望北方戰場宋慶能有所成績，然後從後方來解旅順之圍。然而親身到了旅順，見旅順人心惶惶，而一眾統領更早已方寸大亂，惶惶不安，毫無鬥志可言，哪怕身邊有大炮近百門，人字牆延綿百里，還是一心寄望援兵，實在讓丁汝昌大感失望，也深感當初自己和上司李鴻章實在太樂觀了。

正當大夥尷尬的時候，黃仕林卻和顏悅色地問丁汝昌：「丁軍門息怒！咱們不都是擔心旅順的安危嘛！」又問：「丁軍門打算什麼時候離去？」

「晚上倭艦可能來襲，咱們待會漲潮就走。」丁汝昌淡淡地應了句。

「這樣……」黃仕林似乎有點難以啟齒，聲音小得差點連旁邊的姜桂題也聽不見：「我一家上下二十口之前錯過了船期，現在還沒有離開旅順……我看，丁提督能不能給下官做個順水人情，把我的家人載走……」看見丁汝昌臉色頓變，怕他不答應，而且生死攸關，也顧不得其他統領就在身後，馬上跪下涎臉相求：「丁提督您說個數就行，下官多少都願意給的！只有您答應了，下官下輩子給您做牛做馬！絕無怨言！」

丁汝昌沒想到，當此時刻黃仕林還說這些事情，還敢公然行賄，臉色變成了鐵青，怒斥黃仕林道：「你們不是說旅順人心惶惑嗎？要是你們的家人都坐鐵甲走了，旅順的百姓心裡會是什麼樣的滋味？！」

其他統領聽見也覺不妥，也怕丁汝昌以為自己是跟黃仕林一夥的，故都疾視著黃仕林。不過大夥都不知道，姜桂題的家眷一直在直隸，而張光前早就花錢把在牛莊的家眷送走了。

如此不留情面地當眾斥責，而且拒絕就意味著被逼上絕路，故黃仕林也再不理對方的官比自己大，當即站起狗急跳牆地發難：「你一會就走，當然可以在這兒大義凜然！可憐咱們走投無路！現在也不是要你送咱們走，就是咱們的家人而已！」

正當眾人以為丁汝昌會大發雷霆，誰知他卻是出奇地平靜，但這似乎是進一步爆發前的平靜，目光也無比複雜：「黃海一戰已沉五艦，而倭人進攻旅順的目的可能是要翦滅威海的北洋水師……我敢說，哪怕你這人被倭人殺死，本官的下場也絕不會比你好！」

畢竟，他早已成為朝廷的眼中釘肉中刺，而黃海大戰五艦被擊沉，清流派對自己更是欲殺之而後快，只是上司李鴻章力挽狂瀾，還有同僚們冒死上書，才勉強為自己力爭個戴罪立功。但誰都心裡清楚，當此危

局，哪有什麼功可立？哪怕在戰場上能留下一條命，自己日後也必定死在自己人的手裡。

黃仕林對此也略知一二，也不敢再說什麼，只得低著頭努著嘴。

慕奇當然也知道，也開始理解丁汝昌的苦衷，但此刻聽見黃仕林這麼說反倒想起一件事來，也不顧得丁汝昌正值盛怒，當即跪下拱手：「請丁提督息怒！但請丁提督務必要帶上左寶貴左軍門的女兒！左軍門和他的養子都在平壤犧牲了，他的親兒子也在早年剿匪時陣亡了，現在就剩下這麼一個女兒，而且也有了他養子的兒子，求大人一定要帶她走，為英烈留後！」話畢在地上叩了一下響頭。

丁汝昌知道左寶貴在平壤壯烈犧牲，早就以其為楷模，現在還聽見他兒子和養子都戰死了，實在是一門英烈，而且他女兒也有了兒子，當即雙手扶起慕奇：「這事不用你求，我也必定會這麼做！」

沒過多久，外邊跑進來一個勇兵來，氣喘吁吁地向各統領稟告：「報告各位大人！所有電報機已經不響了，看來倭人已經斷了咱們的電線了！」

一眾統領立刻面面相覷，無不暗自納罕。

◐ ◐ ◐ ◑ ◑ ◑

「爹，我不想他走……」一個八九歲左右的朝鮮女孩一邊撥弄著自己的頭髮，一邊悶悶不樂地看著遠處的一個朝鮮男子。

「我也不想他走……」旁邊四十來歲的父親也看著那人：「但他畢竟不屬於這裡。」

那男子一身朝鮮樵夫的打扮，正在拿著一捆一捆的木頭去劈。雖然體型壯健，但走起路來一拐一拐的，右手仿佛提不起勁，主要以左手幹活。一臉頹唐的鬍渣，滿身的傷痕，蓬鬆乾燥的頭髮，腦後打了個大髮髻，前額的頭髮猶短。一隻眼睛以布條裹著，眼神深邃。

是岳冬。

才二十歲的他再沒有一絲年輕的氣息，反倒像歷盡滄桑的老年人。

一個多月前，命不該絕的他順著河水流到下游一個淺灘，一個好心的朝鮮樵夫見他還有氣息，便把他帶回家裡。重傷的他昏迷好幾天，樵夫對其悉心照料，他的傷也一天一天地好起來。

岳冬自從親歷平壤大戰，親眼看著自己的至親和摯友陣亡，本已心痛欲絕的他自然更是如行屍走肉一樣，世界彷彿再跟自己沒有關係。然而心裡始終惦記心蘭，始終記得左叔叔死前交待自己要好好照顧她，還有三兒死前的囑咐，故心裡最深處的鬥志還是一直燃燒著，還是一天不忘盼著回去，只是礙於自己傷勢太重，連路也走不了，才逼於無奈暫時留下。

樵夫姓金，其女兒叫錦珠。這小村莊位處偏僻，人口稀少，與世隔絕。唯樵夫並不是普通的樵夫，其人早年曾在平壤當官，後來受不了政治權鬥而選擇隱居山野。故他熟悉漢語，與岳冬交談對答如流，但女兒卻完全聽不懂。

村落太小，錦珠沒有多少個玩伴，父親生活又淡泊，逢年過節才帶她到平壤附近的市集，故這次見父親帶了一個陌生人回家，錦珠便很是好奇。見岳冬總是悶悶不樂，天真爛漫的她便主動逗岳冬說話。

岳冬本來是沒精神理她的，但即便自己沒理她，又聽不懂她說什麼，錦珠還是細心地照顧自己，還是每天嘰哩咕嚕地跟自己說朝鮮話，又裝鬼臉逗自己笑，岳冬最後還是卻不過錦珠，給了她一個淺笑。而時日一久，錦珠那幼嫩可愛的臉龐也讓岳冬想起心蘭小時候和自己玩耍的日子，故也開始和錦珠稔熟，而自己也開始慢慢地有了精神。之前沒有心情跟樵夫透露自己的身世，後來也慢慢地一五一十跟他說了。

一個多月過去了，在父女倆悉心照料下，岳冬能起床走路，傷口也癒合了，也慢慢地恢復了體力，便向兩人透露欲返回中國，找自己有了身孕的妻子。

「錦珠呢？」岳冬邊吃著土豆邊問。這是岳冬在這簡陋的屋子裡最後的一頓飯，旁邊就放著早已準備好的行李包袱。

「在裡邊不肯出來……」樵夫歎了口氣說：「你知道，她捨不得你走。」

「我也捨不得她……」

樵夫放下了碗，說笑似地說：「那就留下吧！」但也沒有看岳冬。

岳冬也淺笑一下：「你知道，不可能的。」然後低頭喝湯。

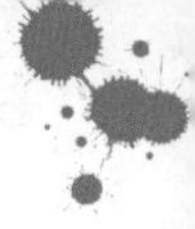

# 第九十五章・・・・・・・一日

……士兵們拼死衝上全旅順最大的黃金山炮台時，發現裡邊早已空無一人，頓時一軍木然……由於各炮台彈指間便已失陷，部隊裡的日章旗不足，士兵們竟以清軍之白旗，塗上清兵屍體之鮮血作為旗幟……

樵夫凝視著岳冬，半晌正色道：「你，真的不容易啊……」自從聽見岳冬在平壤的經歷，樵夫著實同情岳冬，也覺得他熬到今天著實不易，也認定他是一個好孩子，是一個可以託付的人，甚至，是可以把女兒託付給他的人，當然，這只是一閃而過的念頭，也知道壓根沒有可能。

「有什麼不容易的？」岳冬呆呆地看著桌面說：「路，還不是要走？」

「對，為了蘭兒。」樵夫點了點頭。

「還有咱們的兒子。」岳冬看著樵夫。

「可能是女兒呢！」樵夫莞爾一笑，見岳冬也微微一笑，又湊過去跟他說：「記得臨走前好好哄哄她！」

「當然！如果我有一個女兒，也希望可以像錦珠一樣，那麼討人喜歡。」

「等仗打完了，可以的話，就回來探探她吧！」

岳冬出神地看著樵夫。之前樵夫曾替自己去平壤打聽過，清軍平壤戰敗後在朝鮮境內一路潰敗，安州、定州皆棄而不守，直奔國內。目下日軍正打算渡過鴨綠江，進攻中國境內。而自己之所以如此焦急地回去，也只是一心和心蘭團聚而已。此刻樵夫這麼一句「仗打完了」，才讓他再次想起，戰爭，遠遠還未結束。

怎麼，自己好像把戰事也忘了？

不知怎的，在平壤死裡逃生後的羞愧感便再次湧上了心頭，然後又擴散到全身每一寸肌膚。接著平壤慘烈的戰況又在腦海裡浮現，而這時也感到，那些回不去的兄弟都在身後盯著自己，盯著自己一路回家尋找親人，眼神中既是羨慕，又是嫉妒……

「仗要是輸了，我也可能回不來了……」呆了半晌，岳冬才心神恍惚地應道：「不過她還小，過不了幾年，就會把我忘了。」

◐　◐　◐　◑　◑　◑

別過樵夫父女，岳冬便繼續上路。走了兩天，翻山越嶺，終於到了大路，之後經安州、定州、鹽州，最後終於走到義州。

岳冬一身朝鮮打扮，前額也長出了頭髮來，帶上帽子，壓根和一般朝鮮人無異，故一路上總算順利，雖曾碰見日軍，但始終沒有被查問。

走到鴨綠江邊，只見來往的都是日軍運送士兵和物資的船隻，普通百姓要過江壓根沒門，想過混進日軍的貨物裡，但對方把守很是嚴密，壓根無從入手。又見對岸的日軍能安然地搬運貨物，看來清軍在鴨綠江已經守不住，戰火必定已經燃燒到國內，岳冬心裡更是著急，不知日軍會不會南下進攻旅順。

在碼頭等了兩天，終於看見一艘掛上紅十字的船隻。岳冬知道，紅十字就是一群像司大夫那樣會仗義救人的洋人團隊，故一直在旁監視，未幾就看見有十幾個西洋人穿著白色袍子下船，先是和一日本軍官交談，然後那軍官便率著幾個日兵領著這十幾個洋人往市集走去。

岳冬一路跟著，走了幾乎十幾里路，見他們一行人走到一間殘舊不堪像是豬棚的房子。岳冬還未走得太近，已感惡臭難當，再靠近看看，房子雖小，但裡邊竟然藏了上百人！他們全都剃了頭留著辮子，雙手被反綁，不少受了傷，重傷的缺胳膊少腿的更不在少數。他們不是呻吟，就是呆坐在地上，面無表情。是當了俘虜的勇兵。

為首的洋人在外邊看著，其他人則進去察看被俘勇兵的傷勢。為首的洋人皺眉搖頭，未幾就嘰哩咕嚕的像是跟那軍官理論起來。一行人看了好一會才離去，岳冬又繼續跟著。沒過多久天黑了，日軍就招呼一行人在碼頭不遠處的軍營裡用膳。

碼頭有重兵把守，岳冬便走到碼頭範圍外的河邊下水，然後靜靜地游到那洋人船隻的旁邊，強忍著冰冷刺骨的河水，等那十幾個洋人返回船上。後來終於有人經過船邊時，岳冬才輕輕地敲打船身，引其注意。

幾個洋人發現岳冬忙放下繩梯把岳冬救了上來。

岳冬一上甲板就舉起手指努著嘴「噓」著，示意不要引起日軍注意。洋人會意，悄悄地把他帶進船艙。

船上有中國翻譯，岳冬交代了自己的身世，洋人也簡介了自己。原來這船確實是紅十字會就中日戰爭特意派來救助傷患的。岳冬從洋人裡還得知，日軍此時正在鴨綠江東岸與中國軍隊激戰，相信不久就會把戰火燒至內陸。但最重要的訊息還是，日軍還派出第二軍在遼南登陸，準備揮師南下，目的應該就是——旅順！

旅順？！

晴天霹靂。

一路從平壤走來，岳冬早就想過無數遍，日軍的目標應該是奉天而不會是南邊的旅順。哪怕是，也不可能這麼快就打到旅順，故相信自己一定能回到旅順和心蘭相見。所以，哪怕經歷了千辛萬苦，生離死別，但每想到不久就能和心蘭團聚，總覺得前路是光明的，總是有希望的。然而，此刻聽見日本竟然派出第二軍在遼南登陸，劍指旅順，岳冬再也站立不住，登時跪到在眾人面前，兩手不知所措地亂摸，最後摸到一洋人的腿，而眼睛也一下子紅了：「求你們帶我去旅順吧！求求你們！我的妻子就在那兒！她有了四個月的身孕！我一定要回去救她！我一定要回去救她！」

◐ ◐ ◐ ◑ ◑ ◑

「倭人來了！」

「快走哇！」

「勇兵扛不住了！」

猛烈的炮火聲震動著整個旅順，如天崩地裂。

戰雲密佈，硝煙瀰漫。漫天炮彈劃過了魚肚白色的天空，層巒疊嶂的旅順各山峰是火光與硝煙的舞臺。日本聯合艦隊十數艘戰艦亦在港口外向各海岸砲台發炮，以牽制清軍。雙方合共百多門大炮在互相轟擊。

日軍凌晨時分開始進攻旅順。位於旅順北邊的水師營無險可守，日軍很快就突破南下，向旅順星羅棋佈般的砲台炮轟。一部分日軍則仗著清軍砲台不會炮擊市街，在炮兵掩護下率先沿旅順大道一直南下，務求先攻下市街這旅順的心臟，以達震懾之效，然而卻遭到從金州退下來的總兵徐邦道所率的拱衛軍阻擋，雙方在教場溝附近短兵相接。

槍炮聲、廝殺聲頻頻傳來。沒想過日軍這麼快就攻進市街，人群拼命地向碼頭方向狂奔。

爭先恐後，互相踐踏，呼兒喚母……

雖然開戰前不少人已經坐船離去，但更多的人壓根就上不了船，而且有大量的難民從北邊湧進了旅順。面對絕境，他們唯有安慰自己，覺得只要自己俯首稱臣，安分守己，日軍沒理由會隨便殺人的。亦有人覺得，「鐵打的旅順，紙糊的劉公」，旅順畢竟建港十數年，朝廷耗資數千萬，大炮近百台，城牆上百里，勇兵上萬人，還有大連灣這要塞，絕非平壤、金州或無險可守的鴨綠江可比。故哪怕勇兵更窩囊，撐一兩個月應該不成問題的，故尚可以看看情況再說，用不著如此著急背井離鄉的當難民。

但誰也沒想到，結果，竟然是守不了一日！

# 第九十六章　淪陷

……從克溫手上取過一稿件，發人深省，大意如下：「彼等不知為何而生，亦不知為何而死。彼等乃百姓之災難，亦為敵人之笑柄。彼等缺乏訓練，軍餉微薄，武器落後，甚至饑腸轆轆上戰場。一旦受傷，便遭戰友遺棄。彼等麻木不仁，除了對己之性命憐惜。彼等到底為何而戰？為誰而戰？」

「快！快！快！」上百個早已放棄抵抗的勇兵趁這最後的機會洗劫了錢莊，把一箱一箱的銀子搬上早已準備好隱藏在碼頭一角的船隻。

數千個難民和旅順百姓湧向靠在碼頭內唯一的一艘船隻，然而卻遭到那上百個勇兵開槍阻攔——「砰砰砰……」

「哇……」十幾個站在最前邊的難民頓時倒地。

「你們不是人！」「畜牲！」日兵還未到來，卻

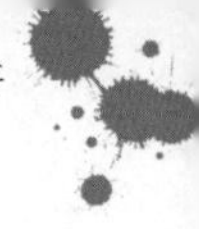

遭自己的勇兵先開槍，眾怒如火藥庫被引爆了一樣，一眾難民當即發狂地往前湧，而要「近身肉搏」的勇兵也再開不了槍，只能以槍托打砸難民，勉強擋著難民湧上船隻。數千人就這樣在碼頭上鬧，情況不亞於前方中日兩軍的酣戰。

這時也不知道誰喊：「東洋鬼子來了！」接著馬蹄聲便接踵而至。一眾難民更是手足無措，一些站在後邊的不得不往碼頭兩邊逃命，而站在最前邊與勇兵糾纏的則更是拼命。

此時前排幾個婦女向著勇兵嘶聲大喊，又拼命護著身後的二十多個孩子：「這兒都是同善堂的孤兒！你們總不能見死不救吧！」

「求求你哪！求求你哪！」

「同善堂可是左軍門開的！你們總不能不看在左軍門的份上！」

「咱們上不去不打緊，你們總得讓孩子們上船吧！」

然而換來的還是勇兵們的拳打腳踢。

銀子搬完了，幾十個勇兵上了船，看見遠處已經看見日軍的身影，也不理岸上與難民糾纏的勇兵，船就這麼開了。一時間岸上的勇兵也和一眾難民一樣上不了船，只能睜著眼地大喊：「你們不能這樣呀！」

「無賴！」

「狗賊！」

「你們不得好死！」

一些不甘心的則憤然一躍，也有其他難民跟著往那船跳去。幾個勇兵還能抓住船邊，船上的勇兵還是拉一把，但難民們哪怕抓住了船邊，也給勇兵們用槍砸或用腳踹到海裡去。

然而身後的兩三千人眼看要開船，也不管前面的人能否上船，一下子都瘋了似的往前湧，數百個人當中有勇兵有難民還有孩子一下子就全給推下了海。

岸上的人見日軍正往這邊來，也不管三七二十一撒腿就跑。會游泳的便奮力游向岸邊，但更多的人則在這冰冷刺骨的海裡一沉不起……

◐ ◐ ◐ ◑ ◑ ◑

「會放槍的上去放槍！不會的就待在這兒！不要上去送死！」慕奇在振聾發聵的炮火聲中大喊。此時的砲台已經是一遍狼藉，而慕奇亦已經一臉焦黑，右耳項背更被日軍榴彈所傷，皮開肉爛。

日軍正猛烈轟擊椅子山炮台群。攻城炮、山炮、野炮合共四十多門圍住目標連環轟放。雖然旅順號稱有炮近百門，但不少是針對來自海上的攻擊，一些更只能向著港口，不能回轉，向著內陸方向的也分散於各山頭。而日軍每每集中其大炮攻擊某一砲台，用的又全都是開花榴彈，威力遠在清軍所用的實心彈之上，大炮機動性又強，故火力上絕對佔優。哪怕慕奇麾下的奉軍已經盡力抵抗，椅子山上的砲台也只能一個一個地失陷。

但最讓人心寒的還是，每個山頭的部隊都各自為戰，哪管你前面被日軍圍攻，身後的砲台都只是不疼不癢地發炮，還要沒有命中的，仿佛都是空炮，隨時準備逃跑似的，就差沒有掛上白旗而已。

這是清軍在椅子山最後的一個砲台，留守在這兒的不過是慕奇所率的幾百個新兵。數千日兵在火炮壓制下已推至砲台前只有兩百米處，這時更乘勢蟻附而上，吶喊衝鋒。

一個滿身鮮血的日兵幾經辛苦翻過了胸牆，高喊了一聲「天皇萬歲！」後，以為剩下的敵兵會一哄而散，畢竟之前打下的砲台都是這樣，誰知俯首一看，幾百個新兵卻一直手執白刃，直愣愣地盯著自己！

數百人在凜冽的寒風中噴出了濃烈的蒸汽，豪不失色於四周肆無忌憚的烈焰和硝煙。

他們都不會放槍，但也沒有逃跑。他們在——等待。

他們都不像士兵。當中不乏二十歲不到的青年、少年，也有頭髮斑白的老頭。識辨他們不過是靠上身的一件殘破不堪的所謂號衣，更有些連號衣也沒有。底下的衣服不過跟一般的窮苦百姓穿的一樣，滿是五顏六色的補子。至於武器，就刀劍的種類已經五花八門，還未說那些鋤頭、鐮刀、斧頭、釘耙、鐵棍……

就是這些不過是農民的士兵，選擇了留下，來守衛自己的土地。

「砰」的一聲，驚訝的臉孔上抽搐一下，那日兵中彈倒地，正是慕奇所發。旁邊一哨官又見胸牆上放槍的士兵皆死傷殆盡，而日兵正陸續翻過胸牆，便趁勢吶喊：「給我上！」

剎那間，數百新兵齊聲吶喊湧上胸牆，日兵也不斷在外蟻附而上，雙方上千人便在胸牆上展開了一場殘酷的肉搏戰！

新兵們以手上殘舊的冷兵器砍殺日軍，又以長矛往下亂刺，又搬動石塊砸下，丟了兵器的或兵器折斷的則徒手和日軍肉搏，更有如野獸般互相撕咬的，而會放槍的老兵則在後方不斷放槍，子彈打光則毫不猶豫地加入戰團……

槍炮聲、吶喊聲、廝殺聲、慘叫聲震動了整個山頭。

長官和同伴的呼喊已經擠不進耳朵，獸性被呼喚出來，讓自己把眼前的敵人殺死，不管用什麼方法！

「一死以報皇恩……」正在揮舞著武士刀督促士兵衝鋒的一個日軍少尉中彈倒地，在地上猶在吶喊，最後被勇兵揪住頭顱以刀割喉斃命。其身旁的三個近身侍衛也先後被亂刀砍死。

一個青年叉著一日兵的脖子，將其猛推到烈焰處，兩人就在火海裡扭打，最後同為灰燼。

一個日軍中隊長以武士刀廝殺時手指中刀，刀和指頭一同掉到地上。另一個日本軍官正奮力攀爬胸牆，正將到頂之際，抬頭一看，一根長矛迎面飛來，從口刺入，脖子後出。

一斷腿的老頭為救兒子，抓住一日兵的腿出死力地咬，最後背脊被捅得撕爛。

一個十幾歲的少年嘴角中刀，傷口幾乎被砍至耳朵，血齒盡露……

然而強弱懸殊，壓根不可能有奇蹟。但，當正規軍也丟下武器的時候，卻有新兵死守不退，這，不是已經是個奇蹟了嗎？

因為帶領他們的官兵，一直都在浴血奮戰！

慕奇一直在人群中廝殺，砍了幾個日兵後，大腿被刺刀刺了兩下，肚子又中了刺刀，再也撐不下去，倒臥在血泊裡。四周的親兵見狀馬上前來冒死相救，然後一路殺出重圍，最終逃到椅子山以東的東麓小砲台……

烏雲終於凝結成雨水，但天氣太冷，又化成了雪，慢慢地落下。

落在，慕奇項背那血肉模糊的傷口上，融化了。

一行人躲進了砲台裡的一個碉堡。親兵們把慕奇放在地上，讓他靠在石壁。

看著他腹部紅了一大片，腸子也流出了數寸，臉色嘴唇漸白，呼吸越發艱難，欲拿東西幫他止血又找不著，最後只好脫下外衣給他捂住。

「你們愣著幹什麼？還不趕快去放炮？！」慕奇一路上早已罵罵咧咧，怪責親兵強把他抬走。而目下日軍正在追來，所有人卻對著自己發呆，哪怕身受重傷，也不由得一臉慍怒。

然而親兵們面面相覷，始終沒有人行動。

「去啊！都造反了？！」慕奇一額冷汗，忍著劇痛地喝了一聲，但仍然聲色俱厲。

「都統……」見兄弟們始終不開口，一個追隨他十幾年的親兵只好硬著頭皮開腔：「算了吧……」

「媽的……」慕奇怒不可遏，使勁伸手去拿不遠處的洋槍，然後提起對準那親兵，上膛道：「你去不去？」

「都統！」其他人見狀紛紛欲勸。

只見那親兵默默地看著慕奇良久，嘴裡噴出一口一口的白氣，但終究沒說一話。然而，那雙萎靡的眼睛，已經說明了一切。

「砰」！

慕奇二話不說地扣下了扳機，那親兵當場腦裂而亡！

# 第九十七章　蒼茫

滿清氏原塞外之一蠻族，既非受命之德，又無功於中國，乘朱明之衰運，暴力劫奪，偽定一時，機變百出，巧操天下。當時豪傑武力不敵，呑恨抱憤以至今日……熟察滿清氏之近狀，入主暗弱，乘簾弄權，官吏鬻職，軍國潰貨，治道衰頽，綱紀不振，其接外國也，不本公道而循私論，不憑信義而事詭騙，為內外遠邇所疾惡……

我日本應天從人，大兵長驅。以問罪於北京朝廷，將迫清主面縛乞降，盡納我要求，誓永不抗我而後休矣。雖然，我國之所懲伐在滿清朝廷，不在貴國人民也……

夫貴國民族之與我日本民族同種、同文、同倫理，有偕榮之誼，不有與仇之情也。切望爾等諒我徒之誠，絕猜疑之念，察天人之向背，而循天下之大勢，唱義中原，糾合壯徒，革命軍，以逐滿清氏於境外，起真豪傑於草莽而以托大業，然後革稗政，除民害……幸得卿等之一唱，我徒應乞於宮聚義。故船載糧食、兵器，約期赴助。時不可失，機不復來。古人不言耶：天與不取，反受其咎。卿等速起。勿為明祖所笑！

鮮血濺到各人身上。

各人大駭：「都統！」

「你不能這樣呀！」

「老余！老余！」

「去不去？！」慕奇把槍指著眾人。

各人手足無措，方寸大亂，但就是說不出話。慕奇聽不見回答，又是「砰」的一聲，又一人頭顱中槍，鮮血四濺！

「都統！」

「都統呀……」餘下三個人急得眼淚直流。他們都是跟隨慕奇出生入死多年的親兵，想也沒想過丟下慕奇。這時見他繼續上膛，知道他必定要戰至一兵一卒，但事已至此，最後只好閉上眼睛，沉默等待。

遠方的炮聲繼續傳來。室內就餘下這麼四人。

慕奇見狀，也再提不起槍了。

無言以對。

悲涼冷清的空氣滲透到室內每一個角落。

慕奇也忍不住雙目模糊，看著兩個親兵的屍首，沉吟道：「沒想到……還是新兵好呀！」

「對呀……」其中一個親兵愴然道：「但市街已經失守了，黃仕林跑了，張光前、姜桂題他們也不可能跟旅順共存亡，咱們死了又於事何補？……」

另一人抽了抽鼻子，接著說：「左軍門盡節了，但人家見咱奉軍沒人了，楊營官不就成了替罪羊了嗎？咱們死了，那幫畜牲卻活著！遭殃的還不是咱們這些剩下的奉軍嗎？還未說，大人你可不是左軍門，所謂『救活不救死』，說不定他們都把旅順失陷的罪名安插在你身上哪！」

慕奇聽著，淚水，也終於淌下。

悲涼透骨。

「算了吧……」剛才被擊斃的老余的聲音仿佛又在耳邊響起。

雨雪紛飛，加上硝煙漫天，天地間變得一片蒼茫。

慕奇靠到牆上，仰著臉透過頭頂的一個小窗戶看著天空。

自小在東北長大的他，下雪對他來，雖然藏著淡淡的哀傷，但也可以是安詳的、溫暖的，就如冬日裡小孩喜歡躲在溫暖的被窩裡窺看窗外漫天風雪，從這反差獲得了無窮的安全感一樣。而這時候，哪怕感到身體逐漸冰冷，慕奇也漸漸地放下了眉頭。

「你們走吧……」慕奇淒聲一歎，闔上了眼睛。

「不！」「咱們一起走！」親兵們站起上前。

慕奇勉強搖頭，捂著肚子艱難地說：「不！我走不了的……去！去找你們的親人吧！」

「都統！」

「走吧！……去告訴其他人，我是戰死的！我對得起朝廷！對得起所有人！就是……對不起我的……親人……」

「都統……」親兵們還是捨不得離去，只管跪在慕奇前面哭泣。

「倭兵快到了……再不走就來不及了！」慕奇的聲音越來越微弱，但見他們還是不走，最後奮力喝了一聲：「走呀！這是軍令！」

「是……」親兵們見狀只好跪下叩頭，然後忍痛離去。

未幾，蒼茫之中，傳來了一下冷清的槍聲。

◐ ◐ ◐ ◑ ◑ ◑

還未看見旅順，一艘日艦便駛了過來。

旅順已經失陷，所有船隻都不能靠近。

岳冬知道旅順已經失陷，登時不能自已，又哭求洋人一定要把他送到旅順。洋人們同情岳冬，但鑒於旅順以東大連灣一帶皆有日艦出沒，最後決定繞過旅順，進入渤海，從旅順西邊尋找地方放下岳冬。但船隻不小，吃水甚深，附近沿岸沒有可停靠的碼頭，最後只好駛往金州。

雖然也不過是半天的時間，已經急得岳冬死去活來，而且從金州走陸路到旅順，在日軍控制下也不知能不能去，能去又不知耽擱多久。但既然來了金州，三兒家又在去旅順的途上，總不能不去看看三兒的娘親。

碼頭距離金州城有幾里路，旅順已經被日軍控制，主要戰場在北邊的遼河一帶，日軍也不擔心清軍

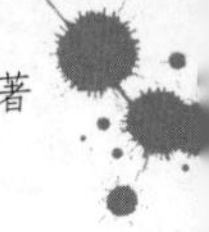

會打金州的主意，故也沒有派兵駐守碼頭。到達金州時太陽已經下山，一心救急扶危的洋人也不打算入金州城，轉移去作為遼東戰場的後方營口。

洋人給岳冬送了棉衣、乾糧，還有幾個鷹洋。千多萬謝後，心急如焚的岳冬便匆匆下船，往金州城方向趕去。

誰知還未走到城門，遠處便看見日軍守衛森嚴，提著火炬在城樓巡視，而城門卻是緊閉著！岳冬也不知道是否入夜才關門，還是一整天都關門。未幾找到一條村莊，每間房子都住滿了因逃避戰亂的難民，男女老少皆有，屋裡傳出陣陣惡臭。每個人都衣衫襤褸，面黃肌瘦，頭髮蓬鬆，神情呆滯，但當岳冬經過時，他們卻都盯著他，而神情又是如何的怪異。岳冬好不容易找到一個像樣的來問，才知道只是自己剛錯過了入城的時間，便只好在這兒渡過一夜。

夜深人靜，岳冬還有其他人皆已入睡。

突然間岳冬被人捂住嘴巴，四肢被抓住，然後四五隻手就在自己身上亂爬，又脫去自己的衣服。岳冬劇烈掙扎，好不容易掙開捂住自己嘴巴的手，不停高喊「救命」，又掙開了腿踹了對方一腳，但隨即便換來拳打腳踢。不過半分鐘時間，那些人得手後便立刻逃跑，岳冬追出數十米，無奈自己腿不好使，對方又已經不見蹤影，而且天寒地凍，只好回去。

身上所有值錢的東西都被搶去，當然包括那洋人送的鷹洋和棉衣，連穿在裡邊的一件朝鮮衣服也被搶去，剩下的就只有棉褲子和單薄的內衣，冷得岳冬抖個不停，所幸的是那張和左叔叔一家的全家福和那父親的布袋則一直束在腰間未被搶去。

回到屋裡，所有人都已經醒來，又是以怪異的目光看著自己。岳冬一邊走去火堆旁邊取暖，一邊看著眾人。他當然因為被搶劫而懊惱，但更懊惱的是這裡二三十人，好歹也有一半是壯年男丁，竟然沒有一人幫忙！越想氣越難消，岳冬開始目露凶光，其他人見狀則紛紛避開，但也不懼怕，懶洋洋地轉過身，或躺在地上，或蜷縮身子繼續睡覺，岳冬隨後也迷迷糊糊地靠在牆邊睡著了。

柴火開始燒盡，岳冬被冷醒，天色漸亮，身邊的人也陸陸續續地離去。一個好心的婦人經過岳冬時說：「城東南角那湖邊有很多屍體，你去那兒看看有沒有衣服吧！」但臉上沒有一絲表情，說完就逕自離去，岳冬想再問別的也問不著。

還未到那婦人所說的湖邊，岳冬一路上就看見越來越多的屍體。身上多是子彈造成的傷口，也有用刺刀的。不少是平民，男女老少都有，更有死在母親懷裡的嬰兒，其他的則是勇兵。他們都衣衫單薄，更有光著身子的。

岳冬沒想到會有這麼多屍體，心裡難受，但寒冷難當，也顧不了這麼多，馬上挑了幾件較好的穿上，又帶上了帽子。雖說較好，但還是破爛不堪，有的更有血跡。臨走前眼角看見遠處有人在攢動，一看下原來是流民們正在剝下屍體的衣服，幾個無聊沒事的青年孩童則在旁邊玩弄著屍體的殘肢……

岳冬也沒多想，帶著詫異的眼神離去。

# 第九十八章　奴才

後見一老翁歡欣雀躍地揮動日章旗，完全發自內心，問以其故，曰，我漢人遭虜朝荼毒二百餘年，無由一雪，今日得日本為我大張撻伐，犁其庭掃其穴，老夫死得瞑目矣。聽後竟無快意，反感可悲。可悲者，一個燦然千年之文明就此摧枯拉巧地倒下，更可悲者，感可悲者竟是我而非其民……

天亮後日軍打開了城門。岳冬右眼瞎了，之前在船上洋人曾再次為他治理包紮。未免引起日軍疑心，便把髮髻打散，跟流民一樣蓬頭垢面，好讓頭髮遮住，然後趁著人多時進城，走的時候低著頭，最後也順利過關。

進城後只見沿著大街兩旁，每家每戶門外都掛上了大大小小的日本旗，還有在門口貼上「順民」或「大日本帝國順民」的。岳冬看見很是心疼，怒

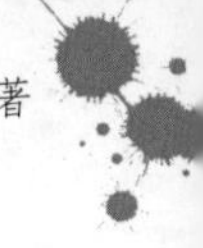

目疾視著，但想國家打了敗仗，百姓為求自保也無可奈何。但見城門外有不少人擺賣，城門內的商店也照常營業，商販則大聲吆喝，熙熙攘攘，好不熱鬧。不是看見城牆有破損，一些房屋被焚毀，又有些頹垣敗瓦，壓根難以想像這裡不久之前曾經經歷過戰火，更難以想像城外不遠處就是屍體遍地。

彷彿，不過換上了日本旗而已。

又彷彿，比平時更熱鬧。

一路上還看見不少穿著厚厚軍衣的日兵。他們或三五成群地巡邏，又或在抽著紙煙在駐足談天，又或像遊客般在購買土產品，還有些和金州的百姓商販有說有笑的。

岳冬滿臉疑惑。

未幾走到一片空地，放眼看去有牛車驢車上百輛，車上地上盡是數不盡的以草繩捆紮好的木桶，看上去應該是日軍的軍需品。上百個苦力在吃力地搬運，日兵則在旁指揮監督。

這時聽見前邊人聲沸騰，岳冬上前拐彎一看，只見數百個流民排成一直線，好不壯觀，但又爭先恐後，故隊形就如蚯蚓一樣在地上蠕動。旁邊有日兵在吆喝，又不時上前用鞭抽打不守規矩的人。那些人都緊貼在一起，中間彷彿插不進一根草，一個抱著一個的，生怕被插隊。他們又互相謾罵：「我先來的！」

「我來了三個時辰了！」

「別抓那麼緊行不行？！」

「誰拉屎了？！」

岳冬聽見「誰拉屎了」，忙往地上看去，才發現沿著隊伍地上都是濕的，才感覺到一陣陣的尿味，知道這些人一定是等了很久，但又捨不得離去，唯有把大小二便就地解決。

兩個捏著鼻子的日兵站在遠處看著人群譏笑。

岳冬走去後邊探看，四周則繼續有流民上去排隊，便隨便找來一個人來問：「你們幹什麼去？」

「去站隊呀！」

「站隊幹嘛？」

「當苦力唄！」

岳冬也早已猜到，但還是問：「幫誰？」

「日本人唄！」那人也懶得理岳冬，匆匆地趕去排隊。

岳冬聽後無語，這時還看見不遠處在隊尾附近有人大打出手，一個人便在大街上像石像般默默地看著。

百感交集。

待肚子餓得響起來，才回過神來，繼續前行，畢竟昨晚到現在也沒有東西下肚。

三兒家在金州城外南邊約三里外的西崔家屯，岳冬便往城南走去。這時見前方有一大隊日本兵走來，為首的是一個騎著馬的軍官，一路上昂首俯視眾人。四周不少人舉著小小的日本旗，一個衣著不錯的像是老闆的人此時竟膽敢上前，旁邊的日兵欲上前阻攔，但被那軍官喝停，又慢下來讓那人跟上。

那人推著笑臉，一手提著一水壺，一手拿著一杯子，邊走著邊仰著脖子和那軍官說話，未幾又倒滿了一杯子水，讓那軍官喝，見軍官遲疑一會，又提起水壺自己喝上一口，那軍官才接過水壺，一飲而盡。然後旁邊一包子鋪裡就走出幾個小二，把一盤一盤剛蒸好的熱騰騰的饅頭獻給一眾日兵，而日兵們也欣然接過，不少人見狀也紛紛上前幫日兵挑負輜重……

岳冬一臉茫然。

那老闆回到自己的店裡，和幾食客閒聊起來：「日本人就是跟那些臭官兵不一樣！」也不知是否剛和日本人攀上了關係，盡是一副意氣風發的樣子。

「就是！」一個食客應道：「你看他們來了才幾天？又是開倉放糧，又是減免錢糧，那些狗官投胎八輩子也不敢做這些好事！」

旁邊一人又說：「日本兵買東西給錢，而且價錢不錯！不像那些臭勇兵，不給錢還要砸你東西哪！」

老闆又說：「最好他們都把那些狗官打得跑的跑，死的死，咱們就能過上好日子嘍！」

又有人應道：「那天看著日本人砍那個姓廖的狗官，還有其他當了俘虜的勇兵，哎！真他媽的大快人心！我現在還意猶未盡呢！」

「對對對！」

「就是！」

「不過……」一個年輕食客則顯得有點憂心，往外看看有沒有日兵，謹慎地道：「他們之前可殺了不少人呢？」樣子像是憂心日軍的殺戮，也像是憂心自己正和眼前這些人唱反調。

「打仗哪有不死人的呢？」

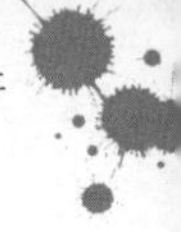



「就是！」

「要趕走那些狗官，那可是迫不得已啊！」

「對呀！」

「沒辦法呀……」

年輕人左右四顧，輕聲又道：「他們還抓人去試地雷呢！」他前天才看見那些被抓的，幾個人的辮子被綁在一起，日兵則在後邊拿著另一端，如趕著畜牲一樣，以刺刀逼迫他們向前走，還看見有人中雷被炸斷了腿的。

「那些肯定是勇兵！」

「對！」

「你不用可憐他們的！」

「……」年輕人欲言又止，半晌才道：「那旅順呢？聽說他們在那兒可是見人就殺呢！」

其他食客依然不以為然：「怎麼可能？」

「好好的怎麼會殺人呢？」

「你不是好好的在這兒吃包子嗎？」

「就是！」

老闆則道：「是聽說過，但別道聽途說，不死幾個人哪叫打仗呢？」

「可不！」

「對啊！」

「不是幾個人，是上萬人哪！」年輕人繼續爭辯，但聲音還是很小，又嘟囔道：「聽說是之前勇兵在土城子附近給了他們一個突襲，死了好幾十人，因此老羞成怒，大開殺戒！」

其他人聽見無不嗤的一聲笑了，你一言我一語的：「要是勇兵有這能耐，旅順就不會守不了一天了！」

「呵呵！就是！」

「我看是狗官們分了日本人的屍體去領賞去，惹怒了日本人！」

「對對對！不是說一個頭顱三十兩銀子嗎？」

「說不定拿去領賞的壓根就不是日本人的屍體，而是咱們老百姓的！」

「對啊！這勾當他們可會做呢！」

「管他媽的！這兒沒事就行！」

好不熱鬧，好像很久沒有如此痛快地聊過了。

見年輕人沒有附和，反而一直繃著臉的，老闆便朝他說，一隻眼大一隻眼小的：「你小子不是滿洲人吧？」見那青年連忙否認，又問：「那為啥老幫著那些狗官呢？」

其他人見年輕人老是說日本人的不是早已不滿，此時聽見老闆這麼說便馬上調侃說：「瞧！還有人替朝廷操心哪！」

「天下快不是滿洲人的嘍！」

「那麼喜歡狗官，那趕緊離開這兒吧！」

「直接去當勇兵，當滿洲人的奴才唄！」

「不過最後可得成日本人的炮灰嘍！」

「呵呵……」

見越來越多人都朝自己看，年輕人膽小怕事，滿臉通紅，訕訕地笑了笑：「怎會呢？……」然後趕緊低頭吃包子。

饑餓難當，岳冬雙腿也不自覺往那包子鋪走去。在門口看著那些熱騰騰的饅頭，不停咽著唾沫的他也終於忍不住，上前問老闆：「能給我一個包子嗎？」

老闆看見他一身流民的打扮，忙打手勢道：「去去去！」

岳冬豎起了食指，卑微地說著：「就一個！就一個包子！我真的很餓！」

「我這兒可不是開善堂的！」老闆見岳冬還不走，叫小二過來連推帶拉地趕他走。

怒氣一直在體內翻滾著的岳冬開始按捺不住，掙脫開一隻手道：「你們寧給倭人吃也不給我吃？！」目光如釘子般紮在老闆和小二身上。

詰問裡，既是憤怒，但更多的是——自憐。

這時周圍的食客也開始往岳冬看去。

老闆聽見又是生氣，又是好笑，挖苦岳冬問：「你道你是誰呀？勇兵是嗎？是勇兵好辦！我馬上叫日本人來！」

看著那不可一世的嘴臉，岳冬渾身血湧，再也忍不下去，隨手拿起身旁一根壓麵粉的木棍，狠狠地往老闆的頭上砸去！

## 第九十九章．屠城

午後來到東萊市，看見一清國嚮導興高采烈地幫士兵們掠奪，自己換上新衣服，穿上五六件，帽子戴兩頂，趕車回來時樣子很是可笑，一路上洋洋得意，一邊呵斥著其他清國人。此時旁邊的龜井伯爵慨歎說：「不管何人來治國，他們好像毫不介意，其愚昧樸實之情實為可憐。」聽後百感交集，揮之不去。

老闆「哇」的一聲慘叫，小二們忙上前阻止，數人馬上糾纏在一起，劈裡啪啦把店內搞得一團糟，食客們紛紛逃竄。

岳冬畢竟是當兵的，而且經歷過朝鮮戰火的洗禮後，雖有傷在身，中過槍的右手亦難以使勁，但就憑渾身的狠勁，加上正值怒火中燒，小二們壓根就不是其對手，幾下功夫就打得他們在地上哇哇叫。岳冬見店外圍觀的人越來越多，又聽見有人喊「日本人來了」，便馬上搶過幾個包子塞進懷裡，拔腿往店裡的後門跑去。

老闆則血流如注，在地上大喊：「你們快點起來！說發現滿洲兵！叫日本人來抓他！」

岳冬聽見身後有人追來，便東藏西竄，跑進那些窄巷，經過幾番追逐，終於找到一處藏身之所。岳冬貼在一牆邊，過了片刻見他們都沒注意到自己的位置，便取出包子大口大口地吃。

身後仍傳來日兵搜捕的聲音，還隱約聽見那老闆在叫嚷：「敢在這兒撒野？！我叫日本人弄死你……」

沉重的呼吸聲中，一口一口的白氣不知藏著多少憤怒，但又在空中迷茫地消散了。岳冬頭靠在牆上，仰著臉，那雙不眨一下的怒目一直盯著空中，但焦點總不知道擱在哪兒。嘴裡不停地嚼著，眼眶，也不自覺地濕了。

◐ ◐ ◐ ◑ ◑ ◑

走出南門繼續往南走去，終於來到了西崔家屯。

岳冬自從認識了三兒後就不時跟三兒一起來這兒玩耍，這時終於看見稍為熟悉的事物，感覺稍微舒坦。但一想起三兒不在，再想到他自殺的一幕，心裡又是一陣陣的傷痛。

終於來到三兒家門口，岳冬愣在門前，在想該不該拍門。畢竟一想起他老娘的面容，壓根就難以啟齒告知其三兒的死訊。但見來了不看看總過不去，何況自己去旅順後也不知有沒有命回來，便打算隨便騙她說三兒還在後方，兩人失散了云云，想好了便拍門，見沒有人應又喊：「伯母！我是岳冬呀！伯母！開開門！」

很久也沒有回應，岳冬只道三兒娘親可能出門了。這時身後傳來了開門聲，一婦人問：「你找誰？」

岳冬轉過身看著那婦人，認得她是三兒的鄰居。那婦人看了岳冬半晌才認得岳冬，畢竟岳冬經歷幾番生死外貌已經成熟了許多，又瞎了一眼。婦人知道岳冬是左寶貴的養子，應該是跟三兒一起出征的，便愣然道：「是你?!你回來了?!」

「對，」岳冬感觸左叔叔和三兒都回不來，忍著傷痛地說：「回來了……」

婦人略略點頭，說：「三兒娘親不在了……」

「去哪兒了？」

婦人黯然道：「三兒去了朝鮮，她每天就茶飯不思，牽腸掛肚。到聽見勇兵在平壤打了敗仗，死了很多人，連……連左軍門也盡節了，她一聽見就臥床不起，每天以淚洗臉，沒多久就走了……」

「三兒呢？」

岳冬沉默不語，眼睛未幾就紅了。

岳冬再也忍不住，雙目模糊道：「也不在了……」

那婦人也潸然淚下。見岳冬瞎了一眼，一臉滄桑，一身頹唐，連左軍門也死了，知道他一定吃了很多苦頭才能回來，便當了他是自己的孩子一樣，拉著他手說：「來！天氣冷呀，進來坐坐吧！」

「不！」岳冬卻道：「我要去旅順，我妻子在那兒。」

那婦人一聽見「旅順」，神色頓變，搖頭說：「你不可以去那兒！」

「為什麼？」

「倭人在那兒屠城了！」

屠城？！

岳冬快將暈厥，頓時不由自主地退了幾步，只能靠在身後的牆上，像是呼吸不了，胸口一起一伏的，嘴裡不停噴著彷徨的蒸汽。

婦人上前扶著，恨自己一時間把話說得太直白，忙安慰說：「你妻子是左軍門的女兒，當然沒事，肯定早在日本人來之前就有人把她送走了……」

然而岳冬什麼再聽不入耳，眼睛更如瞎子一樣再不會轉動，睜大的眼睛裡眼珠子就剩下一點兒，顫慄的雙手甩開了婦人的手，自言自語說：「……我得馬上去旅順……我得馬上去旅順！」未幾便拔腿往南狂奔而去。

岳冬一直拐著腳地跑著，走著，直至精疲力盡。

時已入夜，星空燦爛。一路上看見零零星星的屍體，越往南就越多，七橫八豎的，大部分還是勇兵的。

入夜後天氣更是寒冷，岳冬稍微恢復了理智，也認得路，知道自己來到了土城子附近，要找個地方過夜，畢竟跑了大半天，自己又餓又累。未幾往不遠處的一條村莊走去，地上是數十具散亂一地的勇兵屍體，而房屋都被破壞過，相信這裡曾經歷過激烈的戰鬥。

突然間依稀聽見有人聲，岳冬連忙躲到其中一間屋子裡蹲在一角窺看。初時還以為是日軍，但後來發現是兩個流民往這邊走來。他們不時貓著腰地在搜看屍體，又輕聲交談。

一人說：「快來看！這個穿這著狐皮袍子呢！」

「真的？」另一人歡喜雀躍地趕來：「趕快脫下！」

「嘿！還戴板指呢！」

「發財了！」

「快看看口袋裡有沒有銀子？」

「有！……這什麼東西？……照片？」

「拍得起照，又穿狐皮，又戴板指，肯定是個大官，該死！」那人把照片撕成兩半，另一人則踹了那屍體一腳。

……

岳冬早已坐到地上，背靠著牆，一直默默地聽著，目光也早已放空。

不知怎的，這一趟回來，這個本來自己熟悉的土地，突然間竟然變得陌生起來，甚至陌生得……比自己初時在戰場上所感到的迷茫和恐懼有過之而無不及。這時岳冬也再次掏那張破爛不堪的全家福，蜷縮著身子，在淡淡的月光下凝視著上面的左叔叔、武蘭，還有，將其目光留住的——蘭兒。

想忍住，但還是哭了。

淚水滴到照片上。

為什麼會這樣？……

岳冬就這樣默默地看著，哭著，希望從這些熟悉的臉龐上，尋找那能讓自己在這陌生的世界上繼續生存下去的慰藉和勇氣……

◐ ◐ ◐ ◑ ◑ ◑

血和唾沫如絲線般掉到地上。

一身血污的馬凱清跪在地上，氣若遊絲地哀求說：「快……」

雪花徐徐降下，像是在安撫刑場上的死囚。

兩個月前還是一人之下萬人之上的毅軍統領，此刻，卻成了階下囚。

旁邊早已有一具無頭屍體。屍體不單無頭，還沒了一腿。屍體前一大灘鮮血，不遠處的頭顱眼皮也沒有闔上，像是盯著四周圍觀的眾人。

是楊建勝。

斷頭臺四周是上百個看行刑的百姓，看見楊建勝盯著自己也毫不害怕，不少人還吃著東西議論紛紛地觀看著。

「什麼事了？」有兩叔侄碰巧經過，十八九歲的侄子駐足問。

在旁的叔父也停了下來，眺望一下，半晌低聲應道：「平壤之敗掃了老佛爺六十大壽的雅興，當然有人要受罪嘍！」

「是葉志超嗎？」

叔父冷笑一聲：「人家堂堂直隸提督，朝中人脈這麼廣，和李中堂同是合肥人，怎麼這麼容易就被拉去砍了？但老佛爺的雅興給掃了，總得有人要立刻死！」叔父作為後補知縣，自然較熟知官場。

這時旁邊有個像是讀書人聽見搭訕道：「說不定將來時過境遷，孝敬足了，還能出來當官兒呢！」

「那他們是什麼人了？」入世未深的侄子接著問。

# 第一百章 命賤

晚飯後陪同龜井伯爵前往司令部，走半個小時亦未找著。期間看見十數個墳頭，皆有墓碑寫上士兵的名字，是於土城子陣亡之將士。較遠處有數個較大的墳頭卻沒有立碑，一問之下才知道是軍馬。霎時想起之前不遠處的清國士兵的屍首被野狗啃食，而衣服皆被本地人拿去販賣……

讀書人說：「砍了的那個是奉軍副將楊建勝，未砍的那個是毅軍統領馬凱清。」

「都是替罪羊了？」侄子像是有點同情。

叔父說：「馬凱清早已被朝中盯上，今次不死，下次也得死了。」

天氣寒冷，讀書人呵氣擦手的歎道：「那楊建勝就更慘了！聽說在平壤奮戰斷了腿，回來還被葉志超誣陷是他先開城門逃跑呢！」

侄子聽見更是難堪。

叔父也感概道：「要是左寶貴不死，楊建勝就不會遭殃了……」

讀書人深以為然，又暗自歎息一聲：「這世道，就是好人受罪！」

同樣在歎息的，還有一位年輕的洋務官員唐亦堯。此刻他正和上司在不遠處的一間洋房二樓的露台觀看著兩人被行刑。

這時監刑的官員問馬凱清：「你可知罪？」

看見馬凱清沒有答話，只是輕輕地點一下頭，但求來個痛快，唐亦堯不禁在上司面前悲歎：「為何他不喊冤了？」

其上司為中國電報局幫辦張君實，為淮軍大管家盛宣懷辦事。張君實見唐亦堯這麼說，冷峻地反問：「你覺得他冤嗎？」

「當然！該死應該是葉志超！」年輕的唐亦堯畢竟還是滿腔熱血。

張君實那張不知經歷過多少歷練的臉皮上卻露出

了淡淡的笑意，目光還是擱在遠處的馬凱清上：「你覺得他冤，為何不為他喊冤了？」

唐亦堯沒想到上司會這樣反問，登時啞口無言。

「認了唄……」張君實也沒有察看唐亦堯的反應，只是細起雙眼，目光複雜，歎息化為一縷輕煙。

未幾呀擦一聲，沉重的點頭聲傳來，唐亦堯不忍看見，把身子面向室內。

張君實也轉過了身，低頭沉吟道：「鐵打的旅順竟然不能守一日，你我的下場也不會比他們好多少。目下日軍覬覦山東，若不知他們於何處登陸，威海早晚步旅順後塵，到時候……」這時才看著唐亦堯，嚇唬他說：「你可別喊冤吶！」

唐亦堯聽後也真面如土色，忙避開上司的目光。

日軍自攻陷旅順後，由於入冬，渤海冰封，暫時沒跡象繼續進攻。清廷處分了一批官員後，又急忙問李鴻章日軍下一步會怎麼走，會否進攻京師。經過一眾幕僚分析，還有國外得來的情報，都說日軍以山東為目標的機會較大，最終目的應該是殲滅北洋水師。故目下要急的是要知道日軍在山東何處登陸，以免重蹈金州旅順之覆轍。

此時下人來傳話：「威爾遜牧師來了！像是很急！」

二人忙對望一下。唐亦堯說：「會不會有什麼消息？」張君實則說：「快請！」

「威爾遜先生，」張君實邊下樓梯邊問：「是不是有日軍登陸的消息？」唐亦堯緊隨其後，急促的腳步聲像是在催促對方回答。

只見威爾遜氣急敗壞的，以中國官話說：「日本人在旅順屠城了！」他是紅十字會駐天津的代表，在當地廣設醫院，救急扶危。

張君實聽見臉色頓時有變，馬上放慢了腳步，不鹹不淡地說：「是嗎？」

威爾遜沒想到張君實居然是這麼一個反應，詫異之餘，又繼續說：「很多婦女被強暴然後殺掉！日兵連孩子也不放過！目前估計，最少有一萬個平民被殺了！」

「你先別緊張……要不，先喝口茶？」又吩咐下人：「給威爾遜先生斟茶，給我開瓶白蘭地。」

威爾遜再也按捺不住，吹鬍子瞪眼道：「你還有心情喝酒？！」

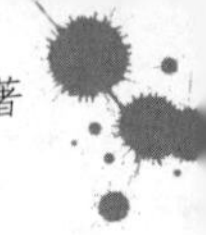

張君實與威爾遜相熟，故仍是悠然地坐到沙發上，又擺手請他坐下，說笑似地說：「若不知倭人於何處登陸，只怕我也不能喝多久，何不今朝有酒今朝醉？」

威爾遜卻沒有坐，不忿道：「你們可是同胞！難道同胞被殘殺，你可以無動於衷嗎？」

張君實卻反問道：「打仗哪有不死人的？」

威爾遜聽後更是憤怒：「這可不是打仗這麼簡單，這是不必要的屠殺！」

「不必要？」張君實稍為停頓，然後還是一臉平靜地說：「那，貴國咸豐年間燒我圓明園就有必要？」

威爾遜沒想到張君實突然說到這個，頓了頓說：「張大人，你知道我一直是為貴國著想！不然我也不會千里迢迢的來到這兒！」

「抱歉，威爾遜先生，你知道我不是說你，」張君實終於正色道：「但此事，我著實無能為力。」

「怎麼無能為力？日本屠殺平民是踐踏國際法！是藐視人類文明！你應該馬上告知李中堂，然後轉告各國政府，齊聲譴責日本！」

「國際法？文明？」張君實嗤笑一聲，想起近日弄得自己焦頭爛額的高陞號案件，說：「日本不宣而戰擊沉懸掛貴國國旗的高陞，貴國有責難過日本嗎？」見威爾遜答不上話，繼續道：「最初言之鑿鑿地說，會根據國際法向日本人興師問罪，後來見日本人屢戰屢勝，又承諾保護貴國在華貿易，又出於制衡俄國的考慮，貴國的法官學者不就跑出來道貌岸然的為日本人抱不平了嗎？最後還不是又根據什麼國際法找咱們算帳？！……」說著本來有些氣上心頭，但遲疑了一下，便黯然起來，聲音也放輕了，目光投到露台處，看著外邊一片蒼茫：「何況……朝廷已經派人東赴日本……求和了……你說，咱們還能做什麼？」

威爾遜雙手接過下人送來的熱茶，捂著取暖，彷彿張君實的一席話聽得他手足冰冷，既痛心莫名，又羞愧難當，有點不知所措地坐了下來。畢竟，他不過是個牧師，一心來中國濟世救民，廣傳耶教，對國際間的縱橫捭闔並不如張君實這局內人來得清楚。

張君實回頭瞥了威爾遜一眼，見他久久未能釋懷，便拿過酒杯，倒了半杯白蘭地，安慰似的說：「三十年前威爾遜先生還未來中國吧？」

威爾遜沒想到他突然有此一問，愣了愣說：

「……當然沒有。」

「這三十年來，可謂天下太平呀……」張君實提起了酒杯，輕輕地呷了口白蘭地：「遙想當年打長毛捻子，打了十幾年，死的人我想比旅順這小鎮多千倍萬倍……」然後細起雙目回憶：「那時候我一家住在杭州，被圍的幾個月裡，我一家二十口，餓死十八個，就剩下我和我妹子倆……我餓得快暈過去也不肯把她賣掉，寧願和她一起吃那些餓死的屍體……」這時還失笑道：「為了哄她吃下，我還騙她是耗子肉呢？」但未幾笑容便漸漸消失，深沉的臉孔帶上了一絲慘然：「但……她最後還是熬不過去呀……」

聽見如此恐怖的經歷，在旁的威爾遜和唐亦堯無不吶罕。

張君實深深地呼吸一下，一副深沉複雜的目光在酒杯裡盤旋著：「人命如貨呀！多了，就賤了……」然後一飲而盡，看著威爾遜問：「不是嗎？」嘴角還抹上一絲苦澀的笑容。

# 第一百零一章　楚囚

幾個半裸的孩童擠在門口，看著其父在院子裡豎起一木桿，上面系著一塊骯髒的棉布，布上畫了一個歪歪斜斜的紅十字。問知其意否，其父曰：「保命。」

天亮後，岳冬繼續往南走。陽光明媚，然而地上的積雪卻越來越厚。不知不覺就走到水師營附近的李家屯，而屍體也越來越多，一眼看過去已經上百具，而且大部分都是平民，勇兵的屍體已寥寥無幾。這時岳冬也知道要放輕腳步，畢竟日軍隨時都會出現，但一看見這麼多的屍體，而且不少更是死狀恐怖，支離破碎，心裡就更是擔心心蘭，腳步就更急，故「嗖嗖」的踏雪聲反而越來越響。

岳冬一直在一排屋後的小巷走著，突然感覺附近

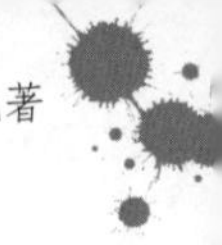

也響起了踏雪聲，忙停了下來往四周探看。

空無一人。

踏雪聲也就靜止下來。

等了半句鐘也沒有動靜，但岳冬肯定有人，猜想對方在監視自己，而且距離已經很近，應該是之前自己走得太快，沒注意對方的聲音。碰巧旁邊就是個廚房，隨手拿起一個長長的鐵勺子，然後挪動腳步往兩棟房子間的窄巷走去。然而自己剛提起腳步，對方的腳步聲也隨之響起，岳冬腳步加快，對方又隨之加快。

岳冬感覺對方應該人數不多，最後索性轉過身跑去，未幾一個身材矮小的日本兵就出現在自己眼前！

岳冬二話不說拿著鐵勺子往日兵的頭猛砸下去！

這三個日兵本來想抓弄岳冬取樂，畢竟已經沒什麼活人了，而活人每逢看見自己都被嚇得要命。目下不要說猝不及防，三人也萬萬想不到竟然有人敢襲擊自己！一時間反應不過來，拿著槍也沒用，一個頭顱連中岳冬三下猛擊就倒了下去。

較遠的兩個日兵見狀忙衝上前，其中一人未幾停下，舉起槍支欲對準岳冬，但另一人則趕緊提起手制止：「要留活口！」然後衝到岳冬身後。

岳冬聽見後面有人衝過來，忙轉過身用鐵勺砸去。日兵一閃，往岳冬的臉出拳。岳冬自小跟左寶貴學回回拳，側身一閃，使出「回回十八肘」，用手肘打日兵的後腦，那日兵失去平衡撞到那地上的日兵去。岳冬看見還有另一人衝來，知道寡不敵眾，而且對方隨時可以開槍，忙往後巷逃去，打算跑進旁邊的山林，而身後的三個日兵則拔腿猛追。

岳冬沒走幾步就傳來馬蹄聲，未幾眼前便有一日本騎兵趕到，還手執武士刀！

前無去路，後有追兵，三個日兵笑嘻嘻地上前。那騎馬的日本軍官則昂首俯視著岳冬。

抖顫的呼吸聲裡，岳冬的目光逐漸放空，腦海也再次浮現出蘭兒的容貌。

我可不能就這樣死掉……的確，歷盡千辛萬苦，總不能在朝鮮沒有死掉，回到家門口才給倭人殺死！

不甘之情由此化為力量，滲入到每一根骨頭，每一塊肌肉……

岳冬雙目一瞪，吶喊一聲，轉身衝向身後那三個日兵。此時鐵勺也扔了，就赤手空拳，就憑那股狠勁，三對一竟然不過是勢均力敵！日兵中拳眉頭也不得不皺一下，岳冬哪怕被擊中要害仍是一股野獸般的勁兒，欲把三人吃掉似的。

扭打持續了半晌，岳冬力氣始終不繼，畢竟有傷在身，最後還是被三個日兵壓服在地。但那三人已經口腫鼻青，嘴角淌血，滿頭大汗在呼哧呼哧地喘氣，之前中了岳冬鐵勺的日兵頭更在流血，反觀岳冬手臂被扭到身後快斷也不吭一聲，一副怒目往上狠狠地盯著那騎馬的軍官，兩個鼻孔不斷噴出濃濃的白氣。

「廢物！」那軍官板著臉對著三人說，三人無不立刻羞愧地低下了頭。

一日兵說：「此人孔武有力，應該是清兵！」

另一人接著說：「還有瞎了一眼，腿有傷，臉上手臂上也有不少傷痕，應該是作戰時受傷！」

「別找藉口了！」那軍官下了馬上前：「是不是清兵不重要，重要的是，現在找個活人已經不容易了！」然後「嗖」的一聲拔出鋒利無比的武士刀，指著岳冬額頭，居高臨下地盯著他。

「不是留活口嗎？」身邊的日兵對長官的言行不一感到詫異。

岳冬又再劇烈地掙扎，但掙了幾下知道壓根沒用，知道大限已至，悲歎了一聲，闔上了眼，等待死亡的來臨。

此刻腦海裡只有心蘭，也想到，如果她死了，自己活著其實還有什麼意思？但……如果……她還活著呢？

這問題其實在朝鮮的時候已經想過很多遍。對心蘭來說，自己和左叔叔一樣，早就在平壤死了。如果她還活著，而自己最後沒命和她相見，自己在她心目中不就跟她爹一樣，永遠成了為國捐軀的英雄嗎？她不是在告別書中說過，會以自己這個夫君為傲嗎？這，不也是一個不錯的結局嗎？

日兵們見岳冬不怕死感到萬分驚奇：「這個人居然不怕死！」

「來了中國這麼久才看見第一個！」

日本軍官的刀尖在岳冬的額頭上輕輕地，由上而下的劃了一下，然後嘴角勾了勾：「這條命，他應得的！」話畢收起了武士刀。

◐◐◐◑◑◑

「秋胡離家二十春，千里迢迢無信音。世上若得全忠孝，臣報君恩子奉親……」

板鼓和京胡的聲音遠處傳來，正是上演京劇《秋胡戲妻》。

「進去吧！」眼前的布條終於被摘下，岳冬被日兵推進了一房子，然後鎖上了門。

臭氣熏天。受了傷的岳冬之前眉頭也不皺一下，但現在這氣味卻頓時讓他面容扭曲。

岳冬仰著頭，剛剛重見光明的他，視力還是模糊。雖是正午，但室內沒有窗戶，陰暗異常，僅從門縫和四周磚牆和屋頂間的孔隙射進了熹微的光線。房間狹小，可能是間柴房，走了幾步，感覺地上有水，加上四周瀰漫著大小便的惡臭，不知是否就是糞水。再往地上一看，有東西在蠕動，認真一看，原來地上正坐著三十幾個人！

岳冬稍微一驚。只見他們都蜷縮著身子，衣衫襤褸，污穢不堪，瞥了岳冬一眼後就把腦袋藏起來，又或看著某一點發呆。

如，死人般的目光。

岳冬不明形勢，未敢說話，找個稍為乾淨的位置坐下，留意著他們的一舉一動。遠處繼續傳來熱鬧的大戲聲，房間內一直靜默著，人們始終一動不動，就如睡著了一般。岳冬故意看著其中一個睜大眼睛發呆的人，那人發現岳冬看著自己，便把目光擱到別處，眼神依然呆滯，脖子也懶得挪動，像是正在冬眠的冷血動物。

「來呀！畜生們！吃飯了！」過了半晌，突然門外傳來聲音，未幾門口下方的一小口就打開，遞進了盤子，盤子上是兩大盤饅頭。

四周本來如屍體般的人們躍然變得如狼似虎，狼奔豕突，爭先恐後地搶了起來。雖然沒有大打出手，但饅頭卻被掙到地上去，沾上了糞水，但人們還是照樣地搶，搶了也不過用衣袖擦了擦，然後馬上狼吞虎嚥，仿佛餓了很久似的。

外邊傳來了日本兵的譏笑聲。

過了好一陣子才回復平靜。大部分人都搶到了，只有一個沒有。那人欲上去搶別人的，但四五十歲，身材瘦弱的他始終搶不了，還吃了拳頭，那人遂把門口下方的小口打開，把頭伸出去，瘋瘋癲癲地大喊：「我沒有呀！我沒有呀！我餓死了！我餓死了！……」

門外日兵聽見笑聲更烈，其中一人說：「又是你呀周大貴，記得喊什麼嗎？」

「汪汪！爺！給我吃！汪汪！爺！給我吃！……」

「哈哈……乖！」那日兵笑得嘴巴合不攏，把一個饅頭塞進周大貴的嘴裡。周大貴馬上把頭縮回來，如狗兒般爬到牆邊剛才自己蹲的位置，大口大口地嚼起來。

詫異的岳冬就是一直看著，說不出半個字。

這時其中一人一邊吃著饅頭，一邊奇怪岳冬為何始終紋絲不動，看著看著，突然間嘴裡的饅頭也忘記吞了，上前爬到岳冬面前喊：「岳冬！」

# 第一百零二章　償命

數百人跪下高舉白布請降，然仍難逃厄運……仿佛錯過了良機，軍夫們爭相要人將其殺死……

「你是……」岳冬一驚，沒想到這裡竟然有人能喊出自己的名字，又或許距離太近，茫然的眼睛不斷掃視著眼前這披頭散髮，一臉鬍渣污垢的大臉盆，但始終認不出是誰。

「胖子佟呀！」那人雙手激動有勁地抓住岳冬雙臂，鬍子上的饅頭屑也掉到地上去。

「胖子佟?!」岳冬也激動地露出了難以置信的笑容，仿佛是「他鄉遇故知」，也忘了兩人壓根就沒什麼交情可言。

「對呀!你沒有死?!」胖子佟自然驚歎身為左寶貴親兵的岳冬竟然未死，還能回到旅順！

岳冬難掩慚愧之色，道：「對，我沒死……你怎

麼在這兒？」

「我……」胖子佟激動的表情驟然冷卻下來，聲音也放輕了：「我逃走的時候滾下了山坡，暈了過去……也不知睡了多久，醒來已經是屍橫遍野……我打算回家找家人，就給倭兵逮住了……」此時胖子佟抽了抽鼻子，開始激動起來，眼窩發熱：「那些倭兵都是禽獸……他們見男人就殺，見女人就先姦後殺！連女娃老嫗也不放過！……目下整個旅順，除了外邊集仙那台髦兒戲，旅順已經沒有幾個活人了……」

岳冬不敢相信，一臉驚愕，自言自語地問：「那幹嘛不殺我呢……」

「因為他們要咱們收拾屍體！」

這時雙目也早已通紅的岳冬雙手已反過來，緊緊地抓住胖子佟的臂膀：「蘭兒呢？你看見蘭兒了嗎？」

「噓！別這麼大聲！」胖子佟看了看身後，示意岳冬要放輕聲音。

「蘭兒在哪兒了？蘭兒在哪兒了……」然而岳冬就是控制不了自己，越說越激動，兩手猛地搖晃胖子佟。

胖子佟只好使勁制服岳冬，又用手捂住他嘴巴說：「別驚動倭兵！聽我說！」這樣才岳冬才沒再出聲，但已經哭成淚人。胖子佟繼續靠在他耳邊說：「北洋水師走前，我聽說幕都統託了丁汝昌丁提督把她帶走，但後來又聽說……她上了船又跑回岸上去……怎麼找也找不了……」

「那她目下究竟在哪兒了？」岳冬的眼淚鼻涕都已經流到地上去。

胖子佟難為道：「……兵荒馬亂的，我怎麼知道？」

岳冬再次發狂，奮力掙開了胖子佟，欲往門口跑去：「我要出去！我要出去找蘭兒！」但站也沒站起，便被胖子佟撲過來壓在地上：「瘋了你？！」四周吃著饅頭的人也開始注意著兩人的動靜。

胖子佟在岳冬耳邊說：「聽著！沒看見才是好事！沒看見才是好事！」說著竟然泫然欲泣，嗚咽道：「……我就是看見了……我就是看見了！……我一家十一口，全沒了……六個女的……全都跳井……井都堵死了……」

泣不成聲。

呼哧呼哧的呼吸聲中，岳冬終於不再反抗，呆呆地躺在冰冷的地上，目光停留在空中，任由胖子佟伏在自己身上痛哭。岳冬想喊，但喊不出聲。想看見蒼天，但看見的只是那陰晦破落的屋頂。撕心裂肺的痛苦恍如身體一樣被壓抑著，繼續蹂躪岳冬那不知能支撐多久的意志……

◐　◐　◐　◑　◑　◑

清晨。殘破不堪的紅十字會旗幟在風雪中飄揚。

左軍門府。

一個洋人在屋頂以望遠鏡視察四方，看見一人從遠處步履蹣跚地走來，馬上叫在地上等候的另外幾個洋人準備，待確定附近沒有日軍後，這幾個洋人便冒險出去把那人接回來。

「快！快！」兩個高大的洋人左右各一邊把那人扶進府內。那人是個十幾歲的青年，早已奄奄一息，下腹紅了一大塊。

「讓開！讓開！」一行四五人簇擁著那人走進室內，數十人聞聲從四周的房間湧出圍觀。室內是個臨時搭建的醫療室，上來急救的是司大夫，旁邊有兩個女醫護幫忙，一為洋人，一為中國人。

是心蘭。

雖然被慕奇的親兵強行帶上丁汝昌的軍艦，但不願離去的心蘭最後還是獨自跑回岸上去。由於回家可能被親兵發現，心蘭便跑到司大夫那裡幫手。司大夫在危難時刻也沒有離開旅順，而且不斷收容和救助難民和受傷的百姓。雖然估計日軍對紅十字會和其外國人的身份有所忌憚而不敢佔領教堂和醫院，唯那裡靠近教場溝一帶的戰場，在旁邊有房屋遭受轟擊後，司大夫最終也不得不在兵荒馬亂下冒險帶著數百個難民和病人倉惶往港口方向撤離。而左軍門府靠近港口，而且其親軍教場內儲了不少糧食，一行人便住進了左府，而左府就這樣成了紅十字會的難民收容所。

此刻的心蘭已是一身男性打扮，一臉污垢的她神情緊張，一額虛汗，不斷從正替人止血的洋人醫護手上接過血淋淋的布條，又遞上乾淨的布條，司大夫則小心翼翼地嘗試從那青年的下腹取出子彈。

讓人心寒的呻吟聲近在咫尺，一下一下地撞擊著四周的人的心臟，又像是一隻粗野的手不停捏動著心蘭那脆弱的心臟，讓其血脈更加急速沉重。

司大夫的鉗子已經鉗住了子彈，正慢慢地把子彈

取出。沒有止痛藥下，青年痛不欲生，表情扭曲，嘴裡咬著的木頭也快被咬斷，在板子上亂抓的指頭也抓出血來。

子彈終於取出，但那青年也再無動靜。猙獰的目光投向半空，焦點無著。

司大夫見其沒有心跳，便馬上擠壓其心臟，但終究無力回天。

所有人默然，眼神空洞，包括雙手和手肘滿是鮮血的心蘭。

餘下了，恐怖的寂靜。

「你看看是不是他……」此時遠處傳來了人聲，未幾人叢中便鑽出了一個婦人。那婦人看了死者一眼，便淒聲大喊：「阿九！」然後上前緊緊抱著屍身痛哭，又哀求司大夫救救她的阿九。沒有回應下，那婦人注意到心蘭就在身旁，慢慢地放開了屍身，目露凶光地指著心蘭說：「是你！是你害死我的阿九……是你害死我的阿九！你把他還我！你把他還我！」說著更上前拉扯心蘭。

心蘭難堪地掙扎著，司大夫和一眾洋人則上前阻攔。司大夫護著淚眼婆娑的心蘭，對那婦人說：「是日本人害死你的兒子！」

那婦人則哭著怒道：「不是那些狗勇兵強拉我的阿九去當兵，他怎麼這樣？！」

司大夫也不忿婦人的無理：「這又關她什麼事了？她不過是左軍門的女兒，而咱們都知道，左軍門在平壤犧牲了，他丈夫也在平壤犧牲了！他們是英雄！可不是強迫你兒子當兵的人！更不是那些臨陣逃跑的勇兵！」

「我不管誰是左軍門！」那婦人毫不理會，且試圖推開眼前的司大夫，指著心蘭怒罵：「你是官府的人，就得償命！」

四周的人一直沉默著。目光不在那吵嚷的婦人，而是在被辱罵的心蘭上。

眼神裡，沒有一絲的同情，仿佛，還有其他別的東西。

心蘭睜著眼睛和那婦人對視，一呼一吸的，像是表示自己無懼她的無理，但早已滿眶熱淚的她終究還是潸然淚下，最後在司大夫和其他洋人護送下黯然離去。

# 第一百零三章　煉獄

十一月廿三日。雪。……湖面被我軍團團圍住，裡邊是數千個進退不得的難民……難民拼命往岸上衝，卻不斷被我軍以步槍和刀劍擊殺……另一邊則不斷牽來一串一串的難民，砍掉一個就往水中推一個，往復不斷……慘叫聲伴隨著譏笑聲……殺戮持續數小時，待屍體把湖泊鋪滿才告一段落……晚上一眾士兵不幹別的，都在尋找水源清洗一腳淋漓的血污，期間還意猶未盡地聊天……

穹蒼暗淡。日月無光。

天是白色的，地，是紅色的。

戴上了寫上日文的袖布，背後寫上了編號，拉著板車，岳冬和其他俘虜就在日軍的監督下開始收拾屍體的工作。

多少對眼睛正看著自己。

被開膛破肚的老人、一絲不掛的少女、頭骨凹陷的男孩、被脫去衣服澆上冷水的男人、被取出嬰兒的孕婦、在母親懷中吃奶的孩子、緊抱著孩子的母親、手牽著手的父子、互相擁抱著的夫妻……

眼淚早已成冰，鮮血，也早已凝成血塊。

支離破碎，無處插足。

野狗在啃食人頭，烏鴉在啄食內臟。

遠處仍傳來零星的慘叫聲和槍聲，伴隨著烏鴉的叫聲在旅順冷清的上空迴盪著。

「吱吱嘎嘎……」輪子的聲音也隨著板車的負重越來越大。

多少條窄巷被屍體堵死，船塢東面的荷花池被屍體填滿。在龍王觀收拾時，裡邊道士的屍體遍地，大殿柱子上還綁著數具赤裸的屍體，陰部一帶被子彈打得稀爛，像是被士兵射擊玩樂……

這時來到四十八間房的一間旅店，外邊的欄柵插著一個一個的人頭，還未進去，陣陣腥臭已從中湧出——昏暗狹小的空間仿佛由屍體所築成，手腳攪在一起，地上的內臟足有一寸厚。櫃檯桌子上是十數具被

姦污的女性屍體，牆上有數具嬰兒屍體成串的被一鐵杆插住……

煉獄。

為了尋找心蘭，岳冬初時還能強忍著恐懼和不適，每逢碰見像是心蘭的屍體，便馬上上前翻看，看見不是心蘭就定下心來，隨即又繼續翻看屍體，收拾屍體。但此刻面對如此恐怖的場面，哪怕經歷了戰爭的洗禮，岳冬再也忍不住，跑回街上靠著牆彎著腰地狂吐。

吐完了，岳冬深深地呼吸著。這時看見遠處有日兵正用鞭抽打幾個俘虜，由於衣服太厚，日兵只打他們的頭和手腳，他們都跪在地上求饒，但早已被鞭得皮開肉爛，一臉是血……

● ● ● ● ● ●

終於熬到了晚上。

「砰砰砰……」岳冬猛地搖晃囚室的木門，胖子佟見狀馬上制止。

看見日軍的獸行，看見自己熟悉的旅順成了人間煉獄，看見有自己認識的人被殘殺，岳冬的精神一直恍惚，不時喃喃自語。這時又聽見室外那日兵說：

「吃飯嘍畜牲們！」所有人頓時上去哄搶，搶到以後又安然地蹲在牆邊大口大口地吃，包括剛才那些被日兵抽打過的人，一臉爛肉還是一股勁地吃著，仿佛沒有發生什麼事，岳冬再也看不下去，突然間狂性大發，猛地搖晃囚室的木門。

幸虧每逢入夜外邊那集仙茶園就會演戲，外邊負責守衛的日兵送飯後都會走到較遠處看戲，而且集仙的露天設計，鑼鼓聲都傳到這裡，故日兵也沒察覺囚室內有異樣。

胖子佟忙把岳冬推到牆邊上去：「幹嘛了你？！」

「我受不了……我受不了！」岳冬不停地掙扎，睜大空洞無神的眼睛，目光飄忽不定，瘋瘋癲癲的，也沒有看胖子佟，只是一味說：「我要出去……我要出去！」

「你這樣可是找死！」

「我寧願被日軍殺死，我寧願被日軍殺死！」岳冬奮力反抗，一個手肘打中胖子佟的臉。胖子佟也不遑多讓，一拳往岳冬的頭打去，兩人遂扭打起來。

打鬥殃及身邊正在吃饅頭的人，人們四散逃竄，有人被撞倒在地上，饅頭散落一地。岳冬雖然有一股狠勁，但這幾天壓根吃不飽，今天還遭受這麼大的刺激，又吐了好幾次，臉色早已發白的他終究不是虎背熊腰的胖子佟的對手，最後又被他壓在地上。

氣喘吁吁的胖子佟狠狠地給了岳冬兩個耳刮子：「醒醒呀你！」又揪住岳冬道：「你就想想蘭兒好不好？！就想想她！你歷盡千辛萬苦的回來，不就是為了她嗎？！怎麼能不明不白的死掉呢？！」

聽見「蘭兒」，岳冬終於稍微冷靜下來，深深地呼吸著，半晌看著胖子佟說：「咱們一起跑……」

「跑？你跑得了嗎？」胖子佟也喘著氣說。

岳冬眼珠子滾了滾，卻始終沒有回答胖子佟，未幾目光再也不在他的臉上，一邊掙扎開胖子佟起身，一邊自言自語地說：「一起跑……」然後爬去一個蹲著吃饅頭的人旁邊，睜大佈滿血絲的雙眼，試圖動員他說：「咱們一跑，好不好？」

那人以為岳冬瘋了，怵然地直搖頭擺手，又把臉側向一邊去。岳冬見狀又跟另一個說：「咱們一起跑好不好？」如是者幾個人都是這樣，岳冬最後也沒有指定跟誰說，突然站起，環視四周喊了聲：「咱們這裡三十幾人，難道就這樣坐以待斃嗎？！」

但四周的人始終都瑟縮在牆邊，一些惶恐不安地看著他，一些在收拾地上的饅頭，一些則仍然饑不擇食地吃著，就是沒有人說過一句話。

這時低頭還看見那個之前扮狗吠的周大貴一股傻勁地吃著，壓根兒沒理會自己，岳冬怒不可遏，喊了聲「你還吃？！」然後一腳往他蹬去。

周大貴「哇」了一聲，整個人倒在地上，手上的兩個饅頭也跌到地上去。然而他就是沒有理會岳冬，仿佛饅頭比什麼都重要，馬上像狗兒般跑過去撿起饅頭，也不管有沒有沾了糞水，張口就吃。

岳冬默默地看著周大貴，想說話，但始終說不出來，也不知道該說什麼。不知怎的，此刻想起了回到金州後所遇見的一幕一幕——那些冷漠無情的難民、那些和日軍閒聊的商人、那些爭著為日軍幹活的苦力、那個向日軍簞食壺漿的老闆、那些變賣死去將士衣服的流民……一切一切，既熟悉，又陌生。每一幕都像一根刺的紮進岳冬心扉的最深處，而這時他的眼睛也不自覺地紅了。

「你們為什麼會這樣？……」岳冬攥緊拳頭，痛

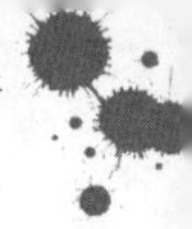



心疾首地吶喊：「你們為什麼會這樣！」然而，喊聲始終淹沒在外邊鑼鼓喧天的空氣中……

◐ ◐ ◐ ◑ ◑ ◑

翌日，太陽終於出來。

然而殘雪斑駁，四野蕭然。

三十幾個抬屍隊員正在東菜市搬運屍體。東菜市是之前群眾圍觀行刑的好地方，此時也成了搬運屍體的集散地。二十幾個抬屍隊員從旅順四處收集回來的屍體都會搬運到這裡，而餘下約十個隊員則日以繼夜地從這裡把屍體運往黃金山東北麓的對面溝去集中處理。

數百具一層迭著一層的屍體在這兒積壓。

昨日受了很大刺激的岳冬，整天如同行屍走肉，幹了幾個時辰的他早已心力交瘁，剛放下一具屍體後欲稍微停下休息，旁邊突然傳來一把聲音，之後左邊臉便一陣劇痛，痛得他蹲在地上，手一摸已是鮮血淋漓，扭頭一看原來是吃了旁邊監督的日兵一鞭！

# 第一百零四章　留下

……下筆千斤重……何謂文明，何謂野蠻？看來，勝利者就是文明，失敗者就是野蠻！……成王敗寇，成王敗寇！……吾所能做，就是讓苟延殘喘者，來個痛快……

「偷懶？快點！」那板著臉的日兵以中國話說。

岳冬左邊臉血流如注，頃刻怒從心起，攥緊拳頭，但只維持一剎那，旁邊的胖子佟便擋在岳冬身前，賠著笑地向那日兵說：「大人息怒！大人息怒！他前天剛來，昨日收屍吐了一整天，今日精神不好，所以動作慢了點，請大人見諒！見諒！」然後又轉身力勸岳冬：「大哥我求求你！千萬別跟他較勁！好漢不吃眼前虧！就當為了蘭兒！留得青山在不怕沒柴燒呢！……」

話說得很快而且清晰，岳冬從未見過胖子佟這樣，知道他的一片苦心，只好忍氣吞聲，捂著臉兒，低頭跟日兵說：「我……我要解手……」

見胖子佟這嘴臉，日兵打量一下岳冬，也真沒計較，讓岳冬解手去：「快去快回！」自己則在遠處監視著。

岳冬在一破屋前解手，解手完了蹲在地上，捏起積雪捂著臉兒止血，呆了半響，只感覺前方有東西在蠕動，抬頭一看，幾步外的陰暗處正有一人盯著自己！

岳冬被嚇得倒在地上，定神一看是個女的。她雙目瞪得很大，臉型瘦削，一頭散髮，身體不停地抖顫，很是落魄，眼神恐怖，不知是人是鬼，嘴巴一張一合仿佛有話跟自己說。岳冬忙往日軍方面看去，見他們正在聊天，沒有注意自己，便稍微靠前。只聽得她說：「救我……」

岳冬悸顫地呼吸著：「……我也救不了自己！」

那女的爬出一步說：「我餓……有吃的嗎？」陽光下看上去原來是個十三四歲的小姑娘，而且長得挺標緻，一點也不恐怖。

「別出來！」岳冬繼續裝著用雪止血，眼角往日軍方向斜了斜：「那邊就有倭兵，他們看著我，你別出來！」

小姑娘聽見有「倭兵」立刻怕得發怔，馬上縮了回去。

「我就只有這些……先吃著吧！」岳冬一邊看著日軍，一邊偷偷地從懷裡取出一路撿來的小蘿蔔和土豆，鬼鬼祟祟地拋給了小姑娘，這時見日兵往自己這邊看來，便把臉側向一邊：「你自己小心點，找個機會逃走吧！」然後站起欲走。

「別走哇……」小姑娘欲拉著岳冬但又不敢：「我逃不出去呀……」

見日兵正看著自己，岳冬也沒有辦法，只好動身回到板車旁邊，見日兵並不察覺什麼才安心下來。

然而，平時傻頭傻腦的周大貴此時卻一臉正經，躲在一角注視著眼前發生的一切……

◐ ◐ ◐ ◑ ◑ ◑

皚皚白雪覆蓋了左府。耀眼的光線從花格門窗射入，室內所有東西都被照得明亮，除了，心蘭那煢煢孑立的黑色輪廓。

寒氣繚繞，一片氤氳。淒然的目光在放滿布袋木偶的牆上徘徊良久，然淚水卻讓眼前的景象變得模糊。自聞父親噩耗的那天起，肝腸寸斷的她也不知哭了多少回，哪怕沒有淚水，眼前的一切仿佛再也清晰不起來。

從前有父親和哥哥愛護，有岳冬逗自己笑，家裡有下人伺候，在外有親兵護送，不少受了父親恩惠的旅順百姓對自己敬重有加，那些自己曾經幫助過的病人更是對自己感恩戴德。仿佛，身邊總是簇擁著一群愛護自己，痛惜自己的人。

然而，此刻不單孑然一身，仿佛，還成了眾矢之的，哪怕，是在自己的家裡。

「蘭兒！是我錯啦，你就開開門吧！」「你看這布袋，我可做了一個晚上啊！現在可累呢！快點給我進去坐坐吧！」「你爹今晚不回來，咱們去集仙看戲唄！」

岳冬那聲音是多麼的親切，多麼的討人喜歡。

看著自己最愛的人送給自己的玩意，心蘭竭力逃避外邊那像噩夢一般的陌生和恐懼，希望回到從前自己熟悉的生活，希望此刻岳冬就在門外，拿著又一個親手造的布袋來哄自己……

然而，四周始終是那讓人難耐的空虛和寂靜。

這時真傳來了敲門聲。

「起床了嗎？」然而是一把女聲。聽不見回應，又敲門問：「起床了嗎？可以進來嗎？」

「進來吧……」心蘭擦了擦眼淚，聲音沙啞地說。

一年輕女子走進了房間。往日心蘭去教堂不時會碰見她，但始終也沒有打招呼，畢竟不認識的教徒多的是。但不知為何，她看著自己的眼神總是怪怪的，這也是為何逃難時兩人在教堂裡相遇，心蘭一眼就把她認出。在眾多的難民裡，由於不少人是從北邊以至金州等地逃至旅順，兵荒馬亂下平日認識的人已經寥寥無幾，現在有這麼一張熟悉的臉兒，而且同位女子，年齡相近，自然陪感親切，這半個月來兩人便互相照應，也開始彼此熟悉。

正是——張斯懿。

和這屋裡所有年輕女性一樣，此刻的她也是男性難民打扮，一頭長髮都裹了起來。

從那天始，斯懿就再也沒有看見蘇明亮，而自己又像回到遇上蘇明亮之前，繼續那顧影自憐的生活。日軍迫近她選擇留下，後戰火漫天，便被逼逃去她過往每天必去，作為其精神泉源的——耶教教堂。

心蘭一直不知道她名字，但她，早就知道心蘭是誰。

「吃午飯吧！」斯懿捧了一碗麵條進來。昨天看見心蘭被那婦人辱罵，斯懿心中不忍，見心蘭又沒有出來吃飯，便把午飯送來。

「我不餓……」心蘭淒然地看著地上。

斯懿看見自己昨晚送來的饅頭心蘭也沒有吃，忙把麵條放下，憂心地說：「你連昨夜晚飯也沒吃，這怎麼成？」

「我真的吃不下……」心蘭始終沒有看斯懿，把頭側到一邊去。

斯懿坐到心蘭身邊，把頭擱在她眼前，扶著心蘭臂膀：「你不吃，你孩子也得吃吧？」

聽見「孩子」，心蘭輕輕撫摸著自己已經鼓起來的肚子，如母親撫摸孩子的手一樣溫柔。也再次想到，岳冬唯一的血脈，父親唯一的後人，就在自己的肚子裡，而這時心蘭也終於稍微提起了精神：「好，我吃。」

斯懿終於放下眉頭。看著心蘭吃著，便開始和她閒聊：「其實……你為什麼不走？」

心蘭遲疑片刻，再次想起了當日在親兵和楊大媽陪同下趕去碼頭時驚心動魄的一幕……

「讓我上去！」

「她是什麼人？！」

「我媳婦也有身孕呀！」

「當官的都跑了！」

「你們這些狗官！把我兒子拉走當兵！把自己的媳婦就送走！」……

群情洶湧。四周近千個難民和旅順百姓在碼頭湧向即將駛離旅順的北洋水師艦隻，護送心蘭登船的二三十個奉軍親兵和北洋水師兵丁一路「殺出重圍」，把她們送上艦隻後便在登船橋前奮力頂著。

為了保存父親和岳冬的血脈，心蘭本來也打算暫時離開旅順，但看見這一幕，越發猶豫的心蘭，最終在登船橋上再也走不動了。

「幹嘛了蘭兒？！快上船呀！」心急如焚的楊大媽上前強拉心蘭。

然而心蘭把手一甩，轉身退回一步，屏住沉重的呼吸，凝視著楊大媽：「我走不了……」

# 第一百零五章 歸來

當四周同伴皆已潰退，彼等仍選擇留下，相比在吶喊聲中奮進，不是如黑夜裡僅餘之燭光更為難能可貴嗎？

「怎麼了?!」楊大媽焦灼萬分道。

「我不能因為我是左寶貴的女兒就能這樣離去！」

「你瘋了?!快走！勇兵們快扛不住了！」楊大媽駭然失色，上前欲再拉心蘭。

「我沒瘋！」心蘭再退後一步：「楊大媽……您保重！」話畢毅然跑回岸上，推開勇兵，隻身投進了人海。之後哪怕楊大媽和勇兵們如何四處尋找，也再找不著她了。

然而，此刻對著斯懿也不想說這麼多，畢竟自己還有另外一個原因，一個獨處時胡思亂想安慰自己，但又不好意思說出口的原因：「我怕……他們的英靈回來了，找不著我和孩子……」

「太傻了你！你總得為孩子著想吧？！」

心蘭的筷子停住了，低下眼睛看著自己的肚子：「要不是他，我早就和我父親和丈夫團聚了。」接著眼睛又紅了，低著頭默默地吃著。

斯懿默默地凝視著心蘭。她仿佛看到了自己——一個舉目無親獨自堅強生活的女子。而此刻眼神裡既是敬佩，又是同情。半晌把手放到其腿上，勉勵道：「你要好好的活著！為了你父親，為了你丈夫，為了你們的孩子！」

心蘭輕輕地點了點頭。吃著吃著，胃口越來越好，最後連昨晚晚餐的兩個饅頭也翻熱吃下了。心蘭心情好些，也很是感激斯懿。當斯懿捧著碗要離去時，心蘭也挽留她：「再坐坐吧，陪我聊聊天兒……」

斯懿見自己能開解心蘭也很是安慰，也自然樂意留下陪她。

「也說說你吧，之前一直沒問你……你的……家人呢？」心蘭爬上了床，身體靠在床邊，以試探的目光看著斯懿。

斯懿也坐在旁邊，沒有半點哀傷，但也沒有接過心蘭的目光，淡淡道：「都不在了。」

心蘭既是歉意，又是同情：「不是因為倭人吧？」

「不，」斯懿搖搖頭，雙手抱住膝蓋：「很多年了……我都是一個人過。」

心蘭很是奇怪，又不太相信：「你……有未婚夫吧？」

斯懿聽後黯然，低下了頭，撥弄一下耳邊的頭髮，欲言又止。

「抱歉……」心蘭知道不該問這問題，歉意地辯解：「我見你整天拿著那小玩意……」然後指著繫在斯懿手腕的那道平安符。

是，蘇明亮在她生日那天送給她的平安符。

斯懿出神地看著它，輕輕地撫摸著說：「是……意中人吧！」

「他……還好吧？」兵荒馬亂下，心蘭自然擔心那人還在不在人世。

「不知道呢……」

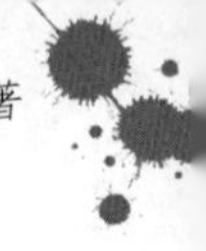



「他……知道你的心意？」

斯懿沒有立刻回話，目光始終在那平安符上。未幾神情漸見哀傷，深深地呼吸一下，聲音嘶嗄地歎息道：「知道吧！」看著空中，焦點無著，忍著淚水，淡淡的蒸汽在空中瀰漫：「但我也知道，我不是他的意中人……不過，我總覺得……他始終會回來看我……因為咱們……咱們畢竟是好朋友嘛！」然後紅著眼睛，強顏歡笑地看著心蘭。

心蘭凝視著斯懿，也跟著她紅了眼睛。自己早已舉目無親，而外邊的世界猶如煉獄，也不知道這「日軍禁地」能夠撐到何時，目下在這小房子裡與斯懿互相傾訴，雖然認識不過幾天，甚或是此刻才算真正的認識，但心蘭已經感到那讓她熟悉而懷念的親人感覺。半晌抓緊斯懿的手，安慰道：「他肯定會回來看你的！」又取出手帕為她拭去淚水。

「謝謝……」斯懿雖然嫉妒這眼前人，但蘇明亮沒有和自己一起也實在怪不得她。因為自那天起，蘇明亮就神秘地從旅順消失了，而心蘭後來也和岳冬成了親。面對這個難熬的世界，對於從小沒什麼親人的斯懿來說，心蘭仿佛就是上帝賜予她的親姐妹。

的確，心蘭說得沒錯，「他」，肯定會回來看斯懿的。

而且，就在當下。

房間開了一扇窗，遠處一人正在對面房子的陽台，以單筒望遠鏡監視著室內兩人。

一個雄姿英發的日本陸軍，裡邊是黑色端莊的西式軍服，外邊披著灰色的大衣，白色緊身褲子和軍靴，戴著繡上龍騰圖案的黑色手套，寒風刺骨下擎著望遠鏡，久久未動。

是蘇明亮。

「荒尾君啊！我們還以為你喜歡男人呢！原來你還是會窺看女人啊！」剛從身後房間步出的一個日兵冷得摩拳擦掌，踩腳徘徊，見蘇明亮沒反應，又說：「可惜呀！在紅十字會裡……要不……我們進去搶人？」

「你敢？」蘇明亮冷峭地說，也沒有放下望遠鏡。

那日兵開玩笑地說：「我是替你不值呀！都這麼多天了，我們當中誰沒有享受過這兒的女人？就差你而已！」見蘇明亮又不理睬自己，那日兵看著遠處的斯懿和心蘭，未幾開始自言自語：「真的，這裡的清國姑娘真的不錯！尤其是頭一天那個十二三歲的，實在是潤！告訴你，我可是第三個啊！哎呦，那快感，真的非筆墨所能形容啊……」

忍無可忍，蘇明亮放下望遠鏡，一手揪住那日兵的胸口，瞪大一雙怒目喝道：「你說夠了沒有?!」

那日兵沒想到蘇明亮突然有這麼大的反應，也從未見過他有如此大的反應，愣了半晌，然後嗤的一聲笑了出來：「怎樣？你真是同情這些清國豬了？不！是和清國豬混得太久，以為自己是豬是不？」其樣子極盡挑釁。

那日兵以為蘇明亮會揮拳打自己，那自己就可以趁機向上級舉報這個眼中釘了。誰知蘇明亮繃緊的臉皮卻慢慢放鬆，手也慢慢地鬆開了。

在回國的旅程上，蘇明亮獨自在船艙曾想過，回到日本自己應該會認識到很多新朋友，但到頭來最常交往的，卻是一個叫敦子的妓女。當穿上這套簇新的軍服，蘇明亮又曾覺得自己會認識很多戰友，會和他們出生入死，但後來發現，他們聊天時自己答不上話，他們說的笑話自己聽不明白，他們一起興高采烈地唱相聲、舞劍、謳歌，自己唱不了幾句，久而久之，最終卻是形影相弔，備受冷眼。及至旅順屠殺，全軍瘋狂，自己不積極殺人卻遭同袍排擠……

何以從前在中國的不快，以為回到日本就能解脫的不快，到今天還是揮之不去?!

憤怒被那熟悉的自憐所取代。蘇明亮放開了手，也沒有理會那日兵再說什麼，慢慢提起了望遠鏡，試圖在眼前那遙遠而熟悉的兩名中國女子身上，繼續尋找那迷失了的自己……

兩人越聊越有興致。心蘭說起從前岳冬和自己的趣事，說了如何與岳冬相識，說他因為弄哭了自己而被哥哥打，說他初見圍棋以為棋子能吃而咬崩了牙，說他捉迷藏時躲進了雞棚弄得滿身雞糞，又說他抱了自己一下而被父親罰拿大頂……期間心蘭談笑甚歡，畢竟，從得知父親的噩耗到現在已經有兩個月了，最痛苦的時間可說已經過去。雖然仍然悲痛，但此刻心蘭之所以能坦然向斯懿訴說岳冬的往事，眼神中甚至帶著幾分驕傲，也正是因為，對她來說，岳冬，也一

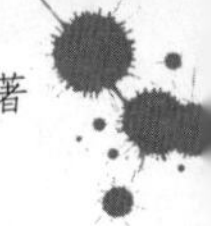

同在平壤為國捐軀了。

她，正如在碼頭給岳冬的信中所言，以他為榮。

這時終於提到岳冬喜歡玩布袋戲的嗜好，心蘭拖著斯懿下床：「來！」然後帶她看牆上三四十個布袋：「他最喜歡就是這些玩意兒，這些年來，每逢我生日或哄我的時候他就送我，還會搭戲台演布袋戲給我看呢！」

看著牆上三四十個布袋，各式各樣，神態各異，色彩斑斕，斯懿也不禁感歎：「他，真的很喜歡你……」

心蘭想起了一幕一幕岳冬送自己布袋的情景，臉上有些羞澀，目光也躲到地上去：「他從小到大都是嬉皮笑臉的，很讓人討厭……」

「他更像個耍布袋的！」斯懿笑道。

但這時心蘭卻沒有回話，房間突然靜了下來。

# 第一百零六章　陌生

……一行人往椅子山炮台走去，途中遇見幾頭山羊，人們皆給餵食，又爭相撫摸……想昨日，即便小孩嬰兒亦不能倖免……是什麼讓人性扭曲以至於斯之甚？

「對，如果不是我，他現在應該能開開心心地耍他的布袋……」心蘭臉上再沒有笑意，呆滯的目光擱在牆上。

「你不讓他耍了？」

心蘭輕輕點頭：「他連殺雞都不敢，當兵還不是為了我？有次我實在忍不住，在別人面前數落他，說他一天到晚玩布袋，說他沒出息……」說著又想起那晚的情景，雙目出神，也再次湧上了一層潮濕，聲音也越來越小。

「然後呢？」

「他變了。」

「變了？」

「變得……再不會笑，再不會像以前那樣哄我，雖然我知道……他還是很喜歡我的……」這時更嗚咽起來：「有時候我真想……我寧願他是一個嬉皮笑臉的耍布袋的……也不想他是個客死異鄉的英雄……」話畢再次潸然淚下。

此刻，岳冬深沉而憂鬱的眼神，正擱在著遠處那燈火通明鑼鼓喧天的集仙茶園。

這可就是平時的他。那是，平靜中的深沉，平靜中的憂鬱。

的確，不過是大半年前的時候，如此的眼神絕不可能出自那雙像是會笑的眼睛。也不過是大半年的時間，往日喜歡擠眉弄眼的臉龐已恍如深冬裡的湖泊，再也泛不起一絲笑痕。往日話最多的他，最會逗人笑的他，此刻卻如黑夜裡的大海，深沉無聲，而底下，卻充滿著暗湧。哪怕現在自己看著那張全家福裡天真爛漫的自己，閃念中岳冬也感到了不可思議的陌生，而這時岳冬也終於明白，為何蘭兒老說自己沒出息，老說自己是個長不大的孩子。

然而，雖然懷念照片裡的時光，雖然目下這世界更陌生，但此刻的岳冬不會，也不可能變回從前的自己了。

正是這陌生的世界，讓過去那陌生的自己，成為過去。

「王三、春波、紹武今天都有收穫……」胖子佟上前，鬼鬼祟祟地在岳冬旁邊說。

自那晚岳冬說要逃跑起，岳冬和胖子佟就想清楚，日軍早晚會把他們殺盡，他們一定要想辦法逃跑，而幾個跟胖子佟較熟的人也認同，表示願意一起行動。由於一眾人見岳冬不怕日兵，意志堅強，沉實果敢，故這幾個願意跟他逃走的也早已認定他是領頭人。

雖然沒有具體計劃，但幾個人商議好，收拾屍體時趁機尋找工具、武器或糧食，藏在厚厚的衣服裡，以備不時，但不會隨便告訴其他人，以免被人告發。

唯岳冬此時心緒不寧，點了點頭，沒有說話，繼續看著遠方的大戲。

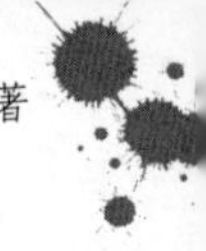

「客官免禮請坐下，休要錯認年邁媽。我的兒本是書生樣，為何項上長了鬚髮？」

「打罷春來又轉夏，春夏秋冬日月華。少年子弟江湖老，老母青絲轉白髮。」

「人家秋胡離去二十年，你岳冬一年不到就老了……」聽著《秋胡戲妻》這一段，又看著岳冬現在這一臉的深沉，想著不過大半年前的他還是一臉稚氣，胖子佟不禁有感而發。

「但他回來還能和妻子團聚，我呢？」

胖子佟知道又讓岳冬不快，忙安慰道：「你又怎麼肯定自己找不著蘭兒呢？這麼多天了也沒看見她的屍首，肯定她早就跑了，只要咱們順利逃脫，你們日後必定可以團聚！」

「你丈夫回來了，上前相見。」

「是。」

「官人在哪裡？官人在哪裡？」

「在這裡。」

「哇！」

「一見強盜做事差，你在桑園調戲咱。草堂拜別婆婆駕，不如一死染黃沙！」

看著秋胡的妻子羅氏得知之前調戲自己的人，竟是自己朝思暮想闊別二十年的夫君而斷然尋死，岳冬的目光更是複雜，半晌喃喃自語道：「只怕找著了，她也未必會認我……」

◐ ◐ ◐ ◑ ◑ ◑

「春波！醒醒！春波！」胖子佟猛地拍打閻春波那酡紅的臉龐，然而其人始終是迷迷糊糊。

又一天的清晨。所有人已經如常站到房子外面準備工作，唯獨胖子佟在裡邊試圖喚醒不省人事的閻春波。門外的日兵注意到有異樣，上前捏著鼻子在門口喝問：「怎麼了？」

胖子佟著急道：「他發熱了！今天恐怕幹不了活兒！」

「發熱？把他拉出來！」

胖子佟把閻春波拉到雪地上。一日兵蹲下察看一下，又用手摸一下額頭，扭頭與身後幾個日兵以日語簡單地交代兩句，然後就亮出匕首，二話不說就往閻春波的胸口插上一刀！

閻春波慘叫一聲。眾人大駭，岳冬和胖子佟也未及反應，日兵抽出匕首，抽住其頭髮，往其咽喉又劃了刀，然後在雪地上清潔一下匕首，站起身來，淡淡說：「第一組把屍體收拾，其他人往街口集合！」

如殺豬一樣的乾脆俐落。

鮮血在雪地上如鮮花般綻放。

看著閻春波脖子血如湧泉，手捂著脖子不停掙扎，一眾抬屍隊員一時間都反應不過來，全都被嚇得面無人色，哪怕是岳冬，也由於事出突然，怒氣霎時也提不起來。

「都聾了嗎？！」那日兵見沒有反應，怒喝一聲，眾人才手忙腳亂地動身。

「別……」看見岳冬凝視著身子在抽搐的閻春波，下巴開始在微顫，胖子佟心知不妙，忙上前按住岳冬越攥越緊的拳頭。

◐　◐　◐　◐　◐　◐

在胖子佟的力勸下，岳冬最後還是按住了怒火，畢竟已經大概想好應該怎樣逃跑，小不忍則亂大謀。

這時岳冬正在和周大貴在一當鋪裡抬屍。看著周大貴每逢看見屍體上有什麼值錢的首飾都摘下來，岳冬忍不住說：「夠了吧周大貴！你現在拿這些東西還有什麼用？！」

「你……你管我？」周大貴雖然怕岳冬，但還是繼續把一婦女的手鐲脫下。

岳冬心情早已很不好，盯著周大貴怒道：「日本人早晚會殺死咱們！你是不是拿這些東西陪葬？！」

周大貴不知如何回答，愣了愣，沒意識地咧嘴笑了笑，但還是把手鐲塞進懷裡。

「瘋子！」岳冬也不想理他，畢竟，從頭一天看見此人就覺得他瘋瘋癲癲，不可理喻。

「畜生們！吃飯了！」遠處又傳來那熟悉的聲音。

周大貴也不理會岳冬，一聽見便傻笑一下屁顛屁顛地跑去了。

◐　◐　◐　◐　◐　◐

工作了一個上午，一眾抬屍隊員在雪地上吃午飯。每個人都「齜牙咧嘴」，畢竟饅頭如石頭般硬。

胖子佟和岳冬一起靠在牆邊吃著。胖子佟咬緊牙關，一手把饅頭塞進懷裡，緊貼皮肉，用體溫來軟化饅頭。見岳冬拿著饅頭，對著雪地發愣，便搶過他的饅頭，一同塞進懷裡說：「哎！拿來吧！」又委屈地說：「你看我對你多好呢！」

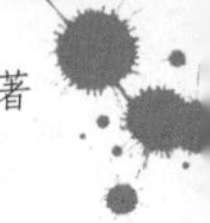



「是你的了……」岳冬卻沒什麼表情地說著，也沒有看胖子佟，畢竟今早春波被殺的情景還歷歷在目。

「怎麼了？嫌髒呀你？」

岳冬沒有說話，卻點了點頭。

「嘿！」胖子佟瞪起圓乎乎的眼睛：「你這沒良心的東西！不是我屢次勸你，你早就被倭人宰了！」

岳冬稍微回過神來。雖然沒說什麼，但心底裡清楚，這次回來，胖子佟確實幫了自己很多，若不是他自己真的早就被日本人宰了。也沒想到，這個平日粗聲大氣，往日在軍中桀驁不馴，視嫖賭吃喝為性命，老取笑自己的滿族勇兵，竟然會有與自己共患難的一天。這時岳冬也終於輕聲地說了句：「謝啊……」

胖子佟鼻子哼了口氣，白了岳冬一眼，但心裡卻是滿意得很。

這時岳冬抬起頭來，赫然發現遠處街道盡頭，就是司大夫的教堂和醫院，但門口卻有日軍在駐守。

「不知司大夫還在不在？」岳冬自言自語地說。

胖子佟哧的笑了：「早就跑了！」然後靠近岳冬：「現在那兒可是倭軍的營務處！」

岳冬有些疑惑：「倭人不會殺洋人，他沒有必要跑，何況，他可不會丟下這裡需要他的人。」

「誰說得準那？大難臨頭各自飛呀！」

「咱們啥時候會經過左府？」看見教堂，岳冬自然想起家了，又問胖子佟被抓後有否到過左府，畢竟左府離這裡不過幾條街而已。

「沒有……不過這樣收拾下去，我想兩三天就能到了……」

胖子佟還未說完，遠處傳來了婦女的哭啼聲，且漸漸迫近，未幾便看見遠方街道盡頭近教堂處有日兵押送著十來個婦女經過。

幾個看守抬屍隊的日本兵看見，無不猥瑣地笑了起來，又嘰哩咕嚕地竊竊私語。

所有抬屍隊隊員都看見，但大部分人卻仍是面無表情地蹲在地上吃饅頭，只是其中一人不鹹不淡地說：「又一批……」

岳冬馬上站直了身，踏前兩步。

蘭兒？

# 第一百零七章　尋覓

二億兩白銀賠款，相當於清政府三年之財政收入，亦即日本政府四年多之財政收入。財困之清政府必然靠借債還款，各國銀行勢必趁火打劫，算上利息賠款可達五億兩之巨，李鴻章欲以「旅費」乞求伊藤首相削減賠款仍遭拒絕……

胖子佟又馬上擋在岳冬身前：「你別亂來你！」

「我要看清楚！」岳冬呼吸頃刻變得急速，向著那方向望眼欲穿，但婦女們早已經過，向著左府的方向離去。

「裡邊沒有蘭兒！」

「你怎麼知道？！」

「我看過了，沒有！」

「你沒看見！」

未幾一大隊日軍緊隨其後，而且拐過彎往這邊走來。接著有日兵喝了一聲，岳冬這邊的日兵便立刻緊張起來，紛紛要所有抬屍隊員跪下。

兩人仍在爭執沒有跪下，兩個日兵看見，罵罵咧咧地上前，先是一鞭往胖子佟的頭打去，胖子佟叫痛馬上跪下，岳冬欲趁機上前，但胖子佟仍死抱著他的腿，日兵大怒，用腳猛踢岳冬雙腿，又把他按下去，這樣岳冬才被迫跪在地上，但仍掙扎不停，日兵最後把他雙手緊緊地扭在身後，才叫他動彈不得。

呼哧呼哧的岳冬抬頭看著遠方，只見數十個日兵跟隨著前方兩人，其中一人的軍服與別不同，胸前掛著十幾個徽章，下巴掛著一束白色的鬍子，背負雙手，與身邊那人談笑甚歡，最後走進了教堂。

意氣風發，不可一世。

那張臉，那笑容，深深地烙印在岳冬腦海裡。

遠方那隱隱的婦女哭聲猶在，滿街仍是數不盡的屍體。

岳冬的鼻息越發濃烈，眼神跟刀子似的。

一行日軍走進了教堂，三個日兵馬上對岳冬拳打腳踢，胖子佟怎麼勸阻也沒用，還吃了幾腳，直至有數個日兵從教堂裡邊走過來才收手。

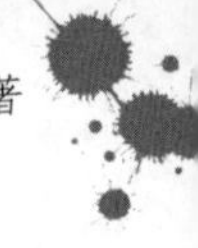

那三日兵就是前兩天抓岳冬進來的三個，由於有上司的命令，故哪怕岳冬竟斗膽反抗，三人也不敢把他隨意殺掉，但由於曾因逮捕岳冬不力而被上級責罵，三人自然對岳冬特別的「關照」。

剛從教堂出來的日兵沿著牆壁貼上像是通告的東西，又跟看守抬屍隊的日兵們打招呼。

在日兵容許後，一眾抬屍隊員終於站了起來，繼續吃飯。

「你小子厲害！你這樣他們也不殺死你！沒事吧？」看著那三個日兵稍微消氣地遠去，胖子佟爬到被打得蜷縮在牆角的岳冬身邊，又勸道：「求你別鬧了大哥！連命都沒有你找什麼找？」

嘴邊淌血的岳冬彷彿沒有感覺，也沒有理會胖子佟，目光始終離不開遠處剛才婦女消失的地方。

這時傳來了抬屍隊員的議論聲，他們圍著剛才日兵貼上的通告交頭接耳，像是好奇為什麼日本人也用漢字。胖子佟和大部分抬屍隊員都不識字，岳冬抬起頭看，字數不多，看懂的有近一半：「十二月三日」、「祝捷會」、「盛大舉行」。

「看什麼看?!不識字的傢伙！快點吃完幹活去！就剩下這麼四天了！」一個日兵上來驅散人群。

另一個日兵則說：「你們聽著！有誰發現女子，馬上報告！不然，就像今天早上那沒用的傢伙！」

一眾抬屍隊員面面相覷，默不作聲。

岳冬也沒有做聲。他細起了眼睛，內心的憤怒和冷靜在交織，不停盤算著如何能尋找剛才那些婦女……

◐ ◐ ◐ ◑ ◑ ◑

的確，婦女們經過了左府。那隱隱的哭啼聲把十幾個正在左府裡做飯的婦女們嚇得魂不附體。

「他們又來抓婦女了！」

「聽洋人說，現在女的抓到都不殺了，抓進牢裡給倭人輪著施暴！」

「聽說連六十多歲的都不放過！」

「禽獸呀！」

「你說他們會不會上這兒要人呢？」

「不會吧？」

「他們啥時候才停手呢？」

大夥你一言我一語的，越說越慌。

張斯懿蹲在火爐面前，愣愣地看著一塊一塊的木柴在烈火中化為灰燼，這時像是對剛才人們最後一句話有些反應，也似乎早就想過這個問題，無意識地喃喃自語說：「死絕了……不就停了嗎？」

在旁的心蘭像是聽見，詫異地往斯懿看去，但突然外邊後門便傳來了敲門聲！

這段日子裡只有深夜時有死裡逃生的人試過敲門，就是沒有在日間敲門的，而且剛聽見婦女的哭啼聲，那敲門的不是日軍還會有誰？

「是倭人吧？」「慘了慘了！」

「不是他們還有誰？」

「多得你這臭嘴！他們真來這兒要人了！」

一眾婦女被嚇得面如土色，紛紛四散藏了起來。

門一直敲著。司大夫等洋人嚴陣以待，廚房外所有中國人不論男女也都躲了起來。

司大夫把門緩緩地打開，雖然心裡早已做好準備對方是日軍，但最後還是難掩驚訝。

「是你？！」

「你好司大夫，我是日本陸軍下士，荒尾馨。」

是蘇明亮。

看清楚司大夫身後除了兩個洋人外並沒有其他人，一身端莊日軍軍服的蘇明亮向著司大夫微微鞠躬，久久不敢抬起頭讓司大夫看見自己的臉。

多麼陌生的名字，不單對司大夫來說，對蘇明亮自己來說也是。

之前他一直在門外低著頭尋思，手怎麼也提不起來敲門，一向冷靜的他心裡更是不自覺地悸顫。他來這裡萬般無奈，不過是受上級指示。此次回來旅順，他不想看見任何他認識的人。死去的，他無奈，亦不忍。活著的，就如目下這情景了。當然，他更害怕的，是碰上，他所喜歡的——左心蘭。

司大夫呆呆地笑一聲，像是接受不了眼前這一幕：「……都說日本人派了很多奸細來中國，說他們剃頭留辮，說得一口流利的中國話……初時我不太相信，後來抓到一兩人，也覺得兩國交戰，並不出奇……但萬萬沒想到……連我身邊認識的……竟然也大有人在……」他也彷彿在痛心，蘇明亮，一個在他眼裡彬彬有禮，年輕有為的中國青年，正值這個貧窮落後，頻臨崩潰的國家所需要的青年，竟然只是敵國派來刺探情報的奸細而已！這時更萬分感慨道：

「……如此處心積慮……中國，焉能不敗？」

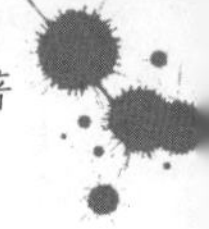

蘇明亮邊聽著，邊凝視著司大夫，目光無比複雜，也無比無奈。他早已想過司大夫會說類似的話，他不想解釋，也不知該如何解釋。從再次踏上中國土地的那一刻起，不，應該說，從知道因為自己是負責旅順情報而被編入第二軍時，他就已經想過，會有這麼的一天，會有這麼的一刻。

但那時候的他仍確信，這是帝國為了亞細亞能共同對抗西方侵略無可奈何的惟一選擇，而清國和帝國所受的陣痛，也是為了亞細亞那長久美好的未來的必然代價。所以，哪怕面對如此境況，哪怕他不能讓對方明白，哪怕對方的目光充滿了對自己的仇恨，他的道德感、使命感和意志仍能屹立不倒。相反，他還覺得，自己，還有帝國，都是在忍辱負重。終有一日，眼前視你為仇人的清國人，哪怕要等到他的下一代，再下一代，總會明白和體諒，甚至是敬佩和感謝，今天自己的信念和付出。

然而，此刻，那一向冷峻、堅定、自負的臉龐上，在經歷這幾天的瘋狂屠殺後，早已煙消雲散，目下再聽了司大夫這麼的一席話，哪怕表面上仍是平靜，也再難掩底下那無奈、疑惑和迷茫。

# 第一百零八章　佔有

午後和斯懿於碼頭附近喝咖啡，因店裡有幾個日本人，便談起日本。伊雖為女子，亦聞日本近年銳意改革，舉國師法西洋，故興趣甚濃，問長問短，余亦略作介紹。後提及兩國於朝鮮對峙，伊問余倘若開仗，誰勝誰負。余謂日本雖有志氣，亦煥然一新，而勇兵亦多腐化，然終難與九州之國匹敵云。彼聽後無語，熱情消逝，竟似有失落之感……

「司大夫……今天，我只是奉司令部之命，向您發出五日後舉行的祝捷會的邀請函……」蘇明亮冷靜地說著，從懷中取出請柬，身子前傾，雙手遞上。

「慶祝嗎？」司大夫苦笑一聲，沒有接過，反問：「你覺得旅順有什麼事情值得慶祝嗎？」

最不想聽見的說話也終於聽見了。蘇明亮一直低頭鞠躬，沒有回答，也壓根回答不了，這時也閉上眼睛，彷彿，是在懺悔。

司大夫沒有再說，只是一直盯著蘇明亮。那是，一種怪責，一種不能寬恕的眼神。雖然，理智告訴他，蘇明亮不過是一個小小的士兵，他也可能有他的無奈，他甚至沒有殺人。但目睹如此瘋狂殘忍的屠殺，目睹日軍種種天怒人怨的惡行，哪怕自己如何呼天搶，聲嘶力竭也救不了，哪怕是一個，那些無辜的旅順平民，哪怕基督徒應該心中有愛，不應有恨，此刻司大夫對日軍的恨實在不可能釋懷，哪怕是對這眼前這個像是在懺悔的蘇明亮。

蘇明亮也知道司大夫不可能會接受邀請，半晌站直了腰，收起帖子。他也看得懂司大夫那眼神，亦不想久留：「我會彙報給司令部，說司大夫您不會出席祝捷會。」又說：「如果有什麼需要幫助，可以派人到……位於教堂的司令部。對於紅十字會的合理請求，相信司令部會盡最大努力去滿足的。」

司大夫又嗤笑說：「人出去還能回來嗎？」

蘇明亮忙道：「只要身上有貴會紅十字的標誌，我軍會以禮相待！」

司大夫卻是冷哼一聲，把頭側向一邊，沒再說話。

蘇明亮見狀也沒趣，轉身欲走，卻聽見司大夫冷冷地說：「糧食、藥物。」

雖然不過是個冷淡的回應，但畢竟是個回應，蘇明亮像是獲得司大夫的寬恕一樣，稍微鬆了口氣，臉上稍微露出欣然之色：「可以，我馬上向司令部轉達！」

司大夫聽後馬上關門。

蘇明亮看著這熟悉的左府後門良久，百味雜陳，半晌才轉身離去。

「你看！那些日軍說咱們的話說得多好！」兩個膽子大的婦人見很久也沒有動靜，便摸到靠近後門的一扇窗窺看後門的情況，又把耳朵伸出去，由於距離不遠，能聽見蘇明亮的說話，此時見司大夫關上了門，也終於鬆了口氣坐了下來。

「走了？」身後有婦女探頭問，聽見真的走了，便紛紛冒了出來。

其中一人接過剛才那婦人的話茬：「你也別說，

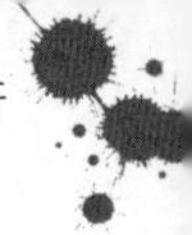



倭人派來的奸細可不少，幾個月前不是有個被發現處斬了嗎？聽說那人跟咱們一模一樣，說起話來一點破綻都沒有！」

「一點破綻都沒有？那得潛伏多久了？」

「那可不是一兩年了！」

「聽說那時候上海也有幾個奸細被抓呢！」

「我也記得！」

「現在都回來當嚮導了吧？」

「可不！都打進來了，還不穿上他們自己的號衣？」婦女們又七嘴八舌地說著。

心蘭沒有出聲，一直在找不知去向的斯懿。

很奇怪，剛才斯懿對於那敲門聲雖然也感到恐懼，但恐懼中卻有著幾分好奇。那敲門的力度和節奏都很適中，哪怕等了很久，也只是一直地敲，而沒有拍，絕不像是粗野士兵，更不像是來姦淫擄掠的。

悄悄地步出了廚房，小心翼翼地沿著走廊走著，逐漸聽見那人的聲線，而那好奇的感覺，竟慢慢地變成了期盼，隨著後門外的景物逐步進入眼簾，那期盼最後竟然成為了事實！

斯懿放空雙目，腦海回到那個自己畢生最難忘的時空——在蘇明亮消失前，在自己房間和他渡過那既甜蜜又苦澀的一晚……

正當兩人如兩條纏繞的藤蔓融為一體的時候，激烈的呼吸聲中，斯懿問了一個一直以來都很想問但始終不敢問的問題：「你……是不是……不是……中國人？」

這是一個女人的第六感告訴她的。對斯懿來說，其學識、語言和言談舉止，在這土地上早已是萬中無一。但他既不像那些志在報國的留洋學生，也不像那些胸懷大志的書生謀士。其學識仿佛是兩者的結合，但他卻甘願籍籍無名，安安分分，在中國東北的一個小鎮，但也是一個重要軍港，做他的小生意。要找他從不容易。每當看見他，他總是從一臉凝重，或食指輕放在下唇，俯首沉思。當他發現你正看著他，便瞬間變得談笑風生。但笑容背後，總像藏著一些難以言說的東西。他仿佛完美無瑕，滴水不漏。但正正如此，更讓斯懿覺得，他，從來就不屬於這片土地。

當然，最可疑的還是，在戰爭爆發後，他就神秘地突然失蹤了。

正值高潮而酒醉的蘇明亮喘著氣說：「怎麼

了？……我不是中國人……你就不跟我走了？」彷彿要掙回多少意識的他，此情此景下也無能為力，而此對話日後也沉澱在其腦海裡的最深處，或許只有在夢境裡才會浮現。

本來和蘇明亮額頭相依，四目交投的斯懿，在享受的呼吸聲中，臉上閃過一個奇怪的表情，像是本來還有一點保留，此刻卻連這最後一點的保留也沒有了。沒再說話，閉上雙目，斯懿把蘇明亮深深地摟在懷裡，雙臂抓住其後背，身體完全地放鬆，完全地享受，享受著，那徹底被佔有的感覺……

◐◐◐◑◑◑

岳冬繼續在東菜市幹活。他始終忘不了剛才那十幾個婦女，此時又想到昨日遇見的小姑娘，不知當中會否就有她，便又跟日兵說要解手。由於每天在東菜市工作差不多近四個小時，抬屍隊說要解手日兵一般都會容許，只是從遠處監視著。

周大貴見岳冬要解手，又屁顛屁顛地跟來。岳冬白了他一眼，跟他說自己要大解，才沒有再跟上。

遠處一日兵往這邊看來，發現看不見岳冬，立刻喝問在較近的周大貴：「三十七呢？」三十七是岳冬的編號，每個抬屍隊都有一個編號寫在後背讓日軍辨識，而這也說明，日軍記得周大貴的名字對他來說是如何的「重視」。

「他在拉屎！我也要拉呢！」周大貴蹲了下來往旁邊一指，大聲地回答。

「三十七號快出來！」那日兵繼續喝道：「你們拉屎也得讓我看見，不然就得挨揍！」

岳冬蹲在一門板後，是昨天碰見小姑娘的位置附近。雖然脫了褲子，這時也沒辦法不稍微站出點讓日兵看見，還得朝那日兵打個招呼。

蹲下來也真想大便，畢竟自己也兩三天沒去了，周大貴則蹲在十步以外。正在蹲著，岳冬趁機把藏著自己懷裡的一個饅頭和一根玉米扔到旁邊昨日碰見小姑娘的位置，但沒看見她，或許見自己正在大便不好意思出來吧？

未幾看見不遠處通天街的路口，岳冬就目不轉睛了。因為那裡一直走到盡頭就是左府，從前往來左府和教堂都必定經過那裡，而剛才那些婦女也是往那方向走的。再往日兵那邊看去，只見他們正在閒聊，完全沒注意自己這邊的情況，周大貴則低下頭一個勁兒

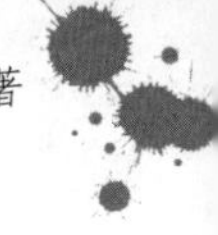

地拉，像是很不順暢。

很快就拉完，岳冬用雪擦一下屁股，拉起褲子，但沒有站起來，而是悄悄地往那路口爬去，又不時回頭看日軍和周大貴有沒有發現自己。

路口就在眼前，心跳越來越快，呼吸越來越重。雖然不知道看見了又怎樣，雖然也知道看見了自己也不敢拔腿跑去，畢竟還有很長的路，但不知怎的，身體就像不受控制，仿佛前方就是家門口那樣吸引著自己，不斷地往前爬，而且越爬越快。

未幾身後突然有人大喊：「有人逃跑呀！」然後就是周大貴瘋了似的往自己撲過來！

# 第一百零九章　偷生

**一路上燒殺搶掠，販賣鴉片人口古物者，卻能以傳播文明自居，被人蹂躪屠殺的一方，只能如死人一樣默然，任由對方給自己戴上「黃禍」「落後」「野蠻」「專制」等面具，成為其本該被蹂躪屠殺之理由……**

「幹嘛了你！」岳冬不停掙扎，又不停捶打周大貴，周大貴則死死地抱著岳冬的腿。岳冬見遠處的日軍正往這邊趕來，更是怒不可遏，用腳狠狠地猛踹周大貴的頭。但哪怕周大貴被踹得頭破血流，雙手仍是死死不放，還齜牙咧嘴地喊：「有人逃跑呀！有人逃跑呀！……」

「竟然夠膽逃跑？！」趕到的日兵二話不說，拿起槍支，手拿槍頭，用那沉重的槍柄往岳冬的頭砸去！

岳冬「呀」的一聲，登時眼角爆裂，倒在地上，頭上的回族白帽也沾了鮮血。然後三個日兵就是以槍柄往岳冬不停地砸，嘴裡罵罵咧咧的，哪怕胖子佟來求情也毫不理會，而這時喘著氣滿臉鮮血的周大貴也終於退了下來。

這時正值盛怒的日兵揪起了岳冬，翻轉槍支，以刺刀對著他：「你以為我就不敢殺你嗎？！」

但一人馬上恢復理智，阻止道：「今早才殺了一個，現在還要在祝捷會前清理完畢，不宜再殺！」

另一人則說：「對！林少尉說，他這條命是他應得的……」

聽見同袍這麼說，那拿著刺刀的日兵慢慢地冷靜下來，收起刺刀，背上槍支。正當大夥以為這就告一段落，誰知他還突然拔出匕首，揪住岳冬的右耳，活生生地割了下來！

「不讓你受點苦怎麼行？！」

岳冬嘶聲慘叫一聲，倒在雪地上。那日兵還踩著岳冬的頭，踩著那傷口，目露凶光，探下身以漢語跟他說：「就讓你多活幾天，看我祝捷會後怎麼收拾你！」

岳冬一呼一吸的，鮮血流過鼻子，流過眼睛，流過嘴巴，再流到雪地上。心中感受到的，與其說是憤怒，不如說是那強烈的血腥味所燃起的更強烈的求生意志。

因為，此刻在岳冬的瞳孔裡，是左府屋頂的一角，還有，上面那隨風飄揚的——紅十字旗。

岳冬的慘叫聲驚動了左府裡的人。一洋人依舊爬上了屋頂，以望遠鏡觀看，只見岳冬在血跡斑斑的雪地上緩緩爬起，然後被胖子佟扶著離開。那洋人當然不認識胖子佟，但來了旅順數年，一直跟隨司大夫的他自然認得岳冬，此刻雖然距離尚遠，也不過是一撇，但真的覺得很像，尤其是他那頂回族白帽，從前每逢看見岳冬他總是戴上的。

「怎麼了？」

「有人被殺了？」

「死人了？」

十幾個人圍著剛爬下來的洋人。那洋人滿臉疑惑，因為他也知道，岳冬早已隨左寶貴在平壤陣亡，久久沒有說話的他只好盯著遠處也看著自己的心蘭，

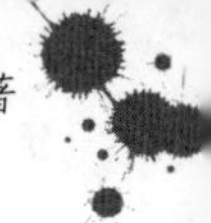





而四周的人此時也順著其目光往心蘭看去。

那洋人上前，臉色極為難看，好像正告訴別人自己見鬼一樣：「我……好像看見了……岳冬。」

心蘭以為自己聽錯，一時間反應不過來，愣愣地看著洋人。

「誰是岳冬？」身邊不知道的人在問。

「真的很像……他頭戴著白帽子的！」

「瞎說！他在平壤死了！這裡戴白帽子的回民多的是！」心蘭冷靜地回答。

「原來是她丈夫……」身邊的人開始在竊竊私語。

「我知道，或許……或許是我看錯了……」那洋人低下頭來。見身邊有人問發生什麼事，那洋人又說：「那邊有個人被日軍打，打得一地是血……他是那些收拾屍體的……」

「收屍的？」

「不是說父親和丈夫都是英雄嗎？怎麼成了收屍的呢？」

「還不是和那些狗勇兵一樣，丟了槍，脫了軍服跑了，後來被抓了唄！」

「說什麼戰死沙場，原來是苟且偷生呀……」

「可不？只會收屍的勇兵，多丟人哪！」

……哪管聲音更小，這些閒言閒語還是讓心蘭一一聽見。

「你們胡說！他早就死在平壤了！」

冷清的聲音在雪地上空迴盪著。

那目光，彷佛比外邊那些嗜血的日軍更讓眾人心寒。

如此口沒遮攔，眾口鑠金，誣蔑自己為國捐軀的丈夫，一向儀態萬方的心蘭也怒不可遏，鳳眼圓睜地對眾人怒喊。

眾人見狀一時未敢再說，但從他們的眼神可看出，始終認為他們自己說的就是事實。

那洋人急忙賠不是，斯懿也上前安慰，但心蘭什麼都聽不進，胸口起伏不停，眼睛狠狠地往眾人掃視，但未幾鼻子就酸了。

的確，試問世間上哪有，人家說你丈夫活著，而你卻偏偏要說他死去的呢？

然而，他活著，她不是從來沒想過，不，而是多麼的希望！自聞父親噩耗，雖然心痛欲絕，但還是不斷託人打探岳冬的消息，不管是靠關係還是花錢。儘管已經託人在退回國內的奉軍裡查找，但始終渺無音訊。

故此刻心蘭也不能不想到，萬一，可能……那真是岳冬……他會不會就是回來找自己?的確，一直以來，她之所以斷定岳冬死了，不過是因為始終沒有其消息而已。而他是父親的親兵，父親陣亡他自然凶多吉少。雖然奉軍傷亡慘重，但撤回國內的也大有人在，而城破一刻兵荒馬亂，除了父親和喊得出名字的營官哨官，數千人的奉軍，大部分也不知道誰死誰活，更沒人看見岳冬的屍首，那誰能斷言岳冬已經在平壤陣亡呢?!

或許，那不過是自己一廂情願而已。

或許，那就是岳冬。

或許，他就在門外不遠處，正被日軍虐打著。

或許，他，正在苟且偷生!

心蘭不敢再往下想，一向外表柔弱如兔子般的她，再次向著眾人發出如野獸般的怒吼：「他早就死在平壤了!」

◐　◐　◐　◑　◑　◑

這晚，大戲聲中，岳冬狂毆周大貴。

「日本人說，一個人偷走，就有一個人要死，這怪不了他!」胖子佟正出死力攔著。

「我也沒說要偷走……不過就是看一眼而已!……你喊什麼喊?!」然而岳冬還是毫不理會，手打不了就用腳踢，哪怕今日自己受傷也不輕，本來只是包紮右眼的他，這時右耳也不能倖免，加上頭上那白帽，大半個頭都是裹著的。

「別打!別打啦!」幾個時辰前才被岳冬踹得頭破血流的周大貴，剛止血沒多久，這時又被岳冬揍得口腫鼻青，傷口破裂，嘴邊淌血，雙手死死地抱著頭瑟縮在一角。

四周的人見狀無不被嚇得在牆角發抖。

「你想想!……你想想!……你我能活過祝捷會嗎?……倭人沒殺死我……而你這傻帽還活著……就是想儘快把屍體收拾好而已!……要是屍體都收拾完了，你!我!還有你們!還能活嗎?!」這時終於氣力不繼，停了下來，不再跟胖子佟糾纏，深深地吸一口氣，跟所有人又說：「今早春波才被倭人殺了……你們都忘了?!宰豬似的……不過因為他病倒而已!

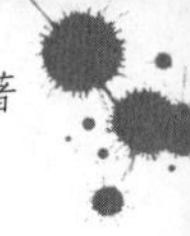

幹不了活兒而已！……不是明擺著的嗎？！……倭人也說了……四天……不！現在已經晚上了，明天就是大後天了！……大後天你們就像春波那樣了！像豬那樣被宰了！你們就沒有一點感覺嗎？你們就願意坐以待斃嗎？還要看見有人逃跑就拼命地抱著他大喊嗎？！」最後還多踹周大貴一腳才坐了下來。

四周的人默默地聽著。靜默中，岳冬的話仿佛在眾人的耳邊不停地重複。沒過多久，人們像是不再發抖，反而真的開始思考岳冬所說的。

「那……我們可以做什麼？」曾和胖子佟想過逃走的王三率先問。

「對……只要能逃出去……我什麼都願意幹！」身邊的鮑紹武也接著說。

這時四周的人紛紛左右四顧，都盼著大夥能表個態然後自己才敢表態。

「逃出這屋子不難，難的，是如何讓那些孬種不向倭人通風報信！」岳冬像是早就想好了，細起眼睛對著眾人說。話畢從懷裡亮出匕首，使勁地一插插在地上，目露凶光地盯著瑟縮在一角的周大貴。

「橫豎是死……為啥就不放手一搏？」這時一個從不說話的中年漢竟然開口了。

眾人聽了無不心中一動，未幾便有幾個人開始點頭，低聲說幾聲「對……」「沒錯……」，然後漸漸有十幾個人點頭，最後大部分人都跟著點頭了。

哪怕沒有說話，哪怕他們的目光看上去依舊的呆滯，依舊的迷茫，但卻不再一樣——那早已被揑滅的求生意志，竟然被再次燃起。

雖然還不堅定，而當中周大貴等幾個人始終不敢表態，但這裡三十幾個人總算有了逃走的共識。當然，王三的發問和鮑紹武的和應不過是和岳冬唱雙簧而已。看見這群一向縮頭縮腦，貪生怕死的抬屍隊最後竟然大部分人都願意冒險逃跑，胖子佟也彷佛看到了希望，揚起了眉毛。

# 第一百十章　笑容

想福澤之名言云：「在相信之世界裡，有很多偽詐。在懷疑之世界裡，卻有很多真理。」自以為早已跳出那相信之世界，但原來，在那相信之世界外的，不過是另一個相信之世界而已……

隆冬肅殺，寒風削面。

清晨，耳邊那破敗的紅十字旗在獵獵作響，眼下是被蹂躪的旅順。

凍得發紫的指頭快沒有知覺，一副精神只在望遠鏡中的殘垣斷壁間尋覓。

水汽在唇上結成了霜。風中的雪花在頭髮和睫毛上歇息。

爬上了屋頂的心蘭躲在被窩裡，既希望看見岳冬，也害怕看見岳冬。

岳冬今天沒有再經過昨日被割耳朵的地方。但不論什麼時候，總會不自覺地往左府的方向呆呆看著，彷佛知道，心愛的人就在裡邊。

終於看見有抬屍隊的人出現，但距離太遠，始終看不清人臉。

「你讓我出去！你讓我出去！」心蘭極力掙扎，但被司大夫等人攔著，未幾更跪在地上哀求：「司大夫！我求求你！我求求你！」

岳冬經過發現那小姑娘的地方，發現門前雪地上有一個歪歪斜斜的「謝」字，猜想應該是小姑娘寫的，臉上閃過了一絲久違了的，慈祥的微笑，彷佛看到了自己將來的孩子。

「不會是他的……」斯懿欲安慰被司大夫關在房間裡的心蘭。

「你怎麼知道？……」心蘭在床上泣不成聲。

「是他又怎樣？讓你找到了又怎樣？你救得了他嗎？」

傍晚，山邊的斜陽刺破了雲層，本來一片的陰霾被染成了金黃。

這時旅順市街的屍體差不多收拾完畢，岳冬這天

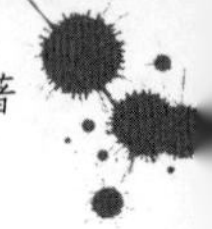

也來到了位於對面溝的亂葬崗。

這裡與其說是一個大坑，不如說是一塊低地。屍體，把低地填平了。

腥風撲鼻。

三十多個抬屍隊員盡最後努力，把最後一批從市街搬來的屍體扔進低地。四周有上百個日軍在督促。這時有一個穿著西服的日本人拿著攝影器材走來，說要跟大夥拍照，日軍見工作了大半天，也容許抬屍隊作短暫休息。

斜陽下，皚皚白雪化作一地金沙。

「準備……」二十幾個日本兵濟濟一堂，在一地屍體面前裝模作樣地拍照。一些人以刺刀指向屍體，軍官則拔出武士刀，又有人把屍體踩在腳下……

四周的抬屍隊員一邊蹲在旁邊休息，一邊看著日本兵拍照。看著那些殺人越貨，姦淫擄掠，平日對自己百般奴役的日本兵此時輕輕鬆鬆的，又覺得拍照有趣，幾個人的臉上露出了憨笑來。

岳冬默默地看著這一切。

那笑容，讓他感到悲涼，也讓他感到絕望。

回頭再看自己那狹長而孤單的身影，像是看不見盡頭。

再放眼遠處夕陽下把低地填平的屍體，再放眼天地，震顫的歎息中，當初那種惶恐和激動早已灰飛煙滅，餘下的，只有思考，但思考過後，卻是無盡的悲涼，無盡的絕望。

而這時岳冬的目光，也變得如那天左寶貴在細雨下，看著被薛雲開虐殺並棄屍陰溝的勇兵那樣，也像在朝鮮當探弁的那晚，在帳篷裡的營火下，啟東老父看著啟東的時候那樣……

哪怕成功逃脫，哪怕此刻蘭兒就依偎在自己的肩膀上，哪怕日後親手抱著自己的孩子，這輩子，也逃不出這悲涼，逃不出這絕望。

「日後我的孩子問我，他父親是什麼人，我怎麼告訴他？英雄？逃兵？抑或是亡國奴？！」

「你就跟他說，他父親是英雄，戰死在平壤，不是更好嗎？」

「幹嘛了？」胖子佟上前說。

「沒什麼……」

「明兒咱們到了趙家溝，然後有什麼打算呢？」

「打算？……」岳冬一臉茫然。

「就算我騙他，但我這個做娘親的，也總得知道答案吧！」

◐　◐　◐　◑　◑　◑

大戲聲再次響起，也是一眾抬屍隊員動身逃跑的訊號。

岳冬胖子佟等人早已預備好。之前暗地裡收集了衣服、工具、武器、打火刀、火絨、糧食等等。因室是磚砌的，要打掉磚塊逃走不難。地點在東新街和長街的交界附近，屬市街東面的邊沿，過兩三條窄巷便是山林，沿著山林南邊是長街的延伸，一直往東走便是人稱小天津的馬家屯，再往東北走就是目的地趙家溝。那裡人煙稀少，山林茂密，地勢複雜，便於匿藏。

本來也想過半夜逃走，但環境太靜，而經過連日觀察，發現守門的三個日兵從不打盹，稍有動靜很容易被他們察覺，而且半夜也有士兵巡邏。相反，集仙茶園演戲的時候多數士兵都去看戲，巡邏的反而少了，故在大戲聲中逃跑較為安全。

確定日兵們正看戲看得過癮，岳冬踩在胖子佟肩膀上，從上面通風的小窗確定另一邊的窄巷也沒有日兵，然後便叫眾人行動。眾人都按之前岳冬講解的計劃行事，脫下寫有編號的外衣，穿足衣服，帶上包袱，取下之前早已悄悄鑿下磚頭，三十幾人便靜靜地在窄巷那邊爬了出去。

沒有人比岳冬和胖子佟更熟悉旅順的街道了，窄巷也如岳冬所料沒有日兵，在岳冬帶頭和胖子佟殿後下，眾人順利穿過三條窄巷，竄進了東邊漆黑一片的山林裡。

「逃出來啦！逃出來啦！」之前一直怕得要死的周大貴，這時見這麼容易就逃了出來，便和其他幾個人在低聲歡呼。轉身再看著樹影中遠方旅順市街的燈光，眾人無不感到死裡逃生，也感覺比想像中順利許多，順利得有點難以置信，也覺得之前沒有逃跑實在是笨。

「別吵！待大戲演完了，他們往裡邊一看，就會向咱們追來！」岳冬則一直神色凝重，他也估計，日軍一發現他們逃跑，必然會往山林這邊追捕。

殿後的胖子佟終於歸隊：「快走！倭人一發現咱們逃跑就麻煩了！」

眾人又往東走一會。這時連大戲聲也全然聽不見

了，不知是因為戲演完了，還是因為距離太遠，四周只餘下一片寂靜，除了這裡三十幾人的踏雪聲和喘氣聲。

「停下！」帶頭的岳冬突然回頭說。

事出突然，眾人紛紛愕然地停下，看著前面的岳冬。

突如其來的寂靜，讓正在逃走的人血脈更加急速。岳冬沒有出聲，只是傾耳細聽，眾人不知所以，面面相覷，企圖在對方的臉龐上尋找答案。

未幾，他們找到了。

人聲，在後方隱約傳來。

那聽不懂，但已經聽慣了的語言。

每個人的臉上都馬上給出了答案——面無人色。

「跑呀！」此時也不知誰喊，三十幾人瞬間潰散！

「別跑！」岳冬和胖子佟嘗試阻止眾人逃跑，但他們發出的喊叫聲和慌忙的逃跑聲，卻不斷讓每一個人包括自己都更加驚慌失措，以至遠方的日兵馬上就確定了眾人的位置。

「砰砰砰……」槍聲很快就響了起來，颼颼的子彈聲如獵豹在嚇唬慌不擇路的羊群。逃跑的人暴露了自己的位置，紛紛中槍倒下。岳冬和胖子佟則一開始就往不遠處如黑洞般的低地躍下，打了幾個滾，便藏起來久久不動，只聽得上面的槍聲未幾慢慢變得疏落，而人們逃跑的聲音也漸漸疏落。

「別！別！我不逃！我不逃了！」遠處傳來了周大貴那極度恐慌的聲音。

周大貴和剩下的幾個人高舉著抖顫著的雙手，跪在地上。

日兵只有三人，是平日晚上看守抬屍隊的那更。這時在四周搜索，又點算被擊斃的抬屍隊員。期間又響起幾下槍聲，相信是用來了結正在痛苦呻吟的人們。

「厲害呀周大貴！竟然夠膽逃跑？」一個日兵似笑非笑，走到周大貴的身旁。

「我哪兒敢呢！是三十七號……那個姓岳的逼迫咱們逃的！……他說，咱們不從……就把咱們殺了！……」看見身邊盡是屍體，周大貴早被嚇得尿了褲子，鼻涕口水直掛下來。

「你就不怕我殺你嗎？」那日兵臉一板，一手揪住周大貴，狠狠地給了他一個耳光，再提起了槍對準周大貴身邊另外一個人，不假思索「砰」的一聲，那人連「別」字也沒說完，就腦漿四濺，也濺到周大貴的臉上。

「呀——」周大貴頓時尖叫起來，雙手抱頭：「別殺我！我求你別殺我！」剩下的四個人也被嚇得臉色慘白，直打哆嗦。

「哈哈……」旁邊兩個日兵見狀無不譏笑起來。

「說，三十七號在哪兒？」帶頭的日兵繼續問。

「我不知道……剛才還在呢……」周大貴已被嚇得魂不附體，面無人色。

「看他這樣子肯定不知道了！」另外一個日兵說。

「那好，再見了周大貴！」日兵話畢把槍口對準了周大貴的眉心。

「別！」正當大夥都以為周大貴會大喊饒命，而他也確實大喊饒命時，他還喊了一句所有人包括岳冬也意想不到的話——

「我有女人！我有女人！」

# 第一百十一章　割裂

……那僅餘的三名姑娘終於死去，在外等候的數十人馬上不歡而散，一路上罵罵咧咧，說要繼續尋人……

周大貴抱住那日兵的腿，抬頭瞪大雙目看著那日兵：「那姓岳的！那姓岳的藏了個女的！我知道在哪兒！我帶你去找她！我帶你去找她！」

「畜牲……」岳冬沒想到周大貴竟然知道那個小姑娘，還要供出她來換自己一條命，體內的怒氣瞬間翻騰，拳頭也越握越緊。正當岳冬欲有所行動時，幸好還是胖子佟拼死拉住岳冬，又捂住岳冬的嘴巴：「你想死你？！」

岳冬勉強壓抑著怒氣，見日軍押著周大貴幾個人回去，一直渾身血淚的他欲再次動身：「我得回去！」

「你瘋了你?!」胖子佟又拉住岳冬:「倭人都走了!咱們現在可是自由了!你還回去?!」

岳冬欲掙扎開胖子佟:「我得救那個小姑娘!」

胖子佟則出死力拉住他:「回去了你就再見不著蘭兒了!」

「不回去,我可要後悔一輩子!」

「你見不了蘭兒才後悔一輩子哪!」

說起蘭兒,岳冬的動作終於慢了下來,胖子佟見狀也放開了手。岳冬不得不再次想起那晚出征前和心蘭共渡一夜,想起她那句「我不想後悔一輩子呀」,想起她那生死存亡的表情,這時輕輕搖頭,淚光中是一雙堅決的眼睛:「不!蘭兒無悔,我亦無憾!」話畢立刻轉身,拔腿跑去。

◐ ◐ ◐ ◑ ◑ ◑

那熟悉的大戲聲再次傳入人們的耳朵。

但,一切都不再一樣。

月色下,踏雪聲踉踉蹌蹌,人影如行屍走肉。

周大貴回到了東菜市,岳冬發現那小姑娘的地方附近。

「杏兒……」

周大貴彷彿回復了幾分清醒,聲音不大不小地喊著,喊著,相信是那小姑娘的名字。

「出來吧……咱們走了……」

未幾,那小姑娘真的出現。

◐ ◐ ◐ ◑ ◑ ◑

胖子佟一直愣愣地看著岳冬遠去,但看著他的身影,還有他剛才的眼神,不知怎的,就是不忍看著他一個人這麼去了,雖然知道回去是九死一生,但也沒想那麼多,最後還是追上岳冬,和他一同前往。

兩人不能如日軍般裕如前行,只能瞻前顧後,小心翼翼,還要繞過近集仙茶園有較多日軍的地方。而此時回到東菜市附近的時候,小姑娘那淒聲的喊聲已經讓岳冬和胖子佟知道應該往哪個方向走了。

附近的日兵都去了看戲,暫時都看不見他們的身影。在那淒厲的嘶叫聲下,岳冬開始喪失理性,也不知力量和勇氣是哪兒來的,也不管附近有沒有日軍,就是越走越快,最後更是一個勁兒地往前衝。

此刻,對岳冬來說,那喊聲是多麼的熟悉。彷彿是出自那個親睹爺爺被胡匪槍殺的賣菜女孩,又彷彿是出自被日軍活活燒死的啟東……

喊聲就從眼前的房子裡傳出，門外是剩下的幾個抬屍隊員，周大貴則跪在地上愣著。岳冬也沒有理會裡邊究竟有多少日兵，拔出匕首，想也沒想一腳就踹開木門！

裡邊一個日兵正在炕上強暴那小姑娘，另外兩個日兵則幫忙按住正在拼命反抗的她！

眼前這震撼的畫面和那撕心裂肺的喊聲，終讓岳冬變成一頭野獸！

岳冬瘋了似的往正在強暴小姑娘的日兵撲過去，一刀就在插中其心臟，立刻拔出來又插進去，一口氣連插三下才被止住。那日兵連褲子也沒穿，壓根反應不過來，頓時血如湧泉，口裡罵罵咧咧，面容扭曲，雙手死死地頂著岳冬持刀的手。其餘兩人則猛拉著岳冬，一人見沒用便轉身打算取長槍，但剛拿上手便被後來的胖子佟一個錘子砸中腦袋，登時不省人事。餘下的一個日兵見狀只好轉身和胖子佟肉搏，但沒有武器的他經過一輪搏鬥後還是被身材魁梧的胖子佟砸得腦漿四濺。

此時那被刺的日兵再也支撐不了，再次被岳冬的刀子插入肚子，岳冬咬牙切齒地往一邊拉，那日兵則拼死頂著。岳冬的吶喊和日兵的嘶叫交織著，早已重傷的日兵最後頂不住，「哇」的一聲慘叫，整個肚子被剖開。

血流滿地。

野獸的吼叫終於停下，餘下背後那隱隱的大戲聲。

「杏兒……」見岳冬和胖子佟竟然能把三個日兵殺掉，一直在門外惶恐地看著的周大貴摸了進來。

「別過來！」小姑娘的雙目如兩把利刃。這時的她取過衣服擋著身體，瑟縮在炕上。

岳冬和胖子佟都詫異為何周大貴會知道小姑娘的名字，但很快他們就知道答案——

「快跟爹跑！倭兵來了可不得了！」

爹？！

岳冬聽見快呼吸不了。

周大貴的身子也在顫慄。不知是害怕日軍，抑或害怕女兒。

「我沒你這個爹！」

一副讓人毛骨悚然的目光。那聲音恍如咽喉的肌肉在撕裂。

「是爹對不起你！爹跟你賠罪！」周大貴馬上跪下叩了一下頭，又馬上站起：「來！現在沒事了！快穿上衣服！再不跑就真來不及了！」話畢上前欲拉女兒的手。

「你別過來！」小姑娘甩開周大貴，身子不斷地往後退。看見日兵屍身旁邊的匕首，馬上捂著胸口下床撿起來指著他，自己也退至一角。雖然岳冬就在身邊，但他壓根接受不了眼前這一幕，反應不過來的他只是一直愣著看著兩人。

此時外邊剩下的幾個抬屍隊員也進來。有人著急地說：「別鬧了！快走吧！」

「對！倭兵來了誰也走不了！」

「別這樣！」周大貴沒想到女兒會這樣，救女心切，再踏前一步。

刀子，指向了自己的喉嚨。

周大貴終於停下。

急速而顫慄的呼吸聲瀰漫著整個室內，也牽動著眾人的心臟。

「別！」周大貴進退不得，急得兩淚交流。

各人再不敢有什麼動靜。小姑娘這時看了看四周，那雙睜大了的眼睛彷佛再也合不上。看著外邊一片斷垣殘壁，看著一直袖手旁觀現在卻催著自己要走的抬屍隊員，看著這陰晦的小房子，看著一地的屍體和鮮血，再看著眼前這個把自己獻給日軍的父親，小姑娘只想馬上離開這兒，永遠都不再回來。

「願我下輩子不要生在這兒……」

相比剛才的激動，這句話反倒說得平靜，睜大了的雙目也很是平淡，但正正是這平靜和平淡，背後卻藏著讓人不寒而慄的東西。

刀子插進了脖子，割斷了喉嚨。

血，如紅布般從脖子瀉下。

雙目，仍死死地盯著周大貴。彷佛，這一刀是插在其身上。割斷的，是兩人間的——血脈。

哪怕周大貴和岳冬已飛身上前，但終究來不及阻止。

「杏兒！」周大貴抱著女兒，嘗試捂著其脖子替她止血，但只是染紅了自己的手。

小姑娘經歷瀕死的過程，嘴巴一張一合，身體不停抽搐，十指抓地，雙目猙獰，直至——瞳孔放大。

如死去的小姑娘一樣，岳冬睜大的雙目再也合不上。

房間再次靜下，外邊的大戲聲也彷彿沒了，僅餘下周大貴的痛哭聲！「杏兒……」

「畜牲……畜牲！」岳冬再次發出野獸般的怒吼，雙目通紅，骨骼脆響，一拳便把周大貴打倒在地上，又揪住他把他推到牆上，在其耳邊全身抖顫地怒喊：「……咱們在平壤死了這麼多人，到底是為了誰呀？為了誰呀？！……就是你這畜牲嗎？就是為你們這幫亡國奴嗎？！」

抬屍隊員聽見這麼一句話，誰也不在意岳冬怎麼對付周大貴，在意的，卻是岳冬的身份。

周大貴失聲掩面，滿下巴口水鼻涕，壓根回不了話。

「答我呀畜牲！答我呀！」岳冬還使勁地把他撞到牆上去。

連續問了幾聲周大貴還是沒話，房間稍微靜了下來。

「原來是個勇兵……」這時其中一個抬屍隊員突然開口。

然而岳冬氣上心頭，壓根沒工夫去理會。

「你是勇兵？」在岳冬眼前的周大貴這時回過神來：「……你是勇兵？！」

「是又怎樣？！」岳冬還是一副精神在對付他。

本來一直挨打的周大貴，這時眼珠子往上盯著岳冬，怒火也慢慢在眼裡燃起：「是你害死杏兒……」未幾竟然還一手撥開岳冬的手，更反過來揪住了他，把他推至一角，張大的嘴巴彷彿欲把岳冬吃下：「是你害死杏兒的！」

「瘋了你？！」岳冬一時反應不過來，和周大貴糾纏起來。胖子佟見狀也上前幫忙，但結果只是亂作一團。

周大貴嘴唇一個勁地哆嗦，雙手猛地搖晃岳冬雙臂：「倭兵攻進來的時候你在哪兒了？倭兵四處殺人的時候你在哪兒了？！」

拳頭，再也攥不住了。

環境稍微靜下。一人像是不忿剛才被岳冬罵了，說：「你既然是勇兵，那為什麼不打倭兵，和俺們這些亡國奴一起抬屍了？」

身後一個抬屍隊員也說：「不是你們跑掉，俺爹俺娘就不會死……」

「你的號衣呢?是不是扔進了我家裡了?」

「我兒子也是給你們推下海死的!」

……

岳冬一臉茫然。看著一臉悲憤的周大貴在等待自己的回答,彷彿看見了旅順失陷時慘絕人寰的一幕。

悸顫的呼吸聲中,張開的嘴巴久久說不出一個字,只能緊貼身後的牆壁,企圖以牆壁的冰冷來麻木自己早已不堪重負的思緒,本來憤怒的目光也早已變得不知所措。

無從怪責,無從開口。哪怕那時候自己壓根不在旅順,哪怕自己曾在朝鮮和敵人浴血奮戰,此刻的他壓根有口難言。這時也彷彿聽見,在玄武門城樓上,槍林彈雨下左叔叔揪住了自己,嘶著嗓子向自己發出那絕望的吶喊:

「要是咱們就這樣走了,你叫這裡的百姓怎麼看咱們?咱們的百姓怎麼看咱們?到時候他們的敵人就不是倭人了,是咱們了!」

親睹這說話變成現實,再看見剛才在混亂中掉到地上染了血的布袋,想起父親在韓家屯被官兵活活逼死的一幕,岳冬仰天閉上雙目,深深地淒聲一歎,讓一眶的淚水流下。

他終於明白。他明白,一直以來百姓臉上的迷茫和冷漠。他明白,從朝鮮回來後所感到的種種陌生。他明白,左叔叔為何要創立同善堂。他明白,左叔叔為何在自己的臉上留下疤痕。他明白,父親死前對自己的囑咐到底是為什麼。他明白,郭家村那賣菜女孩和這小姑娘那看似平淡但又讓人不寒而慄的目光,到底意味著什麼。他明白,誰,更應該為這一切負上責任!

岳冬撥開了周大貴的手,撿起了布袋和日軍的槍支,撿走其身上的子彈,然後離開房子。期間沒說一句話,也沒有看任何人。

「上哪去了?」胖子佟上前問。

「去,做,咱們本該做的事兒。」岳冬側過臉,萬念俱灰地說著。

胖子佟依稀記得,年初在郭家村剿匪,自己挑釁岳冬時他早就說過同一番話。那時候嗤笑岳冬的胖子佟,現在卻揪心地說:「別傻呀你!你千辛萬苦的從朝鮮回來,難道最後卻是這樣白白死去?能這樣嗎?!」

「我壓根就不該回來！我壓根就應該死在平壤！」岳冬轉過身看著胖子佟，泫然欲泣，但眼神卻是十分堅定。這問題一直纏繞著自己，連日來他也不斷地撫心自問，而此刻，他終於有了答案。

胖子佟心頭一震，但還是力勸：「那蘭兒呢？左軍門不是叫你回來照顧蘭兒嗎？她可能就在左府裡邊鼓著肚子等你！還有你孩子呢？他可需要你這個父親哪！」

岳冬默默地看著胖子佟。的確，每想到蘭兒，每想到自己的孩子，岳冬就心如刀割，恨不得馬上放棄所有東西，歷盡千辛萬苦也要和她們團聚，更何況，蘭兒此刻可能真如胖子佟所說——近在咫尺！

但此刻的岳冬卻毫不後悔地說：

「我寧願我孩子將來沒有父親，也不想他將來活在這樣的一個世界！」

# 第一百十二章　屠宰

世界，根本由彼等所塑造。在彼等筆下，世界就是以文明和野蠻所形成，如耶教裡的天使與魔鬼，沒有半點多餘之物……日本代表光榮與進步……日本一旦失敗，朝鮮便重回中國之野蠻統治……哪怕此地血流成河，屍橫遍野，不會，亦不配獲得一絲同情，因為，地獄，本該如是。

細雪紛飛，天地茫茫。

數千個日軍整齊列隊於旅順造船廠前，也即船塢旁邊的空地，數百匹戰馬也整齊在列，噴出濃濃的鼻息。場地前方搭建一講台，台下坐了上百個日軍軍官，最前排是數十個在旅順觀戰的西方武官和記者。周圍有上百張桌子，旅順所有的玻璃杯和杯子都放在上面。

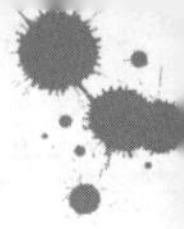

軍容鼎盛，哪怕是那數千人噴出的蒸汽已是蔚為壯觀，如成千上萬個剛蒸好的饅頭在發熱，但那可不是水汽，而是騰騰殺氣。

空曠的場地上是一把氣吞山河的膛音，正是日軍第二軍司令官大山岩：「……我軍遠征此地，未出六旬，交戰數次無往不利，金州、大連灣、旅順口，敵之國防要地，相繼被我軍取之，上賴陛下之威德，下依諸子之功力。然而，曾經相互握手的知己朋友，今留白骨於此地，為異域之鬼，又怎能不讓人落淚？……但，能為國捨一身，能為傳播文明和光明而死，發揚國威於海外，流芳名於萬世，蓋於諸君可無憾矣，尚冥……」說著雙手合十，稍作傷感，又說了一會，最後打個手勢道：「諸位辛苦了！天皇陛下為慰勞諸位，特意命人從國內運來了香煙賜予諸位！」

士兵們之前沒有被告知，面對突如其來的天皇賜予自己的禮物，雖然每人分得只有一根香煙，仍是感激涕零，紛紛高喊：「天皇陛下萬歲！天皇陛下萬歲！」

大山岩這時凝重起來：「這兒我也要跟諸位說說，我明白諸位很期待直隸作戰，我也相信我軍有能力一舉攻入清京並在那兒度歲。然而事與願違，因為天氣原因出現諸多困難，自登陸後我軍一直有人馬凍死，而直隸一帶的低溫更超出了預期，日下即使是晴朗天氣，結冰的渤海灣和刺骨的寒風實在不適宜登陸作戰。所以，大本營已經決定，待這裡安頓好以後，我軍將會實施山東作戰計劃，目的是要佔領威海衛，殲滅北洋艦隊，為天皇賀壽！」

「殲滅北洋艦隊！為天皇賀壽！殲滅北洋艦隊！為天皇賀壽！……」

隨後舉行了升軍旗典禮，台上分別升起了日章旗和英國、德國、俄國、美國等國國旗，然後全體士兵三唱「君之代」，也奏起了西方各國國歌。

最後大山岩高聲說：「我宣佈，今天的祝捷會，正式開始！」四周隨即奏起了類似西方狂歡節的音樂。

然而，歡樂的空氣中，始終帶著揮不去的血腥味兒。

◐ ◐ ◐ ◑ ◑ ◑

腥風中，細雪下，兩個女子手牽著手，踏上了旅順的街道。

一身難民的打扮，一頭長髮學男人一樣裹了起來，耳捂子也把兩鬢藏起來，臂上帶上了紅十字的袖布，心蘭和斯懿躲在一房子的廚房裡，蹲在地上，視察著街道上的動靜。

估計祝捷會那天街上巡邏的日軍可能較少，還有聽見蘇明亮說，紅十字會可以隨時派人出去請求援助，受不了心蘭苦苦哀求的斯懿，最後不單讓心蘭離去，還決定冒險和心蘭一起離開左府，打算去位於教堂的日軍司令部，藉口請求援助，來打探岳冬的下落。

當然，在斯懿內心深處，也難說沒有別的心思。

兩人凌晨時分離開左府，由於不時有日軍在街上巡邏，東藏西竄了一個凌晨和早上還未走到教堂。時近中午，還有大隊日軍殺氣騰騰地陸陸續續往南方船塢方向走去，到現在才沒了他們的蹤影，心有餘悸的斯懿便趁機會提出回去左府。

「不如……回去吧？」看著房子內還有兩具未被收拾的屍體，像是張開眼睛瞪著自己，斯懿的臉色有點青。因為當真實的危機切身，之前的距離感消失，在安逸中所想像的便霎時被眼前的恐懼所取代。更何況，她也不敢說，當日軍看見她們兩個妙齡女子，是不是真的如蘇明亮所言，會「以禮相待」。

沿途心蘭的一副精神都在外邊的街道上，眼睛如雄鷹一樣視察著四周的一切。哪怕看見日軍和屍體也毫不畏懼，恍如戰場上伺機進攻的士兵。此刻的她，就像岳冬在四處翻開屍體尋找她一樣，既要尋找，但又害怕看見。

然而，害怕，就等於不願意嗎？那可是自己的丈夫！肚裡的可是他的孩子！不想回答，也回答不了，只能逃避，唯這糾結就如毒蠍般每時每刻地啃咬自己的心臟。而只有真相，只有真相才能解開這難熬的糾結，哪怕，真相，可能會讓自己絕望……

聽不見回答，斯懿拉了拉心蘭，心蘭這才回過神來。聽見斯懿欲離去自然不悅，因為離教堂已經很近了，而目下沒有日軍，更應該趁機前進。當然，她始終因斯懿竟然主動陪自己出來而對她萬分感激，畢竟那可是隨時沒命回去的，故現在看見她害怕也很是愧疚。

猶豫間，遠方突然傳來了隆隆的音樂聲。

「應該是祝捷會開始了，我想這兒會安全

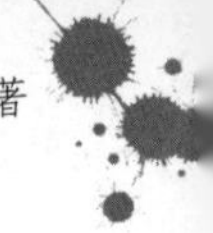

點……」心蘭驀然往南方船塢的方向看去，然後抓緊斯懿那雙冰冷的手，凝視著她：「謝謝你陪我到這兒，你就在這兒等著吧！若我半個時辰還沒回來，你就自己回去吧！」

◐ ◐ ◐ ◑ ◑ ◑

廣場上真變成了西方的狂歡節。天氣寒冷，四周燃起了火堆。周圍都是鋪天蓋地的日章旗，不少日章旗下吊著一本書，取其「大日本」之意。數千士兵在紮堆說笑、抽煙、玩樂、吃喝……

大山岩等一眾日本軍官則與在場的外國武官和西方記者祝酒，既接受各人對日軍僅需一天就攻陷這個「東方直布羅陀」的祝賀，又以都是「文明國家」的身份來與他們交流如何馴服像中國這樣的「野蠻」或「落後」國家的心得。

談笑風生。

這時日本國際法專家有賀長雄來到幾個西方記者面前，寒暄片刻後，有意無意地用英語問：「各位先生，請毫無顧忌地告訴我，你們會不會把過去十天我軍的行為稱作……『屠殺』？」

紅酒繼續在晶瑩剔透的玻璃杯裡輕描淡寫地晃著，但空中的雪花似乎也凝住了。

這幾天的屠殺實在讓一眾西方人士感到觸目驚心，難以接受，因為他們可是懷著「日本是西方的學生」，「是文明國家之列」，「此戰是文明的傳播」等等的信念來到此地。眾人萬萬沒想到對方此刻竟然會問得如此直白，誰都愣了一愣，靜默半晌才聽得一個叫哈利的美國記者說：「……這個詞在這件事上恐怕並不貼切……我們都看見你們士兵的屍體被野蠻的中國士兵蹂躪……何況，中國人如蝗蟲般多，我聽說過，即便一天殺掉一千名中國人，聽說要殺光也要一千五百年之久……」

有賀銳利的目光往哈利看去，但臉上還是保持紳士般的笑容：「哈利，您好像在逃避我的問題啊！」

「是，冷血的屠殺。」另一人卻說。

「這位先生是……」

「《紐約世界報》，克里曼。」那人面無表情，語氣很是一般，明顯是對日軍的暴行不滿。

有賀點點頭，帶點反唇相譏的味道說：「是啊……和貴國對待印第安土著一樣，都是『屠殺』，不過，這也改變不了貴國是受人敬仰的文明國家這事實啊！」

克里曼一時辯駁不了。眾人見狀更感尷尬，身體如同杯中的水汽在凝結。

「但對待野蠻人只能以野蠻的手段，無損我們文明的本質……」這時哈利開腔打完場說：「正如我們屠宰畜牲也可以說是殘忍，但卻無損我們人類是文明的物種一樣。所以，我覺得，用『屠宰』一詞，更為合適。」

「屠宰？有意思……」有賀嘴角揚起了詭異的微笑。

# 第一百十三章　捨身

攻佔北京城全然可能，然而，一，帝國財力負擔必定日重，而冬季作戰尤其艱苦，二，北京陷落清國必定大亂，列強既不可能就手，談判亦沒有對手，並不符合帝國利益。

蘇明亮一人在人叢中踽踽而行，期間看見一日兵拿著一個身上寫著「李鴻章」的人偶，人偶手上則拿著寫著「大敗」的杯子，不停地做一飲而盡的姿勢，經過的日兵看見紛紛捧腹不已。又聽見有日兵跟同袍說笑，說旅順就好比女人，而他們就是從背後攻擊她，周邊的日兵聽見又發出隆隆的笑聲。遠處還看見有奪旗遊戲，騎兵們在搶奪清軍軍旗……

再也看不下去，百味雜陳，思緒凌亂的蘇明亮獨自離開了場地。

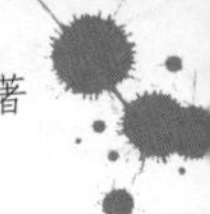

◐ ◐ ◐ ◑ ◑ ◑

「已經沒幾個活人了，還要我們巡視什麼？」一個日兵跟同行的另一人說，兩個日兵正沿著通天街巡邏。

「就是！」另一人不停地往手裡呵氣：「天寒地凍的，人家就在慶祝吃東西，我們倆就在這兒受罪！」

「誰叫我們是預備隊呢？頭功都讓他們拿去！」

「幸好屍體都算收拾乾淨，不然更是難熬啊！」

「哎！我寧願是頭兩天呢！要什麼女人都有！真後悔！那時候就不應該把她們殺光！」

「哈！你憋不住就學鈴木君啊！六十多歲的老嫗都不放過……」

那日兵白了對方一眼：「你當我是什麼？！噁心得很呢！沒女人也不能這樣饑不擇食吧？」

「慢著！」正當兩人說得高興，其中一人聽見附近有動靜。兩人馬上停住腳步，提起槍，細起眼睛審視四周。

「走！」之前心蘭正想離去，但未幾便來了這兩個日兵。這時知道對方發現了自己，立刻站起欲走，見斯懿還在地上，便強拉她起來，然而她早已被嚇破了膽，臉色慘白，怎麼拉也拉不起來。

日兵聽見心蘭的聲音，認定有人藏匿，而且辨明方向。推門進去，赫然發現兩人躲在一角！

「別動！」日兵把槍口對準二人。

仿佛快將窒息，腦袋空白一片。

房間內只餘下自己和斯懿悸顫的呼吸聲。

想到的，是肚子裡岳冬的骨肉，也想到，自己害了身旁這個願意為自己犯險的摯友。

一手護著肚子，一手緊握著斯懿的手。

「我們是紅十字會的人員，要去司令部……」心蘭強忍著惶恐，屏住呼吸，擋在斯懿身前，示意著手臂上的紅十字標誌，嘗試著這最後但愚蠢的方法。

雖然早已認出是女人，但聽見那柔弱而惶恐的女性聲線，兩日兵更是興奮，相互一看後，臉上都泛起了猥瑣的笑容……

◐ ◐ ◐ ◑ ◑ ◑

無精打采的蘇明亮依舊回到往日在旅順窺看心蘭的兩層式房子，打算看看心蘭和斯懿，見左府後院不時有洋人著急地來來去去，像是尋找什麼似的，從望遠鏡看還看見他們都很擔心，不知怎的就想起了心蘭和斯懿來，等了半晌也沒看見她們的蹤影，便打算上門問個明白。

「找遍左府上下也沒找著她們……之前我們有人發現，當中的一個抬屍的人很像是岳冬，蘭兒便哭著求我們讓她出去找他……看來……她們真出去了……」司大夫手足無措地說著，其身旁的妻子英格利斯更是急得哭了出來了。

蘇明亮聽後大駭，司令部雖有「以禮相待」之言，但壓根是指洋人而已，何況在這人間煉獄裡，哪能讓兩個女子孤身犯險？！睜大的雙目像是轉動不了，但腳已經往後退，也沒等司大夫啟齒已經說：「我這就去找她們……你們在這兒等著！」話未說完就轉身拔腿跑去。

◐　◐　◐　◑　◑　◑

雪越下越大，但無損廣場上日軍的興致。

在荷花池東北邊的高地附近，胖子佟默默地看著遠處廣場上正在慶祝的日軍，而較靠近自己的荷花池，裡邊的屍體雖然清理乾淨，但池水始終是赤紅色的。而風雪中，始終是那熟悉的血腥味兒。

對胖子佟這個滿洲兵來說，當兵本來就是為了嫖賭吃喝，打不過胡匪自然要跑，而往日看見如此千軍萬馬早就落荒而逃的他，此刻卻只是呆呆地看著，腦海裡不停回憶著那口井，那口，堵滿了親人屍體的井，而這時手中的洋槍也就越攥越緊。

親睹小姑娘自盡，想著昨晚岳冬最後留下的話，雖然再無親人兒女，但不知怎的，此刻自己的確願意付出任何東西，包括自己的性命，來阻止類似的悲劇再在這片土地上發生！哪怕自己接下來做的壓根是徒勞，壓根是送死，但也起碼對得起親人，對得起自己！

而這時的他也終於感到了，自己和這片土地是連在一起的，也感到了，自己，此刻，才是個真正的士兵。

沒有鐘錶，不知時刻，只是感覺差不多了，回到那近乎漆黑的碉堡裡，點著了藥引，然後迅速離開。而碉堡裡，全都是一桶一桶的火藥。

沒有人比他們更熟悉旅順的軍事設施佈置了。

愉快的音樂聲中，一個巨大的火球在旅順東面如煙花般盛大綻放。

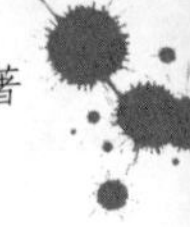

火光比南邊的黃金山還要高。

本來白茫茫的旅順市街，火光下頓時被染得通紅。

天崩地裂的爆炸聲將四周的一切聲音淹沒。遠在港口外游弋的日本聯合艦隊艦上的士兵也聽見了，紛紛走到甲板上眺望。市街雖然被黃金山所擋，但也能看見從山頂冒出來的火光。

事發突然，廣場上正在慶祝的日軍無不目瞪口呆，未幾在長官的命令下才分批集結，取回武器，並往東面增援或戒備。

積雪沒脛，前路茫茫。周大貴等幾個剩下的抬屍隊員，昨晚在岳冬和胖子佟離去後也成功逃脫。此刻正在一山溝裡往北邊逃走，聽見身後的爆炸聲忙紛紛轉身。

一對一對呆滯的目光看著遠處那火球。想起昨晚岳冬臨走前撿走日軍的槍支，還有他說過的話，像是若有所思，而目光，似乎也變得乎不再呆滯……

火光映在岳冬那凝重的臉上。匿藏在教堂附近一暗巷的他，一直緊盯著大街上急忙往東面增援的日軍。

火藥庫的爆炸持續。蘇明亮也顧不得要歸隊，兵荒馬亂下心急如焚地四處尋找心蘭和斯懿，就像當初日軍攻入市街時四處尋找兩人那樣。短時間內走遍了左府至抬屍隊囚室一帶的街道巷子，期間不斷喊兩人的名字，沒有發現便繼續往北尋找，因為估計兩人不可能往南邊祝捷會的方向走去，最後終於在一條窄巷聽見一把淒厲的喊叫聲！

街上的日軍終於散盡，包括本來在教堂四周巡邏的日軍，背上槍支帶上炸藥的岳冬跑出了窄巷，衝向教堂外牆一跳，雙手抓緊牆頂，然後使勁翻身過去。

蘇明亮順著喊聲跑去，衝進一間房子，赫然發現地上有一具半赤裸的女屍！

那女屍手腳僵硬扭曲，想是死前有過一番劇烈的掙扎，雖然看不著臉，但其手中捏緊的東西卻光燦奪目，其垂下來的同心結和一塊小小的玉石，還有連著兩根長長的紅繩子，很是眼熟……

蘇明亮也不得不停下。

抖顫的手翻過屍身，是一張熟悉的臉龐……

# 第一百十四章　跪下

岳冬爬進了司大夫的診室，再從診室門縫裡窺看，確定教堂裡空無一人，再輕輕敲了幾下也沒反應，便毅然拉開了房門。

「有一個日本友人送了我這個東西，說是在日本的一所廟宇裡求的，能保人平安，多福多壽……」蘇明亮想起那天送斯懿這平安符的情景，泣血捶膺，但喊聲就在不遠處，而且應該就是心蘭，故也不得不忍著悲痛，繼續往喊聲衝去。

岳冬昨晚和胖子佟商量，就這兩個人的力量，能對日軍作出最大的傷害，莫過於殺死他們的頭目。就是在教堂附近日兵張貼告示時，看見的那個意氣風發的日軍頭目！

蘇明亮終於趕到沒多遠的另一間房子，最不堪入目的一幕也看見了。

撕心裂肺的喊聲仿佛要撕開四周的一切！

「呀！」憤怒隨著血液瞬間灌滿了全身，骨頭也仿佛要從攥緊的拳頭破肉而出。蘇明亮瘋了似的撲過去，擠壓了多時的怨憤也瞬間爆發！

「吱……」開門聲在空曠在教堂裡迴盪著。宏偉的耶穌像依舊，但教堂兩側卻掛起了一幅一幅的巨大地圖，讓人知道這裡不再是教堂，而是日軍的司令部。

只有一隻眼睛裹著頭的岳冬仰著驚愕的臉，屏住呼吸地細看這些地圖。從前在左寶貴的書房和武備學堂裡看過，岳冬認得眼前的這幾張是奉天省的地圖。地圖異常詳細，而且標上漢字地名。岳冬看見了自己熟悉的奉天、營口、遼陽、複州、普蘭店、金州、水師營、旅順口……

鮮血淋漓，盛怒讓蘇明亮以最殘忍的方式殺死了兩個同袍。

斷斷續續，急速紊亂的呼吸聲瀰漫著四周。靈魂像是被吞噬了一樣，只餘下一個惶恐茫然的軀殼。心蘭以衣服擋著赤裸的軀體，雙手抱膝，全身劇烈地悸顫，目光如僵屍般恐怖。

蘇明亮馬上把剩下的衣服包著她，又脫下大衣披在她身上：「蘭兒……看著我……」見其目光空洞無

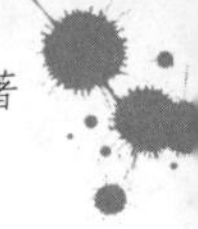



神，始終沒有看自己，蘇明亮不斷地搖晃心蘭，生怕她就此瘋了。

目光終於僵硬地移動過去，看著眼前一身日軍裝束的蘇明亮，心蘭傻笑起來，但笑容很快便消失，隨即便換上了猙獰的面目，抓住蘇明亮的手狠狠地咬下去！

地圖不單是地圖那麼簡單，上面還畫了一些箭頭，由花園口開始，一直往南至金州，再沿金州大道一直到旅順口。看見從旅順口還有箭頭指向南邊的大海，岳冬怔住了，因為這些日子裡不覺得日軍有什麼大規模的調動，旅順的日軍應該還未有南下，故那箭頭指向的，必定是日軍下一步的行動！

再看旁邊的一張地圖，有箭頭從北而南，估計就是接下去看。而奉天之南是山東，估計日軍就是要揮軍山東！的確，再旁邊的一張圖就標上北洋水師基地的所在地「威海衛」！而箭頭到了那兒便戛然而止，再看日軍登岸的地點，是山東最東端的——榮成！

仇恨的淚水滴到自己親手給蘇明亮做的手套上，眼睛如刀子般直插蘇明亮的心臟。

鮮血，開始沿著下巴流下。

蘇明亮默默地看著心蘭，強忍著，任由她咬下去，但心如刀割的他淚水亦早已堵不住地流下。心裡只是想，如果這樣她真覺得好些，那自己恨不得立刻就讓她千刀萬剮！

日軍的機密就在眼前，思緒如噴出來的水汽一樣紊亂。剎那間，山東成千上萬的黎民百姓仿佛躍於紙上，而過不多久，那裡便可能成了如外邊一樣的人間煉獄！

這時候岳冬仿佛感到，穹蒼的眼睛，正注視著這小小的旅順，注視著這小小的教堂，注視著自己這個小小的人物……

四處的日軍越來越多，在火藥庫沒什麼發現的日軍開始退回旅順市街巡視。

哪怕心蘭不願意，哪怕她極力反抗，為了保住其性命，蘇明亮也不得不強行把她抱起回去司大夫那兒。

事關重大，岳冬不得不選擇就此離去。

但也正因為事關重大，在千鈞一髮之際，在臨離開教堂一刻，岳冬還是選擇停下片刻——

轉過身，看著那自己曾經相信的，也曾經破口大罵的，聳立著的耶穌像。

跪下，闔上眼睛，雙手合十，作最後一次的——祈禱。

全身抖顫，呼吸急促，低頭垂淚，哪怕從前曾誠心祈禱希望能找到父親，也沒有像此刻如此的誠心。

瞬間回憶過往自己祈禱的情景，雖然想到的是一幕一幕的失望、絕望，但此刻，岳冬還是比過往都更願意承認，承認過往自己種種的遭遇和不幸都是自己活該，哪怕承認國家戰敗是活該，割地賠款是活該，卑躬屈膝是活該，被人屠殺是活該，來乞求，乞求自己能把日軍進軍山東的消息帶出去，來乞求悲劇不要再在這片土地上發生！

早前爆炸時司大夫的助手們早已爬上屋頂看看發生了什麼事情，這時見蘇明亮抱著一個人回來，司大夫馬上打開了門，派人出去把兩人接回來。

岳冬翻過了教堂的圍牆，日軍的呼喊聲和踏雪聲就在不遠處，他也不知道該往哪個方向走，慌不擇路下便跑進了一條小巷，再走出大街便碰上十幾個日兵！

「別走！」日兵發現岳冬高聲呼喊。雖然不知道是什麼人，但見岳冬背著槍支，而且旅順壓根不應該還有活人，日兵無不馬上追趕。

岳冬只好走回頭路，回到了教堂圍牆外，見北邊又有日兵，便只好往南邊逃跑。

「砰砰砰……」身後的日兵開始瞄著岳冬開槍。

岳冬貓著腰地狂奔，躲開了幾顆子彈後，一顆子彈還是打中其後背，整個人倒在雪地上！

「砰砰砰……」槍聲再次響起，但可是瞄著向岳冬開槍的日軍！

胖子佟和岳冬臨別前曾對他千叮萬囑，只要看見日軍統領回來，點著了炸藥就得離開教堂。雖然看樣子也知道岳冬壓根就不打算逃走，但一直惦記著岳冬的胖子佟在火藥庫爆炸後還是回到教堂附近，盼著岳冬能出來和自己一起逃跑。這時見岳冬被日軍追擊，在旁邊二樓暗處的他自然馬上出手相救。

猝不及防，兩個日軍頃刻中槍倒地。一眾日兵馬上轉而對付放暗槍的胖子佟，但見岳冬還是奮力站起繼續逃跑，幾個日兵見胖子佟人少還是繼續追擊岳冬。

「呀！」看見岳冬還是被追擊，救他心切的胖子佟上前向追擊岳冬的日軍開槍，但因此暴露了自己位置，最後連中幾槍後從二樓掉下。

鮮血開始染濕了後背。忍著劇痛，岳冬繼續在雪地上狂奔。

遠處火藥庫的烈焰仍把四周染得通紅，身後繼續有日兵追擊，而這裡是市街的中心，距離能夠匿藏的山林尚遠。這時候的岳冬也不知道自己該奔向何方，他只知道自己不能夠停下。

但不知不覺，他已經踏上了，自己這些年來不知走了多少遍的，從教堂回去左府的路上。

是，回家的路上……

# 第一百十五章　放下

**始終不放棄先輩之姓氏，相比佘連自身姓氏亦早已改之，這或許就是，執著吧！**

岳冬左拐右轉，快到左府的一刻，突然間轉角撞倒了一人！衝力大得讓兩人都倒在地上。

是剛從左府離去的蘇明亮。

雖然不過一撇，而且岳冬的頭包得只剩下一隻眼，但蘇明亮馬上便認出了是岳冬，相反正在逃忙的岳冬卻沒有認出對方。

看著岳冬半邊臉纏著繃帶，只剩下一隻眼睛，一身破爛的衣服染滿鮮血，穿著破草鞋子，但背著槍支的他眼神中卻是鋼鐵般的意志，和岳冬闊別多時的蘇明亮實在不能相信，眼前此人就是岳冬。

由於距離太近，岳冬見是日兵便瘋了似的用槍托猛砸正在發呆的蘇明亮，但見身後的子彈就打在旁邊的牆上又只好拔腿逃跑。

此時左府屋頂的洋人發現有人往這邊跌跌撞撞地跑來，而且頭戴回族白帽，而其身後就有日軍追擊，司大夫又馬上派人出去接應。

「岳冬！」「這邊！」兩個認識岳冬的洋人見真是岳冬，便冒險往他跑去。

岳冬看見是從前自己認識的洋人，彷彿感覺獲救一樣，身子一下子就放鬆了，倒在地上。兩洋人見其後背紅了一大片，知道他中槍了，馬上把他扶起，往左府後門跑去。

「你沒事吧？」「有沒有看見有人逃跑？」追擊岳冬的日軍問滿頭是血坐在地上休息的蘇明亮。

「他跑那邊去了……」蘇明亮捂著頭，手指著另外一個方向……

◐ ◐ ◐ ◑ ◑ ◑

漫天雪花下，感到的，卻是無比的溫暖。一切，都彷彿變得很慢，很慢……熟悉的窄巷、熟悉的石級、熟悉的後門……

門打開了，快將睡著的岳冬，看著一張一張像是熟悉的臉，臉上閃過了微笑。

終於，回家了……

身邊眾人雖然爭著和自己說話，但不知怎的，就是聽不見聲音。

眼睛快將闔上，但看見遠處有十幾個人，同時轉身往自己看過來，而中間有一人正坐在石梯上，低著頭。

幾個洋人上去，彷彿叫那人來看自己。

那人抬起了頭。

剎那間，什麼都回復了正常。

那人站起，岳冬也能夠站立起來。

兩人一步一步地走向對方。

千言萬語，無從開口。

多少個夜裡想著她，自己千辛萬苦回來只是為了她。吱吱呀呀的岳冬就是說不出一個字，但眼淚鼻涕已經沾到了一臉的鬍渣，半晌舉起那抖顫而殘缺的手，輕輕地撥開她臉上的散髮，溫柔地撫摸一下她的臉蛋，彷彿不能相信，自己此生，竟然還能看見這張臉兒！

淚水也從心蘭的眼眶湧出，但那目光，始終如死人般空洞。

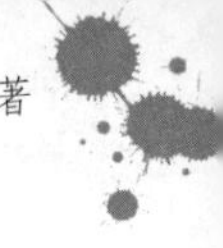

萬分激動的岳冬壓根察覺不了心蘭有什麼異樣，也早就忘了自己早已瀕臨死亡，一下子就把心蘭一摟入懷，然後放聲號啕。

涙水傾瀉而下，但越哭卻是越痛，眼睛彷彿要哭出血來。畢竟，自大婚那晚一別，實在經歷了太多，太多說不出的孤獨、冤屈、痛苦、悲傷……

雪，越下越大。

血，也滴到雪地上去了。

一滴，兩滴……

不是從後背，而是在前邊……

岳冬的哭聲漸止，換上了錯愕的表情。

兩人慢慢地分開，而岳冬的肚子上卻多了一把匕首。

這時，岳冬才注意到心蘭的表情一直有異。之前人們圍著她，正是由於她拿著匕首不讓所有人靠近。但沒有人會想到，最後受傷的，竟然會是其丈夫！

司大夫和其身邊的夫人紛紛接受不了，大喊：「蘭兒」「你幹嘛了?!」四周的人無不詫異。

本應該是劇痛，但岳冬彷彿感覺不到身體的存在。他一步一步往後退，沒有說話，因為那不明所以的眼神已經說明了一切。

心蘭睜著一雙可怖的雙目，踏前一步，臉上是一副詰問的表情——

「誰讓你回來了?……誰讓你回來了?!」

嘶喊聲讓聽者無不悚然，亦痛心莫名。

岳冬答不上話，只是愣愣地看著心蘭。

心蘭繼續喊：「……多少人被殺了?多少婦女被強暴了?!你這個當兵的……卻見死不救……就為他們埋屍!……你還有臉兒回來?……你還有臉兒回來?!」話畢失聲痛哭。

岳冬捂著肚子退到井邊上，坐了下來，低著頭，側耳細聽著心蘭這控訴，這個，讓她決定把自己殺死的控訴。

明白了……

想起剛才還跪在教堂祈禱，換來的，卻是如此諷刺如此不堪的結局，岳冬咧嘴慘笑——

「哈……哈……」

血，從牙縫間不停地流下……

然後憤然拔掉了匕首，扔到井裡去。

司大夫和幾個洋人上前欲幫岳冬治療，但早已絕望的他堅持不肯，只是要求讓他獨自坐在井邊上，坐在這熟悉的井邊上，在這熟悉的後院裡，看著自己心愛的人，哪怕，她也是絕望地看著自己。

這時岳冬才留意到她衣衫不整，一頭散髮，再想到她這極端的反應，岳冬也不能不想到，她，已經被強暴了……

岳冬再次閉上眼睛，攥緊拳頭，潸然淚下。只覺得，自己這樣子死去，是多麼的自私！

未幾遠處再次傳來日軍的聲音，人們頓時恐慌起來，四處匿藏。形勢危急，哪怕心蘭反抗，岳冬還是強行把她拉走，想也沒想就拉到不遠處的雞棚藏了起來。

日軍果然搜查到左府來。司大夫等洋人幾經勸阻未果，一大隊日軍最後衝了進來，四處搜捕，把所有的人都抽出來集中到庭院去，婦女們無不尖叫哭泣。

這是兩人小時候躲迷藏岳冬最喜歡躲藏的地方，也是兩人私定終身的地方。岳冬也像定情那晚上，從後抱著心蘭。

本來還想反抗，但日兵的腿就在兩人眼前來來往往，而看著岳冬的血正把自己的衣服染紅，把地上的白雪融化，心蘭還是軟下心來，淚水也簌簌地流下，讓他抱著自己的肚子，抱著自己的，孩子。

岳冬的下巴輕擱在心蘭的肩上，在其耳邊深深地歎息一聲，但滿懷幸福地說：「咱們的孩子啊……」艱難地呼吸幾下又說：「對不起啊……給你丟臉兒了……」其語氣仿佛是從前哄她的時候一樣，但聲音已經越來越微弱。

雖然還記得日軍的機密，但此刻岳冬也知道，自己壓根沒能力把消息帶出去了。何況，讓她確信沒錯殺自己，不是更好嗎？

這時想起了孩子還沒有名字，也想到了，自武蘭不在後一再被人勸說或拿來開玩笑的要自己入贅左家，岳冬輕輕地撫摸著心蘭的肚子，用那最溫柔的聲音，也是最後的力氣，說出自己那最後的冀望：「答應我……和孩子好好活下去……孩子……不姓岳……也不打緊……活下去……就好……」

聽見岳冬一直以來最執著的也放下了，泣不成聲的心蘭只感到透骨般的悲涼，也閉上雙目，緊握著岳冬的手，唯他的手已經異常冰冷。

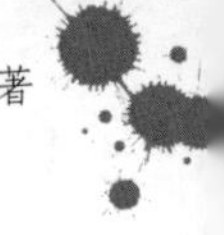

幸好洋人早已把岳冬的血跡用雪覆蓋，日軍一直沒有發現，這時外邊還傳來一聲「別走！」，像是蘇明亮的聲音，一眾日軍便匆匆收隊，往別處追捕去。

「他們走了……」心蘭看著最後一個日兵的腿離開了她的視野。

然而，身後再沒有聲音。

手，亦早已放下。

心蘭回過頭看。

只見岳冬身子靠在竹棚上，低著頭，眼皮半垂出神地看著地上，臉上帶上一絲蒼白的悅色，仿佛看見了，茫茫細雪下，心蘭正抱著自己的孩子，背著自己，像從前等待自己尋父回來一樣，在鞦韆上輕輕地晃著、晃著……然而，那悅色又像是失落，仿佛意識到，她惦記的人再也不是自己，而孩子，也永遠不知道，自己，究竟是誰……

# 第一百十六章　自由

盛極為何衰敗？否極何以泰來？或許，其本身就是答案。然而，否極以後，卻可以是絕望、淡忘、遺忘……

春回大地，四野盎然。

隨著北洋艦隊全軍覆沒，戰爭也告一段落。在日本政府的鼓勵下，人們陸陸續續從四周來到旅順定居。蘇明亮也奉命回到旅順，協助建立遼東殖民地政府。

硝煙和鮮血的痕跡早已消失，取而代之的是清新的空氣。但熟悉的街道，仿佛不再熟悉。每家每戶都掛出了日章旗。

中新街有數十個中國工人在日本人的監督下，正為街道建造排水系統和安裝街燈。東菜市附近的工程早已完成，鋪上了簇新的西洋地磚。買賣的人也很有秩序，一別過往道路泥濘，雜亂無章，還不時有囚犯被處決暴屍的風景。沿路不時看見新建的公共廁所，四周則貼上了嚴禁隨地吐痰、大解小解否則重罰等的告示，也彷彿再看不見這些過往人們習以為常的陋習。街上還不時看見剪掉辮子，穿上西服，昂首挺胸的中國人。當人們遇見日本人時，都是發自內心的尊重和有禮，和對待同胞和過往的官兵絕不可同日而語。

煥然一新，井井有序。

人們的臉上也彷彿多了自信和笑容。

就像沒發生過什麼，又像慶倖發生了什麼。

面對一眾順民，本該意氣風發的蘇明亮，今天卻穿上最為人所鄙視，但最為熟悉的中國裝束，背後也掛著象徵「迂腐」、「落後」、「奴才」的長辮子，在大街上一直心神恍惚地走著，完全沒在意沿途好奇和鄙視的目光。當越是臨近自己熟悉的東大街教堂時，越是侷促不安。

進去。宏偉而慈祥的耶穌像依舊，攤開的雙手彷佛在迎接勝利者的歸來。

歡欣愉快的讚美歌聲洋溢著四方。

蘇明亮屏住呼吸，放輕腳步，一步一步沿著中間的通道走著，不知所措的眼睛不停地掃視兩旁疏疏落落，剛從旅順附近回來不久正在唱聖詩的信徒們。

終於看見要尋找的背影。

蘇明亮心頭一震，挪動沉重的腳步，提起了抖顫的手，但突然，一把熟悉的女聲卻從後傳來：

「明亮！」

蘇明亮回頭一看，正是自己要找的心蘭！

一副平淡而帶點欣然的表情。

彷彿，沒有發生過任何事。

雖然，目光依稀帶著某種好奇和疑惑。手上，正抱著一個嬰兒。完全出乎意料之外。蘇明亮再次屏住呼吸，心臟的跳動更烈。

寂靜中，心蘭突然咧嘴一笑。

那是，一抹陌生的笑容，陌生得，讓蘇明亮頃刻毛骨悚然。

「我等你很久了！你上哪去了？」心蘭上前親熱地挽著蘇明亮的臂膀，又讓他看自己手中的嬰兒：

「來！看！咱們的孩子！」

（全故事完）

# 後記

## 血緣・自由——致歷史虛無主義下的國人

曾聽說，「哪裡有自由，那裡就是祖國」。

多麼的有詩意，多麼的高尚。

但，我想不明白，這跟「有奶便是娘」有何區別？若每個人都是如此，今天某些人夢寐以求的自由國度是從何而來？

若那裡自由不再，或有一個更自由的國度，你又有何原因不離開你眼前這「祖國」？又有哪個國家願意接受如此「愛國」的人民？何時，才是個頭？這，也算得上是——愛嗎？

愛的本質，不是自由，不是美好，而是——情。

情是什麼固然難以言說，但情的建立必然需要時間，除了，那最原始的，不證自明，超越時間的——血緣。

人之愛自由與美好，既與血緣無關，也不需要時間。故那不是情，也不是愛。如購物，如招妓。其本質，是欲望。

然而，當那最後的卑微的冀望也被扼殺，當那最後的瀝血的吶喊也是徒勞，而勝利者再也不能被同化，失敗者一邊捶胸頓足地念叨為何自己會失敗，一邊在滿目瘡痍的土地上苦苦地尋覓答案時，找到的，卻只有那僅餘的，延綿千年的，基於血緣的愛——那包含了責任和包容的愛。

血緣說：「你，不可能是他。」

由此，自由和美好便悄悄地和血緣對立起來。

為了卸下那沉重的責任，為了摒棄那累人的包容，為了立刻就擁抱自由和美好，失敗者開始相信，那基於血緣的愛，就是落後和愚昧的根源，就是阻礙自己奔向自由和美好的枷鎖。

愛的本質，由此變成了欲望。

而成功者的成功和失敗者的失敗，不管是昨日還是今天，都可以從那最基本的血緣和基因裡得到解釋：現代西方之強大與其上百年的殖民主義、帝國主義的財富累積沒有關係；中國近現代的貧窮與落後和發展期間遇上的諸多問題，也無關其上百年被蹂躪的歷史，無關其數十年便走了西方數百年的工業化道路，也無關其不能像西方那樣掠奪全世界資源，制定國際規則和將問題出口……因為，這些都不過是「文明傳播」的需要和結果，是「正義」的體現和勝利。「黃色文明」的「醜陋」和「藍色文明」的「自由」，本身就是不證自明的最根本的原因。而存在的合理性再也不屬於原本的血緣和歷史，而是屬於那穿越時空的，形而上的，勝利者解釋下的「普世價值」。

為了尋找理據，為了自欺欺人，為了填塞靈魂深處的虛無，「自由」便取代了「欲望」。表面上獲得了所謂的「價值」和「信仰」，本質上卻是拋棄了自我的歷史和文化，並且帶有宗教色彩地去迷信勝利者的制度和基因。人們不會察覺迷信制度和迷信權力本質上是一樣的，因為他們認為一斤的鐵終究比一斤的棉花要重。而「哪裡有自由，那裡就是祖國」——一種意淫式的自我慰藉，對失敗者來說，自然便是「覺醒」，是「先進」，是「真理」。

至於那些傻乎乎地死抱著「血緣」不放手的，自然便是——執著。
殊不知，當放下那最後的執著，世間上就再沒有「祖國」。
你，也再不是你。
但你，卻始終不是他。

寒蟬　二零一四年一月

國家圖書館出版品預行編目資料

最後的執著 / 寒蟬著. -- 初版. -- 臺北市：博客思出版事業網, 2021.05
面； 公分. -- (現代文學；67)
ISBN 978-957-9267-89-2(平裝)

857.7　　　　　　110001524

現代文學67

最後的執著

作　　者：寒蟬
編　　輯：楊容容
美　　編：塗宇樵
封面設計：塗宇樵
出 版 者：博客思出版事業網
發　　行：博客思出版事業網
地　　址：台北市中正區重慶南路1段121號8樓之14
電　　話：(02)2331-1675或(02)2331-1691
傳　　真：(02)2382-6225
E—MAIL：books5w@gmail.com或books5w@yahoo.com.tw
網路書店：http://bookstv.com.tw/
https://www.pcstore.com.tw/yesbooks/
https://shopee.tw/books5w
博客來網路書店、博客思網路書店
三民書局、金石堂書店
總 經 銷：聯合發行股份有限公司
電　　話：(02) 2917-8022　　傳 真：(02) 2915-7212
劃撥戶名：蘭臺出版社　　帳號：18995335
香港代理：香港聯合零售有限公司
電　　話：(852)2150-2100　　傳真：(852)2356-0735
出版日期：2021年5月 初版
定　　價：新臺幣350元整（平裝）
ISBN：978-957-9267-89-2